La Mandoline
du capitaine Corelli

DU MÊME AUTEUR

La Calamiteuse Progéniture du cardinal Guzman, Stock
La Guerre des fesses de Don Emmanuel, Stock
Senor Vivo et le baron de la Coca, Stock

Louis de Bernières
La Mandoline du capitaine Corelli

ROMAN TRADUIT DE L'ANGLAIS PAR FANCHITA GONZALEZ-BATLLE

DENOËL
& D'AILLEURS

La première édition de cet ouvrage est parue
dans la collection *Empreinte* dirigée
par Marie-Pierre Bay.

Titre original : Captain Corelli's Mandolin
Reed Consumer Books Limited (Martin Secker & Warburg), Londres

Nouvelle édition, 2001
9, rue du Cherche-Midi, 75006 Paris
ISBN 2.207.25249.3
B 25249.8

The Soldier

Down some cold field in a world unspoken
the young men are walking together, slim and tall,
and though they laugh to one another, silence is not broken;
there is no sound however clear they call.

They are speaking together of what they loved in vain here,
but the air is too thin to carry the thing they say.
They were young and golden, but they came on pain here,
and their youth is age now, their gold is grey.

Yet their hearts are not changed, and they cry to one another,
'What have they done with the lives we laid aside?
Are they young with our youth, gold with our gold, my brother?
Do they smile in the face of death, because we died?'

Down some cold field in a world uncharted
the young seek each other with questioning eyes.
They question each other, the young, the golden-hearted,
of the world that they were robbed of in their quiet paradise.

HUMBERT WOLFE

A ma mère et mon père qui ont combattu
ailleurs et différemment les fascistes et les nazis,
qui ont perdu beaucoup de leurs plus proches amis
et n'ont jamais reçu de remerciements.

1

Le Dr Yannis commence son Histoire et n'en est pas satisfait

Le Dr Yannis avait eu une bonne journée : aucun de ses malades n'était mort ni n'avait vu son état s'aggraver. Il avait assisté à un vêlage d'une étonnante facilité, ouvert un abcès, extrait une molaire, administré une dose de Salvarsan à une dame de petite vertu, donné un lavement désagréable mais spectaculaire dans ses effets, et accompli un miracle par un tour de prestidigitation médicale.

Il se mit à rire tout seul, car ce miracle était sûrement déjà récupéré pour le compte de saint Yérassimos soi-même. Appelé pour une douleur d'oreille, il s'était rendu chez le vieux Stamatis et s'était trouvé devant un orifice auriculaire plus humide, plus encombré de lichen et de stalactites que la grotte de Drogarati. Il avait entrepris d'évacuer le lichen à l'aide d'un peu de coton trempé dans l'alcool et enroulé au bout d'une longue allumette. Il savait que le vieux Stamatis était sourd de cette oreille depuis l'enfance et que c'était pour lui une cause de chagrin permanent ; il fut néanmoins surpris quand, tout au fond de cette fosse poilue, le bout de son allumette rencontra quelque chose de dur qui résistait ; autrement dit, quelque chose dont la présence n'avait aucune explication physiologique ni anatomique. Il emmena le vieux près de la fenêtre, ouvrit grands les volets, et une explosion de chaleur et de lumière méridiennes jeta aussitôt la pièce dans une clarté aveuglante, comme si un ange importun et d'une luminosité indue avait choisi par erreur cet endroit pour une épiphanie. La femme du vieux Stamatis émit un « tss tss » de désapprobation : une bonne ménagère ne laissait pas entrer tant de lumière dans la maison à une heure pareille. Elle était convaincue que ça faisait se lever la poussière ; elle en voyait bien les grains monter de partout.

Le Dr Yannis inclina la tête du vieux et regarda dans l'oreille. Il écarta avec son allumette la broussaille de poils gris et raides agrémentés de pellicules de peau sèche. Il vit à l'intérieur quelque chose de sphérique. Il en gratta la surface pour enlever le revêtement brun de cire durcie qui l'attaquait et il aperçut un petit pois. C'était sans la moindre équivoque un petit pois ; il était vert clair, un peu ridé, aucun doute possible. « As-tu jamais mis quelque chose dans ton oreille ? demanda le docteur.

– Rien que mon doigt.

– Et depuis quand es-tu sourd de cette oreille ?

– Depuis aussi longtemps que je m'en souvienne. »

Le Dr Yannis eut une vision absurde. C'était Stamatis tout petit, avec le même visage tordu, le même dos voûté, la même abondance de poils dans les oreilles, en train de se dresser sur la pointe des pieds pour atteindre la table de cuisine et prendre un pois sec dans un bol en bois. Il le mettait dans sa bouche, le trouvait trop dur pour le mordre et se le fourrait dans l'oreille. Le docteur gloussa : « Tu devais être un petit garçon très turbulent.

– C'était un démon.

– Tais-toi, femme, tu ne me connaissais même pas en ce temps-là.

– C'est ta mère qui me l'a dit, Dieu ait son âme », répliqua la vieille en pinçant les lèvres et en croisant les bras. « Et tes sœurs aussi. »

Le Dr Yannis réfléchit. C'était à coup sûr un petit pois endurci et récalcitrant, trop coincé pour être délogé. « Avez-vous un hameçon, à peu près de la taille qu'il faut pour un mulet, avec une longue tige ? Et un petit marteau ? »

Les deux vieux se regardèrent en ne pensant qu'une chose : leur docteur avait perdu la boule. « Qu'est-ce que ça a à voir avec mon mal d'oreille ? demanda Stamatis soupçonneux.

– Tu as un embarras auditif exorbitant », répondit le docteur, toujours conscient de la nécessité d'entretenir une certaine mystique médicale et voyant bien que « un petit pois dans l'oreille » ne risquait pas de lui apporter la renommée. « Je peux le retirer avec un hameçon et un petit marteau ; c'est le moyen idéal de résoudre un embarras de petit pois. » Il prononça les mots français avec un accent parisien maniéré dont il fut le seul à saisir l'ironie.

On alla donc chercher un hameçon et un marteau et le docteur redressa soigneusement l'hameçon sur le sol en dalles de pierre. Puis il ordonna au vieux de poser la tête à la lumière sur le rebord de la fenêtre. Stamatis resta là, le regard affolé, et la vieille se cacha le visage dans ses mains, tout en regardant entre ses doigts. « Dépêchez-vous, docteur, s'écria Stamatis, ce rebord est plus brûlant que l'enfer. »

Le docteur introduisit avec précaution l'hameçon dans l'orifice hirsute et leva le marteau, mais son mouvement fut interrompu par un cri rauque, très semblable à celui d'un corbeau. Perplexe et horrifiée, la vieille épouse se tordait les mains et gémissait : « Oooh, vous allez planter un hameçon dans son cerveau ! Seigneur, ayez pitié, Sainte Vierge et tous les saints, protégez-nous ! »

Cette intervention donna un répit au docteur ; il se dit que si le petit pois était très dur, la pointe risquait de ne pas le pénétrer mais de l'enfoncer encore davantage. Le tympan pouvait même être crevé. Il se redressa et tortilla pensivement sa moustache avec son index. « Changement de programme, annonça-t-il. Tout bien réfléchi, il vaut mieux lui remplir l'oreille d'eau et atténuer l'occlusion surérogatoire. Kyria, il faudra lui laisser l'oreille pleine d'eau tiède jusqu'à ce que je revienne ce soir. Qu'il ne bouge pas et qu'il reste couché sur le côté, avec l'oreille pleine. C'est compris ? »

Le Dr Yannis revint à six heures et réussit à repêcher le petit pois ramolli sans l'aide d'aucun marteau. Il le retira assez adroitement et le montra au couple pour qu'il l'examine. Encroûté de cire épaisse et brune, vilain et malodorant, le pois n'avait rien d'une légumineuse, ni pour l'un ni pour l'autre. « C'est très papilionacé, vous ne trouvez pas ? » demanda le docteur.

La vieille approuva avec tous les signes d'avoir compris, ce qui n'était pas le cas, mais avec dans les yeux une expression d'émerveillement. Stamatis se donna une claque et s'exclama : « C'est froid là-dedans. Mon Dieu, comme ça fait du bruit ! Tout est fort. Même ma voix.

– Tu n'es plus sourd, annonça le Dr Yannis. A mon avis, c'est une opération très réussie.

– J'ai eu une opération, dit Stamatis très content de lui. Je suis la seule personne que je connais qui a eu une opération. Et maintenant, j'entends. C'est un miracle, voilà ce que c'est. Je sens ma tête vide, je la sens creuse, comme si elle s'était toute remplie d'eau de source, toute fraîche et claire.

– Dis donc, elle est vide ou elle est pleine ? demanda la vieille. Sois un peu raisonnable maintenant que le docteur a eu la bonté de te guérir. » Elle prit la main de Yannis dans les siennes et la baisa ; peu après, il rentrait chez lui, une grosse poule sous chaque bras, une aubergine luisante dans chaque poche de sa veste et enfin, enveloppé dans son mouchoir, un petit pois antique à adjoindre à son musée médical personnel.

La journée avait été fructueuse : il avait gagné en outre deux magnifiques écrevisses, un bol de blanchaille, un pot de basilic et une invitation pour une passe gratuite (à utiliser quand il lui plairait). Il était décidé à ne pas profiter de cette dernière offre, même si le Salvarsan était efficace. Il lui restait toute une soirée pour écrire son histoire de Céphalonie, à condition que Pélagia ait pensé à racheter du pétrole pour les lampes.

Sa *Nouvelle Histoire de Céphalonie* lui posait un réel problème : il n'arrivait pas à l'écrire sans qu'interviennent ses sentiments et ses préjugés. L'objectivité semblait impossible à atteindre et il avait l'impression que ses brouillons avaient dû gâcher plus de papier qu'il ne s'en utilisait sur l'île en un an. La voix qui émergeait dans ses lignes était obstinément la sienne, jamais celle de l'Histoire. Elle manquait de grandeur et d'impartialité. Elle n'était pas olympienne.

Il s'assit et écrivit : « Céphalonie est une fabrique qui produit des bébés pour l'exportation. Il y a davantage de Céphaloniens à l'étranger ou en mer que chez eux. Il n'y a pas d'activité locale pour conserver l'unité des familles, pas assez de terres arables ; le poisson est insuffisant. Nos hommes partent à l'étranger et reviennent pour mourir, nous sommes donc une île d'enfants, de vieilles filles, de popes et de vieillards. L'unique avantage de cette situation c'est que seules les belles femmes trouvent un mari parmi les hommes qui restent : la sélection naturelle ayant agi, nous avons les plus belles femmes de toute la Grèce et peut-être même de toute cette région de la Méditerranée. Le malheur c'est que nous avons des femmes belles et gaies mariées à des hommes grotesques qui ne leur conviennent pas, de véritables bons à rien, et des femmes tristes et laides dont personne ne veut, nées pour être veuves avant même d'avoir eu un mari. »

Le docteur bourra de nouveau sa pipe et se relut. Il écouta Pélagia qui s'activait dans la cour et se préparait à cuire les écrevisses. Il lut ce qu'il avait écrit à propos des belles femmes et se rappela la sienne, aussi jolie que l'était devenue sa fille ; elle était morte de tuberculose malgré tout ce qu'il avait pu faire. « Cette île trahit ses gens dans leur existence même », écrivit-il, puis il froissa la feuille et la jeta dans un coin de la pièce. Ça ne marcherait jamais ; pourquoi ne pouvait-il pas écrire comme un écrivain ? Pourquoi ne pouvait-il pas s'exprimer sans passion ? Sans colère ? Sans être sensible à la trahison et à l'oppression ? Il ramassa la feuille déjà cornée qu'il avait écrite la première. C'était la page de titre : « Nouvelle Histoire de Céphalonie. » Il raya les deux premiers mots et écrivit à la place : « Une Histoire personnelle. » Il pouvait désormais oublier de devoir éviter les adjectifs excessifs et les vieilles rancunes historiques, il pouvait déverser son vitriol à propos des Romains, des Normands, des Vénitiens, des Turcs, des Anglais et même des insulaires. Il écrivit :

« L'île à moitié oubliée de Céphalonie s'élève imprudemment de la mer Ionienne ; c'est une île tellement chargée d'antiquité que les pierres elles-mêmes exhalent la nostalgie et que la terre rouge reste hébétée non seulement par le soleil mais aussi par le poids insupportable de la mémoire. Les navires d'Ulysse ont été construits avec des pins de Céphalonie, ses gardes du corps étaient des géants céphaloniens, et certains assurent que son palais ne se trouvait pas à Ithaque mais à Céphalonie.

« Mais bien avant que ce roi rusé et voyageur n'ait été protégé par Athéna ou égaré par la rancune implacable de Poséidon, les peuples mésolithiques et néolithiques taillaient des couteaux dans l'obsidienne et jetaient des filets pour pêcher. Les Hellènes mycéniens arrivèrent, ayant abandonné les tessons de leurs amphores et leurs tombes en forme de sein, et léguèrent une progéniture qui longtemps après le départ d'Ulysse allait combattre Athènes, se faire tyranniser par Sparte et vaincre ensuite le mégalomane Philippe de Macédoine, père d'Alexandre, dit — curieusement — "le Grand", encore plus mégalomane et plus fou.

« C'était une île pleine de dieux. Il y avait un sanctuaire de Zeus au sommet du mont Ainos et un autre encore sur le petit îlot de Thios. On honorait Déméter qui avait fait de l'île le grenier à blé de la Ionie, ainsi que Poséidon, le dieu qui l'avait violée en prenant l'apparence d'un étalon et l'avait laissée donner naissance à un cheval noir et à une fille mystique dont le nom s'est perdu quand les mystères d'Éleusis ont été supprimés par les chrétiens. Il y a eu ici Apollon, vainqueur du Python, gardien du nombril de la terre, beau, jeune, sage, juste, fort, hautement bisexuel, le seul dieu qui ait eu un temple construit par des abeilles, en cire et en plumes. On honorait Dionysos, le dieu du vin, des plaisirs, de la civilisation et de la végétation, qui engendra avec Aphrodite un petit garçon muni du pénis le plus gigantesque qui ait jamais encombré homme ou dieu. On trouvait aussi des adorateurs d'Artémis, la vierge chasseresse à plusieurs seins, une déesse aux convictions féministes si radicales qu'elle fit déchirer Actéon par des chiens pour l'avoir vue nue par hasard et fit piquer à mort son amant Orion par des scorpions parce qu'il l'avait touchée fortuitement. C'était une telle maniaque de l'étiquette et de l'exécution sommaire que des dynasties entières pouvaient être balayées en cinq minutes pour un mot ou une offrande de travers. Athéna aussi avait ses temples. Cette éternelle vierge qui aveugla Tirésias pour l'avoir vue nue (châtiment fort indulgent, comparé à celui d'Artémis) était remarquablement douée pour tout ce qui touchait à la vie économique et domestique et c'était la patronne des bœufs, des chevaux et des olives.

« Dans le choix de ses dieux, le peuple de l'île fit preuve d'un immense bon sens et d'une intransigeance qui ont été le secret de sa survie au cours des siècles : il est évident que le roi des divinités devait être honoré, qu'un peuple de navigateurs devait apaiser le dieu de la mer, que des négociants en vins devaient honorer Dionysos (c'est encore le prénom le plus répandu dans l'île), que pour conserver l'autosuffisance de l'île il fallait honorer Déméter, qu'Athéna devait être adorée pour sa sagesse et pour son habileté dans les tâches de la vie quotidienne ; il lui appartenait aussi de surveiller d'innombrables affrontements militaires difficiles. Il ne faut pas s'étonner non plus qu'Artémis ait eu son culte, c'était l'équivalent d'une police d'assurance infaillible ; Artémis était un taon assommant et on préférait qu'elle aille exercer ses méchancetés ailleurs.

« Le choix d'un culte d'Apollon à Céphalonie est à la fois le plus et le moins mystérieux. C'est le plus inexplicable pour ceux qui ne sont jamais venus dans l'île, et le plus naturel pour ceux qui la connaissent, car Apollon est un dieu associé à la force de la lumière. Les étrangers qui débarquent ici restent aveuglés pendant deux jours.

« On dirait que cette lumière ne passe pas à travers l'air ni la stratosphère. Elle est complètement vierge, elle donne une netteté extraordinaire, elle a une force et un éclat héroïques. Elle expose les couleurs dans leur état originel, comme si elles sortaient tout droit de l'imagination de Dieu au début de la création, quand il pensait encore que tout était bon. Le vert foncé des pins a une profondeur insondable qui vous résiste, la mer vue du sommet d'un rocher offre une vision platonicienne de l'azur et du turquoise, de l'émeraude, de l'olivine et du lapis-lazuli. L'œil d'une chèvre est une pierre semi-précieuse vivante à mi-chemin entre l'ambre et la topaze et les sauterelles ont le vert fluorescent des jeunes pousses d'herbe de l'Éden. Quand les yeux se sont adaptés à l'extrême chasteté de vestale de cette lumière, toute autre devient pauvre et trouble par comparaison ; ce n'est plus qu'un moyen d'y voir, une déception, une tache. Même l'eau de la mer de Céphalonie est plus transparente que l'air de partout ailleurs ; un homme peut flotter dans l'eau en regardant le fond lointain et voir nettement les raies inquiétantes qui, on ne sait pourquoi, sont toujours accompagnées de minuscules poissons plats. »

Le docteur érudit se redressa et lut ce qu'il venait d'écrire. Cela lui parut vraiment très poétique. Il le relut encore et prit plaisir à certaines phrases. Il écrivit dans la marge : « Où introduire que tous les Céphaloniens sont poètes ? »

Il sortit dans la cour et se soulagea dans le carré de menthe. Il fournissait de l'azote aux aromates strictement à tour de rôle et demain ce serait celui de l'origan. Il rentra juste à temps pour surprendre la petite chèvre de Pélagia en train de manger ses écrits avec une satisfaction évidente. Il arracha le papier de la bouche de la bête qu'il chassa dehors. La chèvre détala et alla bêler avec indignation derrière le tronc massif de l'olivier.

« Pélagia, gronda le docteur, ton maudit ruminant a mangé tout ce que j'avais écrit ce soir. Combien de fois faut-il te répéter de ne pas le laisser entrer ? Encore un incident comme celui-ci et il finira à la broche. C'est mon dernier mot. C'est déjà assez difficile de me concentrer sans que cet animal sabote tout mon travail. »

Pélagia leva les yeux vers son père et sourit : « Nous allons dîner vers dix heures.

– Tu as entendu ce que j'ai dit ? J'ai dit "plus de chèvres dans la maison", c'est compris ? »

Elle arrêta de découper un poivron, se passa la main sur le visage pour chasser un cheveu et répondit : « Tu l'aimes autant que moi.

– D'abord, je n'aime pas ce ruminant, et ensuite, ne discute pas. De mon temps, une fille ne discutait pas avec son père. Je ne le permettrai pas. »

Pélagia mit une main sur la hanche et prit un air fâché. « Papa, c'est encore ton temps. Tu n'es pas encore mort à ce qu'il me semble. En tout cas, cette chèvre t'aime. »

Le Dr Yannis se détourna, désarmé et vaincu. C'était vraiment odieux qu'une fille use de rouerie féminine avec son père et lui rappelle en même temps sa femme. Il retourna à sa table et prit une nouvelle feuille de papier. Il se souvint que dans sa dernière mouture il s'était arrangé pour s'écarter du thème des dieux pour passer aux poissons. D'un point de vue littéraire, que celle-ci ait été mangée était probablement aussi bien. Il écrivit : « Seule une île aussi effrontée que Céphalonie peut être assez insouciante pour se placer sur une faille qui l'expose au risque récurrent de tremblements de terre cataclysmiques. Seule une île aussi nonchalante peut se laisser envahir par de telles bandes de chèvres désinvoltes et impertinentes. »

2
Le Duce

Ici. Oui, vous. Venez. Dites-moi. Quel est mon meilleur profil, le droit ou le gauche ? Je n'en suis pas sûr. La lèvre inférieure a peut-être plus d'allure de l'autre côté. Oh, vous êtes de mon avis ? Vous êtes d'accord avec tout ce que je dis ? Oui ? Dans ce cas, comment me fier à votre jugement ? Si je dis que la France est en bakélite, c'est vrai ? Vous serez d'accord avec moi ? Qu'est-ce que ça veut dire « non monsieur, oui monsieur, je ne sais pas monsieur » ? Qu'est-ce que c'est que ces réponses ? Vous êtes crétin ou quoi ? Allez me chercher des miroirs pour que je puisse juger par moi-même.

Oui, c'est très important et très naturel aussi que le peuple voie en moi l'apothéose de l'idéal italien. Vous ne me verrez pas me laisser filmer en sous-vêtements. D'ailleurs, vous ne me verrez plus en costume cravate non plus. Je ne veux pas être considéré comme un homme d'affaires, comme un simple bureaucrate, et de toute façon, cet uniforme me va bien. Je suis l'incarnation de l'Italie, probablement davantage que le roi lui-même. C'est ça l'Italie, élégante et martiale, où tout est réglé comme une horloge. L'Italie aussi inflexible que l'acier. L'une des grandes puissances, grâce à moi.

Ah, voilà les miroirs. Mettez-le là. Non, là, idiota. Oui, là. Maintenant, mettez l'autre ici. Au nom du ciel, faut-il que je fasse tout moi-même ? Qu'est-ce qui vous arrive, mon vieux ? Hmm, je crois que je préfère le profil gauche. Descendez un peu ce miroir.

Encore, encore. Stop. C'est ça. Épatant. Nous devons faire en sorte que le peuple me voie toujours d'en bas. Je dois toujours être plus haut que lui. Envoyez quelqu'un faire le tour de la ville pour repérer les meilleurs balcons. Prenez note. Notez aussi ceci, pendant que j'y pense. Par ordre du Duce, il faut boiser au maximum toutes les montagnes d'Italie. Comment ça, « pourquoi ? » C'est évident, non ? Plus il y a d'arbres, plus il y a de neige, tout le monde le sait. L'Italie doit être plus froide, afin que les hommes qu'elle engendre soient plus résistants, plus vifs, plus énergiques. Nos jeunes ne font pas des soldats comme leurs pères, c'est triste à dire, mais c'est vrai. Il faut qu'ils soient plus froids. Comme les Allemands. De la glace dans l'âme, c'est ça qu'il nous faut. Je vous jure que le pays est devenu plus tiède depuis la Grande Guerre. Ça rend les hommes paresseux, incapables, inaptes à l'Empire. Ça transforme la vie en sieste. Ce n'est pas pour rien qu'on m'appelle le dictateur qui ne dort jamais, vous ne me verrez pas dormir tout un après-midi. Prenez note. Voilà notre nouveau slogan : « Libro e moschetto — Fascista perfetto. » Je veux que les gens comprennent que le fascisme est une révolution non seulement sociale et politique mais aussi culturelle. Tout fasciste doit avoir un livre dans sa besace, compris ? Nous ne serons pas des Béotiens. Je veux des clubs de livres fascistes dans les plus petites villes, et je ne veux pas que les satanés squadristi se mêlent d'y mettre le feu, c'est clair ?

Et qu'est-ce que c'est que cette histoire de régiment d'alpini qui a défilé à Vérone en chantant « Vogliamo la pace e non vogliamo la guerra » ? J'exige une enquête. Je n'accepterai pas que des troupes d'élite défilent en chantant des chansons pacifico-défaitistes alors que nous ne sommes même pas encore vraiment en guerre. A propos d'alpini, il paraît qu'ils en seraient venus aux poings avec les légionnaires fascistes. Que dois-je faire de plus pour que les militaires acceptent la milice ? Que dites-vous de cet autre slogan : « La guerre est à l'homme ce que la maternité est à la femme » ? Très bon, je pense que vous serez d'accord. Un beau slogan plein de virilité, bien meilleur que « Église, cuisine, enfants », sans nul doute. Appelez Clara et dites-lui que j'irai la voir ce soir si je peux me libérer de ma femme. Et cet autre slogan : « Avec une audacieuse prudence » ? Vous en êtes sûr ? Je ne me souviens pas que Benni s'en soit servi dans un discours. Ce devait être il y a des années. Il n'est peut-être pas si bon que ça.

Prenez note. Je veux qu'il soit absolument clair pour nos hommes en Afrique que la pratique du « madamismo » doit cesser. Je n'approuve pas l'idée que des hommes d'Italie se mettent en ménage avec des indigènes et altèrent la pureté de notre sang. Non, les prostituées indigènes ne me dérangent pas. Les sciarmute sont indispensables pour le moral de nos troupes. Je ne veux pas d'histoires d'amour, c'est tout. Comment ça, « Rome était assimilationniste » ? Je le sais, et je sais que nous sommes en train de reconstituer l'Empire, mais les temps ont changé. A présent, c'est le fascisme.

En parlant de métèques, vous avez vu cette brochure, « Partito e Impero » ? J'aime le passage qui dit : « En bref, nous devons essayer de donner aux Italiens une mentalité impérialiste et raciste. » Ah oui, les juifs. Eh bien, je pense avoir fait comprendre aux juifs italiens qu'ils doivent décider s'ils sont d'abord italiens ou d'abord juifs. C'est aussi simple que ça. Il ne m'a pas échappé que la juiverie internationale est antifasciste. Je ne suis pas idiot. Je sais parfaitement que les sionistes sont l'instrument de la politique étrangère britannique. Mon opinion est que nous devons faire respecter les quotas sur les juifs dans l'administration ; je ne tolérerai aucune disproportion et tant pis si ça signifie que certaines villes se retrouveront sans maire. Nous devons marcher au même pas que nos camarades allemands. Oui, je sais que le pape n'aime pas ça, mais il a trop à perdre pour se faire remarquer. Il sait que je peux abroger les accords du Latran. Je lui ai mis un trident dans les fesses et il sait que je peux l'enfoncer. J'ai renoncé au matérialisme athée pour avoir la paix avec l'Église et je n'irai pas plus loin.

Prenez note : Je veux geler les salaires pour contenir l'inflation. Augmenter les allocations familiales de cinquante pour cent. Non, je ne pense pas que la seconde mesure annule les effets de la première. Croyez-vous que je n'y connaisse rien en économie ?

Combien de fois faudra-t-il vous expliquer, espèce d'empoté, que l'économie fasciste est à l'abri des turbulences cycliques du capitalisme ? Comment osez-vous me contredire en suggérant que c'est le contraire ? Pourquoi croyez-vous que nous sommes pour l'autarcie depuis tant d'années ? Nous avons eu des problèmes mineurs, c'est tout, zuccone, sciocco, balordo. Envoyez un télégramme à Farinacci disant que je suis désolé qu'il ait perdu une main, mais c'est couru d'avance quand on va pêcher avec des grenades. Dites à la presse que c'était un acte de bravoure. Nous passerons un article lundi dans *Il Regime Fascista*. Avec un titre du genre « Un dirigeant du Parti est blessé au cours d'une opération héroïque contre des Éthiopiens ». Ce qui me fait penser à une chose : où en sommes-nous avec les expériences de gaz toxiques ? Ceux contre les guérillas de moricauds ? J'espère que ce rifiuto mourra lentement, c'est tout. Le maximum d'agonie. *Pour encourager les autres.* Et si nous envahissions la France ? Que pensez-vous de « Le fascisme transcende les antagonismes de classe » ? Est-ce que Ciano est arrivé ? On me signale que dans tout le pays l'opinion dans sa grande majorité est opposée à la guerre. Je ne comprends pas. Les industriels, la bourgeoisie, les classes laborieuses, et même l'armée, bon sang. Oui, je sais qu'il y a une délégation d'artistes et d'intellectuels qui attend. Quoi ? Ils vont me remettre une distinction ? Qu'ils entrent immédiatement.

Bonsoir, messieurs. Je dois dire que c'est une grande joie de recevoir ceci de la part de nos, euh, plus grands esprits. Je le porterai avec fierté. Comment marche votre nouveau roman ? Oh, pardon, j'avais oublié. Bien sûr, vous êtes sculpteur. Un lapsus. Une nouvelle statue de moi ? Splendide. Milan a besoin de monuments, n'est-ce pas ? Laissez-moi vous rappeler — bien que vous n'en ayez pas besoin, j'en suis sûr — que le fascisme est fondamentalement et essentiellement une conception esthétique, et que votre rôle en tant que créateur de belles choses est de représenter avec le plus d'efficacité possible la beauté sublime et l'avènement inévitable de l'idéal fasciste. N'oubliez jamais : si les forces armées sont les couilles du fascisme et si j'en suis le cerveau, vous en êtes l'imagination. Vous avez une lourde responsabilité.

Maintenant, si vous voulez bien m'excuser, messieurs, des affaires d'État. Vous savez ce que c'est. J'ai une audience avec son altesse royale. Oui, certes, je lui transmettrai l'assurance de votre plus profonde loyauté. Elle n'en attend pas moins. Bonsoir.

Je m'en suis débarrassé. C'est joli, non ? Je pourrais le donner à Clara. Elle va le trouver amusant. Ah, Ciano arrive ? Il était temps. Il a dû se démener sur un terrain de golf, c'est sûr. Un jeu imbécile, à mon sens. Je peux comprendre qu'on essaie de viser des lapins ou d'attraper une perdrix de temps en temps. Mais on ne mange pas un trou, hein ? Il n'y a rien à tirer d'un bon putt.

Ah, Galeazzo, ravi de vous voir. Entrez. Bene, bene. Et comment va ma chère fille ? Comme c'est bien que le gouvernement reste dans la famille, si je puis dire. C'est bon d'avoir quelqu'un à qui se fier. Vous avez joué au golf ? Je m'en doutais. C'est un jeu magnifique, fascinant, un tel défi, autant intellectuel que physique, paraît-il. J'aimerais avoir le temps d'y jouer moi aussi. On se sent tellement perdu quand la conversation s'oriente vers les mashies, les cleeks et les fers numéro cinq ! Un vrai mystère d'Éleusis. J'ai dit « Éleusis ». Oh, aucune importance. Quel magnifique costume ! Excellente coupe. Et les chaussures sont très distinguées. On les appelle des « George boots » ? Je me demande pourquoi. Elles ne sont pourtant pas anglaises, si ? Pour moi, rien ne vaut la bonne botte militaire, Galeazzo ; je suis le premier à admettre que je ne peux pas rivaliser avec vous en matière d'élégance. Je ne suis qu'un homme de la terre, et c'est ce qu'il peut arriver de mieux quand la terre est italienne, vous ne pensez pas ?

Maintenant, écoutez-moi. Nous devons régler cette affaire grecque une fois pour toutes. Nous sommes convenus qu'après nos multiples réalisations nous avons besoin de nouvelles perspectives. Rendez-vous compte, Galeazzo : quand j'étais journaliste, l'Italie n'avait pas d'empire digne de ce nom. A présent que je suis le Duce, nous en avons un. C'est sans aucun doute un legs magnifique et durable. On applaudit davantage une symphonie qu'un quatuor. Mais pouvons-nous nous arrêter à l'Afrique et à quelques îles dont personne n'a jamais entendu parler ? Pouvons-nous nous reposer sur nos lauriers quand tout autour de nous nous voyons les divisions au sein du Parti et découvrons que notre politique manque de vigueur ? Il faut de la dynamite dans le cul de la nation, pas vrai ? Nous avons besoin d'une grande entreprise unificatrice. Il nous faut un ennemi, nous devons entretenir l'élan impérial. C'est pourquoi je reviens sur le sujet des Grecs.

J'ai épluché les archives. Tout d'abord, nous avons une tache historique à effacer, un compte à régler. Je veux parler de l'incident de Tellini en 1923, comme vous l'avez sans doute compris. Soit dit en passant, mon cher comte, il est de plus en plus évident que vous faites votre propre politique étrangère indépendamment de moi et que par conséquent nous avons souvent tiré à hue et à dia. Non, ne protestez pas, je ne le mentionnais que comme une circonstance malheureuse. Notre ambassadeur à Athènes est très troublé et il était peut-être dans notre intérêt qu'il le demeure. Je ne veux pas que Grazzi donne des soupçons à Métaxas et ça nous arrange qu'ils restent amis. Il n'y a pas eu de dégâts ; nous avons pris l'Albanie et j'ai écrit à Métaxas pour le rassurer et approuver sa façon de traiter le roi Zog. Tout va très bien. Oui, je suis au courant que les Anglais ont pris contact avec Métaxas pour lui dire qu'ils l'aideraient à défendre la Grèce en cas d'invasion. Oui, je sais qu'Hitler veut que la Grèce rejoigne les pays de l'Axe mais, sérieusement, quelle dette avons-nous envers Hitler ? Il secoue toute l'Europe, son avidité et son irresponsabilité n'ont pas de limites, et pour couronner le tout, il s'empare des gisements pétrolifères de Roumanie sans nous laisser la moindre part du gâteau. Quel culot. Pour qui se prend-il ? Je crains, Galeazzo, que nous ne devions fonder nos actions sur un calcul qui puisse prévoir le résultat d'un coup de dés, et je dois dire qu'à l'évidence Hitler a tous les six. Soit nous nous allions à lui et nous partageons le butin, soit nous risquons d'être envahis par l'Autriche dès que le petit bonhomme le jugera bon. Il s'agit de saisir les occasions et d'esquiver les dangers. Il s'agit aussi d'étendre l'empire. Nous devons continuer à fomenter des mouvements de libération dans le Kossovo et soutenir l'irrédentisme à Tsamouria. Nous obtenons la Yougoslavie et la Grèce. Imaginez un peu, Galeazzo, tout le littoral méditerranéen transformé en nouvel Empire romain. Nous avons déjà la Libye, et il ne nous reste plus qu'à relier les points. Nous devons le faire sans en parler à Hitler ; il se trouve que je sais que les Grecs lui ont demandé des garanties. Imaginez la tête du Führer quand il nous verra entrer victorieusement en Grèce en quelques jours. Ça le fera réfléchir, c'est sûr. Imaginez-vous au commandement d'une légion fasciste, entrant dans Athènes sur la tourelle d'un char. Imaginez nos couleurs flottant sur le Parthénon.

Vous vous souvenez du plan Guzzoni ? Dix-huit divisions et un an de préparatifs ? J'ai dit à l'époque : « La Grèce n'est pas sur notre route et ne nous intéresse pas. » Puis j'ai annoncé à Guzzoni : « La guerre avec la Grèce est annulée. La Grèce est un vieil os et elle ne vaut pas la vie d'un seul grenadier sarde. » Eh bien, les circonstances ont changé, Galeazzo. J'ai dit ça parce que je voulais la Yougoslavie. Mais pourquoi ne pas prendre les deux ? Qui prétend qu'il nous faudra un an de préparatifs ? Un vieux général imbécile aux méthodes dépassées, c'est tout. Nous pourrions y arriver en une semaine avec une cohorte de légionnaires. Il n'y a pas de soldats au monde aussi résolus et vaillants que les nôtres.

Et les Anglais nous provoquent. Je ne parle pas des divagations de De Vecchi. Ce qui me rappelle que De Vecchi vous a dit que les Anglais avaient attaqué un sous-marin à Lefkas, deux autres à Zante et qu'ils avaient établi une base à Milo. Le capitaine Moris m'a informé que rien de tout cela n'était exact. Vous devez vous rappeler que De Vecchi est fou et mégalomane, et un jour, quand j'y penserai, je vais le pendre par son abondante moustache et je vais lui enlever les testicules sans anesthésie. Dieu merci, il est en mer Égée et pas ici, sinon je serais dans la merde jusqu'au cou. Cet homme rend la mer Égée marron.

Mais les Anglais ont coulé le *Colleoni* et les Grecs autorisent ouvertement les bateaux anglais à faire escale. Comment ? Nous avons bombardé un navire marchand et un destroyer grecs par accident ? Par accident, dites-vous ? Ce n'est rien, nous aurons moins de bateaux à couler plus tard. Grazzi assure qu'il n'y a aucune base anglaise dans toute la Grèce, mais nous laisserons ça de côté. Il n'y a aucun mal à dire le contraire. L'important c'est d'avoir fait chier Métaxas de trouille. J'espère pouvoir me fier à votre rapport qui dit que les généraux grecs sont avec nous ; si c'est vrai, pourquoi Platis a-t-il été arrêté ? Et où est passé tout l'argent destiné à acheter les fonctionnaires ? Ça représente des millions, de précieux millions qu'il aurait mieux valu dépenser en fusils. Et vous êtes sûr que la population de l'Épire veut être albanaise ? Comment le savez-vous ? Ah, je vois, les Renseignements. À propos, j'ai décidé de ne pas demander aux Bulgares s'ils veulent envahir en même temps que nous. Bien entendu, ça nous faciliterait la tâche, mais de toute façon ce sera un jeu d'enfant, et si les Bulgares obtiennent leur corridor vers la mer, ça ne fera que couper nos lignes de ravitaillement et de communications, vous ne pensez pas ? En tout cas, il n'est pas question qu'ils profitent d'une gloire qui nous appartient absolument.

Je veux que vous organisiez quelques agressions contre nous. Pour des raisons de politique internationale, notre campagne requiert une légitimité. Non, ce ne sont pas les Américains qui m'inquiètent ; l'Amérique n'a aucune importance militaire. Mais n'oubliez pas que c'est à nous de décider quand envahir ; je ne veux pas qu'un *casus belli* monumental nous compromette avant que nous soyons prêts. Autrement dit, avanti piano, quasi indietro. Je pense que nous devrions choisir un patriote albanais à assassiner, afin d'en rendre les Grecs responsables, et je pense aussi que nous devrions couler un bateau de guerre d'une manière telle qu'il soit évident que c'est nous qui l'avons fait, mais pas évident au point que nous ne puissions pas rejeter la faute sur les Anglais. C'est l'intimidation judicieuse qui affaiblira les Grecs.

Ah, Galeazzo, autre chose. J'ai décidé de démobiliser juste avant l'invasion. Comment ça, « c'est pervers » ? C'est pour pousser les Grecs à baisser leur garde, à rentrer les moissons et à avoir une impression de normalisation. Réfléchissez, Galeazzo. Imaginez quelle manœuvre perspicace ce serait. Les Grecs poussent un soupir de soulagement, et nous les écrasons aussitôt d'un seul coup.

J'ai parlé aux chefs d'état-major, mon cher comte, et je leur ai demandé de me préparer des plans pour l'invasion de la Corse, de la France et des îles Ioniennes, ainsi que pour de nouvelles campagnes en Tunisie. Je suis sûr que nous pouvons y arriver. Ils se plaignent toujours de manquer de transports, alors j'ai donné des ordres pour que l'infanterie soit entraînée à marcher quatre-vingts kilomètres par jour. Il y a un petit problème avec l'armée de l'air. Elle se trouve toute en Belgique, je suppose donc qu'il faudra s'en occuper un de ces jours. Faites-m'y penser. Je dois en parler à Pricolo; je ne peux pas laisser le chef de l'armée de l'air être le seul à ne pas savoir ce qui se passe. Même le secret militaire a ses limites. Les chefs d'état-major sont contre moi, Galeazzo. Badoglio me regarde toujours comme si j'étais fou. Un jour, il va voir la Némésis en face et il découvrira qu'elle a mon visage. Je ne supporte pas ça. Je crois que nous devrions aussi prendre la Crète, pour que les Anglais ne l'aient pas.

Jacomoni m'a télégraphié que nous pouvons nous attendre à beaucoup de trahisons dans les rangs grecs, que les Grecs haïssent Métaxas et le roi, qu'ils sont très abattus et qu'ils envisagent d'abandonner Tsamouria. Apparemment, Dieu est avec nous. Il faut changer cette situation où Sa Majesté et moi-même sommes tous les deux premier maréchal du royaume : on ne peut pas vivre dans de telles anomalies. Entre parenthèses, Prasca m'a télégraphié qu'il n'a pas besoin de renforts pour l'invasion, alors pourquoi est-ce que tout le monde me dit que nous ne pouvons pas réussir sans ? Ils n'ont rien dans le ventre, voilà tout. D'après mon expérience, il n'y a pas d'expert plus irréaliste qu'un expert militaire. Je dois tout faire à leur place, on dirait. Je n'entends que des récriminations à propos de la pénurie de tout. Pourquoi ne retrouve-t-on pas les crédits extraordinaires ? Je veux une enquête.

Galeazzo, je vous rappelle qu'Hitler est opposé à cette guerre parce que la Grèce est un État totalitaire qui devrait tout naturellement être de notre côté. Alors ne lui dites rien. Nous allons lui donner un exemple de Blitzkrieg qui le rendra malade d'envie. Et tant pis si nous nous mettons les Anglais à dos. Nous leur flanquerons une raclée à eux aussi.

QUI A LAISSÉ ENTRER CE CHAT ? DEPUIS QUAND AVONS-NOUS UN CHAT DU PALAIS ? EST-CE QUE C'EST LE MÊME QUI A CHIÉ DANS MON CASQUE ? VOUS SAVEZ QUE JE NE SUPPORTE PAS LES

CHATS. COMMENT ÇA « ÇA ÉCONOMISE LES PIÈGES À SOURIS » ? NE ME DITES PAS QUAND JE PEUX ME SERVIR DE MON REVOLVER À L'INTÉRIEUR OU NON. RECULEZ OU VOUS AUSSI VOUS ALLEZ PRENDRE UNE BALLE. Oh mon Dieu, je me sens mal. Je suis un homme sensible, Galeazzo. J'ai un tempérament d'artiste, je ne devrais pas être forcé de regarder tout ce sang et cette saleté. Faites nettoyer, je ne me sens pas bien. Comment ? Il n'est pas encore mort ? Emportez-le et tordez-lui le cou. NON, JE NE VEUX PAS LE FAIRE MOI-MÊME. Vous me prenez pour un barbare ou quoi ? Oh mon Dieu. Donnez-moi mon casque, vite, j'ai envie de vomir. Débarrassez-vous de ça et donnez-moi un autre casque. Je vais aller m'étendre, ce doit être largement l'heure de la sieste.

3

Le géant

Les chèvres énigmatiques du mont Ainos se tournèrent face au vent pour s'imprégner de l'exhalation humide de la mer à l'aube, qui servait d'eau à cette terre aride, agressive et indomptable. Leur berger, Alékos, tellement peu habitué à la conversation des humains que les mots lui manquaient pour se parler à lui-même, remua sous les peaux qui le couvraient, tendit la main vers le canon rassurant de son fusil et sombra de nouveau dans le sommeil. Il avait encore le temps, avant de se réveiller, de manger du pain saupoudré d'origan, compter son troupeau et le pousser vers un endroit où brouter. Sa vie ne connaissait pas les heures, il aurait pu être l'un de ses ancêtres, et ses chèvres agissaient comme les chèvres de Céphalonie l'avaient toujours fait : elles dormaient à midi, à l'abri du soleil sur les versants nord des rochers vertigineux, et le soir leurs clochettes sonores s'entendaient jusqu'à Ithaque ; leur son portait dans le silence et des villageois au loin dressaient l'oreille, se demandant quel troupeau passait par là. Alékos serait pareil à soixante ans qu'à vingt, maigre et fort, un prodige d'endurance posée, aussi incapable d'agitation désordonnée que ses chèvres.

Loin au-dessous de lui, un plumet de fumée se dressait tout droit, une vallée brûlait. Elle était inhabitée et le maquis flambait à son aise ; seuls l'observaient avec inquiétude ceux qui craignaient qu'un coup de vent n'emporte des étincelles vers des lieux précieux : leurs habitations, leurs aromates, ou leurs minuscules champs pierreux entourés de tas de cailloux ramassés durant des siècles avant qu'on en ait fait des murs qui branlaient sous la main mais ne tombaient qu'en cas de tremblement de terre. Un amour très grec pour la couleur de la virginité en avait peint beaucoup en blanc, comme si ça ne suffisait pas d'être aveuglé par le soleil. Sur la plupart, un patriote itinérant avait barbouillé ÉNOSIS à la peinture bleu turquoise, et aucun Céphalonien n'avait jugé utile de rendre aux murs leur pureté. On aurait dit que chaque mur leur rappelait leur appartenance à une famille brisée par les frontières aberrantes d'empires rivaux et séniles, dispersée par une mer déchaînée et torturée par une histoire qui les avait placés au carrefour du monde.

De nouveaux empires empiétaient désormais sur les côtes des anciens. Bientôt il ne s'agirait plus de l'incendie d'une vallée qui tuait les lézards, les hérissons et les sauterelles ; ce serait la crémation des juifs et des homosexuels, des tziganes et des malades mentaux. Guernica et l'Abyssinie allaient s'écrire dans les cieux d'Europe et d'Afrique du Nord, de Singapour et de Corée. Les races qui s'étaient proclamées supérieures, ivres de Darwin et de délire nationaliste, folles d'eugénisme et égarées par les mythes, montaient des machines de génocide qui allaient bientôt être lâchées sur un monde déjà écœuré par une bêtise aussi absolue et une gloriole aussi méprisable.

Mais tout le monde admire la force, tout le monde est séduit par elle, et Pélagia l'était aussi. Quand elle apprit par une voisine qu'il y avait sur la place un colosse qui faisait des prodiges et des merveilles dignes d'Atlas, elle posa contre le mur le balai avec lequel elle nettoyait la cour et se précipita pour se mêler au caquetage des curieux et des gens impressionnables qui s'étaient rassemblés près du puits.

Mégalos Vélissarios, célèbre dans toutes les îles Ioniennes, déguisé en Turc de comédie avec pantalon bouffant et babouches, l'homme qui se disait le plus fort qui ait jamais existé, les cheveux aussi longs que ceux d'un Nazaréen ou de Samson lui-même, était en train de sauter sur un pied au rythme des battements de mains. Les bras étendus, il portait sur chacun de ses formidables biceps un homme adulte assis. L'un d'eux s'accrochait à lui et l'autre, plus versé dans les arts virils, fumait une cigarette d'un air tout à fait calme. Sur la tête de Vélissarios, pour faire bonne mesure, était assise une petite fille d'environ six ans qui lui compliquait la tâche en lui collant fermement les mains sur les yeux. « Lémoni ! rugit-il, enlève tes mains de mes yeux et tiens-toi à mes cheveux, sinon, je devrai arrêter. »

Lémoni était trop bouleversée pour remuer les mains et Mégalos Vélissarios s'arrêta. D'un mouvement gracieux, comme un cygne qui va se poser, il fit glisser les hommes à terre, puis il enleva Lémoni de sa tête, la lança en l'air, la rattrapa sous les aisselles, lui donna un baiser théâtral sur le bout du nez et la posa par terre. Lémoni leva les yeux au ciel en signe de soulagement et tendit la main d'un geste décidé : l'usage voulait que Vélissarios récompense ses petites victimes en leur donnant des bonbons. Lémoni savait que son frère lui prendrait son prix si elle essayait de le mettre de côté, aussi le mangea-t-elle devant la foule réunie. L'énorme bonhomme lui tapota affectueusement la tête, caressa ses cheveux noirs et brillants, l'embrassa encore puis se redressa de toute sa taille. « Je peux soulever n'importe quoi qui demanderait trois hommes », cria-t-il, et les villageois répondirent en chœur à ces mots qu'ils avaient si souvent entendus. Vélissarios était peut-être fort, mais son boniment ne variait jamais.

« Soulève l'abreuvoir ! »

Vélissarios l'examina : il était creusé dans une seule masse de pierre et faisait au moins deux mètres et demi de long. « Il est trop long, dit-il, je n'ai pas de prise. »

Quelqu'un dans la foule émit des doutes et le colosse s'avança, menaçant, agitant les poings et prenant des poses, se moquant de lui-même dans cette parodie de rage de géant. Les gens rirent, ils savaient que Vélissarios était un homme doux qui ne s'était jamais mêlé à une bagarre. Il saisit soudain une mule sous le ventre, écarta les jambes et hissa la bête contre sa poitrine. La mule stupéfaite, les yeux exorbités de terreur, ne résista pas contre ce traitement insolite, mais dès qu'il la reposa doucement par terre elle releva la tête, se mit à braire d'indignation et enfila la rue au petit galop, poursuivie de près par son propriétaire.

Le père Arsénios choisit cet instant précis pour émerger de sa petite maison près de l'église et s'avancer vers la foule en se dandinant. Il se rendait à l'église où il avait l'intention de compter l'argent dans le tronc de bois où l'on mettait les pièces pour les cierges.

On ne respectait pas le père Arsénios ; non pas parce que c'était une sphère ambulante et perpétuellement en sueur que l'effort de bouger faisait grogner, mais parce qu'il était cupide : c'était un glouton, une sangsue toujours en quête d'aumônes et d'offrandes, un recouvrement de créance à forme humaine. On racontait qu'il avait violé la règle qui interdit à un pope de se remarier et qu'il était venu depuis l'Épire pour se faire oublier. On disait aussi qu'il maltraitait sa femme. Mais ça, on le disait de la plupart des maris, et c'était souvent vrai.

« Soulève le père Arsénios ! » cria quelqu'un.

« Impossible ! » cria un autre.

Le père Arsénios se vit soudain pris sous les bras, soulevé et posé sur un mur. Il cligna des yeux, trop surpris pour protester, ouvrant et fermant la bouche comme un poisson ; le soleil faisait briller les gouttes de sueur sur son front.

Certains pouffèrent, mais bientôt un silence coupable s'installa. Il y eut une minute de silence embarrassé. Le pope devint écarlate, Vélissarios se dit qu'il aimerait se faire tout petit et aller se cacher, et Pélagia sentit son cœur se gonfler d'indignation et de pitié. C'était un crime terrible d'humilier le porte-parole de Dieu en public, si méprisable fût-il en tant qu'homme et en tant que pope. Elle s'avança et lui tendit la main pour l'aider à descendre. Vélissarios fit de même, mais ni l'un ni l'autre ne purent éviter que le malheureux ecclésiastique n'atterrisse lourdement et ne se retrouve les quatre fers en l'air dans la poussière. Il se releva, s'épousseta puis, avec un sens aigu de la scène, il s'éloigna sans un mot. Dans l'obscurité de l'église, derrière l'iconostase, il se cacha le visage dans ses mains. C'était la pire chose au monde que de se sentir un raté sans la moindre perspective de trouver un autre emploi.

Dehors, sur la place, Pélagia se montrait à la hauteur de sa réputation de sermonneuse. Elle n'avait que dix-sept ans, mais elle était fière et volontaire, et le fait que son père était le docteur lui donnait un statut que même les hommes étaient forcés de respecter. « Tu n'aurais pas dû faire ça, Vélissarios, disait-elle. C'était affreux et cruel. Imagine ce que le pauvre homme doit ressentir. Tu dois aller tout de suite à l'église et t'excuser. »

Il la regarda de sa haute taille. La situation était assurément délicate. Il pensa soulever Pélagia au-dessus de sa tête. Peut-être devrait-il la poser dans un arbre ? Ça ferait sûrement rire la foule. Il savait qu'il devrait forcément aller se raccommoder avec le pope. Il devinait à l'antipathie soudaine des gens qu'à ce train-là il ne pourrait jamais obtenir d'eux beaucoup d'argent pour son numéro. Que faire ?

« La représentation est terminée », dit-il avec des gestes indiquant que c'était la fin, « je reviendrai ce soir. »

L'hostilité vira soudain à la déception. Après tout, le pope méritait ça, non ? Et ce n'était pas si souvent qu'on voyait un aussi bon numéro au village.

« Nous voulons voir le canon ! » cria une vieille, une autre voix renchérit, puis encore une autre : « Nous voulons le canon ! Nous voulons le canon ! »

Vélissarios était terriblement fier de son canon. C'était une vieille couleuvrine turque, trop lourde pour que quelqu'un d'autre puisse la porter. Elle était en bronze massif, avec un canon damasquiné cerclé par des anneaux d'acier rivetés et gravés d'une inscription qui indiquait une date, 1739; le reste était en caractères fleuris que personne ne pouvait déchiffrer. C'était un canon très mystérieux et intraduisible qui produisait un abondant vert-de-gris malgré des astiquages répétés. Une partie du secret de la force titanesque de Vélissarios, c'est qu'il le transportait partout depuis très longtemps.

Il abaissa le regard vers Pélagia qui attendait encore une réponse à sa demande d'excuses auprès du pope et lui dit : « J'irai plus tard, ma jolie », puis il leva les bras pour annoncer : « Braves gens du village, pour voir le canon il suffit que vous me donniez vos vieux clous rouillés, vos loquets cassés, vos tessons de poterie et les cailloux de vos rues. Trouvez-moi tout ça pendant que je bourre le canon de poudre. Oh, et que quelqu'un m'apporte un chiffon, un grand. »

Les gamins raclèrent la terre des rues pour trouver des cailloux, les vieux fouillèrent leurs remises, les femmes coururent chercher la chemise de leur mari qu'elles essayaient de leur faire jeter depuis longtemps, et bientôt tous se retrouvèrent pour la grande explosion. Vélissarios versa une dose généreuse de poudre dans le magasin, la tassa avec cérémonie, pleinement conscient de la nécessité de faire durer le spectacle, bourra par-dessus l'un des chiffons, puis permit aux gamins de remplir le canon avec les munitions qui avaient été accumulées. Il ajouta un autre bout de tissu en lambeaux et demanda : « Sur quoi vous voulez que je tire ?

– Sur le premier ministre Métaxas ! » cria Kokolios qui n'avait pas honte de ses convictions communistes et passait beaucoup de temps au kaphénio à critiquer le dictateur et le roi. Des gens rirent, d'autres protestèrent et certains pensèrent : « Voilà Kokolios qui remet ça. »

« Tire sur Pélagia avant qu'elle ne coupe les couilles à quelqu'un avec les dents », suggéra Nikos, un jeune homme dont elle avait su repousser les avances par des remarques acerbes sur son intelligence et sur son honnêteté.

« Je vais tirer sur toi, répliqua Vélissarios. Tu devrais surveiller ton langage en présence de personnes respectables.

– J'ai un vieil âne qui a des éparvins. Ça me fait de la peine de me séparer d'un vieil ami, mais vraiment, il ne sert plus à rien. Il ne fait que manger et il tombe quand je le charge. Il ferait une bonne cible, j'en serais débarrassé, et ça serait sanglant. » C'était Stamatis.

« Puisses-tu n'avoir que des filles et jamais de brebis pour penser seulement une horreur pareille ! s'exclama Vélissarios. Tu me prends pour un Turc ? Non. Je tirerai simplement sur la route, faute d'une meilleure cible. Que tout le monde s'écarte, maintenant. Reculez, que tous les enfants se bouchent les oreilles. »

Avec une assurance théâtrale, l'homme immense alluma la mèche de l'arme, qui était posée contre le mur, souleva la couleuvrine comme si elle était aussi légère qu'une carabine et banda ses muscles, un pied en avant et le canon posé au-dessus de la hanche. Ce fut le silence. La mèche crachota en lançant des étincelles. On retenait sa respiration. Les enfants se pressaient les mains sur les oreilles, faisaient des grimaces, fermaient un œil et sautillaient d'un pied sur l'autre. Il y eut un suspense intolérable quand la flamme de la mèche atteignit la lumière et s'éteignit en sifflant. La poudre n'avait peut-être pas pris. Mais alors, il y eut un rugissement colossal, un jaillissement de feu orange et mauve, un énorme nuage de fumée âcre, un magnifique envol de poussière quand les projectiles déchirèrent la surface de la route, et un long gémissement de douleur.

Troublés et hésitants, les gens se regardèrent pour voir qui avait pu être blessé par ricochet. Un nouveau gémissement, et Vélissarios laissa tomber son canon pour courir droit devant lui. Il avait distingué sous les retombées de terre une forme recroquevillée.

Plus tard, Mandras remercierait Vélissarios de lui avoir tiré dessus avec une couleuvrine turque au moment où il franchissait le tournant à l'entrée du village. Mais sur le moment, il fut indigné d'être transporté dans les bras d'un géant au lieu de pouvoir marcher dignement jusque chez le docteur, et il n'eut aucun plaisir à se faire retirer de l'épaule, sans anesthésie, un clou tordu de fer d'âne. Ni à rester immobilisé par le géant pendant que le docteur travaillait, car il n'aurait pas pu supporter la douleur tout seul. Et ce ne fut ni pratique ni économique de devoir cesser de pêcher pendant deux semaines en attendant que la blessure guérisse.

Ce dont il fut reconnaissant à Mégalos Vélissarios, c'est d'avoir pu ainsi rencontrer Pélagia, la fille du docteur. À un moment indéfinissable, il se rendit compte qu'on le bandait, que les longs cheveux d'une jeune femme lui chatouillaient la figure et qu'ils sentaient le romarin. Il ouvrit les yeux et se trouva devant une autre paire d'yeux pleins d'inquiétude. « À ce moment-là, aimait-il raconter, j'ai pris conscience de ma destinée. » C'est vrai qu'il ne le disait que lorsqu'il était un peu éméché, mais il était sérieux tout de même.

Là-haut, sur le mont Ainos, le toit du monde, Alékos avait entendu le fracas du canon et il se demanda si c'était le signe qu'une nouvelle guerre avait commencé.

4

L'omosessuale (1)

Moi, Carlo Piero Guercio, j'écris ces mots en souhaitant qu'ils soient trouvés après ma mort, quand je ne pourrai plus être poursuivi ni sali par le mépris ou la perte de ma réputation. Les circonstances de la vie empêchent ce testament de ma nature de parvenir au monde avant mon dernier soupir, et jusque-là je serai condamné à porter le masque que le malheur m'a imposé.

J'ai été réduit au silence infini et éternel, je ne me suis même pas confessé à l'aumônier. Je sais déjà ce qu'il me dira : que c'est une perversion, une abomination aux yeux de Dieu, que je dois mener le bon combat, que je dois me marier et vivre la vie d'un homme normal, que je peux choisir.

Je n'en ai parlé à aucun médecin. Je sais déjà qu'il me dira que je suis un inverti, amoureux de moi-même d'une façon bizarre, que je suis malade et que je peux guérir, que c'est la faute de ma mère, que je suis efféminé bien que fort comme un bœuf et parfaitement capable de lever mon propre poids au-dessus de ma tête, que je dois me marier et vivre la vie d'un homme normal, que je peux choisir.

Que dire à ces prêtres et à ces médecins ? Je dirais au prêtre que Dieu m'a fait comme je suis, que je n'ai pas le choix, qu'il a dû me faire ainsi dans un but quelconque, qu'il connaît les raisons dernières de toutes choses et que ce doit donc être pour le bien que je suis ce que je suis, même si nous ne pouvons pas savoir ce qu'est le bien. Je peux dire au prêtre que si Dieu est la raison de toutes choses, alors c'est lui qui doit être blâmé, et que l'on ne devrait pas me condamner.

Le prêtre dira : « C'est l'œuvre du diable et non de Dieu » et je répliquerai : « Dieu n'a-t-il pas créé le diable ? N'est-il pas omniscient ? Comment pourrais-je être coupable de ce qu'il prévoyait depuis le commencement des temps ? » Et le prêtre me parlera de la destruction de Sodome et Gomorrhe, il me dira que les mystères de Dieu nous sont inaccessibles. Il me dira qu'il nous est ordonné de croître et multiplier.

Je dirai au médecin : « Je suis comme ça depuis toujours, c'est la nature qui m'a fait ainsi, comment pourrais-je changer ? Comment puis-je décider de désirer les femmes ? Ce serait comme décider d'aimer les anchois, que j'ai toujours détestés. Je suis allé à la Casa Rosetta et ça m'a fait horreur, j'ai eu la nausée après. Je me suis senti avili, traître. Il fallait y aller pour avoir l'air normal. »

Et le docteur dira : « Comment cela peut-il être naturel ? La Nature se défend en nous faisant nous reproduire. Ceci est contre nature. La Nature veut que nous croissions et multipliions. »

C'est une conspiration des médecins et des prêtres qui disent la même chose avec des mots différents. C'est de la théologie médicale et de la médecine théologienne. Je suis comme un espion qui aurait signé un pacte de secret perpétuel, comme quelqu'un qui serait le seul au monde à connaître la vérité et n'aurait pas le droit de la dire. Cette vérité est plus lourde que l'univers et je suis comme Atlas courbé pour toujours sous un fardeau qui brise les os et fige le sang. Il n'y a pas d'air dans ce monde que je suis condamné à habiter, je suis une plante qui suffoque par manque d'air et de lumière, on a coupé mes racines et enduit mes feuilles de poison. Le feu de l'amour explose en moi et il n'y a personne pour l'accepter et le nourrir. Je suis un étranger dans mon propre pays, d'une autre race que la mienne, je suis autant détesté que le cancer alors que je suis simplement chair comme n'importe quel prêtre ou médecin.

À en croire Dante, mes semblables sont confinés au troisième giron du septième cercle de l'enfer en compagnie, bizarrement, des usuriers. Il m'offre un désert d'âmes nues fouettées par une pluie de feu, il me fait courir en rond, perpétuellement, inutilement, à la recherche de ceux dont j'ai souillé le corps. Vous voyez, j'ai été conduit à chercher partout, rien que pour trouver mention de moi. On ne parle de moi presque nulle part, mais quand on en parle, c'est pour me condamner. C'est extraordinaire, messieurs les médecins et les prêtres, que Dante ait eu pitié de nous et Dieu, non. Dante a dit : « J'en souffre encore lorsque je m'en souviens. » Dante avait raison, j'ai toujours tourné en rond, inutilement, cherchant la chaleur des corps, méprisé par Dieu qui m'a créé, et toute ma vie a été un désert et une pluie de feu.

Oui, j'ai tout lu pour trouver une preuve que j'existe, que je suis possible. Et savez-vous où je me suis trouvé ? Savez-vous où j'ai découvert que dans un autre monde, un monde disparu, j'étais réel et beau ? Dans les écrits d'un Grec.

Quelle ironie ! Je suis un soldat italien qui opprime le seul peuple dont les ancêtres ont accordé à mes semblables le droit d'incarner une forme d'amour absolument parfaite.

Je le reconnais, je me suis engagé parce que dans l'armée les hommes sont jeunes et beaux. Et aussi parce que Platon m'en a donné l'idée. Je suis probablement le seul soldat de l'Histoire qui ait pris les armes à cause d'un philosophe. C'est que, voyez-vous, je cherchais une voie où mon infirmité pouvait servir, et j'ignorais l'amour d'Achille et de Patrocle et autres grecqueries. Bref, j'ai lu *Le Banquet* et j'ai vu qu'Aristophane expliquait qu'il y avait trois sexes : les hommes et les femmes qui s'aimaient, les hommes qui aimaient les hommes, et les femmes qui aimaient les femmes. Imaginer que j'étais d'un sexe différent a été une révélation, c'était une idée qui tenait debout. Phèdre, lui, disait : « Supposons donc que, par quelque moyen, il pût exister une cité, ou une armée, faite d'amants et de leurs bien-aimés, on ne voit pas comment leur cité à eux pourrait avoir une base meilleure de sa constitution que leur éloignement pour tout ce qui est vilain et le désir d'estime dont ils rivaliseraient ! ni encore comment, en se battant coude à coude, de tels hommes, une poignée seulement, ne seraient pas vainqueurs, si l'on peut dire, de toute l'humanité ! Oui, pour un homme qui aime, être vu de ses amours, ou lâchant le rang, ou jetant ses armes, serait sans nul doute plus intolérable que de le faire sous les yeux du reste de l'armée ; et à cette humiliation il préférerait mille fois la mort. Et, bien entendu, pour ce qui est d'abandonner son bien-aimé sur place ou de ne pas le secourir dans le péril, il n'y a pas d'homme si lâche que l'Amour lui-même ne rende, pour le courage, possédé du dieu, et pareil ainsi au plus vaillant par nature. Ainsi, c'est bien simple : ce que disait Homère de la bravoure que souffle la divinité au cœur de quelques héros, voilà ce qu'aux amants donne l'Amour, comme un don qui vient de lui-même. »

Je savais qu'à l'armée il y aurait ceux que je pourrais aimer, même sans jamais les toucher. J'allais trouver quelqu'un à aimer et cet amour allait me grandir. Je ne l'abandonnerais pas dans la bataille, il ferait de moi un héros inspiré. J'aurais quelqu'un à impressionner, quelqu'un dont l'admiration m'apporterait ce que je ne peux me donner à moi-même : l'estime et l'honneur. Je risquerais la mort pour lui, et si je mourais je saurais que j'étais de la boue changée en or par une mystérieuse alchimie.

C'était une idée folle, romantique et invraisemblable, et le plus drôle, c'est que ça a marché. Mais ça m'a finalement causé des peines incalculables.

5

L'homme qui a dit non

Le premier ministre Métaxas s'effondra, désespéré, dans son fauteuil préféré de la villa de Kifissia et réfléchit amèrement aux deux problèmes insolubles de sa vie : « Que faire de Mussolini ? » et « Que faire de Lulu ? » Il serait difficile de dire lequel le troublait et le chagrinait le plus, car ils étaient tous deux personnels et politiques dans des proportions inégales. Métaxas écrivit dans son journal : « Ce matin, j'ai essayé de parvenir à un accord avec Lulu. Tout s'est bien passé jusqu'à un certain point, mais ensuite nous avons recommencé à nous disputer. Elle ne me comprend pas. Je sais exactement qui la manipule. J'en ai même oublié mon entrevue avec l'ambassadeur de Grande-Bretagne. Je suis resté avec elle jusqu'à midi. Je suis navré pour elle. Elle est si malheureuse. Lulu, Lulu, ma fille chérie. Nous nous sommes jetés dans les bras l'un de l'autre et nous avons pleuré ensemble sur notre destin. »

Avec Lulu, il n'était jamais sûr de la vérité ; dans Athènes couraient à son sujet des légendes plus invraisemblables que les histoires de Zeus dans l'Antiquité. Il y avait celle du policier qui avait perdu son pantalon et sa casquette qu'on avait retrouvés en haut d'un réverbère. Celle du jeune homme à la Bugatti et des folles virées au Pirée. On disait aussi qu'elle jouait à un jeu anglais qu'on appelait « les sardines », une sorte de cache-cache où celui qui cherchait devait entrer dans la cachette de l'autre : on avait, paraît-il, trouvé Lulu emberlificotée avec un jeune homme dans un placard. Certains disaient qu'elle fumait de l'opium et se soûlait abominablement. Elle connaissait toutes les danses américaines violentes telles que le tango (si inélégant et si vulgaire, une prétendue danse venue des bordels de Buenos Aires), le quick step et la samba, et des danses au nom idiot et intraduisible comme le jitterbug, cette agitation embrouillée et frénétique des mains et des jambes. C'était là une forme d'indécence. Ça sentait l'impudeur et l'intempérance. Les jeunes étaient trop impressionnables, trop enclins aux lubies et aux modes de civilisations sans maturité telle que l'Amérique, trop opposés à la dignité qui accompagne le sentiment naturel d'amour-propre. Que pouvait-on faire ? Elle niait toujours tout ou, pire encore, elle chassait les inquiétudes paternelles d'un rire et d'un geste de la main. Dieu sait qu'on n'est jeune qu'une fois, mais dans son cas c'était trop souvent.

En outre, elle désavouait et contestait sa politique en public. C'était le baiser de Judas. Cette exhibition de déloyauté filiale le blessait par-dessus tout. Elle l'aimait, disait-elle. En réalité, il le savait, mais alors pourquoi tournait-elle en ridicule son Organisation nationale de la jeunesse ? Pourquoi ce satané individualisme ? Ne se rendait-elle pas compte qu'en étant une noceuse elle mettait en question tout ce qu'il souhaitait pour la Grèce ? Comment pouvait-il fustiger les ploutocrates si sa propre fille fréquentait les pires d'entre eux ? Batifolait avec eux ? Comment pouvait-il exiger la discipline et le sacrifice ?

Dieu merci, il avait muselé la presse, car chaque journaliste dans le pays avait son « histoire de Lulu » favorite ; Dieu merci, ses ministres étaient trop discrets pour en parler ; Dieu merci, il n'avait pas encore perdu la face par contagion. Mais cela n'empêchait pas des gens comme Grazzi de demander avec leur sourire mielleux : « Et comment va votre chère fille Lulu ? Il paraît que c'est une petite coquine. Ah, ce que nous devons endurer, nous, les pères ! » N'entendait-il pas les ricanements et les murmures ? Ne disait-on pas qu'il tenait toute la Grèce mais ne pouvait pas tenir sa fille ? Même la police secrète était trop embarrassée par toutes ces histoires pour rapporter ses escapades en détail. On disait que les gens qui organisaient des soirées suppliaient leurs invités : « N'amenez pas Lulu ! » Le chagrin et la honte étaient intolérables.

Le calme des pins et l'éclat blanc des projecteurs au-dehors s'alliaient pour exacerber sa sensation d'être prisonnier derrière ses propres grilles ; il avait rempli les conditions de la tragédie classique en créant lui-même son piège. Toute la Grèce s'était réduite à cette modeste villa pseudo-byzantine au mobilier bourgeois, pour la bonne raison qu'il tenait le destin et l'honneur de son pays bien-aimé dans la paume de sa main. Il la regarda, cette main, et se dit qu'elle était petite, comme lui. Il pensa un instant qu'il aurait aimé se retirer avec une pension de colonel et vivre tranquillement dans un coin anonyme, un endroit où il pourrait vivre et mourir sans rien avoir à se reprocher.

La mort le préoccupait beaucoup depuis quelque temps, car il s'était aperçu que son corps le trahissait. Ce n'était rien de particulier, il n'avait pas de symptômes significatifs, il se sentait simplement assez épuisé pour mourir. Il savait qu'une sorte de tristesse indifférente et passive s'empare de ceux qui sont au seuil de la mort, un calme résigné ; ce détachement et ce calme montaient en lui au moment même où les circonstances l'obligeaient à faire preuve d'une force, d'une détermination et d'une noblesse telles que l'on n'en avait jamais exigé de lui auparavant. Il avait parfois envie de laisser à d'autres les rênes de l'État, mais il savait que le destin l'avait choisi pour être le protagoniste de la tragédie et qu'il n'avait d'autre choix que de tirer son épée. « Il y a tant de choses que j'aurais dû faire », se dit-il, et soudain l'idée lui vint que la vie aurait pu être douce si seulement il avait su trente ans plus tôt ce que seraient les résultats des analyses des médecins à un moment lointain dans l'avenir qui avait roulé lentement mais impitoyablement vers lui pour devenir le présent inéluctable, ingrat et insupportable. « Si j'avais vécu dans la conscience de cette mort, tout aurait été différent. »

Il repensa aux vicissitudes insensées de sa carrière et se demanda si l'Histoire serait charitable avec lui. Le voyage avait été long depuis l'Académie militaire prussienne de Berlin ; ce devait être dans une autre vie qu'il avait appris à admirer le sens de l'ordre, de la discipline et du sérieux teutoniques, qualités qu'il avait précisément essayé d'inculquer à son pays natal. Il avait même commandé la toute première grammaire de langue démotique et l'avait rendue obligatoire dans les écoles, à cause de la théorie qui veut qu'étudier la grammaire encourage le sens logique et parce que cela allait refréner l'individualisme sauvage et irresponsable des Grecs.

Il se rappela le fiasco de la Grande Guerre, quand Vénizélos avait voulu rejoindre les Alliés tandis que le roi voulait rester neutre. Il avait dit que si la Grèce rejoignait les Alliés, la Bulgarie en profiterait pour l'envahir ; il avait accepté l'exil aussi noblement qu'il avait renoncé à son poste de chef d'état-major. Mieux valait oublier la tentative de coup d'État de 1923. Et maintenant, la Bulgarie risquait effectivement d'envahir la Grèce, profitant cette fois de l'occasion offerte par l'Italie qui cherchait à remplir le vide laissé par les Turcs.

Il se souvint comment il avait brisé la grève des ouvriers du tabac à Salonique : douze morts. Fort de ce désordre, il avait persuadé le roi de suspendre la constitution afin de contrecarrer les communistes ; il l'avait persuadé aussi de le nommer premier ministre alors qu'il était le chef du parti de droite le plus marginal du pays. Mais pourquoi l'avait-il fait ? « Métaxas, se dit-il, l'Histoire dira que c'était de l'opportunisme, que tu ne pouvais pas gagner par des moyens démocratiques. Il n'y aura personne pour me défendre en disant la vérité, à savoir que c'était la dégringolade, que notre démocratie était trop efféminée pour réussir. C'est facile de dire ce qui aurait dû être, plus difficile de reconnaître la force inexorable de la nécessité. J'étais l'incarnation de la nécessité, voilà tout. Si ce n'avait pas été moi, ç'aurait été quelqu'un d'autre. Au moins, je n'ai laissé aucune influence aux Allemands, bien qu'ils aient failli s'emparer de l'économie. Au moins, j'ai conservé les liens avec l'Angleterre, j'ai essayé de fondre les gloires des civilisations médiévale et antique en une nouvelle force. Personne ne peut m'accuser d'avoir agi au mépris de la Grèce. La Grèce a été ma seule véritable épouse. L'Histoire se souviendra peut-être de moi comme de l'homme qui a interdit la lecture de l'oraison funèbre de Périclès et qui s'est aliéné la paysannerie en limitant le nombre de chèvres qui détruisent nos forêts. Ô Seigneur, je n'ai été qu'un petit bonhomme ridicule.

« Mais j'ai fait de mon mieux, j'ai tout fait pour préparer la guerre que je m'efforce d'éviter. J'ai construit des chemins de fer et des fortifications, j'ai appelé l'armée de réserve, j'ai préparé le peuple par des discours, j'ai suivi la voie diplomatique jusqu'au ridicule. L'Histoire dira que j'ai été celui qui a tout fait pour sauver sa patrie. Tout s'achève avec la mort. »

Mais il était hors de doute qu'il avait été trop obsédé par le sens de l'Histoire, convaincu d'avoir été choisi pour remplir un rôle messianique. Il avait cru qu'il ne pouvait y avoir personne d'autre, que c'était à lui de prendre la nation grecque par la peau du cou et de la traîner, malgré ses ruades et ses protestations, vers le but juste. Il s'était senti comme un médecin qui inflige une douleur nécessaire en sachant qu'après les jurons et les récriminations du malade le temps viendra où il sera couronné des fleurs de la reconnaissance. Il avait toujours fait ce qu'il savait être bien, mais à la fin, il avait peut-être été animé par la vanité, par quelque chose d'aussi simple et déshonorant que la mégalomanie.

A présent que son esprit avait été plongé dans le feu, il savait que son caractère se trempait dans le creuset de la destinée. Allait-il être celui qui avait sauvé la Grèce ? Celui qui aurait pu la sauver mais ne l'avait pas fait ? Ou celui qui n'aurait pas pu la sauver mais s'était battu de toutes ses forces pour sauver son honneur ? Précisément, c'était surtout une question d'honneur personnel et national, parce que la Grèce devait impérativement sortir de cette épreuve sans qu'on pût lui reprocher la moindre turpitude. Quand des soldats sont morts, quand un pays est dévasté et détruit, c'est l'honneur qui survit et résiste. C'est l'honneur qui respire et vit dans le cadavre après que les temps les plus durs sont passés.

N'était-ce pas une forme d'ironie que d'être ainsi raillé par le destin ? Ne s'était-il pas choisi le rôle de « Premier paysan », de « Premier ouvrier », de « Père de la Nation » ? Ne s'était-il pas entouré des pompes d'un fascisme moderne ? Avec son « Régime du quatre août 1936 » ? Sa « Troisième civilisation hellénique » qui faisait pendant au Troisième Reich d'Hitler ? Son Organisation nationale de la jeunesse qui défilait en agitant des drapeaux tout comme les Jeunesses hitlériennes ? Ne méprisait-il pas les libéraux, les communistes et le parlementarisme comme Franco, Salazar, Hitler et Mussolini ? N'avait-il pas semé la discorde dans les rangs de la gauche, comme on disait ? Quoi de plus facile, compte tenu de leur ridicule manie des factions cherchant à se trahir les unes les autres sous prétexte de vision erronée ou de n'importe laquelle des innombrables impuretés idéologiques ? Ne dénonçait-il pas la ploutocratie ? La police secrète ne connaissait-elle pas l'arôme et la composition chimique exacts de chaque pet subversif en Grèce ?

Alors pourquoi ses frères à l'étranger le délaissaient-ils ? Pourquoi Ribbentrop lui envoyait-il des garanties anodines auxquelles on ne pouvait pas croire ? Pourquoi Mussolini montait-il des incidents de frontières et des impasses diplomatiques ? Où était l'erreur ? Comment était-il arrivé si haut en suivant les courants du temps pour se retrouver ensuite confronté à la plus grande crise de l'histoire moderne de la mère patrie, crise provoquée par ceux-là mêmes qu'il avait pris comme exemples et comme mentors ? N'était-ce pas une ironie que de ne pouvoir compter désormais que sur les Anglais ? Les Anglais parlementaristes, libéraux, démocrates et ploutocrates ?

Le premier ministre Métaxas écrivit sur un bout de papier ce qui le distinguait des autres. Il n'était pas raciste. Ce n'était pas beaucoup. Il eut soudain une idée qui aurait dû être une évidence : les autres voulaient des empires et s'employaient à les construire, tandis que lui n'avait jamais voulu que l'union de tous les Grecs. Il voulait la Macédoine, Chypre, le Dodécanèse et, avec l'aide de Dieu, Constantinople. Il ne voulait pas l'Afrique du Nord, comme Mussolini, ni le monde entier, comme Hitler.

Aussi les autres jugeaient-ils peut-être qu'il manquait d'ambition, de volonté de grandeur, que c'était un signe qu'il n'avait pas le désir de puissance des Übermenschen, qu'il n'était qu'un caniche parmi les loups. Dans le monde nouveau où les plus forts avaient le droit de commander parce qu'ils étaient les plus forts, où la force indiquait la supériorité naturelle, où la supériorité naturelle donnait le droit moral d'assimiler les autres nations à des races inférieures, il était une anomalie. Il ne voulait que sa propre nation. La Grèce était donc une cible naturelle. Métaxas écrivit « caniche », puis le raya. Il considéra les deux mots « racisme » et « empire ». « Ils pensent que nous sommes inférieurs, marmonna-t-il, ils nous veulent dans leur empire. » C'était dégoûtant et outrageant, c'était exaspérant. Il entoura les deux mots et écrivit NON à côté. Il se leva et alla à la fenêtre pour regarder dehors les pins paisibles. Il se pencha et réfléchit à l'ignorance sublime de ces arbres rêveurs, argentés par la lune. Il frissonna et se redressa. Il avait pris une décision : ce serait une nouvelle bataille des Thermopyles. Si trois cents Spartiates avaient pu résister contre cinq millions de Perses parmi les plus braves, que ne feraient pas vingt divisions contre les Italiens ? Si seulement c'était aussi facile de se préparer à la solitude terrible et infinie de la mort. Si seulement c'était aussi facile avec Lulu.

6

L'omosessuale (2)

Moi, Carlo Piero Guercio, j'affirme qu'à l'armée j'ai trouvé ma famille. J'ai un père et une mère, quatre sœurs et trois frères, mais depuis la puberté je n'ai pas de famille. J'ai dû vivre dans le secret comme on cache la lèpre. Ce n'est pas la faute de mes parents si j'ai dû jouer la comédie. Je devais danser avec des filles dans les feste, je devais flirter avec elles dans la cour de récréation et pendant la passeggiata du soir sur la piazza. Je devais répondre à ma grand-mère qui me demandait quel genre de fille je voulais épouser et si je préférais avoir des fils ou des filles. Je devais écouter avec ravissement mes copains me décrire les complexités des organes féminins, apprendre à raconter des histoires fabuleuses sur ce que j'avais fait avec des filles. J'ai appris à être plus seul qu'il n'est humainement possible.

A l'armée, les conversations étaient tout aussi grossières, mais c'était un monde sans femmes. Pour un soldat, une femme est un être imaginaire. On peut se permettre d'être sentimental quand il s'agit de sa mère, mais c'est tout. Pour le reste, il y a les pensionnaires des bordels militaires, les petites amies fictives ou infidèles qu'on a laissées au pays, et les filles qu'on siffle dans les rues. Je ne suis pas misogyne, mais il faut comprendre que pour moi la compagnie d'une femme est douloureuse, parce qu'elle me rappelle ce que je ne suis pas et ce que j'aurais été si Dieu n'était pas intervenu dans le ventre de ma mère.

Au début, j'ai eu de la chance. On ne m'a pas envoyé en Abyssinie ni en Afrique du Nord, mais en Albanie. Il n'y avait pratiquement pas de combats et c'était un plaisir d'oublier que le Duce pouvait nous ordonner d'envahir la Grèce. Nous allions plus vraisemblablement finir par nous en prendre aux Yougoslaves qui seraient aussi incapables et froussards que les Albanais. Chacun savait que les Yougoslaves se haïssaient davantage entre eux qu'ils ne pouvaient haïr un étranger ou un envahisseur.

Il devint bientôt évident que c'était le chaos. A peine m'étais-je installé dans une unité où je m'étais fait des amis que j'ai été transféré pour en compléter une autre, puis déplacé de nouveau. Nous n'avions pratiquement pas de moyens de transport et on nous a fait marcher de la frontière yougoslave à la frontière grecque et inversement, sur une foucade du haut commandement, semble-t-il. J'ai bien dû faire sept unités avant de me fixer dans la division Julia. La campagne de Grèce a été un fiasco pour plusieurs raisons, mais l'une d'elles est que les hommes étaient si souvent mutés qu'il était impossible de développer un esprit de corps. Au début, je n'ai eu le temps de devenir le Jonathan d'aucun David.

Mais dans la division Julia je me suis toujours senti bien. Aucun civil ne peut comprendre la joie d'être soldat. Elle constitue simplement une réalité, de même que l'amour entre soldats, toute sexualité mise à part ; et c'est un amour — toujours sexualité mise à part — qui n'a pas d'équivalent dans la vie civile. On est tous jeunes et forts, débordants de vie, et on est tous ensemble dans la merde.

On apprend à connaître toutes les nuances de l'humeur des autres ; on sait exactement ce que le voisin va dire ; on sait qui va rire de telle blague exactement et combien de temps ; on se familiarise intimement avec l'odeur des pieds et de la sueur de chaque homme ; en posant la main sur un visage dans le noir, on sait qui c'est ; on reconnaît à qui appartiennent les affaires accrochées au dossier d'une chaise, même si elles ressemblent à toutes les autres ; on peut dire à qui sont les poils de barbe dans le lavabo ; on sait exactement avec qui échanger une patate contre une carotte, une paire de chaussettes de réserve contre un paquet de cigarettes, un crayon contre une carte postale de Sienne. On s'habitue à se voir les uns les autres en toute franchise, rien n'est caché. A moins que ne se révèlent des désirs identiques.

Nous étions tous jeunes ensemble. Jamais nous ne serions plus beaux, plus minces et forts ; jamais plus nous n'aurions de telles bagarres dans l'eau, jamais plus nous ne nous sentirions aussi invincibles et immortels. Nous pouvions marcher soixante kilomètres dans la journée en chantant des airs martiaux et des chansons salaces, au pas cadencé ou en traînant la jambe à l'unisson, sous les plumes de coq noires et luisantes qui s'agitaient sur nos casques. Nous pouvions pisser ensemble sur les roues de la voiture du colonel, soûls comme des Polonais ; chier sans honte devant un autre ; échanger notre courrier, et c'était comme si chaque mère écrivait à nous tous ; nous pouvions creuser toute une nuit une tranchée dans le roc sous la pluie battante et repartir à l'aube sans même y avoir dormi ; pendant les exercices de tir réel, nous pouvions lancer des obus de mortier sur des lapins sans demander la permission ; nous pouvions nous baigner nus et beaux comme Phébus, et un homme montrait du doigt le pénis d'un autre en disant : « Dis donc, toi, pourquoi t'as pas rendu ça à l'armurerie ? » Nous riions tous, ça n'avait aucune importance ; un autre disait : « Fais attention, sinon il y aura une décharge par négligence » et la victime de la blague répondait : « J'aurais pas cette veine ! »

Nous étions neufs et beaux, nous nous aimions plus que des frères, c'est sûr. Ce qui gâchait tout, c'est qu'aucun de nous ne savait pourquoi nous étions en Albanie ni n'avait bonne conscience à propos de la reconstitution de l'Empire romain. Nous nous battions souvent contre les membres des légions fascistes. Ils étaient fanfarons, incapables et stupides, et beaucoup d'entre nous étaient communistes. Nul ne refuse de mourir pour une noble cause, mais nous étions obsédés par l'étrange inutilité d'aimer une vie qui n'avait pas de raison d'être. Je veux dire que nous étions comme les gladiateurs, prêts à faire notre devoir, à nous montrer stoïques, mais toujours perplexes. Le comte Ciano jouait au golf, Mussolini se livrait à une vendetta contre les chats et nous, nous étions dans un désert dont nous n'avions pas la carte, à perdre notre temps jusqu'à ce que ça se termine, jetés dans un combat mené en dépit du bon sens contre des gens qui se battaient comme des dieux.

Je ne suis pas cynique, mais je sais que l'Histoire est la propagande des vainqueurs. Je sais que si nous gagnons la guerre on racontera des horreurs sur les atrocités anglaises, qu'on écrira des volumes pour montrer la justice de notre cause, qu'on produira des preuves irréfutables pour révéler les conspirations des ploutocrates juifs, des photos d'ossements empilés dans des fosses communes de la banlieue de Londres. Je sais aussi que ce sera le contraire si les Anglais gagnent. Je sais que le Duce a expliqué que la campagne de Grèce était une victoire retentissante pour l'Italie. Mais il n'était pas là. Il ignore ce qui s'est passé. Il ne sait pas que la vérité vraie c'est que l'Histoire ne devrait se composer que des multiples histoires de petites gens mêlées à elle. Il devrait savoir qu'en réalité nous étions en train de perdre — et comment ! — jusqu'à ce que les Allemands attaquent à partir de la Bulgarie. Il ne le reconnaîtra jamais parce que la « vérité » appartient aux vainqueurs. Mais j'y étais, et je sais ce qui se passait dans ma guerre. La guerre a été pour moi une expérience qui a formé toute ma pensée, c'est le choc le plus profond que j'aie jamais subi, le drame le plus grave et le plus intime de ma vie. Elle a détruit mon patriotisme, changé mon idéal, elle m'a fait contester la notion même de devoir, elle m'a horrifié et a fait de moi un homme triste.

Socrate a dit que le génie de la tragédie est le même que celui de la comédie, mais la remarque n'est pas expliquée dans le texte parce que ceux auxquels elle s'adressait étaient soit endormis soit soûls à ce moment-là. Ça ressemble au genre de propos que tiennent les aristocrates dans les soirées, mais je peux en illustrer l'absolue vérité rien qu'en relatant ce qui est arrivé pendant cette campagne dans le nord de la Grèce.

Je dois commencer par préciser que moi, Carlo Piero Guercio, quand j'ai rejoint la division Julia, je suis tombé amoureux d'un jeune caporal marié qui m'a accepté comme son meilleur ami sans jamais soupçonner qu'il constituait l'entière population de mes rêves les plus enfiévrés. Il s'appelait Francisco et venait de Gênes, avec l'accent qui s'y attache et une connaissance de la mer qui ne pouvait avoir aucune utilité en Épire. Il aurait dû manifestement être dans la marine, cependant la logique tordue de l'époque avait décrété que, volontaire pour la marine, il serait affecté aux carabinieri, mais incorporé dans l'armée. Il était arrivé après être passé par un régiment d'alpini et un autre de bersaglieri, sans compter deux jours chez les grenadiers.

Tout était beau chez lui. Il avait le teint plus foncé que le mien, comme un garçon du Sud, mais il était mince et sa peau était lisse. Je me souviens qu'il n'avait que trois poils au centre de la poitrine et absolument aucun sur les jambes. On pouvait voir chaque muscle de son corps et j'admirais surtout ceux qui ne sont apparents que sur les individus particulièrement bien entraînés : les lignes parallèles sur l'avant-bras et celles des côtés de l'abdomen, qui s'incurvent et s'effilent vers l'aine. Il ressemblait à un de ces longs chats élégants qui donnent une impression de force énorme mais désinvolte.

C'est surtout son visage qui m'a attiré. Il avait une mèche noire et capricieuse qui lui tombait sur les yeux. Des yeux très noirs, au-dessus de fortes pommettes slaves. Sa grande bouche souriait en permanence; un sourire de guingois, ironique; l'arête de son nez étrusque paraissait, inexplicablement, un peu tordue. Ses mains étaient grandes, avec des doigts minces, en spatule, que je n'imaginais que trop facilement s'attardant sur mon corps. Je l'ai vu un jour réparer un anneau minuscule sur une chaîne d'or en filigrane et je peux affirmer que ses doigts avaient la précision parfaite de ceux d'une brodeuse. Il avait les ongles les plus délicats que l'on puisse imaginer.

Vous comprendrez que les hommes avaient souvent l'occasion d'être nus ensemble et que j'ai connu et mémorisé le moindre détail de la moindre partie de son corps; mais je m'insurge contre les accusations de perversion et d'obscénité qui seraient portées contre mes souvenirs et je les garderai pour moi. A mes yeux, ils ne sont pas obscènes; ils sont précieux, exquis et purs. De toute façon, personne ne saurait ce qu'ils signifient. Ils appartiennent au musée personnel que chacun de nous transporte dans sa mémoire et auquel pas même les experts ni les têtes couronnées d'Europe n'ont le droit d'accéder.

Francisco aimait l'impétuosité, les énormes plaisanteries et l'insolence absolue. Il ne se cachait pas de ne respecter personne et il nous amusait en imitant les attitudes de petit coq de Mussolini ou le prussianisme grotesque d'Adolf Hitler. Il pouvait reproduire les gestes et les intonations de Visconti Prasca et prononcer en le singeant des discours absurdes, pleins d'un optimisme extravagant, de plans farfelus et de références obséquieuses à la hiérarchie. Tout le monde l'aimait, il n'a jamais eu de promotion et ça lui était égal. Il avait adopté une souris qu'il avait appelée Mario ; elle vivait le plus souvent dans sa poche, mais quand nous faisions des marches d'entraînement, nous pouvions la voir sortir ses moustaches au sommet de son paquetage et se nettoyer le museau. Elle mangeait les épluchures de fruits et de légumes et avait une prédilection agaçante pour le cuir. J'ai encore un petit trou rond en haut d'une de mes bottes.

Nous, les soldats, nous ne savions à peu près rien de ce qui se passait dans les sphères du pouvoir. Nous recevions tant d'ordres et de contrordres que parfois nous n'obéissions à aucun, sachant qu'ils seraient vraisemblablement annulés aussitôt. L'Albanie était une sorte de camp de vacances sans confort, et nous considérions que ces ordres ne visaient qu'à essayer de nous occuper, qu'ils n'avaient aucune importance réelle.

Avec le recul, il paraît clair, cependant, que le but final était l'invasion de la Grèce ; il y en avait des signes partout et nous aurions dû les voir. Tout d'abord, la fameuse propagande autour de « Mare nostrum » et le fait que toutes les routes que nous construisions, prétendument au profit des Albanais, ne constituaient que des voies vers la frontière grecque. Ensuite, les troupes s'étaient mises à chanter des chants guerriers d'origine inconnue et d'auteurs anonymes, avec des paroles telles que : « Nous irons à la mer Égée, nous prendrons le Pirée, et si tout va bien nous aurons aussi Athènes. » Nous maudissions les Grecs pour avoir donné refuge à ce rustre de roi Zog, et les journaux étaient toujours pleins de prétendues attaques des Anglais contre nos bateaux de commerce à partir des eaux grecques. Je dis « prétendues » parce que aujourd'hui je ne crois pas à leur réalité. J'ai un ami dans la marine qui m'a dit qu'à sa connaissance nous n'avions perdu aucun bâtiment.

Je ne crois plus non plus à l'histoire qui dit que les Grecs ont tué

Daout Hodja. Je pense que c'est nous qui l'avons fait et que nous avons essayé d'en rendre les Grecs responsables. C'est terrible à dire, parce que ça montre à quel point j'ai perdu ma foi patriotique, mais il se trouve que je connais maintenant la version grecque des événements, elle m'a été donnée par le dottore Yannis quand je suis allé le voir pour un ongle de pied infecté. Finalement, cet Hodja n'était pas du tout un patriote albanais irréductible. Depuis plus de vingt ans il était reconnu coupable du meurtre de cinq musulmans, de vol de bétail, de brigandage, tentative de meurtre, extorsion de fonds sous la menace, port d'armes prohibées et viol. Et c'est cet homme qu'on a essayé de nous faire prendre pour un martyr. On ne nous a jamais dit que les Grecs avaient arrêté deux Albanais pour le meurtre de cet homme et qu'ils attendaient leur extradition. En tout cas, je me demande à présent comment la nation italienne tout entière a pu être aussi naïve, et pourquoi nous devions tant nous préoccuper des Albanais alors que nous venions d'occuper leur pays et qu'il était désormais évident pour nous tous qu'ils ne cherchaient qu'à s'entre-tuer. Les deux hommes qui ont supprimé le « patriote » Hodja l'ont apparemment empoisonné avant de lui couper la tête, ce qui pour des Albanais est la manière douce.

Bien des choses m'ont fait perdre la foi et je livre à ces pages le récit d'un épisode auquel Francisco et moi avons été mêlés. Il prouve clairement que c'est nous qui avons commencé la guerre et non les Grecs. Si nous gagnons, ces faits ne seront jamais connus, je le sais, parce que ces papiers ne seront pas révélés. Mais si nous perdons, il y a peut-être une chance pour que le monde apprenne la vérité.

C'est déjà assez difficile de vivre en paix avec soi-même quand on est sexuellement à part, mais c'est encore plus dur de savoir qu'on a commis par devoir les actes les plus abominables et les plus répugnants. Aujourd'hui, je sens souvent les signes de la mort imminente et vous trouverez ci-dessous une confession. Un prêtre m'a déjà donné l'absolution pour cette faute, mais elle ne sera jamais pardonnée, ni par les Grecs ni par les familles des soldats italiens concernés.

7

Remèdes extrêmes

Le père Arsénios ruminait amèrement derrière l'iconostase : comment allait-il pouvoir se mêler à la population, réconforter les malades et les mourants, arbitrer les conflits, répandre la parole de Dieu, prêcher l'unité de la Grèce alors qu'il paraissait hors de doute qu'il ne jouissait plus d'aucune considération ? Il envisagea un instant l'éventualité romanesque de disparaître ; il pouvait aller au Pirée travailler comme employé de bureau, devenir pêcheur, aller en Amérique et y commencer une nouvelle vie. Il se complut dans une vision éphémère de lui-même, libéré de ses plis de lard ridicules, chantant des rébétika orduriers dans les bordels d'Athènes, sirotant du kokkineli et séduisant les jeunes filles. A l'inverse, il se vit retiré en ermite dans les montagnes d'Épire, nourri par les corbeaux et atteignant une admirable sainteté. Il songea aux miracles qui pourraient se produire en son nom et se heurta à l'idée désagréable qu'il pourrait devenir le saint patron des gros obscènes. A la place, il pourrait peut-être écrire de la grande poésie et devenir aussi célèbre et respecté que Kostis Palamas. Mais pourquoi s'arrêter là ? Il pouvait être un second Homère. Derrière l'iconostase, il se mit à gronder de sa voix de basse profonde : « Ah ! misère !... Écoutez les mortels mettre en cause les dieux ! C'est de nous, disent-ils, que leur viennent les maux, quand eux, en vérité, par leur propre sottise, aggravent les malheurs assignés par le sort. » Il buta et se tut en plissant le front : venait ensuite le passage à propos d'Égisthe, ou bien la réponse de Zeus à Athéna ? « Zeus, l'assembleur des nues, lui fait cette réponse : "Quel mot s'est échappé de l'enclos de tes dents..." ? »

Il fut interrompu par une toux discrète venant du centre de l'église. Il se hâta de reprendre ses esprits, sentit une gêne extrême lui rougir les oreilles et le cou et se tint coi. Il avait été surpris en pleine rêverie déclamatoire et les villageois allaient dire à présent qu'il était fou. Il entendit des pas traînants s'éloigner et il jeta un œil de l'autre côté de la cloison : il vit que quelqu'un lui avait laissé une miche de pain. Il saliva en se disant que du fromage serait le bienvenu pour l'accompagner. Il entendit de nouveaux pas et se cacha vite, comme un enfant qui joue. Les pieds s'en allèrent et il regarda par un petit trou pour découvrir qu'on avait déposé un gros fromage, tendre et succulent. « Un miracle, se dit-il. Grâces soient rendues à Dieu. » Il eut une envie innocente de quelques aubergines et d'une bouteille d'huile, et un autre miracle se produisit, mais c'était une paire de pantoufles. « Mon Dieu, mon Dieu, dit-il en levant les yeux au plafond, comme tu es pervers. »

L'entrée de l'église s'emplit peu à peu de dons que les villageois apportaient pour faire amende honorable. Le père Arsénios regardait par le trou avec une avidité naïve tandis qu'au poisson succédaient des légumes et des mouchoirs brodés. Il finit par remarquer l'accumulation d'une grande quantité de robola et se fâcha : « Quoi ? Ils me prennent tous pour un ivrogne ? » Il se mit à calculer combien de temps dureraient les provisions s'il buvait deux bouteilles par jour. Ensuite, s'il en buvait trois. Par jeu mathématique et pour éprouver ses capacités intellectuelles, il entreprit de faire le calcul en partant de trois bouteilles et cinq huitièmes par jour, mais il s'embrouilla et dut recommencer.

Tandis que le tas grossissait, il sentit un besoin urgent d'uriner. Il changea de position, mal à l'aise, et commença à transpirer. Le dilemme était épouvantable : soit il sortait de l'église et alors les gens risquaient d'être intimidés par sa présence et de ne pas laisser leurs cadeaux, soit il allait devoir rester là, de plus en plus désespéré, jusqu'à ce que cesse le flot des présents de pénitence. Il regretta amèrement la bouteille qu'il avait bue avant de sortir.

« C'est le châtiment de Dieu pour les éponges, pensa-t-il. Jamais plus je ne toucherai à une goutte. » Il implora l'assistance de saint Yérassimos.

À la fin de sa prière, il eut une inspiration. L'église contenait un grand nombre de bouteilles. Il écouta attentivement, n'entendit aucun pas et sortit aussi vite que sa corpulence le lui permettait. Il se précipita vers l'entrée en se dandinant, se baissa avec peine pour prendre une bouteille et retourna se cacher derrière l'iconostase. Il ôta le bouchon avec ses dents et réfléchit au nouveau problème : pour qu'il puisse employer la bouteille, il fallait qu'elle soit vide. Que faire du vin ? C'était dommage de le gaspiller. Il leva la bouteille et la vida dans son gosier. Des filets de liquide sucré coururent dans sa barbe et sur sa soutane. Il examina la bouteille, y trouva encore deux ou trois gouttes et les fit tomber dans sa bouche d'un geste noble.

Le père Arsénios colla un œil au trou pour s'assurer de ne pas être entendu, leva sa soutane et libéra un formidable jet d'urine dans la bouteille. Le liquide cogna contre le verre du fond puis clapota et la bouteille se remplit avec un sifflement. Il vit avec horreur que là où elle se rétrécissait vers le goulot elle s'emplissait à une vitesse exponentielle. « On devrait faire les bouteilles complètement cylindriques », pensa le pope et bientôt l'accident arriva. Arsénios frotta du pied les débordements dans la poussière et s'aperçut qu'il allait devoir attendre dans l'église jusqu'à ce que les taches de mouillé aient séché sur sa soutane. « Un pope ne peut pas se montrer trempé de pisse », pensa-t-il. Il posa la bouteille d'urine et se rassit. Quelqu'un vint et lui laissa une paire de chaussettes.

Un quart d'heure passa et Vélissarios entra, espérant présenter ses excuses en personne. Il regarda dans le campanile et dans l'église et il était sur le point de s'en aller quand il entendit un rot gargouillant et prolongé qui venait de derrière la cloison. « Pater ? appela Vélissarios. Je suis venu m'excuser.

– Va-t'en, répondit une voix irritée, j'essaie de prier.

– Mais pater, je veux m'excuser et vous baiser la main.

– Je ne peux pas sortir. Pour diverses raisons. »

Vélissarios se gratta la tête. « Quelles raisons ?

– Des raisons religieuses. En plus, je ne me sens pas bien.

– Vous voulez que j'aille chez le Dr Yannis ?

– Non.

– Je m'excuse, pater, pour ce que j'ai fait, et pour que vous me pardonniez, je vous ai laissé une bouteille de vin. Je prierai pour avoir le pardon de Dieu. » Il quitta l'église et retourna chez le docteur voir comment allait Mandras ; il le trouva en train de contempler Pélagia avec l'adoration d'un chien. Il alla dire au docteur que le pope n'était pas bien.

Le père Arsénios se rendait compte que sa solution au problème d'une vessie distendue était elle-même responsable d'une distension plus grande. Après le départ de Vélissarios, il avait vidé une nouvelle bouteille et l'avait remplie avec le produit transmuté de la précédente. Cette fois, son objectif, son équilibre et son jugement quant au moment où il devait s'arrêter n'eurent même pas la précision douteuse de la première opération. Il fallut encore frotter le pied dans la poussière et la soutane fut encore mouillée. Arsénios se rassit, l'œil vague, et sentit monter la nausée. Il glissa lourdement du tabouret, se fit mal au coccyx et fut réveillé vingt minutes plus tard par le besoin impérieux de vider et remplir une autre bouteille. Il se promit de s'arrêter avant que le goulot ne produise de nouveau l'effet de tube de Venturi, mais à ce stade la pression était si forte qu'une fois de plus son jugement le trahit. Lamentablement.

Le Dr Yannis se rendit à l'église dans la lumière transparente de l'après-midi. Il s'habillait en semaine comme les paysans les dimanches et les jours de fête : costume noir crotté et élimé, chemise sans col, chaussures noires éculées et poussiéreuses et chapeau à large bord. Il tortillait sa moustache, tirait pensivement sur sa pipe, et il avait partagé son attention en deux, de telle sorte qu'il pensait simultanément au pillage de l'île par les croisés et à ce qu'il allait dire au pope. Il imagina la scène suivante :

« Pater, je regrette profondément l'affront qui vous a été infligé ce matin.

– Je trouve cela surprenant de la part d'un homme sans religion.

– Mais je crois qu'un pope devrait être traité avec respect. Un village a besoin d'un pope, comme une île a besoin de la mer. Je vous prie de venir dîner chez nous demain. Pélagia fera de l'agneau avec des pommes de terre au fourno. J'inviterai aussi l'instituteur. Je suis navré d'apprendre que vous ne vous sentez pas bien. Puis-je faire quelque chose ? »

Mais dès qu'il entra dans l'église, il lui parut peu probable que cette conversation ait lieu. Il entendit derrière la cloison des plaintes et des spasmes. « Pater, cria-t-il, tout va bien ? Pater ? »

Il y eut un autre gémissement pitoyable et déchirant et le bruit que font les chiens quand ils ont du mal à vomir. D'après son expérience du vomi d'innombrables patients, il devina que celui-ci serait à dominante jaune. Il frappa d'un doigt sur la cloison et appela : « Pater, vous êtes là ?

– Oh mon Dieu, mon Dieu », geignit le pope.

Le docteur se trouvait devant un problème insoluble. En effet, seuls les prêtres ordonnés étaient autorisés à passer derrière la cloison. Il avait abandonné sa religion depuis longtemps au profit d'une variété de matérialisme relevant de Mach, mais ne se sentait quand même pas le droit de braver l'interdit. On ne brise pas un tel tabou à la légère, même si on ne croit pas à ses fondements. Il ne pouvait pas davantage entrer là qu'il n'aurait pu faire des avances à une nonne. Il frappa avec plus d'insistance. « Pater, c'est moi, le Dr Yannis.

– Yatré, gémit le pope. Je suis gravement atteint. Ô Dieu, pourquoi as-tu fait tous les hommes en vain ? Aidez-moi, pour l'amour de Dieu. »

Le docteur adressa un acte de contrition au Dieu en qui il ne croyait pas et passa derrière la cloison. Il trouva le pope couché sur le dos, gisant dans une mare d'urine et de vomi. L'homme avait un œil fermé et l'autre noyé de larmes. Le docteur remarqua avec surprise et objectivité que le vomi était plus blanc que jaune et qu'il offrait un contraste frappant avec le noir terne de la soutane. « Il faut vous lever, dit-il. Vous pouvez vous appuyer sur moi, mais je crains de ne pas pouvoir vous porter. »

Suivit une lutte inégale et absurde où le frêle docteur s'ingénia à relever le pope ventripotent. Il s'aperçut très vite de l'inutilité de ses efforts et se redressa. Il remarqua la présence en ce saint lieu de trois bouteilles d'urine. Par curiosité professionnelle il en examina une à la lumière pour y chercher les traînées glaireuses caractéristiques des infections de l'urètre. Elle était claire. Il s'aperçut qu'il avait du vomi sur les mains. Il les regarda un moment ; il n'allait tout de même pas les essuyer sur son pantalon, et encore moins au dos de l'iconostase. Il se pencha et se les nettoya sur la soutane du pope. Puis il alla chercher Vélissarios.

C'est ainsi que la pénitence du géant pour avoir offensé le pope ce matin-là fut de devoir transporter son poids colossal chez le docteur. Ce fut sans doute l'épreuve de force et de détermination la plus titanesque qu'il ait connue. Il tituba deux fois et faillit même tomber. Il eut ensuite l'impression que ses bras et son dos avaient porté tout l'univers et il comprit ce qu'avait dû éprouver saint Christophe après avoir traversé la rivière en portant Notre Seigneur. Il resta à l'ombre, suant et soufflant, et connut une accélération alarmante de son cœur ; Pélagia lui offrait verre sur verre de citronnade au miel tout en recevant les sourires de Mandras qui s'était retourné sur le côté pour la contempler. Pélagia sentait son regard comme une caresse ardente, elle constatait qu'il produisait l'effet déconcertant de la faire trébucher, et rouler les hanches davantage que d'habitude. En fait, c'est parce qu'elle essayait de contrôler ses hanches qu'elle s'emmêlait les pieds.

A l'intérieur, le docteur força le pope à boire des cruches et des cruches d'eau, seul traitement sensé pour l'empoisonnement éthylique qu'il avait diagnostiqué. Il se sentait devenir d'une sévérité déplacée à l'égard de son patient, car il poursuivait un monologue intérieur sur le mode : « Je trouve qu'un pope devrait donner un meilleur exemple. C'est honteux de s'enivrer si tôt dans la journée. Comment cet homme peut-il espérer conserver le moindre prestige dans la région s'il est goinfre et ivrogne ? Je ne me souviens pas d'un aussi mauvais pope, et Dieu sait si nous en avons eu de mauvais… » Il enleva le vomi de la soutane en fronçant les sourcils et en marmonnant sa désapprobation, puis il reporta son irritation sur la chèvre de Pélagia qui était entrée dans la pièce et avait sauté sur la table. « Brute stupide », lui cria-t-il, et elle le regarda avec insolence, les yeux mi-clos, comme pour dire : « Moi, au moins, je ne suis pas soûle. Seulement espiègle. »

Le docteur laissa le patient à son engourdissement et s'assit à son bureau. Il tapota sa plume sur la table et écrivit : « En 1082, un infâme baron normand nommé Robert Guiscard tenta de conquérir l'île et se heurta à la résistance de guérillas résolues. Le monde fut débarrassé de sa présence exécrable par une fièvre qui l'emporta en 1085, et l'unique trace de son passage sur terre c'est que Fiskardo tient son nom de lui, bien que l'histoire ne dise pas comment le G s'est transformé en F. Un autre Normand, Bohemund, tout en affichant une piété fraîchement acquise au cours d'une croisade, pilla l'île avec une cruauté extrême et inexcusable. Il faut rappeler au lecteur qu'à l'origine ce sont les croisés et non les musulmans qui ont pillé Constantinople, ce qui aurait dû rendre définitivement sceptique sur la valeur des nobles causes. Apparemment, ce n'est pas le cas, parce que la race humaine est incapable de tirer quelque leçon que ce soit de l'Histoire. »

Il se carra dans son fauteuil et tortilla sa moustache, puis il aluma sa pipe. Il vit Lémoni passer devant la fenêtre et l'appela. Avec de grands yeux sérieux, la fillette menue écouta le docteur lui demander d'aller chercher la femme du pope. Il lui tapota la tête, l'appela « koritsi mou » et la regarda s'éloigner en gambadant follement. Pélagia était tout aussi mignonne quand elle était petite, et il fut pris de nostalgie. Il sentit une larme lui monter à l'œil et la chassa sur-le-champ en écrivant une phrase pour égratigner les Normands. Il s'adossa de nouveau et fut interrompu par l'entrée de Stamatis qui pétrissait le bord de son chapeau dans ses mains. « Kalispéra, kyrié Stamatis, que puis-je faire pour toi ? »

Stamatis se balança d'un pied sur l'autre, regarda avec inquiétude le tas de pope posé par terre et dit : « Vous savez ce… ce truc dans mon oreille ?

– L'embarras auditif exorbitant et papilionacé ?

– C'est ça, yatré. Eh bien, ce que je veux savoir, c'est… je veux dire… est-ce que vous pouvez le remettre ?

– Le remettre ?

– C'est ma femme, vous comprenez.

– Je comprends, dit le docteur dans un nuage de fumée âcre. En fait, non, je ne comprends pas. Peut-être pourrais-tu m'expliquer ?

– Eh bien, quand j'étais sourd de cette oreille, je ne l'entendais pas. Là où je m'assois d'habitude, j'avais ma bonne oreille de l'autre côté et je pouvais le supporter.

– Le supporter ?

– Ses criailleries. Avant, c'était un peu comme le murmure de la mer. J'aimais bien ça. Ça m'aidait à m'assoupir. Mais maintenant, c'est tellement fort, et ça n'arrête pas. Ça dure et ça dure. » L'homme remua les épaules en imitant une femme en colère et singea son épouse : « "Tu es un bon à rien, pourquoi tu ne rentres pas le bois ? Pourquoi tu n'as jamais eu d'argent ? Pourquoi est-ce que je dois tout faire ici ? Pourquoi je n'ai pas épousé un homme ? Comment ça se fait que tu ne m'aies jamais donné que des filles ? Qu'est-ce qui est arrivé à l'homme que j'ai épousé ?" Tout ça me rend fou.

– As-tu essayé de la battre ?

– Non, yatré. La dernière fois que je l'ai frappée elle m'a cassé une assiette sur la tête. J'ai encore la cicatrice. Regardez. » Le vieil homme se pencha pour montrer un point invisible sur son front.

« Eh bien, tu ne devrais pas la battre, de toute façon, dit le docteur. Ça ne sert qu'à faire trouver aux femmes des moyens plus subversifs pour vous embêter. Comme mettre trop de sel dans la cuisine. Mon conseil est d'être gentil avec elle. »

Stamatis fut choqué. C'était une ligne de conduite tellement inconcevable qu'il n'avait même jamais envisagé d'y penser. « Yatré... » protesta-t-il, mais les mots lui manquèrent.

« Rentre donc le bois avant qu'elle le demande, et rapporte-lui une fleur chaque fois que tu reviens des champs. S'il fait froid, mets-lui un châle sur les épaules, et s'il fait chaud, apporte-lui un verre d'eau. C'est simple. Les femmes ne crient que lorsqu'elles ne se sentent pas appréciées. Vois-la comme ta mère malade et traite-la en conséquence.

– Alors vous n'allez pas me remettre le... euh... le... l'embarras exhaustif édifiant et gallinacé ?

– Certainement pas. Ce serait contraire au serment d'Hippocrate. Je ne peux pas accepter. A propos, c'est Hippocrate qui a dit : "Les remèdes extrêmes sont recommandés dans les maladies extrêmes." »

Stamatis parut accablé. « Hippocrate dit ça ? Alors il faut que je sois gentil avec elle ? »

Le docteur hocha la tête d'un air paternel et Stamatis remit son chapeau. « Seigneur ! » dit-il.

Le docteur guetta le vieil homme par la fenêtre. Stamatis sortit sur la route et s'éloigna. Il s'arrêta et regarda une petite fleur violette sur le talus. Il se pencha pour la ramasser mais se redressa aussitôt. Il regarda tout autour de lui pour s'assurer que personne ne le voyait. Il mit les pouces dans sa ceinture comme pour se donner du courage, considéra la fleur et tourna les talons. Il s'éloigna de nouveau, mais s'arrêta. Comme un petit garçon chapardeur, il revint en courant sur ses pas, cassa la tige, cacha la fleur dans sa veste et s'en alla comme s'il flânait, avec un air exagérément insouciant et indifférent. Le docteur se pencha à la fenêtre et lui cria : « Bravo, Stamatis ! », rien que pour le plaisir malicieux de le voir embarrassé et honteux.

8

Un drôle de chat

Lémoni arriva au galop dans la cour du Dr Yannis au moment où celui-ci partait prendre son petit déjeuner au kaphénio ; il avait l'intention d'y retrouver tous les mangas et de discuter des problèmes du monde. La veille, il avait eu une altercation véhémente avec Kokolios à propos du communisme, et pendant la nuit il lui était venu un discours splendide qu'il avait tellement répété dans sa tête qu'il n'avait pas pu dormir et qu'il s'était levé pour continuer un peu son histoire, une petite diatribe contre la famille Orsini. Son discours à Kokolios était le suivant :

« Écoute, si tout le monde est employé par l'État, il est clair que tout le monde est payé par l'État, d'accord ? Alors tous les impôts que reçoit l'État, c'est de l'argent qui venait au départ de l'État, d'accord ? Donc l'État ne récupère jamais que, disons, un tiers de ce qu'il a payé la semaine précédente. Donc, cette semaine, la seule façon de payer tout le monde c'est d'imprimer davantage de billets, non ? C'est pour ça que dans un État communiste l'argent devient bien vite imaginaire, parce que l'État n'a rien que cet argent puisse représenter. »

Il imagina Kokolios ripostant : « Ah, yatré, l'argent manquant, c'est à cause des profits », et lui, rapide comme l'éclair, revenant à la charge : « Mais voyons, Kokolios, le seul moyen pour l'État de faire du profit c'est de vendre à l'étranger, et ça n'est possible que si les États étrangers sont capitalistes et ont un surplus, grâce aux impôts, pour acheter des marchandises. Ou alors, il faut vendre à des entreprises capitalistes. Il est donc évident que le communisme ne peut pas survivre sans le capitalisme, ce qui le met en contradiction avec lui-même puisque le communisme est censé mettre fin au capitalisme et qu'en outre il se dit internationaliste. Il découle de mon raisonnement que si le monde entier devenait communiste, toute l'économie du globe s'arrêterait au bout d'une semaine. Qu'est-ce que tu réponds à ça ? » Le docteur s'entraînait à faire le geste théâtral avec lequel il devait conclure sa péroraison (à savoir le retour de sa pipe en position coincée entre ses dents) quand Lémoni le tira par la manche et lui dit : « S'il vous plaît, yatré, j'ai trouvé un drôle de chat. »

Il regarda le petit bout de fille, vit son expression sérieuse et dit : « Oh, salut, koritsi mou. Qu'est-ce que tu as dit ?

– Un drôle de chat.

– Hmm, oui, pourquoi me parles-tu d'un drôle de chat ? »

La petite fille leva les yeux au ciel d'un air exaspéré et se passa une main crasseuse sur le front en laissant une traînée noire. « J'ai trouvé un drôle de chat.

– C'est bien, ça. Pourquoi ne pas aller le dire à ton papa ?

– Le drôle de chat est malade.

– Malade comment ?

– Il est fatigué. Il doit avoir mal à la tête. »

Le docteur hésita. Une tasse de café l'attendait et il avait une réfutation décisive du communisme à offrir à l'assemblée. Il eut un pincement de déception enfantine à l'idée de devoir renoncer à l'admiration et aux applaudissements des auditeurs. Il regarda le visage consterné de la fillette, sourit avec une noble résignation et la prit par la main. « Montre-le-moi, dit-il, et rappelle-toi que je n'aime pas les chats. En plus, je ne sais rien de la façon dont on soigne les maux de tête chez les chats. Surtout les drôles de chats. »

Lémoni l'entraîna impatiemment sur la route en lui demandant à chaque pas de se dépêcher. Elle l'obligea à grimper par-dessus un muret et à se baisser pour éviter les branches d'olivier. « On ne pourrait pas contourner les arbres ? demanda-t-il. N'oublie pas que je suis plus grand que toi.

– Ça va plus vite tout droit. » Elle l'emmena à un endroit plein de ronces et de broussailles, s'agenouilla et se mit à ramper dans un tunnel aménagé par quelque animal sauvage pour son usage personnel. « Je ne peux pas passer là, protesta le docteur. Je suis bien trop gros. » Il s'ouvrit un chemin avec sa canne, en suivant de son mieux l'arrière-train qui disparaissait. Il se désolait à l'idée du mécontentement de Pélagia lorsqu'il lui demanderait de réparer les accrocs de son pantalon et d'en dissimuler les effilochures. Il sentait déjà la démangeaison des égratignures. « Mais enfin, que faisais-tu ici ? demanda-t-il.

– Je cherchais des escargots.

– Sais-tu que l'enfance est le seul moment de notre vie où non seulement on nous permet la folie mais où on s'y attend ? demanda le docteur par pure forme. Si je cherchais des escargots en rampant on m'emmènerait au Pirée et on m'enfermerait.

– Des tas de gros escargots », précisa Lémoni.

Au moment où le docteur sentait que l'exaspération et la chaleur allaient avoir raison de lui, ils arrivèrent dans une petite clairière qui avait été autrefois coupée en deux par une clôture de fil barbelé qui pendait tristement. Lémoni sauta sur ses pieds et courut vers elle le doigt tendu. Il fallut un bon moment au docteur pour comprendre qu'il devait suivre non pas la direction du doigt sale (qui montrait sottement le ciel) mais celle du bras. « Le voilà, déclara-t-elle. C'est le drôle de chat, et il est toujours fatigué.

– Il n'est pas fatigué, koritsi mou, il s'est pris dans le barbelé. Dieu sait depuis combien de temps il est accroché là. » Il s'agenouilla et regarda l'animal. Deux petits yeux très noirs clignèrent vers lui avec une expression de désespoir et d'épuisement infinis. Il éprouva une émotion qu'il jugea tout à fait étrange et illogique.

La petite bête avait la tête plate et triangulaire, le museau pointu, la queue fournie. Elle était marron, à l'exception de la gorge et du poitrail dont la teinte se situait à un point indéfinissable entre le jaune et le blanc crème. Les oreilles étaient rondes et larges. Le docteur la regarda dans les yeux : de toute évidence, la créature suspendue était près de mourir. « Ça n'est pas un chat, dit-il à Lémoni, c'est une martre. Elle est peut-être pendue là depuis une éternité. Je crois qu'il vaudrait mieux la tuer, parce que, de toute façon, elle va mourir. »

Lémoni ne se tint plus d'indignation. Les larmes lui montèrent aux yeux, elle tapa du pied, sauta dans tous les sens, bref, elle interdit au docteur de la tuer. Elle caressa la tête de l'animal et resta entre lui et l'homme auquel elle avait confié son salut. « Ne la touche pas, Lémoni. Rappelle-toi que le roi Alexandre est mort d'une morsure de singe.

– C'est pas un singe.

– Elle a peut-être la rage. Elle pourrait te donner le tétanos. Ne la touche pas.

– Je l'ai déjà caressée avant et elle m'a pas mordue. Elle est fatiguée.

– Lémoni, elle a un barbelé dans la peau de l'estomac et elle est peut-être là depuis des heures. Des jours. Elle n'est pas fatiguée, elle est en train de mourir.

– Elle faisait de l'équilibre. Je les ai vues. Elles marchent sur le fil et elles montent dans cet arbre, elles mangent les œufs dans les nids. Je les ai vues.

– Je ne savais pas que nous en avions par ici. Je croyais qu'elles restaient dans les arbres des montagnes. C'est la preuve.

– Que quoi ?

– Que les enfants voient davantage de choses que nous. » Le docteur s'agenouilla de nouveau et examina la martre. Elle était toute jeune et il se dit qu'elle n'avait ouvert les yeux que quelques jours plus tôt. Elle était aussi extrêmement jolie. Par amitié pour Lémoni, il décida de la détacher et de la tuer ensuite chez lui. Personne ne le remercierait pour avoir sauvé un animal qui tuait les poulets et les oies, volait les œufs, mangeait les baies des jardins et vidait même les ruches ; il pouvait dire à la petite fille qu'elle était morte, et peut-être la laisser l'enterrer. Il regarda de plus près et vit que non seulement elle s'était empalée mais qu'elle avait trouvé le moyen de s'enrouler deux fois autour du barbelé. Elle avait dû lutter de toutes ses forces et souffrir le martyre.

Il l'attrapa par le cou avec beaucoup de précautions et fit tourner le corps. Une main après l'autre, il la désenroula du barbelé, en sentant près de sa tête celle de Lémoni qui le surveillait intensément. « Attention ! » recommanda-t-elle.

Le docteur frémit à la pensée de la morsure fatale qui risquait de le laisser l'écume aux lèvres ou cloué au lit avec la mâchoire bloquée. Rendez-vous compte, risquer sa vie pour une bête nuisible. Un enfant arrive à vous faire faire de ces choses ! Il fallait être fou, ou idiot, ou les deux.

Il retourna l'animal sur le dos et inspecta la blessure de son ventre. Elle n'affectait que la peau souple de l'aine et n'avait pas dû atteindre de muscle. Ce n'était probablement qu'un cas de déshydratation aiguë. Il constata que c'était une femelle et qu'elle avait une odeur douce et musquée. Cela lui rappela une femme, au temps de sa vie en mer, un parfum auquel il ne pouvait pas donner de visage. Il montra la martre à Lémoni et dit : « C'est une fille », ce à quoi elle répondit fatalement : « Pourquoi ? »

Le docteur mit la petite bête dans la poche de sa veste et accompagna Lémoni chez elle en lui promettant de faire de son mieux. Il se rendit ensuite chez lui et trouva dans la cour Mandras entraînant Pélagia dans une conversation animée qu'elle essayait d'éviter. Le pêcheur le regarda d'un air gêné et dit : « Oh, kaliméra, yatré. J'étais venu vous voir, et comme vous n'étiez pas là, j'ai parlé avec Pélagia, comme vous voyez. Ma blessure m'inquiète. »

Le Dr Yannis le dévisagea, sceptique, et éprouva de l'agacement ; les souffrances de la petite bête avaient dû le troubler. « Ta blessure n'a rien. Tu vas me dire qu'elle te gratte, je suppose. »

Mandras eut un sourire empressé : « C'est tout à fait ça, yatré. Vous devez être magicien. Comment avez-vous deviné ? »

Le docteur pinça les lèvres et fit semblant de soupirer. « Mandras, tu sais pertinemment que les blessures grattent toujours quand elles cicatrisent. Tu sais pertinemment aussi que je sais pertinemment que tu n'es venu que pour faire la cour à Pélagia.

– La cour ? répéta le jeune homme en feignant l'innocence et l'horreur.

– Oui. La cour. Il n'y a pas d'autre mot pour ça. Hier tu nous a encore apporté un poisson et ensuite tu as fait la cour à Pélagia pendant une heure et dix minutes. Eh bien, tu ferais mieux de continuer, parce que je ne vais pas perdre mon temps pour une blessure parfaitement saine, que je n'ai pas déjeuné et que j'ai dans ma poche un drôle de chat dont je dois m'occuper à l'intérieur. »

Mandras essaya de ne pas avoir un air hébété et fut pris d'une audace inhabituelle : « Alors vous me permettez de parler à votre fille ?

– Parle, parle, parle », dit le Dr Yannis avec un geste d'irritation. Il tourna les talons et entra.

Mandras regarda Pélagia et remarqua : « Ton papa est un drôle de type.

– Mon père est très bien, s'écria-t-elle, et celui qui dit le contraire prend un balai dans la figure ! » Elle fit mine de le frapper avec ledit balai, il l'attrapa et elle lâcha prise. « Rends-le-moi, demanda-t-elle en riant.

– Je te le rendrai… contre un baiser. »

Le Dr Yannis posa doucement l'animal agonisant sur la table de la cuisine et le contempla. Il ôta une de ses bottes, la saisit par la pointe et la leva au-dessus de sa tête. Un crâne aussi petit et aussi fragile serait facile à écraser. Et sans souffrance. C'était la meilleure solution.

Il hésita. Si elle avait le crâne écrasé, il ne pourrait pas la rendre à Lémoni pour qu'elle l'enterre. Il pouvait peut-être lui casser le cou. Il la prit de la main droite, les doigts sur la nuque et le pouce sous le menton. Il suffisait d'appuyer avec le pouce.

Il envisagea un instant de le faire, s'exhorta à ce geste et sentit son pouce commencer à remuer. La martre n'était pas seulement très jolie, elle était mignonne et incroyablement pathétique. Elle avait encore à peine vécu. Il la reposa sur la table et alla chercher une bouteille d'alcool. Il nettoya soigneusement la blessure et fit un point de suture. Il appela Pélagia.

Elle entra, persuadée que son père l'avait vue embrasser Mandras. Toute rouge, elle préparait une défense obstinée et attendait l'explosion. Elle resta ahurie que son père ne lève même pas les yeux. Il lui demanda : « As-tu trouvé des souris dans les pièges aujourd'hui ?

– Deux, papakis.

– Alors va les retrouver où tu les a jetées et écrase-les.

– Que je les écrase ?

– Oui. Hache-les. Et apporte-moi de la paille. »

Pélagia se précipita, perplexe et soulagée. Elle dit à Mandras qui donnait nerveusement des coups de pied dans les cailloux autour de l'olivier : « Tout va bien, il veut seulement que je hache des souris et que je lui trouve de la paille.

– Seigneur ! je t'ai dit que c'était un drôle de type. »

Elle rit : « Ça veut seulement dire qu'il a un nouveau projet. Il n'est pas vraiment fou. Tu peux aller me chercher la paille, si tu veux.

– Merci, j'adore chercher de la paille. »

Elle lui fit un sourire malicieux. « Il pourrait y avoir une récompense.

– Pour un baiser, je nettoierais une porcherie avec la langue.

– Tu ne penses pas sérieusement que je t'embrasserais après ça !

– Je t'embrasserais même si tu avais léché le fond de mon bateau.

– Je te crois. Tu es bien plus fou que mon père. »

Le docteur remplit un compte-gouttes de lait de chèvre et en fit couler dans le gosier de la martre. Il éprouva une immense satisfaction médicale quand elle fit pipi sur le genou de son pantalon. C'était signe de bonnes fonctions rénales. « Je la tuerai en revenant du kaphénio », décida-t-il en caressant la belle fourrure de son front avec l'index.

Une demi-heure plus tard, sa malade dormait profondément sur un lit de paille et Pélagia hachait les souris dans la cour avec un hachoir. Mandras était inexplicablement perché sur une branche de l'olivier. Le Dr Yannis passa devant eux, pressé d'arriver au café, en répétant encore une fois sa critique dévastatrice de l'économie communiste et en imaginant l'expression confondue qu'il allait bientôt voir sur le visage de Kokolios. Pélagia courut pour rattraper son père et le tira par la manche exactement comme Lémoni. « Papakis, dit-elle, tu sais que tu es sorti avec une seule botte ? »

9

15 août 1940

Sur le chemin du kaphénio le Dr Yanis rencontra Lémoni qui tapait avec un bâton sur le nez d'un chien maigre et tacheté. L'animal faisait des bonds en aboyant frénétiquement et essayait d'attraper le bout de bois ; son intelligence embrumée était encore assombrie par une question dont la solution semblait être d'aboyer encore plus fort : était-ce un jeu ou une véritable provocation ? Il s'assit, releva la tête et se mit à hurler comme un loup.

« Il chante, il chante », cria joyeusement Lémoni qui fit chorus : « A-i-ra, a-i-ra, a-i-ra. »

Le docteur se boucha les oreilles et protesta : « Koritsi mou, arrête, arrête tout de suite, il fait déjà assez chaud et ce bruit me met en sueur. Et ne fais pas ça au chien ou il va te mordre.

– Non. Il mord que des bâtons. »

Le docteur tendit la main pour tapoter la tête de l'animal et se rappela lui avoir suturé une entaille sous la patte. Il tressaillit en se souvenant qu'il avait extrait des morceaux de verre. Il savait que tout le monde le trouvait bizarre parce qu'il se sentait obligé de soigner, et lui-même trouvait cela étrange, mais il savait aussi que tout homme a besoin d'une obsession pour aimer la vie, et mieux valait une obsession constructive. Voyez Hitler, Métaxas et Mussolini, ces mégalomanes. Voyez Kokolios, préoccupé par la redistribution de la richesse des autres, ou le père Arsénios, esclave de son appétit, ou Mandras, tellement amoureux de sa fille qu'il se balançait dans un olivier comme un singe pour lui faire plaisir. Il eut un frisson d'horreur en se rappelant un singe enchaîné qu'il avait vu dans un arbre en Espagne : il se masturbait et mangeait le résultat. Oh mon Dieu, imaginez si Mandras faisait ça !

« Vous ne devriez pas le caresser », dit Lémoni heureuse de pouvoir interrompre sa rêverie et d'étaler sa sagesse devant un adulte, « il a des puces. »

Il retira vite sa main et le chien se mit derrière lui pour éviter la petite fille au bâton. « Tu as trouvé un nom pour la martre ?

– Psipsina, annonça-t-elle. Elle s'appelle Psipsina.

– Tu ne peux pas l'appeler comme ça, ce n'est pas un chat.

– Et moi je suis pas un citron et je m'appelle Lémoni.

– J'étais là quand tu es née, lui dit le docteur, et nous ne savions pas si tu étais un bébé ou un citron. J'ai failli t'emporter à la cuisine et presser tout le jus. » Lémoni fit une grimace sceptique et le chien se jeta soudain entre les jambes du docteur, lui arracha le bâton des mains et fila avec sur un tas de cailloux où il entreprit de le déchiqueter. « C'est un chien intelligent », conclut le docteur et il laissa la petite fille contempler ses mains vides avec étonnement.

Quand il entra dans le kaphénio, il vit qu'il était plein des compères habituels : Kokolios avec sa splendide moustache virile ; Stamatis, à l'abri des regards de reproche et de la langue acérée de sa femme ; le père Arsénios, rond et suant. Le docteur prit sa petite tasse de café boueux et son verre d'eau et s'assit à côté de Kokolios, comme toujours. Il but une grande gorgée d'eau et cita Pindare, comme toujours aussi : « L'eau est ce qu'il y a de meilleur. »

Kokolios prit une grande bouffée au narguilé, souffla un nuage de fumée bleue et demanda : « Vous avez été marin, n'est-ce pas, yatré ? C'est vrai que l'eau grecque a plus le goût de l'eau que partout ailleurs ?

– Sans aucun doute. Et l'eau de Céphalonie a encore plus le goût de l'eau que partout ailleurs en Grèce. Nous avons aussi le meilleur vin, la meilleure lumière et les meilleurs marins.

– Quand nous aurons fait la révolution, nous aurons aussi la plus belle vie », annonça Kokolios dans l'intention de provoquer l'assemblée. Il indiqua sur le mur le portrait du roi Georges et ajouta : « Et la bobine de cet imbécile sera remplacée par la photo de Lénine.

– Crapule », grinça Stamatis. Le retrait du petit pois de son oreille l'avait exposé non seulement aux querelles de couple mais aussi à l'antimonarchisme de Kokolios, d'un antipatriotisme choquant. Stamatis frappa du poing dans sa paume pour marquer le degré de stupidité de Kokolios et jeta : « Poutanas yé. »

Kokolios eut un sourire menaçant et dit : « Fils de pute ? Moi ? Je te pète dans la bouche.

– Aï gamissou !... Den gamiessai ! »

Le docteur se raidit devant ces insultes et ces invitations à aller se faire foutre, et il frappa la table avec son verre. « Paidia, paidia, ça suffit. Tous les matins c'est pareil. J'ai toujours été vénizéliste, je ne suis pas monarchiste et je ne suis pas communiste. Je ne suis d'accord avec aucun de vous deux, mais je soigne la surdité de Stamatis et je brûle les verrues de Kokolios. C'est comme ça que nous devrions nous comporter. En nous souciant davantage les uns des autres que des idées. Sinon nous finirons par nous entre-tuer. Je n'ai pas raison ?

– On ne fait pas d'omelette sans casser des œufs », déclara sentencieusement Kokolios en regardant Stamatis avec insistance.

« Je n'aime pas ton omelette, dit Stamatis. Elle est faite avec des œufs pourris, elle est dégueulasse et elle me fait chier.

– La révolution, tu l'auras dans le cul, dit Kokolios, avec une part honnête du peu que nous avons, les moyens de production aux mains des producteurs, l'obligation de travailler égale pour tous.

– Tu ne travailles pas plus qu'il ne faut, remarqua le père Arsénios d'une lente voix de basse.

– Et vous, vous ne travaillez pas du tout, pater. Vous devenez de plus en plus gros. On vous donne tout pour rien. Vous êtes un parasite. »

Arsénios essuya ses mains potelées sur sa soutane noire et le docteur déclara : « Il existe des parasites indispensables. Il y a des bactéries parasites dans les intestins, qui aident la digestion. Je ne suis pas religieux, je suis un matérialiste, mais même moi, je peux voir que les popes sont comme des bactéries qui permettent aux gens de digérer la vie. Le père Arsénios a beaucoup fait pour ceux qui cherchent la consolation ; c'est un membre de toutes les familles, et une famille pour ceux qui n'en ont pas.

– Merci, yatré, dit le pope. Jamais je n'aurais pensé entendre de telles louanges de la part d'un athée aussi notoire. Je ne vous ai jamais vu à l'église.

– Empédocle a dit que Dieu est un cercle dont le centre est partout et la circonférence nulle part. Si c'est vrai, je n'ai pas besoin d'aller à l'église. Et je n'ai pas besoin de croire aux mêmes choses que vous pour savoir que vous avez une utilité. Maintenant, fumons et buvons notre café en paix. Si nous ne cessons pas de nous disputer ici, je prendrai mon petit déjeuner chez moi.

– On dirait que le docteur veut se faire hérétique, mais je suis d'accord avec lui quand il dit que notre pope est un grand consolateur des veuves, dit Kokolios avec un grand sourire. Je pourrais avoir un peu de votre tabac ? Il m'en reste très peu.

– Kokolios, puisque tu prétends que la propriété c'est le vol, tu devrais donner à chacun de nous une part égale du peu que tu as. Passe-moi ta boîte et je la finirai. La justice, c'est la justice. Sois un bon communiste. A moins que dans l'utopie ce ne soit toujours aux autres de partager leur propriété ?

– Quand la révolution viendra, yatré, il y aura assez pour tous. En attendant, passez-moi votre blague et je vous revaudrai ça. »

Le docteur tendit son tabac et Kokolios bourra son narguilé avec satisfaction. « Quelles nouvelles de la guerre ? »

Le docteur tortilla le bout de sa moustache et répondit : « L'Allemagne prend tout, les Italiens font les imbéciles, les Français ont fui, les Belges se sont fait envahir pendant qu'ils regardaient de l'autre côté, les Polonais ont chargé des tanks avec leur cavalerie, les Américains ont joué au base-ball, les Anglais ont bu du thé et ajusté leurs monocles, les Russes n'ont pas levé le petit doigt sauf pour voter à l'unanimité qu'ils feraient ce qu'on leur dirait. Dieu merci, nous sommes en dehors de tout ça. Si nous mettions la radio ? »

La grosse radio anglaise fut allumée dans le coin du kaphénio, ses lampes se mirent à luire derrière l'écran métallique, ses sifflements, ses crépitements et ses couinements furent réduits à un minimum par une manipulation judicieuse des boutons et un déplacement précautionneux du poste d'avant en arrière ; la compagnie s'installa pour écouter Athènes. Tous s'attendaient à entendre parler du dernier défilé de l'Organisation nationale de la jeunesse. Il y aurait peut-être une nouvelle à propos du roi et sur la dernière conquête nazie.

Il y eut une information sur la nouvelle alliance de Churchill avec la France libre, une autre sur la révolte en Albanie contre l'occupation italienne, une autre sur l'annexion du Luxembourg et de l'Alsace-Lorraine, et c'est alors que Pélagia apparut à la porte. Elle fit signe à son père de venir vite, tout embarrassée, sachant que la présence d'une femme à proximité d'un tel endroit était un sacrilège pire que de cracher sur la tombe d'un saint.

Le Dr Yannis fourra sa pipe dans sa poche, soupira et alla vers la porte à contrecœur. « Qu'est-ce qui se passe, kori mou, qu'est-ce qui se passe ?

– C'est Mandras, papakis. Il est tombé de l'olivier et il a atterri sur une marmite. Il a des éclats… dans… dans le siège.

– Dans les fesses ? Qu'est-ce qu'il faisait dans l'arbre ? Encore le malin ? Le singe ? Ce garçon est un fou. »

Pélagia fut déçue mais aussi soulagée que son père lui interdise d'entrer dans la cuisine pendant qu'il extrayait des miettes et des morceaux de terre cuite des fesses lisses et musclées de son prétendant. Elle resta dehors, le dos contre la porte, sursautant par solidarité chaque fois que Mandras criait. A l'intérieur, le docteur avait couché le pêcheur sur le ventre, le pantalon descendu jusqu'aux genoux, et réfléchissait sur la bêtise de l'amour en général. Comment Pélagia pouvait-elle être séduite par un freluquet charmant et inexpérimenté aussi prédisposé aux accidents ? Il se souvint de tout ce qu'il avait fait pour parader devant sa femme avant qu'ils ne se fiancent : il avait grimpé sur son toit, soulevé une tuile, et lui avait raconté toutes les blagues turques qu'il connaissait ; il avait accroché la nuit au chambranle de sa porte des poèmes « anonymes » qui décrivaient ses charmes ; tout comme Mandras, il s'était donné beaucoup de mal pour plaire à son père. « Tu es un imbécile, dit-il au patient.

– Je sais, dit Mandras en sursautant tandis qu'un autre éclat était extrait.

– D'abord tu te fais tirer dessus par accident, et maintenant tu tombes d'un arbre.

– Quand j'étais à Athènes, j'ai vu un film de Tarzan, expliqua Mandras, et je voulais seulement donner à Pélagia une idée de l'histoire. Aïe. Sauf votre respect, yatré, faites attention.

– Blessé au nom de la culture, hein ? Jeune crétin.

– Oui, yatré.

– Arrête d'être aussi poli. Je sais où tu veux en venir. Tu vas lui demander de t'épouser ou non ? Elle n'a pas de dot.

– Pas de dot ?

– Ça te défrise ? Ce serait une trop grande nouveauté pour tes parents ? Personne n'épousera ma fille pour de l'argent. Pélagia mérite mieux que ça.

– Non, yatré, ce n'est pas une question d'argent.

– Très bien. Tu vas me demander la permission ?

– Pas encore, yatré. »

Le docteur rajusta ses lunettes. « Il vaut mieux être prudent. Tu as trop d'enthousiasme, trop de kéfi pour être un bon mari.

– Oui, yatré. Tout le monde dit qu'il va y avoir la guerre et je ne veux pas laisser une veuve, c'est tout. Vous savez comment on traite les veuves.

– Elles finissent putes », dit le docteur.

Mandras fut choqué. « Pélagia n'en arriverait jamais là, Dieu me garde. »

Le docteur essuya un filet de sang et se demanda s'il avait jamais eu lui-même d'aussi belles fesses. « Tu ne devrais jamais t'en remettre à Dieu. Ces choses-là, c'est à nous de les éviter.

– Oui, yatré.

– Arrête d'être aussi poli. Je suppose que tu vas remplacer la marmite que tu as si généreusement semée dans ta chair.

– Est-ce qu'un poisson ferait l'affaire, yatré ? Je pourrais vous apporter un seau de blanchaille. »

Le docteur ne retourna au kaphénio que six heures plus tard car après l'opération chirurgicale il avait dû assurer sa fille que Mandras irait bien malgré quelques contusions et des taches durables de terre cuite sur les fesses, rattraper sa chèvre qui avait réussi à grimper sur le toit de la remise d'un voisin, donner des souris hachées à Psipsina et, surtout, se protéger de la chaleur insupportable d'août. Il avait fait la sieste et avait été réveillé par le concert des grillons et des moineaux et le rassemblement des villageois pour célébrer la fête de la Dormition de la Vierge. Il entreprit son péripato, sa promenade du soir, qui s'interrompait inévitablement pour une station au kaphénio et reprenait ensuite, sachant qu'à son retour Pélagia aurait préparé le dîner. Il espérait qu'elle aurait fait du kokkoretsi hors de saison, car il avait remarqué la présence de foie et de tripes sur la table où il venait de pratiquer son opération. Il s'était dit qu'il pourrait y avoir quelques gouttes de sang de Mandras dans le dîner et s'était vaguement demandé si ça revenait à du cannibalisme. Cette idée avait entraîné la question de savoir si oui ou non un musulman pouvait considérer la Sainte Communion comme de l'anthropophagie.

Dès qu'il entra dans le kaphénio, il sut qu'il se passait quelque chose. Une musique militaire solennelle sortait de la radio et les amis étaient assis dans un silence lugubre et de mauvais augure, la main serrée sur leur verre, les sourcils froncés. Le Dr Yannis remarqua avec étonnement que Stamatis et Kokolios avaient tous deux les joues brillantes de larmes. A sa grande stupéfaction, il vit le père Arsénios passer dehors à grands pas, les bras levés dans un geste prophétique, sa barbe de patriarche en avant. Il criait : « Sacrilège, sacrilège ! Lamentez-vous, navires de Tarsia, écoutez, je ferai lever contre Babylone et ceux qui s'opposent à moi un vent dévastateur. Pleurez, filles de Rabbah, vêtez-vous de toile de sac, malheur, malheur, malheur... ! »

« Que se passe-t-il ? demanda-t-il.

– Les salauds ont coulé l'*Elli*, répondit Kokolios, et ils ont torpillé le quai de Tinos.

– Quoi ? Quoi ?

– L'*Elli*, le cuirassé. Les Italiens l'on coulé à Tinos, juste au moment où tous les pèlerins se rendaient à l'église pour voir les miracles.

– L'icône n'était pas à bord, n'est-ce pas ? Qu'est-ce qui se passe ? Enfin, pourquoi ? L'icône va bien ?

– On ne sait pas, on ne sait pas, dit Stamatis. J'aimerais être encore sourd pour ne pas l'avoir entendu. Personne ne sait combien il y a de morts, je ne sais pas si l'icône va bien. Les Italiens nous ont attaqués, c'est tout, je ne sais pas pourquoi. Le jour de la fête de la Dormition, c'est une profanation.

– C'est un outrage, pensez à tous ces pèlerins malades. Qu'est-ce que Métaxas va faire ? »

Kokolios haussa les épaules. « Les Italiens disent que ce n'était pas eux, mais on a déjà trouvé des morceaux de torpille italienne. Ils pensent que nous n'avons pas de couilles ? Ces salauds disent que c'était les Anglais, et personne n'a vu le sous-marin. Personne ne sait ce qui va se passer. »

Le docteur se prit le visage dans les mains et sentit les larmes lutter pour jaillir. Il était possédé par toute la rage folle et impuissante du malheureux que l'on a attaché et bâillonné et que l'on force à regarder pendant que sa propre femme se fait violer et mutiler. Il n'essaya pas de comprendre pourquoi lui et Kokolios étaient malades d'horreur devant la profanation d'une icône et d'un jour de fête religieuse, alors que l'un était communiste et l'autre libre penseur. Il n'essaya pas de se demander si la guerre était inévitable ou pas. Ce n'était pas des interrogations qui méritaient examen. Quand il dit : « Venez les gars, nous allons tous à l'église. C'est une question de solidarité », Kokolios et Stamatis se levèrent et sortirent ensemble.

10

L'omosessuale (3)

Un homme coupable ne souhaite qu'être compris, parce que la compréhension c'est comme le pardon. Peut-être est-il innocent à ses yeux, mais il lui suffit de savoir que les autres le jugent coupable pour avoir besoin de s'expliquer. Dans mon cas, personne ne sait que je suis coupable, et pourtant je veux qu'on me comprenne.

J'ai été choisi pour cette mission parce que je suis grand et fort, parce que j'avais acquis une réputation d'endurance, que je suis plutôt intelligent (Francisco disait toujours que dans l'armée « intelligent » signifie « qui ne salope pas la besogne en général ») et que j'étais « un vrai soldat », ce qui veut dire que mes hommes se tenaient tranquilles, que j'astiquais mes bottes quand elles n'étaient pas trop humides et que je connaissais le sens de la plupart des sigles qui réduisent d'ordinaire nos documents militaires à un code impénétrable.

J'ai reçu d'une estafette à moto l'ordre de me présenter au colonel Rivolta et d'amener avec moi un autre homme digne de confiance. Naturellement, j'ai choisi Francisco : je crois avoir déjà expliqué que mon intention était de mettre mon vice à profit pour devenir un bon soldat. Avec lui à mes côtés, je me sentais capable de n'importe quoi. Comme nous n'étions pas en guerre, l'idée ne m'a pas effleuré qu'en le prenant avec moi je le mettais en danger, et j'étais loin de savoir que j'aurais très bientôt l'occasion de lui montrer ce que valait mon héroïsme.

Recevoir un ordre est une chose, y obéir en est une autre. En ce temps-là, nous n'avions à peu près que vingt-quatre camions pour dix mille hommes. Le colonel Rivolta était à vingt-cinq kilomètres. Pour le rejoindre, nous avons dû faire huit kilomètres au pas de course, huit autres à dos de mulet et finalement nous faire emmener sur un char qui allait à la réparation et dont seule la marche arrière fonctionnait. Nous sommes arrivés à reculons, véritable devise pour toute la campagne qui s'annonçait.

Rivolta était un homme d'une corpulence stupéfiante qui avait visiblement pris du galon parce qu'il avait les relations qu'il fallait. Il était prodigue en slogans à la mode tels que « Un livre dans une main et un fusil dans l'autre », et il affichait l'héroïsme consommé de celui qui installe son quartier général à vingt-cinq kilomètres de ses hommes dans une villa abandonnée afin de pouvoir utiliser les pelouses pour ses réceptions. Chez les alpini, nous sommes célèbres pour nos empoignades avec les chemises noires, et c'est peut-être une des raisons pour lesquelles j'ai été choisi pour cette mission ; si j'étais tué, ça n'avait pas beaucoup d'importance puisque je n'appartenais pas aux futurs élus. Ceux qui se demandent pourquoi nos soldats n'ont pas été efficaces comparés à leurs pères en 1914 devraient se rappeler que cette fois il était impossible de devenir officier supérieur par son seul mérite : il fallait lécher les bottes.

Rivolta était petit, gros, il s'ennuyait et portait plusieurs médailles gagnées en Abyssinie, alors que tout le monde savait que lui et ses hommes étaient restés sans bouger et n'avaient rien fait du tout ; ça ne l'avait pas empêché d'envoyer des rapports saisissants sur le succès de ses opérations. C'étaient des œuvres de fiction fabuleuses et fort imaginatives et les soldats disaient que ses médailles récompensaient ses prouesses littéraires. On disait aussi qu'il avait la langue active et presque entièrement marron.

Quand nous avons pénétré dans la noble salle, très haute de plafond, nous avons salué et Rivolta a répondu par le salut romain. Nous avons tous les deux pensé qu'il imitait le Duce, et Francisco a pouffé. Rivolta lui a jeté un regard furieux et a probablement pris note dans sa tête de le faire transférer à l'entretien des chiottes.

« Messieurs, a-t-il dit d'un ton théâtral, j'espère que l'on peut compter sur votre courage et que votre discrétion est absolue. »

Francisco a levé un sourcil et m'a regardé de côté. J'ai dit : « Oui, monsieur. Absolument, monsieur » et Francisco a fait avec sa langue un signe sans équivoque qui est heureusement passé inaperçu.

Rivolta nous a emmenés vers une carte déployée sur une grande table ancienne admirablement polie et s'est penché dessus. Il a tendu un gros doigt vers un point situé dans une vallée près de celle où nous bivouaquions et a dit : « Demain dans la nuit, à deux heures, vous deux allez vous rendre à la faveur de l'obscurité à ce point ici et…

– Excusez-moi, monsieur, a interrompu Francisco, mais c'est en territoire grec.

– Je sais, je sais, je ne suis pas idiot. Il ne s'agit pas de ça. Il n'y a pas de Grecs à cet endroit et personne n'en saura rien. »

Francisco a levé de nouveau un sourcil et le colonel a demandé d'un ton sarcastique : « Vous avez entendu parler de nécessité stratégique, j'imagine ? »

Francisco a demandé à son tour : « Alors, nous sommes en guerre ? » et le colonel a probablement noté de doubler la durée de la corvée de chiottes. Mario la souris a saisi cette occasion pour émerger de la poche de poitrine de Francisco et il a fallu la faire rentrer avant que Rivolta ne la remarque. Cet incident a rendu mon ami d'humeur encore plus irrespectueuse et il a pris un sourire niais tandis que le colonel poursuivait :

« Il y a là une tour de guet, en bois, et elle a été investie par une bande de brigands locaux qui ont tué les gardes et mis leurs uniformes. On dirait des soldats de chez nous mais ils n'en sont pas. » Il a marqué une pause pour que nous nous pénétrions de cette information et a poursuivi : « Votre tâche sera de prendre cette tour. Vous serez armés et équipés ici par notre maréchal des logis qui a un matériel spécial pour vous. Des questions ?

– Nous avons deux compagnies de bersaglieri dans cette vallée, monsieur, ai-je dit. Pourquoi ne le feraient-ils pas ? »

Francisco a ajouté son grain de sel : « Si ce ne sont que des brigands, alors c'est l'affaire des carabinieri, non ? »

Le colonel a gonflé d'indignation : « Vous discutez mes ordres ? » et Francisco, vif comme l'éclair, a rétorqué : « Vous avez demandé si nous avions des questions, monsieur.

– Des questions relatives à l'opération, pas des questions sur la politique. J'en ai assez de votre attitude impertinente et je dois vous rappeler que vous devez montrer le respect qui est dû.

– Qui est dû », a répété Francisco en hochant vigoureusement la tête et en risquant de s'attirer ainsi de nouveaux reproches. Le colonel a conclu : « Bonne chance, jeunes gens, j'aimerais venir avec vous. » Sotto voce, mais assez fort pour que je l'entende, Francisco a murmuré : « Tu parles, enfoiré. »

Rivolta nous a envoyés préparer notre paquetage en nous promettant des médailles si nous réussissions et nous a donné un gros tas d'instructions qui contenaient aussi des cartes, un horaire précis et une photo de Mussolini de profil, pris d'en dessous pour faire ressortir son menton. Elle devait être destinée à nous enflammer et à stimuler notre force morale.

Nous nous sommes assis sur un mur hors de la villa et nous avons regardé les papiers. « C'est louche, a dit Francisco. A ton avis, de quoi s'agit-il vraiment ? »

J'ai regardé ses beaux yeux noirs et j'ai répondu : « Ça m'est égal. Ce sont des ordres et nous devons considérer que quelqu'un sait de quoi il s'agit, pas vrai ?

– Tu supposes trop. A mon avis, ça n'est pas seulement louche, c'est sale. » Il a sorti sa bestiole de sa poche et lui a dit : « Mario, ça n'est pas une affaire pour toi. »

Quand le maréchal des logis nous a remis des uniformes de l'armée britannique et des armes grecques nous n'en croyions pas nos yeux. Ça n'avait aucun sens, et nous n'avions même pas de mode d'emploi pour la mitrailleuse légère Hotchkiss. Nous l'avons trouvé tout seuls, mais par la suite nous avons conclu que nous n'aurions peut-être pas dû.

Francisco et moi nous avons été sauvés d'une étrange façon par les conditions météo. Nous étions en avance et nous avons franchi nos lignes à dix heures du soir. De l'autre côté de la frontière nous avons revêtu nos uniformes anglais, selon les instructions, et nous avons trouvé le chemin au sommet pour passer dans l'autre vallée. Nous avons été pris alors dans une tempête de contradictions.

Je doute que celui qui n'a jamais assisté à un combat puisse vraiment comprendre ce qui tourbillonne dans la tête d'un soldat à ce moment-là, mais je vais essayer de l'expliquer. En l'occurrence, nous étions fiers d'avoir été choisis pour une mission grave. Elle nous rendait exceptionnels et très importants. Mais nous n'avions jamais fait ce genre de chose ni l'un ni l'autre et nous avions terriblement peur, pas seulement du danger physique mais de notre lourde responsabilité et du risque de tout rater. Nous n'arrêtions pas de plaisanter pour cacher cette peur. Un soldat craint aussi toujours que les autorités n'en sachent plus que lui et qu'il n'ignore ce qui se passe réellement. Il sait que parfois le haut commandement peut le sacrifier au nom d'un intérêt supérieur sans l'en aviser, et ça le rend méprisant et soupçonneux envers l'autorité. Ça aggrave aussi sa peur. L'incertitude quant à l'issue le rend superstitieux et il se signe alors sans cesse, ou il embrasse son porte-bonheur, ou bien il met son étui à cigarettes dans sa poche de poitrine pour dévier les balles. Francisco et moi avions inventé la superstition de n'employer ni l'un ni l'autre le mot « certamente ». Nous ne l'avons pas prononcé une seule fois ni pendant cette mission ni plus tard pendant la guerre. Francisco semblait avoir constamment besoin de se confier à sa souris, il la tenait dans ses mains et lui racontait des sottises pendant que les autres fumaient à la chaîne, faisaient les cent pas, regardaient les photos cornées de ceux qu'ils aimaient ou se précipitaient toutes les cinq minutes aux latrines.

Nous avons appris qu'il existe aussi une excitation sauvage quand la tension de l'attente retombe, et qu'elle se transforme parfois en une sorte de sadisme dément dès qu'une action est en train. Vous ne pouvez pas toujours reprocher leurs atrocités aux soldats parce que je peux vous assurer d'expérience qu'elles sont la conséquence naturelle du soulagement infernal provoqué par le fait de ne plus avoir à penser. Les atrocités ne sont parfois que la vengeance des hommes tourmentés. Le mot que je cherchais est catharsis. Un mot grec.

A plat ventre dans les broussailles devant cette tour nocturne, je sentais Francisco près de moi et je savais que Phèdre avait raison de croire qu'un amant est plus valeureux quand son bien-aimé est à ses côtés. Je voulais le protéger et lui prouver que j'étais un homme. J'ai compris que mon amour pour lui grandissait à la pensée qu'une balle pouvait bientôt nous séparer.

Il était presque minuit, les chouettes criaient et j'entendais au loin le doux tintement des clochettes de chèvres. Il faisait un froid intense et un vent glacé s'était levé du nord. Nous avions des tas d'expressions pour ce vent-là, mais la plus appropriée était sans doute « à vous ratatiner les couilles ».

A minuit, Francisco a regardé sa montre et a dit : « Je n'y tiens plus. Je perds mes doigts, j'ai les pieds comme des glaçons et je te jure qu'il va pleuvoir. Pour l'amour du ciel, finissons-en.

– On ne peut pas. Les ordres sont de ne pas attaquer avant deux heures.

– Voyons, Carlo, qu'est-ce que ça peut foutre ? Faisons-le maintenant et rentrons à la maison. Mario s'emmerde et moi aussi.

– Pour toi, la maison, c'est Gênes. Tu ne peux pas y aller. Écoute, c'est une question de discipline. »

Je n'ai pas pu le convaincre, parce qu'en réalité j'étais d'accord avec lui. Je ne voulais pas mourir de froid dans ce trou perdu rien que parce que l'efficacité et l'enthousiasme nous avaient fait arriver trop tôt.

Les ordres étaient d'utiliser la mitrailleuse contre les brigands, mais là-bas, en pleine nuit, dans le froid mortel, ça ne paraissait plus une très bonne idée. Elle était si froide au toucher que ça faisait mal aux doigts, et d'ailleurs nous n'étions pas sûrs de pouvoir la faire marcher dans le noir. Nous avons décidé d'aller reconnaître le terrain plus près de la tour de guet.

Ils avait une lampe, là-haut, et nous avons été surpris de constater qu'ils étaient au moins dix. Nous nous attendions à trois tout au plus. Nous avons vu aussi quatre mitrailleuses perchées sur les grilles extérieures. Francisco a chuchoté : « Pourquoi n'ont-ils envoyé que nous deux ? Si nous leur tirons dessus, nous sommes morts. Crois-moi, c'est une sale histoire. Depuis quand les brigands ont des mitrailleuses ? »

On entendait chanter dans la tour et ils devaient être un peu soûls. J'ai repris confiance en rampant pour voir de plus près, essayant d'oublier les pommes de pin qui m'écorchaient les mains et les petits cailloux pointus qui me rentraient dans les os. J'ai découvert sous la tour un énorme tas de petit bois et un baril de kérosène, à l'abri de la pluie. Toutes les tours de guet avaient des poêles à bois et des lampes à pétrole et, naturellement, on mettait toujours les réserves en dessous.

C'est pourquoi Francisco et moi avons attaqué deux heures trop tôt, en renversant le baril et en y mettant le feu. La tour s'est enflammée comme une torche et nous l'avons nettoyée à la mitrailleuse presque directement par en dessous. Nous avons tiré et tiré, jusqu'à ce que nous ayons vidé toute une bande-chargeur. S'il y a eu des cris, nous n'avons pas pu les entendre. Nous n'avions conscience que de l'arme qui bondissait, de nos dents serrées et de l'horrible folie d'une action désespérée.

Quand la bande a été vide, il y a eu un silence abominable. Nous nous sommes regardés et nous avons souri. Le sourire de Francisco était timide et triste et je suis sûr que le mien était pareil. C'était notre première atrocité. Nous n'avions aucun sentiment de triomphe. Nous étions épuisés et souillés.

C'est Francisco qui a trébuché sur le corps de Roatta, capitaine des bersaglieri, qui était passé par-dessus le garde-fou de la tour et s'était brisé la nuque. Le corps étendu était disloqué, comme si jamais il n'avait contenu de vie. C'est encore lui qui a trouvé les papiers qui ordonnaient au capitaine d'emmener neuf hommes dans la tour en prévision d'une attaque de l'armée grecque que le service de renseignements attendait pour deux heures.

Il s'est assis près de moi à côté du corps et a regardé les étoiles. Il a finalement dit : « Ce ne sont pas du tout des uniformes anglais. Les Grecs portent les mêmes que les Anglais, n'est-ce pas ? »

J'ai regardé moi aussi les étoiles. « Nous devions être tués. C'est pour ça qu'on nous a dit de partir sans plaques d'identité. Nous étions des Grecs qui attaquions l'armée italienne et nous sommes censés être morts. C'est pour ça qu'ils n'ont envoyé que nous deux, pour être sûrs que nous ne pourrions pas gagner. »

Francisco s'est redressé lentement. Il a levé les mains dans un petit geste d'angoisse et les a laissées retomber. Il a dit avec amertume : « On dirait qu'un salopard imbécile cherche à provoquer une guéguerre avec la Grèce. »

11

Pélagia et Mandras

PÉLAGIA (aux cabinets, après le petit déjeuner) : Celui qui a construit cet endroit a rudement bien fait de laisser une ouverture en haut de la porte ! Je pourrais rester ici des heures à regarder les nuages se déployer sur le sommet des montagnes. Je me demande d'où ils viennent. En fait, je sais que c'est de la vapeur d'eau, mais on dirait qu'ils se forment à partir de rien, d'un seul coup. C'est comme si chaque goutte avait un secret à partager avec ses sœurs, alors elles montent de la mer, elles se serrent les unes contre les autres et se laissent porter par la brise, et les nuages changent de forme quand les gouttes courent d'une confidence à l'autre en chuchotant. Elles disent : « Je vois Pélagia en bas, assise sur le trou, et elle ne sait même pas que nous parlons d'elle. » Ou bien : « J'ai vu Pélagia et Mandras s'embrasser. Où ça va la mener ? Elle rougirait si elle savait. » Oh, je rougis. Que je suis bête ! Pourquoi les nuages vont-ils plus lentement que le vent qui les mène ? Et pourquoi, quelquefois, le vent souffle-t-il dans une direction tandis que les nuages voyagent dans une autre ? Papakis a-t-il raison de dire qu'il y a plusieurs couches de vent différentes, ou bien les nuages ont-ils un moyen de voyager contre lui ? Je dois couper d'autres chiffons, j'ai mal au ventre et dans le dos et c'est pour bientôt puisque j'ai vu la nouvelle lune hier soir. Ma tante dit que le seul avantage à être enceinte c'est qu'on n'a pas à se tracasser pour le sang. Pauvre petite Chryssoula, pauvre petite fille, quelle horrible histoire. Papas qui rentre un soir, tard, tremblant de rage et de désespoir, tout ça parce que Chryssoula est arrivée à quatorze ans sans que personne ne lui ait jamais dit qu'un jour elle saignerait. Elle est tellement horrifiée qu'elle s'imagine avoir une maladie dégoûtante et inconnue, elle ne peut en parler à personne, alors elle avale de la mort aux rats. Papa est tellement furieux qu'il attrape la mère de Chryssoula par le cou et la secoue comme un chien secoue un lapin, et le père de Chryssoula sort avec ses copains comme d'habitude, il rentre soûl, comme si rien ne s'était passé, et sous le lit de Chryssoula il y a une pile de papiers aussi épaisse qu'une bible, pleins de prières à saint Yérassimos pour qu'il la guérisse. Les prières sont si tristes et si désespérées qu'elles vous font pleurer. Bon, je ne vais pas rester ici toute la journée à penser aux nuages et à la menstruation. De toute façon, il commence à faire un peu chaud et ça va bientôt puer. Mais je vais rester encore un peu, parce que Papas ne reviendra pas de son petit déjeuner avant dix minutes et que l'important c'est d'avoir l'air occupée quand il arrivera. Je suppose qu'il fallait laisser un espace en haut de la porte, sinon il ferait complètement noir ici.

MANDRAS (chargeant ses filets sur son bateau) : Saint Pierre et saint André, accordez-moi une bonne pêche. Ça va être encore une journée brûlante, je le sens, je sens que tout le poisson va se cacher dans les rochers et descendre au fond. Pour le bien de nous autres, malheureux pêcheurs, Dieu aurait dû les créer avec des lunettes noires. Mon Dieu, faites que les nuages du mont Ainos passent devant le soleil, laissez-moi attraper un beau mulet pour le Dr Yannis et Pélagia, faites-moi voir des dauphins ou des marsouins pour que je sache où est le poisson, faites-moi voir des mouettes pour que je trouve de la blanchaille que Pélagia pourra passer dans la farine et frire dans l'huile, elle pressera un citron dessus et elle m'invitera à manger avec eux, je pourrai toucher la jambe de Pélagia sous la table avec mon pied pendant que le docteur parlera d'Euripide et de l'occupation napoléonienne, je dirai : « C'est très intéressant, je ne savais pas, vraiment ? » Laissez-moi attraper une brème pour ma mère, et un bar, et aussi une belle pieuvre à couper en rondelles qu'elle fera cuire, j'en mangerai demain, froide, avec du thym et de l'huile, sur une grosse tranche de pain blanc. Je ne devrais pas sortir un mardi, on n'a jamais de veine le mardi, mais un homme doit gagner son pain et il y aura peut-être un sourire pour moi parmi les sourires innombrables des vagues. Ça, c'est le docteur qui me l'a appris : « les sourires innombrables des vagues », un vers d'Eschyle, qui visiblement n'est jamais allé en mer en hiver. C'est plutôt les innombrables paquets de mer et le froid infini. Mais c'est une jolie journée aujourd'hui, aussi jolie que Pélagia. Si je jette une ligne au fond, je prendrai sans doute une limande, et si je reçois de l'eau salée sur mes coupures aux fesses, ça va piquer de tous les diables.

PÉLAGIA (tirant de l'eau du puits) : Papakis dit que Mandras va garder des grains de terre cuite dans les fesses le reste de ses jours et que ce sera comme si on les lui avait saupoudrées de piment. J'aime ses fesses, Dieu me pardonne, même si je ne les ai jamais vues. Je peux seulement dire que je les aime. Que je les aimerais. Elles sont toutes petites. Quand il se penche, je les vois comme deux moitiés de melon. Je veux dire que les courbes sont proportionnées comme le dessin original de Dieu pour le fruit. Quand il m'embrasse, j'ai envie de mettre mes bras autour de lui et de lui prendre une fesse dans chaque main. Je ne l'ai jamais fait. Je n'oserais pas. Qu'est-ce qu'il dirait ? J'ai vraiment des pensées malpropres. Dieu merci, personne ne sait ce que j'ai dans la tête, on m'enfermerait et toutes les vieilles me jetteraient des pierres en me traitant de pute. Quand je pense à Mandras, je vois son visage souriant, et ensuite je le vois se pencher en avant. Je me demande parfois si je suis normale, mais si les hommes savaient ce que les femmes se racontent quand elles sont ensemble et qu'ils sont au kaphénio, quel choc ! Toutes les femmes du village savent que la verge de Kokolios est recourbée sur le côté comme une banane et que le pope a des boutons sur les bourses, mais les hommes l'ignorent. Ils n'ont pas la moindre idée de nos conversations, ils s'imaginent que nous parlons de cuisine, de bébés et de raccommodage. Quand nous trouvons une pomme de terre qui ressemble à l'équipement des hommes, nous nous la montrons et ça nous fait rire.

J'aimerais qu'il existe un moyen d'apporter l'eau à la maison sans avoir à la transporter. Chaque cruche est plus lourde que la précédente et je me mouille toujours. On raconte que les Normands empoisonnaient les puits en y jetant des cadavres, il fallait choisir entre mourir de soif ou mourir d'avoir bu de l'eau viciée. C'est un miracle une île sans ruisseau ni rivière qui jouit d'une eau claire venue de la terre, même en août. Je vais me reposer un peu en arrivant à la maison ; je déteste quand je commence à transpirer et que je sens ma nuque qui colle et qui me gratte. J'aimerais bien savoir pourquoi Dieu fait l'été trop chaud et l'hiver trop froid. Et où est-il écrit que les femmes doivent porter l'eau alors que les hommes sont plus forts ? Quand Mandras me demandera de l'épouser, je lui répondrai : « À condition que tu acceptes d'aller chercher l'eau. » Il me répondra : « D'accord, si tu vas pêcher », et je ne saurai plus quoi dire. Ce qu'il nous faut, c'est un inventeur qui vienne installer une pompe pour amener l'eau à la maison. Je pourrais tuer papa. Qu'est-ce qui lui prend de dire à Mandras que je n'aurai pas de dot ? Qui se marie sans dot ? Papas dit que c'est une coutume barbare, qu'à sa connaissance ça ne se fait dans aucun pays civilisé, qu'il faut se marier par amour comme il l'a fait, que c'est une obscénité d'en faire une transaction et que ça signifie qu'une femme ne vaut pas la peine qu'on l'épouse si elle ne porte pas ses richesses sur son dos. Eh bien, s'il pense comme ça, je serai obligée d'épouser un étranger. Je lui ai dit : « Papakis, si tu réfléchis, c'est idiot de s'habiller quand il fait chaud. Tu veux que je sois la seule femme de Grèce à ne pas porter de vêtements en été ? » Il m'a embrassée sur le front et m'a dit : « Tu es presque assez intelligente pour être ma fille » et il est sorti. Je me dis vraiment que je devrais être toute nue quand il rentrera. On ne peut pas aller contre la coutume, c'est comme ça, même si la coutume est idiote. Et que diront les parents de Mandras ? Comment je pourrais supporter cette honte ? Tout ce que j'ai, c'est une chèvre. Est-ce que je vais aller chez son père rien qu'avec une chèvre et un paquet de vêtements ? Qui dit qu'ils accepteront ma chèvre ? Eh bien je n'irai pas si je ne peux pas emmener la chèvre, un point c'est tout. Qui d'autre lui soufflera dans le nez et la grattera derrière les oreilles ? Papakis ne le fera pas. Je voudrais aussi que papakis arrête de faire pipi sur les aromates, j'en frémis quand je dois m'en servir. Je devrais peut-être en faire pousser ailleurs, en cachette, et n'utiliser que ceux-là. Je ne peux pas continuer à en demander aux voisins alors qu'ils voient très bien que nous en avons des quantités, et je ne peux vraiment pas leur expliquer que si je ne peux pas utiliser les nôtres c'est parce qu'elles sont couvertes d'urine. Oh mon Dieu, mon Dieu ! J'aurais dû m'en douter. Oh merde ! Pourquoi je n'ai pas mis un linge avant de lever la cruche ? Je suis trop bête. Maintenant, il y a du sang qui coule. Beuh, c'est tout chaud et collant. Je crois que je ferais mieux de revenir chercher la cruche plus tard. Et voilà, ça recommence, cinq jours à marcher comme un canard.

MANDRAS (sortant du port. Il chante.)

Venez, dauphins, mes compagnons,
et conduisez-moi au poisson.
Si j'en prends une quantité,
vous en serez remerciés.
Si je prends des algues mêlées,
mon aimée aura un collier,
si je prends une souris morte,
je vous fermerai ma porte.
Mais si je prends du maquereau,
je vous couvrirai de joyaux.

Pas de dot. Dieu sait que je l'aime, mais que dira-t-on ? On dira que le Dr Yannis ne me trouve pas assez bien, voilà. Il me traite toujours d'imbécile et d'idiot et il dit que j'ai trop de kéfi pour faire un bon mari. C'est vrai, je suis un imbécile. Un homme est toujours imbécile quand il s'agit des femmes, c'est bien connu. Je sais que le docteur m'aime bien, il veut toujours savoir quand je vais lui demander la permission d'épouser Pélagia et il fait semblant de ne rien voir quand je vais parler avec elle. L'ennui, c'est que quand je suis avec elle je ne suis pas moi-même. C'est que je suis un homme sérieux. Je réfléchis, je m'intéresse à la politique et je connais la différence entre un royaliste et un vénizéliste. Je suis sérieux parce que je ne pense pas qu'à moi, je veux que le monde soit meilleur, je veux jouer un rôle. Mais quand je suis avec Pélagia, c'est comme si j'avais de nouveau douze ans : je joue à Tarzan dans l'olivier et l'instant d'après je fais semblant de me battre avec la chèvre. C'est de l'esbroufe, je sais, mais que faire d'autre ? Je me vois mal en train de lui dire : « Écoute, Pélagia, parlons politique. » Les femmes ne s'intéressent pas à ces choses-là, elles veulent qu'on les amuse. Je ne lui ai jamais parlé de ma façon de voir. Elle pense peut-être elle aussi que je suis un imbécile. Je ne suis pas de sa classe, je le sais. Le docteur lui a appris l'italien et un peu d'anglais et leur maison est plus grande que la nôtre, mais je ne suis pas inférieur. Du moins, je ne pense pas. Ce n'est pas une famille ordinaire, voilà tout. Ce sont des originaux. Le docteur dit ce qu'il veut. Souvent, je ne sais pas moi-même où j'en suis. Ç'aurait été plus facile de tomber amoureux de Despina ou de Polixéni. Si j'avais fait mon exitia, j'en saurais peut-être davantage sur le monde. Le docteur, lui, il a fait le tour de la terre, il est même allé en Amérique. Et moi ? Je suis allé où ? Qu'est-ce que je connais ? Je suis allé à Ithaque, à Zante et à Lefkas. La belle affaire. Je n'ai pas d'histoires, pas de souvenirs. Je n'ai jamais goûté le vin français. Il dit qu'en Irlande il pleut tous les jours et qu'au Chili il y a un désert où il n'a jamais plu. J'aime Pélagia mais je sais que je ne serai jamais un homme tant que je n'aurai pas accompli quelque chose d'important, quelque chose de grand, qui me fasse vivre, qui me rende estimable. C'est pour ça que j'espère qu'il y aura la guerre. Je ne veux pas de bain de sang ni de gloire, je veux me colleter avec des difficultés. Un homme n'est pas un homme tant qu'il n'a pas été soldat. Si je reviens en uniforme, personne ne dira : « Mandras est un garçon sympathique mais il n'a rien de spécial. » Alors je serai digne d'une dot. Ah, des dauphins ! Un léger coup de barre, je vire de bord. Non, non, ne venez pas vers moi, je vais vers vous. J'espère que vous n'étiez pas seulement en train de jouer. Ah, je crois que c'est le dauphin Kosmas, le dauphin Nionios et madame Krystal. Kaliméra, mes amis souriants.

Écartez-vous, je jette le filet, et ne tirez pas trop de poissons des mailles cette fois-ci. Bordel, j'ai trop chaud. J'arrive. Je me déshabille, je jette l'ancre. Attention, les dauphins, j'arrive ! Dieu que c'est bon ! Y a-t-il rien de meilleur que l'eau de mer sur un bas-ventre surchauffé ? Rien d'aussi agréable que de filer, une main sur la nageoire d'un dauphin ? Nage, Krystal, nage. Merde, ça pique.

PÉLAGIA (pendant la sieste) : Il fait trop chaud. La porte bouge. Qui est là ? Mandras ? Non, ne sois pas bête, on ne fait pas venir les gens rien qu'en pensant à eux. Il paraît qu'il existe des fantômes de vivants. Oh, c'est toi, Psipsina. Oh non, non ! Pourquoi ne pouvons-nous pas avoir un chien comme tout le monde ? Ou même un chat ? Il faut que nous ayons une martre folle qui ne fait pas la sieste. Descends. Tu crois que tu vas grandir encore ? Je ne peux pas dormir avec une demi-tonne sur la poitrine. Reste tranquille. Mmm, pourquoi tu sens toujours aussi bon, Psipsina ? Tu as encore volé des œufs et des fruits ? Pourquoi n'attrapes-tu pas tes propres souris ? J'en ai marre de hacher des souris. Pourquoi tu ne marches pas par terre comme tout le monde ? Ça t'amuse de voler dans la pièce sans toucher le sol ? Mmm, comme tu es gentille, je suis contente que Lémoni t'ait trouvée. Vraiment contente. Je voudrais que tu sois Mandras. Je veux Mandras sur ma poitrine. Mon Dieu qu'il fait chaud ! Comment tu supportes ce manteau de fourrure, Psipsina ? Je voudrais que tu sois Mandras. Je me demande ce qu'il fait en ce moment. Il doit être en mer, dans la brise. Je me demande comment sont ses fesses. Papakis a dit que ce sont de très belles fesses. Pleines de terre cuite. « Le cul d'une statue classique, un très beau cul », il a dit. Si je ferme les yeux, si je tends les bras et si je prie saint Yérassimos, peut-être que quand je les ouvrirai c'est Mandras qui sera sur ma poitrine à la place de Psipsina. Aucune chance. Aucune chance, Psipsina. Il est tellement beau. Et tellement drôle. Il m'a fait tellement rire avant de tomber de l'arbre que j'en avais mal au ventre. C'est là que j'ai compris que je l'aimais, à la peur que j'ai eue quand il est tombé sur la marmite. Je vais prendre Psipsina dans mes bras comme si c'était lui, il le sentira peut-être. J'espère que tu n'as pas de puces.

Je ne veux pas avoir des taches rouges sur les bras. Hier, ma cheville me grattait et j'étais prête à te le reprocher, Psipsina, mais j'ai dû me frotter à une ronce. Quand est-ce qu'il va me demander en mariage ? Il dit que sa mère n'est pas très gentille. C'est drôle de dire ça de sa propre mère. J'aimerais pouvoir me souvenir de mitéra. Pauvre mitéra. Quand elle est morte, c'était un squelette qui crachait le sang. Sur la photo, elle est jolie, si jeune, si heureuse, et à sa façon de poser la main sur l'épaule de son mari, on voit qu'elle l'aimait. Si elle vivait encore, je saurais que faire avec Mandras, elle obligerait papakis à changer d'avis à propos de la dot. Mandras n'a pas l'air de s'en soucier. Ce n'est pas un garçon sérieux et ça me donne des doutes. Il est très drôle, mais je ne peux lui parler de rien. Il faut pouvoir discuter avec son mari, non? Pour lui, tout est plaisanterie. Il a de l'esprit, ça montre qu'il n'est pas idiot, j'espère. Si je lui demande : « Il va y avoir la guerre ? » il se contente de sourire et il répond : « Quelle importance ? Il va y avoir un baiser ? » Je ne veux pas qu'il y ait la guerre. Pourvu qu'il n'y ait pas de guerre. Pourvu que Mandras soit à l'entrée de la cour avec un poisson dans les mains. Pourvu que Mandras soit là tous les jours avec un poisson. A vrai dire, j'en ai un peu assez du poisson. Tu as remarqué, Psipsina ? Chaque fois qu'il apporte un poisson, tu en retrouves un peu plus dans ton écuelle.

MANDRAS (raccommodant ses filets sur le port) : Hier la Somalie anglaise est tombée aux mains des Italiens. Dans combien de temps vont-ils nous attaquer depuis l'Albanie ? Il paraît que c'était des tanks contre des chameaux. Je me sens tellement inutile et insignifiant sur cette île. C'est un moment où les hommes doivent faire leur métier. Arsénios a écrit pour moi au roi en disant que je voulais me porter volontaire, et j'ai reçu une lettre du bureau de Métaxas lui-même qui me dit que je serai appelé si on a besoin de moi. Eh bien, ce soir, je vais lui demander d'écrire de nouveau que je veux être appelé immédiatement. Comment le dire à Pélagia ? Ce qui est sûr, c'est que je vais demander sa main avant de partir, avec ou sans dot. Je vais demander la permission à son père et puis je mettrai un genou à terre pour faire ma demande. Sans pitreries. Je lui ferai comprendre qu'en défendant la Grèce je la défendrai elle, et toutes les femmes comme elle. C'est une question de salut national. Chacun a le devoir de faire de son mieux. Et si je meurs, tant pis, je ne serai pas mort pour rien. Je mourrai avec le nom de Pélagia et celui de la Grèce sur les lèvres, parce que c'est la même chose, la même chose sacrée. Si je survis, je marcherai la tête haute jusqu'à la fin de mes jours, je reviendrai à mes dauphins et à mes filets et tout le monde dira : « C'est Mandras, il a fait la guerre. Nous devons tout à des hommes comme lui. » Ni Pélagia ni son père ne pourront me traiter d'imbécile ou d'idiot, je serai toujours plus qu'un pêcheur de rien du tout avec des éclats de poterie au cul.

PÉLAGIA (prenant du kleftiko au four communal) : Où est Mandras ? D'habitude, il est là à cette heure-ci. Je veux qu'il vienne. Je veux tellement qu'il vienne que je peux à peine respirer. Mes mains se remettent à trembler. Je ferais mieux de ne plus avoir ce sourire idiot, sinon on va me prendre pour une folle. Viens, Mandras, viens s'il te plaît, et je ne donnerai pas ma part de poisson à Psipsina. Rien que l'intérieur, la queue et la tête. Reste pour dîner et caresse mon tibia avec ton pied, Mandras. Psipsina est assez grande à présent pour déchiqueter les souris toute seule. Je suis trop bête de continuer à faire les choses par habitude, sans nécessité. Reste pour dîner.

12

Tous les miracles du saint

Rien n'avait changé dans l'île, rien ne présageait la guerre ; Dieu lui-même était resté imperturbable devant la mégalomanie et la destruction qui s'abattaient sur le monde. Le 23 août, le lis sacré placé devant l'icône de Notre-Dame de Démoutsadata était sorti à l'heure dite de son état de dessèchement et avait fleuri, rassurant chacun, renouvelant le miracle et confirmant les fidèles dans leur piété. Au milieu du mois, une horde de serpents non venimeux, inconnus de la science, la tête ornée d'une croix noire et la peau comme du velours, était sortie en se tortillant, comme du néant, à Markopoulo. Ils avaient rempli les rues de leurs ondulations et de leurs torsions, s'étaient approchés de l'icône d'argent de la Vierge, s'étaient installés sur le trône de l'évêque et avaient disparu à la fin du service aussi tranquillement et inexplicablement qu'ils étaient venus. Dans le grand château en ruine de Kastro, au-dessus de Travliata et Mitakata, les spectres de soldats romains demandèrent le mot de passe à des Normands et à des Français et les ombres de soldats anglais jouèrent aux dés avec celles des Turcs, des Catalans et des Vénitiens dans le labyrinthe humide et indescriptible des citernes souterraines, des tunnels et des mines. Dans l'ancienne ville vénitienne de Fiskardo, le fantôme hurlant de Guiscard arpenta les remparts, exigeant le sang et le trésor grecs. À la pointe nord d'Argostoli, la mer s'est engouffrée dans les crevasses de la côte pour disparaître inexplicablement dans les entrailles de la terre tandis qu'à Paliki, le rocher connu sous le nom de Kounopétra remuait tranquillement à son rythme inaltérable. Les villageois de Matzavinata, aussi prévisibles que le rocher, ne manquaient jamais de raconter à qui voulait les entendre que des bateaux de guerre anglais avaient un jour enchaîné Kounopétra sans pouvoir le déplacer ; c'était un petit rocher grec qui avait résisté à la force et à la curiosité scientifique du plus grand empire que l'homme ait jamais connu. Enfin — encore plus extraordinaire peut-être — une expédition française avait tenté en vain, une fois de plus, de trouver le fond du lac Akoli et un zoologue du Wyoming, très embarrassé, avait confirmé l'information de l'éminent historien Yannis Kostis Laverdos : les lièvres et certaines chèvres du mont Ayia Dinati avaient des dents en or et en argent.

Depuis l'époque où la déesse Éos était intervenue dans la mort de Memnon, tué par Achille, et avait précipité l'homicide involontaire de Proscris par son mari qui ne se doutait de rien, l'île était riche en miracles. Ce qui n'était pas en soi un miracle car elle possédait un saint à elle toute seule dont les pouvoirs surnaturels étaient apparemment trop grands et trop irradiants pour se limiter à lui-même.

Saint Yérassimos, desséché et noirci, scellé dans son sarcophage doré en forme de dôme au cœur de son monastère et mort depuis cinq siècles, se levait la nuit. Paré de ses vêtements d'or et d'écarlate, de pierres précieuses et de médailles antiques, il allait cliqueter et grincer discrètement parmi son troupeau de pécheurs et de malades, leur rendant visite chez eux ; il se rendait même parfois à l'étranger, dans sa Corinthe natale, pour y voir les os de ses aïeux et se promener dans les collines et les bocages de sa jeunesse. Mais le saint discipliné était toujours de retour au matin, obligeant les nonnes bavardes qui s'occupaient de lui à enlever la boue de ses pantoufles de brocart doré et à replacer ses membres émaciés et momifiés dans une position de paisible repos.

C'était un vrai saint, un saint homme authentique sans rien de commun avec les saints imaginaires et douteux d'autres religions. Il n'avait pas, comme saint Dominique, souillé le monde avec son Inquisition, ce n'était pas un géant de dix-huit pieds de haut aux penchants cannibales comme saint Christophe et il n'avait pas tué par accident les témoins de sa mort comme sainte Catherine. Ce n'était pas non plus un saint incomplet comme saint André qui a réussi à ne laisser que la plante de son pied droit dans le couvent près de Travliata. Tout comme saint Spiridon de Corfou, Yérassimos avait vécu une vie exemplaire et laissé toute son enveloppe mortelle pour servir d'inspiration et de preuve.

Il était devenu moine à l'âge de douze ans, avait passé autant d'années en Terre Sainte, avait demeuré cinq ans à Zante et s'était finalement installé dans une grotte de Spilla, pour ensuite réorganiser le monastère d'Omala où il avait planté le platane et creusé le puits de ses propres mains. Il était tant aimé des insulaires, pourtant cyniques ordinairement, qu'il avait deux jours de fête, l'un en août et l'autre en octobre ; des douzaines de garçons portaient son nom, il était révéré avec plus de ferveur que Dieu lui-même et de son trône dans les cieux il avait dû s'habituer à ce que les gens jurent et maudissent en son nom. Les deux jours de fête, quand toute la population de l'île s'enivrait outrageusement, son âme tolérante détournait les yeux.

On était à une semaine du jour où Métaxas allait rejeter l'ultimatum du Duce, mais ç'aurait pu être n'importe quel jour de fête des cent dernières années. Le soleil avait perdu de sa cruauté et la journée était délicieusement chaude sans être oppressante. Une légère brise marine traversait les oliviers, leurs feuilles bruissaient et chacune lançait des signaux mystérieux de vert sombre et d'argent. Les coquelicots et les marguerites se balançaient dans l'herbe encore flétrie par l'été mais qui commençait à se rafraîchir, et les abeilles profitaient des fleurs comme si elles savaient que l'automne était là; leurs nombreuses ruches regorgeaient du miel foncé et transparent que les insulaires savaient être le meilleur du monde. Au sommet du mont Ainos les vautours d'Égypte cherchaient les cadavres de chèvres victimes de la malchance ou de leur maladresse, et dans les broussailles des plaines les petites fauvettes noires voletaient et se chamaillaient. Au-dessous d'elles, d'innombrables hérissons fouillaient la terre en reniflant pour préparer des nids d'herbe et de feuilles en prévision des jours froids et les plages étaient jonchées de bateaux, comme naufragés, à moitié démantelés, que l'on avait tirés sur le sable pour les inspecter et les radouber. Les plantes tropicales du sud de l'île apparaissaient moins exubérantes, comme si elles retenaient leur sève, ou leur respiration, et les figuiers offraient leurs lourds fruits violets parmi les jeunes encore verts qui devaient mûrir l'année suivante, l'année où ils deviendraient officiellement le fruit des fascistes de Rome.

A l'aube, Alékos caressa le canon de son fusil antique et décida de ne pas l'emporter : il y avait toujours trop d'accidents pendant la fête du saint et ça gâchait le plaisir des miracles. Il enveloppa l'arme dans ses couvertures et sortit dans la brume pour voir si les chèvres allaient bien ; il avait l'intention de les laisser seules pour une journée, mais il était certain que le saint les protégerait. Il savait que durant toute la longue descente du mont Ainos il pourrait entendre les notes fortes de leurs clochettes : il s'amuserait à identifier chacune. En imaginant le spectacle du saint guérissant les épileptiques et les fous, il éprouva une excitation presque insupportable. Qui serait l'élu ?

Au village, le père Arsénios avala une bouteille de robola et se frotta les yeux, peu habitué à l'épreuve de se lever tôt. Pélagia et son père attachèrent la chèvre à l'olivier et enfermèrent Psipsina dans un placard où elle ne trouverait rien à mettre en pièces. Kokolios se battit un court instant avec ses convictions communistes relatives à l'opium du peuple et finit quand même par mettre les vêtements de sa femme. Stamatis fit un chapeau conique en papier et l'essaya pendant que sa femme coupait des morceaux de fromage, enveloppait rossoli et mandola et se rappelait des raisons de se plaindre. Mégalos Vélissarios chargea sa couleuvrine sur le dos d'un robuste taureau qu'il avait emprunté à un cousin au troisième degré et se mit à rêver de gagner la course. Il avait rempli le canon avec des morceaux de papier argenté et doré et il était impatient d'entendre les « Ah » d'admiration de la foule quand les munitions scintillantes jailliraient dans le ciel puis retomberaient en voltigeant comme une pluie de papillons métalliques.

Au monastère, les petites nonnes rubicondes réveillèrent les nombreux hôtes et pèlerins dans leurs chambres proprettes, remplirent cuvettes et brocs décorés, firent gonfler les oreillers brodés, changèrent les splendides serviettes et balayèrent. Elles vivaient elles-mêmes dans de petites pièces spartiates qui ne contenaient qu'un tapis effiloché, un lit à roulettes grinçant et des icônes sombres au mur. Leur joie consistait à servir les autres, à écouter avec d'exquises démangeaisons de plaisir l'histoire de leurs malheurs et des trahisons qu'ils avaient connues, et à construire à partir de ce qu'elles entendaient l'image en puzzle du monde extérieur. Mieux valait en entendre parler qu'y habiter, elles en étaient convaincues.

A l'asile adjacent, d'autres nonnes habillaient de propre les pensionnaires en se demandant lequel serait guéri par l'aura du saint. Celui-ci n'avait refusé la guérison qu'en de très rares occasions et nul doute que sa grande charité (et peut-être sa vanité) était en elle-même la garantie de rétablissement de quelques malheureux. Serait-ce Mina, qui grognait et poussait des cris rauques, ne reconnaissait personne et s'exhibait aux imprudents ? Serait-ce Dimitris, qui fracassait vitres et bouteilles et mangeait le verre ? Maria, qui se prenait pour la reine d'Amérique et obligeait les médecins eux-mêmes à s'approcher d'elle à genoux ? Socrate, qui souffrait d'une telle neurasthénie que le simple geste de lever une fourchette constituait une responsabilité insoutenable qui le faisait pleurer et trembler ? Les nonnes pensaient que vivre auprès du saint était en soi une forme atténuée de remède, et dans leurs moments de lucidité, les fous se demandaient quand leur tour viendrait. Le saint choisissait qui guérir sans aucune logique ni raison apparentes et certains mouraient après avoir attendu quarante ans tandis que d'autres, arrivés un beau jour avec un casier d'athéisme et de mauvaise conduite, étaient relâchés l'année suivante.

Dans les jolies prairies de la vallée et entre les platanes qui bordaient la route de Kastro, on voyait arriver depuis deux jours pèlerins et corybantes, certains venus de très loin. Les familles des fous avaient déjà baisé la main du saint et prié ensemble dans l'église pour la guérison des êtres chers, pendant que les nonnes astiquaient les ornements dorés, emplissaient le lieu de fleurs et allumaient les immenses cierges. Les bancs étaient pleins de gens qui se connaissaient et ravivaient leur amitié grâce aux conversations animées et volubiles que les non-Grecs prennent par erreur pour de l'invective. Dehors, les pèlerins déchargeaient les bêtes qui portaient de la féta, des melons, des volailles cuites et de la tourte à la viande à la céphalonienne, partageaient avec leurs voisins et échangeaient des couplets satiriques de leur composition. Des bandes de jeunes filles rieuses se promenaient bras dessus bras dessous en adressant des sourires de côté aux maris potentiels et aux garçons disposés à flirter. Les hommes faisaient semblant de ne pas les voir et gesticulaient entre eux en agitant des bouteilles et en refaisant le monde. Les popes s'agglutinaient comme des abeilles pour discuter sur des points de théologie avec une gravité extrême, leur barbe grise accentuait encore l'allure de patriarche que leur donnaient leur soutane et leurs chaussures noires bien cirées et ils devaient supporter les interruptions flatteuses des fidèles qui ne trouvaient d'autre prétexte raisonnable de conversation que de demander si tel ou tel évêque serait présent.

Mais en réalité ces scènes de réjouissances pastorales et de dignité ecclésiastique cachaient l'anxiété qui grandissait dans tous les cœurs, l'anxiété de l'attente, la crainte d'assister à l'inexplicable, l'agitation qui s'empare de ceux qui vont voir se déchirer le voile entre ce monde et l'autre. Cette nervosité particulière qui oppressait les poitrines fit couler quelques larmes dès que la cloche sonna pour annoncer le commencement de l'office.

Il y eut soudain un bourdonnement de bavardage et d'activité et les gens se pressèrent dans l'église. Quand elle fut pleine à craquer, ils se massèrent dans la cour. Certains allèrent se placer dans le cimetière des popes. Dispersés dans la foule, Alékos, Vélissarios, Pélagia, le Dr Yannis, Kokolios et Stamatis tendirent tous le cou pour entendre la psalmodie lointaine du pope. Quand ceux qui étaient à l'intérieur firent le signe de la croix, ceux à la porte les imitèrent un instant plus tard, puis ceux qui étaient derrière et enfin ceux du fond, de telle façon qu'une onde de geste parcourut la foule comme celle que provoque un caillou dans l'eau.

Le soleil monta plus haut et les fidèles entassés se mirent à transpirer. La chaleur poisseuse commençait à devenir intolérable quand l'office s'acheva dans les chants. Dans un processus inverse de piétinement et de bousculade, ceux qui n'avaient pas eu la chance de trouver de place dans l'église furent les premiers à atteindre le lieu des miracles sous le platane du saint.

Dans l'église, les porteurs soulevèrent le corps du saint et sous l'arbre, tout heureuses, les nonnes tentèrent de mettre de l'ordre dans le rassemblement confus et mouvant des fous pour la plupart soumis et terrifiés, accablés par le tourbillon de visages inconnus qui se pressaient autour d'eux. Le mangeur de verre se mit à hurler. La reine d'Amérique, excitée par l'arrivée de ses sujets, prit une pose suprêmement royale et Socrate regarda son pied droit avec horreur, car le remuer était devenu une trop grande épreuve. Il fit un effort de volonté qui se traduisit, à sa grande consternation, par un mouvement de son index. Il tenta un nouvel effort de volonté pour l'arrêter, mais il ne put pas faire l'effort de vouloir faire cet effort. Bloqué, revenu à l'impuissance absolue, il resta complètement immobile et se retira dans le kaléidoscope d'images intérieures situé derrière ses yeux. Une nonne lui essuya une larme et courut calmer le mangeur de verre. D'autres vinrent l'aider à convaincre les patients de se coucher ou de s'asseoir.

Mina s'installa sous l'arbre majestueux, les bras autour des genoux. En dépit de la cohue et du rideau palpable qui séparait son monde de celui des autres, elle sentit une sorte de calme pénétrer ses pensées inarticulées. Elle regarda la chaux éblouissante de l'église et comprit que c'était une église. « Œufs de tortue », pensa-t-elle et elle se rappela un fragment d'une comptine de son enfance. Elle se leva soudain et commença à retrousser sa robe, mais une nonne la fit doucement se rasseoir. Mina obéit et écouta vaguement les voix qui se bousculaient dans sa poitrine. Parfois elles hurlaient et poussaient des cris perçants, elle ne pouvait pas s'en débarrasser, pas même en s'accroupissant dans les coins et en se tapant la tête contre les murs. Ou bien elles lui faisaient faire des choses en la menaçant de ne pas s'en aller tant qu'elle n'aurait pas obéi. Tantôt elles lui causaient des démangeaisons sur tout le corps jusqu'à ce qu'elle s'arrache frénétiquement la peau avec les ongles, tantôt elles lui disaient de ne plus respirer. Dans une panique vertigineuse, elle sentait ses poumons s'immobiliser et son cœur ralentir puis s'arrêter pesamment. Parfois, l'écart entre elle et le monde était un tel gouffre béant qu'en regardant en bas elle voyait un vide infini sous ses pieds ; elle se mettait alors à courir follement pour trouver le sol et se jetait contre des objets invisibles qui lui causaient des bleus et des plaies. Parfois, saisie de terreur, elle transpirait tellement qu'elle devenait trop glissante pour que les nonnes puissent la retenir et elle tombait sur le sol de l'asile en pleurant et en éructant. Le pire, c'était lorsqu'elle voyait le visage des gens autour d'elle, qu'elle savait qu'ils la regardaient, qu'ils s'apprêtaient à la tuer ; elle levait alors ses jupes pour se cacher le visage, comme si ce geste magique pouvait les empêcher de la voir. Quand elle agissait ainsi, des mains apparaissaient de Dieu sait où et lui rabattaient ses jupes, l'obligeant à se battre avec l'énergie du désespoir pour les relever de nouveau. Pourchassée et blessée, Mina était assise dans l'herbe. Quand une ombre indistincte passa au-dessus d'elle, elle rentra la tête dans les épaules.

Le Dr Yannis et Pélagia, au premier rang de la foule, regardèrent avec une excitation croissante le corps du saint dans sa parure porté au-dessus des fous étendus. Jamais un corps n'avait été manipulé avec plus de sollicitude et de respect : il ne fallait pas le secouer dans sa châsse ni bousculer sa disposition. Ses porteurs avançaient avec précaution entre les membres des fous et les familles angoissées retenaient les mouvements désordonnés de leurs parents atteints. Les yeux du mangeur de verre se révulsèrent et l'écume de l'épilepsie couvrit ses lèvres, mais il resta immobile. Il n'avait pas de famille pour le contenir et tira du saint la force de se maîtriser. Il vit une paire de pantoufles brodées passer près de son nez.

Tandis qu'on emportait le saint, les gens, à bout d'impatience, scrutaient les malades pour voir s'il y avait un changement. Quelqu'un repéra Socrate et tendit le doigt. Il remuait les épaules comme un athlète prêt à lancer le javelot et contemplait ses mains avec stupeur en remuant les doigts l'un après l'autre. Il releva soudain la tête, vit que tout le monde le regardait et fit un salut timide. Un hurlement monstrueux jaillit de la foule et la mère de Socrate tomba à genoux pour embrasser les mains de son fils. Elle se redressa, leva les bras vers le ciel immense et cria : « Gloire au saint, gloire au saint ! » En un rien de temps l'assemblée fut plongée dans une hystérie de joie et de crainte révérencielle. Le Dr Yannis entraîna Pélagia à l'écart de la bousculade qui menaçait et il s'essuya le visage couvert de sueur et de larmes. Il tremblait des pieds à la tête et vit que Pélagia en faisait autant. « Phénomène purement psychologique », marmonna-t-il, et il eut brutalement la sensation d'être un ingrat. La cloche de l'église se mit à sonner à toute volée tandis que les nonnes et les popes se battaient poliment pour tirer sur la corde.

La fête commença, sous la poussée conjuguée du soulagement général, du besoin de se débarrasser de la chair de poule, et du penchant naturel des insulaires pour les réjouissances. Vélissarios autorisa Lémoni à approcher une allumette de la lumière du canon ; il y eut un grondement puissant et une averse brillante de papier tomba en voletant comme la pluie d'or de Zeus. Socrate flottait sur un nuage de félicité parmi les innombrables mains qui lui tapaient dans le dos et sous un orage de baisers qui descendaient sur ses doigts. « C'est la fête du saint ? demanda-t-il. Je sais que c'est idiot, mais je ne me rappelle pas du tout être venu. » On l'entraîna dans une danse, un syrto des jeunes gens de Lixouri.

Un petit orchestre improvisé, composé d'une cornemuse askotsovouno, d'une flûte de Pan, d'une guitare et d'une mandoline, accorda les différentes voix pour jouer un air, et un bon baryton, un carrier, composa une chanson en l'honneur du miracle. Il chantait un vers que les danseurs répétaient, ce qui lui donnait le temps d'inventer le suivant, jusqu'à ce qu'une chanson entière se forme, avec sa mélodie :

« Par une belle journée je suis venu voir les filles et danser.
Je suis venu comme un païen qui pense à boire et à manger.
Mais le saint a lavé mes yeux du doute
et m'a montré que Dieu est bon… »

Une rangée de jolies filles se tenant par la main oscillait au fond, et devant elles des garçons lançaient une jambe en arrière, la tête sur le côté, bondissant comme des sauterelles. Socrate prit le mouchoir rouge du danseur de tête et, à la grande joie des spectateurs, il exécuta les tsalimia les plus athlétiques et les plus spectaculaires qu'on ait jamais vues. Quand ses jambes effectuèrent des ciseaux plus haut que sa tête et que la chanson sortit de sa bouche, il comprit pour la première fois ce qu'étaient la joie et le soulagement. Son corps bondissait et pirouettait sans le moindre effort de volonté ; des muscles dont il avait oublié depuis longtemps l'existence réagissaient avec la force de l'acier et quand son visage s'épanouit en un immense sourire il put presque sentir le soleil briller sur ses dents. Le miaulement de la cornemuse vibrait dans sa tête, et soudain il vit les nuages sur le mont Ainos et se dit qu'il devait être mort et entré au paradis. Il lança les jambes encore plus haut et son cœur se mit à chanter comme une bande d'oiseaux.

Une troupe d'Argostoli avec son propre orchestre commença à danser un divaratiko, provoquant la critique des gens de Lixouri et des commentaires élogieux chez ceux d'Argostoli ; à l'autre bout de la prairie, un groupe de pêcheurs à la senne, des tratoli, après avoir partagé les gains de la journée, ouvrirent des bouteilles et chantèrent à pleins poumons des chansons qu'ils avaient mises au point pendant des semaines dans les tavernes de Panagopoula. Ils avait plaisanté, s'étaient chamaillés à propos de leurs prises, avaient mangé des olives et de la pretza et étaient arrivés finalement au point où il était naturel et inévitable de chanter.

Ils chantèrent ensemble une cantada :

« Le jardin où tu es assise
ne manque jamais de fleurs
car tu es tous les bouquets.
Il faudrait être idiot ou aveugle
pour ne pas le savoir. »

Les arpèges rapides de la guitare s'égrenèrent et le ténor entama une arietta. Sa voix monta jusqu'à sa note la plus haute, dominant les bavardages de la foule et même le vacarme du canon de Vélissarios, jusqu'à ce que ses amis se joignent à lui pour tisser une polyphonie d'harmonies compliquées autour de la mélodie qu'il avait créée ; ils arrivèrent ensemble à la fin, exactement sur la même note et dans la même tonalité : la fraternité de la mer avait donné une preuve concluante de leur unité spirituelle.

Les petites nonnes se faufilaient parmi les chants et les danses en laissant dans leur sillage abondance de vin et de nourriture. Ceux qui étaient déjà ivres commencèrent à se moquer les uns des autres et, par endroits, la moquerie vira à l'insulte, puis aux coups. Le Dr Yannis abandonna son fromage et son melon pour étancher le sang qui coulait des nez et des coupures occasionnées par des bouteilles cassées. Les femmes, et les hommes raisonnables, allèrent s'installer dans des endroits plus éloignés de ceux qui menaçaient de se déchaîner. Pélagia se rapprocha du monastère et s'assit sur un banc.

Elle regarda de nouveaux danseurs qui venaient mêler au paniyiri les traditions du carnaval. Des hommes arrivaient en tenue ridicule, chemises blanches serrées, jupes blanches, gants blancs et chapeaux de papier extravagants. Ils étaient couverts de rubans de soie rouge, de grappes de petites clochettes, de bijoux et de chaînes d'or, de photos de jolies filles ou du roi, et étaient accompagnés de petits garçons habillés en fille. Tous portaient des masques comiques et grotesques et parmi eux elle vit Kokolios, vêtu des plus beaux atours de son épouse acariâtre. Près de la route, des jeunes gens en costumes fantastiques, le visage peinturluré, commencèrent à jouer au babaoulia dans des farces où le saint lui-même ne pouvait pas éviter d'être brocardé. Un tourbillon de polkas, quadrilles, galops, valses et ballo rivalisant entre eux jeta la foule dans un chaos de chutes, de cris et d'insultes. Pélagia aperçut Lémoni qui essayait d'un air solennel de mettre le feu à la barbe d'un pope effondré, et son cœur fit un bond quand elle vit Mandras jeter des pétards sous les pieds de danseurs de Fiskardo.

Elle le perdit de vue puis sentit qu'on lui tapait sur l'épaule. Elle se retourna et le vit, les bras ouverts comme pour l'embrasser. Elle sourit malgré l'état d'ébriété dans lequel il se trouvait. Soudain il tomba à genoux et déclara d'un ton théâtral : « Siora, voulez-vous m'épouser ? Sinon je mourrai.

– Pourquoi m'appelles-tu siora ?

– Parce que tu parles italien et que de temps en temps tu mets un chapeau. » Il lui fit un sourire stupide et elle remarqua : « Toutefois, je suis loin d'être une aristocrate et il ne faut pas m'appeler siora. » Elle le regarda un moment et un silence s'installa entre eux, un silence qui l'obligeait à répondre à sa proposition. « Je t'épouserai, bien sûr », dit-elle tranquillement.

Mandras sauta en l'air et Pélagia vit que son pantalon était plus foncé là où ses genoux s'étaient posés dans une flaque de vin. Il fit des pirouettes et des cabrioles et elle se leva en riant. Mais en réalité elle ne put pas se mettre debout : une force invisible la clouait à son siège. Elle se rassit précipitamment, examina sa jupe et comprit que Mandras l'avait accrochée au banc. Son nouveau fiancé se laissa tomber dans l'herbe et hurla de joie, mais il se redressa d'un coup, prit une expression des plus sérieuses et dit : « Koritsi mou, je t'aime de tout mon cœur, mais nous ne pouvons pas nous marier avant que je rentre de l'armée.

– Va parler à mon père », dit Pélagia. Avec la sensation que son cœur lui montait dans la gorge, elle alla errer tout engourdie parmi les fêtards afin de digérer ce miracle contradictoire. Puis, troublée de ne pas se sentir aussi heureuse qu'elle aurait dû, elle se dirigea vers l'église pour y rester seule avec le saint.

La journée s'écoula et Mandras succomba à l'excès de boisson avant d'avoir trouvé le docteur. Il dormit comme un ange dans une mare nauséabonde mais non identifiable tandis qu'à proximité Stamatis tirait un couteau monarchiste contre Kokolios en le menaçant de couper ses couilles communistes, puis lui sautait au cou en lui jurant d'être toujours son frère. Ailleurs, un homme reçut un coup de couteau mortel pour une querelle de propriété qui durait depuis près de cent ans, et le père Arsénios finit par voir tellement trouble qu'il prit Vélissarios pour son père mort.

Quand vint l'heure de la course finale, la soirée sortit de l'anarchie incontrôlable de l'après-midi. Des petits garçons chevauchaient des boucs gras, une toute petite fille était attachée à un gros chien, des ivrognes satisfaits étaient montés à l'envers sur des ânes, d'énormes taverniers s'accrochaient aux flancs de chevaux maltraités et efflanqués, et Vélissarios montait le taureau placide qu'il avait emprunté.

Il y eut un faux départ impossible à endiguer et une charmante débandade démarra avant même que le starter ait eu le temps de lever son mouchoir. La petite fille sur le gros chien fila par la tangente vers un gigot d'agneau tombé à terre, les garçons sur les boucs firent des bonds sans avancer ni reculer, les ânes trottinèrent obligeamment dans d'autres directions que celle de la ligne d'arrivée et les chevaux refusèrent de bouger d'un pouce. Seul le taureau et son chargement herculéen avancèrent péniblement en ligne droite vers le bout de la prairie, précédés par un porc excité mais dépourvu de cavalier. Vélissarios, vainqueur populaire, franchit la ligne d'arrivée, descendit de sa monture, saisit le taureau par les cornes et, sous les applaudissements des spectateurs stupéfaits, le coucha par terre d'une poussée vigoureuse. Le taureau beugla d'incompréhension et d'ahurissement, et Vélissarios fut porté en triomphe par la foule.

Des groupes d'hommes ivres s'éloignèrent en braillant :

« Nous laissons les gars du paniyiri
d'humeur bagarreuse et c'est bien.
Nous sommes venus en pèlerins
et repartis fin soûls
selon la sainte coutume.
Le saint nous sourit
et nous l'honorons
en dansant et en nous effondrant. »

Pélagia et le docteur trouvèrent leur chemin pour rentrer, le père Arsénios profita de l'hospitalité du monastère, Alékos dormit dans un abri de pierres à flanc de montagne, quant à Kokolios et Stamatis ils se perdirent dans le maquis de Troianata en cherchant leurs épouses respectives.

Rentrée à l'asile, Mina s'assit sur son lit et se demanda où elle était. Elle cligna des yeux, regarda ses jambes et constata qu'elle avait les pieds très sales. Son oncle vint lui dire au revoir jusqu'à l'année suivante et eut la surprise de lui voir un grand sourire. « Thio, tu es venu pour m'emmener à la maison ? » Il fut sidéré, poussa un cri incrédule, tournoya les poings serrés et levés vers le ciel, dansa trois pas de kalamatiano tant il était heureux et prit Mina dans ses bras en ne cessant de s'exclamer : « Efkharisto, efkharisto ! » Elle l'avait reconnu, elle ne poussait plus de cris inarticulés, elle ne se sentait plus forcée de lever ses jupes, elle était normale et, à vingt-six ans, avec une dot et un peu de chance, encore mariable. Il lança des baisers vers les cieux et promit au saint qu'il trouverait une dot pour Mina dût-il en mourir.

Ainsi, cette année-là, Yérassimos avait fait deux miracles et décidé avec modestie de rendre l'un d'eux moins immédiatement sensationnel que l'autre. Le mangeur de verre et ses compagnons d'infortune regardèrent partir Mina avec douleur en se demandant combien de temps encore le saint allait les faire attendre.

13

Délire

Après la fête du saint, Mandras ne parut pas pendant deux jours, laissant Pélagia se morfondre dans une angoisse agitée. Elle ne comprenait pas ce qui avait pu lui arriver et inventait mille raisons à son absence ; elle éprouvait un manque grandissant qui menaçait de prendre plus de réalité que les obligations et les objets de la vie quotidienne.

Elle était rentrée à pied de la fête avec son père et avait conclu que l'insouciance de la conversation du docteur s'expliquait par la combinaison de la boisson et du fait que Mandras ne l'avait pas trouvé. A chaque pas, elle voulait interrompre le flot de commentaires sur la nature psychologique du miraculeux et d'observations étonnamment grossières sur ce qui s'était passé aux abords de la fête ; un mélange insupportable d'anxiété et de bonheur la poussait au bord de l'explosion et elle ne désirait rien tant que de parler de la demande de Mandras. C'était une information plus lourde à porter que le monde tout entier et elle avait besoin de la partager avec son père pour la rendre plus légère. Le docteur n'avait pas remarqué ses joues rouges, son inattention, sa tendance à trébucher sur les cailloux, ses trop grands gestes et sa voix un peu étranglée ; il avait atteint le stade d'ébriété où l'humeur joyeuse vacille au seuil de la nausée et de la perte d'équilibre et il avait décidé de s'abstraire. Le bonheur qu'il éprouvait le rendait insensible à l'état d'esprit de sa fille et quand ils arrivèrent à la maison elle ne lui avait pas encore annoncé la nouvelle. Le docteur prit dans ses bras la philosophe Psipsina, valsa dans la cour et urina sur la menthe avant d'aller se coucher, puant et tout habillé.

Pélagia se coucha aussi et ne put pas dormir. Une lune gibbeuse glissait des filaments de lumière argentée et inquiétante à travers les lattes des volets et cette lueur jointe au bruit de scierie énergique des grillons l'obligea à rester étendue sur le dos les yeux grands ouverts. Elle ne s'était jamais sentie plus éveillée. Son esprit tournait sans fin autour des événements de la journée : le miracle, les chants et les danses, les bagarres, la course, la demande en mariage. Elle en revenait toujours là : chaque souvenir quittait sa voie pour aboutir au beau garçon à genoux près du banc où elle était assise, à Mandras à genoux dans une mare de vin, Mandras si beau, si lumineux et si jeune, Mandras aussi parfait qu'Apollon. Ses membres se couvrirent de sueur et elle s'imagina enveloppée dans ses bras, elle le transforma en incube, remua, caressa le dos de Mandras, sentit sa langue douce caresser ses seins et son poids souple la presser.

« Je t'aime », déclara-t-elle en même temps que des doutes l'assaillaient comme une invasion de petits diables invisibles. Le mariage était une chose grave qui signifiait abandonner une vie pour une autre. Il signifiait en l'occurrence quitter la maison de son père, avoir des enfants et travailler sans relâche au lieu de vivre cette délicieuse idylle avec ses disputes pour rire, sa routine tranquille et ses aimables excentricités. Elle se rebiffait à l'idée d'accepter les ordres et les décisions de quelqu'un d'autre que son père dont les exigences, même brusques et péremptoires, étaient en fait des requêtes déguisées avec ironie. Comment se comporterait Mandras ? Jusqu'où le connaissait-elle vraiment ? Quelle preuve avait-elle qu'il était patient et humain ? Certes, il lui apportait des cadeaux, mais les cadeaux n'allaient-ils pas cesser dès que l'affaire serait conclue ? N'était-il pas trop jeune et trop impulsif ? Il y avait un quelque chose de trop décidé dans ses mouvements, dans ses réponses inconsidérées : peut-on faire confiance à quelqu'un qui répond immédiatement, sans réfléchir ? Quelqu'un dont les actes et les paroles sont poétiques au lieu d'être mûrement pensés ? Elle le soupçonna d'inflexibilité dans la structure de son cœur et en fut effrayée. « Serait-il un Romios sans le savoir ? » se demanda-t-elle. Et comment distinguer le désir de l'amour ? Tout en écoutant chanter un moustique, elle compara son fiancé à son père. Elle adorait son père : oui, ça, c'était de l'amour. Mais qu'y avait-il de commun entre ce sentiment et celui qu'elle éprouvait pour Mandras ? Était-il concevable qu'elle se sente aussi libre en lui obéissant ? Était-ce simplement qu'il y avait différentes sortes d'amour ? Si ce n'était pas de l'amour qu'elle ressentait pour Mandras, alors pourquoi cette respiration haletante, cette sensation de puits sans fond et cette attente perpétuelle qui lui empâtait la langue et lui donnait des palpitations ? Pourquoi, tel Dieu ou un dictateur, cette émotion avait-elle tout pouvoir sur elle, sans raison, irrésistiblement ? Pourquoi, comme les arbitrages du père Arsénios, semblait-elle avoir force de loi sans en avoir les formes ? La lune était passée derrière l'olivier et projetait sur le mur un mouvement incessant de feuilles, les clochettes mélancoliques des chèvres du mont Ainos résonnaient dans la nuit fraîche et Psipsina fourrageait dans la cour. « Elle attrape ses souris », pensa Pélagia à l'écoute de la faim de son corps. Elle songea à la joie de vivre capricieuse de la martre, à son innocence et à son application totale à être ce qu'elle était. Elle comprit soudain qu'elle avait échangé l'insouciance de la jeunesse contre quelque chose qui ressemblait beaucoup au malheur. Elle imagina que Mandras était mort et tandis que les larmes lui montaient aux yeux elle fut choquée de découvrir qu'elle éprouvait aussi du soulagement. Elle chassa cette image énergiquement et se trouva abominable.

Le lendemain matin elle se consacra à la cour et s'inventa des travaux qui lui permettraient de le voir dès qu'il apparaîtrait au tournant de la route, à ce tournant où Vélissarios lui avait tiré dessus. Elle chercha les tiques sur la chèvre qui ruminait, les brûla avec une aiguille rougie et vérifia une nouvelle fois entre les poils durs. Elle regardait tout le temps pour voir si c'était Mandras qui arrivait. Son père alla prendre son petit déjeuner au kaphénio et elle pensa tout à coup que Psipsina pouvait aussi avoir des tiques. Elle posa l'animal sur le mur, encore plus près de la route, et passa ses doigts à contre-poil dans sa fourrure. Elle enfouit le nez dans les poils doux de son estomac et se sentit à la fois attristée et réconfortée par la douceur de son odeur. Quand les doigts agiles trouvèrent deux puces et les écrasèrent entre deux ongles de pouce, Psipsina se tortilla avec de petits cris de plaisir. Redoutant de quitter le mur, Pélagia brossa vigoureusement la martre pour démêler les nœuds de sa fourrure. Elle l'enroula autour de son cou et décida d'aller chercher de l'eau, ce qui la mènerait carrément au tournant. Psipsina s'endormit pendant qu'elle faisait la conversation près du puits avec les autres femmes, mais Pélagia ne retenait aucun détail des scandales dont on parlait et son regard était ailleurs. Elle commençait à se sentir mal. Elle tira plus d'eau qu'il ne lui en fallait et décida d'arroser les aromates. Lasse d'attendre, elle s'assit à l'ombre de l'olivier, le bras autour du cou de sa chèvre qui continua à mâcher avec indifférence comme s'il n'existait pas d'autre monde que le sien. L'attente tourna à l'impatience puis à l'irritation. Pour embêter Mandras, Pélagia décida d'aller se promener. S'il ne la trouvait pas chez elle, bien fait pour lui. Elle suivit la route qu'il prendrait pour venir, resta assise sur un muret jusqu'à ce qu'il fasse trop chaud puis erra dans le maquis où elle rencontra Lémoni qui cherchait des sauterelles.

Elle s'assit sur une pierre et regarda la petite fille courir d'un buisson à l'autre et refermer ses doigts potelés sur le vide parce que les sauterelles lui échappaient. « Quel âge as-tu, koritsi mou ? demanda-t-elle soudain.

– Six ans, répondit Lémoni. Tout juste. Après la prochaine fête, j'en aurai sept.

– Tu sais déjà compter jusqu'à dix ?

– Je sais compter jusqu'à trente », dit Lémoni et elle entreprit de le prouver : « … vingt et un, vingt-deux, vingt-trente. »

Pélagia soupira. Elle calcula qu'il ne faudrait pas deux ans avant que Lémoni ne doive travailler dans la maison, ce serait la fin de la chasse aux bestioles du maquis. Sa vie tomberait dans la monotonie : être aux petits soins pour les hommes et n'avoir le droit de parler de choses importantes qu'avec les autres femmes quand ils n'écoutent pas ou qu'ils jouent au trictrac au kaphénio au lieu de travailler. Lémoni n'aurait aucune liberté avant de devenir veuve, mais à ce moment-là, précisément, la communauté se retournerait contre elle, comme si elle n'avait pas le droit de survivre à son mari, comme s'il n'était mort qu'à cause de la négligence de sa femme. C'était pour ça qu'il fallait avoir des fils ; c'était la seule assurance contre une vieillesse indigente et terrifiante. Elle aurait voulu mieux pour Lémoni, comme s'il était vain de souhaiter mieux pour elle-même.

Un gémissement de la fillette la tira de ses réflexions. C'était un cri qui ressemblait à un miaulement. Les yeux de Lémoni s'emplirent de larmes, elle s'attrapa l'index, se plia en deux et se mit à se balancer d'avant en arrière. Pélagia courut vers elle et lui desserra les doigts en demandant : « Qu'est-ce qui se passe, koritsi mou ? Qu'est-ce qui t'a fait mal ?

– Elle m'a mordue, elle m'a mordue, sanglota-t-elle.

– Oh, mon Dieu. Tu ne savais pas qu'elles mordent ? » Elle agita les doigts à hauteur de sa bouche en expliquant : « Elles ont de grandes mâchoires avec des pinces. Tu n'auras plus mal dans une minute. »

Lémoni serra de nouveau son doigt. « Ça pique.

– Si tu étais une sauterelle, tu ne mordrais pas les gens qui t'attrapent ? Elle a cru que tu voulais lui faire du mal et c'est pour ça qu'elle t'a mordue. C'est la vie. Quand tu seras grande, tu verras que c'est pareil avec les gens. »

Pélagia fit semblant de prononcer une formule magique pour guérir les morsures de la sauterelle et ramena Lémoni apaisée au village. Toujours pas de Mandras, et il régnait un calme inhabituel ; les gens circulaient discrètement, attentifs à leur gueule de bois et à leurs contusions inexplicables. Un âne lança un braiment ridicule et prolongé qui lui attira une cacophonie de « Aï gamissou » venant de l'intérieur sombre des maisons. Pélagia se mit à préparer le repas du soir, contente qu'il n'y ait pas de poisson. Plus tard, après la promenade habituelle avec son père, celui-ci fit une remarque inattendue : « Je suppose que s'il n'est pas venu c'est parce qu'il est aussi malade que les autres. » Elle se sentit submergée par une sorte de gratitude, lui prit la main et l'embrassa. Il lui pressa la main et dit tristement : « Je ne sais pas ce que je ferai quand tu ne seras plus là.

– Papakis, il m'a demandé de l'épouser… Je lui ai dit que c'était à toi qu'il fallait le demander.

– Je ne veux pas l'épouser. Je pense que ce serait une bien meilleure idée s'il t'épousait toi. » Il lui pressa de nouveau la main. « Sur un de mes bateaux, nous avions des Arabes. Ils disaient toujours "inch Allah" après chaque phrase. "Je le ferai demain, inch Allah." C'était parfois très agaçant parce qu'on aurait dit qu'ils attendaient que Dieu agisse, que ça ne les regardait pas, mais il y a de la sagesse là-dedans. Tu épouseras Mandras si c'est ce que décide la providence.

– Tu ne l'approuves pas, papakis ? »

Il la regarda avec douceur. « Il est trop jeune. On est toujours trop jeune quand on se marie. Je l'étais. Et puis, je t'ai rendu un mauvais service. Tu as lu les poèmes de Cavafys, je t'ai appris la katharévoussa et l'italien. Il n'est pas ton égal mais il pense qu'il doit être mieux que sa femme. Après tout, c'est un homme. J'ai souvent pensé que tu ne pourrais vivre heureuse qu'avec un étranger, un dentiste de Norvège par exemple. »

Pélagia éclata de rire à cette idée incongrue puis elle dit : « Il m'appelle siora.

– Je craignais quelque chose de ce genre. » Il y eut un long silence pendant qu'ils contemplaient les étoiles au-dessus des montagnes, puis le Dr Yannis demanda : « As-tu jamais pensé que nous devrions émigrer ? En Amérique ? Au Canada ? Ailleurs ? »

Pélagia ferma les yeux et soupira. « Mandras, dit-elle.

– Oui. Mandras. Et c'est chez nous ici. Il n'y a pas d'autre endroit. Il neige probablement à Toronto, et à Hollywood, personne ne nous donnerait de rôle. » Le docteur se leva, alla à l'intérieur et ressortit en tenant un objet qui avait des reflets métalliques dans la pénombre. Il le tendit cérémonieusement à sa fille. Elle le prit, vit ce que c'était, sentit son poids inquiétant et le laissa tomber dans les plis de sa jupe avec un petit cri d'horreur.

Le docteur resta debout. « Il va y avoir la guerre. Il se passe des choses terribles pendant les guerres. Surtout pour les femmes. Sers-toi de ça pour te défendre, et si nécessaire, sers-t'en contre toi-même. Tu peux aussi t'en servir contre moi si les circonstances l'exigent. Ce n'est qu'un petit derringer mais… » sa main balaya l'horizon « … une obscurité terrible est tombée sur le monde et chacun de nous doit faire ce qu'il peut, c'est tout. Tu ne le sais peut-être pas, koritsi mou, mais il se pourrait que ton mariage doive attendre. Nous devons d'abord nous assurer que Mussolini ne s'invite pas à la noce. » Il tourna les talons et rentra, la laissant à la peur qui grandissait dans sa poitrine et à une solitude très pesante. Elle se souvint que dans les montagnes de Souli soixante femmes étaient montées sur l'un des pics, avaient dansé ensemble puis s'étaient jetées, elles et leurs enfants, dans le précipice plutôt que de se soumettre à l'esclavage des Turcs. Au bout d'un moment, elle alla dans sa chambre, mit le derringer sous son oreiller et s'assit au bord de son lit en caressant distraitement Psipsina et en imaginant encore une fois que Mandras était mort.

Le surlendemain de la fête, Pélagia répéta le même lent ballet de travaux inutiles qui ne réussissaient pas à compenser l'absence de son amoureux mais, au contraire, lui servaient de cadre. Tout — les arbres, Lémoni en train de jouer, la chèvre, les cabrioles de Psipsina, le dandinement vaniteux et pesant du père Arsénios, les coups de marteau lointains de Stamatis confectionnant une selle en bois pour un âne, la voix rauque de Kokolios chantant avec seulement la moitié des paroles — tout n'était que le signe de ce qui manquait. Le monde disparaissait sous une chape de désespoir et d'abattement qui affectait les objets eux-mêmes : l'agneau au romarin et à l'ail qu'elle préparait pour le dîner ne signifiait plus qu'une absence déchirante de poisson. Ce soir-là, elle était trop épuisée et trop démoralisée pour s'endormir en pleurant. Elle rêva qu'elle accusait Mandras de cruauté, qu'il se moquait d'elle en riant comme un satyre et qu'il s'éloignait en dansant sur les vagues.

Le troisième jour, Pélagia descendit vers la mer. Elle s'assit sur un rocher et regarda un énorme cuirassé qui se dirigeait en fumant vers l'ouest. Il était très probablement anglais. Elle pensa à la guerre et sentit son cœur devenir lourd en se disant qu'autrefois les hommes étaient les jouets des dieux et n'avaient réussi qu'à devenir les jouets d'autres hommes qui se prenaient pour des dieux. Elle joua avec la sonorité des mots : « Hitler, Attila, Caligula. Hitler,

Attila, Caligula. » Elle ne trouvait rien qui aille avec « Mussolini » et dit finalement : « Métaxas. » « Mussolini, Métaxas », dit-elle et elle ajouta : « Mandras. »

Comme en réponse à ses pensées, un mouvement lui apparut. En bas, à gauche, un corps plongeait dans les vagues comme un dauphin humain. Elle regarda le pêcheur brun avec un plaisir purement esthétique jusqu'à ce qu'elle s'aperçoive avec un léger choc qu'il était complètement nu. Il devait être à une centaine de mètres et elle comprit qu'il était en train de poser un filet à flotteurs, assez fin pour attraper de la blanchaille. Il plongeait de longs moments, le disposant en demi-cercle, et tout autour de lui les mouettes tournoyaient et fondaient pour prendre leur part de récolte. Avec précaution, mais sans se sentir fautive, Pélagia s'approcha afin d'admirer cet homme luisant qui ne faisait qu'un avec la mer et ressemblait tellement à un poisson, un homme nu et sauvage, un homme comme Adam.

Elle le regarda enrouler le filet dans l'eau peu profonde et lorsqu'il fut sur la plage, lumineux, le halant une main après l'autre, les muscles bandés et les épaules roulant au rythme de l'effort, elle vit que c'était Mandras. Elle porta la main à sa bouche pour réprimer son étonnement et sa honte soudaine mais elle ne s'enfuit pas. Elle restait pétrifiée par sa beauté, par l'harmonie et la force de son ouvrage, et ne pouvait s'empêcher de penser que Dieu lui avait permis de contempler ce qui lui appartenait avant d'en prendre possession : les hanches minces, les épaules bien dessinées, le ventre musclé, l'ombre noire de l'aine et ses modelages mystérieux qui étaient l'objet de tant de commérages lubriques entre les femmes près du puits. Mandras était trop jeune pour être un Poséidon, trop dépourvu de malice. Était-il alors une nymphe marine mâle ? Existait-il des néréides ou des naïades mâles ? Ne fallait-il pas offrir en sacrifice du miel, de l'huile, du lait ou une chèvre ? Ou elle-même ? À voir Mandras dans l'eau, il était difficile de ne pas croire qu'une telle créature pouvait, comme l'a dit Plutarque, vivre 9 720 ans. Mais le spectacle de Mandras évoquait l'éternité, et la durée de vie attribuée par Plutarque était trop arbitraire et trop brève. Pélagia se dit que cette scène se rejouait peut-être de génération en génération depuis l'époque mycénienne : à l'époque d'Ulysse, il y avait sans doute eu des jeunes filles comme elle pour aller au bord de l'eau surprendre la nudité de ceux qu'elles aimaient. Elle frémit à l'idée d'une telle fusion avec l'Histoire.

Mandras ramena son filet et se pencha pour en extraire les petits poissons pris dans les mailles; il les jetait dans des seaux bien alignés sur le sable. Les poissons argentés brillaient au soleil comme des couteaux neufs et leur asphyxie devenait une démonstration de la beauté quand ils sautillaient et se bousculaient avant de mourir. Pélagia remarqua que les épaules de Mandras avaient pelé et ne s'étaient pas tannées au soleil malgré tout un été d'exposition. Elle en fut étonnée et même déçue : le beau garçon n'était donc fait que de chair et non d'or inaltérable.

Il se redressa, mit deux doigts dans sa bouche et siffla. Elle le vit regarder la mer au loin et remuer les bras au-dessus de sa tête en faisant de lents signaux. Elle s'efforça en vain de distinguer l'objet de son attention. Intriguée, elle leva un peu plus la tête au-dessus du rocher derrière lequel elle se cachait et aperçut trois formes noires qui décrivaient des courbes dans sa direction à travers les vagues, dans un ensemble parfait. Elle entendit ses cris de joie et le vit marcher vers elles avec trois gros poissons dans les mains. Il lança les poissons en l'air et les trois dauphins sautèrent pour les attraper. Elle vit alors Mandras saisir une nageoire dorsale et filer vers le large.

Elle descendit en courant jusqu'à la limite du sable et plissa les yeux en essayant désespérément de supprimer les flèches de lumière scintillante et changeante que le soleil faisait ricocher sur les vagues, mais elle ne vit rien. Mandras s'était-il noyé? Elle se rappela que voir une nymphe nue était une terrible malédiction : cela provoquait le délire. Que se passait-il? Elle se tordait les mains et se mordait les lèvres. Le soleil brûlait ses avant-bras avec une intensité qui relevait de la vindicte et elle les serra avec angoisse contre sa poitrine. Elle rôda encore un moment sur la plage et courut enfin jusque chez elle.

Dans sa chambre, elle prit Psipsina dans ses bras et pleura.

Mandras s'était noyé, il était parti avec les dauphins, il ne reviendrait jamais, le monde s'écroulait. Elle se lamenta sur l'injustice et la futilité de la vie et laissa la langue râpeuse de la martre se délecter de ses larmes salées. Il y eut un coup discret à la porte.

Mandras était là, avec un sourire timide, un seau de blanchaille à la main. Il se dandina d'un pied sur l'autre et dit d'un seul trait : « Excuse-moi de ne pas être venu plus tôt, c'est seulement que j'ai été malade le lendemain de la fête, tu comprends, c'était le vin, et je ne me sentais pas bien, et hier, j'ai dû aller chercher mes papiers militaires à Argostoli, et je dois partir pour le continent après-demain, alors j'ai parlé à ton père au kaphénio et il est d'accord et je t'ai apporté du poisson. Regarde, de la blanchaille. »

Assise au bord du lit, Pélagia fut prise d'engourdissement à l'intérieur : c'était trop de bonheur, trop de désolation. Elle était fiancée officiellement à un homme qui allait se battre avec le destin, un homme qui aurait dû se noyer dans la mer, qui mélangeait le mariage avec la blanchaille et la guerre, un enfant qui jouait avec les dauphins, trop beau pour aller mourir dans les neiges de Tsamouria. Il lui apparut comme le fruit d'un rêve, une créature d'une fragilité infinie et effrayante, trop parfaite et trop éphémère pour être humaine. Ses mains se mirent à trembler. « Ne pars pas, ne pars pas », supplia-t-elle, et elle se souvint que c'était une malédiction de voir une nymphe nue, que cela provoquait le délire et parfois la mort.

14

Grazzi

J'ai connu beaucoup de regrets dans ma vie et je suppose que tout le monde peut en dire autant. Mais je ne parle pas des petits regrets, des regrets enfantins, comme de m'être disputé avec mon père ou d'avoir flirté avec une femme qui n'était pas la mienne. Ce que je regrette, c'est d'avoir dû apprendre une dure leçon sur la façon dont les ambitions personnelles peuvent amener un homme à participer, contre sa volonté et contre sa nature, à des événements pour lesquels l'histoire le couvrira d'opprobre et de mépris.

J'avais une belle situation et c'était agréable d'être ambassadeur d'Italie à Athènes, pour la bonne raison que le colonel Mondini et moi-même n'avions jamais imaginé qu'il y aurait une guerre jusqu'à ce qu'elle n'éclate. Ciano — ou Badoglio, ou Soddu — aurait pu nous prévenir, ils auraient pu nous donner un ou deux mois pour nous préparer, mais non, ils nous ont laissés aux facéties habituelles de la diplomatie. J'enrage de penser que j'assistais à des réceptions, que j'allais au théâtre, que j'organisais des projets communs avec le ministre de l'Éducation, assurais mes amis grecs que le Duce n'avait aucune intention hostile, disais à la communauté italienne qu'il n'y avait aucune raison de faire ses bagages ; et j'ai découvert enfin que personne ne s'était donné la peine de me dire ce qui se passait, si bien que je n'ai pas eu le temps de faire les miens.

Je n'avais droit qu'à des rumeurs et à des plaisanteries. Du moins croyais-je qu'il s'agissait de plaisanteries. Curzio Malaparte, ce snob imbécile doté d'un humour ironique et tordu, à l'affût de guerres pour alimenter son journalisme, est venu me voir et m'a dit : « Mon cher ami le comte Ciano m'a chargé de vous dire que vous pouvez faire comme vous l'entendez parce que de toute façon il va attaquer la Grèce et qu'il va bientôt introduire les Albanais de Jacomoni en territoire grec. » C'est son ton ironique et moqueur qui m'a fait croire qu'il s'agissait d'une plaisanterie, joint au fait que ce perroquet est toujours prêt à dire n'importe quoi, si ridicule, inexact ou illogique que ce soit, pourvu qu'il laisse entendre qu'il est un ami personnel de Ciano.

Le seul autre indice que j'ai eu, c'est quand Mondini a été appelé à l'aéroport pour accueillir un officier de renseignements qui lui a annoncé que la guerre allait éclater dans les trois jours et que la Bulgarie envahirait en même temps. Il a dit à Mondini que tous les hauts fonctionnaires grecs étaient achetés. Naturellement, j'ai télégraphié à Rome et j'ai aussi parlé à l'ambassadeur de Bulgarie. Rome n'a pas répondu et l'ambassadeur m'a assuré — à juste raison, la suite l'a prouvé — n'avoir aucune intention de déclarer la guerre. J'étais rassuré, mais je pense à présent que Ciano et le Duce essayaient seulement de m'embrouiller ou de garder les mains libres. Peut-être cherchaient-ils à s'embrouiller mutuellement. Le colonel Mondini et moi sommes restés dans mon bureau, oppressés par la plus sombre inquiétude qui se puisse concevoir, et nous avons discuté de l'éventualité d'abandonner la carrière.

Les choses sont devenues de plus en plus incompréhensibles. Par exemple, Rome m'a demandé d'envoyer un membre de ma mission pour « instructions urgentes et confidentielles », mais il n'y avait aucun vol d'Ala Littoria et personne n'a pu partir. Ensuite, le Palazzo Chigi a télégraphié qu'un courrier arrivait par vol spécial; quoi qu'ait été ce courrier, il n'est jamais arrivé. Tout le corps diplomatique en poste à Athènes me pressait de faire quelque chose pour éviter la guerre et je ne pouvais que rougir et bafouiller parce que je me trouvais dans la situation intenable d'un ambassadeur qui n'a pas la moindre idée de ce qui se passe. Mussolini et Ciano m'ont humilié et je ne leur pardonnerai jamais de m'avoir forcé à dépendre de la propagande de l'Agence Stefani comme seule source d'information. D'information ? Tout n'était que mensonges et les Grecs eux-mêmes en savaient plus que moi sur l'invasion prochaine.

Voilà ce qui s'est passé : le Théâtre national de Grèce donnait une représentation spéciale de *Madame Butterfly* et avait invité le fils de Puccini et sa femme au nom du gouvernement. C'était un très beau geste, d'une noblesse toute grecque, et nous avons envoyé les invitations pour une réception le soir du 26 octobre après minuit. Je dois avouer que je ne me suis jamais tout à fait adapté à cette habitude grecque des réceptions après minuit.

Métaxas et le roi ne sont pas venus, mais c'était tout de même une belle soirée. Nous avions un énorme gâteau avec l'inscription « Vive la Grèce » et les tables étaient ornées de drapeaux grecs et italiens enlacés pour symboliser notre amitié. Nous avons eu des poètes, des dramaturges, des professeurs, des intellectuels, ainsi que des représentants de la société locale et du corps diplomatique. Mondini était splendide dans son uniforme de parade couvert de médailles, mais j'ai remarqué qu'à mesure que les télégrammes affluaient de Rome il pâlissait et semblait rétrécir dans sa tunique, au point d'avoir l'air d'en avoir honte ou de l'avoir empruntée à quelqu'un d'autre.

C'était une situation horrible. Ceux qui apportaient les télégrammes devaient se faire passer pour des invités et pendant que je les lisais, l'un après l'autre, j'avais la sensation que mon cœur lâchait. Je devais continuer à faire la conversation alors que j'étais submergé par une vague d'horreur et de dégoût. J'avais honte pour mon gouvernement, j'étais en colère d'avoir été laissé dans l'ignorance, j'étais gêné devant mes amis grecs et j'entendais la même phrase se répéter sans cesse dans ma tête : « Ne savent-ils pas ce qu'est la guerre ? » J'étais devenu très pâle, mes mains tremblaient, au point qu'un romancier m'a demandé si je ne me sentais pas bien. J'ai observé les visages et j'ai vu que tous les membres de notre mission avaient eu la même réaction : nous étions des chiens qui avions reçu l'ordre de mordre la main qui nous nourrissait.

La première partie de l'ultimatum du Duce est arrivée en dernier et je n'ai su exactement ce qui se tramait qu'à cinq heures du matin. J'étais épuisé et nauséeux et je ne sais si j'ai été soulagé ou peiné par l'ordre de ne pas le remettre avant trois heures le matin du 28 et d'attendre une réponse jusqu'à six heures. Apparemment, le « dictateur qui ne dort jamais » (et qui, je le sais, était plutôt gros dormeur) avait décidé non seulement de déclencher une catastrophe mais de nous empêcher de dormir.

Le 27, le chef d'état-major grec a convoqué Mondini pour démentir la responsabilité de la Grèce dans les incidents de frontières et l'explosion de Santi Quaranta. Mondini est revenu très abattu et m'a dit que Papagos l'avait humilié en lui posant une question pertinente : « Par quel miracle savez-vous que nous en sommes les auteurs alors que personne ne sait qui c'était et que personne n'a été pris ? » Mondini a essayé de le calmer en disant que c'était probablement les Anglais, sur quoi Papagos a ri et a dit : « Je suppose que vous êtes au courant que chaque mètre de la frontière est gardé par des patriotes grecs qui se battront jusqu'à la dernière goutte de leur sang. » Mondini partageait ma honte et mon sentiment d'impuissance : Badoglio ne l'avait pas informé. Celui-ci m'a avoué par la suite qu'il n'était pas informé lui non plus, bien qu'il fût notre chef d'état-major en Italie. A-t-on jamais vu une guerre où le commandant en chef ait ignoré qu'il y allait en avoir une ? Mondini et moi avons encore parlé de démissionner, tandis que dehors les Athéniens vaquaient bruyamment à leurs occupations. C'était une splendide journée d'automne, claire et chaude, et nous savions tous deux que cette beauté et cette paix allaient être déchirées par les sirènes et les bombes : c'était révoltant et même sacrilège de l'envisager. Nous avons commencé à recevoir des délégués de la communauté italienne d'Athènes, le visage couleur de cendre, qui redoutaient l'internement et la persécution en cas de conflit. J'ai dû leur mentir et les renvoyer. Mon cœur saignait. Finalement, les Grecs ont généreusement tenté de les évacuer, mais nous les avons bombardés nous-mêmes, par erreur, à Salonique. Mon entrevue avec Métaxas a été le moment le plus pénible de ma vie et ensuite j'ai été rapatrié, mais je n'ai vu Ciano que le 8 novembre. Vous comprenez, la campagne était déjà un fiasco et Ciano ne voulait pas m'entendre lui rappeler que je l'avais prévenu. En réalité, il n'avait aucune envie de me voir, il m'interrompait et changeait tout le temps de sujet. Il a téléphoné devant moi au Duce et lui a rapporté des propos que j'aurais prétendument tenus, puis il m'a annoncé que la campagne d'Albanie serait finie en deux semaines. Plus tard, quand j'ai commencé à me démener pour savoir la vérité, il a envoyé Anfuso me conseiller de prendre des vacances et ç'a été la fin de ma carrière.

Vous voulez des détails sur mon entrevue avec Métaxas ? N'est-elle pas déjà célèbre ? Je n'aime pas beaucoup en parler. Vous savez, j'admirais Métaxas, et la vérité c'est que nous étions amis. Non, ce n'est pas vrai qu'il a simplement répondu « non ». Entendu, je vais vous le dire.

Nous avions renvoyé chez lui notre chauffeur grec, je ne me rappelle pas son nom. C'est donc Mondini qui nous a conduits à la villa de Kifissia. De Santo est venu avec nous comme interprète, encore qu'en l'occurrence nous n'avions pas besoin de lui. Nous sommes partis à deux heures et demie du matin, les étoiles scintillaient comme des diamants au-dessus de nos têtes et il faisait si doux que je n'ai même pas eu à boutonner mon veston. Nous sommes arrivés à la villa, une petite construction modeste dans les faubourgs, à environ 2 h 45 et là, le commandant de la garde a commis une erreur : prenant sans doute nos trois couleurs italiennes pour un drapeau français, il a téléphoné à Métaxas pour lui annoncer que l'ambassadeur de France voulait le voir. En une autre occasion, ç'aurait été comique. Pendant que j'attendais, j'ai écouté le bruissement des pins et j'ai essayé de localiser la chouette qui ululait dans l'un des arbres. J'avais mal au cœur.

Métaxas est venu lui-même à la porte de service. Il était très malade, vous savez, et il paraissait tout menu et pitoyable, il avait l'air d'un petit-bourgeois venu chercher son journal ou appeler le chat. Il portait une robe de chambre à fleurs blanches. On s'attendrait à une tenue de nuit plus distinguée chez les hommes éminents. Il m'a scruté, m'a reconnu et s'est exclamé avec plaisir, en français : « Ah, monsieur le ministre, comment allez-vous ? » Je ne me rappelle pas ce que je lui ai répondu mais j'ai compris que

Métaxas me soupçonnait d'être venu lui donner le baiser de Judas. Il était déjà mourant, comme vous le savez sans doute, et devait ressentir un accablement extrême.

Nous sommes allés dans un petit salon plein de meubles très ordinaires et de ces petits bibelots que tout bourgeois grec adore. C'est que Métaxas était un politicien honnête. Jamais il n'a été accusé de corruption, pas même par ses ennemis, pas même par les communistes, et il était évident que les deniers de l'État n'avaient pas contribué à l'embellissement de sa maison. On n'aurait pas pu trouver homme plus différent du Duce.

Il m'a fait asseoir dans un fauteuil de cuir. J'ai appris plus tard que sa veuve n'a plus jamais laissé personne s'y asseoir. Lui s'est assis sur un divan recouvert de cretonne. Toute notre conversation s'est déroulée en français. Je lui ai dit que mon gouvernement m'avait ordonné de lui remettre une note urgente. Il l'a prise et l'a lue très lentement, plusieurs fois, comme s'il ne pouvait y croire. Il a eu ce petit claquement de langue que les Grecs emploient pour signifier le refus et a secoué la tête.

La note disait que la Grèce avait ouvertement pris le parti des Anglais, qu'elle avait failli aux devoirs de la neutralité, qu'elle avait provoqué l'Albanie… et elle concluait par ces mots que je ne n'oublierai jamais :

« L'Italie ne peut tolérer tout cela plus longtemps. Aussi le gouvernement italien a-t-il décidé de demander au gouvernement grec, comme garantie de la neutralité grecque et de la sécurité italienne, la permission d'occuper certaines régions stratégiques en territoire grec pour la durée du conflit actuel avec la Grande-Bretagne. Le gouvernement italien demande au gouvernement grec de ne pas s'opposer à une telle occupation et de ne pas mettre d'obstacles au libre passage des troupes qui doivent accomplir cette mission. Ces troupes ne viennent pas en ennemies du peuple grec et par l'occupation de certains points stratégiques, dictée par des nécessités contingentes et strictement défensives, le gouvernement italien n'entend aucunement attenter à la souveraineté et à l'indépendance de la Grèce. Le gouvernement italien demande au gouvernement grec de donner immédiatement les ordres nécessaires pour permettre que cette occupation ait lieu de façon pacifique. Au cas où les troupes italiennes rencontreraient une résistance, celle-ci serait brisée par la force des armes et le gouvernement grec assumerait la responsabilité des conséquences qui en découleraient. »

Les lunettes de Métaxas se sont embuées et j'ai vu des larmes derrière les verres. C'est très pénible de voir un homme puissant, un dictateur, réduit à cette extrémité. Ses mains tremblaient un peu : c'était un homme dur mais passionné. J'étais assis face à lui, les coudes sur les genoux, malade de honte devant la folie et l'injustice de l'aventure à laquelle on m'avait mêlé. J'avais envie de pleurer moi aussi. Il m'a regardé et a dit : « Alors, c'est la guerre. »

Vous voyez, il n'a pas dit « ochi » comme le croient les Grecs : ça n'a pas été un simple « non », mais ça revenait au même. Avec la même résolution, la même dignité et la même finalité.

« Mais non, ai-je dit, sachant que je mentais. Vous pouvez accepter l'ultimatum. Vous avez trois heures. »

Métaxas a levé un sourcil, presque avec sympathie, car il savait que je n'étais pas taillé pour le déshonneur, et il a répondu : « C'est impossible. En trois heures, il est impossible de réveiller le roi, convoquer Papagos et transmettre des ordres à tous les avant-postes de la frontière. Beaucoup n'ont pas le téléphone. »

J'ai insisté : « C'est possible, néanmoins » et il a secoué la tête. « Quels points stratégiques souhaitez-vous occuper ? » Il avait prononcé le mot « stratégiques » d'un ton sarcastique. J'ai haussé les épaules, embarrassé, et j'ai répondu : « Je ne sais pas. Je suis désolé. »

Il m'a regardé de nouveau, cette fois avec une trace d'amusement dans les yeux. « Alors, vous voyez, c'est la guerre. »

J'ai répété : « Mais non » et je lui ai dit que j'attendrais sa réponse définitive jusqu'à six heures. Il m'a raccompagné à la porte. Il savait que nous avions l'intention d'occuper toute la Grèce, quelle que fût sa réponse, et que s'il nous combattait il finirait par devoir combattre les Allemands. « Vous êtes les plus forts, a-t-il dit, mais c'est une question d'honneur. »

C'était la dernière fois que je voyais Métaxas. Il est mort le 29 janvier d'un phlegmon du pharynx qui s'était transformé en abcès et avait provoqué une toxémie. Il est mort en souhaitant que les Anglais aient pu lui envoyer cinq divisions blindées, sans lesquelles il avait tout de même réussi à transformer notre Blitzkrieg en retraite ignominieuse.

Je l'avais laissé debout dans sa robe de chambre à fleurs, petit homme ridicule aux yeux de presque tous, petit homme accablé d'une fille intraitable qui défrayait la chronique, petit homme non élu qui venait de me parler avec la voix du peuple grec tout entier. Ç'a été l'heure la plus glorieuse pour la Grèce et la plus déshonorante pour mon pays. Métaxas avait gagné sa place dans l'Histoire parmi les libérateurs, les césars et les rois, et je restais humilié et honteux.

Voilà. Je vous ai dit ce qui s'est passé. J'espère que vous êtes satisfaits.

15

L'omosessuale (4)

Nous n'avons pas fait de rapport au colonel Rivolta parce que nous n'en avions pas reçu l'ordre. Nous étions censés être morts. Mais les dépêches étaient pleines d'« incidents de frontière » perpétrés par les Grecs « laquais des Anglais ». L'armée se sentait gravement outragée et tous les soldats tiraient sur la laisse sauf Francisco et moi. Nous nous tenions tranquilles. Pour nous, c'était un miracle si la mitrailleuse qu'on nous avait donnée ne s'était pas enrayée dès la première rafale.

Mais nous nous parlions souvent et notre complicité nous isolait encore davantage. Nous nous sommes sentis profondément trahis bien avant que ce sentiment ne devienne dominant dans la poitrine de chacun de nos soldats sur les montagnes d'Épire. Nous avons reçu des médailles pour ce que nous avions fait et on nous a ordonné de ne pas les porter. Nous ne devions dire à personne que nous les avions gagnées. On nous avait trompés pour nous rendre complices de meurtre et de toute façon nous ne les aurions pas portées. Francisco et moi avons fait un pacte : un jour, l'un de nous deux mettrait une balle dans la tête du colonel Rivolta.

Je voulais déserter, mais je ne voulais pas quitter mon bel amour. D'ailleurs, c'était matériellement impossible puisque j'aurais dû franchir des chaînes de montagnes interminables et de véritables déserts. J'aurais dû traverser la mer pour arriver en Italie. Et après ? On m'arrêterait ? La seule possibilité sérieuse était d'entrer en Grèce. J'aurais été le premier des nombreux soldats italiens qui ont rejoint les rangs antifascistes.

Les événements ont pris le pas sur mes projets. Notre succès imprévu avait visiblement impressionné quelqu'un car Francisco et moi avons été retirés temporairement de notre unité et envoyés dans un camp d'entraînement ultra-secret près de Tirana. Nous y sommes arrivés après un voyage que, pour l'essentiel, nous avons fait encore une fois à pied, nous attendant à être entraînés pour des opérations de commando. J'avoue que nous étions tous les deux très excités à cette perspective, comme l'aurait été n'importe quel jeune homme dans notre cas.

Imaginez notre consternation et notre incrédulité quand nous nous sommes présentés et que nous avons appris que nous étions instructeurs. Imaginez notre affolement quand on nous a chargés d'entraîner cent cinquante Albanais dans l'art du sabotage. Imaginez notre hilarité quand nous nous sommes soûlés et que nous avons commenté la situation. Comment était-ce possible ? Nous avions effectué une seule opération et on nous considérait comme des experts. Les Albanais étaient de parfaits bandits et aucun d'eux ne parlait un mot d'italien. Nous ne parlions pas l'albanais. Nous avions à peu près une semaine pour les entraîner.

Le projet était supervisé par Jacomoni lui-même et nous faisions désormais partie intégrante d'une conspiration officielle visant à créer des incidents « grecs » qui donneraient au Duce un prétexte raisonnable pour déclarer la guerre. C'était aussi cynique que ça. Le Duce pensait certainement que la Grèce serait une conquête facile qui lui fournirait un atout contre le Blitzkrieg d'Adolf Hitler.

Les futurs membres des commandos albanais étaient tous trop gros, ils avaient tous d'énormes moustaches, ils étaient tous ivrognes, tous assassins, débauchés, rapaces et incapables de travailler ou d'agir honnêtement. Ils étaient en principe musulmans, ce qui les obligeait à s'interrompre pour la prière à des moments mal choisis, mais Francisco et moi sommes vite arrivés à la conclusion qu'ils avaient réussi à rester totalement indifférents à tout sentiment religieux ou humain.

Nous les emmenions faire des marches d'entraînement mais nous étions les seuls à arriver au bout. Nous leur apprenions à tirer de brèves rafales de mitrailleuse mais ils vidaient d'un seul coup des bandes entières et la surchauffe bousillait le canon. Nous leur montrions comment se battre à main nue mais ils nous menaçaient d'un couteau si nous avions l'air de gagner. Nous leur apprenions à vivre des ressources de la terre et c'était pour les voir décamper vers les tavernes au milieu de la nuit. Nous leur avons appris comment détruire les poteaux télégraphiques et les installations téléphoniques : l'un d'eux a pris une décharge électrique dans la verge en urinant sur un transformateur. Pour leur montrer comment éliminer une tour de guet, nous leur en avons fait construire une et ils ont refusé de la détruire ensuite parce que ç'avait été trop difficile de la monter. Nous leur avons appris à pousser une population locale à la rébellion : la population ne s'est rebellée que contre nos Albanais. Les seules choses que nous ayons réussi à leur apprendre c'est comment assassiner des généraux et comment créer la confusion en ouvrant le feu derrière les lignes : ils ont fait leurs preuves en tirant sur l'un des gardes du camp et ensuite sur un bordel pour cambrioler les filles. A l'issue de l'entraînement, ces commandos ont reçu de très grosses sommes en liquide et ont été lâchés en territoire grec pour y amorcer la déstabilisation. Tous sans exception ont disparu avec l'argent et on n'a plus jamais entendu parler d'eux. Francisco et moi avons reçu de nouvelles médailles pour notre « remarquable contribution » et on nous a renvoyés dans notre unité.

D'autres événements se sont produits. L'un de nos avions a lancé sur nous des tracts « grecs » appelant les Albanais à se révolter contre nous et à s'allier aux Anglais. Nous avons presque immédiatement identifié l'avion comme l'un des nôtres et certains de nos soldats les plus stupides ne pouvaient pas comprendre pourquoi nous encouragions nos compatriotes à la trahison. Des Italiens déguisés en Grecs ont attaqué de nouveaux postes sur la frontière et tiré sur des Albanais pour leur faire croire qu'ils avaient besoin de nous pour les protéger. Des Albanais nous ont aussi tiré dessus et nous avons annoncé que c'étaient des Grecs. Le gouverneur général a fait en sorte que ses bureaux sautent, afin que le Duce puisse enfin déclarer la guerre. Ce qu'il a fait, comme de juste, après avoir ordonné une démobilisation qui nous a laissés démunis et sans espoir de recevoir des renforts.

J'ai relaté ces événements comme s'ils étaient amusants, mais en réalité il s'agissait d'actes de folie. On nous avait dit que les Grecs étaient démoralisés et corrompus, qu'ils allaient déserter et se battre de notre côté, que la guerre serait un Blitzkrieg de quelques secondes, que la Grèce du Nord était pleine d'irrédentistes dissidents qui voulaient l'union avec l'Albanie. Mais nous voulions seulement rentrer chez nous. Je voulais seulement être amoureux de Francisco. On nous a envoyés à la mort, privés de transports, d'équipement, de chars dignes de ce nom, avec une aviation qui se trouvait presque toute en Belgique, des troupes insuffisantes et aucun officier d'un rang plus élevé que celui de colonel qui ait la moindre idée de la tactique. Notre commandant a refusé des renforts parce qu'il retirerait davantage de gloire s'il était vainqueur avec une petite armée. Encore un imbécile. Je n'ai pas déserté. Nous étions sans doute tous des imbéciles.

Décrire cette campagne me remplit d'amertume et me pèse. Ici, sur cette île ensoleillée et retirée de Céphalonie, avec ses habitants affables et ses pots de basilic, ça paraît inconcevable qu'elle ait eu lieu. Ici, à Céphalonie, je flâne au soleil et je regarde des concours de danse entre les habitants de Lixouri et ceux d'Argostoli. Ici, à Céphalonie, je remplis mes rêves d'images du capitaine Antonio Corelli, un homme plein de gaieté dont l'esprit danse avec les mandolines et qui ne pourrait être plus différent de mon bien-aimé Francisco disparu, mais que j'aime autant.

C'était merveilleux d'être en guerre. Nous sifflions et chantions avec frénésie en nous préparant à avancer pendant que des courriers à moto allaient et venaient comme des abeilles ; c'était amusant de traverser une frontière sans rencontrer d'opposition, c'était flatteur de se voir comme les nouveaux légionnaires du nouvel empire qui allait durer dix mille ans. Quelle satisfaction de penser que bientôt nos alliés allemands apprendraient que nos victoires égalaient les leurs. Quelle force nous sentions en nous quand nous nous vantions de notre rôle dans le fameux pacte d'acier. Je marchais à côté de Francisco, je voyais ses bras se balancer et des gouttes de sueur brillantes rouler sur son visage. De temps en temps, il me regardait en souriant : « Athènes dans deux semaines », disait-il.

La nuit du 28 octobre. Avec cinq jours de munitions à transporter nous-mêmes faute de mules, nous avons été envoyés vers l'est prendre le col de Metsovo. Comme nous nous sommes sentis légers quand nous avons ôté ces charges de notre dos ! Nous avons dormi comme des bébés et le lendemain, dans la lumière du petit matin, nous étions moulus par les courbatures. Nous avons appris que nous ne recevrions pas de renforts parce que la mer était trop mauvaise et que les Anglais coulaient nos bâtiments. Nous avons chanté des chansons qui parlaient de gagner envers et contre tout. Nous étions rassurés de nous savoir sous le commandement direct de Prasca.

C'était merveilleux d'être en guerre, jusqu'à ce que le temps se retourne contre nous. Nous pataugions dans la boue. Le ciel bouché clouait nos avions au sol. Nous étions dix mille hommes trempés jusqu'aux os. Nos vingt canons lourds se sont enfoncés dans les fondrières et nos pauvres mules ont lutté en vain pour les en extraire, sous les injures et les coups. On nous avait assuré que le Duce avait décidé d'une campagne d'hiver afin d'éviter la malaria ; on ne nous avait pas assuré de tenue d'hiver. Les troupes albanaises envoyées avec nous ont commencé à se volatiliser. Il est devenu évident que les Bulgares ne se battraient pas à nos côtés et les Grecs ont fait venir des renforts de la frontière bulgare. Nos lignes de communications et de ravitaillement ne servaient plus à rien avant même qu'un seul coup de feu ait été tiré. Les soldats grecs n'ont pas déserté. Mon fusil a commencé à rouiller. Mes munitions n'étaient pas les bonnes. On nous a dit que nous n'aurions pas de défense aérienne et qu'un bureaucrate avait ordonné par erreur de renvoyer nos camions Fiat 666 à Turin. Ça n'avait pas d'importance. Les camions s'enlisaient comme les canons. Les talons qui avaient claqué autrefois pour saluer avec élégance se rejoignaient maintenant avec un bruit mou et nous avons commencé à regretter la poussière jaune et irritante du 25 octobre. Nous avons continué à nous traîner, sûrs d'une victoire facile, et à chanter que nous serions à Athènes dans deux semaines. Nous n'avions pas encore tiré une seule fois.

Nous pensions que les Grecs ne nous résistaient pas parce que leurs troupes étaient faibles et lâches, et ça nous enivrait, malgré tout. Aucun de nous n'imaginait qu'ils avaient prévu notre stratégie et qu'ils menaient une défense souple afin de concentrer leurs forces. Nous grimpions sous la pluie inexorable, les pieds dans la boue collante, tandis qu'au-dessus de nous le brouillard tournoyait sur le titanesque mont Smolikas et que les Grecs attendaient patiemment.

Je hais les bandes molletières. Je n'ai jamais compris à quoi elles servaient. Je détestais devoir les enrouler à la façon réglementaire. Désormais je les haïssais parce qu'elles accumulaient des mottes gluantes de terre jaune et laissaient passer l'eau glacée dans mes bottes. La peau de mes pieds blanchissait et commençait à peler. Les sabots des mules se ramollissaient et s'écaillaient mais continuaient à nous éclabousser de gadoue des pieds à la tête. Francisco et moi sommes entrés dans une maison où il y avait au mur une photo du roi Georges et du général Métaxas. Nous avons volé un imperméable et des chaussettes sèches. Nous avons mangé les restes d'un repas encore chaud. Ensuite, nous avons passé des heures à nous demander si on avait pu y mettre du poison et les laisser exprès. Il n'y avait pas de Grecs, nous étions en train de gagner sans combattre. Nous avions oublié que certains d'entre nous criaient autrefois des slogans pacifistes aux miliciens fascistes et les ruaient de coups quand ils les rencontraient dans le noir.

Nous avons atteint le Sarandaporo et nous nous sommes aperçus que nous n'avions rien pour construire un pont et pas de soldats du génie. C'était un torrent en crue où flottaient des épaves de ponts détruits et des carcasses de moutons. Quand j'ai été emporté en voulant faire passer un canon de l'autre côté, Francisco est venu me rattraper et m'a sauvé la vie. C'était la première fois qu'il me tenait dans ses bras. Certains nous ont dit que quelqu'un avait repéré des soldats grecs disparaissant dans les bois. Nous avons ri en les traitant de lâches. L'enfer du Sarandaporo s'est répété sur le Vjosa. Francisco a dit : « Dieu est contre nous. »

Je hais les bandes molletières. À mille mètres d'altitude, l'eau qu'elles contenaient gelait. Quand l'eau gèle, elle augmente de volume. Certes, c'est une banalité sans intérêt, mais dans le cas des bandes molletières l'effet est double. La glace pèse des kilos. Elle comprime les jambes et la circulation du sang vers les pieds ne se fait plus. On ne les sent plus. Nous rêvions des cahutes sordides que nous avions laissées derrière nous en Albanie. Nos canons étaient restés à des kilomètres et ne nous rattraperaient probablement jamais. « Athènes dans deux mois », a conclu Francisco en relevant les coins de sa bouche pour être ironique.

C'est merveilleux la guerre, jusqu'à ce que quelqu'un soit tué. Le 1er novembre, le temps s'est amélioré et un tireur embusqué a tué notre caporal. On a entendu des craquements dans les arbres et le caporal a fait un pas en arrière en levant les bras. Il a pivoté sur un talon dans ma direction et il est tombé dans la neige avec une tache brillante au milieu du front. Les hommes se sont jetés à terre et ont riposté, tandis qu'un peloton se déployait en cercle dans les pins pour trouver un ennemi qui avait déjà disparu. Un mortier a tiré, l'obus est tombé parmi nous avec un chuintement, il y a eu un cri quand des éclats ont traversé les jambes d'un malheureux conscrit piémontais, puis un silence terrible. J'ai vu que j'étais couvert de débris sanglants de chair humaine qui gelaient déjà sur mon uniforme. Nous avons rassemblé les blessés et nous nous sommes aperçus que nous n'avions aucun moyen de les renvoyer derrière les lignes. Francisco m'a mis la main sur l'épaule et m'a dit : « Si je suis blessé, tire-moi une balle dans la tête. »

Ces Grecs que nous avions sous-estimés nous avaient amenés sur des positions où ils pouvaient nous encercler et nous isoler, mais nous les voyions très rarement. Nous étions piégés sur les routes et les sentiers du fond des vallées et eux voletaient comme des spectres en haut des pentes. Nous ne savions jamais ni quand ni d'où nous allions être attaqués. Les obus de mortier semblaient venir alternativement de derrière, de côté et de devant. Nous tournoyions comme des derviches. Nous tirions sur des fantômes et sur des chèvres.

Nous étions confondus par l'héroïsme de ces Grecs invisibles.

Ils sortaient de terre et fondaient sur nous comme si nous avions violé leurs mères. C'était révoltant. Sur la colline 1289 ils ont tellement terrifié nos Albanais que ceux-ci se sont enfuis en tirant sur les carabinieri qui tentaient de les arrêter. Quatre-vingt-dix pour cent de ce bataillon Tomor ont déserté. Toute notre ligne a pivoté autour de nous dans le sens inverse des aiguilles d'une montre, nous coupant de notre front. Aucun soutien aérien. Les soldats grecs en uniforme anglais, avec leur casque de tommies, nous mitraillaient, nous pilonnaient au mortier et se rendaient invisibles. « Athènes dans deux ans », a dit Francisco. Nous étions complètement seuls.

Les Grecs ont pris Samarini et ils se sont trouvés derrière nous. Nous nous nourrissions de biscuits secs qui s'émiettaient comme une peau scrofuleuse. Nos chevaux mouraient et nous avons commencé à les manger. Les petits chevaux grecs transportaient la cavalerie au-dessus de nous et ils étaient trop résistants pour mourir. On nous a ordonné de nous replier sur Konitza et pour nous ouvrir un chemin nous avons dû nous battre contre les soldats qui nous avaient encerclés.

Nous étions devenus anonymes. Nous avions des barbes énormes, nous étions ensevelis dans des tempêtes de neige fondue, nos yeux injectés s'enfonçaient dans les orbites, nos uniformes disparaissaient sous une croûte de boue glacée, nous avions les mains lacérées comme par des chats et nos doigts se recroquevillaient en une masse de plomb. Francisco avait la même allure que moi et moi, la même que tous les autres : nous vivions à l'ère néolithique. En quelques jours nous étions devenus des squelettes et nous fouaillions la terre comme des porcs pour nous nourrir.

Enfin nous avons vu un bombardier italien. Nous lui avons fait des signes, il a décrit un cercle et il a lâché une bombe, qui nous a manqués de peu mais qui a tué trois de nos mules. Nous les avons découpées en lanières et nous les avons mangées crues pendant qu'elles étaient encore chaudes et palpitantes de vie. Les radios ont plié bagage. Il est devenu évident que les Grecs massaient leurs troupes sur les points précis où nous étions le plus faibles. Ils se sont mis à attaquer un à un des détachements isolés et à les faire prisonniers. « Ils en ont de la veine, les salauds, disait Francisco. Je te parie qu'il fait chaud à Athènes. » La nuit nous dormions pelotonnés l'un contre l'autre pour nous tenir chaud. J'étais trop épuisé pour le désirer. Nous dormions tous de cette façon. Je voulais seulement le protéger.

Notre commandant a été limogé et remplacé par le général Soddu que nous avons naturellement surnommé « général Sodomia ». Visconti Prasca a perdu alors le commandement de la onzième armée. Comme les puissants s'effondrent ! C'était un météore qui s'était révélé un énorme pet. Tous nos chefs étaient d'énormes pets, à commencer par Mussolini qui les avait choisis.

Nous nous sommes repliés vers Konitza comme un géant tourmenté par des hordes sauvages de chiens furieux. C'était un inferno de mitrailleuses et d'artillerie, de mortiers et de glace. La population civile nous pourchassait au fusil de chasse et à la fronde. Nous avons passé une semaine entière sans nourriture ni repos. Il nous arrivait de nous battre huit heures d'affilée presque à bout portant. Nous avons perdu des centaines de compagnons. Les montagnes sont devenues un rassemblement des morts. Nous continuions à nous battre mais nous avions perdu courage. Une obscurité profonde avait tout recouvert. Francisco parlait à sa souris, même pendant les embuscades et les tirs d'enfilade soudains. Nous étions tous au bord de la folie. Nous avons rejoint notre ancienne position au pont de Perati après avoir sacrifié inutilement le cinquième de nos effectifs. J'ai regardé autour de moi et j'ai ressenti l'horreur de l'absence irréparable des hommes que j'avais appris à aimer. Personne ne devrait jamais mettre en doute ni contester à la légère leur courage indomptable. C'est merveilleux la guerre. Au cinéma et dans les livres. Des Gladiator, des Wellington et des Blenheim ont fait leur apparition dans le ciel au-dessus de nos têtes et les Anglais ont ainsi renforcé les poignards grecs enfoncés dans nos plaies. Nous avons eu une inspection du général Soddu qui nous a comparés au granit. « Est-ce que le granit saigne sur le Golgotha ? » a demandé Francisco.

16

Lettres à Mandras au front

1

Agapiton,

Il y a trop longtemps que je ne sais rien de toi, tu n'as pas écrit depuis le triste jour où je t'ai vu partir de Sami. Je t'ai écrit tous les jours et je commence à croire que tu n'as jamais reçu mes lettres, ou que tes réponses ne me parviennent pas à cause de la guerre. Hier je t'ai écrit la plus belle, elle disait tout parfaitement bien, et crois-le ou non, la chèvre l'a mangée. J'étais furieuse et je lui ai tapé sur la tête avec ma chaussure. Ce devait être un drôle de tableau et je suis sûre que tu aurais ri si tu avais été là. Je vois des tas de choses et j'aimerais que tu sois là pour les voir de tes propres yeux. J'essaie de les voir pour toi et de m'en souvenir. Je rêve de me concentrer assez fort pour te les envoyer afin que tu les voies dans tes rêves. Si seulement la vie pouvait être comme ça.

Je suis terrifiée à l'idée que si je n'ai pas de lettres de toi c'est que tu es blessé ou prisonnier, et je fais des cauchemars où je te vois mort. Je t'en prie, écris-moi pour que je respire de nouveau et pour que mon cœur trouve un peu de paix. J'attends tous les jours que des gens reviennent d'Argostoli avec le courrier du village, je me précipite et il n'y a jamais rien. Je suis désespérée, je ne sais que faire et ma cervelle bout d'inquiétude. Maintenant que nous sommes en décembre les journées sont devenues très froides, il n'y a pas de soleil et il pleut presque tous les jours, alors je me dis que le ciel pleure comme moi. Je frissonne en pensant au froid qu'il doit faire dans les montagnes d'Épire. As-tu reçu les chaussettes que je t'ai tricotées ? Et le gilet de pêcheur ? Et l'écharpe ? Est-ce que j'ai bien fait de les teindre en kaki ou bien est-ce que j'ai été idiote de ne pas les laisser en blanc ? J'espère que tu as reçu le café, le pot de miel et la viande fumée. Mon pauvre chéri, comme tu dois souffrir dans ce froid, dans cet endroit si lointain et si sauvage que c'est presque un pays étranger ! Comme ton bateau et tes dauphins doivent te manquer ! Tu savais que j'étais au courant à propos des dauphins ? Aucun ami ne leur donnera du poisson avant ton retour.

Ici, tout est toujours à peu près pareil, sauf que nous commençons à être à court. Hier, je n'ai pas pu avoir de pétrole pour les lampes et la semaine dernière il n'y avait pas de farine pour le pain. Mon père a fabriqué des lampes en enfilant une mèche dans un bouchon qu'il fait flotter dans un bol d'huile d'olive ; il dit que c'est comme ça qu'on faisait autrefois, mais ces lampes éclairent peu, elles fument beaucoup et elles sentent mauvais. Qui aurait dit qu'on pourrait rêver un jour de kérosène ?

Tout le monde parle du silence et de la tristesse du village depuis que tous les hommes jeunes sont partis et nous nous demandons tous combien il en reviendra. J'ai appris que Dimos avait été tué et que le fiancé de Marigo était prisonnier. Chaque fois que j'entends ce genre de nouvelles, je remercie Dieu que ce ne soit pas toi, même si c'est horrible de souhaiter que le malheur tombe sur les autres. Je ne pourrais pas supporter d'apprendre que tu as été tué. Je crois que j'en mourrais. Je crois que je demanderais à Dieu de me prendre à ta place si seulement tu pouvais survivre. Nous, les femmes, nous avons honte de ne pas pouvoir faire de sacrifice comparable au vôtre, mais chacune de nous prendrait un fusil pour vous rejoindre si seulement c'était possible, ou permis. Papakis m'a donné un petit pistolet que je mets sous mon oreiller la nuit pour dormir et dans la poche de mon tablier pendant la journée. Si cette île était envahie, il y a des femmes et des vieux ici qui se battraient jusqu'à la mort avec des manches à balai et des couteaux de cuisine et nous avons déjà pris l'habitude de faire tout ce que faisaient les hommes. La seule chose que nous ne faisons pas c'est traîner au café et jouer au trictrac. Nous allons souvent à l'église et le père Arsénios nous a fait beaucoup de beaux sermons émouvants. Il nous a raconté qu'une icône de saint Jean est apparue devant une grotte que Yérassimos a habitée et qu'elle a été déclarée achiropiïton authentique. On dirait que Dieu lui-même nous envoie des messages pour nous montrer que c'est nous qui avons raison. Quelqu'un m'a fait remarquer l'autre jour que nous sommes le seul pays qui lutte encore en dehors de l'Empire britannique. Quand j'y pense, je reprends courage parce que c'est le plus grand empire que le monde ait jamais connu et dans ce cas, comment pourrions-nous perdre ? Je vois souvent les navires de guerre anglais, ils sont tellement gros qu'on se dit que c'est impossible de naviguer dessus. Je sais que nous gagnerons.

Les nouvelles du front sont tellement bonnes que notre victoire semble déjà assurée. Nous entendons tous les jours que de nouvelles armées italiennes reculent ou sont vaincues et nous ressentons la joie de David devant le cadavre de Goliath à ses pieds. Qui l'aurait cru il y a seulement deux mois ? Ça paraissait impossible. Nous vous avons envoyés leur résister par sens de l'honneur mais sans espoir de succès, et maintenant nous attendons de vous recevoir en héros conquérants. Toute la Grèce déborde de fierté et de reconnaissance pour nos hommes, plus grands qu'Achille et Agamemnon réunis. On dit que vous avez repris toute la terre qui nous a été disputée autrefois et que les Italiens ont été pratiquement chassés d'Albanie. Comme vous êtes grands ! Vos noms vivront éternellement dans le cœur des Grecs et le monde se rappellera toujours ce qui arrive quand quiconque ose nous blesser. Nous sommes si fiers, mon Mandras, si fiers ! Nous marchons la tête haute en nous rappelant le passé glorieux qui nous a été volé par les Romains et les Turcs et que toi et tes camarades nous avez enfin rendu. Le jour viendra où nous et l'Empire britannique nous dirons ensemble au monde : « C'est nous qui vous avons libérés » et les Américains, les Russes et autres Ponce Pilate baisseront la tête, honteux que toute la gloire nous revienne.

Tout le monde ici est atteint par l'esprit de la guerre. Papas qui haïssait tant Métaxas, Kokolios qui est communiste et Stamatis qui est monarchiste sont tous unis pour acclamer Métaxas comme le plus grand Grec depuis Périclès ou Alexandre et ils admirent tous le succès militaire de Papagos. Ils travaillent ensemble pour collecter des paquets pour les troupes et mon père s'est même offert à aller exercer au front. On l'a refusé quand on a su qu'il avait tout appris sur des bateaux et n'avait aucun papier pour prouver ses qualifications. Tu aurais dû voir sa fureur. Il tempêtait dans toute la maison et je ne l'ai jamais entendu dire autant « cheston », ni avec autant de rage. Je suis heureuse qu'il ne puisse pas partir mais c'est injuste, parce que même les riches viennent le voir au lieu d'aller chez des médecins qui ont fait des études. Il a le don de soigner, comme le saint, il suffit qu'il touche une blessure et elle commence à guérir.

Mandras, ça t'amuserait de voir la manie des prédictions qui s'est installée depuis le début de la guerre. Chacun consulte sa tasse de café pour savoir si et quand reviendront ses cousins, ses frères et ses fils, c'est devenu une industrie. La femme de Kokolios a lu dans ma tasse et m'a dit que quelqu'un viendrait de loin pour transformer ma vie, elle l'a dit avec beaucoup de sérieux, comme si elle ne savait pas que je sais qu'elle sait que j'attends que tu reviennes de loin.

Les familles italiennes de l'île ont eu à souffrir et les autorités ont dû intervenir pour empêcher qu'on brûle leurs maisons et autres actes stupides de violence. Des excités de Lixouri ont même battu un vieil homme qui vit là depuis quarante ans et qui avait mis notre drapeau à sa fenêtre. Pourquoi les gens se conduisent-ils comme des bêtes ?

Tu seras content de savoir que Psipsina et la chèvre vont bien. En tout cas, ça me fait plaisir, et comme bientôt nous ne formerons plus qu'un, ça doit te faire plaisir à toi aussi. J'espère que tu seras heureux de savoir que j'ai décidé de faire ma propre dot. Je pense que mon père n'a aucun sens des convenances et je suis parfois très fâchée qu'il refuse ce qui est normal pour toutes les autres filles. Il n'est pas juste parce qu'il est trop rationnel. Il se prend pour un Socrate qui peut braver la coutume mais moi, je suis gênée chaque fois que je rencontre quelqu'un de ta famille et je ne permettrai pas qu'on pense que tu n'es pas accepté, même si tu l'es. J'ai commencé une grande couverture au crochet pour notre lit conjugal mais j'ai dû la défaire parce que ça n'allait pas et qu'elle prenait une allure d'animal mort. Je ne vaux rien en travaux féminins parce que j'étais trop jeune quand ma mère est morte et que je dois essayer d'apprendre maintenant tout ce qui aurait dû me venir naturellement en grandissant. Je commence avec des affaires pour le lit parce que c'est là que notre vie commencera, mais ensuite je coudrai pour la maison, pour les jours de fête et pour quand nous aurons de la visite. Le crochet m'ennuie beaucoup mais je me console en pensant qu'à ton retour tu trouveras la preuve de mon amour. Je pense que ce serait bien si je te faisais un gilet brodé de fil d'or, avec des fleurs au point de feston et en fil couché, pour que tu étincelles au soleil quand tu danses.

Le jour de Noël les Italiens ont bombardé Corfou et même mon père a été choqué par leur impiété. Nous avons entendu à la radio que les Anglais ont coulé plusieurs de leurs bateaux. J'espère que c'est vrai, mais je déteste quand même ce genre de nouvelles parce que je ne supporte pas qu'on meure pour rien, et parce que j'ai le cœur lourd quand je pense à tous les vieillards dont les enfants sont enterrés avant eux. J'ai vu ta mère à l'agora, elle m'a dit qu'elle n'a pas de nouvelles de toi, elle non plus. Elle est terriblement inquiète et son visage est plus ridé qu'avant. Je t'en prie, écris-lui, même si tu ne m'écris pas. Je crois qu'elle souffre plus que moi, si c'est possible.

Mandras, nous n'avons pas mangé de poisson depuis ton départ et ça commence à me manquer. Nous ne mangeons que des haricots, comme les pauvres. Mon père dit que c'est très bon pour la santé mais ça gonfle le ventre. Le jour de Noël nous avons dû nous passer de kourabiédes, de christopsomo et de loukoumades et ç'a été une triste fête malgré tous nos efforts. Le père Arsénios nous a tous étonnés en ne se soûlant pas.

Rappelle-toi qu'il y a ici ceux qui t'aiment et qui prient pour toi et que toute la Grèce marche avec toi où que tu sois. Reviens-nous après la victoire pour que tout soit comme avant. Tes dauphins t'attendent, et ton bateau, et ton île, et moi aussi je t'attends, moi qui t'aime tant et à qui tu manques comme un membre de mon corps qu'on m'aurait coupé. Mon chéri, sans toi rien n'est complet et même quand je suis heureuse mon bonheur me fait mal.

Ta fiancée qui t'aime, Pélagia qui t'embrasse.

2

Jour de la Saint-Basile.

Agapiton,

Toujours sans nouvelles de toi et, bizarrement, je commence à prendre ça avec stoïcisme. Panayis est rentré avec une main en moins et il m'a dit qu'au front il fait trop froid pour pouvoir tenir une plume. Il dit qu'il ne t'a pas vu, mais je suppose que ça n'a rien d'étonnant puisque vous n'êtes pas dans la même unité. Il a adressé une requête au roi pour pouvoir retourner au front et continuer à se battre et il dit que tout le monde peut se servir d'un fusil avec une seule main. Le potier sur la route de Kastro dit qu'il va fabriquer pour Panayis une main en argile plus belle que la vraie et qu'elle sera très solide. Panayis lui a demandé de la fabriquer à l'épreuve du gel pour quand il retournera au combat. En fait, il a demandé deux versions : l'une en forme de poing pour se battre avec, et l'autre avec les doigts recourbés pour pouvoir tenir un verre. Ça ne m'étonnerait pas qu'il en demande une troisième pour y fixer une baïonnette, tellement il a le moral.

Ce jour de la Saint-Basile s'est mieux passé que Noël. Mon père m'a donné un livre de poèmes et de textes politiques d'Andréas Laskaratos en m'expliquant que c'était bon pour mon âme de lire ce qu'avait écrit quelqu'un qui a été excommunié. Je lui ai cité le proverbe « Méga vivlio méga kako » et il a menacé de le reprendre pour m'en donner un plus petit. Je lui ai offert un joli couteau de poche. Nous avons compté les grains d'une grenade pour voir si cette année serait abondante. Ce ne sera pas trop mal, semble-t-il. J'ai réussi à faire une vassilopita en échangeant des ingrédients avec ta mère et mon père m'a donné un souverain anglais à mettre dedans. Il a été bien content de ne pas le voir finir dans la part du Christ ou dans celle de saint Basile, parce qu'il n'aime pas donner de l'argent à l'église. Je l'ai trouvé dans la mienne et j'aurai donc de la chance cette année. C'est merveilleux, non ? J'espère que ça veut dire que tu reviendras.

J'ai commencé ton gilet mais j'ai dû encore défaire la couverture parce qu'elle se présentait encore plus mal qu'avant. Je ne sais pas ce qui m'arrive.

Rien que de bonnes nouvelles du front, tout le monde est heureux que Mussolini — « mé kione kamaronane » — se fasse remettre à sa place par les nôtres. On dirait qu'il a reçu une bonne leçon. Il paraît que nos soldats arrachent des tanks italiens à la neige et à la boue et s'en servent contre leurs anciens propriétaires. Bravo. Nous avons aussi pris Argyrokastro, Korytsa et Aghi Saranda mais malheureusement le bruit court toujours que Métaxas ne va pas bien.

As-tu vu la nouvelle affiche qui apparaît partout ? Au cas où tu ne l'aurais pas vue, elle montre un de nos soldats qui avance à grands pas, guidé par la Vierge qui le tient par le coude. Elle a exactement la même expression que le soldat, et la légende dit : « Victoire. Liberté. La Vierge est avec lui. » Nous la trouvons tous vraiment très réussie.

Mon père rend sa moustache plus patriotique en la laissant s'embroussailler. Je suis contente qu'il ne la cire plus ; quand je l'embrassais, elle était dure et piquante. Maintenant, elle chatouille. Je suppose que tu as laissé pousser ta barbe pour te tenir chaud.

Mandras, il faut vraiment que tu écrives à ta mère, elle est très anxieuse. C'est autant une question de philotimo que te battre pour ton pays. L'honneur a plusieurs aspects et je trouve qu'être bon pour ta mère en est un. Je ne veux pas te critiquer, je pense seulement qu'il faut peut-être te le rappeler.

Ta fiancée qui t'aime, Pélagia.

3

Semaine d'Apokria.

Agapiton,

C'est la centième lettre que je t'écris et toujours pas de nouvelles de toi. Papakis dit que pas de nouvelles n'est ni bon ni mauvais signe et je ne sais plus si je dois être triste ou rassurée. Je remercie le ciel que ton nom n'ait jamais figuré sur la liste des morts qui est affichée à Argostoli. Tu vas être peiné d'apprendre que Kokolios a perdu deux de ses fils (Yérassimos et Yannaros) et qu'il est très affecté. Ses lèvres tremblent quand il parle, il a les larmes aux yeux et il travaille tellement qu'il continue la nuit. Il dit qu'il n'en veut pas aux Italiens mais aux Russes, qui ne se sont pas opposés aux fascistes comme c'était leur devoir. Il dit que Staline ne peut pas être un vrai communiste. Depuis que l'Empire britannique à chassé les Italiens de Somalie et en a capturé 200 000 en Libye il se promène partout en embrassant une photo de Winston Churchill qu'il a découpée dans un journal. L'autre jour, quand papas a appris l'ultimatum d'Hitler exigeant que nous cessions de combattre les Italiens, il a carrément rasé sa moustache parce que même une grosse moustache broussailleuse et patriotique fait trop penser à Hitler. Depuis la mort de Métaxas, il porte un brassard noir et jure de ne pas l'ôter avant la fin de la guerre. Nous sommes encore très affligés par la mort du vieil homme mais nous sommes résolus à ne pas la laisser nous affaiblir. Nous faisons une confiance absolue à Papagos pour nous mener à la victoire.

Cette année, avec tous les hommes jeunes au loin, nous n'avons guère de carnaval et c'est comme si nous étions déjà en carême. Nous jeûnons tous, que ça nous plaise ou non, et je prévois que Pâques ne sera pas non plus une vraie fête. Ce ne sera pas pareil sans œufs colorés, sans tsouréki, ni kokoretsi, ni mayéritsa ni agneau rôti à la broche. Je pense que nous aurons des œufs, mais à part ça nous devrons probablement manger du cuir de chaussures avec de la sauce avgolémono. Je salive rien qu'en pensant à tout ce que nous n'avons pas et j'attends avec impatience que tout redevienne normal.

Depuis décembre nous avons de terribles tempêtes, il fait très froid et très venteux. J'ai presque terminé ton gilet et bien qu'il ne soit pas aussi magnifique que je l'espérais, il sera tout de même beau. Le mauvais temps me laisse beaucoup de loisirs pour travailler dessus, même si ce n'est pas facile quand on a les mains bleues de froid. J'étais arrivée à la moitié de la couverture mais Psipsina a vomi dessus et j'ai dû la laver. Elle n'a pas rétréci, Dieu merci, mais quand je l'ai étendue pour la faire sécher, la chèvre a mangé trois gros morceaux dans le milieu. J'étais tellement en colère que je lui ai tapé dessus avec un balai, ensuite papas est sorti et m'a trouvée en larmes, je l'ai frappé lui aussi. Tu aurais dû voir sa tête ! En tout cas, j'ai détricoté encore une fois la couverture en récupérant autant de laine que j'ai pu, mais je commence à penser que le destin veut que je fasse autre chose.

J'espère que tu vas bien, que tu as bon moral, et j'attends toujours, comme nous tous, que tu nous reviennes.

Tout mon amour, ta Pélagia à qui tu manques toujours.

17
L’omosessuale (5)

La division Bari nous a relevés pour nous permettre de nous reposer et de nous regrouper, mais les Grecs sont intervenus avec un rideau de flammes et l’ont attaquée avant qu’elle n’ait eu le temps de mettre en place son artillerie. On a rappelé ceux de la division Julia pour que nous allions à son secours. C’était comme si une portion de mon esprit avait disparu ou comme si mon âme s’était réduite à un point minuscule de lumière grise. Je ne pensais à rien du tout. Je me battais avec opiniâtreté. J’étais un automate sans émotion ni espoir et si j’avais une inquiétude, c’était parce que Francisco devenait de plus en plus bizarre. Il était désormais convaincu qu’il recevrait une balle dans le cœur et avait donc transféré la souris Mario de sa poche de poitrine à celle de sa manche. Il avait peur que la souris ne soit tuée en même temps que lui et il m’a fait promettre de m’occuper d’elle quand il serait mort.

Nos unités ont commencé à se mélanger. Nous avons reçu des bribes d’autres divisions. Personne ne connaissait la hiérarchie exacte du commandement local. Un bataillon novice de types de la campagne à peine entraînés est arrivé là où il ne fallait pas et s’est fait anéantir par les Grecs. Le 14 novembre les Grecs ont amorcé une offensive dont nous n’aurions jamais pu prévoir la sauvagerie impitoyable.

Nous nous terrions, le massif de Mrava derrière nous. Cela ne signifie rien si on ne sait pas qu’il est inhabité, que c’est un endroit sauvage de ravins et de gouffres, d’à-pic monstrueux, où il n’y a pas de routes, un endroit où aucun ravitaillement ne pouvait passer. Nous étions sur une terre que les Grecs avaient toujours considérée comme leur de plein droit et qu'ils avaient cédée deux fois par traité. Ils voulaient maintenant la reprendre. Nous étions noyés dans le brouillard, recouverts par la neige, et un maudit vent arctique venu du nord se jetait sur nous comme le poing fermé d'un titan.

Nos lignes ont subi des pertes terribles et nous avons perdu le contact avec les autres unités. Nous avons dû nous replier. Sans nulle part où nous replier. Les mortiers Brandt de l'ennemi supprimaient d'un seul coup des sections entières. Nous n'avions ni pansements ni hôpitaux de campagne. Un aumônier en larmes a extrait sans anesthésie du shrapnel de mon bras sur la table de cuisine d'une maison en ruine. J'avais trop froid pour sentir le couteau m'ouvrir la chair ou l'aiguille percer ma peau. J'ai remercié Dieu d'avoir été blessé plutôt que Francisco et j'ai été renvoyé aussitôt au combat. J'ai constaté que les hommes des trains de mules avaient abandonné leurs animaux et se battaient à nos côtés. Notre officier avait été tué et remplacé par un sergent du ravitaillement. Il nous a dit : « Il n'y a pas de ravitaillement, alors je suis venu faire mon devoir. Je compte sur vous pour me donner de bons conseils. » Cet homme admirable et digne, habitué à empiler des couvertures et à faire des inventaires, a perdu ses tripes dans un assaut à la baïonnette qu'il menait héroïquement avec à la main un pistolet vide. Nous avons été totalement vaincus.

Il n'y a pas que les bandes molletières que je déteste. Je déteste tout mon uniforme. Les fils ont pourri et il s'est désintégré. Le tissu devenu dur comme du carton refusait de plier. Il engrangeait le froid comme un réfrigérateur et l'enfonçait dans ma chair. Il devenait de jour en jour plus lourd et plus abrasif. J'ai tué une chèvre et je me suis couvert avec sa peau non tannée. Francisco a fait pareil avec une mule morte qu'il a dépouillée. Nous avons abandonné Korytsa à l'ennemi et nous nous sommes retrouvés avec moins de territoire qu'au début. Nous avons renoncé à notre équipement lourd. Il était hors d'usage de toute façon. Nous nous sommes habitués aux horribles ulcérations et à la puanteur ignoble de la gangrène. Pendant que Korytsa était évacuée nous, la division Julia, nous avons encore tenu en Épire. Nous n'étions pas faciles à vaincre. Mais ensuite nous nous sommes retirés par les routes que nous avions prises pour avancer. La division Centauro, pour aller plus vite, a abandonné les chars que la boue avait avalés. Les Grecs ont trouvé ces tristes petites carcasses rouillées, les ont retirées de la boue, réparées, et ils s'en sont servis contre nous. Nous avons reçu les renforts d'un bataillon de douaniers. A-t-on idée. Nous avons établi une tête de pont à Pérati. Pour rien.

Un petit miracle : les Grecs nous ont laissé deux jours de répit. Ils ont sans doute pensé que nous avions dû miner les routes. Nous avons appris ensuite que nous avions perdu Pogradec parce que l'ennemi avait infiltré la ligne en suivant le cours d'un torrent pendant que nous nous étions organisés pour défendre les chemins. « À quoi ça sert ? a demandé Francisco. Nous faisons de notre mieux et tous les autres foutent la merde. » Ensuite une manœuvre de quelqu'un d'autre a exposé notre flanc droit et nous avons été coupés de la division Modena. Notre général Soddu, qui avait remplacé Prasca, était désormais remplacé par Cavallero. Notre glorieuse conquête de la Grèce avait tout l'air de devoir se terminer honteusement par une conquête grecque de l'Albanie. La neige tombait sans discontinuer et nous avons découvert que nous pouvions nous réchauffer la tête en arrachant la cervelle des mules mourantes et en la mettant dans notre casque. Nous avons compris que le seul moyen d'éviter une attaque continuelle d'en haut était de rester sur les hauteurs, fouettées par des vents vicieux qui poussaient devant eux un bouclier de cristaux coupants. Mes bottes tombaient en lambeaux et j'étais couvert de poux qui me grattaient et m'obligeaient à me trémousser. Je pense que ce devait être Noël quand nous avons enfin compris que nous étions aussi détruits que nos bottes.

Réveil le matin par moins dix. Première question : qui est mort gelé cette fois-ci ? Qui a glissé du sommeil dans la mort ? Deuxième question : combien de torrents en crue faudra-t-il passer à gué aujourd'hui avec l'eau glacée qui agrippe les testicules jusqu'à ce qu'ils crient de douleur ? Combien de kilomètres sur les « routes » aujourd'hui dans la gadoue jusqu'à la taille ? Troisième question : comment les Grecs savent-ils nous attaquer alors qu'il fait moins vingt et que les curseurs de nos fusils se sont complètement bloqués? Quatrième question : pourquoi les Albanais « amicaux » servent-ils de guides aux Grecs? Cinquième question : quelle unité à bout de fatigue a choisi aujourd'hui de se rendre à une force inférieure en nombre? Pas la Julia. Pas nous. Pas encore. Francisco ne me parle plus du tout. Il ne parle qu'à sa souris. Nouvelle attaque par un de nos propres avions, une formation de SM 79 : vingt morts. Nous apprenons que les officiers de la division Modena ont reçu un ordre disant que ceux d'entre eux qui ne montrent pas un sens suffisant du commandement seront exécutés. Mon colonel Gaetano Tavoni, lui, a été tué sur le Mal i Topojanit en nous conduisant à l'attaque au bout de soixante jours sans repos. Dieu ait son âme et le récompense de sa sollicitude envers nous. Les femmes d'Italie commencent à nous envoyer des gants tricotés qui absorbent l'eau et gèlent sur nos mains, si bien que nous ne pouvons pas les enlever. Francisco a reçu un panettone de sa mère et le partage avec Mario. Il en détache de petits morceaux à la baïonnette. Il paraît que Ciano et les grands hiérarques fascistes se sont unis pour choisir patriotiquement d'effectuer des excursions de bombardements à Corfou où il n'y a pas de défense aérienne.

Dieu que je hais les bandes molletières. C'est l'époque de la mort blanche. Tranchées inondées. La glace se dilate dans le tissu, la circulation est arrêtée. Nous ne haïssons pas les Grecs, nous les combattons pour des raisons obscures et sans honneur mais nous haïssons la mort blanche.

Certes, au début, on ne souffre pas. Au-dessus des bandes molletières les jambes gonflent et, au-dessous, le pied s'endort. Les jambes prennent des couleurs sinistres : divers tons de mauve, un soupçon de violet, noir d'ébène. Parce que je suis très fort, je passe des journées à transporter nos malades derrière les lignes. Je suis épuisé, bouleversé par leurs cris de souffrance. J'ai remplacé mes bandes molletières par des peaux de chat frottées d'huile à fusil à l'intérieur. J'ai imprégné mes bottes de cire de bougie. L'eau pénètre quand même et je vis dans la peur de la mort blanche.

J'entends dans les tentes les hurlements inhumains des amputations. J'examine mes pieds plusieurs fois par jour et je les masse avec de la graisse de chèvre dégelée à la flamme d'une allumette. On dit qu'en Afrique Graziani a été vaincu. Nous avons treize mille victimes de la mort blanche. Le froid pétrifie même les Grecs : les attaques se sont calmées. Aucun doute, Francisco est fou. Sa bouche remue sans cesse, sa barbe est devenue un stalactite de glace, ses yeux roulent et il ne me reconnaît pas. Il chie délibérément sous lui pour savourer la chaleur momentanée. Tout mon amour se transforme en pitié. Je lui fais des moufles avec deux peaux de lapin en laissant la graisse à l'intérieur. Il mange la graisse. Nous ne sommes plus que mille hommes avec quinze mitrailleuses et cinq mortiers. Nous avons perdu quatre mille hommes. Il ne reste dans nos lignes que la mort blanche, l'absence cruelle de nos amis, la désolation du désert.

A Klissoura les Grecs furieux nous attaquent sauvagement. Nous qui sommes épuisés et accablés de chagrin. Francisco parle à la souris Mario : « Athènes dans deux semaines, une place dans l'histoire pour la souris d'Albanie. La souris qui a déposé un roi. Mario la souris. Petite souris, petit souris. » Nous ne pouvons plus tenir et la Julia est battue, nos soldats sont devenus fous et sont atteints par la gangrène, nos corps ont été coupés de nos âmes. La division Lupi di Toscana vient nous aider, elle est battue : les loups deviennent des lièvres et nous l'appelons « Lepri di Toscana ». Si les vétérans de la Julia ne peuvent pas gagner, quelle chance reste-t-il aux amateurs ? On les avait envoyés sans nourriture dans des endroits inconnus qui ne correspondaient pas aux cartes. Ils n'avaient pas d'officiers. Ils ont été attaqués aussitôt. Sacrifice, sacrifice. Rien qu'une succession de calvaires. Ils étaient venus nous sauver et nous les avons sauvés.

Contre-attaque. Échec. Perte de Klissoura. Message désespéré de Cavallero : « Encore une dernière tentative, je vous en supplie au nom de l'Italie. Je voudrais venir mourir avec vous. » J'emmerde le nom de l'Italie. J'emmerde les généraux qui ne viennent jamais mourir avec nous. J'emmerde votre assurance et vos promesses mensongères de renforts. J'emmerde vos défaites que vous arrachez aux griffes de la victoire. J'emmerde cette guerre irréfléchie que nous n'avons pas voulue et que nous ne comprenons pas. Vive la Grèce si c'est pour mettre fin à toute cette horreur, à cette mort blanche, cette neige rougie, ce froid mortel impitoyable, ces entrailles répandues, ces os brisés, ces ventres privés de nourriture, ouverts par les mortiers et déchiquetés par les baïonnettes, ces doigts paralysés, ces fusils modèle 91 enrayés, ces jeunes hommes détruits, ces esprits innocents gagnés par la folie.

Nous vivons dans une hébétude permanente. La neige a tout rendu méconnaissable et nous ne savons jamais où nous sommes. Est-ce bien cet escarpement qu'on nous a dit de franchir ? Est-ce un torrent au fond de cette vallée, à six pieds sous la blancheur miroitante ? Quelle est cette montagne ? Que quelqu'un chasse ce nuage, pour l'amour de Dieu, afin que nous la reconnaissions. Pataugeons-nous sur une route ou dans une rivière ? Du calme, nous le saurons quand nous atteindrons la source. Du calme, si nous nous trompons de destination nous serons peut-être capturés, avec un peu de chance. Répondez au Q.G. que nous avons atteint l'objectif : je ne sais pas où ça se trouve, mais c'est aussi bien qu'ailleurs. Qu'est-ce que ça peut faire ? « Ici le Q.G. Ils veulent connaître votre position. » « Dites-leur qu'ils me donnent une carte qui corresponde à quelque chose sur le terrain et je leur donnerai la position. Non, faites-leur plutôt croire que le radio a plié bagage. » « Oui, monsieur. » « Que faites-vous en ce moment, caporal ? » « Je pisse sur mon casque pour qu'il ne brille plus, monsieur. C'est du camouflage, monsieur. On pisse dessus et on le frotte avec de la boue. »

Les Grecs marchent sur Tépéléni et on envoie la Julia soutenir la onzième armée. On nous donne neuf mille réservistes non entraînés pour compléter les effectifs et deux cents officiers inexpérimentés, plus quelques vieux officiers retraités qui ont oublié la tactique et qui ne comprennent pas le maniement de leurs armes. Ces vieux chevaux de retour se hissent sur les pentes et meurent comme tout un chacun en crachant leurs poumons, à plat ventre dans la boue, de l'écume rouge aux lèvres. Les Grecs sont fanatiques mais calmes, sauvages mais réfléchis. Ils prennent le Golico, la colline du monastère, et le mont Scialesti mais nous les arrêtons avant qu'ils ne s'emparent de Tépéléni. Le Duce vient nous rendre visite et reçoit les acclamations que l'on a exigées de nous. Je reste avec Francisco et ne me mêle pas aux applaudissements. Nous entamons une offensive dont le but est expressément d'offrir un spectacle au Duce qui se pavane à Komarit en regardant ses soldats partir par vagues successives vers une mort certaine. La vanité est mère de la perdition, signor Duce.

Francisco écrit une lettre pour que je la remette à sa mère au cas où il mourrait, il pense que s'il l'envoyait par la poste militaire la censure ne la laisserait pas passer.

Mère chérie,

Cette lettre t'est apportée par Carlo Guercio, un véritable ami et un vieux camarade qui a franchi avec moi les portes de l'enfer. N'aie pas peur de sa grande taille car c'est un homme bon et doux. Dans les moments difficiles ses plaisanteries m'ont toujours fait rire, sa main m'a rassuré quand j'avais peur et ses bras m'ont porté quand j'étais épuisé. Je voudrais que tu le considères comme ton propre fils, ainsi tout n'aura pas été perdu. Il est loyal et sincère, c'est le meilleur homme qui soit et il fera pour toi un meilleur fils que moi.

Ma chère mère, j'ai commencé cette guerre dans l'innocence et je la quitte tellement épuisé que je suis heureux de mourir. Après elle, il ne pourrait pas y avoir de vie digne de ce nom. J'ai fini par comprendre que Dieu n'a pas fait de ce monde un jardin gardé par des anges et que le corps peut être nié. J'ai l'impression que je suis mort depuis des mois mais que mon âme doit encore trouver le moment où elle partira. Je t'embrasse ainsi que mes tendres sœurs et je t'aime de toutes mes forces. Dis à ma femme que je pense toujours à elle et que je la porte dans mon cœur comme une flamme fidèle. Ne sois pas triste, Francisco.

Oh, tout ce que je ne dis pas à la mère de Francisco le triste jour d'avril où je lui remets la lettre !

18

Suite des travaux littéraires du Dr Yannis

A sa table de travail, le Dr Yannis contemplait les montagnes. Il tapota sa plume sur la surface récurée et décolorée et se dit qu'il était à peu près l'heure de préparer sa musette pour aller examiner le troupeau de chèvres d'Alékos. Il pesta contre lui-même. Il était censé écrire à propos de l'occupation de l'île par les Vénitiens et voilà qu'il pensait à des chèvres. Comme si un daïmon en lui s'acharnait à l'empêcher d'accomplir ses tâches littéraires et remplissait sa tête et sa vie de diversions. Le daïmon troublait ses pensées par des questions futiles : pourquoi les chèvres refusaient-elles de manger dans un seau posé par terre alors qu'elles étaient ravies de manger des plantes sorties de la terre ? Pourquoi fallait-il que le seau soit suspendu à un crochet ? Pourquoi les sabots des chèvres poussaient-ils trop vite au printemps, obligeant ainsi à les rogner ? Pourquoi la nature avait-elle introduit cette étrange malfaçon ? En quoi une chèvre n'était-elle pas un mouton et vice versa ? Pourquoi les chèvres étaient-elles des bêtes tellement sensibles en même temps que d'une stupidité sans limite, comme les poètes et les artistes ? En tout cas, à l'idée d'escalader le mont Ainos pour inspecter les chèvres d'Alékos, le docteur sentait ses jambes fatiguées avant même d'avoir fait un pas.

Il prit sa plume et un vers d'Homère lui vint à l'esprit : « Il n'est rien d'aussi bon ni d'aussi beau qu'un homme et son épouse vivant au foyer dans l'union de l'esprit et du caractère. » Mais pourquoi cette pensée à ce moment-là ? Quel rapport avec les

Vénitiens ? Il pensa un instant à son épouse adorable et à la perte cruelle qu'il avait subie puis il s'aperçut qu'il pensait à Pélagia et à Mandras.

Depuis que ce dernier était parti si soudainement, il voyait sa fille passer par de multiples émotions qui lui apparaissaient toutes comme malsaines et inquiétantes. Au début, ç'avait été un tourbillon de panique et d'angoisse, puis des torrents de larmes. Les tempêtes avaient laissé place à des jours de calme menaçant et impatient où elle restait dehors près du mur comme si elle s'attendait à ce que Mandras arrive au tournant de la route où il s'était fait tirer dessus par Vélissarios. Même lorsqu'il faisait très froid on la voyait là en train de caresser les oreilles douces de Psipsina pelotonnée sur ses genoux. Une fois elle était même restée dehors dans la neige. Ensuite elle avait préféré rester à l'intérieur avec lui, en silence, les mains sur les genoux, immobiles, tandis que les larmes coulaient sans bruit sur ses joues. Elle était soudain prise d'une frénésie d'optimisme et d'activité et travaillait furieusement à une couverture qu'elle tricotait pour son lit conjugal, puis, tout aussi brutalement, elle se levait, jetait son ouvrage par terre, lui donnait des coups de pieds et s'employait à le défaire avec une férocité équivalant à de la violence.

A mesure que les jours passaient il devint évident que non seulement Mandras n'avait pas écrit mais qu'il ne le ferait jamais. Le docteur scruta le visage de sa fille et comprit qu'elle s'aigrissait, comme si elle devenait de plus en plus sûre que Mandras ne pouvait pas l'aimer. Elle se laissa enfermer dans l'apathie et le docteur diagnostiqua des symptômes évidents de dépression. Il rompit avec une habitude de toute une vie en l'obligeant à l'accompagner dans ses visites : elle bavardait gaiement pour tomber l'instant d'après dans un profond silence. « Le malheur se cache dans le sommeil », pensait-il, aussi l'envoyait-il se coucher de bonne heure et la laissait-il dormir tard le matin. Il l'expédiait faire des courses invraisemblables dans les endroits les plus lointains pour s'assurer que la fatigue physique serait un bon remède contre l'insomnie propre à la jeunesse malheureuse et il se faisait un devoir de lui raconter les histoires les plus drôles qu'il connaissait, celles qu'il avait entendues des grands bavards dans les kaphénia et en mer, dans les carrés des officiers. Assez malin pour percevoir que l'état d'esprit de Pélagia lui faisait considérer comme logique et convenable d'être triste, passive et lointaine, il s'efforçait non seulement de la faire rire malgré elle mais aussi de la mettre en rage. Il prenait tout le temps l'huile d'olive de la cuisine pour traiter les cas d'eczéma et faisait exprès de ne pas la remplacer, et quand Pélagia était exaspérée au point de lui frapper la poitrine avec les poings, l'obligeant à la retenir par les épaules, il considérait que c'était un triomphe de la science psychologique.

L'étonnant c'est qu'il fut un peu choqué quand son traitement commença à opérer ; pour lui, le retour à sa joyeuse égalité d'humeur était signe qu'elle avait renoncé à sa passion pour Mandras. D'un côté, il aurait pu en être heureux puisqu'il ne pensait pas vraiment que Mandras ferait un bon mari, mais d'un autre côté Pélagia était déjà fiancée et rompre des fiançailles entraînerait beaucoup de honte et de déshonneur. Il envisagea l'horrible éventualité que Pélagia finisse par se marier par obligation à un homme qu'elle n'aimait plus. Le docteur se surprit à espérer que Mandras ne survive pas à la guerre. Il se sentit coupable et commença à soupçonner qu'il n'était pas aussi bon qu'il avait bien voulu se le faire croire, ce qui était un sentiment inconfortable.

Tout cela était déjà assez grave, mais en outre, la guerre avait causé toutes sortes de difficultés imprévisibles. Il pouvait s'accommoder de l'absence de produits tels que la teinture d'iode et l'eau d'Alibour puisqu'il existait des substituts qui agissaient tout aussi bien, mais il n'y avait plus d'acide borique depuis le début de la guerre, attendu que cette substance provenait des vapeurs volcaniques de Toscane : c'était à sa connaissance le meilleur médicament pour venir à bout des infections de la vessie et des urines troubles. Pis encore, il y avait des cas de syphilis qui exigeaient du bismuth, du mercure et du novarsenobenzol. Ce dernier devait être injecté une fois par semaine pendant douze semaines et nul doute que tous les stocks avaient été envoyés au front. Il maudit le singulier pervers qui le premier avait contracté la maladie en copulant avec un lama et les brutes hispaniques qui l'avaient rapportée du Nouveau Monde après s'être distinguées par leurs viols dans les territoires qu'ils avaient soumis.

L'exaltation de la guerre avait heureusement réduit le nombre de maladies imaginaires mais il avait dû cependant se précipiter à plusieurs reprises sur son encyclopédie médicale afin de trouver le moyen de se débrouiller sans rien de ce sur quoi il avait toujours compté. Il avait trouvé dans le port de Londres son *Complete and Concise Home Doctor* (deux énormes volumes, un index, mille cinq cents pages, incluant absolument tout depuis l'empoisonnement par la ptomaïne jusqu'aux conseils de beauté sur le soin et le dessin des sourcils) et avait même appris l'anglais pour pouvoir le comprendre. Il l'avait mémorisé de la première à la dernière page avec encore plus d'enthousiasme et d'acharnement que le musulman qui apprend le Coran pour devenir hafiz. Malgré cela, le souvenir qu'il en avait s'était quelque peu estompé car il n'avait dû en utiliser régulièrement que des parties et avait conclu que la plupart des maux passaient d'eux-mêmes quoi qu'il pût faire. Son rôle consistait surtout à se présenter avec un air suffisamment solennel pour pratiquer le rituel de l'examen. La plupart des affections exotiques et spectaculaires dont il avait lu la description avec une curiosité morbide ne s'étaient jamais manifestées dans cette partie de l'île et il s'était rendu compte que si le père Arsénios était un prêtre de l'âme, lui-même n'était guère plus qu'un prêtre du corps. Les maladies vraiment intéressantes se présentaient surtout chez les animaux et il prenait toujours le plus grand plaisir à diagnostiquer et guérir les maux d'un cheval ou d'un bœuf.

Le docteur n'avait pas manqué de remarquer que la guerre l'avait rendu plus important, ainsi que le père Arsénios. Il s'était habitué autrefois à son statut de puits de sagesse, mais les questions qu'on lui posait alors étaient souvent philosophiques (le père de Lémoni l'avait une fois envoyée lui demander pourquoi les chats ne savent pas parler). Dorénavant les gens voulaient tout savoir de la politique et du déroulement de la guerre mais lui demandaient aussi son opinion sur la meilleure taille et la meilleure disposition des sacs de sable. Il n'avait pas choisi d'être un chef de la communauté mais il l'était devenu par une sorte de droit invisible, comme si un autodidacte tel que lui devait posséder un sens commun hors du commun ainsi qu'un profond savoir. Il était devenu une sorte d'aga pour remplacer les agas turcs que l'île avait possédés un temps, sauf que, à la différence des chefs ottomans, il ne tenait pas particulièrement à rester étendu toute la journée sur des coussins et satisfaire de jolis petits garçons qui montreraient en grandissant la même prédilection contre nature pour la débauche, les narcotiques et une prodigieuse paresse.

Le docteur entendit Pélagia chanter dans la cuisine et prit la plume. Il fit le geste de tortiller sa moustache, éprouva une certaine irritation en se rappelant qu'il l'avait rasée par défi contre Hitler, puis regarda le brassard noir qu'il portait depuis la mort de Métaxas. Il soupira et écrivit :

« La Grèce est située sur une faille géographique et culturelle qui sépare l'est de l'ouest : nous sommes à la fois un champ de bataille et un site de séismes cataclysmiques. Si les îles du Dodécanèse sont orientales, Céphalonie, en revanche, est résolument occidentale, tandis que le continent est les deux à la fois sans être tout à fait l'un ni l'autre. Les Balkans ont toujours été l'instrument de la politique étrangère des grandes puissances et n'ont jamais réussi depuis l'Antiquité à atteindre ne serait-ce qu'un semblant de civilisation avancée, à cause de l'indolence, de l'indocilité et de la brutalité naturelles de leurs peuples. Il est vrai que la Grèce a moins de vices balkaniques que les autres nations au nord et à l'est, et il est également hors de doute que, de tous les Grecs, les Céphaloniens sont les plus réputés pour leur esprit et leurs têtes pensantes. Le lecteur se souviendra qu'Homère venait de cette région et qu'Ulysse était célèbre pour sa ruse. Homère nous décrit aussi comme violents et indisciplinés mais nous n'avons jamais été accusés de cruauté. On cite quelques morts occasionnées par des querelles de propriété mais nous partageons peu le goût du sang qui constitue le défaut caractéristique des peuples slaves.

« Si nous nous tournons vers l'occident, c'est parce que l'île n'a été occupée par les Turcs que pendant vingt-deux ans entre 1479 et 1500, année où ils ont été chassés par une armée d'Espagnols et de Vénitiens. Ils ne sont revenus que pour une expédition punitive en 1538 et sont repartis avec treize mille Céphaloniens destinés à être vendus comme esclaves. La courte durée de leur occupation jointe à leur don pour la torpeur et l'inertie expliquent qu'ils n'aient pas laissé d'héritage culturel durable.

« En dehors de cette brève période, l'île a été vénitienne de 1194 à 1797 où elle a été prise par Napoléon Bonaparte, le célèbre mégalomane belliqueux qui, après avoir promis à l'île l'union avec la Grèce, l'a annexée traîtreusement.

« Le lecteur verra aisément qu'en tout état de cause l'île a été italienne pendant six siècles environ, ce qui explique beaucoup de choses susceptibles d'étonner un étranger. Le dialecte de l'île est plein de tournures et de mots italiens, les gens instruits et les aristocrates parlent l'italien comme seconde langue et les campaniles des églises sont intégrés à l'édifice, contrairement à la disposition grecque habituelle où la cloche se trouve dans une construction séparée et plus simple, près des grilles. L'architecture de l'île est en fait presque entièrement italienne et incite à une vie privée civilisée et aimable, par ses balcons ombreux, ses cours et ses escaliers extérieurs.

« En raison de l'occupation italienne, la population a évolué à l'occidentale plus qu'à l'orientale, y compris dans l'habitude d'empoisonner des parents gênants (c'est ainsi, par exemple, qu'Anna Paléologos a tué Jean II) et nos chefs ont été surtout des excentriques bouillonnants et malhonnêtes selon le moule italien authentique. Le premier Orsini a utilisé l'île pour la piraterie et a constamment abusé le pape. Sous sa houlette, l'épiscopat orthodoxe a été aboli et aujourd'hui encore l'animosité est grande ici à l'égard de l'Église catholique, animosité due à l'arrogance historique de cette confession et à sa déplorable obsession du péché et de la culpabilité. Se sont instaurées les coutumes italiennes de lever des impôts afin de réunir l'argent nécessaire à des actes de corruption substantielle, d'ourdir des complots et des machinations d'une complexité labyrinthique, d'arranger des mariages de convenance aberrants, de mener des luttes intestines sans merci et des guerres familiales, d'échanger l'île entre un despote et un autre (nous avons ainsi appartenu quelque temps à Naples) et finalement, au dix-huitième siècle, une telle violence a éclaté entre les grandes familles (les Aninos, Métaxas, Karoussos, Antypas, Typaldos et Laverdo) que les autorités ont déporté tous les agitateurs à Venise où ils ont été pendus. Les insulaires sont restés au-dessus de toutes ces perversités italiennes baroques, mais il y a eu beaucoup de mariages mixtes, et nous avons perdu l'habitude de porter le costume national bien avant le reste de la Grèce. Les Italiens nous ont laissé une vision de la vie plus européenne qu'orientale, nos femmes étaient nettement plus libres qu'ailleurs en Grèce, et pendant des siècles ils nous ont donné une aristocratie que nous pouvions en même temps brocarder et imiter. Nous avons été infiniment heureux qu'ils s'en aillent, sans savoir que ce qui nous attendait serait pire, mais il est indéniable qu'en raison de la durée de leur séjour leur influence, comme celle des Anglais, a été décisive dans notre histoire et notre culture : nous trouvions leur domination tolérable et parfois amusante et si nous les avons jamais haïs c'est avec affection et même avec gratitude. Par-dessus tout, ils avaient le mérite inestimable de ne pas être turcs. »

Le docteur posa sa plume et relut ce qu'il venait d'écrire. Il grimaça un sourire à ses dernières remarques et se dit que dans la situation présente la gratitude avait peu de chances de survivre. Il alla à la cuisine et mit tous les couteaux d'un tiroir dans un autre pour que la colère de Pélagia puisse trouver une nouvelle occasion de catharsis.

Il était plus facile d'être psychologue qu'historien : il s'aperçut qu'il venait de couvrir plusieurs siècles en deux pages. Il fallait vraiment qu'il travaille plus lentement et qu'il s'efforce de relater les événements au rythme convenable. Il retourna à sa table, ramassa la petite pile de feuilles, sortit dans la cour, renifla l'air pour y sentir l'annonce du printemps puis, stoïquement, résolument, il donna l'une après l'autre les feuilles à la chèvre de Pélagia. Il fut consterné par sa capacité grossière à digérer la littérature. « Maudit ruminant », grogna-t-il et il décida d'aller au kaphénio.

19

L'omosessuale (6)

La mère de Francisco était une petite femme aux cheveux gris, avec un grain de beauté sur une joue et un duvet noir sur la lèvre supérieure. Elle était en noir et pendant tout le temps où je lui ai parlé elle a pétri un chiffon entre ses mains. J'ai vu qu'elle avait été belle autrefois et que mon bien-aimé Francisco avait hérité d'elle sa beauté : mêmes yeux slaves, même peau olivâtre, mêmes doigts de joaillier. La femme de Francisco était aussi présente mais c'est à peine si je pouvais la regarder : elle avait connu le plaisir du corps de Francisco comme je n'avais jamais pu le faire. Elle sanglotait dans un coin pendant que sa mère malaxait le chiffon et me questionnait.

« Quand est-il mort, signor ? Il faisait beau ?

– C'était une belle journée, signora, le soleil brillait et les oiseaux chantaient. »

(Il est mort un jour où la neige fondait ; de sous la carapace émergeaient un millier de corps déchiquetés, des musettes, des fusils rouillés, des bouillottes, des lettres inachevées et illisibles, trempées de sang. Il est mort le jour où l'un de nos hommes, qui s'était aperçu qu'il avait les organes génitaux gelés, a mis le canon d'un fusil dans sa bouche et s'est fait sauter la cervelle. Il est mort le jour où nous avons trouvé un cadavre, pantalon baissé, accroupi contre un arbre, solidifié par le gel pendant qu'il luttait contre la constipation opiniâtre due au régime militaire. Sous le fondement du mort se trouvaient deux minuscules pépites de merde tachée de sang. Le cadavre portait des pansements en guise de bottes. Il est mort un jour où les busards sont descendus des montagnes et ont commencé à arracher les yeux de ceux qui étaient morts depuis longtemps. Les mortiers grecs crachaient sur les pentes et nous étions enfouis sous une averse de boue. Il pleuvait.)

« Il est mort au combat, signor ? Vous avez gagné ?

– Oui, signora. Nous avons chargé à la baïonnette contre une position grecque et l'ennemi a été délogé. »

(Les Grecs nous avaient repoussés pour la quatrième fois avec un barrage de tir de mortier. Ils avaient quatre mitrailleuses invisibles au-dessus de nous et nous étions mis en pièces à mesure que nous reculions. Nous avons finalement reçu un ordre annulant celui de prendre la position, parce qu'elle n'avait aucune valeur tactique.)

« Est-il mort heureux, signor ?

– Il est mort le sourire aux lèvres en disant qu'il était fier d'avoir fait son devoir. Vous devez être fière d'avoir eu un fils tel que lui, signora. »

(Francisco s'est traîné vers moi dans la tranchée, les yeux fous. Il m'a parlé pour la première fois depuis des semaines. Il a crié : « Salauds, salauds. » Il m'a dit : « Regarde » et il a remonté les jambes de son pantalon. J'ai vu les ulcères violets de la mort blanche. Francisco a touché la chair pourrissante avec une lueur d'étonnement dans les yeux. Il a redescendu son pantalon et m'a dit : « Ça suffit, Carlo. C'en est trop. C'est fini. » Il m'a pris dans ses bras et m'a embrassé sur les deux joues. Il s'est mis à sangloter. Je le sentais trembler. Il a pris la souris Mario dans sa poche et me l'a donnée. Il a saisi son fusil et s'est hissé au bord de la tranchée. Je l'ai agrippé par la cheville pour le retenir mais il m'a frappé à la tête avec la crosse de son arme. Il s'est avancé lentement vers la position ennemie en s'arrêtant tous les cinq pas pour tirer. Les Grecs sentaient son héroïsme et ne ripostaient pas. Ils préféraient capturer les hommes courageux plutôt que de les tuer. Un obus de mortier est tombé près de lui et il a disparu sous une pluie d'argile jaune. Un long silence. J'ai vu quelque chose remuer là où s'était tenu Francisco.)

« Il est mort rapidement, n'est-ce pas, signor ? Il n'a pas souffert ?

– Il est mort très vite, d'une balle dans le cœur. Il n'a rien senti. »

(J'ai posé mon fusil et je suis sorti de la tranchée. Les Grecs n'ont pas tiré sur moi. Je me suis approché de Francisco et j'ai vu qu'un côté de sa tête avait été emporté. Les morceaux de crâne étaient gris, recouverts de membrane et de sang épais. Le liquide était un mélange de rouge vif et de pourpre. Francisco vivait encore. J'étais aveuglé par les larmes. Je me suis agenouillé et je l'ai pris dans mes bras. Il était tellement amaigri par l'hiver et les épreuves qu'il ne pesait pas davantage qu'un moineau. Je me suis relevé et me suis tourné face aux Grecs. Je m'offrais à leurs fusils. Il y a eu un silence puis des acclamations sont venues de leurs rangs. L'un d'eux a crié « Bravissimo » d'une voix rauque. J'ai ramassé mon pauvre paquet et suis retourné à ma tranchée

Francisco a mis deux heures à mourir. Son sang baignait les manches et le devant de ma tunique. Sa tête brisée reposait dans mes bras comme celle d'un petit enfant et sa bouche formait des mots qu'il était seul à entendre. Des larmes ont commencé à couler l'une après l'autre sur ses joues. Je les recueillais sur mes doigts et je les buvais. Je me suis penché pour lui chuchoter : « Francisco, je t'aime depuis toujours. » Ses yeux se sont ouverts et ont rencontré les miens. Il m'a regardé fixement. Il a toussoté avec peine et m'a dit : « Je sais. » J'ai ajouté : « Je ne te l'ai jamais dit jusqu'à maintenant. » Il m'a fait son lent sourire laconique et m'a répondu : « La vie est une salope, Carlo. J'étais bien avec toi. » J'ai vu la lumière faiblir dans ses yeux et il a commencé son long, son lent voyage vers sa mort. Il n'y avait pas de morphine. Sa souffrance a dû être indicible. Il ne m'a pas demandé de l'achever : sans doute, tout à la fin, a-t-il aimé la vie qui le quittait.)

« Quelles ont été ses dernières paroles, signor ?

– Elles ont été pour vous, signora, et il est mort avec le nom de la Vierge sur les lèvres. »

(Il a ouvert les yeux et a dit : « N'oublie pas notre promesse de tuer cette ordure de Rivolta. » Plus tard, dans un grand spasme de douleur, il m'a attrapé par le col. Il a dit « Mario ». J'ai pris la petite souris dans sa poche et la lui ai mise entre les mains. Dans l'extase de sa propre mort, il a serré le poing si fort que la petite bête est morte en même temps que lui. Pour être exact, ses yeux sont sortis de sa tête.)

« Signor, où est-il enterré ?

– Il est enterré sur le flanc d'une montagne qui est couvert de tulipes au printemps et qui reçoit les premiers rayons du soleil. Il a été enterré avec tous les honneurs militaires et ses camarades ont tiré des salves sur sa tombe. »

(C'est moi qui l'ai enterré. J'ai creusé dans notre tranchée un trou profond qui s'est aussitôt rempli d'eau. Je l'ai lesté de pierres pour que son corps ne remonte pas à la surface. Je l'ai enterré dans un endroit habité par des rats gigantesques et des chèvres minuscules. Je suis resté près de sa tombe pour tuer à coups de pelle les rats qui venaient à la recherche de son cadavre. J'ai mis Mario dans sa poche de poitrine, sur son cœur. J'ai recueilli ses affaires personnelles. Elles sont dans ce sac que je vais vous laisser. Il contient une pierre porte-bonheur d'Épire, une lettre de sa femme, les insignes du 9e régiment d'alpini, trois médailles pour sa bravoure et une plume d'aigle qui lui est tombée dessus sur la route de Metsovo. Il avait été fou de joie. Il contient aussi une photo de moi dont j'ignorais qu'il la possédait.)

« Signor, du moment qu'il n'est pas mort pour rien…

– Signora, nous contrôlons maintenant la Grèce avec l'aide de nos alliés allemands. »

(Nous avons perdu la guerre et nous n'avons été sauvés que lorsque les Allemands sont entrés par la Bulgarie et ont ouvert un second front que les Grecs n'avaient pas les moyens de défendre. Nous nous sommes battus, nous avons gelé et nous sommes morts pour un empire qui n'a pas de sens. Quand Francisco est mort, j'ai tenu sa tête fracassée et je l'ai embrassé sur les lèvres. Des larmes de rage tombaient sur ses blessures atroces et je me suis juré de vivre pour nous deux.

Je n'ai pas pris part au démembrement de la Grèce, ni au triomphalisme honteux d'une conquête qui n'était une victoire que de nom. Les Grecs héroïques sont tombés devant onze cents panzers allemands qu'ils ont affrontés avec moins de deux cents chars légers dont bon nombre nous avaient été pris, et notre glorieuse avancée italienne n'a consisté qu'à les suivre quand ils se sont retirés dans une vaine tentative pour éviter l'encerclement allemand.

Je n'ai pas pris part à cette mascarade inique parce que, le lendemain du jour où j'ai enterré Francisco, j'ai pris un pistolet que j'avais raflé à un Grec blessé et dans un moment de froide détermination je me suis tiré une balle dans la cuisse.)

20

Le sauvage des glaces

Pélagia revint du puits une cruche sur l'épaule. Elle la déposa dans la cour et rentra en chantant. Les mauvaises nouvelles qui avaient mis l'île en émoi n'avaient servi qu'à lui faire apprécier davantage les beautés fugitives et elle venait de voir son premier papillon de l'année. Elle se sentait forte et en bonne santé et elle était contente d'avoir la maison pour elle seule pendant que son père était parti dans la montagne pour examiner Alékos et son troupeau de chèvres : ni lui ni elles n'étaient jamais malades, mais Alékos pouvait ainsi apprendre les dernières nouvelles, jouir d'un peu de compagnie humaine et entendre des mots qui avaient disparu de son monologue intérieur ; quant au docteur, il allait revenir avec une belle réserve de viande séchée craquant dans sa musette au rythme de sa marche. En outre, il était convaincu que le plaisir du retour compensait largement les inconvénients d'un départ et qu'il était donc toujours bon de s'absenter.

Quand Pélagia entra dans la cuisine, elle cessa brutalement de chanter et resta atterrée. Un étranger était assis à la table, un étranger horrible et féroce, pire que les brigands des contes de son enfance. L'homme était immobile, malgré l'agitation et le tremblement rythmique de ses mains. Sa tête était entièrement cachée sous une cascade de cheveux emmêlés, sans forme ni couleur, qui pointaient par endroits en tire-bouchon, collés ailleurs comme du feutre : c'étaient les cheveux d'un Nazaréen ou d'un ermite rendu fou par la gloire et la solitude de Dieu. Pélagia ne pouvait voir au-dessous qu'une énorme barbe désordonnée, surmontée de deux petits yeux brillants qui ne la regardaient pas. Il y avait aussi un nez, pelé, rouge et croûteux, et une vague peau brune avec des traînées de crasse.

L'étranger avait sur lui les débris indistincts d'une chemise et d'un pantalon et une sorte de houppelande en peaux de bêtes fixées ensemble par des lanières de nerfs. Pélagia vit sous la table que ses pieds portaient en guise de chaussures des bandages collés par le sang séché, avec cependant des taches récentes. Il respirait bruyamment et dégageait une odeur immonde : c'était la puanteur de la chair en décomposition, des blessures suppurantes, de la merde et de l'urine, de la vieille sueur et de la peur. Pélagia regarda les mains qu'il avait jointes pour les empêcher de trembler et elle fut prise de peur et de pitié. Que devait-elle faire ?

« Mon père n'est pas là, dit-elle. Il devrait être de retour demain.

– En tout cas, tu es heureuse. Tu chantes », dit l'homme d'une voix cassée et grasse que Pélagia reconnut comme celle de quelqu'un dont les poumons abîmés s'emplissaient de mucus : ce pouvait être la tuberculose, un début de pneumonie, ou peut-être était-ce la voix d'un homme dont la gorge s'était emplie de polypes ou contractée sous l'emprise du cancer.

« La glace, dit l'étranger comme s'il ne l'avait pas entendue. Je ne me réchaufferai jamais. L'obscénité de la glace. » Sa voix se brisa et Pélagia s'aperçut que ses épaules se soulevaient. « Mon Dieu, la glace », répéta-t-il. Il leva les mains devant son visage et les injuria : « Salopes, salopes, laissez-moi tranquille, pour l'amour du ciel, arrêtez de remuer. » Il noua ses doigts, et tout son corps parut lutter pour retenir une succession de spasmes.

« Vous pouvez revenir demain », dit Pélagia affolée et complètement désemparée par cette apparition délirante.

« Pas de crampons, tu comprends. La neige est balayée par le vent et la glace fait des pointes plus coupantes que des couteaux, et quand tu tombes, tu te coupes. Regarde mes mains. » Il les tendit vers elle paume dressée, dans un geste qui aurait normalement constitué une insulte, et elle vit l'horrible enchevêtrement de cicatrices blanches et durcies qui avaient effacé toutes les lignes naturelles, érodé les renflements et les cals et laissé des crevasses suintantes aux articulations. Il ne restait ni ongles ni traces de cuticules.

« Et la glace crie. Elle pousse des cris perçants. Des voix t'appellent de dedans. Tu regardes et tu y vois des gens. Qui s'accouplent comme des chiens. Ils te font des signes et ils se moquent de toi, tu tires dans la glace mais ils ne se taisent pas et alors la glace crie. Elle crie toute la nuit, toute la nuit.

– Écoutez, vous ne pouvez pas rester », dit Pélagia et elle ajouta comme pour s'excuser : « Je suis toute seule. »

L'homme sauvage l'ignora. « J'ai vu mon père, mon père mort, il était pris dans la glace et ses yeux me fixaient, il avait la bouche ouverte et j'ai planté ma baïonnette. Pour le sortir de là. Quand je l'ai sorti, c'était quelqu'un d'autre. Je ne sais pas qui ; la glace m'a trompé. Je ne me réchaufferai jamais, jamais. » Il serra ses bras contre lui et se mit à trembler violemment. « Pathimata mathimata, pathimata mathimata : en souffrant on apprend, c'est ça ? Ne sors pas dans le froid, ne sors pas dans le froid. »

Pélagia se demandait ce qu'elle devait faire, seule avec un vagabond fou qui divaguait dans sa cuisine, et sa perplexité tournait à l'angoisse extrême. Elle pensa le laisser là et courir chercher Stamatis ou Kokolios, mais elle était paralysée à l'idée de ce qu'il pouvait faire ou dérober en son absence. « Allez-vous-en, s'il vous plaît, supplia-t-elle, mon père revient demain et il pourra… — elle s'interrompit, ne sachant comment nommer tous les actes médicaux qui seraient nécessaires — … s'occuper de vos pieds. »

L'homme lui répondit pour la première fois. « Je ne peux pas marcher. Je viens de l'Épire à pied. Pas de bottes. »

Psipsina entra dans la pièce et renifla, ses moustaches frémirent en rencontrant les odeurs fortes et inconnues. D'un seul mouvement, elle traversa la pièce à sa manière souple et sauta sur la table. Elle s'approcha de l'homme néolithique et fouilla dans ce qui restait d'une poche pour en tirer triomphalement un petit cube de fromage blanc qu'elle mit en miettes avec une satisfaction évidente. Elle revint à la poche et n'y trouva qu'une cigarette cassée qu'elle dédaigna.

L'homme sourit, révélant de belles dents mais des gencives saignantes, et caressa la tête de l'animal. « Ah, Psipsina me reconnaît, elle, au moins », dit-il, et des larmes se mirent à couler sur ses joues et dans sa barbe. « Elle sent toujours aussi bon. »

Pélagia était abasourdie : Psipsina avait peur des étrangers, et comment cette ruine effrayante connaissait-elle son nom ? Qui aurait pu le lui dire ? Elle s'essuya les mains à son tablier faute de savoir que penser et que faire et dit : « Mandras ? »

L'homme tourna son visage vers elle. « Ne me touche pas, Pélagia. J'ai des poux. Et je pue. Et je me suis chié dessus quand une bombe est tombée près de moi. Je ne savais pas quoi faire et je suis d'abord venu ici. J'ai toujours su que je devais d'abord venir ici, c'est tout, je suis fatigué et je pue. Tu as du café ? »

L'esprit de Pélagia se vida, décentré par un tohu-bohu d'émotions. Elle ressentait du désespoir, une excitation insoutenable, de la culpabilité, de la pitié, de la répulsion. Son cœur bondissait dans sa poitrine et elle restait les bras ballants. Le sentiment dominant était sans doute l'impuissance. Ça paraissait inconcevable que ce fantôme désolé cache l'âme et le corps de l'homme qu'elle avait tant aimé, tant désiré, qui lui avait tant manqué et qu'elle avait finalement rejeté. Elle dit la première chose qui lui venait à l'esprit, le reproche qui lui restait sur le cœur depuis son départ, le reproche qui était devenu un monstre à la colère rancunière et avait mangé les entrailles de son amour : « Tu ne m'as jamais écrit. »

Mandras la regarda d'un air las et dit comme si c'était lui qui avait pitié d'elle : « Je ne sais pas écrire. »

Sans comprendre pourquoi, Pélagia fut davantage dégoûtée par cet aveu que par sa crasse. S'était-elle fiancée à un illettré à son insu ? Pour dire quelque chose, elle demanda : « Ne pouvais-tu pas faire écrire par quelqu'un d'autre ? Je t'ai cru mort. J'ai cru que… tu ne m'aimais pas. »

Mandras leva des yeux où elle vit une lassitude infinie et il secoua la tête. Il essaya de tenir sa tasse pour boire, n'y réussit pas et la reposa sur la table. « Je ne pouvais pas dicter à un camarade. Tout le monde aurait été au courant. Je ne pouvais pas laisser les autres se mêler de mes sentiments. » Il secoua de nouveau la tête et essaya vainement de boire une autre gorgée de café qui coula dans sa barbe et sur les peaux. Il la regarda de nouveau et elle reconnut enfin ses yeux. « Pélagia, j'ai toutes tes lettres. Je n'ai pas pu les lire mais je les ai toutes. » Il fouilla dans ses haillons et sortit un énorme paquet crotté, noué de fil de fer. « Je les ai gardées, je savais qu'elles étaient là et ça me tenait chaud. J'ai pensé que tu pourrais me les lire. Lis-les-moi, Pélagia, pour que je sache tout. » Puis il ajouta, plus résigné que conscient du drame : « Même s'il est trop tard. »

Pélagia était horrifiée. Mandras allait forcément s'apercevoir que ses paroles d'affection se réduisaient de plus en plus, qu'au fur et à mesure de ses lettres elle se concentrait davantage sur les événements. Il le verrait plus clairement que s'il les avait lues au long des mois. « À un autre moment », dit-elle.

Mandras eut un grand soupir et caressa les oreilles de Psipsina en parlant comme s'il s'adressait à la martre plutôt qu'à sa fiancée : « Je te portais ici, dit-il en se frappant la poitrine avec son poing. Tous les jours, tout le temps je pensais à toi, je te parlais. J'ai tenu le coup à cause de toi. C'est grâce à toi que je n'ai pas été un lâche. Les bombes, les obus, la glace, les attaques de nuit, les cadavres, les amis que j'ai perdus. Pour moi, tu remplaçais la Vierge, je t'ai même priée. Oui, je t'ai même priée. Je te voyais chanter dans la cour, je te voyais à la fête quand j'ai attaché tes jupes au banc et que je t'ai demandé de m'épouser. J'aurais pu mourir des milliers de fois mais tu étais devant mes yeux comme une croix, comme une croix de Pâques, comme une icône, et je ne t'ai jamais oubliée, je me rappelais chaque seconde. C'était un feu dans mon cœur, un feu, même dans la neige, il me donnait du courage et je me suis battu pour toi plus que pour la Grèce. Oui, plus que pour la Grèce. Et quand les Allemands sont arrivés par-derrière, j'ai traversé les lignes, je ne pensais qu'à Pélagia, je dois rentrer retrouver Pélagia et maintenant… — il tressaillit encore et laissa échapper un énorme sanglot — il n'y a plus que les animaux qui me reconnaissent. »

Pélagia fut embarrassée et désolée de le voir enfouir son visage dans ses mains et se balancer comme un enfant blessé. Elle alla derrière lui et posa les mains sur ses épaules qu'elle massa avec ses doigts. Elle sentit les os là où il y avait autrefois des muscles parfaits, jeunes, qu'elle désirait, et elle constata qu'en effet il avait des poux.

21

Le premier patient de Pélagia

La mère de Mandras était une créature embarrassante aussi laide que l'épouse mythique d'Antiphates dont le poète a écrit qu'elle était « une femme monstrueuse dont l'aspect frappait les hommes d'horreur », et pourtant elle avait épousé un bel homme, elle avait eu un enfant et tout le monde l'aimait. Certains disaient qu'elle avait prospéré grâce à la sorcellerie, mais en réalité c'était une femme aimable et gentille, que le destin avait privée d'un prétexte pour devenir vaniteuse dans sa jeunesse et qui par conséquent ne s'était pas aigrie quand elle avait acquis davantage de ventre et de poils. Kyria Drossoula descendait d'une famille de « yaourtovaptisméni », les « baptisés au yaourt », c'est-à-dire que sa famille avait été chassée du territoire turc sans rien d'autre à emporter que des sacs contenant les os des ancêtres.

Les accords de Lausanne avaient vu près d'un demi-million de musulmans transférés en Turquie en échange de plus d'un million de Grecs, exemple de purification raciale qui, bien que nécessaire à la prévention de futures guerres, avait laissé un profond sentiment d'amertume. Drossoula ne parlait que le turc et elle et sa mère s'étaient fait franchement mépriser par les vieux Grecs pendant qu'elles pleuraient leur existence dans leur patrie perdue. La mère de Drossoula enterra les os de son père et de son mari et, de crainte qu'on ne se moque de son accent du Pont, elle décida de devenir muette, laissant toutes les responsabilités à sa fille de quinze ans ; en l'espace de trois ans, celle-ci avait appris le dialecte céphalonien et épousé un pêcheur malin qui savait reconnaître une épouse fidèle. Comme tant d'insulaires amoureux de la rame, il perdit la vie dans une tempête venue de l'est, laissant un fils pour lui succéder et une veuve redoutable qui rêvait parfois en turc mais ne savait plus le parler.

Durant l'absence de Mandras, Pélagia était descendue presque chaque jour chez kyria Drossoula, enchantée par les histoires de la ville impériale de Byzance et par la vie sur la mer Noire parmi les infidèles; dans la petite maison du quai à l'odeur de poisson, mais immaculée, elles s'étaient réconfortées mutuellement avec des mots qui étaient devenus des lieux communs dans tous les foyers d'Europe malgré leur sincérité. Tandis que la mer changeante léchait les pierres au-dehors, elles avaient pleuré et s'étaient embrassées en répétant que Mandras allait bien, parce que sinon, elles l'auraient su. Elles s'étaient entraînées au cas où elles devraient taper sur la tête d'un Italien avec une pelle, et elles riaient derrière leur main à certaines plaisanteries épouvantablement osées que Drossoula avait apprises en Turquie auprès des garçons musulmans.

C'est vers cette amazone admirable et hirsute que courut Pélagia, laissant son fiancé à la table de la cuisine, perdu dans ses immensités de fatigue et dans ses horribles souvenirs des camarades devenus la proie des charognards. Les deux femmes revinrent hors d'haleine et le trouvèrent dans la même position, en train de caresser machinalement les oreilles de Psipsina.

Prête à prendre son fils dans ses bras, Drossoula se précipita dans la cuisine avec un cri de joie puis elle eut un mouvement de surprise qui en d'autres circonstances aurait été comique. Elle regarda tout autour de la pièce, comme pour voir s'il y avait quelqu'un d'autre que cette apparition débraillée, et lança à Pélagia un regard interrogateur.

« C'est lui, dit Pélagia. Je vous ai prévenue qu'il était dans un état épouvantable. »

« Jésus ! » s'exclama Drossoula et, sans plus de manières, elle saisit son fils par l'épaule, le mit debout et l'emmena malgré les protestations de Pélagia et les blessures visibles de Mandras. « Je regrette, dit-elle, mais je ne laisserai pas mon fils visiter une maison respectable dans cet état. C'est trop déshonorant. »

Dans la cour, kyria Drossoula examina Mandras comme si c'était une bête qu'elle envisageait d'acheter. Elle lui regarda dans les oreilles, souleva d'un air dégoûté les mèches de cheveux en broussaille, lui fit montrer ses dents et déclara : « Tu vois, Pélagia, dans quel état se mettent les hommes quand il n'y a pas de femmes pour s'occuper d'eux. C'est une honte, et il n'y a pas d'excuse, non, aucune. Ce sont des bébés qui ne savent pas se débrouiller sans leur mère, voilà tout, et ça m'est égal qu'il soit allé à la guerre. Va faire bouillir une grande bassine parce que je vais le laver des pieds à la tête, mais tout d'abord je vais me débarrasser de cette affreuse tignasse, alors apporte-moi des ciseaux, koritsi mou, et si j'attrape ses puces et ses poux, je l'écorche vif. Ça me gratte rien que de le regarder. C'est à peine si je peux rester sur la même île que lui, et la puanteur, pouah, c'est pire que les cochons. »

Mandras resta passif tandis que sa mère coupait avec ardeur et désapprobation les cordes et les paquets de ses cheveux et de sa barbe. Chaque fois qu'elle apercevait un pou, elle faisait des grimaces et des petits bruits mécontents et elle emportait les mèches répugnantes à la pointe des ciseaux. Tout brûlait dans le charbon du brasero en se ratatinant, en crachotant et en répandant une fumée épaisse et puante, assez immonde pour chasser les démons et déranger les morts.

En assistant à la débandade des parasites gris qui laissait apparaître les excoriations infectées et l'eczéma, Pélagia faisait autant de grimaces que sa future belle-mère : le cuir chevelu était semé d'égratignures enflammées qui brillaient de pus et, plus inquiétant, les ganglions de son cou apparurent finalement gonflés et suppurants. Elle avait la nausée, alors qu'elle savait qu'elle aurait dû compatir, et elle courut à l'intérieur chercher l'huile de sassafras. En prenant le flacon elle se rendit compte pour la première fois, et avec un petit choc, qu'au cours des années elle avait appris suffisamment de son père pour devenir médecin à son tour. En supposant qu'il existe un médecin qui soit aussi une femme. Elle s'amusa de cette idée puis alla chercher un pinceau comme si ce geste pouvait dissiper la sensation désagréable d'être née là où il ne fallait pas.

Quand elle sortit au soleil de printemps avec le flacon d'huile aromatique et piquante, elle trouva Mandras entièrement rasé et tendit le flacon à Drossoula. « Vous badigeonnez en couche épaisse, ça tue même la teigne, au cas où il l'aurait aussi. Ensuite vous lui couvrez la tête avec un linge que vous attachez avec une ficelle. Malheureusement c'est un irritant, et quand les poux seront partis, il faudra lui frotter la tête à l'huile d'olive ; comme celle de paraffine met environ quinze jours pour agir, j'ai pensé qu'il valait mieux utiliser celle-ci. »

Kyria Drossoula la regarda avec admiration, renifla le liquide, fit « Pouah » et versa de l'huile sur la tête de son fils en disant : « J'espère que tu sais ce que je suis en train de faire. » Mandras ouvrit la bouche pour la première fois : « Ça pue. » « Ah, tu es là, eh ? » remarqua sa mère, et elle continua à le badigeonner.

Quand sa tête fut emmaillotée, les deux femmes reculèrent pour admirer leur œuvre. Le visage de Mandras était aussi émacié que celui d'un saint dans son cercueil, il avait les yeux aussi enfoncés et était aussi pâle qu'un mort récent mais déjà froid. « C'est vraiment lui ? » demanda Drossoula qui en doutait réellement, puis elle demanda pourquoi les égratignures sur la tête s'étaient infectées. « C'est parce que les excréments des poux pénètrent dedans, expliqua Pélagia. Ce ne sont pas les poux eux-mêmes qui en sont la cause.

– Je lui ai toujours dit de ne pas se gratter, mais jusqu'à présent je ne savais pas pourquoi. On nettoie le reste ? »

Les deux femmes échangèrent un regard et Pélagia rougit. « Je ne pense pas... » commença-t-elle et Drossoula lui fit un clin d'œil avec un grand sourire. « Tu ne veux pas voir la marchandise ? La plupart des filles seraient prêtes à tuer pour ça. Je ne le dirai à personne, c'est promis, quant à lui », elle fit un signe de tête en direction de son fils, « il est tellement loin qu'il ne s'en rendra même pas compte. »

Pélagia pensa trois choses à la fois : « Je ne veux pas l'épouser. Je l'ai déjà vu mais je ne peux pas le dire, et c'était à une époque où il était beau, pas comme maintenant. Je ne peux rien dire parce que j'aime beaucoup Drossoula. »

« Non, vraiment, je ne peux pas.

– Alors tu m'aideras autrement et tu m'expliqueras à travers la porte ce que je dois faire pour la suite. L'eau est chaude ? Entre nous, je suis impatiente de voir quel genre d'homme j'ai produit. Tu me trouves monstrueuse ? »

Pélagia sourit. « Tout le monde vous trouve monstrueuse mais on vous aime bien quand même. On dit seulement : "Oh, c'est bien d'elle !" »

Sans ses vêtements, Mandras ne frissonnait pas davantage qu'avant. Sa maigreur était tellement pitoyable que Pélagia n'éprouva aucune honte à rester près de lui, même quand il fut nu, et elle n'eut pas à donner ses instructions derrière une porte. Les muscles avaient disparu et la peau pendait des os en plis flasques. L'estomac était ballonné, soit par la faim soit par les parasites, et ses côtes ressortaient autant que ses vertèbres. Les épaules et le dos s'étaient voûtés et affaissés, les cuisses et les mollets avaient tellement rétréci que les genoux paraissaient énormes. Le pire, c'est ce qu'elles virent après avoir décollé les pansements encroûtés de ses pieds : Pélagia se souvint de l'histoire de Philoctète, jadis argonaute et prétendant d'Hélène, abandonné par Ulysse sur l'île de Lemnos à cause de la putréfaction intolérable de son pied, avec pour seule compagnie son grand arc et les flèches d'Héraklès. Pélagia devait se rappeler par la suite qu'à la fin de l'histoire il était guéri par Esculape et contribuait à la défaite des Troyens, et se dire qu'elle avait été le médecin tandis que les Italiens avaient fort bien tenu le rôle de leurs aïeux.

Cependant, en voyant ces pieds elle ne se sentit guère médecin : ce n'étaient plus des pieds. C'était une bouillie gangreneuse et multicolore. Une coquille de pus et de croûte était restée à l'intérieur des pansements qu'elles avaient retirés et des vers jaunes grouillaient dans la chair morte. « Yérassimos ! » s'écria Drossoula en agrippant les épaules desséchées de son fils pour ne pas s'évanouir. La puanteur dépassait l'imagination, et Pélagia se sentit enfin envahie par la pitié sacrée dont l'absence l'avait tant effrayée.

« Lavez-le entièrement, dit-elle, je m'occupe de ses pieds. » Elle regarda Mandras, les larmes lui montèrent aux yeux : « Agapiton, je vais devoir te faire mal. Pardonne-moi. »

Il la regarda lui aussi et parla pour la deuxième fois : « C'est la guerre. Nous les avons écrasés, nous les avons mis en fuite. Nous avons battu les macaronis. Tu peux me faire mal si tu veux, mais nous n'avons pas pu lutter contre les Allemands. Rien qu'à cause des tanks. »

Pélagia se força à regarder les pieds jusqu'à ce qu'ils deviennent un problème à résoudre et non plus une atroce souffrance à exécrer. Elle retira doucement les vers qu'elle jeta par-dessus le mur puis se concentra pour décider si la putréfaction avait atteint les os. Si oui, il fallait amputer et elle savait qu'il faudrait laisser ce travail à d'autres ; son père ne voudrait probablement pas s'en charger. Qu'est-ce qu'un médecin pouvait faire de pire à un être humain ? Elle tressaillit, s'essuya les mains à son tablier, ferma les yeux et souleva le pied droit. Elle le tourna dans un sens et dans l'autre, le palpa et conclut, à sa grande surprise, qu'il n'y avait pas de granulation et qu'aucun os ne s'était détaché. « Il n'y a pas de séquestre », dit-elle en pensant « mais je n'ai jamais fait ça que sur un chien », et Drossoula répondit : « Mais il y a beaucoup de saleté. » Pélagia trouva le pied sec et soupira comme si on lui avait ôté un fardeau : le pire était la gangrène humide. Elle vit qu'il n'y avait pas de ligne de démarcation rouge entre les régions saines et infectées et conclut que ce n'était pas du tout la gangrène. Elle examina l'autre pied et arriva aux mêmes conclusions. Elle alla chercher un bol d'eau propre, y mit beaucoup de sel et lava l'horrible plaie avec toute la douceur possible. Mandras sursauta mais ne dit pas un mot. Pélagia découvrit que les parties les plus affreuses s'en allaient toutes seules avec l'eau et qu'en dessous la chair était vivante.

En écrasant cinq grosses têtes d'ail dans le mortier à la cuisine, elle éprouva une sensation d'ivresse et de triomphe. La forte odeur domestique la réconforta et elle sourit en entendant la voix de Drossoula qui lui parvenait de la cour. Elle grondait son fils comme s'il n'avait pas passé des mois dans la neige, comme si ce n'était pas un héros qui avait souffert bien au-delà de ce qu'exigeait son devoir, ainsi que tous ses camarades, et avait battu une force supérieure, vaincue par les mêmes épreuves. Avec un couteau elle étala l'ail sur deux longues bandes qu'elle emporta dehors. Elle dit à Mandras : « Agapiton, ça va piquer encore plus que le sel. » Il grimaça de douleur quand elle enroula l'emplâtre autour de ses pieds et il retint sa respiration mais ne se plaignit pas. Pélagia admira son courage et remarqua : « Ça ne m'étonne pas que nous ayons gagné.

– Mais nous n'avons pas gagné, hein ? répliqua Drossoula. Les macaronis n'ont pas réussi, alors Attila l'a fait à leur place.

– Hitler. Mais ça n'a pas d'importance parce que l'Empire britannique est de notre côté.

– Les Anglais sont rentrés chez eux. Nous sommes entre les mains de Dieu à présent.

– Je ne le crois pas, dit Pélagia d'un ton résolu. Pense à lord Napier, à lord Byron. Ils reviendront. »

« Qu'est-ce que c'est que ça ? » demanda Drossoula en indiquant toutes les balafres, les piqûres enflammées et les marques rouges sur le corps de son fils. Pélagia scruta le pauvre corps fraîchement lavé et diagnostiqua tous les parasites qu'elle avait pu rencontrer en compagnie de son père : « Sur l'épaule, c'est un favus. Vous voyez, ça sent la souris. Pour ça, il faut du soufre et de l'acide salicylique. C'est une sorte de teigne en forme de gâteau de miel. Heureusement, elle n'est pas dans ses cheveux sinon il les aurait perdus. Ces piqûres rouges sont des poux de corps. Il faut brûler tous ses vêtements et le raser des pieds à la tête — vous pouvez le faire — pour chasser les lentes de ses poils. Ou bien nous pouvons le laver avec du vinaigre. Et le recouvrir d'une émulsion d'huile d'eucalyptus et de paraffine. L'éruption sur ses jambes et ses bras, ce sont les bêtes rouges et nous pouvons nous en débarrasser avec de l'ammoniaque et une pommade au zinc. De toute façon, elles s'en iront d'elles-mêmes. Cette tache, c'est un pityriasis, vous voyez, c'est couleur café. Ce que nous utilisons pour le reste guérira aussi ça. Si vous le rasez… enfin… vous savez… en bas, ça le débarrassera des morpions possibles. Si vous voulez bien, je ne regarderai pas. Et il a un terrible eczéma sur les bras et les mollets. Il faudra badigeonner les crevasses avec de l'iode, si je peux en trouver, et elles cicatriseront ; ensuite il suffira de le lotionner avec de la calamine, si nous en trouvons, et continuer jusqu'à ce qu'il soit guéri. Nous pourrions sans doute utiliser l'huile d'olive, mais pas dans l'aine. Jamais de matière grasse dans l'aine. Et ces marques de piqûres marron, ce sont des morsures de puces. » Pélagia se tut et vit que Drossoula lui souriait, stupéfaite. « Koritsi mou, dit l'énorme femme, tu es étonnante. Tu es la première femme que je connais qui sache quelque chose. Embrasse-moi. » Pélagia rougit de plaisir et, pour détourner d'elle l'attention, elle prit Drossoula dans ses bras en lui disant : « Je sais que vous vous demandez ce que sont les horribles boules rouges sur son ventre et son... équipement. Il en a aussi entre les doigts, mais ne vous inquiétez pas, ce n'est que la gale. Les autres traitements la guériront, surtout le zinc et le soufre. Du moins, c'est ce que je pense, mais il vaut mieux demander à mon père », conclut-elle modestement.

Drossoula lui montra son fils tellement diminué : « Ce n'est pas une très bonne affaire, pas vrai ? »

Pélagia se maudit intérieurement et répondit : « On tombe amoureux de la personne, pas de son corps. »

Drossoula rit : « Fadaises. L'amour entre par les yeux et s'en va aussi par les yeux, et au cas où tu te demanderais pourquoi mon mari est tombé amoureux de moi, laide comme je suis, c'est parce qu'il avait des goûts bizarres, grâce à Dieu et au saint. Autrement, je serais encore fille.

– Je n'en crois pas un mot », dit Pélagia qui, comme tout un chacun, s'était toujours demandé comment Drossoula avait réussi à trouver un mari.

Le lendemain matin, le Dr Yannis revint épuisé de la montagne (en passant par le kaphénio) et trouva non seulement un homme cadavéreux endormi dans le lit de sa fille, mais cette dernière dans son propre lit, avec une femme d'une laideur repoussante. La maison empestait l'ail, le savon, l'ammoniaque, l'iode, le soufre, la chair malade, le vinaigre, les poils brûlés, bref, elle sentait l'intense activité médicale. Il secoua sa fille pour la réveiller et lui demanda : « Ma fille, qui est ce vieillard dans ton lit ?

– C'est Mandras, papakis, et voici sa mère, kyria Drossoula. Tu l'as déjà vue.

– Pas dans mon lit. Et ce n'est pas Mandras. C'est un horrible vieillard qui a la gale et les pieds bandés. J'ai regardé. »

Plus tard ce matin-là, le Dr Yannis écouta Pélagia lui raconter tout ce qu'elle avait fait, reniflant et tirant sur sa pipe chaque fois qu'elle suggérait un diagnostic ou un pronostic. Quand elle eut fini elle rougit, interprétant l'attitude de son père comme un grave reproche pour son outrecuidance. Puis il alla examiner soigneusement le patient avec une attention particulière pour ses pieds.

Il n'ouvrit pas la bouche jusqu'au moment où il prit son chapeau cabossé. Pélagia tripotait nerveusement son torchon et attendait qu'il éclate. « Si je savais faire la cuisine, dit-il à son grand étonnement, j'échangerais mon travail contre le tien. En fait, je pourrais prendre ma retraite. Bravo, koritsi mou. Je n'ai jamais été aussi fier de toi. » Il l'embrassa sur le front et fit une sortie théâtrale en guettant dans le ciel l'invasion attendue. Il devait assister à une réunion du Comité de défense au kaphénio.

Drossoula sourit à Pélagia qui se sentait tellement soulagée et heureuse que ses mains tremblaient. « J'ai toujours voulu une fille, dit-elle. Tu sais comment sont les hommes, ils ne veulent que des fils. Tu as de la chance d'avoir un père pareil. Le mien était un chien qui se soûlait au raki en permanence. Je prie le saint que Mandras guérisse pour que tu puisses alors être ma fille.

– Dès que possible, répondit Pélagia en lui prenant le bras, nous devrions l'emmener au soleil et au bord de la mer. Dans les cas comme celui-ci, c'est le moral qui change tout. »

Drossoula remarqua que Pélagia avait prudemment éludé ses commentaires mais elle le lui pardonna. Il lui suffisait de voir la jeune femme resplendir de la beauté particulière qu'apporte la révélation soudaine d'une vocation.

22

Mandras derrière le voile

Ils parlent de moi comme si je n'étais pas là, Pélagia, le docteur et ma mère. Ils parlent de moi comme si j'étais sénile ou inconscient, comme si j'étais un corps sans esprit. Je suis trop fatigué et trop triste pour résister à mon indignité. Pélagia m'a vu nu et ma mère me lave les parties intimes comme si j'étais un bébé ; on me couvre de pommades et de lotions qui piquent, qui calment et qui puent ; je suis un meuble que l'on huile et que l'on cire, dont on bouche les trous de vers, dont on bourre et raccommode les coussins. Ma mère examine mes selles et en parle à ma fiancée, toutes deux me nourrissent à la cuillère parce qu'elles n'ont pas la patience de me voir me battre contre le tremblement de mes mains et je me demande en quoi on peut considérer que j'existe.

Je n'existe sans doute pas. Tout est devenu un rêve. Il y a un voile entre moi et les autres, ce sont des ombres, je suis mort et le voile est peut-être un linceul qui atténue la lumière et trouble la vue. Je suis allé à la guerre et ça a créé un abîme entre moi et ceux qui n'y sont pas allés : qu'en connaissent-ils ? Depuis que j'ai vu la mort, que je l'ai rencontrée sur chaque sentier de montagne, que j'ai parlé avec la mort dans mon sommeil, lutté avec la mort dans la neige, joué aux dés avec la mort, je suis arrivé à la conclusion que la mort n'est pas un ennemi mais un frère. La mort est un bel homme nu qui ressemble à Apollon et il n'est pas content de ceux qui se flétrissent avec l'âge. La mort est un perfectionniste, il aime les hommes jeunes et beaux, il veut caresser nos cheveux et les tendons qui relient nos muscles à nos os. Il fait tout son possible pour nous trouver, nos visages réjouissent son cœur et il apparaît sur notre chemin pour nous défier car il aime les combats loyaux, après le combat il aime nous traiter en amis, nous taper sur l'épaule et nous faire rire de toute la petitesse et toute la folie des vivants. À la fin d'une bataille il se promène parmi les morts, les relève, couronne de lauriers les plus beaux et les rassemble tous, comme ses enfants. Il les emmène boire un vin qui a le goût du miel et leur donne un sens de la mesure qu'ils n'ont jamais eu dans la vie.

Mais il ne m'a pas emmené et je ne sais pas pourquoi. J'étais pourtant assez courageux. Je n'ai jamais fui le danger, même quand mon corps était déjà détruit. Je crois que j'ai survécu parce que nos chefs étaient trop intelligents, parce que la mort aimait les Italiens. La mort leur a dit d'avancer de front contre nos positions les plus fortes et nous les avons fauchés comme du blé. Mais nos généraux nous ont fait déborder l'ennemi, le déjouer, nous embusquer, disparaître et réapparaître. Ils ont rendu la tâche difficile à la mort, alors, au lieu de me frapper avec des balles, elle a fait pourrir mon corps en quelques mois autant que celui des autres en soixante ans. Par le froid, la boue, les parasites, la faim, le chagrin, la peur, des tempêtes de cristaux plus coupants que le verre, une pluie si dense que les poissons auraient pu y nager, tout ce qu'il est inutile d'expliquer parce qu'un civil ne peut même pas l'imaginer.

Ce qui m'a soutenu c'est Pélagia, et un certain sens de la beauté. Pour moi, Pélagia c'était chez moi. Voyez-vous, je ne me battais pas pour la Grèce, je me battais pour chez moi. Je voulais me débarrasser de la guerre pour pouvoir rentrer. Malheureusement, mon rêve de Pélagia était mieux que la vraie Pélagia. Je vois et je comprends à sa voix qu'elle est dégoûtée de son héros revenu et je savais avant de partir que je n'étais pas assez bien pour elle. Si elle m'aime, c'est de la condescendance, elle se sacrifie et je ne le supporte pas parce que ça me fait la haïr et me mépriser. Quand je serai guéri, je repartirai pour pouvoir retrouver le rêve de Pélagia et l'aimer sans amertume, comme dans les montagnes quand je me battais pour elle et pour chez moi. Quand je reviendrai, je serai comme neuf, parce que cette fois je vais faire en sorte d'accomplir de si grandes prouesses que même une reine me supplierait de l'épouser. Je ne sais pas ce que je ferai, mais ce sera la gloire et l'admiration du monde, elles me revêtiront, plus somptueuses et plus magnifiques que les joyaux du saint.

Une autre raison de repartir, c'est que je n'aurais jamais dû revenir chez moi. Je l'ai fait parce que c'était possible, et parce que rentrer chez soi c'est comme de l'eau glacée après une journée en mer en plein mois d'août par calme plat. J'avais besoin de me laver dans le bruissement des oliviers, le tintement des clochettes des chèvres, le crissement des criquets, le goût du robola et l'odeur du sel. J'avais besoin de cette force, de mes pieds nus sur la terre dont je suis sorti, c'est tout.

Le fait est que mon unité a été balayée par les Allemands près de l'Olympe. J'étais le seul survivant parmi les corps de mes camarades et j'ai eu une vision de Pélagia. Il paraît que la malnutrition et la grande tension provoquent ce genre de choses, mais pour moi, c'était comme si elle était devant moi et me souriait. Si elle ne l'avait pas fait, j'aurais rejoint une autre unité et j'aurais combattu les Allemands jusqu'aux Thermopyles, mais j'ai soudain compris que je devais rentrer chez moi, même si je ne connaissais pas la route. J'ai cherché parmi les cadavres et j'ai trouvé la meilleure paire de bottes. La semelle s'en allait mais elles étaient quand même en meilleur état que les miennes. Je les ai enfilées et je me suis mis en route en direction du sud-ouest.

J'observais où le soleil se couchait chaque soir et où il se levait le matin. Je divisais le demi-cercle, je choisissais un point de repère et je marchais. A midi je vérifiais que je marchais à gauche du soleil. Comme les routes étaient obstruées par le chaos de la retraite — ânes mourants, véhicules abandonnés, musettes, armes et victimes des stukas — j'ai marché à travers la solitude infinie dont je sais maintenant qu'elle constitue la plus grande partie de la Grèce. Au début, c'était un désert d'épineux et d'arbustes rabougris qui bourgeonnaient, mais peu après Élasson le terrain s'est élevé pour devenir un paysage inhumain de pins, de gorges, de cataractes, de ravins, une terre de faucons et de chauves-souris. Il y avait des marécages pleins d'eau tourbeuse et de fleurs barbares, des pentes glissantes de schiste et d'éboulis et des sentiers de chèvres qui s'arrêtaient soudain et inexplicablement au bord d'un gouffre. Mes nouvelles bottes m'ont abandonné et c'est alors que j'ai enveloppé mes pieds dans des bandages. La nuit, quand je gelais dans des grottes, Pélagia était couchée près de moi et le matin elle marchait devant moi vers le sud. Je voyais ses jupes se balancer sur ses hanches, je la voyais se baisser pour ramasser des fleurs, elle me souriait et m'attendait quand je tombais.

Dans ce pays, il y a des ours et des chiens sauvages qui pourraient être des loups, il y a des lynx et des daims. II m'est arrivé d'arracher avec les dents la chair de proies abandonnées ; une fois, un aigle a laissé tomber un pigeon à mes pieds ; quand j'ai plongé pour saisir sa victime, il a fondu pour la rattraper et ses ergots m'ont écorché les mains. Il y a aussi des gens qui vivent dans ces lieux désolés, des gens qui ressemblent à des animaux. Certains sont blonds et il est impossible de les comprendre tant leur langage est bizarre. Ils vivent dans de petites maisons de pierre ou de bois, ils sont en haillons et se nourrissent d'abominables ragoûts de viande et de racines cuits dans de vieux récipients dont ils bouchent les fissures avec de la boue. Ils m'ont jeté des pierres, mais quand je me suis agenouillé en montrant ma bouche avec mon doigt, ils m'ont fait entrer et m'ont donné à manger aussi gentiment que si j'étais un enfant. C'est l'un d'eux qui m'a donné mon manteau en peaux.

Tout en poursuivant ma route, j'ai commencé à soupçonner que mon corps se désintégrait et que je perdais la raison. Je ne savais plus exactement ce qui se passait. Je voyais toujours Pélagia mais aussi des monstres étranges qui me menaçaient de leur gueule armée de plusieurs rangées de dents. Je suis passé près d'une chute d'eau, une chute tellement haute qu'elle dégringolait avec le grondement de la mer pendant une tempête. Elle se déversait dans un bassin dont les eaux tourbillonnaient et avalaient tout ce qui passait à proximité, je ne voyais pas d'autre moyen de continuer vers le sud-ouest que de le traverser à la nage. J'avais à ma gauche une falaise en surplomb que rien ne pouvait escalader, pas même une chèvre, et il me semblait qu'il y avait dessus une créature à trois têtes qui voulait me dévorer. Je suis resté là, ne pensant qu'à la bataille que se livraient mon désespoir de rentrer chez moi et la peur du bassin et du monstre. J'ai vu Pélagia qui me précédait, elle avait l'air de marcher sur l'eau comme Notre Seigneur et j'ai compris qu'il y avait un banc de cailloux à fleur d'eau au pied de la falaise, de sorte que je suis passé aussi facilement que si j'avais rejoint une barque dans les hauts fonds de la baie d'Assos.

En voyant que je devenais fou, j'ai compris que je devais m'arrêter, ne serait-ce qu'une journée, et je suis arrivé à un abri en pierres parmi les arbres, sur une élévation au pied d'une montagne ; le sol était jonché d'aiguilles de pin, douces et épaisses comme une couverture. Il n'y avait personne à l'intérieur et j'ignorais s'il était habité, je suis entré, je me suis couché contre le mur et je me suis endormi, mais j'ai rêvé que j'étais sous un bombardement.

J'ai été réveillé par quelqu'un qui me poussait du pied. Quand je me suis aperçu que c'était une vieille sorcière, je me suis demandé si mon rêve n'avait pas simplement changé, mais non. Elle était petite et ratatinée et n'avait que quelques mèches de cheveux nouées en arrière. Elle était toute voûtée, sa robe était en loques, elle avait les joues creuses et le menton pointu parce qu'il ne lui restait plus une seule dent.

Un jour, quand j'aurai la force de parler, je raconterai cette histoire au kaphénio pour faire rire les amis, parce que la vérité c'est que ce vieil épouvantail s'est entiché de moi. J'ai oublié de vous dire qu'elle n'avait qu'un œil. L'autre était fermé et desséché.

Elle ne connaissait qu'un mot : « Circé », ce devait être son nom puisqu'elle ne cessait de pointer son doigt sur elle-même en le disant, alors j'ai été obligé de dire « Mandras » en pointant le doigt sur moi. Sa voix était un croassement de corbeau. Son œil unique s'allumait dès qu'elle me voyait et elle me nourrissait de viande, fournie par les porcs qu'elle gardait près d'un bouquet de chênes pour qu'ils puissent manger les glands. Elle me répugnait et me faisait horreur mais c'était une âme simple à qui Dieu avait donné un bon cœur.

La troisième nuit que j'ai passée là j'ai dormi plus paisiblement que depuis bien des mois, et comme mon corps guérissait grâce à la viande de porc, je n'ai pas rêvé de bombes et de cadavres, mais de Pélagia. Dans mon rêve, elle fronçait les sourcils et s'impatientait de mon retard, et pour la première fois dans mes visions je courais vers elle et l'embrassais. Elle fondait dans mes bras et répondait à ma passion, si bien que très vite nous roulions sur le sol de la forêt. Elle me pressait contre elle et me passait les mains sur tout le corps, je m'enflammais, ses lèvres brûlaient comme le feu. Elle me mordait la bouche et se tordait, je lui arrachais ses vêtements, mes mains rencontraient ses seins et ses cuisses, le vent de Dionysos me faisait trembler et je la pénétrais. Presque aussitôt je sentais la houle monter dans mes reins et c'est quand j'atteignais le spasme suprême que je me suis réveillé.

Sous moi, la vieille mégère frémissait, gémissait et croassait, son unique œil fou à demi fermé par l'extase. Je suis resté sur elle une seconde, perplexe et désemparé, puis je me suis levé d'un bond avec un cri d'horreur et de rage, parce que je comprenais qu'elle s'était glissée sous les peaux pour me séduire sous la forme de Pélagia. Je lui ai crié : « Sorcière, sorcière ! » en lui donnant des coups de pied et elle s'est assise pour essayer de se protéger, ses tétines lui tombaient jusqu'à la taille et son corps suintait de plaies comme le mien. Elle agitait les bras et piaulait comme un oiseau dans la gueule d'un chat ; c'est alors que j'ai reconnu la folie dans nous deux et dans l'ordre même du monde. J'ai ri à gorge déployée. J'avais perdu ma virginité pour une vieille peau antique, sans amour et solitaire, et tout ça n'était qu'une petite partie de la façon dont Dieu avait détourné sa face en nous condamnant tous à la malignité et aux caprices des ténèbres. Le monde était toujours le même, mais sous la surface il s'était mis à bouillonner. Je me suis recouché auprès d'elle et nous avons dormi ainsi jusqu'au matin. J'avais compris que les humains ne sont pas coupables.

Elle a essayé de m'empêcher de partir, elle s'est agenouillée à mes pieds et s'est agrippée à mes jambes en pleurant et en hurlant. C'était pitoyable, mais je me rappelle avoir pensé que puisque plus rien ne comptait dorénavant, peu importait qu'elle partage la souffrance qui s'était déchaînée sur le monde et l'avait ravagé.

J'ai atteint Trikkala et j'ai réussi à me faire emmener sur un camion qui revenait du front chargé de blessés. Le chauffeur a regardé mes pieds ensanglantés et mon uniforme en lambeaux et il a admis que moi aussi j'étais blessé ; j'ai donc pris la place d'un autre, mort en chemin. A Lipson je suis monté dans un autre camion qui est passé par Aghios Nikolaos pour aller à Arta et Preveza ; de là, ça a été facile d'aller à Lefkas avec un collègue, un pêcheur qui portait le courrier dans l'île. J'ai pris un autre bateau de pêcheur pour Ithaque et encore un autre pour arriver chez moi. J'ai fait toute la route de Sami à la maison de Pélagia à pied.

Tout ce que j'ai trouvé en arrivant a été une horreur égale à celle que j'avais ressentie devant la vieille femme dans les bois, et seul un petit animal borné m'a reconnu, Psipsina. Après tant de rêves et de combats, tant d'errance avec la lumière de Pélagia pour seul guide, la déception a éteint la flamme qui était en moi et la fatigue s'est emparée de moi comme le brouillard enferme un bateau dans le détroit de Zante en octobre. J'ai fermé les yeux et je suis tombé parmi les ombres, comme les esprits des morts.

J'ai dit que c'étaient Pélagia et le sens de la beauté qui m'avaient ramené chez moi, mais je n'ai pas parlé du sens de la beauté. Une fois, près du col de Metsovo, en décembre, par moins vingt parce qu'il n'y avait pas de nuages, les Italiens ont lâché une fusée éclairante. Elle a explosé dans une cascade de lumière bleue qui se détachait sur la pleine lune et les étincelles se sont déposées lentement sur la terre comme des âmes d'anges qui ne voulaient pas descendre. Pendant que le petit soleil de magnésium planait et resplendissait, les pins noirs sont sortis de leurs ombres timides comme si jusque-là ils étaient restés voilés à la façon des vierges et venaient de décider de se montrer tels qu'ils sont au paradis. La neige palpitait avec l'incandescence de la chasteté absolue de la glace, un mortier a craché désespérément et une chouette a ululé. Pour la première fois de ma vie j'ai frissonné d'autre chose que de froid : le monde s'était dépouillé de son enveloppe et se révélait énergie et lumière.

Je souhaite guérir pour pouvoir retourner au front et connaître de nouveau, peut-être pour la dernière fois, le moment immaculé où j'ai vu le visage de Gabriel dans un instrument de guerre.

23

30 avril 1941

On raconte qu'au palais royal, qui était tellement vaste et vide que la famille s'y déplaçait à bicyclette, et tellement mal entretenu que les robinets crachaient des cafards, une dame blanche apparaît quand un désastre approche. Ses pas ne font aucun bruit, son visage flamboie de méchanceté et une fois, quand deux aides de camp ont tenté de l'arrêter pour avoir attaqué la grand-mère du prince Christophe, elle s'est volatilisée. Si elle avait rôdé dans le palais ce jour-là, elle l'aurait trouvé occupé non par le roi Georges mais par des soldats allemands. Si elle était sortie dans la ville, elle aurait vu le svastika flotter sur l'Acropole, et pour trouver le roi elle aurait dû se rendre en Crète.

Les Céphaloniens n'avaient pas besoin de fantômes aussi malveillants pour les prévenir. Les Italiens avaient pris Corfou deux jours plus tôt dans des circonstances grotesques qui allaient se répéter ce jour-là à l'identique, et il n'y avait personne sur l'île qui ne s'attendît au pire.

C'était l'attente qui était intolérable. Une grande nostalgie s'élevait comme une brume palpable : c'était comme faire l'amour pour la dernière fois avec quelqu'un que l'on adore et qui s'en va pour toujours. On savourait chaque dernier instant de liberté et de sécurité, on le goûtait et on le gardait en mémoire. Kokolios et Stamatis, le communiste et le monarchiste, étaient assis à la même table et nettoyaient les pièces d'un fusil de chasse qui avait pris la poussière pendant cinquante ans, accroché au mur. Ils n'avaient pas de munitions mais il leur semblait important d'accomplir un geste de résistance, comme à tout le monde sur l'île. Leurs doigts qui s'occupaient cherchaient à calmer l'anxiété et les spéculations qui agitaient leur esprit et ils parlaient à voix basse avec une affection mutuelle qui démentait leurs années de conflits idéologiques véhéments. Ni l'un ni l'autre ne savait plus combien de temps ils vivraient encore et ils étaient enfin devenus précieux l'un pour l'autre.

Les familles s'embrassaient plus souvent qu'elles n'en avaient l'habitude : les pères qui s'attendaient à être battus à mort caressaient les cheveux de jolies jeunes filles destinées à être violées. Les fils s'asseyaient sur le seuil avec leur mère et parlaient gentiment de leurs souvenirs. Les paysans prenaient leurs tonneaux de vin, celui qui a du soleil dedans, et les enterraient pour qu'aucun Italien n'ait le plaisir d'en boire. Les grand-mères aiguisaient leurs couteaux de cuisine et les grands-pères se rappelaient leurs anciens hauts faits, se persuadant que l'âge ne les avait pas diminués : dans le secret de leurs remises, ils s'exerçaient au « présentez armes » avec des pelles et des bâtons. Beaucoup de gens allaient voir leurs endroits préférés comme si c'était pour la dernière fois et trouvaient que les pierres et la terre, la mer transparente et les vieux rochers avaient le même air de tristesse qu'une pièce où un bel enfant gît aux portes de la mort.

Le père Arsénios s'agenouilla dans son église, essayant de trouver des mots pour prier, troublé par la sensation neuve d'avoir été abandonné par Dieu. Il s'était si bien habitué à l'idée que c'était lui qui était condamné pour toujours à abandonner Dieu qu'il n'arrivait pas à trouver une formule qui ne fût pas pleine de reproches ou même d'insultes. Il eut recours à son habituel « Seigneur Jésus, fils de Dieu, aie pitié de moi pauvre pécheur » et constata que même après tant d'années sa répétition n'atteignait pas son cœur. Lorsqu'il était jeune, il avait cru que cette prière révélerait un jour la vision de la lumière divine et transcendante mais il savait à présent qu'elle était devenue une formule, une barrière entre lui et le Dieu qui restait muet et évasif. « Seigneur Jésus, fils de Dieu, demanda-t-il enfin, qu'est-ce que tu fabriques ?

À quoi rimait le Golgotha si le diable n'a pas été vaincu ? Pourquoi restes-tu sans rien faire ? Je sais que tu te manifestes dans le mystère de l'eucharistie, mais si tu es invisible, comment savoir que tu es là ? » Ses grosses bajoues tressautaient d'émotion : il se sentait comme un garçon qui a atteint l'âge adulte et découvre que son père ne lui a pas laissé d'héritage. « Seigneur Jésus, fils de Dieu, pria-t-il, si tu ne veux rien faire, moi, je vais agir. »

À son bureau, le Dr Yannis relut une fois de plus la fameuse lettre ouverte à Hitler que Vlakhos avait publiée dans *Kathimérini.* Ému par sa défense grandiloquente et noble du droit à l'indépendance nationale, il la découpa, se leva et alla la fixer au mur avec une punaise, sans se douter que tous les hommes de Grèce qui savaient lire avaient fait la même chose. Elle allait rester là jusqu'en 1953, desséchée et jaunie, cornée aux coins, tandis que ce qu'elle exprimait devenait plus vif et plus profond au fil des années.

Le docteur fit descendre Psipsina de sa table, s'assit et écrivit : « Nous avons coutume de comparer les nombreuses nations qui ont disputé cette île aux Turcs. Ainsi, les Romains et les Normands ont été pires que les Turcs, les catholiques ont été pires encore, les Turcs eux-mêmes n'étaient probablement pas aussi mauvais que nous nous plaisons à l'imaginer et donc, paradoxalement, pas aussi mauvais que ça. Les Russes ont été infiniment mieux et les Français, mieux sous certains aspects. Ils aimaient construire des routes mais on ne pouvait pas leur faire confiance — les Turcs, eux, ne nous ont jamais rien promis et ils étaient donc, par définition, incapables de perfidie — quant aux Anglais, ils ont été pires que les Turcs pendant un certain temps tout en restant les mieux. Le ressentiment des Grecs en général contre les Anglais est né lorsque ceux-ci ont eu l'impudence de vendre Parga à Ali Pacha, mais dans notre île, il a été causé, à l'origine, par le gouverneur, sir Thomas Maitland, qui était un tyran absolu. Cependant, Charles de Bosset, un Suisse qui servait dans l'armée britannique, a construit notre précieux pont sur la baie d'Argostoli. Lord Napier a édifié le magnifique palais de justice de Lixouri, avec au-dessous son marché à arcades (le Markato), et il était si aimé que lorsqu'il est parti la population a ouvert une souscription pour lui élever une statue commémorative. Lord Nugent s'est fait tellement apprécier que notre Parlement lui a fait voter des remerciements. Frederic Adam, Stewart McKenzie et John Seaton se sont montrés plus philhellènes que nous-mêmes mais le général Howard Douglas était scandaleusement despotique. Ainsi de suite. Qu'est-ce que cela nous apprend ?

« Cela nous apprend que s'associer aux Anglais c'est se voir offrir le choix entre deux sacs noués par une ficelle. L'un contient une vipère et l'autre, de l'or. Si vous avez de la chance, vous choisirez le sac d'or, mais vous découvrirez que les Anglais se réservent le droit de l'échanger contre l'autre sans préavis. En revanche, si vous avez la malchance de choisir le sac avec la vipère, les Anglais attendront que vous soyez mordu et ils vous diront : "Nous n'avions aucune mauvaise intention : prenez l'autre sac."

« Nous ne savons que penser des Anglais. Avec les Turcs, nous savions que nos fils seraient emmenés comme janissaires et nos filles mises dans des harems. Nous savions que nous serions exemptés du service militaire, que nous n'aurions pas le droit de monter à cheval et que nos sultans étaient des débauchés et des fous. Avec les Anglais, vous ne pouvez être sûr que d'une chose, c'est qu'ils vous traiteront bassement pour ensuite vous dédommager au centuple. Nous les aimions tant, à un certain moment, que nous avons demandé que le prince Alfred devienne notre roi — et nous avons conservé le culte de Byron —, mais à d'autres époques, ils nous ont cassé les dents. C'est le cœur lourd que je consigne ici le fait qu'ils nous ont abandonnés à notre destin parce qu'ils ont jugé que la guerre ne se déciderait pas en Grèce.

« J'attends dans l'accablement, sachant que Corfou est tombée et que ces lignes sont peut-être les dernières que j'écrirai jamais. Je confie mon souvenir et celui de ma fille bien-aimée Pélagia à la postérité et je supplie quiconque trouvera ces papiers et mon histoire inachevée de les garder intacts. Je prie pour que les Anglais ne nous aient pas abandonnés irrémédiablement et pour qu'ils soient victorieux, même si je meurs. Je crois avoir eu une vie belle et utile et, n'était la peur que ma fille ne survive pas et que je ne connaisse pas mes petits-enfants, je serais heureux de mourir dans l'espoir que, comme dit Platon, la mort soit "... un changement, une migration de l'âme d'un endroit à un autre". Je n'y ai jamais cru mais l'imminence de l'invasion me persuade que la vie peut être triste et usante et que la mort peut se concevoir comme le moment où je retrouverai ma femme, où qu'elle ait pu aller. À en croire Solon, il ne faut jamais dire d'un homme qu'il est heureux tant qu'il n'est pas mort, parce que jusque-là il a seulement eu de la chance. Mais j'ai eu les deux : j'ai été heureux en ménage et j'ai eu la chance d'avoir une fille comme la mienne. Que tout cela n'ait pas été pour rien. »

Le docteur prit sur une étagère une boîte de fer noire. Il y rangea les liasses de son histoire et son dernier écrit qui, comme toujours, avait démarré sur un sujet et fini sur un autre, puis il la ferma à clef. Il prit la boîte sous son bras, souleva la natte qui était sous la table et ouvrit la trappe menant à la cavité qui avait été creusée en 1849 pour y cacher les radicaux que les Anglais avaient d'abord persécutés puis placés au gouvernement. Dans le trou qui avait autrefois dissimulé les fugitifs Joseph Momferatos et Yérassimos Livadas, le docteur déposa ses œuvres posthumes. Il retourna à sa table, prit ses deux énormes volumes du *Complete and Concise Home Doctor* et se mit à réviser les sections traitant de « saignement; pansements; choc; tourniquet; blessures par balle; brûlures; coupures; blessures à l'arme blanche; asepsie; drainage et irrigation des blessures; trismus; pus; trépanation pour le soulagement des enfoncements du crâne ».

Dans la maison de Drossoula où Mandras avait été transféré, la fille du docteur était accablée de honte; elle s'était mise à soupçonner Mandras de la torturer délibérément.

Ses maux physiques s'étaient nettement atténués. Les nodules rouges, l'eczéma, la peau de ses pieds, tout commençait à guérir. Son visage s'était un peu rempli, on ne voyait plus ses côtes, ses cheveux repoussaient et la flamme de folie dans ses yeux n'était plus qu'une faible lueur que le docteur ne considérait pas comme une amélioration. « Dommage qu'il n'ait pas été vraiment blessé, avait-il dit. Ça lui aurait donné une raison concrète de s'inquiéter. » Pélagia avait été choquée et fâchée par cette remarque, mais à cet instant-là elle ne voulait rien autant que prendre le petit derringer dans son tablier et tirer une balle dans la tête de son fiancé. Il faut dire que Mandras était devenu plus intraitable qu'un petit enfant et elle était convaincue qu'il le faisait exprès pour se venger et la punir. Elle pensait qu'il voulait qu'elle soit follement inquiète et elle l'était.

Le docteur avait diagnostiqué alternativement la stupeur apathique, la stupeur mélancolique, la stupeur de défense et la stupeur catatonique. L'attitude de Mandras était tout cela à différents moments et le docteur voyait dans ce fait étrange que ce n'était ni l'une ni l'autre, mais il était incapable de trouver une autre interprétation. « Choc occasionné par la guerre » ne correspondait pas non plus tout à fait et il commençait à être tenté, comme Pélagia, d'attribuer cette condition à un besoin pathologique de rendre les autres esclaves en se mettant volontairement dans un état de dépendance absolue. « Il pense que personne ne veut de lui, dit le Dr Yannis, et il fait ça pour nous forcer à lui prouver que si. »

« Mais je ne veux pas de lui », pensait sans cesse Pélagia, assise près de son lit et tricotant la couverture conjugale qui n'avait jamais dépassé la taille d'une serviette.

Mandras avait entrepris son exil dans l'inaccessible en mettant en scène la mort. Il était étendu dans son lit comme figé dans la *rigor mortis*, parfaitement raide, les bras en l'air dans une contorsion qu'aucune personne normale n'aurait pu conserver une seule minute. La salive lui coulait sur le menton, tombait sur son épaule et trempait le lit. Drossoula mit un linge pour l'éponger et quand elle revint elle vit qu'il avait tourné la tête et que la salive coulait sur l'autre épaule. À cause de la position de ses bras, elle avait eu les pires difficultés pour l'habiller et le déshabiller. Le docteur avait tenté de voir s'il s'agissait de catatonie en lui plantant des aiguilles dans le corps : il n'avait eu aucune réaction et n'avait pas fermé son œil quand le docteur avait fait semblant de le piquer aussi. On l'avait nourri en lui versant de la soupe dans le gosier avec un tuyau et il n'avait ni uriné ni déféqué pendant des jours jusqu'à ce que Drossoula cesse de l'y encourager. Alors il avait souillé ses draps si copieusement qu'elle avait dû se précipiter dehors, prise de nausées.

Le 25 mars, Mandras s'était levé pour la fête nationale, il s'était habillé, il était sorti, et il était rentré à trois heures du matin, ivre et joyeux. Drossoula et Pélagia s'étaient prises par les mains et avait dansé en rond, pirouettant et riant de plaisir et de soulagement.

Mais le lendemain il était de nouveau au lit, passif et muet. Sa rigidité avait disparu pour laisser place à un état dans lequel il semblait avoir nié son corps. Le docteur lui avait levé un bras qui était retombé sur le lit comme une chaussette bourrée de chiffons. Sa température baissa, ses lèvres devinrent gonflées et bleues, son pouls s'accéléra et il respirait si peu qu'on aurait dit qu'il refusait l'air.

Le lendemain, Mandras singea son état de la veille, sauf qu'il lutta sauvagement (et habilement) contre toute tentative pour le déplacer ou le nourrir. Drossoula fit venir Kokolios, Stamatis et Vélissarios. Les deux vieux costauds et le géant ne réussirent même pas à lui faire ouvrir la bouche pour manger. Il était apparemment décidé à se laisser mourir de faim. Kokolios suggéra de le fouetter, traitement traditionnel pour les fous, et prouva l'efficacité de la méthode en giflant le malade avec force. Mandras se dressa sur son séant, se toucha la joue, dit : « Merde. Je t'aurai, salaud » et replongea dans ses draps. À ce stade, la rage et l'exaspération des spectateurs étaient telles que l'idée de le fouetter ne leur parut plus tellement mauvaise.

Mandras poursuivit sa politique de résistance et de famine jusqu'au soir du 19 avril où il guérit miraculeusement, juste à temps pour les grandes réjouissances de Pâques. Le jeudi saint on avait tué et suspendu les agneaux, les œufs avaient été peints en rouge et frottés à l'huile d'olive et il avait presque succombé à la traditionnelle soupe de lentilles. Le vendredi saint, l'île avait baigné dans l'odeur du pain de Pâques fait par les femmes, et le samedi les hommes avaient rôti les agneaux à la broche, ils avaient plaisanté et s'étaient soûlés de manière indécente tandis que les femmes travaillaient pour préparer la soupe et la saucisse. Pendant tout ce temps-là, Mandras était resté immobile dans son lit, chiant et pissant sous lui chaque fois que Drossoula venait de changer ses draps.

Mais le samedi soir il se leva puis, vêtu de noir et une bougie noire non allumée à la main, il se joignit à la sombre procession des icônes au monastère de Sissia. Il avait l'air parfaitement normal : quand Stamatis lui souhaita un bon rétablissement, il répondit : « De tes lèvres à l'oreille de Dieu » et quand Kokolios lui tapa dans le dos pour le féliciter de son apparition soudaine parmi les vivants, Mandras eut son grand sourire d'autrefois en répondant par le proverbe : « Je suis grec et les Grecs ne sont pas soumis aux lois de la nature. »

Dans l'obscurité et le silence absolus de l'église, Mandras attendait avec une impatience grandissante. La tension était intolérable et le poids de la guerre avait déjà rendu cette Pâques poignante : le Christ ressuscite-t-il encore quand les Grecs tombent ? Nombreux étaient ceux qui se demandaient si ce n'était pas leur dernière Passion sur cette terre et ils tenaient la main de leurs enfants plus fort, avec plus d'émotion. Ceux qui avaient une montre remarquèrent que les minutes étaient plus longues qu'autrefois ; les gens tendaient le cou pour mieux voir l'iconostase.

Le pope apparut enfin avec sa bougie allumée et sa voix tonna : « Christos anesti ! Christos anesti ! »

Un grand cri de joie monta de la foule des pèlerins qui lui répondirent : « Alithos anesti ! Alithos anesti ! » et s'allumèrent mutuellement leurs bougies. « Christ est ressuscité ! » s'exclama Drossoula en prenant son fils dans ses bras. « Ressuscité en vérité ! » cria-t-il et il embrassa Pélagia sur la joue. Tout en abritant sa flamme avec sa main, Pélagia se demanda : « Mandras anesti ? Mandras est-il ressuscité ? » Son regard rencontra celui de Drossoula et elle s'aperçut qu'elles avaient eu la même pensée. Les cloches retentissaient dans toute l'île, on criait et on bondissait de joie, les chiens hurlaient, les ânes brayaient et les chats miaulaient : un élan de gaieté et de foi rendait les cœurs légers et on se congratulait : « Christos anesti ! », sans se lasser de s'entendre répondre : « Alithos anesti ! » Le jeûne de la semaine précédente était fini (un jeûne qui, en réalité, était obligatoire depuis des mois) et un nouveau miracle de la multiplication des pains allait se produire ; chacun apportait les victuailles pour lesquelles il avait économisé ou qu'il avait improvisées, des victuailles qu'il fallait interpréter comme une provocation contre le Duce, comme autant d'actes de défi et de résistance.

Pendant tout le festin de minuit et la dégustation de l'agneau le dimanche, Mandras était redevenu lui-même. Il engloutit la soupe mayéritsa et sa sauce avgolémono comme s'il venait de rentrer d'une journée de pêche et se goinfra d'agneau, parsemé d'origan et piqué d'abondantes dents d'ail, avec l'appétit sauvage d'un Turc. Mais le dimanche soir il se déshabilla et, inévitablement, se remit au lit.

Cette fois, il réussit non seulement à imiter la mort mais à le faire avec toutes les manifestations de la souffrance spirituelle la plus intense. Il ne bougeait plus, ne parlait plus, son pouls faiblit, sa respiration se réduisit au minimum vital et son visage donna les signes du chagrin le plus extraordinaire. Le docteur expliqua à Drossoula qu'il avait probablement perdu toute volonté et il fut confondu quand Mandras se dressa et demanda à voir un pope.

Le père Arsénios fut incapable de négocier la petite porte de la maison et il fallut que Mandras soit porté dehors par sa redoutable mère qui le laissa sur le quai parler avec l'homme d'Église.

« J'ai fait des choses horribles, dit-il, des choses si horribles que je ne peux pas les nommer. » Il parlait avec d'énormes difficultés, luttait pour prononcer les mots et sa voix était presque inaudible.

« Dis-les quand même », répondit Arsénios qui transpirait encore après sa longue marche depuis le village et qui avait toujours trouvé les situations telles que celle-là profondément accablantes.

« J'ai commis l'adultère, dit Mandras. J'ai baisé la reine.

– Je vois », fit Arsénios. Il y eut un long silence.

« J'ai baisé la reine Circé parce que je l'ai prise pour quelqu'un d'autre.

– La reine ne s'appelle pas Circé, alors tout va bien », dit Arsénios en pensant qu'il n'aurait pas dû accepter de venir.

« Dieu me garde, je ne suis pas digne de vivre, continua Mandras dans un murmure rauque et confidentiel. Et j'ai reçu cette punition.

– Quelle punition ? »

Mandras se tapota le genou. « Vous voyez ? Je ne peux pas remuer les jambes, et vous savez pourquoi ?

– Je viens de les voir remuer. »

Mandras tourna lentement la tête, avec un mouvement mécanique qui ressemblait à la rotation d'une roue dentée. « Elles sont en verre. »

Le père Arsénios se releva et se dirigea vers Pélagia et Drossoula qui s'étaient écartées discrètement. « Je sais ce qu'il a, dit-il.

– Qu'est-ce que c'est, pater ? demanda Drossoula d'une voix chargée d'angoisse et d'espoir maternels.

– Il est complètement fou. Vous devriez l'envoyer à l'asile au monastère du saint et attendre le miracle. » Le gros pope remonta la côte de sa démarche de canard, laissant les deux femmes échanger des hochements de tête. A leur grand étonnement, Mandras se leva et alla vers elles, les hanches raides, les jambes remuant seulement à partir du genou. Il s'arrêta devant elles, se tordit les mains de remords, arracha un lambeau de peau de l'eczéma qu'il avait encore à la jambe, le leur agita sous le nez, tripota les boutons de sa chemise de nuit et croassa : « En verre. »

Il se remit au lit, et deux jours plus tard commença une période de fureur hystérique. Cela démarra par des cris, se poursuivit par un épisode bizarre où il tenta de s'amputer de la jambe avec une cuillère, atteignit un stade où il frappa Pélagia et Drossoula, et se conclut le 30 avril par une colère d'une lucidité terrifiante qui fit penser qu'il avait repris toute sa tête et au cours de laquelle il exigea que Pélagia lui lise ses lettres. Voilà pourquoi elle était réduite à un état extrême d'anxiété, de gêne et de honte.

Elle avait commencé par les premières lettres, celles dans lesquelles l'amour et le chagrin de la séparation avaient jailli d'elle et s'étaient répandus sur la page dans des crescendo lyriques dignes d'un poète romantique : « Agapiton, agapiton, je t'aime, tu me manques et je m'inquiète pour toi, je ne peux pas attendre ton retour, je veux prendre ton cher visage dans mes mains et t'embrasser jusqu'à ce que mon esprit s'envole avec les anges, je veux te prendre dans mes bras et t'aimer pour que le temps s'arrête et que les étoiles se décrochent. Chaque seconde de chaque minute je rêve de toi et chaque seconde je comprends mieux que tu es la vie, que tu m'es plus cher que la vie, que tu es le seul sens de la vie… »

Elle sentait ses joues brûler d'irritation, elle était épouvantée par ces geysers d'émotion qui semblaient appartenir à une autre elle-même qui lui était inférieure. Elle rentrait la tête dans les épaules de la même façon que lorsque sa tante lui rappelait une chose charmante qu'elle avait dite ou faite lorsqu'elle était petite. Les mots d'amour restaient coincés dans sa gorge à présent et lui laissaient un goût amer, mais chaque fois qu'elle s'interrompait, Mandras la regardait avec colère, les yeux étincelants, et l'obligeait à continuer.

C'est avec une sensation de soulagement qui lui donna presque la nausée qu'elle arriva aux lettres où les nouvelles prenaient petit à petit le dessus. Sa voix devint plus claire et elle commença à se détendre. Mais Mandras se mit à hurler et à se frapper les cuisses avec les poings : « Je ne veux pas de ça, je ne veux pas ces passages-là, je ne veux pas savoir que tout le monde est contrarié parce que je n'écris pas. Je veux les autres. » Pélagia était agacée par la voix ronchonnante d'enfant gâté mais elle avait peur de la force de Mandras et de sa folie vengeresse et elle continua à lire les lettres en ne laissant subsister que les parties où elle parlait des diverses formes et de la qualité de son attachement.

« Les lettres deviennent trop courtes, cria-t-il, elles sont trop courtes. Tu crois que je ne sais pas ce que ça veut dire ? » Il saisit les dernières lettres en bas de la pile et les brandit devant elle. « Regarde ça, s'exclama-t-il, quatre lignes, c'est tout. Tu crois que je ne sais pas ? Lis. »

Pélagia prit la lettre et la lut des yeux, pour elle seule, sachant déjà ce qu'elle disait : « Tu ne m'écris jamais et au début j'étais triste et inquiète. Maintenant je comprends que tu ne peux pas m'aimer, et cela m'a fait perdre moi aussi mon affection. Je veux que tu saches que j'ai décidé de te libérer de tes promesses. Pardonne-moi. »

« Lis-la », ordonna Mandras.

Pélagia était affolée. Elle remua maladroitement la feuille de papier et eut un sourire apaisant. « C'est très mal écrit, je ne suis pas sûre de pouvoir déchiffrer.

– Lis-la. »

Elle toussota et, d'une voix tremblante, elle improvisa : « Mon chéri, je t'en prie reviens-moi bientôt. Tu me manques terriblement et tu ne peux pas imaginer avec quelle impatience je t'attends. Protège-toi des balles et… » Elle s'interrompit, écœurée de la duplicité nécessaire de son rôle dans la mascarade. Elle se dit que ça devait être pareil de se faire violer par un étranger.

« Et quoi ? insista Mandras.

– Et je ne sais comment te dire à quel point je t'aime », dit Pélagia en fermant les yeux de désespoir.

« Lis la lettre avant celle-là. »

C'était la lettre qui commençait par : « Hier, j'ai cru voir une hirondelle, ça veut dire que le printemps revient. Mon père… » mais elle hésita et improvisa de nouveau : « Mon chéri, tu es pour moi comme une hirondelle qui s'est envolée au loin mais qui reviendra un jour au nid que j'ai préparé pour toi dans mon cœur… »

Mandras obligea Pélagia à lire toutes les lettres en les lui tendant l'une après l'autre; elle subit une heure de purgatoire où chaque lettre était un rocher de Sisyphe, dans la panique absolue, les larmes aux yeux, la voix chevrotante, le visage trempé de sueur. Elle le supplia d'arrêter et il refusa. Pendant qu'elle inventait des mots tendres pour cet homme qui lui avait inspiré d'abord de la pitié puis de la haine, elle avait le sentiment de s'avilir.

Elle fut sauvée par un ronronnement rythmique d'avions. Drossoula entra en courant et cria : « Des Italiens, des Italiens. C'est l'invasion. »

Merci mon Dieu, merci, pensa Pélagia en prenant presque aussitôt conscience de l'absurdité, de l'anomalie de son soulagement. Elle se précipita dehors avec Drossoula et elles regardèrent en se tenant par le bras les marsupiaux ventrus qui volaient lourdement au-dessus d'elles : ils crachaient de longues traînées de minuscules poupées noires qui sursautaient en l'air quand leurs parachutes s'ouvraient, des parachutes aussi jolis et aussi propres que des champignons frais dans un champ sous la rosée d'automne.

Rien ne fut comme on l'avait prévu. Ceux qui s'attendaient à éprouver de la rage furent pris au contraire d'étonnement, de curiosité et d'apathie. Ceux qui savaient qu'ils seraient terrifiés ressentirent un calme froid et un élan de détermination inébranlable. Ceux qui souffraient depuis longtemps d'une terrible angoisse s'apaisèrent et une femme fut visitée par une vision presque excusable du salut.

Pélagia grimpa la côte en courant pour être auprès de son père, suivant en cela le vieil instinct qui veut que ceux qui s'aiment doivent être unis quand ils meurent. Elle le trouva debout à sa porte, comme tout le monde, la main en visière pour ne pas avoir le soleil dans les yeux, en train de regarder descendre les parachutistes. Hors d'haleine, elle se jeta dans ses bras et le sentit trembler. Aurait-il peur ? Elle regarda son visage pendant qu'il lui caressait les cheveux et s'aperçut, un peu choquée, que ses lèvres remuaient et que ses yeux brillaient, non de peur mais d'excitation. Il se redressa de toute sa taille et agita une main vers le ciel. « L'histoire, déclara-t-il, pendant tout ce temps j'ai écrit l'histoire et voilà qu'elle se produit sous mes yeux. Pélagia, ma fille chérie, j'ai toujours voulu vivre dans l'histoire. » Il la lâcha, entra et ressortit avec un cahier et un crayon taillé.

Les avions disparurent et il y eut un long silence. Comme s'il n'allait rien se passer.

Dans les ports, les hommes de la division Acqui débarquèrent de leur péniche d'un air de s'excuser et adressèrent des saluts joyeux mais méfiants aux gens qui étaient sur leur porte. Certains répondirent en agitant le poing, d'autres saluèrent, et beaucoup firent le geste emphatique avec la paume de la main, tellement insultant que sa pratique allait devenir plus tard un délit passible de prison.

Au village, Pélagia et son père regardaient déambuler les sections de parachutistes, leurs chefs consultaient des cartes les sourcils froncés et les lèvres serrées. Certains Italiens paraissaient plus petits que leur fusil. « C'est une drôle de bande », remarqua le docteur. Au bout d'un rang de soldats, un homme particulièrement minuscule avec des plumes de coq qui s'agitaient sur son casque s'amusait à faire le pas de l'oie avec un doigt sous le nez pour imiter une moustache. En passant devant Pélagia, il ouvrit grands les yeux et expliqua : « Signor Hitler », pour être sûr qu'elle ait compris la blague et qu'elle la partage.

Devant chez lui, Kokolios fit le salut communiste, le bras levé, le poing serré, et il fut complètement interdit quand un petit groupe sans officier l'applaudit en passant et lui rendit son salut, con brio et avec exagération. Il laissa retomber son bras et resta bouche bée. Se moquaient-ils de lui ou y avait-il des camarades dans les rangs fascistes ?

Un officier qui cherchait ses hommes s'arrêta pour poser une question au docteur, l'air affairé, en agitant une carte sous son nez : « Ecco una carta della Cephallonia, dit-il. Dov'è Argostoli ? »

Le docteur examina les yeux noirs qui le regardaient dans un beau visage, diagnostiqua un cas désespéré d'extrême affabilité et répondit, en italien : « Je ne parle pas italien, et Argostoli est plus ou moins en face de Lixouri.

– Vous le parlez très couramment pour quelqu'un qui ne le parle pas, dit l'officier en souriant. Alors, où se trouve Lixouri ?

– En face d'Argostoli. Trouvez l'un et vous trouverez l'autre, sauf qu'entre les deux il faut nager. »

Craignant pour son père, Pélagia lui pinça les côtes. Mais l'officier soupira, ôta son casque, se gratta le front et les regarda, indécis. « Je vais suivre les autres », dit-il et il s'éloigna en hâte. Il revint un instant plus tard, offrit à Pélagia une petite fleur jaune et disparut de nouveau. « Extraordinaire », dit le docteur en griffonnant dans son cahier.

Une colonne d'hommes bien plus élégants que la plupart des autres marchait d'un même pas. À leur tête transpirait le capitaine Antonio Corelli du 33e régiment d'artillerie et dans son dos pendait un étui contenant la mandoline qu'il avait appelée Antonia, parce qu'elle était l'autre moitié de lui-même. Il repéra Pélagia. « Bella bambina à neuf heures, cria-t-il. Tê-ête à gauche ! »

Toutes les têtes se tournèrent dans sa direction avec un bel ensemble et pendant une minute ahurissante elle subit le défilé des singeries et des expressions les plus comiques et les plus grotesques que l'homme puisse imaginer. Un soldat loucha en tordant la lèvre inférieure, un autre fit la moue et lui envoya un baiser, un autre se mit à marcher comme Charlot, un autre fit semblant de trébucher à chaque pas, un autre mit son casque de travers, fit frémir ses narines et roula les yeux si haut que les pupilles disparurent sous ses paupières. Pélagia mit sa main sur sa bouche.

« Ne ris pas, ordonna le docteur sotto voce. Notre devoir est de les haïr. »

24

Une reddition fort déplaisante

Je ne suis arrivé à Céphalonie qu'à la mi-mai et je n'y ai été transféré (33e régiment d'infanterie, division Acqui) que parce que le mauvais état des muscles de ma cuisse m'avait rendu momentanément inapte à tout ce qui n'était pas la vie de garnison. A ce stade, j'étais tellement déçu par l'armée que je serais allé n'importe où rien que pour une existence tranquille qui me permette de remuer mes souvenirs et gratter mes blessures. Je traversais le genre de dépression abjecte qui atteint les soldats quand ils s'aperçoivent qu'ils se sont battus du mauvais côté, qu'ils ont déployé des efforts infinis et ont tellement puisé aux sources du courage et de l'équilibre mental qu'on dirait qu'il n'en reste rien ; en fait, j'avais l'impression que ma tête était creuse et que la cavité de ma poitrine était un vide. J'étais encore hébété de chagrin par la mort de Francisco et encore choqué d'avoir été assez stupide pour ne pas voir que mon rêve de tirer profit de mon vice reposait sur un postulat incomplet : certes, mon amour m'avait inspiré de grandes choses, mais j'avais oublié que Francisco pouvait être tué. J'étais entré dans la guerre en romantique et j'en sortais détruit, effondré et désespéré. L'expression « le cœur brisé » me vient à l'esprit mais elle ne peut pas décrire la sensation d'être absolument anéanti corps et âme. Je savais que je voulais fuir — j'enviais nos soldats en Yougoslavie qui avaient changé de camp et rejoint la division Garibaldi — mais, finalement, on ne peut échapper aux monstres qui dévorent de l'intérieur le plus profond, et la seule façon de les vaincre c'est soit de se battre avec eux, comme Jacob et son ange ou Hercule et ses serpents, soit de les ignorer jusqu'à ce qu'ils renoncent et disparaissent. C'est ce que j'ai fait, aidé en cela par un petit miracle qui s'appelle le capitaine Antonio Corelli. Il est devenu ma source d'optimisme, une fontaine d'eau claire, une sorte de saint sans trace répugnante de piété, un saint qui considérait qu'il fallait jouer avec la tentation plutôt que s'y opposer mais qui restait un homme d'honneur parce qu'il ne savait pas se conduire autrement.

Je l'ai rencontré dans le campement voisin d'Argostoli, avant que le maréchal des logis n'organise le cantonnement chez l'habitant. C'était le milieu du printemps, quand l'île est la plus sereine et la plus belle. Plus tôt dans l'année, le temps peut être très tourmenté, et plus tard, il peut faire une chaleur insupportable, mais au printemps le temps est délicieux, il y a une légère brise avec un peu de pluie le soir et des fleurs sauvages qui s'épanouissent dans des endroits impossibles. Après les horreurs de la guerre, c'était comme si j'avais débarqué en Arcadie ; l'impression de paix fut si forte qu'elle me laissa en larmes, reconnaissant et incrédule. C'était une île où il était physiquement impossible de se sentir morose, où les mauvaises émotions ne pouvaient pas exister. Quand je suis arrivé, la division Acqui avait déjà succombé à ses charmes, elle s'était laissé aller sur ses coussins, avait fermé les yeux et faisait de doux rêves. Nous avons oublié d'être des soldats.

La première chose qui m'a frappé c'est l'intense clarté de la lumière. Ce serait sans doute ridicule de prétendre que l'air de Céphalonie n'a pas de densité, mais la lumière est si limpide, si pure qu'on est momentanément ébloui et écrasé, mais sans douleur. Pendant deux ou trois jours j'ai marché les yeux plissés. J'ai découvert qu'à Céphalonie la nuit tombe d'un seul coup et qu'avant la pluie la lumière devient nacrée. Après la pluie, l'île sent le pin, la terre chaude et la mer sombre.

La deuxième — bizarrement — c'est la taille et l'âge incroyables des oliviers. Ils étaient noircis et noueux, tordus et solides, et je me suis senti devant eux étrangement éphémère, comme s'ils avaient vu des milliers de fois des gens comme nous et nous regardaient partir. Ils avaient une sorte d'omniscience patiente. En Italie, nous coupons nos vieux arbres et nous en plantons de nouveaux, mais ici on pouvait poser la main sur l'écorce antique, regarder les fragments de ciel qui scintillaient à travers les branches et se sentir tout petit à l'idée que d'autres avaient pu faire le même geste exactement, mille ans plus tôt. Les Grecs les conservent vivants par une taille judicieuse, de génération en génération, et les arbres s'habituent peut-être à une famille comme une maison ou un troupeau de moutons.

La troisième chose qui m'a frappé c'est la dignité tranquille, résolue des insulaires, et j'allais découvrir que nos soldats aussi avaient été impressionnés par elle. Beaucoup de nos garçons étaient du genre bagarreur et grossier que l'on trouve dans toutes les armées, du type délinquant qui a eu la veine de trouver un moyen légitime de se conduire en brute, et certains d'entre eux étaient assez ivrognes et abjects pour agir comme si la conquête leur avait donné des droits sur la population, mais en fait, les insulaires ont montré clairement dès le début qu'ils n'accepteraient aucun écart, que nous soyons armés ou non. Heureusement, les officiers de la division étaient des hommes d'honneur, sans quoi, je suis sûr que les insulaires se seraient vite soulevés, comme ils l'ont fait très vite dans les endroits occupés par les Allemands.

Leur réaction quand nous leur avons demandé de se rendre illustre bien cette fierté. Je tiens l'histoire du capitaine Corelli. Quand il racontait une histoire, il était porté à l'exagération théâtrale parce que tout chez lui était original, il aimait le grandiose et il disait des choses rien que pour leur effet comique, avec une indifférence ironique vis-à-vis de la vérité. Il observait la vie en général les sourcils levés et n'avait rien de l'amour-propre fragile qui empêche un homme de se moquer de lui-même. Certains le croyaient un peu fou, mais pour moi c'était un homme qui aimait tellement la vie qu'il se moquait de l'impression qu'il donnait. Il adorait les enfants : je l'ai vu embrasser une petite fille sur la tête et la faire tournoyer dans ses bras tandis que toute sa batterie au garde-à-vous attendait son inspection ; et il adorait faire rire les jolies femmes en claquant des talons et en faisant un salut avec une précision tellement consommée que ça devenait une dérision de toute la chose militaire. Quand il saluait le général Gandin, c'était avec une négligence qui frisait l'insolence. Ça vous donne une idée du genre d'homme que c'était.

Je l'ai rencontré dans les latrines du camp. Sa batterie avait des latrines que l'on appelait « la Scala » parce que le capitaine avait fondé un petit club d'amateurs d'opéra qui y chiaient ensemble tous les matins à la même heure, assis en rang sur la planche de bois, le pantalon aux chevilles. Il possédait deux barytons, trois ténors, une basse et une haute-contre dont on se moquait parce qu'il devait chanter tous les rôles de femmes ; l'idée était que chacun devait lâcher une crotte ou un pet pendant les crescendo, quand le chant recouvrait le bruit. Ainsi l'humiliation de déféquer en commun était atténuée et tout le campement commençait la journée en fredonnant un air qui s'élevait des chiottes. Ma première expérience de la Scala a été d'entendre l'air de la Forge à 7 h 30 accompagné par des timbales d'une résonance prodigieuse. Naturellement, je n'ai pas résisté à aller voir et je me suis approché d'un enclos de toile où l'on avait peint « La Scala » à grands coups de blanc. J'ai senti une odeur épouvantable, repoussante, mais je suis entré et j'ai vu une rangée de soldats qui chiaient sur leur perchoir, le visage rouge, chantant à tue-tête et frappant sur leurs casques d'acier avec des cuillères. J'étais à la fois confus et stupéfait, surtout quand j'ai vu qu'il y avait un officier, assis parmi les hommes, qui dirigeait tranquillement le concert avec une plume dans la main droite. On salue généralement un officier en uniforme, à plus forte raison quand il porte sa casquette. Mon salut a été un geste précipité et inachevé pour accompagner ma retraite — je ne connaissais pas le règlement qui précise comment saluer un officier en uniforme qui a son pantalon baissé pendant un exercice d'élimination chorale en territoire occupé.

Je devais par la suite rejoindre la société lyrique, présenté comme « volontaire » par le capitaine après qu'il m'eut entendu chanter en astiquant mes bottes : il s'était aperçu que j'étais baryton. Il m'a tendu un morceau de papier chipé au bloc-notes du général Gandin lui-même et sur lequel était écrit :

TOP SECRET

Par ordre du Q.G., Supergrecia, le caporal d'artillerie Carlo Piero

Guercio doit se présenter pour service d'opéra à toute sollicitation du capitaine Antonio Corelli du 33e régiment d'artillerie, division Acqui.

Règlement d'engagement :

1) Tout soldat appelé à l'entraînement musical régulier devra jouer d'un instrument de musique (cuillères, casque, peigne et papier, etc.).

2) Quiconque manquera régulièrement les notes aiguës sera émasculé et ses testicules seront donnés à des causes charitables.

3) Quiconque maintiendra que Donizetti est meilleur que Verdi sera habillé en femme, ridiculisé devant la batterie et ses canons, portera une casserole sur la tête et, dans les cas extrêmes, sera tenu de chanter « Funiculi, Funicula » ainsi que toute autre chanson relative aux chemins de fer que le capitaine Antonio Corelli jugera bon d'exiger de temps en temps.

4) Tous les aficionados de Wagner seront fusillés péremptoirement, sans jugement et sans appel.

5) La cuite ne sera obligatoire que lorsque le capitaine Antonio Corelli ne paie pas la tournée.

Signé : général Vecchiarelli, commandant suprême, Supergrecia, au nom de Sa Majesté le roi Victor-Emmanuel.

L'histoire du capitaine à propos de la capitulation de Céphalonie était que les officiers qui avaient dirigé le débarquement s'étaient présentés à la mairie d'Argostoli pour recevoir la reddition des autorités de la ville.

Ils étaient restés dehors, accompagnés d'un peloton en armes, et avaient envoyé un message exigeant que leur soient remis bâtiment et autorité. Un message revient avec pour toute réponse : « Va fanculo. » Choc et consternation parmi nos officiers. Ce n'est pas le langage de la diplomatie et sûrement pas une réponse qui convient à des gens prétendument sous la botte des conquérants. Ils envoient un autre message menaçant de faire sauter la mairie. Une note revient déclarant que tout Italien qui demandera la reddition sera abattu sur-le-champ. Nouvelle consternation provoquée par la question de savoir si, à l'intérieur, ils sont vraiment armés. Les officiers sont embarrassés à l'idée qu'ils vont peut-être devoir envisager un siège. Ils envoient un autre message exigeant des éclaircissements et se font répondre : « Si vous ne savez pas ce que “allez vous faire foutre” veut dire, alors entrez et on vous montrera. » « Oh merde », disent les officiers qui sont plantés au soleil. Il y a un intervalle d'une demi-heure environ tandis que la confusion monte, puis arrive une nouvelle note de l'intérieur disant : « Nous refusons catégoriquement de nous rendre à une nation que nous avons totalement mise en déroute et nous exigeons le droit de nous rendre à un officier allemand de rang supérieur. » Finalement, on fait venir par avion un officier allemand de Zante, de Corfou ou d'ailleurs et les autorités sortent triomphantes de la mairie après nous avoir humiliés et vaincus au premier jour de notre conquête.

C'est ce que m'a raconté Corelli et je suis sûr qu'il a embelli certains détails. Mais c'est vrai que les autorités ont refusé de se rendre à nous et qu'il a fallu finalement faire venir un Allemand. Corelli trouvait cette histoire hilarante et il aimait la répéter en multipliant le nombre des messages et des insultes tandis que nous l'écoutions les oreilles en feu.

Je crois que si Corelli la trouvait si drôle c'est parce que la seule chose qu'il jugeait sérieuse était la musique, jusqu'à ce qu'il rencontre Pélagia. Quant à moi, je me suis mis à aimer Corelli autant que j'avais aimé Francisco, mais d'une façon tout à fait différente. Il était comme une de ces orchidées saprophytes qui peuvent créer l'harmonie et l'émerveillement alors qu'elles poussent et fleurissent sur un tas de merde parmi des crânes et des os. Il a laissé son fusil rouiller et il l'a même perdu une ou deux fois, mais il a gagné des batailles armé seulement d'une mandoline.

25

La résistance

Des graffiti fleurirent dans toute l'île qui profitaient, pour rire ou par malveillance, du fait que les Italiens ne pouvaient pas déchiffrer l'écriture grecque. Ils prenaient le r grec pour un p, ne savaient pas que le g peut ressembler à un y ou à un L renversé, n'avaient aucune idée de ce qu'était le triangle, ignoraient que le H est en fait un E, voyaient dans le thêta une sorte de O, n'appréciaient pas que la lettre en forme de tente soit la majuscule de celle qui ressemble à un y à l'envers, restaient interdits devant les trois traits horizontaux qui auraient aussi bien pu être un gribouillage, savaient par les mathématiques que pi représente 22 divisé par 7, n'étaient pas au courant qu'une sorte de E était en réalité un S, que notre Y s'écrivait V et que c'était en fait un U, étaient troublés par l'existence d'un O traversé d'une barre verticale qui était en réalité un F, ne comprenaient pas que le X était un K, ne voyaient strictement aucune signification possible à l'élégant trident et trouvaient que l'oméga leur faisait penser à une boucle d'oreille. Ergo, les conditions étaient idéales pour les badigeonnages nocturnes d'énormes lettres à la peinture blanche sur tous les murs disponibles, d'autant plus que les fioritures personnelles d'un individu pouvaient rendre le texte encore plus obscur. ÉNOSIS et ÉLEUTHÉRIA se disputaient la place, « Vive le Roi » cohabitait sans problème apparent avec « Prolétaires de tous les pays, unissez-vous », « Macaronis allez vous faire foutre » voisinait avec « Duce, je te chie dans la bouche ». Un admirateur de lord Byron écrivit : « J'ai rêvé que la Grèce pouvait encore être libre » en caractères romains tremblotants et le général Tsolakoglou, le nouveau Quisling du peuple grec, apparut partout dans des caricatures où il se livrait à des actes obscènes et déplaisants en compagnie du Duce.

Dans les kaphénia et dans les champs les hommes se racontaient des blagues italiennes : Combien il y a de vitesses sur un char italien ? Une pour avancer et quatre pour reculer. Quel est le livre le plus court du monde ? Le livre des héros de guerre italiens. Combien il faut d'Italiens pour visser une ampoule ? Un pour la tenir et deux cents pour faire tourner le plafond. Comment s'appelle le chien d'Hitler ? Benito Mussolini. Pourquoi les Italiens ont des moustaches ? Pour se rappeler leur mère. Dans les campements, les soldats italiens demandaient à leur tour : « Comment tu sais qu'une fille grecque a ses règles ? » Et la réponse était : « Elle ne porte qu'une chaussette. » Il y eut un long interlude pendant lequel les deux populations s'évitèrent, désamorçant à coups de plaisanteries la méfiance coupable d'un côté et, de l'autre, le ressentiment rageur. Les Grecs parlaient avec fougue, en secret, des partisans, d'organiser la résistance, et les Italiens restaient confinés dans le camp ; leur seule activité visible consistait à mettre les batteries en position, faire des reconnaissances quotidiennes en hydravion et patrouiller à cheval à l'heure du couvre-feu en cherchant davantage à charmer les femmes qu'à faire respecter un repos prématuré. Puis il fut décidé de cantonner les officiers chez des membres choisis de la population locale.

Pélagia l'apprit le jour où en revenant du puits elle trouva dans la cuisine un officier italien rondouillard accompagné d'un sergent et d'un deuxième classe qui regardait autour de lui d'un air satisfait en prenant des notes avec un crayon tellement usé qu'il devait lire les marques en creux de ce qu'il avait écrit en mettant le papier à contre-jour.

Pélagia avait déjà cessé de craindre de se faire violer, elle s'était habituée à froncer les sourcils devant les œillades polissonnes et à frapper les mains qui se livraient à des pincements exploratoires sur ses fesses ; les Italiens s'étaient révélés des Roméo du genre modeste, résignés à être repoussés mais qui ne perdent pas espoir.

Elle eut cependant un bref sursaut de peur quand elle trouva les soldats et si elle n'avait pas hésité un instant, elle aurait tourné bride. L'officier dodu lui adressa un grand sourire, leva les bras dans un geste qui voulait dire : « Je vous expliquerais si je pouvais mais je ne parle pas le grec » et fit « Ah » pour signifier : « Je suis ravi de vous voir, vous êtes si jolie, et je suis gêné de me trouver dans votre cuisine, mais qu'y puis-je ? » Pélagia dit : « Aspettami, vengo » et courut chercher son père au kaphénio.

Les soldats attendirent docilement et Pélagia reparut bientôt avec son père qui voyait venir la rencontre dans une certaine agitation. Il avait dans le cœur un mouvement de peur prêt à se manifester et à l'affaiblir mais aussi le courage froid et détaché qui vient à ceux qui sont décidés à résister avec dignité à l'oppression ; il se rappela son conseil aux amis du café, « Utilisons notre colère avec sagesse », et fit front. Il regretta sa moustache cirée, il aurait pu la tortiller d'un air menaçant et désapprobateur.

« Buon giorno », dit l'officier plein d'espoir en lui tendant la main. Le docteur perçut la nature conciliante du geste et son absence d'hubris du conquérant et à son propre étonnement il serra la main tendue.

« Buon giorno, répondit-il. J'espère que votre séjour dans notre île, malheureusement trop court, vous est agréable. »

L'officier leva les sourcils. « Court ?

– Vous avez été chassés de Lydie et d'Éthiopie, dit le docteur en laissant l'Italien extrapoler ce qu'il entendait par là.

– Vous parlez très bien l'italien, dit l'officier. Vous êtes le premier que je rencontre. Nous avons grand besoin de traducteurs pour travailler avec la population. Ils auraient des privilèges. On dirait que personne ici ne parle italien.

– Vous voulez dire qu'aucun d'entre vous ne parle grec.

– Exactement, vous avez raison. Ce n'était qu'une idée.

– Vous êtes très aimable, dit le Dr Yannis avec aigreur, mais je crois que vous allez voir que ceux d'entre nous qui parlent italien perdront soudain la mémoire quand on leur demandera de le faire. »

L'officier se mit à rire. « Compréhensible, vu les circonstances. Je ne voulais pas vous offenser.

– Il y a Pasquale Lacerba, le photographe. C'est un Italien qui vit à Argostoli, même lui n'aimerait peut-être pas coopérer. Mais il est assez jeune pour ne pas avoir de jugeote. Quant à moi, je suis médecin et j'ai déjà assez à faire sans devenir un collaborateur.

– Ça vaut la peine d'essayer, dit le maréchal des logis, la plupart du temps, nous ne comprenons rien.

– C'est aussi bien, observa le docteur. Vous pourriez peut-être me dire ce qui vous amène ?

– Ah », dit l'homme en se balançant d'un pied sur l'autre, conscient de la difficulté de son rôle, « je regrette de vous dire, j'en suis désolé, que… nous allons devoir loger un officier ici.

– Il n'y a que deux chambres, celle de ma fille et la mienne. C'est tout à fait impossible et c'est aussi, comme vous le comprenez sans doute, un outrage. Je suis obligé de refuser. » Le docteur se hérissa comme un chat en colère et l'officier se gratta la tête avec son crayon. C'était vraiment très ennuyeux que le docteur parle italien ; dans les autres maisons il avait échappé à ce genre de scène et lorsqu'ils étaient arrivés sans être annoncés, avec leur paquetage et leur chauffeur, il avait laissé aux malheureux hôtes le soin d'expliquer la situation par des grognements et des gesticulations. Les deux hommes se regardèrent ; le docteur levait un menton orgueilleux tandis que l'Italien cherchait une formule à la fois ferme et conciliante. Soudain le docteur changea d'expression et demanda : « Vous avez dit que vous étiez maréchal des logis ?

– No, signor dottore, vous l'avez deviné tout seul. Je suis maréchal des logis. Pourquoi ?

– Alors vous avez accès aux fournitures médicales ?

– Naturellement, répondit l'officier, j'ai accès à tout. » Les deux hommes échangèrent un regard, devinant exactement à quoi pensait l'autre. Le Dr Yannis dit : « Il me manque beaucoup de choses et la guerre a tout aggravé.

– Et à moi, il me manque un logement. Alors ?

– Alors marché conclu.

– Marché conclu, répéta le maréchal des logis. Si vous avez besoin de quoi que ce soit, demandez au capitaine Corelli de me prévenir. Je suis sûr que vous le trouverez très charmant. A propos, vous vous y connaissez en cors ? Nos médecins sont des incapables.

– Pour vos cors, il me faudrait probablement de la morphine, des seringues hypodermiques, de la pommade au soufre et de l'iode, du néosalvarsan, des pansements et de la charpie, de l'alcool, de l'acide salicylique, des scalpels et du collodion, répondit le docteur, mais il m'en faudra beaucoup, si vous voyez ce que je veux dire. En attendant, mettez des bottes à votre taille. »

Quand le maréchal des logis fut parti avec la liste des besoins du docteur, Pélagia, inquiète, prit son père par le coude et lui demanda : « Mais papas, où va-t-il dormir ? Dois-je lui faire à manger ? Avec quoi ? Il n'y a presque rien.

– Il prendra mon lit, dit le docteur en sachant parfaitement que Pélagia allait protester.

– Ah non, il prendra le mien. Je dormirai dans la cuisine.

– Puisque tu insistes, koritsi mou. Pense à tous les médicaments et tout le matériel qu'il représente pour nous. » Il se frotta les mains et ajouta : « Le secret, quand on est occupés, c'est d'exploiter les exploiteurs. C'est aussi savoir comment résister. Je pense que nous allons être horribles avec ce capitaine. »

Le capitaine Corelli arriva tôt dans la soirée, conduit par son nouveau baryton, le caporal Carlo Piero Guercio. La Jeep s'arrêta dehors en dérapant et en soulevant des nuages de poussière, ce qui provoqua les cris affolés des poulets qui grattaient la terre sur la route, et les deux hommes entrèrent par la porte de la cour. Carlo contempla l'olivier et fut frappé par sa taille ; le capitaine regarda autour de lui, satisfait par les signes d'une vie domestique paisible. Une chèvre était attachée à l'arbre, du linge séchait sur une corde entre l'arbre et la maison, il y avait un superbe bougainvillée, une treille et une vieille table sur laquelle était posé un petit tas d'oignons coupés. Il y avait aussi une jeune femme aux yeux noirs, un mouchoir noué sur la tête, qui tenait un grand couteau de cuisine. Le capitaine se jeta à genoux devant elle et s'écria d'une voix théâtrale : « Je vous en supplie, ne me tuez pas, je suis innocent !

– Ne vous inquiétez pas, dit Carlo, il fait toujours l'idiot. C'est plus fort que lui. »

Pélagia sourit, malgré elle et malgré ses bonnes résolutions, et considéra Carlo. Il était immense, aussi énorme que Vélissarios. Deux hommes ordinaires auraient pu entrer dans une jambe de son pantalon et avec la chemise qu'il portait elle aurait pu en faire deux pour son père. Le capitaine se releva d'un bond. « Je suis le capitaine Antonio Corelli, mais vous pouvez m'appeler maestro si vous voulez et celui-ci... », il prit Carlo par le bras, « est un de nos héros. Il a cent médailles pour avoir sauvé des vies, et aucune pour en avoir pris.

– Ce n'est rien du tout », dit Carlo avec un sourire embarrassé. Pélagia leva les yeux vers le soldat monumental et sut d'instinct que malgré sa taille, malgré ses énormes mains qui pouvaient tenir le cou d'un bœuf, c'était un homme tendre et triste. « Un Italien brave est une erreur de la nature », dit-elle avec aigreur en se rappelant que son père lui avait recommandé d'être aussi peu accommodante que possible.

Corelli protesta : « Il a sauvé sous les balles un camarade tombé. Il est célèbre dans toute l'armée et il a refusé une promotion. C'est une ambulance à lui tout seul. Quel homme ! Il a une balle grecque dans la jambe pour le prouver. Et ceci... », il tapota l'étui qu'il portait, « c'est Antonia. Nous ferons peut-être des présentations plus officielles plus tard. Elle a hâte de faire votre connaissance, comme moi. Puis-je vous demander sous quel nom les hommes s'adressent à vous ? »

Pélagia le regarda pour la première fois réellement et fut surprise de reconnaître l'officier qui avait ordonné à ses soldats comédiens de passer devant elle tête à gauche. Elle rougit. Au même instant, Corelli la reconnut lui aussi et se mordit la lèvre pour se moquer de lui-même. « Ah », s'exclama-t-il et il se donna une tape sur le poignet. Il se jeta de nouveau à genoux, baissa la tête dans un geste de pénitence moqueuse et dit doucement : « Pardonnez-moi, mon Père, parce que j'ai péché. Mea culpa, mea culpa, mea maxima culpa. » Il se frappa la poitrine et essuya une larme imaginaire.

Carlo échangea un regard avec Pélagia et haussa les épaules. « Il est toujours comme ça. »

Le Dr Yannis sortit, vit le capitaine à genoux devant sa fille ahurie et dit : « Capitaine Corelli ? Je veux vous parler. Maintenant. »

L'autorité dans la voix du vieil homme fit sursauter Corelli qui se leva, déconcerté, et lui tendit la main. Le docteur ne la prit pas et dit sèchement : « Je veux une explication.

– De quoi ? Je n'ai rien fait. Il faut m'excuser, je plaisantais seulement avec votre fille. » Il s'agita nerveusement, malheureux à l'idée qu'il avait peut-être mal démarré.

« Je veux savoir pourquoi vous avez mutilé le monument.

– Le monument ? Excusez-moi, mais…

– Le monument, celui qui se trouve au milieu du pont construit par de Bosset. On l'a mutilé. »

Le capitaine fronça les sourcils, perplexe, puis son visage s'éclaira : « Oh, vous parlez de celui qui est en face de la baie à Argostoli. Qu'est-ce qui lui est arrivé ?

– Il portait sur l'obélisque l'inscription “A la Gloire du Peuple Britannique”. On m'a dit que certains de vos soldats avaient taillé dans les lettres. Croyez-vous pouvoir effacer notre histoire aussi facilement ? Êtes-vous assez bêtes pour penser que nous oublierons ce qui était écrit ? Est-ce votre façon de faire la guerre ? En détruisant des lettres ? Quel genre d'héroïsme est-ce donc ? » La voix du docteur monta et se fit encore plus véhémente : « Que diriez-vous si nous mutilions les tombes du cimetière italien, capitaine ?

– Je n'y suis pour rien, signor. Vous vous trompez sur le coupable. Je vous présente mes excuses pour cette offense, mais… » Il haussa les épaules. «… ce n'est pas moi qui ai pris cette décision, et ce n'étaient pas mes soldats. »

Le docteur prit l'air sévère et agita un doigt menaçant : « Il n'y aurait pas de tyrannie, capitaine, et pas de guerres si des séides ne faisaient pas fi de leur conscience. »

Le capitaine regarda Pélagia comme s'il attendait son aide et il eut la sensation insupportable d'avoir été renvoyé à l'école. « Je proteste, dit-il faiblement.

– Vous ne pouvez pas protester parce qu'il n'y a pas d'excuse. Et pourquoi, dites-moi, l'enseignement de l'histoire grecque a-t-il été interdit dans nos écoles ? Pourquoi faut-il que tout le monde apprenne l'italien, hein ? »

Pélagia sourit intérieurement ; elle n'aurait pu dire combien de fois elle avait entendu son père répéter qu'il était absolument nécessaire et parfaitement raisonnable de rendre l'italien obligatoire dans les écoles.

Le capitaine fut près de se tortiller comme un petit garçon qui s'est fait prendre en train de voler des bonbons dans la boîte réservée aux dimanches. « Dans l'Empire italien, dit-il en sentant le goût amer de ses mots sur sa langue, il est logique que tout le monde apprenne l'italien… Je pense que c'est là la raison. Je n'en suis pas responsable, je le répète. » Il se mit à transpirer visiblement. Le docteur lui jeta un regard qui se voulait foudroyant et qui l'était. « Pitoyable », dit-il et il tourna les talons. Il rentra et s'assit à sa table, très content de lui. Il se pencha, embêta Psipsina en lui chatouillant les moustaches et lui confia : « Je l'ai déjà mis en fuite. »

Dans la cour, le capitaine Corelli était sidéré et Pélagia était désolée pour lui. « Votre père est… » commença-t-il, et les mots lui manquèrent. « Oui », confirma Pélagia.

« Où dois-je dormir ? » demanda Corelli heureux de trouver une diversion. Toute sa bonne humeur était tombée en poussière.

« Vous prendrez mon lit », dit Pélagia.

En temps normal, Antonio Corelli aurait demandé gaiement : « Alors, nous allons le partager ? Quelle charmante hospitalité », mais après les paroles du docteur cette information l'épouvanta. « C'est hors de question, dit-il vivement. Ce soir, je dormirai dans la cour et, demain, je demanderai un autre logement. »

Pélagia fut choquée par l'affolement qu'elle sentit monter dans sa poitrine. Se pouvait-il que quelque chose en elle souhaite que cet étranger, cet intrus, ne s'en aille pas ? Elle rentra et communiqua à son père la décision de l'Italien. « Il ne peut pas partir, dit-il. Comment pourrai-je le maltraiter s'il n'est pas là ? De toute façon, il a l'air d'un garçon sympathique.

– Papakis, tu l'as fait se sentir moins que rien. J'ai presque eu pitié de lui.

– Tu as eu pitié de lui, koritsi mou. Je l'ai vu sur ta figure. » Il prit sa fille par le bras et sortit avec elle. « Jeune homme, dit-il au capitaine, vous restez ici, que ça vous plaise ou non. Il se pourrait bien que votre maréchal des logis décide de nous imposer quelqu'un d'encore pire.

– Mais, dottore, le lit de votre fille ? Ce ne serait pas… ce serait une chose terrible.

– Elle sera très bien dans la cuisine, capitaine. Je me moque de ce que vous ressentez, ça ne me regarde pas. Ce n'est pas moi l'agresseur. Vous me comprenez ?

– Oui », dit le capitaine, vaincu, qui ne saisissait pas tout à fait ce qui lui arrivait.

« Kyria Pélagia va apporter de l'eau, du café et quelques mézédakia à manger. Vous verrez que nous ne manquons pas d'hospitalité. C'est notre tradition d'être accueillants, capitaine, même envers ceux qui ne le méritent pas. C'est une question d'honneur, une raison qui peut vous paraître quelque peu étrangère et inhabituelle. Votre volumineux ami peut se joindre à nous. »

Carlo et le capitaine, gênés, partagèrent les petits feuilletés aux épinards, les calamars frits et les dolmades au riz. Le docteur leur faisait grise mine, intérieurement ravi du premier succès de son nouveau projet de résistance, et les deux soldats évitèrent son regard pour faire des commentaires polis et sans conséquence sur la beauté de la nuit, la taille invraisemblable de l'olivier ou tout autre sujet qui leur venait à l'esprit et sans rapport avec la situation.

Carlo fut ravi de s'en aller et le capitaine s'assit sur le lit de Pélagia, très malheureux. C'était l'heure du dîner et malgré les amuse-gueule son estomac gargouillait par la force de l'habitude. À la pensée de manger davantage de ces plats délicieux, il se sentit faible. Le docteur entra et lui dit : « La solution à votre problème c'est de manger beaucoup d'oignons, de tomates, de persil, de basilic, d'origan et d'ail. L'ail sera un antiseptique pour les fissures et le reste, tout ensemble, amollira les selles. Il est très important de ne pas pousser, et si vous mangez de la viande, il faut toujours qu'elle soit accompagnée de beaucoup de liquide et d'une assiette de légumes. »

Le capitaine le regarda quitter la pièce et se sentit plus humilié qu'il ne l'avait jamais cru possible. Comment le vieil homme avait-il pu deviner qu'il souffrait d'hémorroïdes ?

Dans la cuisine, le docteur demanda à Pélagia si elle avait remarqué que le capitaine marchait avec précaution en faisant parfois une petite grimace.

Le père et la fille se mirent à manger en faisant du bruit avec les couverts et les assiettes et attendirent d'être sûrs que l'Italien mourait de faim, qu'il se sentait comme un va-nu-pieds qu'on a envoyé dans une école huppée, puis ils l'invitèrent à dîner avec eux. Il s'assit et mangea en silence.

« C'est un pâté à la viande à la céphalonienne, dit le docteur sur le ton de l'information, sauf que, grâce à vous, il n'y a pas de viande dedans. »

Plus tard, alors que la patrouille du couvre-feu était déjà passée, le docteur annonça son intention d'aller se promener. « Mais le couvre-feu... » protesta Corelli et le docteur répondit : « Je suis né ici, c'est mon île. » Il prit son chapeau, sa pipe, et sortit.

« Je dois insister », cria en vain le capitaine au docteur qui fit prudemment le tour de la maison et attendit un quart d'heure assis sur le mur en écoutant la conversation des deux jeunes gens.

Pélagia regarda Corelli s'asseoir à la table et sentit le besoin de le réconforter. « C'est quoi, Antonia ? » demanda-t-elle.

Il évita son regard. « Ma mandoline. Je suis musicien.

– Musicien ? Dans l'armée ?

– Quand je me suis engagé, kyria Pélagia, la vie à l'armée consistait surtout à être payé à ne rien faire. J'avais tout le temps de faire mes exercices. Je comptais devenir le meilleur mandoliniste d'Italie et quand j'aurais quitté l'armée, j'aurais gagné ma vie. Je ne voulais pas jouer dans les cafés, je voulais jouer Hummel, Conforto et Giuliani. Il n'y a pas beaucoup de débouchés, alors il faut être très bon.

– Vous voulez dire que vous êtes soldat par erreur ? demanda Pélagia qui n'avait jamais entendu parler d'aucun de ces compositeurs.

– Mon plan a échoué : le Duce a eu de grandes idées. » Il la regarda pensivement.

« Après la guerre », dit-elle.

Il hocha la tête et sourit. « Après la guerre.

– Je veux être médecin », dit Pélagia qui n'avait même pas parlé de cette idée à son père.

Ce soir-là, à l'instant même où elle allait s'endormir sous ses couvertures, elle entendit un cri étouffé et peu après le capitaine apparut dans la cuisine, un peu effaré, une serviette autour de la taille. Elle se dressa en serrant les couvertures sur ses seins.

« Pardonnez-moi, dit-il en devinant son alarme, mais on dirait qu'il y a une énorme belette sur mon lit. »

Pélagia rit. « Ce n'est pas une belette, c'est Psipsina. Nous l'aimons beaucoup. Elle dort toujours sur mon lit.

– Qu'est-ce que c'est ? »

Pélagia ne put s'empêcher d'expérimenter le mode de résistance de son père : « Vous n'avez jamais entendu parler des chats grecs ? »

Le capitaine la regarda d'un air soupçonneux, haussa les épaules et retourna dans sa chambre. Il s'approcha de la martre et la caressa sur le front avec un index timide. C'était très doux et rassurant. « Micino, micino », fit-il doucement et il lui caressa les oreilles. Psipsina renifla le doigt qui remuait, ne le reconnut pas, supposa que c'était peut-être mangeable et le mordit.

Le capitaine Antonio Corelli retira aussitôt la main, regarda le sang perler sur son doigt et lutta contre les larmes d'enfant honteuses qui lui venaient aux yeux. Il essaya de supprimer à force de volonté la douleur qui montait de la morsure et fut convaincu d'avoir été percé jusqu'à l'os. Jamais, de toute sa vie, il ne s'était senti aussi mal-aimé. Ces Grecs, quand ils disaient « nai » ça voulait dire « oui », quand ils hochaient la tête ça voulait dire « non », et plus ils étaient fâchés plus ils souriaient. Même les chats étaient d'une autre planète et, en outre, ils n'avaient aucune raison d'être aussi méchants.

Il resta couché misérablement sur le sol froid et dur, incapable de dormir, jusqu'à ce que Psipsina ait envie de voir Pélagia et parte à sa recherche. Il regrimpa dans le lit et s'enfonça avec bonheur dans le matelas. « Mmm », se dit-il et il s'aperçut qu'il se délectait de l'odeur presque évanouie d'une jeune femme. Il pensa un moment à Pélagia, revit l'image nette de la peau blanche là où le cou devenait poitrine et épaule et il finit par s'endormir.

Il se réveilla dans la nuit avec la sensation pénible que son cou était atrocement chaud et que son menton le grattait. Quand il reprit conscience, une évidence affreuse lui apparut : le chat grec s'était enroulé autour de son cou et dormait profondément. Terrorisé, il essaya de bouger un peu. L'animal eut un grognement ensommeillé.

Il resta là, paralysé, pendant ce qui lui parut des heures, en sueur, résistant au grattouillement et à la chaleur anormale, écoutant les chouettes et les bruits inquiétants de la nuit. Soudain il remarqua que ce qui encombrait son cou avait une bonne odeur consolante. C'était un parfum qui se mêlait agréablement à celui de Pélagia. Il sombra enfin, et rêva inexplicablement d'éléphants, de bakélite et de chevaux.

26

Bords tranchants

Le jour s'était levé depuis une heure et le capitaine Antonio Corelli attendait en vain à l'entrée de la cour que Carlo vienne le chercher. Celui-ci avait cassé une jumelle de ressort de sa Jeep et était en train de donner des coups de pied dans les pneus en jurant contre les nids-de-poule. C'était bien la peine d'être parti si tôt. Il avait déjà horreur de faire faux bond à son capitaine, une horreur que partageaient tous les hommes qui servaient sous ses ordres, et sa mauvaise humeur fut encore exacerbée quand il essaya d'allumer une cigarette. Le rouleau desséché de tabac poudreux glissa du tube de papier et se répandit insolemment dans la poussière, le laissant avec un bout de papier brûlant qui resta collé à sa lèvre inférieure. Il arracha le papier et, avec lui, un bout de peau. Il lécha sa blessure qui le piquait, la toucha avec son doigt et maudit les Allemands pour avoir réussi à monopoliser le meilleur tabac. Un vieux paysan maigre grimpé de côté sur un âne passa près de lui, vit l'état du véhicule affaissé de travers, sourit avec satisfaction et leva la main dans un salut désinvolte. Carlo grinça des dents et sourit. « Merde à la guerre », dit-il, attendu que pour un Grec un salut en valait un autre. Il n'y aurait probablement pas de Scala ce matin-là, à moins que la société lyrique ne puisse diriger toute seule le Chœur des Soldats. Il abandonna la Jeep et s'achemina d'un pas traînant vers le village.

Il croisa Vélissarios et les deux hommes se regardèrent un peu comme s'ils se reconnaissaient. Bien qu'amaigri et sale depuis qu'il était allé au front, Vélissarios restait l'homme le plus grand qu'on ait jamais vu et Carlo, malgré une expérience similaire de l'autre côté, était aussi l'homme le plus grand qu'on ait jamais vu. Ces deux titans s'étaient habitués avec tristesse à se prendre pour des erreurs de la nature : être surhumain était un fardeau impossible à partager et impossible à expliquer au commun des mortels qui seraient restés incrédules.

Ils furent étonnés et oublièrent un instant qu'ils étaient ennemis. « Hé », s'exclama Vélissarios en levant les bras pour exprimer son plaisir. Carlo, à court d'exclamation susceptible d'avoir un sens pour un Grec, chercha vainement un compromis et produisit une sorte de « Ung ». Il offrit à Vélissarios une de ses immondes cigarettes, Vélissarios la prit et ils gesticulèrent en échangeant des grimaces tristes tout en aspirant une fumée piquante comme des aiguilles. « Merde à la guerre », dit Carlo en guise d'adieu et ils s'éloignèrent dans les directions opposées. Carlo commençait à se sentir très satisfait. À un kilomètre de là, Vélissarios trouva la Jeep endommagée, s'arrêta pour réfléchir et alla chercher un ami. Il revint, souleva l'un après l'autre chaque coin du véhicule et son compagnon enleva les roues. Puis il vida l'eau du radiateur et la remplaça par de l'essence du jerrycan fixé à l'arrière.

Corelli attendait toujours. Le docteur le vit en partant au kaphénio, ennuyé d'avance parce que le café que l'on servait désormais avait le goût de vase et de goudron et qu'il devenait plus cher à chaque seconde. « Buon giorno », dit le capitaine et le docteur se retourna. « Je crois que vous avez mal dormi », dit-il.

Le capitaine eut un sourire résigné. « Je ne sais pas pourquoi j'ai rêvé d'animaux en bakélite. Ils étaient comme des dauphins avec des bords tranchants et ils bondissaient dans tous les sens. C'était très troublant. Et puis votre chat m'a mordu. » Il tendit son doigt blessé et le docteur l'examina. « C'est très gonflé, dit-il, et ça va probablement s'infecter. La morsure des martres peut être mauvaise. Si j'étais vous, je verrais un docteur. » Sur quoi il s'en alla, tandis que le capitaine répétait sottement : « Les martres ? » Il comprit que Pélagia lui avait simplement fait une niche mais il se sentit quand même abandonné et trop crédule.

Quand Pélagia sortit de la maison, elle trouva l'usurpateur de son lit qui lançait Lémoni en l'air et la rattrapait sous les bras. L'enfant riait et criait de joie et il s'agissait apparemment d'une leçon d'italien. « Bella fanciulla », disait le capitaine. Il attendait que Lémoni répète. « Bla fanshla », gloussait-elle et le capitaine la lançait en l'air en s'exclamant : « No, no, bella fanciulla. » Il s'attardait avec tendresse sur le double l, attendait que Lémoni soit redescendue, levait un sourcil et guettait sa prochaine tentative. « Bla flanshla », disait-elle triomphante et elle s'envolait de nouveau.

Pélagia souriait en les regardant, Lémoni la vit. Le capitaine suivit le regard de l'enfant et se redressa, un peu embarrassé. « Buon giorno, kyria Pélagia. Je crois que mon chauffeur est en retard.

– Quoi ça veut dire, quoi ça veut dire ? » demanda Lémoni dont la confiance dans l'omniscience des adultes était telle qu'elle était sûre que Pélagia pourrait lui répondre. Pélagia lui tapota la joue, écarta les mèches qui lui tombaient sur les yeux et lui dit : « Ça veut dire "jolie petite fille", koritsi mou. Maintenant file, je suis sûre que quelqu'un te cherche. »

La fillette s'enfuit en gambadant à sa façon capricieuse et désordonnée en remuant les bras et en chantonnant « Bla, bla, bla. Bla, bla, bla. »

Corelli demanda d'un ton de reproche : « Pourquoi l'avez-vous fait partir ? Nous nous amusions beaucoup.

– C'est de la fraternisation, répondit Pélagia. C'est inconvenant, même chez un enfant. »

La gaieté quitta le visage de Corelli, il gratta la poussière du bout de sa botte. Il regarda le ciel, baissa la tête et soupira. Sans regarder Pélagia, il dit avec une sincérité profonde : « Signorina, dans des époques comme celle-ci, dans une guerre, nous devons tous profiter de chaque petite joie innocente que nous pouvons trouver. »

Pélagia vit la résignation et la tristesse sur ses traits et elle eut honte d'elle-même. Dans le silence qui suivit ils réfléchirent tous deux à leur indignité. Le capitaine dit enfin : « Un jour je voudrais avoir une jolie petite fille comme elle, à moi » et sans attendre de réponse il s'éloigna dans la direction d'où devait arriver Carlo.

Pélagia le regarda partir, plongée dans ses pensées. Il donnait une impression de solitude poignante. Puis elle rentra, prit sur l'étagère les deux volumes de *The Complete and Concise Home Doctor*, les ouvrit sur la table et lut avec un sentiment de culpabilité les chapitres sur la reproduction, les maladies vénériennes, la parturition et le scrotum. Elle poursuivit au hasard et aborda la cascarille, la langue chargée, l'anus et ses affections, et l'angoisse.

Craignant le retour de son père du kaphénio, elle rangea finalement les livres et chercha des raisons pour remettre à plus tard l'indispensable voyage au puits. Elle coupa des oignons sans bien savoir à quelle recette elle les destinait mais soucieuse de donner à son père une preuve concrète d'activité, puis elle sortit pour brosser sa chèvre indifférente. Elle lui trouva deux tiques et une petite grosseur dans la peau de l'arrière-train. Elle se demanda si elle devait s'inquiéter, puis elle se mit à penser au capitaine. Mandras la surprit dans sa rêverie.

Il avait quitté son lit en jurant, complètement guéri, le jour de l'invasion. Comme si l'arrivée des Italiens avait été un événement tellement important, chargé d'un tel poids qu'il lui interdisait le luxe de se complaire dans sa maladie. Le docteur avait affecté de ne pas être étonné mais Drossoula et Pélagia s'étaient accordées à trouver un peu suspecte une maladie qu'on pouvait arrêter d'un coup et d'une façon aussi spectaculaire. Mandras était descendu à la mer et avait nagé avec ses dauphins comme s'il ne s'était jamais absenté, il était revenu rafraîchi, les cheveux ébouriffés encore humides d'eau salée, souriant, les muscles de son torse détendus, et avait monté la côte en portant un mulet qu'il offrit à Pélagia. Il avait froissé les oreilles de Psipina, s'était balancé un moment dans l'olivier et avait donné à Pélagia l'impression qu'il était plus fou dans son nouvel état normal que lorsqu'il était fou. Depuis, chaque fois qu'elle le voyait, elle se sentait coupable et extrêmement mal à l'aise.

Quand il lui tapa sur l'épaule, elle sursauta et, malgré le sourire radieux qu'elle s'efforça de lui adresser, il vit de la peur passer dans son regard. Il l'ignora mais il s'en souviendrait plus tard. « Salut, dit-il. Ton père est là ? J'ai encore la peau abîmée sur mon bras. »

Heureuse de pouvoir fixer son attention sur un problème objectif, elle dit : « Laisse-moi voir » et il répliqua : « J'espérais voir le joueur d'orgue de Barbarie et pas son singe. »

Mandras avait entendu cette métaphore au front, elle lui avait plu, et il attendait depuis longtemps l'occasion de s'en servir. Il l'avait trouvée pleine d'humour et s'était dit que ce qui était humoristique devait aussi être charmant. Or il ne désirait rien tant que de pouvoir charmer Pélagia et regagner une affection qu'il redoutait d'avoir perdue.

Mais les yeux de Pélagia lancèrent des éclairs et Mandras se sentit défaillir : « Pardon, dit-il, c'était une blague. » Les deux jeunes gens se regardèrent comme s'ils mesuraient ensemble tout ce qui n'était plus, puis Mandras annonça : « Je pars rejoindre les partisans.

– Oh », fit-elle.

Il haussa les épaules. « Je n'ai pas le choix. Je pars demain. J'irai à Manolas avec mon bateau. »

Pélagia fut horrifiée. « Et les sous-marins ? Et les bateaux de guerre ? C'est de la folie.

– Si je pars le soir, ça vaut la peine de prendre le risque. Je peux me guider aux étoiles. Je pensais partir demain soir. »

Il y eut un long silence. Pélagia dit : « Je ne pourrai pas t'écrire.

– Je sais »

Pélagia rentra un moment et ressortit en portant le gilet qu'elle avait cousu et brodé avec tant de ferveur pendant que son fiancé était au front. Elle le lui montra avec un air de défi et demanda : « C'est ce que j'avais fait pour toi, pour aller danser dans les fêtes. Tu veux l'emporter maintenant ? »

Mandras le prit et l'examina. Il pencha la tête sur le côté et remarqua : « Il n'est pas tout à fait droit, si ? Le dessin est un peu différent sur un côté et sur l'autre. »

Pélagia ressentit un pincement de déception qui avait un goût de trahison. « Je me suis donné tant de mal », s'écria-t-elle d'un ton pitoyable sous l'effet de l'émotion, « et je n'arrive jamais à te faire plaisir. »

Mandras se frappa le front et fit une grimace qui signifiait qu'il s'en voulait. « Oh, mon Dieu, excuse-moi. Je ne voulais pas dire ça. » Il soupira et secoua la tête. « Depuis que je suis parti, ma bouche, mon cœur et mon cerveau ne sont pas bien reliés. Tout est à l'envers. »

Pélagia reprit le gilet. « J'essaierai de l'arranger, dit-elle. Qu'en pense ta mère ? »

Il la regarda comme pour lui demander une faveur. « J'espérais que tu pourrais le lui dire. Je ne supporterais pas de la voir pleurer et me supplier. »

Pélagia eut un rire amer : « Tu es tellement lâche ?

– Avec ma mère, oui, avoua-t-il. Je t'en prie, dis-le-lui.

– D'accord. D'accord. Je le ferai. Elle a perdu un mari et à présent, elle perd un fils.

– Je reviendrai », dit-il.

Elle secoua lentement la tête et soupira. « Fais-moi une promesse », dit-elle. Il fit un signe affirmatif et elle poursuivit : « Chaque fois que tu seras prêt à faire une chose terrible, pense à moi et ne la fais pas.

– Je suis grec, dit-il avec douceur, je ne suis pas un fasciste. Et je penserai à toi chaque minute. »

Elle sentit dans sa voix une sincérité touchante et eut envie de pleurer. Ils se jetèrent instinctivement dans les bras l'un de l'autre, comme frère et sœur et non comme des fiancés, puis ils se regardèrent un moment dans les yeux. « Que Dieu t'accompagne », dit Pélagia et il sourit tristement. « Toi aussi.

– Je me rappellerai toujours quand tu te balançais dans l'arbre.

– Et moi quand je suis tombé sur la marmite. »

Ils rirent ensemble puis il la regarda tendrement un dernier moment et s'en alla. Il s'arrêta après quelques pas, se retourna et dit doucement d'une voix hachée : « Je t'aimerai toujours. »

Loin sur la route, Carlo et le capitaine, couverts de fine poussière beige, inspectaient le véhicule avec consternation. Il n'avait plus de roues et l'intérieur était envahi par un tas de fumier encore chaud.

Ce soir-là, le capitaine remarqua sur le dossier d'une chaise de la cuisine un gilet admirablement brodé. Il le prit et le tint à la lumière : le velours était d'un écarlate lumineux et la doublure de satin était cousue à tout petits points consciencieux comme n'en auraient pu faire que les doigts de quelque sylphe minuscule. Il vit, en fils dorés et jaunes, des fleurs alanguies, des aigles aux ailes déployées et des poissons bondissants. Il passa le doigt sur la broderie et sentit la densité des motifs. Il ferma les yeux et s'aperçut que chacun d'eux rendait en relief les courbes de la créature qu'il représentait.

Pélagia le surprit et se sentit très embarrassée, soit parce qu'elle ne voulait pas qu'il sache pourquoi elle avait réalisé cet ouvrage, soit parce qu'on lui avait fait honte de ses imperfections. Il ouvrit les yeux et lui tendit le gilet. « C'est très beau, dit-il. Je n'ai jamais rien vu d'une telle qualité en dehors d'un musée. D'où vient-il ?

– C'est moi qui l'ai fait. Et il n'est pas tellement réussi.

– Pas tellement réussi ? répéta-t-il incrédule. C'est un chef-d'œuvre. »

Pélagia secoua la tête. « Il n'est pas exactement pareil des deux côtés. Les images sont censées être le reflet l'une de l'autre, et si vous regardez, l'aigle, ici, est à un angle différent de l'autre, et cette fleur devrait être de la même taille que l'autre mais elle est plus grosse. »

Le capitaine fit claquer sa langue pour montrer son désaccord. « La symétrie n'appartient qu'aux choses mortes. Avez-vous déjà vu un arbre ou une montagne symétrique ? C'est bon pour les bâtiments, mais si jamais vous voyez un visage humain symétrique, vous aurez l'impression que vous devriez le trouver beau mais qu'en fait vous le trouvez froid. Le cœur humain aime un peu de désordre dans sa géométrie, kyria Pélagia. Regardez-vous dans un miroir, signorina, et vous verrez qu'un sourcil est un peu plus haut que l'autre, que votre paupière gauche se place de telle façon que l'œil est un tout petit peu plus ouvert que l'autre. Ce sont ces détails qui vous rendent belle et attirante alors que... sinon, vous seriez une statue. La symétrie est pour Dieu, pas pour nous. »

Pélagia prit une expression sceptique et s'apprêtait impatiemment à rejeter l'idée qu'elle était belle quand elle remarqua que le nez du capitaine n'était pas parfaitement droit. « Qu'est-ce que c'est ? demanda-t-il en montrant un aigle. Je veux dire, comment est-ce fait ? »

Pélagia tendit le doigt : « Ici c'est du fil couché, et là c'est du feston. » Il put apprécier l'expressivité de son index et le parfum de romarin dans ses cheveux mais il secoua la tête. « Je ne suis pas plus avancé. Acceptez-vous de me le vendre ? Combien en voulez-vous ?

– Il n'est pas à vendre, dit-elle.

– Oh, je vous en prie, kyria Pélagia. Je vous paierai en ce que vous voudrez. En drachmes, en lire, en boîtes de jambon, en bocaux d'olives, en tabac ? Dites un prix. J'ai quelques souverains anglais en or. »

Pélagia secoua la tête : elle n'avait plus guère de raison de ne pas le vendre, mais le capitaine l'en avait rendue suffisamment fière pour qu'elle veuille le garder ; en outre, pour une raison indéfinissable, ça n'aurait pas été bien de le lui vendre.

« Je regrette beaucoup, dit le capitaine, mais je pense à une chose : quel loycr voulez-vous ?

– Quel loyer ? dit Pélagia un peu sidérée.

– Pensiez-vous que j'avais l'intention d'habiter ici pour rien ? » Il mit la main dans sa poche et en tira un gros morceau de salami en disant : « Je me suis dit que vous aimeriez emprunter ceci au mess des officiers. J'en ai déjà donné une tranche au "chat" et je crois que maintenant nous sommes amis.

– Vous avez fait de Psipsina et de Lémoni des collaborateurs, remarqua Pélagia d'un air sévère, et à propos du loyer, vous feriez mieux de poser la question à mon père. »

Une semaine plus tard, la Jeep avait été récupérée et avait reçu un nouveau train de roues. Elle explosa de façon spectaculaire alors qu'elle suivait les virages en épingle à cheveux qui montaient vers Kastro. Le conducteur était un très jeune caporal suppléant, ténor dans la société lyrique de Corelli, qui attendait que la guerre finisse pour pouvoir épouser son amour d'enfance à Palerme.

Mandras était déjà au cœur du Péloponnèse où il faisait des veuves et reconstruisait son rêve de Pélagia.

27

Un discours sur les mandolines et un concert

Le docteur se réveilla à son heure habituelle et partit au kaphénio sans réveiller Pélagia : il l'avait regardée, pelotonnée dans ses couvertures sur le sol de la cuisine, et n'avait pas eu le cœur de la déranger. C'était contraire à ses conceptions : la décence naturelle voulait qu'on se lève à l'heure; mais d'autre part, elle travaillait dur pour lui et était déjà épuisée par l'effort de supporter la guerre. Surtout, elle était très attendrissante avec ses cheveux en désordre sur le traversin, la couverture remontée sur le nez et rien qu'une petite oreille visible. Il était resté debout près d'elle, goûtant les émotions paternelles qui montaient dans sa poitrine, puis il n'avait pas pu s'empêcher de se baisser et de regarder dans l'oreille pour vérifier qu'elle était en bon état : il y avait une toute petite peau suspendue à l'extrémité d'un poil léger à l'entrée du conduit auditif mais l'impression générale était celle d'une parfaite santé. Le docteur lui sourit, puis il se rendit malheureux en songeant qu'un jour elle serait vieille, courbée et ridée, que sa beauté charmante se dessécherait et disparaîtrait comme les feuilles mortes; personne ne saurait qu'elle avait existé. Soudain frappé par la valeur de l'éphémère, il s'agenouilla et l'embrassa sur la joue. Il partit au kaphénio dans une humeur tragique qui détonnait avec la sérénité d'un matin sans nuages.

Réveillé par l'élancement d'une hémorroïde, le capitaine alla à la cuisine, vit Pélagia qui dormait profondément et ne sut que faire. Il aurait aimé se faite du café et manger un fruit mais lui aussi fut captivé par le charme tranquille de la jeune fille endormie et sentit que ç'aurait été une profanation de la réveiller par des bruits de vaisselle. En outre, il voulait lui éviter la gêne de se trouver devant lui en chemise de nuit ; c'était d'ailleurs terrible de devoir se rappeler la honte d'avoir chassé de son lit sa propriétaire légitime. En la contemplant, il éprouva la tentation de se glisser près d'elle — rien n'aurait paru plus naturel — mais il retourna dans sa chambre et sortit Antonia de son étui. Il commença des exercices de la main gauche ; au lieu d'utiliser aussi la main droite et un médiator, il frappait et tirait les cordes avec les doigts de sorte que les notes s'entendaient à peine. Lassé de ce procédé, il prit un médiator et posa le tranchant de la main sur le chevalet de façon à jouer « sordo ». Cela donna un son très proche de celui d'un pizzicato de violon et il entreprit avec une grande concentration de jouer un morceau très difficile et très rapide de Paganini, entièrement composé de pizzicati.

A mi-chemin entre sommeil et conscience, le rêve lumineux de Pélagia prit le rythme de la musique lointaine. Elle se rappelait la veille, quand le capitaine était bel et bien arrivé à la maison sur un cheval gris qu'il avait emprunté à l'un des soldats qui patrouillaient chaque soir pour le couvre-feu. L'animal capricieux avait été dressé à caracoler et son propriétaire avait pris goût à impressionner les filles en lui faisant exécuter son joli numéro chaque fois qu'il en voyait une. Le cheval avait vite adopté ce principe et caracolait à présent volontiers sans qu'on le lui demande, chaque fois qu'il rencontrait un être humain en jupe avec des cheveux longs et des yeux brillants. Tous les soldats enviaient l'animal, et son cavalier était toujours disposé à le prêter à des officiers, étant entendu que des ajustements avantageux seraient apportés au tableau de service. Le jour où le capitaine l'empruntait, son propriétaire était dispensé de corvée de chiottes.

Quand Corelli était arrivé à l'entrée de la cour et que Pélagia, qui brossait sa chèvre, avait levé les yeux, le cheval avait dressé les oreilles et s'était mis à caracoler. Le capitaine avait levé sa casquette avec un grand sourire et Pélagia avait éprouvé un plaisir tel qu'elle en avait rarement connu auparavant. C'était le genre de plaisir que l'on ressent quand un danseur qui a déjà lancé les jambes à une hauteur incroyable fait soudain un saut périlleux arrière, ou quand une pomme tombe d'une étagère, frappe une cuillère, que la cuillère s'envole et atterrit dans une tasse, manche en haut, tinte et s'immobilise comme si on l'avait lancée là exprès. Pélagia avait contemplé Corelli et le cheval exhibitionniste, elle avait souri et avait applaudi spontanément tandis que le visage de Corelli se fendait dans un sourire d'oreille à oreille, un sourire immense comme celui d'un petit garçon à qui on donne enfin le ballon de football après lequel il a pleurniché pendant des années.

Dans son rêve, le cheval caracolait sur le tempo de Paganini et son cavalier avait tantôt le visage de Mandras, tantôt celui du capitaine. C'était dérangeant et elle fit un effort mental pour réduire les visages à un seul. Il devint Mandras, mais elle ne le trouva pas satisfaisant et il devint Corelli. Si quelqu'un s'était trouvé dans la pièce, il l'aurait vue sourire dans son sommeil : elle revivait le cliquètement du métal, le crissement du cuir, la bonne odeur forte de la sueur du cheval, l'attitude intelligente de ses oreilles dressées, les petits mouvements de côté des sabots qui frappaient la poussière et les cailloux du chemin, la contraction et le relâchement des muscles des flancs de l'animal, le geste superbe du soldat souriant quand il avait ôté sa casquette.

Assis sur le lit, Corelli s'absorba tellement dans ses exercices qu'il oublia la jeune fille endormie et se mit à travailler la vitesse de son trémolo : il était très ennuyé de devoir jouer au moins un quart d'heure avant d'obtenir la régularité et la continuité et il commença l'exercice en faisant aller et venir mécaniquement son médiator à la moitié de la vitesse voulue sur la première paire de cordes.

Pélagia s'éveilla dix minutes plus tard. Ses yeux s'ouvrirent en papillotant et elle resta étendue une seconde en se demandant si elle dormait encore. Un très beau bruit venait de quelque part dans la maison, comme si une grive avait adapté son chant au goût des humains et ouvrait son cœur sur une branche près de la fenêtre. Un rayon de soleil pénétrait dans la cuisine, elle avait trop chaud et elle s'aperçut qu'elle avait dormi plus longtemps que d'habitude. Elle s'assit, noua les bras autour de ses genoux et écouta. Puis elle prit ses vêtements posés à côté de sa paillasse et alla s'habiller dans la chambre de son père, toujours attentive aux trilles de la mandoline.

Corelli entendit le tintement d'une cuillère dans une casserole, comprit que Pélagia s'était enfin levée et, sans lâcher sa mandoline, apparut dans la cuisine. « De l'eau d'égout ? » demanda-t-elle en lui tendant une tasse du liquide amer qui passait alors pour du café. Il sourit et la prit, en se rendant compte qu'il avait encore très mal d'avoir monté le cheval et qu'il était encore très soulagé de ne pas être tombé : il avait bien failli, quand l'animal s'était mis à danser de cette façon. Ses cuisses étaient douloureuses et il marchait péniblement, donc il s'assit. « C'était très beau », commenta Pélagia.

Le capitaine regarda sa mandoline comme s'il lui en voulait. « Je faisais seulement des gammes en trémolo.

– Ça ne fait rien, répondit-elle. Ça m'a plu quand même, ça m'a rendu le réveil très facile. »

Il parut désolé : « Je regrette de vous avoir réveillée, je ne voulais pas.

– C'est très beau, dit-elle en montrant l'instrument avec une cuillère, la décoration est magnifique. Est-ce que tout ceci améliore le son ?

– J'en doute », dit le capitaine en tournant la mandoline entre ses mains. Il avait oublié lui-même à quel point elle était ravissante. Le bord de sa table d'harmonie était ornée de trapèzes de nacre chatoyante et elle avait une plaque de protection noire en forme de clématite, incrustée de fleurs multicolores dues à l'imagination exubérante d'un artisan. La touche d'ébène était marquée, à la cinquième, la septième et la douzième case, de points en ivoire et la caisse ventrue était composée de bandes d'érable au grain serré, séparées délicatement par de fins filets de bois de rose. Les chevilles étaient travaillées en forme de lyre antique et Pélagia remarqua que les cordes elles-mêmes, sur la lyre en argent, étaient décorées de petites boules de peluche de couleurs vives. « J'imagine que vous ne voulez pas que je la touche », dit-elle et il serra l'instrument contre sa poitrine.

« Un jour, ma mère l'a laissé tomber et j'ai cru un moment que j'allais la tuer. Et certaines personnes ont les doigts gras. »

Pélagia fut offensée : « Je n'ai pas les doigts gras. »

Le capitaine vit son expression peinée et expliqua : « Tout le monde a les doigts gras. Il faut se laver et s'essuyer les mains avant de toucher les cordes.

– J'aime bien les petites boules de peluche », dit Pélagia.

Corelli rit. « Ce sont des bêtises, je ne sais même pas pourquoi elles sont là. C'est la tradition. »

Elle s'assit en face de lui sur le banc et demanda : « Pourquoi en jouez-vous ?

– Quelle drôle de question. Pourquoi fait-on quelque chose ? Vous voulez dire, qu'est-ce qui m'a amené à commencer ? »

Elle haussa les épaules et il dit : « Je jouais du violon. Beaucoup de violonistes jouent de cet instrument parce qu'il s'accorde de la même façon, vous voyez ? » L'air songeur, il passa un ongle sur les cordes pour illustrer son propos, un propos que Pélagia, par souci de simplicité, fit semblant de comprendre. « On peut jouer de la musique pour violon sur un de ces instruments, sauf qu'il faut faire des trémolos là où un violon aurait une note tenue. » Il exécuta un trémolo rapide pour illustrer son second propos. « Mais j'ai abandonné le violon parce malgré mes efforts on aurait dit des miaulements. Je levais le nez et la cour était pleine de chats qui miaulaient. Non, c'est sérieux, c'était comme une tribu de chats, ou même pire, et les voisins se plaignaient sans arrêt. Un jour mon oncle m'a donné Antonia, elle avait appartenu à son propre oncle, et j'ai découvert qu'avec des cases sur le manche je pouvais être un bon musicien. Et voilà. »

Pélagia sourit. « Les chats aiment la mandoline ?

– Peu de gens le savent, dit-il sur un ton confidentiel, mais les chats aiment tout ce qui est dans le registre soprano. Ils n'aiment pas ce qui est alto, alors vous ne pouvez pas jouer de la guitare ni de l'alto à un chat. Il s'en ira la queue dressée. Mais ils aiment la mandoline.

– Ainsi les chats et les voisins ont tous été contents du changement ? »

Il acquiesça gaiement et poursuivit : « Les gens ne savent pas non plus que beaucoup de grands maîtres ont écrit pour la mandoline. Pas seulement Vivaldi et Hummel, mais même Beethoven.

– Même Beethoven », répéta Pélagia. C'était un des noms mystérieux, imposants, mythiques qui évoquaient les plus grandes possibilités de la création humaine, un nom qui en réalité ne signifiait rien de précis pour elle puisqu'elle n'avait jamais, à sa connaissance, entendu un seul morceau de sa musique. Elle savait seulement que c'était le nom d'un génie tout-puissant.

« Quand la guerre sera finie, dit Corelli, je deviendrai concertiste professionnel et un jour je composerai un vrai concerto en trois mouvements pour mandoline et petit orchestre.

– Alors vous allez être riche et célèbre ? demanda-t-elle pour le taquiner.

– Pauvre mais heureux. Il faudrait que je fasse aussi un autre métier. Quel est votre rêve ? Être médecin, avez-vous dit. »

Pélagia haussa les épaules en tordant la bouche dans une expression de résignation et de scepticisme. « Je ne sais pas, dit-elle enfin. Je sais que je veux faire quelque chose mais je ne sais pas quoi. Les femmes ne peuvent pas devenir médecins, si ?

– Vous pouvez avoir des bambini. Tout le monde devrait avoir des bambini. J'en aurai trente ou quarante.

– Je plains votre femme.

– Je n'en ai pas, alors je devrai peut-être en adopter.

– Vous pourriez être professeur. Ainsi vous seriez avec des enfants pendant la journée et le soir, vous auriez du temps pour la musique. Pourquoi ne me jouez-vous pas quelque chose ?

– Oh mon Dieu, chaque fois qu'on me demande de jouer, j'oublie tous les morceaux que je connais. Et il me faut toujours la musique devant moi. Ce n'est pas bien. Je sais : je vais vous jouer une polka. De Persichini. » Il installa la mandoline et joua deux notes. Il s'arrêta et expliqua : « Elle a glissé. C'est l'ennui avec cette forme ronde de Naples. Je me dis souvent que je devrais avoir une portugaise à caisse plate, mais où en trouver une en temps de guerre ? » Il fit suivre cette question théorique par les deux mêmes notes, ritardando, joua quatre accords de croches, puis une mesure déroutante qui introduisait une pause et deux doubles croches et se lança bientôt dans des cascades de notes et d'accords en doubles croches qui laissèrent Pélagia bouche bée. Jamais elle n'avait entendu une virtuosité aussi élaborée ni trouvé un morceau de musique si plein de surprises. Il y avait des trémolos soudains et brillants en début de mesure et des moments où la musique hésitait sans perdre son tempo, ou conservait la même vitesse tout en paraissant la réduire de moitié ou la doubler. Surtout, il y avait des passages où une note tellement haute qu'elle pouvait à peine être jouée descendait la gamme à une vitesse vertigineuse et tombait sur une basse pleine qui avait à peine le temps de sonner avant que n'arrive une alternance délicieuse de basses et d'aigus. Cela donnait à Pélagia l'envie de danser ou de faire une bêtise.

Elle observait avec étonnement les doigts de la main gauche qui rampaient comme une grosse araignée menaçante le long du manche. Elle voyait les tendons remuer et onduler sous la peau, puis elle vit une symphonie d'expressions passer sur le visage du capitaine : parfois serein, soudain furieux, quelquefois souriant, de temps en temps sévère et autoritaire puis cajoleur et tendre. Transportée, elle s'aperçut soudain qu'il y avait dans la musique quelque chose qui ne lui avait encore jamais été révélé : ce n'était pas simplement la production d'un son agréable, c'était, pour ceux qui la comprenaient, une odyssée sentimentale et intellectuelle. Elle regarda le visage de Corelli et oublia d'être attentive à la musique; elle voulait partager le voyage. Elle se pencha en avant et croisa les mains comme si elle priait.

Le capitaine répéta la première partie et conclut brutalement par un arpège qu'il assourdit aussitôt, si bien que Pélagia se sentit frustrée. « Et voilà », dit-il en s'essuyant le front avec sa manche.

Elle était excitée, elle avait envie de sauter et de faire une pirouette. Mais elle dit : « Je ne comprends pas pourquoi un artiste comme vous s'abaisse à être soldat. »

Il fronça les sourcils : « Ne vous faites pas de fausses idées sur les soldats. Les soldats ont des mères, vous savez, et nous finissons pour la plupart fermiers et pêcheurs comme tous les autres.

– Je veux dire que pour vous ce doit être une perte de temps, c'est tout.

– Bien sûr, c'est une perte de temps. » Il se leva et regarda sa montre. « Carlo devrait être déjà ici. Je vais ranger Antonia. » Un sourcil levé, il regarda Pélagia : « A propos, signorina, je n'ai pas pu m'empêcher de remarquer que vous avez un derringer dans la poche de votre tablier. »

Pélagia eut un coup au cœur et se mit à trembler. Mais le capitaine ajouta : « Je comprends que vous vouliez l'avoir, et en fait je ne l'ai pas vu. Mais vous devez comprendre ce qui arriverait si quelqu'un le voyait. En particulier un Allemand. Soyez seulement plus discrète. »

Elle lui lança un regard implorant et il sourit, lui toucha l'épaule, se tapota le nez avec l'index et fit un clin d'œil.

Après son départ, il vint à l'esprit de Pélagia qu'à ce stade elle et son père auraient pu empoisonner le capitaine une bonne centaine de fois s'ils l'avaient voulu. Ils auraient pu extraire du poison de l'aconit, cueillir de la ciguë ou arrêter son cœur avec de la digitale et les autorités n'auraient jamais su de quoi il était mort. Elle glissa la main dans la poche de son tablier et passa un doigt autour de la détente, du geste familier auquel elle s'était entraînée nombre de fois. Elle le soupesa. C'était bien, de la part du capitaine, de lui avoir montré qu'il respectait le besoin de sécurité, d'assurance et de bravade qu'impliquait la possession d'une arme. Et puis on n'empoisonne pas un musicien, même italien : ç'aurait été aussi abominable que de barbouiller d'excréments la tombe d'un pope.

Ce soir-là, le docteur lui-même exigea un concert ; lui et Pélagia se retrouvèrent dans la cour et tandis que le capitaine étalait une partition sur la table ils posèrent une lanterne sur le bord supérieur pour à la fois l'éclairer et l'empêcher d'être emportée par la brise. Le capitaine s'assit solennellement et commença à frapper la plaque de protection avec le médiator.

Le docteur haussa les sourcils, perplexe. Les coups parurent durer très longtemps. Peut-être le capitaine essayait-il d'établir un rythme. Peut-être était-ce une de ces pièces minimalistes dont il avait entendu parler, à base de bruits sourds et de grincements et sans mélodie, et ce devait être l'introduction. Il tourna les yeux vers Pélagia qui surprit son regard et leva les mains en signe d'incompréhension. Le bruit continuait. Le docteur étudia le visage du capitaine, profondément concentré. Dans des situations artistiques incompréhensibles de cette sorte, le docteur avait toujours les fesses qui lui grattaient. Il s'agita sur son siège puis perdit patience. « Excusez-moi, jeune homme, mais que faites-vous donc ? Ce n'est pas tout à fait ce que ma fille m'avait fait espérer.

– Nom de Dieu! s'exclama le capitaine toute concentration disparue, j'allais juste commencer à jouer.

– Eh bien, il était temps, il me semble. Qu'est-ce que vous fabriquiez? Qu'est-ce que c'est? Une épouvantable niaiserie moderne intitulée *Deux boîtes de conserve, une carotte et la prostituée morte ?* »

Corelli était offensé et il parla avec un ton évident de dédain hautain : « Je joue un des concertos de Hummel pour mandoline. Les quarante-cinq premières mesures et demie sont pour l'orchestre, allegro moderato e grazioso. Vous devez imaginer l'orchestre. Maintenant je dois tout recommencer. »

Le docteur lui lança un regard furibond. « Je n'écouterai pas une seconde fois tout ce ramdam et je n'imaginerai pas l'orchestre. Jouez tout bonnement votre partie. »

Les yeux du capitaine flamboyèrent à leur tour, indiquant clairement sa conviction que le docteur était un parfait Béotien. « Si je le fais, dit-il, je ne retrouverai pas le moment où je dois entrer et ça, dans une salle de concert, ce serait un désastre. »

Le docteur leva le bras pour prendre à témoin l'olivier, la chèvre, la maison, le ciel nocturne. « Mesdames et Messieurs, brailla-t-il, pardonnez-moi d'interrompre le concert. » Il se tourna vers Corelli : « Est-ce une salle de concert ? Mes yeux me trompent-ils ou est-il vrai qu'il n'y a pas d'orchestre ? Où, je vous prie, se trouve le chef d'orchestre et où sont les nobles dames couvertes de bijoux ? »

Le capitaine eut un soupir résigné, Pélagia le regarda avec compassion et le docteur ajouta : « Autre chose. Pendant que vous tapez en vous imaginant votre orchestre, vous prenez des expressions plus stupides les unes que les autres. Comment pouvons-nous nous concentrer devant un tel spectacle ? »

28

Libération des masses (1)

Quand les Allemands se retirèrent d'Afrique du Nord, ils établirent leur centre d'opérations pour la région dans le Péloponnèse, ce qui obligea Mandras et son petit groupe d'andartes à traverser le canal de Corinthe et à se rendre en Roumélie.

Dans le Péloponnèse, Mandras n'avait pas fait grand-chose. Il s'était joint à un homme, puis à deux autres et ils n'avaient conçu ni plan ni objectif. Tout ce qu'ils savaient c'était qu'ils étaient poussés par une force qui venait du plus profond de leur âme, une force qui leur ordonnait de débarrasser leur terre des étrangers ou de mourir au combat. Ils incendièrent des camions, l'un du groupe garrotta un soldat ennemi et resta ensuite tremblant de peur et d'horreur rétrospectives tandis que les autres le réconfortaient et l'encensaient. Ils vivaient dans une grotte à la lisière d'une forêt, se nourrissaient de ce que leur apportait le pope d'un village voisin — du pain, des pommes de terre et des olives — et donnaient leurs vêtements à laver à une femme des environs. Un jour ils abattirent une passerelle de bois qui faisait partie du chemin menant à une garnison locale. En représailles pour devoir se mouiller les pieds dans le torrent, l'ennemi brûla quatre maisons du village ; le pope et l'instituteur les supplièrent de partir avant qu'il n'arrive un plus grand malheur Les quatre propriétaires, désormais sans toit, se joignirent au groupe.

Il y avait en Roumélie une petite équipe anglaise d'amateurs enthousiastes, dont aucun ne parlait grec, qui s'étaient entraînés une journée avant d'être parachutés en utilisant un nouveau type d'engin où le paquetage et la radio attachés en haut des suspentes cognaient bruyamment la tête des soldats quand ils atterrissaient. Ces Britanniques coordonnaient des groupes de guérilla dans l'intention de faire sauter les viaducs du chemin de fer à voie unique, seule ligne de ravitaillement allant finalement du Pirée à la Crète et de là à Tobrouk. Pour eux, il allait de soi que les groupes autonomes seraient ravis d'être commandés par des officiers anglais et les Grecs furent tellement impressionnés par cette confiance en soi qu'ils l'acceptèrent presque immédiatement.

Il y avait cependant un groupe appelé ELAS qui était la branche militaire de l'organisation E.A.M., laquelle était contrôlée à son tour par un comité à Athènes dont les membres appartenaient au K.K.E. Les gens intelligents comprirent immédiatement qu'un groupe avec de telles références devait être communiste et que s'il avait des courroies de contrôle aussi discrètes c'était précisément pour cacher aux citoyens ordinaires que c'était une organisation communiste. À l'origine, ses recrues provenaient de tous les milieux, elles incluaient des républicains vénizélistes et des royalistes, ainsi que des socialistes modérés, des libéraux et des communistes, tous prêts à se laisser faire croire qu'ils participaient à la lutte de libération nationale et non à un plan complexe et secret qui avait davantage à voir avec la prise de pouvoir après la guerre qu'avec la victoire sur l'Axe. Les Anglais l'armèrent parce qu'ils ne crurent pas les officiers qui assuraient que c'était s'attirer des ennuis plus tard et parce qu'ils ne croyaient pas, de toute façon, que des étrangers basanés pouvaient causer beaucoup de tort à l'Angleterre. Le général de brigade Myers et ses officiers laissèrent faire et continuèrent leur travail alors que l'ELAS ne les aidait ou ne leur obéissait que lorsque ça lui chantait. Ils avaient une tâche impossible mais ils réalisèrent tout ce qu'ils s'étaient fixé à force de cran, de patience et d'ardeur. Ils recrutèrent même deux Arabes palestiniens qui étaient restés en arrière dans la pagaille générale de 1941.

Mandras aurait pu rejoindre l'EKKA ou l'EDES ou encore l'E.O.A. mais le hasard voulut que les premiers andartes qu'il rencontra en Roumélie appartenaient à l'ELAS et que le premier chef qui le prit dans son groupe était fièrement et ouvertement communiste. Il était assez fin pour voir que Mandras était une âme en peine, un homme un peu aigri sans savoir pourquoi, assez jeune pour être impressionné et enchanté par l'association de grands noms à des concepts élevés et assez triste pour qu'on le traite en ami.

Mandras haïssait les montagnes. Il y avait des montagnes chez lui mais entourées à l'infini par les étendues marines qui les fouettaient. En Roumélie, non seulement les montagnes abolissaient l'horizon et l'enfermaient comme l'étreinte d'une énorme tante, laide et expansive, mais en outre elles lui rappelaient la guerre sur la frontière albanaise qui lui avait tant coûté en équilibre, en camarades et en santé. Elles l'oppressaient et le punissaient bien qu'il connût leurs manières avant de les avoir vues. Il savait déjà ce que c'était que se rôtir les cuisses et le ventre devant un feu tout en ayant le dos et les fesses gelés jusqu'aux os, de se déshabiller pour passer un gué tout nu en hiver, les vêtements au-dessus de la tête, dans des torrents qui vous arrachaient l'air de la poitrine et vous laissaient des bleus comme si vous étiez contusionné. Il savait déjà que pour vaincre les Italiens on avait besoin, grosso modo, de la moitié de leurs effectifs, et il savait comment charger un Mannlicher et tirer quand l'autre main saignait et était occupée à étancher le sang d'une autre blessure. Il savait déjà ce que c'était que se créer une vie en rêvant de Pélagia et en fraternisant dans l'ivresse avec des camarades très chers qui pouvaient mourir dans la nuit.

Mandras rejoignit tout d'abord l'ELAS parce qu'il n'avait pas le choix. Lui et ses compagnons se reposaient dans un petit abri de broussailles sur une litière de feuilles quand ils furent surpris par dix hommes qui les entourèrent. Tous portaient des restes d'uniformes, ils étaient bardés de cartouchières, ils avaient des couteaux à la ceinture et étaient tellement barbus qu'ils se ressemblaient tous. Leur chef se distinguait par un fez rouge qui aurait constitué un piètre camouflage s'il n'avait été aussi déteint et crasseux.

Les yeux de Mandras et de ses amis rencontrèrent les canons d'un demi-cercle d'armes automatiques légères et l'homme au fez dit : « Sortez. »

Craignant pour leur vie, les hommes durent se lever et sortir, les mains sur la nuque, un ou deux andartes entrèrent dans l'abri et jetèrent leurs armes dehors ; elles s'entrechoquèrent par terre avec le bruit particulier du métal lourd, étouffé par le bois des crosses et la graisse.

« Avec qui vous êtes ? demanda le fez.

– Avec personne, répondit Mandras troublé.

– Vous êtes avec l'EDES ?

– Non, nous sommes seuls. Nous n'avons pas de nom.

– Tant mieux, dit le fez, maintenant, retournez dans vos villages.

– Je n'ai pas de village, dit l'un des prisonniers. Les Italiens l'ont brûlé.

– Que ce soit clair. Ou bien vous rentrez dans vos villages et vous nous laissez vos armes, ou bien vous vous battez contre nous et nous vous tuons, ou alors vous vous joignez à nous sous mon commandement. Ici c'est notre territoire et personne d'autre ne s'y introduit, surtout pas l'EDES. Alors qu'est-ce que ce sera ?

– Nous sommes venus pour nous battre, expliqua Mandras. Qui es-tu ?

– Hector. Ça n'est pas mon vrai nom, que personne ne connaît et ça... », il indiqua sa troupe, « c'est la branche locale de l'ELAS. » Les hommes sourirent très amicalement, ce qui contrastait avec la mine dictatoriale du fez, et Mandras regarda ses compagnons l'un après l'autre. « On reste ? » demanda-t-il et ils firent tous signe que oui. Ils étaient depuis trop longtemps en route pour abandonner et c'était bien d'avoir trouvé un chef qui saurait peut-être quoi faire. C'était démoralisant d'errer comme Ulysse d'un endroit à l'autre, loin de chez soi, en improvisant une résistance qui ne menait jamais à rien.

« Bon, dit Hector. Venez avec nous, et voyons de quoi vous êtes capables. »

Toujours sans armes, la petite colonne fut conduite à trois kilomètres dans un minuscule village qui semblait ne contenir que des chiens errants, quelques maisons affaissées dont les pierres avaient perdu leur mortier et ne tenaient que par la force de l'inertie et de l'habitude, et un chemin qui s'était élargi, temporairement et avec optimisme, en une rue poussiéreuse. Une maison était gardée par un andartis auquel Hector ordonna : « Fais-le sortir. »

Le partisan entra et jeta dehors à coups de pied un vieil homme émacié qui cligna des yeux au soleil, tremblant, nu jusqu'à la taille. Hector tendit à Mandras un morceau de corde à nœuds et lui dit en indiquant le vieillard : « Fouette-le »

Mandras eut un regard incrédule et Hector le foudroya : « Si tu veux être avec nous, tu dois apprendre à faire justice. Cet homme… », il le montra du doigt, « a été jugé coupable. Maintenant fouette-le. »

C'était répugnant de fouetter un collaborateur, mais pas impossible. Il frappa l'homme une fois avec la corde, légèrement, par égard pour son âge, et Hector s'écria impatiemment : « Plus fort, plus fort. Qu'est-ce que tu es ? Une femme ? » Il frappa encore une fois, un peu plus fort. « Encore », ordonna Hector.

Ça devenait plus facile à chaque coup. En fait, ça devenait une joie. C'était comme si toutes les rages de sa prime enfance gonflaient en lui, le purgeaient pour le rendre neuf et propre. Le vieillard jappait et sautait de côté à chaque coup, il tournoyait et rentrait la tête dans les épaules. Finalement il se jeta par terre en gémissant, pitoyable, et Mandras sut alors qu'il pouvait être un dieu.

Une jeune femme qui ne devait pas avoir plus de dix-neuf ans accourut, échappa à l'un des andartes qui voulait la retenir et se jeta aux pieds d'Hector. Elle haletait de peur et de désespoir. « Mon père, mon père ! s'écria-t-elle. Pitié, aie pitié de lui, c'est un vieil homme, oh mon pauvre père. »

Hector posa le pied sur son épaule et la renversa. « Tais-toi, camarade, arrête de gémir ou je ne réponds pas des conséquences. Qu'on l'emmène. »

On l'entraîna, suppliante, en larmes, et Hector reprit la corde à Mandras. « On fait comme ça, dit-il comme s'il expliquait une question scientifique absconse. Tu commences en haut… », il fit un large mouvement horizontal qui entailla les épaules de l'homme, « ensuite tu fais pareil en bas… », il ouvrit une autre bande sanglante à hauteur des reins, « et ensuite tu remplis entre les deux avec des lignes parallèles jusqu'à ce qu'il ne reste plus de peau. C'est ce que je veux dire par “fouette-le”. »

Mandras ne remarqua même pas que l'homme ne bougeait plus, ne criait plus, ne gémissait plus. Les lèvres serrées, appliqué, il remplit l'espace entre les lignes, en revenant là où il risquait de rester un soupçon de peau rose. Les muscles de ses épaules lui faisaient mal et protestaient et il s'arrêta enfin pour s'essuyer le front sur sa manche. Une mouche se posa sur la chair du dos et il l'écrasa d'un nouveau coup. Hector s'avança, lui prit la corde et lui mit un pistolet dans la main. « Maintenant tue-le. » Il se mit un index sur la tempe et remua le pouce pour évoquer le percuteur.

Mandras s'agenouilla et posa le canon contre la tête du vieil homme. Il hésita, quelque part au fond de son esprit il se faisait horreur. Il ne pouvait pas. Afin de montrer qu'il faisait quelque chose, il repoussa le chien et commença à appuyer. Il ne pouvait pas. Il serra les paupières. Il ne pouvait pas perdre la face. Il fallait être un homme devant d'autres hommes, c'était une question d'honneur. De toute façon, c'était Hector l'exécuteur et il n'était que son bras. L'homme était condamné à mort et de toute manière il allait mourir. Il ressemblait un peu au Dr Yannis avec ses cheveux gris et rares et son occiput proéminent. Le Dr Yannis qui ne le trouvait pas digne d'une dot. Qui se soucie d'un vieillard inutile de plus ou de moins ? Mandras contracta tous les muscles de son visage et appuya sur la détente.

Ensuite il ne regarda pas la bouillie sanglante d'os et de cervelle mais fixa sans y croire la bouche fumante de son arme. Hector la lui prit et lui rendit sa carabine. Il lui donna une tape dans le dos et dit : « Tu feras l'affaire. » Mandras essaya de se redresser mais il était trop faible et Hector lui passa le coude sous l'aisselle pour le relever. « Justice révolutionnaire », dit-il et il ajouta : « Nécessité historique. »

Quand ils quittèrent le village dans la poussière et la pierraille qui étaient redevenues un simple chemin, Mandras s'aperçut qu'il ne pouvait regarder personne en face et il baissa le nez, les yeux fixés sur le sol. « Qu'est-ce qu'il avait fait ? demanda-t-il finalement.

– C'était un sale voleur.

– Qu'est-ce qu'il avait volé ?

– Eh bien, ce n'était pas tout à fait du vol, dit Hector en ôtant son fez et en se grattant la tête, mais les Anglais larguent des vivres pour nous et pour l'EDES. Nous avons donné des ordres stricts aux gens d'ici pour qu'ils nous informent de chaque largage de sorte que nous puissions arriver les premiers. Ça n'est que raisonnable, vu les circonstances. Cet homme est allé signaler le largage à l'EDES et ensuite il a ouvert une des caisses et il a pris une bouteille de whisky. On l'a trouvé couché sous la soie du parachute, soûl comme un Turc. C'était du vol et de la désobéissance. » Il remit son fez. « Il faut être ferme avec ces gens-là, sinon ils n'en font qu'à leur tête. Ils ont une conscience erronée et il faut les en débarrasser, dans leur propre intérêt. Tu ne vas pas me croire, mais la moitié de ces paysans est royaliste. Tu imagines ? S'identifier avec les oppresseurs ! »

Il n'était jamais venu à l'idée de Mandras d'être autre chose que royaliste, mais il fit un signe entendu puis demanda : « C'était un largage pour l'EDES ?

– Oui. »

Derrière eux, dans le village, une lamentation déchirante se répandit dans le silence. Elle s'élevait et retombait comme une sirène, se répercutant de la falaise au-dessus d'eux aux rochers de l'autre côté de la vallée pour revenir et se mêler aux dernières modulations de son propre son. Mandras ferma son esprit à l'image claire et précise de ce qui devait se passer — la fille en larmes, jeune, avec des cheveux noirs comme ceux de Pélagia, en train de se balancer en gémissant et en hurlant sa mélopée funèbre près du corps déchiqueté et sans vie de son propre père — et se concentra sur le ululement. Si on ne pensait pas à ce que c'était, le son était étrangement beau.

29

Étiquette

Un beau matin, au début de l'occupation, le capitaine Antonio Corelli s'éveilla en se sentant coupable, comme toujours. C'était un sentiment qui le prenait chaque matin et lui laissait dans la bouche un goût de beurre rance ; il était dû au fait qu'il dormait dans le lit de quelqu'un d'autre. Corelli descendait chaque jour un peu plus dans sa propre estime à l'idée qu'il avait fait déménager Pélagia, qu'elle dormait enveloppée dans des couvertures sur les dalles froides de la cuisine. Certes, Psipsina se lovait près d'elle les nuits les plus froides, et il lui avait apporté deux sacs de couchage militaires à mettre l'un au-dessus de l'autre pour servir de matelas, mais il se sentait quand même indigne et se demandait si elle considérerait toujours son lit comme contaminé. Il s'inquiétait aussi qu'elle soit obligée de se lever très tôt pour être présentable et avoir rangé sa literie quand il arrivait dans la cuisine. Il la trouvait en train de suivre du doigt en baillant l'anglais difficile de l'encyclopédie médicale ou de travailler rageusement à une couverture au crochet qui ne grandissait pas. Il levait tous les jours sa casquette pour dire : « Buon giorno, kyria Pélagia » et tous les jours il trouvait ridicule de connaître le mot grec pour « madame » et de ne pas savoir dire bonjour. Rien ne l'enchantait autant que de la voir sourire. C'est pourquoi il décida d'apprendre à dire bonjour en grec pour pouvoir le faire avec désinvolture quand il sortait rejoindre Carlo qui l'attendait pour l'emmener dans sa Jeep. Il demanda conseil au Dr Yannis.

Ce dernier était de méchante humeur, pour la simple raison qu'il lui plaisait ce jour-là d'être de cette humeur-là. La connaissance du gros maréchal des logis lui avait rendu son activité bien plus facile qu'en temps de paix et comme celui-ci était sans aucun doute hypocondriaque, ils se voyaient assez souvent pour garantir la fourniture incessante des produits indispensables. Chose curieuse, juste au moment où il avait enfin de quoi exercer, les insulaires cessèrent de tomber malades. L'ajournement collectif de la maladie en période de pénurie était un phénomène dont il avait entendu parler mais auquel il n'avait encore jamais assisté et chaque fois qu'il apprenait un succès des Alliés il s'inquiétait du débordement d'affections inévitables qui se produirait après la libération. Il commençait à en vouloir aux Italiens de lui ôter de son utilité et c'est peut-être la raison pour laquelle il apprit à Corelli qu'en grec « bonjour » se disait « aï gamissou ».

« Aï gamissou », répéta Corelli trois ou quatre fois, puis il dit : « Maintenant je pourrai le dire à Pélagia. »

Le docteur fut horrifié et réfléchit vite. « Oh non, dit-il, vous ne pouvez pas dire ça à kyria Pélagia. À une femme qui vit dans la même maison on dit "kaliméra". C'est une des règles bizarres de certaines langues.

– Kaliméra, répéta le capitaine.

– Et si quelqu'un vous salue, poursuivit le docteur, il faut répondre "poutanas yié". »

Le capitaine s'exerça : « Poutanas yié. » En sortant, il dit fièrement à Pélagia : « Kaliméra, kyria Pélagia.

– Kaliméra », répondit Pélagia en faisant glisser les mailles de son crochet inutile. Corelli attendit qu'elle soit surprise et qu'elle sourie mais il n'y eut pas de réaction. Déçu, il s'en alla et c'est après son départ que Pélagia sourit.

Dehors, Corelli constata que Carlo ne s'était pas encore matérialisé et il s'exerça à son nouveau salut sur les villageois. « Aï gamissou », dit-il gaiement à Kokolios qui le foudroya du regard, prit l'air menaçant et cracha dans la poussière.

« Aï gamissou », dit-il à Vélissarios qui aussitôt se jeta sur lui en déversant un torrent d'invectives que le capitaine ne comprit heureusement pas. Corelli n'évita d'être frappé par l'énorme bonhomme en colère que parce qu'il lui offrit une cigarette. « Je devrais peut-être tout simplement ne pas parler aux Grecs », pensa-t-il.

« Aï gamissou », dit-il à Stamatis qui depuis quelque temps faisait semblant d'être redevenu sourd pour supporter son mariage. « Poutanas yié », grommela le vieil homme en s'éloignant.

Ce soir-là, à Argostoli, le capitaine essaya fièrement sa nouvelle formule sur Pasquale Lacerba, le photographe italien, un grand escogriffe qu'on avait convaincu de travailler comme interprète, et il fut affolé de découvrir, après quelques malentendus, que le docteur l'avait induit en erreur. Il se retrouva assis dans un café près de la mairie, plus malheureux que fâché. Pourquoi le docteur avait-il fait ça ? Il croyait que s'était établi entre eux un certain respect mutuel et pourtant le docteur lui avait appris à dire « va te faire foutre » et « fils de pute », et lui s'était rendu ridicule toute la journée en levant sa casquette et en souriant pour dire des choses terribles. Bonté divine, il les avait même dites à un pope, à un gentil chien et à une petite fille à la frimousse sale mais d'une candeur touchante.

30

Le bon nazi (1)

L'une des nombreuses curiosités de la vieille administration britannique c'est qu'elle voyait très bien ce qui n'allait pas chez elle et n'y changeait jamais rien. Elle préférait appliquer ses leçons à ses possessions à l'étranger. Ainsi, dans son *Treatise Concerning Civil Government* de 1781, le philosophe Josiah Tucker remarquait que Londres était abusivement représenté au Parlement et qu'il était injuste qu'il monopolise des avantages qui auraient dû être les mêmes pour tous. Il écrivait surtout :

« JE LE RÉPÈTE : Toutes les Cités de trop grande taille sont redoutables pour une autre raifon et ne devraient pas être encouragées par de nouveaux Privilèges à devenir encore plus dangereuses : car elles sont, et ont toujours été, les Sièges des Factions et de la Sédition et les Pépinières de l'Anarchie et de la Confufion. Un Chef hardi et défefpéré, dans toute grande Métropole, à la Tête d'une Foule nombreuse, menace la Paix de la Société, même dans les Gouvernements les plus defpotiques…

« Encore une fois, si un homme a le moindre senf de la Rectitude et de la Morale, ou s'il lui reste une Étincelle de Bonté et d'Humanité, il ne peut souhaiter d'attirer les hommes dans les grandes Cités par de nouvelles Séductions. De tels lieux sont déjà devenus le poison du genre humain à tous égards, dans leur Santé, leur Fortune, leur Morale, leur religion, etc. Et l'on peut obferver à Londres en particulier que, faute de nouvelles Recrues, Mâles et Femelles venues de la Campagne pour suppléer aux Dévaftations que le Vice, l'Intempérance, les Bordels et la potence ne ceffent de causer, toute l'Espèce humaine de cette Cité fera bientôt épuifée, car le Nombre de Morts excède les Naissances d'au moins 7 000 chaque Année. »

Les philosophes qui n'ont qu'une seule idée et l'exposent en néologismes barbares sur trente volumes successifs ont un avenir garanti dans les universités, mais le malheureux Josiah Tucker, qui eut tant d'influence de son temps, a été perdu pour les départements de philosophie modernes parce qu'il n'était pas assez obscur, qu'il ne proposait pas de théories assez folles et que sa pensée s'enracinait dans des exemples concrets. En Angleterre, au lieu d'avoir le bon sens de transférer la capitale à York, on a laissé Londres grandir et devenir la fosse à purin la plus abjecte de l'histoire du monde. Mais à Céphalonie les autorités britanniques remarquèrent qu'Argostoli devenait trop grand, elles suivirent le conseil de Tucker et entreprirent de construire la charmante ville de Lixouri.

Lixouri possède une agora spacieuse bordée d'arbres et un splendide palais de justice construit au-dessus d'un marché, réunissant les bienfaits apparentés du commerce, de la justice et de l'abri accueillant contre les attaques du soleil et de la pluie. Lixouri et Argostoli continuent à ce jour de se considérer mutuellement comme des aberrations et des excentricités et sont des rivales acharnées en matière de danse, de musique, de commerce et de civisme, mais en 1941 une rivalité nouvelle et mauvaise leur fut imposée par des puissances étrangères qui les parasitèrent : les Italiens établirent leur garnison à Argostoli et les Allemands, à Lixouri.

Le détachement allemand était réduit et discret et il ne fait aucun doute qu'il n'était là que parce que les nazis savaient parfaitement qu'on ne pouvait pas faire confiance aux Italiens et voulaient les avoir à l'œil. Il est exact qu'Hitler avait décrit Mussolini comme « le grand homme de l'autre côté des Alpes », mais il savait désormais que le Duce et ses séides étaient les seuls véritables fascistes restant en Italie. Il savait que ses généraux étaient arriérés et sans talent, il avait pu voir lui-même que les soldats étaient indisciplinés, rétifs, qu'ils avaient des opinions, et en Afrique du Nord il avait fait en sorte qu'ils soient toujours écartés du front pendant les engagements importants. Comme Dieu faisant apparaître son arc-en-ciel pour rappeler aux Israélites qui commandait, Hitler envoya à Lixouri trois mille grenadiers du 996e régiment sous les ordres du colonel Barge.

Personne ne les aimait, bien qu'il y eût en surface des relations de cordialité et de coopération entre les Allemands et les Italiens. Les Allemands considéraient les Italiens comme des négroïdes d'une race inférieure et les Italiens restaient perplexes devant le culte nazi de la mort. Ils trouvaient pathologiques les ceinturons et les uniformes sinistrement décorés de têtes de mort, de même que leur discipline de fer, leur identité irrationnelle et irritante de vues et de propos et leur passion incompréhensible pour l'hégémonie. Les Italiens qui avaient une propension invétérée à se tenir par les épaules ne ressentaient pas le même besoin en compagnie d'un Allemand, comme s'ils craignaient de recevoir une décharge électrique, comme si leur bras avait pu se changer en glace ou se perdre dans le néant. Le soir on entendait *Lili Marlene* s'échapper des mess, le bavardage amical, les éclats de rire, les jeux bruyants, mais c'était le monde de l'intimité. Dans la journées, les Allemands étaient sérieux, ne comprenaient pas l'ironie, s'offensaient poliment, et se montraient d'une efficacité froide et brutale dans leurs rapports avec la population locale. Le capitaine Corelli se lia d'amitié avec l'un d'eux, un garçon qui parlait un peu l'italien, et il découvrit qu'il ne devenait vraiment humain que lorsqu'il quittait son uniforme, enfilait un maillot de bain et barbotait dans la mer.

Günter Weber voulait désespérément être blond et c'est pour cela qu'il fréquentait les plages ensoleillées lorsqu'il n'était pas en service, dans l'espoir que le soleil décolorerait ses cheveux. Mais il ne pouvait rien faire pour transformer ses yeux noirs en un bleu aryen au-dessus de tout soupçon. C'est sur la plage de la baie de Lépada qu'il fit la connaissance de l'homme qui devint son ami et qu'il était destiné à trahir par un baiser de Judas qui consista en un maelström de balles. Elles ouvrirent des bouches rouges et sanglantes dans le corps des compagnons qu'il avait appris à aimer.

La baie de Lépada est située près de Lixouri, au-dessous du monastère où Anthimos Kourouklis s'est entretenu avec Dieu, surplombée par les ruines corinthiennes de la ville haute de Pale où fleurissait à l'époque classique un culte innocent de Perséphone. La plage fait une courbe gracieuse et à l'une des extrémités se trouve un rocher strié qui a exactement la forme d'un galion échoué et en ruine. Il a été créé idéalement par la nature pour que l'on s'y assoie au soleil ou que l'on contemple de son bord les centaines de poissons minuscules qui filent comme des flèches dans les algues de la mer prodigue.

C'est sur le gaillard d'arrière de ce navire pétrifié que Günter Weber était assis quand il entendit arriver le camion italien derrière la frange d'herbes sèches et décharger sa joyeuse cargaison de chanteurs et de prostituées.

On aurait pu décrire ces filles comme fraîchement débarquées d'Afrique du Nord si le terme « fraîchement » n'était d'une inexactitude insigne. Dévorée par les insectes et marquée par l'impossible chaleur sèche du désert gris, cette bande de filles défraîchies mais amicales venait d'arriver dans son nouveau paradis insulaire et n'en croyait encore pas sa chance. Serrées dans leur robe, la figure plâtrée de poudre et de fard, les lèvres dessinées en forme d'arc de Cupidon, elles adoraient la façon dont les vieux paysans restaient bouche bée en les voyant passer avec leurs parasols. Elles adoraient le goût de l'eau fraîche, le contact soyeux de la mer où elles nageaient nues et sans honte, le soleil qui guérissait miraculeusement les boutons et l'agréable léthargie des moments de repos au bordel militaire quand elles se faisaient les ongles en se plaignant des hommes en général et en particulier. Elles adoraient surtout attraper des maladies qui obligeaient les médecins militaires à leur prescrire des périodes de congé allant jusqu'à des semaines. Ça les changeait de l'habitude de se lever tôt et d'être transportées d'une base à l'autre comme du bétail avant de retrouver chez elles les exercices violents et le répertoire invariable de grognements. Leur existence n'était faite que de frottements (rien d'étonnant à ce qu'elles aient eu la peau douce) et d'une éternité de plafonds.

Comme le jeune grenadier allemand, les prostituées voulaient toutes être blondes mais elles obtenaient à la manière forte, avec de l'eau oxygénée, le résultat qu'il recherchait au moyen du soleil. Le centimètre de racines sombres à la raie de leurs cheveux secs et cassants leur donnait un air déçu et décevant comme s'il leur manquait, à l'instar d'un artiste talentueux mais sans conviction, l'élan décisif qui aurait pu rendre l'illusion complète.

La beauté de ces fleurs fatiguées mais avides de soleil était entièrement produite et perpétuée par elles-mêmes. L'éclat impalpable de leur jeunesse et de leur beauté miroitait sur elles comme le vague enchantement d'un sortilège provisoire mais il était créé par leurs efforts, des efforts conscients, dictés par la persévérance plus que par l'espoir. Elles luttaient pour croire à leur propre vanité. L'exercice consciencieux de leur profession conservait leur corps mince et souple mais il y avait des rides ineffaçables aux coins de leurs yeux, une petite mollesse sous leurs seins qui avaient commencé presque imperceptiblement à tomber. Elles avaient les dents propres et blanches mais leur sourire était machinal même lorsqu'il était sincère. Leurs jambes et leurs aisselles étaient rasées, elles sentaient la serre bourrée de jacinthes et elles taillaient et coiffaient les poils de leur pubis si religieusement que les soldats qui aimaient s'enfouir et disparaître dans une bonne grosse touffe bien honnête en revenaient déçus comme si on les avait trompés et qu'il n'y avait pas eu de pénétration. Les femmes étaient récurées et brillaient de propreté et Corelli et son club d'opéra les emmenaient parfois à la plage en camion parce qu'il pensait que ça leur remonterait le moral. Les femmes, expertes en variétés d'idiosyncrasie masculine, les suivaient parce que la vie les avait toujours ballottées ici et là comme des algues au bord des vagues et que les hommes étaient les poissons brouteurs qui les mangeaient. De son rocher, Günter Weber observa la bande de soldats italiens qui ouvraient leurs bouteilles de vin et commençaient à lever les bras et à chanter. Il regarda les nymphes nues s'éloigner et courir dans la mer en piaillant et en essayant de s'éclabousser, et il eut un sourire supérieur en se disant que tous les Italiens étaient fous. Tout le monde au mess, et toute la nation des peuples germains réunis, était du même avis : les Italiens étaient des enfants que l'on allait renvoyer chez eux à la fin de la fête avec un ballon dans les bras et une sucette dans leurs doigts poisseux. Ils auraient l'Albanie et n'importe quoi d'autre qui ne présenterait aucun intérêt pour le Führer.

Weber avait vingt-deux ans et n'avait encore jamais vu une femme nue; il n'était pas de ces violeurs à tout crin, obsédés de l'immolation tels que les Croates et les Tchèques allemands qu'il côtoyait, et de toute façon un soldat qui violait n'avait pas besoin de déshabiller la femme : la brutalité était de pure forme et se concluait par la mort. Weber était encore puceau, son père était pasteur luthérien, il avait grandi dans les montagnes d'Autriche et pouvait haïr les juifs et les tziganes simplement parce qu'il n'en avait jamais vu. Il se dirigea vers le groupes d'Italiens, poussé par un désir désespéré, et déguisé en indifférence, de voir une femme nue.

Corelli leva les yeux vers le jeune visage ouvert et celui-ci lui plut. Il était franc et amical. « Heil Hitler », dit Weber et il tendit la main. « Heil Puccini », répondit Corelli en tendant la sienne.

« Je suis le lieutenant Günter Weber, des grenadiers de Lixouri. J'ai vu votre groupe et j'ai pensé venir me présenter.

– Ah, dit Carlo avec un clin d'œil, vous vouliez venir voir les femmes.

– Pas du tout, mentit Weber avec raideur. Naturellement, on a déjà tous vu ces choses-là.

– Je suis Antonio Corelli, dit le capitaine, et naturellement, on ne voit jamais assez de ces choses-là quand on est un homme.

– Exact », mentit Carlo pour qui la présence des femmes était une cause de profond malaise spirituel et de grande perplexité. Il se rappelait toujours Francisco et sa nouvelle loyauté allait au capitaine; il était sûr qu'avec lui ce serait une affection qui devrait constituer sa propre récompense. Il n'en avait jamais été tout à fait sûr avec Francisco, bien qu'il ait été marié et qu'il ait exprimé une aversion farouche pour l'homosexualité. Carlo était heureux que Corelli ne soit pas un aficionado du bordel et que, contrairement aux autres, il ne l'ait jamais poussé à s'y rendre. Carlo savait que Corelli était tombé amoureux de Pélagia avant même que celui-ci ne le sache lui-même et cela, joint à son amour pour la musique et son adoration pour les enfants et sa mandoline, constituait une vie intime suffisante pour un seul homme.

« Vous ne seriez pas descendant du grand compositeur ? » demanda Corelli et l'Allemand répondit : « J'ai dit "Weber", pas Wagner. »

Le capitaine se mit à rire. « Wagner n'est pas un grand compositeur. Il est trop boursouflé, il y a trop de vents, il est trop pompeux et trop écrasant. Non, je parle de Carl Maria von Weber, celui qui a écrit *Der Freischütz* et les deux concertos pour clarinette, et la symphonie en *do* majeur. »

Weber haussa les épaules. « Je regrette, signor, de n'avoir jamais entendu parler de lui.

– Et vous êtes censé me demander si je descends du grand compositeur », dit Corelli en souriant d'avance. Weber haussa encore les épaules et le capitaine expliqua : « Arcangelo Corelli ? Les *Concerti grossi* ? Vous n'aimez pas la musique ?

– Non, j'aime… » Le lieutenant s'interrompit, incapable de penser à quelque chose qu'il aimait. « Vous avez oublié de me dire votre grade.

– Je suis la double ronde, Carlo, ici, est la ronde, voici la noire, la croche, et celui qui se baigne est une double croche, le petit Piero, là, est une triple croche. Dans notre club d'opéra nous avons nos propres grades, par ailleurs, je suis capitaine. Trente-troisième régiment d'artillerie. Venez avec nous, nous avons du vin à volonté mais les filles ne sont pas en service, et je suis sûr que vous avez la vôtre. A propos, votre italien est excellent. »

Günter Weber s'assit sur le sable, circonspect devant tous ces étrangers bruns et joviaux, et répondit : « Je viens du Tyrol. Beaucoup d'entre nous parlent italien.

– Alors vous n'êtes pas allemand ?

– Bien sûr que je suis allemand. »

Corelli parut perplexe. « Je croyais que le Tyrol était en Autriche. »

Weber sentit la moutarde lui monter au nez ; c'était déjà assez dur d'avoir dû entendre bafouer la réputation de Wagner, l'un des plus grands des protofascistes. « Notre Führer est autrichien et personne ne dit qu'il n'est pas allemand. Je suis allemand. »

Il y eut un silence pénible que Corelli brisa en tendant à Weber une bouteille de vin rouge. « Buvez, dit-il, et soyez heureux. »

Günter Weber but, et il fut heureux. Le vin, la chaleur scintillante du soleil et le baume apaisant de la brise, l'odeur des aloès, les chants qui s'élevaient, la nudité toujours aussi incroyable des filles, le clignotement de la lumière vierge accompagnant le mouvement perpétuel des eaux conspirèrent pour dénouer les résistances sèches de son cœur.

Il permit à Adriana de tirer une salve avec son luger, il s'endormit, on le jeta du rocher dans la mer, il lézarda sous les regards admiratifs des filles nues qui adorèrent son hâle doré et ses cheveux blonds et il fut déposé ce soir-là à la base, l'uniforme de travers et plein de sable, membre à part entière du club d'opéra, après avoir admis dans son ivresse que si jamais il exprimait de l'admiration pour Wagner il serait fusillé sans jugement et sans appel. Il était le seul à ne pas pouvoir chanter une seule note et il fut nommé huitième de soupir pointé.

31

Un problème d'yeux

Pélagia traitait le capitaine aussi mal qu'elle le pouvait. Si elle lui servait à manger, elle posait brutalement l'assiette devant lui de façon que le contenu déborde et éclabousse, et si par chance il s'en renversait sur son uniforme, elle allait chercher un chiffon mouillé, omettait de le tordre et étalait sur sa tunique la soupe ou le ragoût en faisant un grand cercle tout en s'excusant cyniquement pour ce grand malheur. « Oh non, je vous en prie, kyria Pélagia, c'est inutile », protestait-il légèrement et elle finit par remarquer qu'il avait pris l'habitude de ne pas approcher sa chaise tant qu'elle n'avait pas jeté les plats sur la table.

En ne lui faisant pas de remontrances et en refusant absolument de proférer le genre de menace que l'on pouvait attendre d'un officier d'une armée d'occupation, il ne réussissait qu'à l'irriter. Elle aurait aimé qu'il crie, qu'il lui ordonne de cesser ses insolences, parce que sa colère était si profonde et si amère que seul un affrontement aurait pu l'en débarrasser. Elle voulait l'exprimer, lever les bras au ciel comme un pasteur protestant ; mais il semblait décidé à l'en empêcher. Il restait docile et poli et elle se surprenait à s'entraîner en secret aux regards menaçants et aux lèvres serrées qui accompagneraient finalement la tempête hypothétique de récriminations et de mépris qu'elle espérait chaque jour déchaîner sur la tête du capitaine. Après deux mois passés à ne pas dormir de rage, enroulée dans ses couvertures sur le sol de la cuisine, elle avait mis au point plusieurs versions du discours impromptu au vitriol avec lequel elle entendait le confondre. Mais quand allait se présenter l'occasion de le prononcer ? Comment exploser de juste rancœur quand la cible reste circonspecte et méfiante ?

Le capitaine ne lui apparaissait pas comme un Italien typique. Il est vrai qu'il rentrait parfois un peu éméché et qu'il avait de temps en temps des crises de bonne humeur incorrigible ; il faisait quelquefois irruption et tombait à genoux en lui offrant une fleur qu'elle acceptait et donnait ensuite ostensiblement à manger à la chèvre ; ou bien il l'attrapait soudain par la taille, lui prenait la main et lui faisait faire deux tours vertigineux comme s'il valsait, mais cela n'arrivait que lorsque sa batterie avait gagné un match de football. Il était donc impulsif comme un véritable Italien et semblait n'avoir aucun souci au monde, mais d'un autre côté c'était un homme très grave qui savait très bien le cacher. Elle le voyait souvent debout près du mur de la cour, les mains dans le dos comme un Allemand, les pieds écartés, plongé dans la contemplation des montagnes ou d'une chose pour laquelle elles n'étaient qu'un support où reposer son regard. Elle lui trouvait une tristesse qui ressemblait beaucoup à de la nostalgie sans en être. « Si seulement il était comme les autres Italiens qui sifflent sur mon passage ou essaient de me pincer les fesses, pensait-elle, je pourrais l'injurier et le frapper. Je lui dirais : "Testa d'asino" et "possiate murì ammazzà" et je me sentirais bien mieux. »

Un jour il laissa son pistolet sur la table. Comme ce serait facile de le subtiliser et de prétendre qu'il avait été emporté par un voleur providentiel, pensa-t-elle. Elle se rendit compte qu'elle pouvait effectivement le tuer quand il franchirait la porte et s'enfuir ensuite pour rejoindre les andartes avec l'arme. Malheureusement, il n'était plus seulement un Italien, il était le capitaine Antonio Corelli qui jouait de la mandoline, très charmant et très respectueux. De toute façon, elle aurait déjà pu le tuer avec son derringer, lui fracasser le crâne avec une poêle à frire, et elle n'avait jamais été tentée de le faire. En réalité, l'idée même la rendait malade et ç'aurait été à la fois inutile et contre-productif, ç'aurait entraîné d'épouvantables représailles et n'aurait sûrement pas gagné la guerre. Elle décida de plonger le pistolet dans l'eau pendant quelques minutes afin que le barillet rouille à l'intérieur et que le mécanisme grippe.

Le capitaine entra et la prit sur le fait juste au moment où elle sortait l'arme de l'eau. Elle avait passé l'index dans la sous-garde et agitait de haut en bas ce poids mort incroyablement lourd comme pour en secouer les gouttes. Elle entendit une voix derrière elle et fut tellement saisie qu'elle laissa tomber l'objet dans la bassine.

« Que faites-vous ?

– Mon Dieu, s'exclama-t-elle, vous m'avez fait peur ! »

Le capitaine considéra son pistolet immergé avec une expression d'objectivité scientifique, leva les sourcils et dit : « Je vois que vous êtes en train de faire une bêtise. »

Ce n'était pas ce qu'elle attendait mais néanmoins son cœur se mit à galoper de peur et d'angoisse et une sensation de terreur extrême la laissa un instant sans voix : « Je le lavais, dit-elle enfin faiblement. Il était plein d'huile et de graisse.

– Je ne vous imaginais pas d'une ignorance aussi attendrissante », dit laconiquement le capitaine. Pélagia rougit sous l'effet d'une émotion vraiment très étrange, une émotion causée par son sarcasme, par son ironie à insinuer qu'elle était une fille gentille et sotte qui faisait des choses stupides parce qu'elle était trop gentille et trop sotte pour avoir le moindre bon sens. Il feignait d'être condescendant et c'était au moins aussi offensant que s'il l'avait été réellement. En outre, elle était encore effrayée, elle redoutait encore ce qu'il allait faire et, tout au fond d'elle-même, elle était encore fâchée de n'avoir pas réussi à le provoquer.

« Vous n'êtes pas assez retorse pour bien mentir, dit-il.

– Qu'est-ce que vous croyez ? » répliqua-t-elle et elle se demanda aussitôt ce qu'elle avait voulu dire.

Cependant, le capitaine eut l'air de comprendre : « Ce doit être très difficile pour vous tous de devoir nous supporter.

– Vous n'avez pas le droit… » commença-t-elle en employant les premiers mots du discours qu'elle avait si bien répété et elle oublia instantanément la suite.

Il repêcha le pistolet dans la bassine, soupira et dit : « Je suppose que vous m'avez rendu service. J'aurais dû le démonter il y a longtemps pour le nettoyer et le graisser. Mais on oublie, ou on remet ça à plus tard.

– Alors vous n'êtes pas en colère ? Pourquoi n'êtes-vous pas en colère ? »

Il la regarda d'un air moqueur : « Qu'est-ce que la colère a à voir avec les cadences ? Croyez-vous vraiment que je n'ai rien d'important à quoi penser ? Pensons aux choses importantes et laissons-nous en paix. Je vous laisserai tranquille et vous me laisserez tranquille. »

C'était pour Pélagia une idée nouvelle et inacceptable. Elle ne voulait pas le laisser tranquille, elle voulait crier après lui et le frapper. Soudain exaspérée et cynique, car elle savait qu'elle ne risquait rien, elle le gifla méchamment, de toutes ses forces, sur la joue gauche.

Il avait essayé de reculer à temps mais en vain. Un peu étourdi et perplexe, il se ressaisit et porta la main à son visage comme pour se consoler. Il tendit le pistolet à Pélagia : « Remettez-le dans l'eau, dit-il. Ça me fera peut-être moins mal. » Pélagia enrageait : cette nouvelle ruse était l'antidote parfait et instantané à sa fureur. Frustrée au-delà de ce que peut supporter un être humain, elle leva les yeux au ciel, serra les poings, grinça des dents et sortit à grands pas. Dans la cour, elle envoya un grand coup de pied dans une casserole en fonte et se fit très mal au gros orteil. Elle sautilla sur un pied jusqu'à ce que la douleur se calme puis elle lança la casserole malfaisante contre le mur. Elle boitilla un moment, pleine de véhémence et d'amertume et cueillit sur l'arbre une olive encore verte. C'était une satisfaction, une consolation, alors elle en arracha quelques-unes de plus. Quand elle en eut une bonne poignée, elle retourna dans la cuisine et les lança avec force contre le capitaine qui s'était retourné pour lui faire face. Il se baissa légèrement et les fruits durs ricochèrent sur lui sans qu'il les sente. Quand Pélagia disparut de nouveau il secoua la tête, stupéfié. Ces filles grecques, quel caractère ! Quel feu ! Il se demanda pourquoi personne n'avait fait d'opéra qui se passerait en Grèce moderne.

Mais après tout, il en existait peut-être. Il pourrait en écrire un lui-même. Un air lui vint qu'il commença à fredonner mais il retombait toujours sur *La Marseillaise.* Il se frappa la tête pour expulser l'intrus et l'air eut la perversité de se transformer en *Marche de Radetzky*. « Carogna », cria-t-il très irrité. Dehors, Pélagia l'entendit, craignit une réaction tardive et se hâta de descendre se réfugier chez Drossoula jusqu'à ce qu'il se soit calmé.

Au fil des mois, Pélagia s'aperçut qu'elle perdait sa colère, ce qui l'intriguait et la troublait. Le capitaine faisait désormais partie de la maison comme la chèvre ou son propre père. Elle était habituée à le voir assis à la table en train de griffonner furieusement, ou perdu dans ses réflexions, un crayon entre les dents. Le matin de bonne heure elle attendait avec un petit plaisir familier et domestique le moment où il sortait de sa chambre et disait : « Kaliméra, kyria Pélagia. Carlo est déjà là ? » et le soir elle commençait à s'inquiéter s'il était un peu en retard. Elle poussait un soupir de soulagement quand il franchissait la porte et elle souriait, bien malgré elle.

Le capitaine avait des attitudes charmantes. Il attachait un bouchon à un bout de ficelle et courait dans la maison poursuivi par Psipsina; le soir à l'heure du coucher, il sortait et l'appelait car d'ordinaire la martre, dans un esprit de sagesse et d'équité, commençait sa nuit avec lui et l'achevait avec Pélagia. On le trouvait souvent à genoux, une main sur le ventre de Psipsina qu'il faisait rouler sur les dalles tandis qu'elle faisait mine de le mordre et de le griffer, et si elle s'asseyait sur une de ses partitions, il allait en chercher une autre plutôt que de la déranger.

En outre, le capitaine était doté d'une grande curiosité et pouvait observer les mains de Pélagia avec une patience lancinante quand elles faisaient la danse rituelle du crochet, jusqu'à ce qu'elle ait l'impression que ses yeux irradiaient une force étrange et puissante qui lui donnait des crampes et lui faisait perdre une maille. « Je me demande, lui dit-il un jour, ce que serait un morceau dont la musique ressemblerait à vos doigts. » Elle fut profondément troublée par cette remarque, qui lui parut absurde, et quand il lui expliqua qu'il n'aimait pas un certain air parce qu'il avait une teinte puce particulièrement abominable, elle supposa soit qu'il avait un sixième sens soit que les fils de son cerveau étaient mal connectés. À l'idée qu'il était un peu fou, elle se sentait protectrice à son égard et c'est probablement ce qui érodait ses scrupules de principe. La triste vérité c'est que, envahisseur italien ou pas, il rendait la vie plus animée, plus riche et plus étonnante.

Elle trouva une nouvelle irritation pour remplacer l'ancienne, sauf que cette fois elle la dirigea contre elle-même. Elle ne pouvait tout simplement pas s'empêcher de le regarder et il s'en rendait toujours compte.

Lorsqu'il était assis à la table et pataugeait dans les montagnes de paperasserie qu'exigeait la bureaucratie byzantine de l'armée italienne, il y avait en lui quelque chose qui obligeait Pélagia à lever régulièrement les yeux vers lui comme par un réflexe conditionné. Il était sans doute occupé à résoudre les problèmes familiaux de ses soldats : il devait suggérer avec tact que la femme d'un artilleur aille se faire examiner dans une clinique ; signer des formulaires de réquisition en quatre exemplaires ; essayer de s'expliquer comment une expédition d'obus antiaériens avait atterri mystérieusement à Parme et pourquoi il avait reçu à leur place une caisse de maillots de corps fournis par le gouvernement. Sans doute. N'empêche que chaque fois qu'elle levait la tête, les yeux du capitaine rencontraient les siens et qu'elle était prisonnière de son regard posé et ironique aussi sûrement que s'il l'avait saisie par les poignets.

Ils se regardaient quelques secondes puis elle se démontait, ses joues rougissaient un peu et elle se remettait à son crochet, sachant qu'elle l'avait sans doute froissé en s'échappant ainsi, mais avertie aussi de l'impudence qu'il y aurait à soutenir plus longtemps son regard. Quelques secondes plus tard, elle lui jetait un regard furtif et à cet instant précis il la regardait lui aussi. C'était impossible. Ça la mettait en fureur. C'était tellement embarrassant que c'en était humiliant.

Je dois arrêter de faire ça, décidait-elle et, convaincue qu'il était absorbé par sa tâche, elle levait la tête et se faisait prendre de nouveau. Elle essayait de se contrôler énergiquement en se disant :

« Je ne vais pas le regarder pendant une demi-heure ». Mais ça ne servait à rien. Elle risquait un œil, les yeux du capitaine pétillaient et voilà : elle était une fois de plus emprisonnée par un sourire amusé et un sourcil levé.

Elle savait qu'il jouait avec elle, qu'il la taquinait et se moquait d'elle si gentiment qu'il était impossible de protester ou d'en parler et en faire toute une histoire. Après tout, elle ne surprenait jamais son regard, tout était donc sa faute à elle, à l'évidence. Néanmoins, c'était un jeu qu'il contrôlait totalement et en cela elle était une victime. Elle décida de changer de tactique dans la guerre des yeux. Elle décida que ce ne serait pas elle qui briserait l'encerclement ; elle attendrait qu'il se démoralise, elle attendrait que ce soit lui qui fuie. Elle se prépara, rassembla jusqu'à la dernière étincelle de résolution et leva les yeux.

Ils se regardèrent pendant ce qui lui parut des heures et elle se posa une question absurde : était-il considéré comme techniquement légitime de battre des paupières ? Le visage du capitaine devint flou et elle se concentra sur l'arête de son nez. Celui-ci aussi devint trouble et elle retourna à ses yeux. Mais lequel ? C'était comme le paradoxe de l'âne de Buridan : quand le choix est entre deux choses égales, la décision est impossible. Elle se concentra sur son œil gauche qui lui sembla grandir jusqu'à devenir un vide immense et tremblotant, alors elle changea et fixa l'œil droit. Sa pupille la transperça comme une alêne. Comme c'est étrange qu'un œil soit un abîme sans fond et l'autre une arme aussi aiguisée qu'une lance. Elle commença à éprouver un terrible vertige.

Il ne détourna pas les yeux. Juste au moment où le vertige allait la vaincre, il se mit à faire des grimaces tout en la gardant prisonnière de son regard. Il dilata rythmiquement les narines puis remua les oreilles. Il montra les dents comme un cheval et se mit à faire bouger le bout de son nez à droite et à gauche. Il prit un regard lubrique de satyre puis fit de nouvelles grimaces.

Un sourire commença à soulever les coins de la bouche de Pélagia puis tira plus fort. Finalement ce fut irrésistible et soudain elle éclata de rire et cligna des yeux. Corelli bondit sur ses pieds et se mit à danser en faisant des entrechats ridicules et en criant : « J'ai gagné! J'ai gagné! » Le docteur leva les yeux de son livre et s'exclama : « Quoi ? Quoi ? Quoi ? »

« Vous avez triché », protesta Pélagia en riant. Elle se tourna vers son père : « Papas, il a triché. C'est pas juste. »

Le docteur regarda le capitaine corybante puis sa fille qui minaudait avec coquetterie, il ajusta ses lunettes et soupira. « À quoi s'attendre encore ? » demanda-t-il, question de pure rhétorique car il le savait très bien et étudiait déjà la meilleure façon d'y faire face.

32

Libération des masses (2)

« Hé, hé, qu'est-ce que tu fais ? Sors de là. Laisse mon mouton tranquille. »

Hector ne lâcha pas le jeune mouton qu'il portait sur ses épaules. Pour Mandras, c'était l'image du Bon Berger tel que le représentaient les livres d'instruction religieuse que les missionnaires catholiques distribuaient dans les villages orthodoxes, et du Jésus de la Bible. Hector était si inspiré, si clair dans toutes ses explications. C'était un homme qui comprenait tout. Il avait un livre qui s'appelait *Que faire ?* et il savait exactement où y chercher un conseil. C'était un vieux livre qui avait beaucoup servi, il tombait en morceaux mais il avait été écrit par un homme du nom de Lénine qui était encore plus important que Jésus. Mandras était renversé par la façon dont Hector regardait tous ces vers noirs qui se tortillaient sur les pages pour les transformer en mots. Hector lui avait promis de lui apprendre à lire, ainsi qu'à plusieurs autres analphabètes, et ils allaient devenir un Comité des Travailleurs Autodidactes. Mandras avait déjà appris l'alphabet et avait fait une causerie sur l'art de la pêche en mer. Tout le monde avait applaudi. Hector lui avait appris qu'il n'était pas un pêcheur mais un travailleur et que ce qu'il avait en commun avec un charpentier et un homme dans une usine, c'était que les capitalistes retiraient tout le profit de leur travail. Sauf que le profit s'appelait la plus-value. Il ne comprenait pas encore comment sa plus-value allait à quelqu'un d'autre, mais ce n'était qu'une question de temps. Il était très fâché contre le roi pour avoir fait les choses ainsi et il avait appris à froncer les sourcils ou à prendre un sourire sarcastique chaque fois que l'on mentionnait les Anglais ou les Américains. C'était ce que faisaient tous les autres. Il faisait rire les hommes en traitant son fusil de « bourgeois » quand il ne fonctionnait pas bien. Les employés et les propriétaires de bateaux ainsi que tout fermier faisant travailler les autres étaient des bourgeois, comme les docteurs. Il pensait à tout le poisson qu'il avait donné au Dr Yannis en paiement de son traitement et en éprouvait de l'amertume. Le docteur était plus riche que lui et dans un monde juste ç'aurait dû être la plus-value du docteur qui lui revienne. Ce qu'il aurait dû faire, c'était s'unir aux autres pêcheurs et refuser de vendre un seul poisson si le prix n'était pas suffisant. Tout était clair à présent.

Mandras commençait à se sentir éclairé et cultivé et il révérait Hector, cet homme plus fort et plus âgé qui s'était trouvé au cœur de la bataille à Guadalajara et avait mis en déroute les fascistes italiens. Où est Guadalajara ? En Espagne. Et l'Espagne, c'est où exactement ? Nous ferons bientôt une leçon de géographie, ne t'inquiète pas. Une tape dans le dos. Merci, camarade. C'était un monde d'adultes, ici il n'y avait ni monsieur ni madame, rien que camarade. Un mot de soldat, rassurant, rassembleur, viril. Camarade. Un mot chaleureux, plein de solidarité.

Hector sourit au petit paysan furibond et dit : « Nous prenons ce mouton sur l'ordre du haut commandement allié du Caire. »

Le paysan poussa un soupir de soulagement : « Et moi qui vous prenais pour des voleurs. »

Hector rit, et donc Mandras rit aussi. L'homme tendit la main. Hector regarda la paume calleuse et crasseuse et son visage devint sévère. « Un souverain en or, expliqua le paysan.

– Fiche-moi le camp, répondit Hector. Tu es fasciste ou quoi ?

– Les Anglais paient toujours un souverain pour un mouton, dit l'homme. C'est le prix. Vous n'êtes pas avec l'EDES ? Vous devez le savoir, non ?

– Nous sommes l'ELAS et nous ne trouvons pas que ce soit bien terrible de perdre un mouton si vous considérez ce que nous essayons de faire pour vous. Nous te paierons plus tard. Maintenant, fais ce que je te dis et fiche le camp. Les dernières instructions des Anglais c'est que nous prenons le mouton et que nous te paierons plus tard. »

Le paysan regarda ses bottes. « L'EDES m'a donné un souverain ce matin pour un autre mouton.

– Si j'apprends que tu vends des vivres à l'EDES, tu es mort, dit Hector. Alors ferme-la. Tu ne sais pas qu'ils collaborent avec les fascistes ?

– Ils ont fait sauter un pont hier, s'obstina le malheureux.

– Pour l'amour du ciel, explosa Hector, tu es assez idiot pour ne pas savoir quand c'est une couverture ? »

Quand ils s'éloignèrent, le mouton bêlant de détresse sur les épaules de l'andartis et l'homme se grattant la tête de stupéfaction, Mandras pouffa de rire et dit : « Ça lui apprendra. » Il se tut, souffrit du silence, si fraternel fût-il, et ajouta avec une certaine hésitation mais un mépris de circonstance : « Pigeon fasciste. »

33

Un problème de mains

C'était une nuit ténébreuse. Des rideaux de pluie couraient et un vent d'est soufflait en rafales, faisant rouler sur la route des objets inconnus ; le docteur craignait pour son toit dont on entendait se heurter les tuiles qui se soulevaient et se déplaçaient en retombant. Ils étaient tous trois dans la cuisine ; Pélagia défaisait sa couverture de plus en plus petite, le docteur lisait un livre de poésie et le capitaine composait une sonate dans la manière de Scarlatti. Pélagia était fascinée parce qu'il paraissait entendre la musique dans sa tête et elle allait de temps en temps observer les progrès des gribouillis incompréhensibles sur la feuille. À un certain moment elle se tint debout la main sur son épaule parce que c'était la posture la plus naturelle, inévitable, et il lui fallut deux minutes avant de se rendre compte de ce qu'elle faisait.

Elle regarda avec étonnement sa main qui reposait sur le corps de l'homme, comme si elle lui reprochait de se conduire avec un tel entêtement en l'absence de surveillance convenable d'un adulte. Elle ne sut que faire. Si elle la retirait, cela pouvait paraître grossier. Ce serait avouer qu'elle l'avait posée là inconsciemment et que cette main témoignait de sentiments qu'elle-même n'aurait pas voulu confesser ni s'avouer. Peut-être que si elle la laissait là, comme si elle appartenait à quelqu'un d'autre, elle pourrait décliner toute responsabilité de ses actes ? Mais que faire s'il remarquait soudain où elle se trouvait ? Si elle la retirait, il s'apercevrait aussitôt, par son absence, qu'elle s'était trouvée en fait sur son épaule ; et si elle ne la retirait pas, alors il risquait de se rendre compte qu'elle était là et interpréter le fait qu'elle ne s'était pas retirée. Pélagia regarda sévèrement sa main et sentit que l'angoisse l'empêchait de comprendre le monologue explicatif du capitaine sur le phrasé et l'harmonie. Tout bien pesé, elle décida que le mieux était de laisser sa main où elle était et de faire comme si elle appartenait à quelqu'un d'autre. Elle se pencha et se composa une expression destinée à indiquer le plus grand sérieux intellectuel, dépourvu de la moindre trace d'affection naturelle ou d'attirance physique. « Mmm, comme c'est intéressant », fit-elle.

Psipsina gratta à la porte avec un petit cri plaintif et Pélagia, soulagée, courut lui ouvrir. C'est alors que le capitaine prit conscience qu'une main avait reposé légèrement sur son épaule pendant quelques minutes. L'absence de son poids était tout à fait palpable et, rétrospectivement, sa présence avait été très agréable et très réconfortante. Il sourit de plaisir, discrètement, et s'il avait dû parler il y aurait eu dans sa voix une note de triomphe.

Sa douce rêverie fut interrompue de la pire manière par Psipsina, dont le poids détrempé chassa tout le sentiment de plaisir ou de triomphe qu'il avait pu nourrir. La politique de Psipsina pendant les tempêtes consistait toujours à se mouiller autant qu'elle le pouvait et à sauter ensuite dans le giron le plus proche et le plus chaud pour se sécher le plus efficacement possible ; cette fois, la victime avait été le capitaine, car le docteur, fort sage et prévoyant, s'était levé pour éviter que ça ne lui arrive. Corelli, horrifié, considéra le paquet de fourrure ruisselant et sentit l'eau lui pénétrer l'entrejambe. « Aaaah ! » fit-il en levant les bras au ciel.

Pélagia éclata d'un rire malicieux et lui enleva l'animal trempé. Il sentit le frôlement rapide de ses doigts sur ses cuisses et connut un bref frisson de surprise qui atteignit presque l'infini quand elle se mit à lui frotter le pantalon avec ses mains en disant : « Oh, quel désastre, le pauvre ! Regardez-moi toute cette terre et toute cette saleté… » Il regarda avec ahurissement les mains qui s'activaient puis il comprit qu'elle avait remarqué son expression. Elle se redressa vite, lui lança un regard foudroyant et accusateur et retourna dignement défaire son ouvrage ; sur ce, Psipsina, obstinée, sauta de nouveau sur les genoux du capitaine. Sous le poids de la martre, l'eau devint tiède entre ses jambes et il ressentit l'étrange euphorie qu'il avait connue petit garçon quand il avait fait pipi au lit en rêvant qu'il le faisait contre un mur. C'était la même chaleur réconfortante que celle que l'on éprouve avant de s'éveiller dans l'horreur et la honte. Il oublia Scarlatti et pensa aux mains de Pélagia. Des doigts si fins, des ongles si roses. Il les imagina en train de se livrer à des gestes amoureux et nocturnes et il s'aperçut que cela dérangeait Psipsina. Il essaya de réprimer son imagination lubrique en pensant à Vivaldi.

C'était une erreur car il se rappela aussitôt que Vivaldi avait enseigné à des jeunes filles dans un couvent. Son cerveau opiniâtre lui fit apparaître une classe entière de charmantes petites Pélagias qui suçaient toutes la pointe de leur crayon de façon suggestive en le regardant de leurs grands yeux noirs et tentateurs. C'était une jolie image. Il les imagina toutes debout autour de son bureau, penchées sur lui qui donnait des explications en suivant du doigt les lignes d'un texte, tandis que leurs cheveux noirs lui chatouillaient les joues et emplissaient ses narines du parfum du romarin.

L'une d'elles glissa une main sous sa chemise et une autre se mit à lui caresser les cheveux et la nuque. Il y eut bientôt des douzaines de mains fines toutes pareilles et dans un éclair il se vit complètement nu sur une grande table où toutes les Pélagias miraculeusement dévêtues se roulaient sur lui dans un assaut délicieux de seins, de mains et de lèvres chaudes, humides et fouineuses. Sa respiration s'accéléra et il commença à transpirer.

Psipsina décida qu'elle ne supportait plus sous elle cette pression incommodante et elle sauta à terre. La belle rêverie se transforma en panique. Si par hasard Pélagia le regardait, elle ne verrait que trop clairement à un endroit particulier de son pantalon une protubérance pyramidale à laquelle il ne pouvait y avoir qu'une seule explication valable ou convaincante.

Il tenta désespérément de penser à une chose profondément désagréable et il pivota sur sa chaise pour se détourner un peu d'elle. Il posa ses feuilles sur ses genoux et feignit de les étudier dans cette position. À l'abri désormais, ses pensées retournèrent à toutes les Pélagias sur la table, à leurs multiples mains qui parcouraient son corps, à leurs seins mûrs qui se pressaient contre sa bouche comme des fruits frais et délicieux.

La Pélagia réelle constata qu'elle en avait assez de son crochet et soupira. À ses pieds gisait une masse embrouillée de laine défaite qui frisait et s'entrelaçait en essayant de retrouver la configuration de son état précédent. Pélagia ne comprenait pas pourquoi la laine avait ce genre de nostalgie mais en tout cas, c'était irritant. Elle voulut la ramasser et se heurta à sa résistance. « Capitaine, dit-elle, pourriez-vous m'accorder un instant ? J'ai besoin de deux mains pour tenir ma laine. »

Ce fut un moment plus que crucial : le capitaine était parti si loin au pays des fées qu'à cet instant précis il faisait l'amour à chacune de ses Pélagias nues à tour de rôle. La voix de Pélagia trancha dans son rêve élyséen comme un couteau dans un melon. Il entendit presque le susurrement de la lame qui coupait et le choc creux quand elle frappa la planche en dessous. Le melon s'ouvrit en deux. « Quoi ? demanda-t-il.

– Aidez-moi, je suis tout emmêlée dans ma laine.

– Je ne peux pas. Je suis justement à un point capital. Dans la sonate. Pouvez-vous attendre une minute ? » La situation était désespérée, il lui était impossible de se lever sans trahir son état tumescent. Il se contraignit à penser à sa grand-mère, à un bain dans une mer glacée, à un cheval mort et couvert de chiures de mouches au bord de la route après une bataille. L'érection baissa un peu la tête, mais pas assez.

Il n'y avait rien à faire ; heureusement, elle était habituée à le voir de temps en temps faire l'idiot. Il tomba à genoux et s'approcha d'elle à quatre pattes. Il remua l'arrière-train comme un chien, laissa pendre sa langue et regarda Pélagia avec une expression d'absolue loyauté canine. Avec un peu de chance il arriverait à gagner du temps avec cette pitrerie jusqu'à ce qu'il soit prêt à se relever. Elle le regarda avec sévérité. « Vous êtes un homme très bête, dit-elle.

– Ouaf ! » fit-il en remuant de nouveau l'arrière-train. Il leva les mains comme deux pattes suppliantes et Pélagia les redressa avec autorité en les plaçant à quelques centimètres l'une de l'autre, pour pouvoir commencer son écheveau. Elle essayait désespérément de ne pas sourire.

Le capitaine laissa pendre sa langue avec encore plus d'exagération et regarda Pélagia avec une telle adoration de chien qu'elle arrêta son travail et dit : « Écoutez, comment voulez-vous que je fasse ça bien si vous n'arrêtez pas de me faire rire ? Fou.

– Ouaf ! » fit-il encore, tellement embarqué dans sa mascarade qu'il avait déjà oublié pourquoi il avait dû la commencer, car le problème avait disparu. Il geignit comme pour demander à sortir puis se mit à aboyer très fort après la laine comme s'il la prenait pour un ennemi dangereux et incompréhensible. « Chien stupide », dit Pélagia en lui donnant doucement une chiquenaude sur le nez.

« Avez-vous la moindre idée de votre conduite ridicule à tous les deux ? gronda le docteur. Pour l'amour du ciel, c'en est gênant. Si seulement vous vous regardiez !

– Je n'y peux rien », dit Pélagia d'un ton de reproche, offensée par cette interruption dans leur jeu très enfantin. « Il est fou et c'est contagieux. »

Le capitaine renversa la tête en arrière et hurla sur l'air de « Sola, perduta, abbandonata ». Le docteur sourcilla et secoua la tête et Psipsina alla gratter à la porte, préférant sortir sous la pluie battante plutôt que de rester dans la pièce et endurer cette épouvantable lamentation ; les vrais chiens étaient déjà assez pénibles. Pélagia se leva, prit une pêche sur la table, retourna s'asseoir et juste au moment où le capitaine renversait la tête pour pousser un hurlement plaintif elle lui fourra la pêche dans la bouche. Ce fut un plaisir de voir son étonnement disproportionné et ses yeux exorbités. « Est-ce que vous savez comme vous avez l'air bête ? demanda-t-elle. A genoux, ficelé dans la laine et avec une pêche dans la bouche ?

– Les envahisseurs devraient se comporter avec davantage de dignité », dit le docteur dont le sens de la convenance historique était quelque peu offensé.

« Ong », fit le capitaine.

Pélagia était distraite, à juste titre, et quand elle eut fini son écheveau il apparut qu'elle l'avait serré de plus en plus. Le capitaine se leva et se rendit compte que son nez commençait à se boucher parce qu'il ne pouvait pas respirer par la bouche. Il mordit dans la pêche et laissa le reste tomber par terre où Psipsina l'examina avec un certain intérêt avant de s'enfuir avec. Il essaya vainement de libérer ses mains. « Un complot, cria-t-il, un perfide complot grec contre les libérateurs italiens.

– Je ne vais pas le défaire, dit Pélagia, ça m'a déjà pris assez de temps comme ça.

– Attaché pour la vie », dit le capitaine et leurs regards se rencontrèrent. Elle sourit timidement et, sans la moindre raison, elle baissa les yeux et dit : « Vilain chien. »

34

Libération des masses (3)

C'était humiliant et embêtant de se faire mettre sur la sellette par le lieutenant-colonel Myers mais c'était arrivé si souvent à Hector et à Aris, son chef, que c'était presque devenu un jeu. Chaque fois qu'étaient dénoncés aux Anglais les délits et les atrocités de votre groupe d'andartes, il vous suffisait d'afficher l'ignorance, l'indignation ou le repentir horrifié et de dire que vous ne pouviez signer aucun accord sans l'autorisation du comité à Athènes ; il faudrait pour cela envoyer un messager qui risquait de prendre deux semaines pour revenir. Vous pouviez toujours raconter que le messager avait été pris et tué par les Italiens, ou les Allemands, ou l'un des autres groupes de résistance, ou même encore vous pouviez vous retourner contre les Anglais en déclarant qu'ils favorisaient ouvertement l'EDES. Vous pouviez même rendre responsables les villageois grecs, que les Allemands avaient armés pour qu'ils puissent défendre leurs poulets contre les réquisitions impitoyables des guérillas patriotes de l'ELAS, ce qui avait l'avantage d'être parfois vrai et presque toujours invérifiable.

Hector ajusta son fez rouge et se sentit devant le lieutenant-colonel Myers comme un écolier dissipé. Il avait laissé Mandras dehors car il ne souhaitait pas qu'il soit témoin de sa déconfiture. Mandras regardait aller et venir les officiers de liaison britanniques et il fut frappé encore une fois par leur haute taille, leur nez rouge qui pelait et le plaisir extrême qu'ils prenaient à plaisanter. Certains étaient néo-zélandais et Mandras supposait qu'ils venaient d'un endroit particulier d'Angleterre où ils étaient élevés pour sauter des Liberators en parachute et dynamiter des viaducs. Ils étaient toujours enrhumés mais capables d'une endurance incroyable, et ils racontaient des blagues incompréhensibles dont l'ironie se perdait toujours à la traduction. Ils faisaient des efforts sincères pour apprendre le grec moderne mais adoraient le prononcer de travers : si une femme s'appelait Antigone ils l'appelaient tous « Tatie Gone » et Hector était devenu « Mon Secteur ». Mandras ne pouvait pas savoir que c'était à cause de la réponse invariable de son mentor lorsqu'on lui reprochait ses fourberies, sa malhonnêteté et sa barbarie : « Ceci est mon secteur. »

« Ceci est mon secteur, déclara Hector à Myers, et je reçois les ordres d'Athènes, pas de vous. Êtes-vous grec pour me donner tout le temps des ordres ? »

Myers eut un soupir patient. Il n'était pas formé à la diplomatie, on ne lui avait pas dit que quatre-vingt-dix pour cent de son travail consisterait à prévenir une guerre d'extermination entre Grecs et il rêvait d'une vie simple où il suffisait de se battre contre les Allemands. Il avait failli mourir de pneumonie et il était encore faible et fatigué mais il possédait l'autorité morale de quelqu'un qui refuse, au nom d'un idéal, de transiger sur un principe d'éthique. Tous les chefs de l'ELAS le détestaient parce qu'ils se sentaient moins que rien devant lui et pourtant ils n'osaient jamais trop le défier car il était la source de toutes les armes et de toutes les pièces d'or qu'ils mettaient en réserve pour la révolution, après le départ des Allemands. Ils devaient l'apaiser en suivant certains de ses plans, en se livrant de temps en temps à des actions guerrières mineures contre les troupes de l'Axe et en supportant les discours qu'il leur faisait toujours avec un regard de feu et une certitude irréfutable.

« Il avait été convenu dès le début que tous les groupes d'andartes seraient sous le contrôle du Caire. Veuillez ne pas m'obliger à répéter la même chose chaque fois que je vous vois. Si votre conduite contre-productive devait continuer, je n'hésiterais pas à faire en sorte que votre ravitaillement soit interrompu. Est-ce bien compris ?

– Vous ne nous donnez rien, tout le ravitaillement va à l'EDES. Vous n'avez pas été justes avec nous.

– Toujours les mêmes sottises, protesta le colonel. Combien de fois dois-je vous répéter ce que vous savez déjà ? Nous avons été strictement équitables. » Le colonel se redressa de toute sa taille. « Combien de fois dois-je vous rappeler que dans cette guerre nous avons un ennemi commun ? Vous vient-il jamais à l'idée que nous combattons les Allemands ? Croyez-vous vraiment qu'il suffit d'avoir fait sauter le viaduc de Gorgopotamos ? Parce que ç'a été la dernière chose utile que l'ELAS ait jamais faite, et la dernière fois que vous avez coopéré avec l'EDES. »

Hector s'empourpra. « C'est à Aris que vous devriez parler. Je reçois mes ordres de lui et il reçoit les siens d'Athènes. Il est inutile de vous acharner contre moi.

– J'ai parlé à Aris. Encore et encore. Et maintenant, c'est à vous que je parle. Aris m'a demandé de le faire parce qu'il m'assure que c'est vous qui êtes responsable des derniers méfaits.

– Des méfaits ? Quels méfaits ? »

Le colonel sentit le mépris l'envahir et il eut envie de frapper l'andartis hypocrite, mais il se retint. Il énuméra les faits en comptant sur ses doigts : « D'abord, il y a eu vendredi dernier un largage pour l'EDES qui, je vous le rappelle, est le seul groupe important qui combatte effectivement l'ennemi. Vous et vos hommes avez attaqué l'EDES, vous avez emmené les hommes et vous avez tout volé.

– Non, maintint Hector, et de toute façon nous n'aurions pas eu à le faire si vous nous ravitailliez correctement. Personne n'a été tué.

– Vous avez tué cinq hommes du groupe de Zervas, dont un agent de liaison britannique. Deuxièmement, nous vous avons fourni beaucoup d'argent et pourtant vous ne payez jamais les paysans pour ce que vous leur prenez. Êtes-vous stupide au point de ne pas voir que vous les jetez dans les bras de l'ennemi ? J'ai reçu des plaintes interminables, j'ai vu des paysans faire cinquante milles à pied pour venir demander réparation. Vous avez brûlé trois villages dont les habitants résistaient à votre pillage sous prétexte que c'était des collaborateurs. Vous avez tué douze hommes et cinq femmes. J'ai vu les corps, Hector, et je ne suis pas aveugle. Pourquoi les castrer, leur arracher les yeux et leur déchirer la bouche pour qu'ils meurent en souriant ?

– S'ils ne veulent pas nous fournir, alors c'est évident que ce sont des collaborateurs et si vous ne voulez pas nous fournir, que devons-nous faire d'autre ? Si ce sont des collaborateurs, je ne peux pas reprocher à mes hommes de se laisser emporter, si ? Et d'ailleurs, qui a dit que c'était nous ? »

Myers fut près d'exploser. Il faillit dire : « Les habitants », mais il se rendit compte que ce serait leur attirer de nouvelles représailles des communistes et il répondit : « L'un de nos officiers l'a vu. »

Hector haussa les épaules. « Mensonges. »

Myers se glaça. « Les officiers britanniques ne mentent pas. » Il regretta avec tristesse de devoir cacher ses sentiments. Il dévisagea avec un dédain de patricien le chef andartis : l'ennui avec ces fascistes rouges, c'est que ce ne sont pas des gentlemen. Ils n'ont aucun sens de l'honneur personnel. « Troisièmement, poursuivit-il, vous avez empêché les paysans de la montagne d'entrer dans les régions de l'EDES pour acheter du blé sans lequel il vont mourir de faim. Est-ce un acte patriotique ? Vous ne les laissez passer qu'à condition qu'ils rejoignent d'abord l'ELAS et ensuite vous appliquez la peine de mort aux « déserteurs » alors que vous n'avez pas autorité pour le faire. Quatrièmement, vous avez provoqué des représailles contre un village en prenant des pommes de terre déjà réquisitionnées par les Italiens. Cinquièmement, vous avez égaré personnellement un de nos officiers de liaison qui cherchait Aris pour se plaindre à lui de vos actes. Sixièmement, vous vous êtes appliqué à désarmer les autres bandes d'andartes et à assassiner leurs officiers. »

Hector était un maître de la diversion et il contre-attaqua : « Nous connaissons la politique des Anglais. Vous nous prenez pour des imbéciles ? Vous allez ramener le roi sans consulter le peuple. »

Myers frappa du poing sur le bureau et envoya un gobelet rouler par terre. « Septièmement, vous avez enlevé et assassiné un gendarme qui organisait une défection en masse de ses hommes au profit de l'EDES et vous vous les êtes ralliés sous peine de mort. Huitièmement, vous avez proclamé que quiconque ne rejoint pas l'ELAS est un traître à la Grèce et sera exécuté. Neuvièmement, vous transmettez les fonds que nous vous donnons à l'E.A.M. qui les transmet au K.K.E. à Athènes et vous payez les paysans en billets à ordre sans aucune valeur. Dixièmement, des hommes de votre unité ont attaqué honteusement une unité de l'EDES sur son flanc pendant que celle-ci était engagée dans une bataille rangée contre une unité de S.S. C'est une tache sur la réputation de la Grèce, une infamie qui ne doit jamais se reproduire. Est-ce clair ? » Le colonel marqua une pause et prit un morceau de papier sur son bureau. « J'ai ici un accord signé par l'EDES, l'EKKA et l'E.O.A. qui ont tous accepté de l'adopter comme code de conduite. Je vais le faire signer par Aris, je veux que vous le lisiez et que vous me donniez votre parole de gentleman que vous vous y tiendrez. Sinon, nous devrons envisager de vous couper les vivres. »

Hector répondit par un regard méfiant. Le colonel avait essayé cent fois cette tactique. « Je ne peux pas, et Aris ne signera rien si nous n'en recevons pas l'ordre du comité à Athènes. Nous devrons envoyer un messager. Qui sait le temps qu'il lui faudra.

– Voici les termes », dit Myers en lui tendant le papier. Hector le prit, salua avec une insolence paresseuse et sortit.

« Alors, de quoi il s'agissait ? » demanda Mandras tandis qu'ils descendaient de la grotte où Myers avait établi son quartier général. Le chemin de chèvres escarpé et glissant les menait dans la vallée.

« Un tas de merde, répondit Hector. Ce que tu dois comprendre, à propos des Anglais, c'est que ce sont des fascistes, ils veulent la Grèce dans leur empire et les gens comme Zervas et ses laquais de l'EDES les aident. C'est pour ça qu'il reçoit tout le ravitaillement et nous, rien.

– Nous avons des tonnes de trucs, dit Mandras. Nous en avons assez pour faire sauter tous les nazis de Grèce. »

Hector l'ignora : Mandras était jeune, il apprendrait. « Les gens du village nous ont dénoncés à Myers, dit-il. Je crois qu'on devrait aller donner une leçon à ces ordures de collaborateurs.

– Il y avait des jolies femmes, dit Mandras avec un sourire.

– On leur apprendra aussi une ou deux choses », répondit Hector et les deux hommes rirent avec un plaisir de conspirateurs. Ces villageois, c'était tous des sympathisants petits-bourgeois, des royalistes, des républicains qui faisaient seulement semblant de s'opposer au roi que tout le monde appelait avec mépris « Glucksburg ». C'était tous des compagnons de route des fascistes et ils crachaient tous sur le socialisme scientifique. C'était bien de tenir sous soi ces femmes traîtres qui criaient et se tordaient et on n'avait pas à se sentir mauvaise conscience, parce qu'elles ne méritaient pas mieux : une Grèce nouvelle et plus belle allait se construire et on faisait ce qu'on voulait avec les briques inférieures qui seraient de toute façon mises au rancart. Tout comme on jette les coquilles quand on fait une omelette.

Là-haut, dans sa grotte, Myers envisageait de nouveau de demander son évacuation. Le Caire restait indifférent à ce qu'il disait de l'ELAS et ne semblait pas comprendre que tôt ou tard les communistes allaient déclencher une guerre civile. Il perdait son temps. Il s'essuya le front avec son mouchoir et se passa les doigts dans la barbe, qui était encore une nouveauté pour lui et qui lui démangeait. Tom Barnes entra, de retour d'une marche de cinq jours, après avoir détruit un pont avec l'aide des hommes de Zervas. Il s'assit lourdement sur la vieille chaise de bois, ôta ses bottes et examina ses ampoules à vif sur la plante des pieds et les orteils. Myers l'interrogea d'un sourcil levé, Barnes le regarda en souriant. « Une explosion épatante, dit-il avec son accent traînant de Nouvelle-Zélande, absolument du tonnerre. Tout le pont a volé dans le décor. Ça occupera les macaronis et les boches pendant des semaines.

– Splendide, dit Myers. Une tasse de thé ? Je viens de voir cet Hector. Il est presque aussi épouvantable qu'Aris, un véritable porc, absolument immonde.

– C'est ça l'ennui avec les crapules, dit Barnes, elles finissent toujours par commander. »

35

Une brochure distribuée sur l'île, ayant pour titre le slogan fasciste « Crois, combats et obéis »

Italiens ! Célébrons ensemble la vie et les actes de Benito Andrea Amilcare Mussolini, qui après des débuts peu prometteurs nous a menés à la perdition.

Tout petit, on le croyait muet, mais ensuite il s'est révélé un incorrigible bavard, plus gonflé de vent que tous les troupeaux de vaches qui paissent dans les Alpes. Il attrapait des oiseaux et leur crevait les yeux avec des épingles, il arrachait les plumes des poulets, on ne pouvait pas le tenir, à l'école il pinçait les petites filles pour les faire pleurer. Il était meneur de bandes, provoquait des bagarres, se querellait sans motif et refusait de payer les paris qu'il avait perdus. A dix ans, au dîner, il a donné un coup de couteau à un garçon et peu après il a recommencé avec quelqu'un d'autre. Il prétendait être le premier de sa classe, ce qui était faux, et à la puberté il a pris l'habitude de se rendre au bordel de Forlì le dimanche. Parmi quelles nuées de gloire a donc commencé sa vie !

Il a violé une vierge dans une cage d'escalier et quand elle a pleuré son honneur il lui a reproché de ne pas avoir opposé assez de résistance. Misanthrope et ermite, il était débraillé, grossier, incapable de travailler et il ne sortait que la nuit. Comme il a su continuer à développer ses talents !

Devenu instituteur, on l'appelait « le tyran » mais il était incapable de contrôler ses élèves. Il s'est mis à boire et à jouer aux cartes, il a eu une liaison avec une femme dont le mari soldat était au loin, il l'a blessée avec un couteau et il s'est acheté un coup-de-poing américain. Afin d'échapper à ses créanciers, à ses liaisons et au service militaire, il s'est enfui en Suisse où il a refusé de travailler. Il a commencé à mendier, au besoin en menaçant, et quand il a été arrêté pour vagabondage il a assuré à la police qu'il détestait les autres clochards et ne pouvait donc pas être l'un d'entre eux. Il a déployé à cette occasion le don oratoire pour l'argumentation qui nous est devenu si familier.

Il a travaillé pour un négociant en vins mais s'est fait renvoyer pour avoir bu tout le stock. Sa version officielle de l'histoire est qu'à cette époque il avait des entrevues avec Lénine, qui montrait la plus profonde admiration pour ses qualités. En 1914, il a commencé à encourager les soldats italiens à déserter, ce qui est parfaitement cohérent avec l'exigence qu'il a eue plus tard (et que nous connaissons tous bien, actuellement) que tous les déserteurs doivent être fusillés.

Il est parti à Paris où il a gagné sa vie en disant la bonne aventure. Il affectait un intérêt pour la philosophie et il a révélé plus récemment qu'il a étudié aux universités de Genève et de Zurich. Cela est naturellement vrai, bien qu'il n'existe aucune trace de sa fréquentation ni de son inscription. Il est également exact qu'il n'a pas laissé sa mère mourir dans la misère ni son père aller en prison. Comme nous le savons tous, le DUCE croit à sa propagande et nous y croyons donc aussi.

Il a occupé un autre poste d'enseignant et a été renvoyé au bout d'un an pour s'être livré à la débauche dans des cimetières. Il a aussi contracté la syphilis au cours d'une liaison adultère. Cela ne peut toutefois expliquer sa folie actuelle car il était déjà fou quand il est tombé malade. C'est à cette époque-là qu'il a écrit son admirable histoire de la philosophie dont il dit qu'elle a été déchirée par une maîtresse jalouse, mais que tous nos professeurs connaissent comme une œuvre de génie même sans l'avoir lue. Il a été licencié d'un autre poste d'enseignant et il a découvert une nouvelle idéologie politique fondée sur le principe qu'il faut agir d'abord et réfléchir ensuite, ce qui est le seul point où sa doctrine s'oppose à celle de Staline qui a toujours su à l'avance ce qu'il avait l'intention d'obtenir.

Le DUCE a pris l'habitude de rabattre son chapeau sur ses yeux afin d'éviter de devoir reconnaître les gens et de leur parler, il faisait exprès de froisser ses vêtements et de parler grossièrement et il a écrit un excellent roman à la manière d'Edgar Allen Poe qui a été refusé inexplicablement par tous les éditeurs auxquels il l'a envoyé. C'était une œuvre de génie probablement trop subtile pour leur goût. Peu après, il est devenu secrétaire de rédaction d'*Il Popolo* et il a découvert qu'il pouvait économiser sur les journalistes en inventant lui-même les nouvelles. Dix éditions ont été confisquées pour diffamation et il a été arrêté pour n'avoir pas payé une amende. L'originalité a donc toujours été persécutée.

Le DUCE a acquis une grande notoriété en accusant Jésus-Christ d'avoir forniqué avec Marie Madeleine et en signant une brochure intitulée « Dieu n'existe pas » ; peu après il a été emprisonné pour avoir encouragé la sédition au sein de l'armée. Il a épousé sa demi-sœur, elle-même enfant illégitime de son propre père, ajoutant ainsi l'inceste à la liste de ses réalisations, puis il a eu un enfant illégitime à Trente. Les fils respectueux devraient toujours imiter leur père de cette façon, afin que chaque génération éclaire perpétuellement la suivante de sa lumière. On disait alors de lui qu'il ne pouvait pas regarder les gens en face quand il leur parlait, qu'il n'avait aucun sens de l'humour, que c'était un délinquant et un paranoïaque et que tout le monde l'appelait « le Fou ». Il va de soi que ce n'est pas vrai, même si tous ceux qui l'ont connu en ce temps-là s'en souviennent parfaitement. En 1911, il s'est opposé à la guerre de Libye et quand il est arrivé au pouvoir par la suite, il a appliqué dans ce même pays une politique d'oppression bestiale, prouvant ainsi son extraordinaire faculté d'adaptation face à une situation inchangée.

Lorsqu'il était rédacteur en chef de l'*Avanti* il a eu une liaison avec Ida Dalser qui lui a donné un enfant et lui a permis de se laisser entretenir. Il l'a abandonnée et l'a enfermée ensuite dans une institution psychiatrique, ce qui prouve combien il sait se montrer loyal. De même, il a fait de Margherita Sarfatti sa maîtresse et l'a ensuite envoyée en prison en application des lois antijuives. Il est à remarquer que ses innombrables maîtresses ont toutes été d'une laideur inimaginable ; nul doute que le DUCE, en se liant à elles, cédait à ses instincts charitables. La beauté est dans le regard de l'autre et le DUCE est sans doute astigmate. Il est à remarquer aussi que Leda Rafanelli a refusé de devenir l'une de ses femmes au motif que c'était un fou et un menteur; pour cette calomnie, il l'a soumise à une persécution policière entièrement justifiée qui n'avait rien à voir avec une rancune mesquine liée à un désir de vengeance.

Le DUCE peaufinait son idéologie : désormais, il était entièrement d'accord avec la dernière personne à laquelle il avait parlé. En 1915, il a essayé d'éviter d'aller faire la guerre à laquelle il s'était alternativement opposé et rallié. Inexplicablement, une commission a refusé son recours et il a déclaré que les Autrichiens avaient bombardé tout exprès l'hôpital où il était soigné pour des blessures de shrapnel, dans le seul but de l'éliminer parce qu'il était l'homme le plus important d'Italie. A cette date, son journal était déjà entièrement financé par la publicité de fabricants d'armes, ce qui n'avait aucun rapport avec sa conversion soudaine à la cause alliée.

Le DUCE a détourné des fonds destinés à l'aventure de Fiume et les a utilisés pour sa campagne électorale. Il a été arrêté pour détention d'armes illégales, il a envoyé des colis piégés à l'archevêque et au maire de Milan et, après son élection, il a été responsable, comme on sait, de l'assassinat de Di Vagno et de Matteotti. Il a été responsable depuis lors des meurtres de Don Minzoni, d'Amendola, des frères Rosselli et du journaliste Piero Gobetti, sans compter les centaines de victimes de ses milices à Ferrare, Ravenne et Trieste, ni les milliers qui ont péri dans des pays étrangers dont la conquête était inutile. Nous, Italiens, lui en restons éternellement reconnaissants et nous considérons qu'une telle violence a fait de nous une race supérieure, de même que l'introduction des revolvers au Parlement et l'anéantissement de la démocratie constitutionnelle ont élevé nos institutions aux plus hauts sommets de la civilisation.

Depuis la prise du pouvoir illégale par le DUCE, l'Italie connaît une moyenne de cinq actes de violence politique par jour; il a décrété l'année 1922 Annus Domini et s'est prétendu catholique afin de convaincre le Saint-Père de le soutenir contre les communistes, alors qu'il en est un lui-même. Il a complètement suborné la presse en détruisant les locaux des journaux et revues dissidents. En 1923, il a envahi Corfou sans raison apparente et a été contraint de s'en retirer par la Société des Nations. En 1924, il a truqué les élections et il a opprimé les minorités du Tyrol et du Nord-Est. Il a envoyé nos soldats participer à la violation de la Somalie et de la Libye, où ils ont trempé leurs mains dans le sang d'innocents. Il a doublé le nombre de bureaucrates afin de dompter la bourgeoisie, il a aboli les gouvernements locaux, interféré avec le pouvoir judiciaire, et il a délibérément et miraculeusement arrêté le flot de lave de l'Etna par sa seule volonté. Il a pris des attitudes napoléoniennes tout en se laissant utiliser pour la publicité des chocolats Perugina, il s'est rasé le crâne parce qu'il a honte qu'on le voie devenir chauve, il a été obligé d'engager un professeur pour lui apprendre les manières de la table, il a introduit le salut romain, plus hygiénique que la poignée de main, il prétend n'avoir pas besoin de lunettes, il a un répertoire d'expressions du visage qui se limite à deux, il est tellement petit qu'il monte sur une estrade invisible pour faire ses discours, il prétend avoir étudié l'économie avec Pareto, il se fait passer pour infaillible et il a encouragé le peuple à porter son image en procession comme s'il était un saint. C'est un saint, bien entendu.

Il s'est déclaré (et qui sommes-nous pour le contredire ?) plus grand qu'Aristote, Kant, saint Thomas d'Aquin, Dante, Michel-Ange, Washington, Lincoln et Bonaparte, et il a nommé pour le servir des ministres qui sont tous des flagorneurs, des renégats, des escrocs, des arrivistes et des hommes plus petits que lui. Il a peur du mauvais œil et il a interdit l'usage de la troisième personne de politesse. Il a fait tabasser Toscanini pour avoir refusé de jouer *Giovinezza* et il a nommé des académiciens pour qu'ils prouvent que toutes les grandes inventions sont, à l'origine, italiennes et que Shakespeare était le pseudonyme d'un poète italien. Il a construit une route à travers le forum, détruisant ainsi quinze églises anciennes, et a commandé une statue d'Hercule de quatre mètres de haut qui aura son visage : elle consiste pour le moment en une partie de visage et un pied gigantesque, et ne peut pas être achevée parce qu'elle a déjà demandé cent tonnes de métal.

Tout dans ses discours est contredit quelque part dans un autre discours car il a remarqué que les Italiens ne retiennent que ce sur quoi ils sont d'accord. De cette façon, il est devenu tout pour tous. Il a brûlé des livres et modifié les manuels de nos écoles, il a persécuté le philosophe Benedetto Croce, il a instauré des tribunaux révolutionnaires autorisés à condamner à la peine de mort et il a transformé des îles idylliques en prisons où ses opposants peuvent être torturés. Il nous a tous fait prononcer des serments d'obéissance à l'âge de dix-huit ans, de telle sorte que seuls les hypocrites et les imbéciles absolus puissent progresser, et il a essayé de nous transformer tous en puritains en nous expliquant qu'il est viril de ne jamais sourire sauf pour exprimer le plus grand sarcasme.

Il a profané les îles du Dodécanèse et a même effacé les tombes des Grecs, il a ouvert une école à Parme pour y enseigner le terrorisme aux Croates et aux Macédoniens. Il a dénaturé la Société des Nations en infiltrant son administration. Il a bloqué les négociations de paix entre l'Albanie et la Yougoslavie, il a réarmé l'Allemagne, la Belgique et l'Autriche et laissé sa propre armée faire sans armes des guerres scandaleuses et injustifiables tout en signant le pacte Kellogg qui interdisait l'usage de la force en matière de politique étrangère.

Ce syphilitique débauché a fait de la transmission de la syphilis un délit passible de prison, ce père d'innombrables bâtards avortons a rendu la contraception illégale, ce paysan mal embouché a interdit les jurons et a réglementé la danse et la consommation d'alcool pour essayer de nous rendre plus sérieux. Il a fait des lois qui transforment les femmes en poules de batterie. Il a supprimé toute liberté de culte, il a obtenu que tous les pronoms se référant à lui soient écrits avec une majuscule et que le mot DUCE soit imprimé en capitales dans les journaux, il a créé des camps de concentration en Libye et a décidé à un moment ou un autre d'envahir la France, la Yougoslavie, la Somalie française, l'Éthiopie, la Tunisie, la Corse, l'Espagne et la Grèce. Le DUCE a dit : « Mieux vaut être lion un seul jour que mouton cent ans », il est donc devenu un lion de carton et nous, les Italiens, sommes devenus les moutons qui le suivons à l'abattoir en nous racontant que nous aussi nous sommes des lions. Il a dit : « Plus il y a d'ennemis, plus l'honneur est grand » et c'est ainsi que nous avons créé de toutes pièces des ennemis que nous sommes allés combattre sans bottes à nos pieds, dans des blindés à canon de bois.

Ce bouffon ridicule, propriétaire d'un millier d'uniformes rutilants couverts de fausses décorations pour des actes de courage qu'il n'a jamais accomplis, nous a fait prendre des photos de nos bébés en chemise noire, il nous a fait répéter les applaudissements de ses discours au moyen de sonneries et de pancartes. Il a inauguré un « mouvement vers la jeunesse » qui a placé à des postes de pouvoir des bandits et des incompétents désastreux. Au mépris de la doctrine de la sainte Église catholique, il a introduit la stérilisation pour les « races inférieures », il a signé des pactes de non-agression avec l'U.R.S.S. et l'Angleterre avec lesquelles nous sommes actuellement en guerre sans aucune raison évidente. Il a rendu le service militaire obligatoire à l'âge de huit ans, de sorte que nos enfants sont des soldats sortis d'une boîte de jouets. Il a traité Hitler de « clown tragique », d'« horrible maniaque sexuel dégénéré » et de « déloyal indigne de confiance » et pourtant c'est de cet homme qu'il prend ses ordres. Il a fait savoir que son nom devait être utilisé dans les hôpitaux comme anesthésique avant les opérations et, comme si son intellect était anesthésié, il a bêtement déclaré que les Britanniques sont trop décadents pour s'opposer à nous. Depuis, les Britanniques ont fait la preuve de leur décadence en coulant la moitié de notre flotte (raison pour laquelle nous mourons de faim partout) et en nous battant en Afrique du Nord où nos troupes indigènes ont déserté en totalité. Nous avons envahi l'Éthiopie au prix de la vie de 5 000 Italiens, du revenu de toute une année et de l'équivalent de l'équipement de 75 divisions ; nous avons permis ainsi aux Britanniques décadents de se réarmer avec les armes mêmes qu'ils utilisent maintenant contre nous.

Ce pygmée moral et intellectuel a fait adresser à sa mère morte le *Felix Mater*, il nous a fait perdre 6 000 hommes dans la guerre civile en Espagne, pour rien du tout. Parce que nous étions des lions menés par un âne, nous avons été défaits par une armée d'amateurs à Guadalajara et, pire encore, notre nom a été sali pour toujours pour avoir ordonné le massacre des prisonniers espagnols à Majorque. Tout aussi honteux a été l'ordre de torpiller les navires neutres et de refuser aux survivants d'être secourus. Il a fait alliance avec le Japon et a exigé que la presse appelle les Japonais des « Aryens », il a fait de nous les laquais de l'Allemagne en nous forçant à marcher au pas de l'oie, il a réalisé le prodige sémantique inouï de nommer le roi et lui-même « premier maréchal », il a persécuté les juifs italiens pour faire plaisir à Hitler et a déclaré que nous ne pouvions pas perdre face aux Britanniques parce que ce sont des efféminés qui portent des parapluies.

Soldats ! Nous n'avons pas d'uniformes sur le dos parce que le DUCE a ordonné qu'ils soient portés par tous les professeurs et les fonctionnaires, nous avons été abandonnés en Afrique du Nord faute de transports après avoir fait 600 kilomètres à pied dans le désert en plein été. Nous avons perdu le tiers de notre marine marchande parce qu'il a oublié de la rappeler avant de déclarer la guerre, nous avons été persuadés que réduire une division de moitié c'est avoir le double de divisions, il nous a fait envahir la Grèce par le nord pendant la saison des pluies, sans vêtements d'hiver, alors que nous étions démobilisés, et par des ports de l'Adriatique où il était impossible de débarquer sans que le chef d'état-major ne soit au courant puisqu'il en était informé le premier par radio. Tous nos soldats albanais ont aussitôt déserté et nous ne savons ce qui nous arrive qu'en écoutant la B.B.C. Faute de couverture aérienne et de porte-avions, notre marine a été anéantie à Tarente et au cap Matapan au prix d'un seul avion anglais, et en Afrique du Nord nos 300 000 hommes ont été vaincus par 35 000 parce nous n'avons pas d'armée de l'air, que nos chars légers sont en papier et que nos unités motorisées n'ont pas de motos. Pendant que nous mourons pour rien, le DUCE a établi son quartier général près du Vatican afin qu'il ne soit pas bombardé.

Soldats ! On nous a fait envahir un pays innocent peuplé de gens courageux en sachant que nous ne pourrions jamais les nourrir en cas de victoire, aussi sont-ils plus affamés que nous. Contre toutes les règles de la guerre et contre toute conscience, le DUCE nous a ordonné d'en tuer vingt pour chacun de nos soldats morts, et c'est notre honneur éternel, pour la plupart d'entre nous, de ne pas l'avoir écouté.

Soldats ! Pleurons pour ce qui est arrivé chez nous, où 350 000 Italiens ont été envoyés au travail forcé en Allemagne, où le DUCE a créé une situation tellement insensée qu'il y a du chômage en temps de guerre, où il y a une inflation désespérée et où les trois quarts de l'alimentation ne peuvent s'obtenir qu'au marché noir aux mains de ses fonctionnaires ; où l'on falsifie sans retenue les cartes de rationnement et où il y a quarante centres de distribution dont les fonctions se chevauchent, permettant que rien ne puisse jamais se faire.

Pleurons pour notre pays où l'on donne des médailles pour le torpillage imaginaire de navires anglais qui n'existent pas, où nous sommes obligés de nous lever et de saluer quand la radio diffuse le bulletin d'information, où les discours d'un fou sont traités comme des textes sacrés et imprimés à des millions d'exemplaires, où le fou en question est comme un chef d'orchestre qui essaierait de jouer de tous les instruments en même temps, comme une centrale électrique reliée à une seule ampoule cassée ; qui s'est fait filmer en train de gagner des matchs de tennis contre des professionnels dans des parties arbitrées par le ministre de la Propagande ; qui est l'homme auquel on désobéit le plus dans l'Histoire parce que chacun sait que chacun de ses ordres sera bientôt suivi d'un contrordre.

Soldats ! Tel est l'homme qui nous a ordonné d'utiliser le gaz moutarde et le phosgène contre des sauvages armés de lances. Tel est l'homme ridicule dont les bandits et les incendiaires malfaisants en chemise noire s'enfuient dans les batailles mais tuent nos pères, nos mères et nos oncles en leur faisant boire de l'huile de ricin mélangée d'essence. Tel est l'homme qui a détruit l'économie et nous a couverts de honte à jamais.

Soldats ! On dit bien que toute nation a les chefs qu'elle mérite. VIVA IL BUFFONE. VIVA IL BALORDO. VIVA L'ASSASSINO. VIVA IL DUCE.

36

Education

Les gars avaient fait du kokkoretsi avec les tripes et les abats de la chèvre qu'ils avaient prise au maire outré du village et le regardaient grésiller dans les cendres du feu. Les appétits étaient aiguisés et, pour passer le temps jusqu'à ce que le repas soit prêt, Hector décida de transmettre une fois encore les bienfaits de son savoir. Certains des andartes bâillèrent en déguisant à peine leur ennui. D'autres, qui avaient rejoint le groupe sous la pression, faute d'avoir connu un autre choix, restaient maussades et pleins de rancune et pensaient au bonheur que ce serait de remplir la bouche de cet abruti de merde de chèvre. Pendant la nuit, deux d'entre eux allaient prendre leurs armes et disparaître, à la recherche d'une bande qui luttait contre les Allemands et non contre des compatriotes. Ils savaient qu'ils seraient tués s'ils étaient pris mais tout plutôt que de rester. Un royaliste écrivit dans la poussière « Erchétai » et le recouvrit soigneusement d'aiguilles de pin pour qu'Hector ne le voie pas : c'était un espoir fervent (« Il arrive ») mais nécessairement secret. Quatre républicains vénizélistes écoutaient Hector en se demandant comment cela se faisait que toutes les bandes se retrouvent avec un comité de trois chefs qui étaient communistes et ennemis de l'Angleterre, le seul pays qui ait jamais essayé de les aider depuis le début de la guerre. Quand Hector disait une chose, il était naturel de supposer que le contraire était vrai : c'était ainsi que l'on apprenait les nouvelles, rien qu'en écoutant Hector et en les inversant. Seuls

Mandras et les deux autres « chefs » écoutaient avec une certaine attention Hector qui marchait de long en large, son exemplaire béni de *Que faire ?* sous le bras. Une chouette ulula au loin comme pour se moquer de son discours et la nuit devint plus froide tandis qu'un vent du nord secouait les branches des pins. Derrière eux, entre deux étoiles brillantes qui palpitaient, se dressait le sommet menaçant de la montagne ; oppressant, il surplombait la forêt infinie et sa population composite de héros, de martres, de sangliers, de brigands et de voleurs.

« Maintenant, camarades, je veux vous parler parce que je pense que beaucoup d'entre vous n'ont pas encore appris que sans théorie révolutionnaire il ne peut pas y avoir de mouvement révolutionnaire, et que le rôle d'avant-garde ne peut être rempli que par un parti guidé par la théorie la plus avancée. Il se trouve que beaucoup d'entre vous ne voient pas clairement comment comprendre notre expérience historique, et cela conduit à un améliorationnisme étroit, à l'économisme, au concessionnisme et au démocratisme. Il est vrai que ce genre de socialisme bourgeois, de social-réformisme et de socialisme opportuniste est une forme de conscience embryonnaire, mais il ne prend pas en compte l'antagonisme irréconciliable entre les intérêts du prolétariat et ceux de l'obscurantisme réactionnaire. Il ne comprend pas la dialectique des contradictions sociales. Les intérêts du prolétariat sont diamétralement opposés à ceux de la bourgeoisie. Ce n'est pas seulement la théorie mais la praxis qui le révèle et il n'est pas nécessaire que j'essaie de le prouver tellement c'est évident. Ce que nous devons avoir constamment à l'esprit c'est que la signification historique universelle de la lutte exige l'intervention directe du prolétariat dans la vie sociale et pas seulement un quelconque républicanisme parlementaire ou un semi-absolutisme militaire. Le communisme est toujours à la pointe de l'interprétation révolutionnaire de tout événement et il est toujours le plus intransigeant dans la lutte contre toute défense de l'arriération. Je ne veux pas que vous pensiez que nous pouvons dénoncer et répudier les historico-idéologues révisionnistes et éclectiques des classes dominantes en organisant des grèves et en formant des syndicats, parce que la politique syndicale de la classe ouvrière n'est rien de plus, précisément, qu'une politique petite-bourgeoise de la classe ouvrière. Nous allons plus loin, beaucoup plus loin que ça.

« Il est absolument et scientifiquement vrai que nous allons vers l'émancipation politique et économique des masses, mais nous ne savons que trop bien que le prolétariat doit être conduit par une intelligentsia jouissant d'une éducation et de loisirs suffisants pour théoriser : Marx, Engels, Plekhanov, Lénine étaient tous des intellectuels bourgeois qui ont sacrifié leurs intérêts afin d'élever la conscience du prolétariat mondial qui ne comprend pas encore tout à fait la nature des structures à mettre en place. Notre but est d'effacer toutes les distinctions entre travailleurs et intellectuels, aussi avons-nous besoin de dirigeants suffisamment entraînés, formés et expérimentés pour mener les masses qui s'éveillent spontanément loin des théories erronées qui empêchent de percevoir la nature nécessaire et inévitable de la conception matérialiste de l'histoire.

« Il nous faut des dirigeants qui ne soient pas susceptibles de suivisme, des dirigeants qui ne cèdent pas aux aspirations des masses mais qui aident les masses à se former des aspirations correctes. Avec de bons dirigeants, il n'est pas nécessaire d'amener les travailleurs au niveau des intellectuels parce tout ce qu'ils ont à faire c'est mettre leur foi et leur confiance dans ces dirigeants qui fourniront l'organisation stable qui assurera la continuité et atteindra une compréhension scientifique des conditions concrètes existantes.

« Je sais que certains d'entre vous se sont plaints du fait que nous ne soumettons pas les décisions au vote démocratique, mais ce que vous devez comprendre c'est que nous avons contre nous tant de forces revanchardes, récidivistes, chauvinistes et réactionnaires qu'il est vital pour notre direction de rester clandestine. Et si elle doit être clandestine, comment peut-elle être démocratique ? Démocratique, ça implique une visibilité qui serait suicidaire. C'est évident, non ? Alors ne parlons plus de ce votisme. C'est un jouet inutile et dangereux.

« Encore une chose. Il est clair pour tout le monde avec un peu de jugeote que la direction est une spécialisation fonctionnelle et que par conséquent elle présuppose inévitablement la centralisation. Alors cessez de geindre que nous ne nous battons pas assez contre les Allemands et cessez de vous plaindre de devoir lutter contre l'EDES et l'EKKA. La direction centrale sait exactement ce qu'elle fait. Elle voit tout le tableau tandis que nous n'en voyons qu'un petit coin et c'est pourquoi nous ne devons absolument pas agir de notre propre initiative : il pourrait y avoir un plan plus vaste que nous saccagerions si nous nous mettions à être opportunistes. L'opportunisme c'est le manque de principes fermes et définitifs. Il doit y avoir une confiance mutuelle totale et fraternelle entre les révolutionnaires et nous devons rester résolument ensemble dans le combat décisif. Et si vous vous plaignez encore de combattre les prétendues guérillas réactionnaires et fascistes de l'EDES, laissez-moi vous rappeler qu'une mauvaise paix ne vaut pas mieux qu'une bonne querelle. Ils disent qu'ils combattent le même ennemi que nous mais ils nous affaiblissent en recrutant des hommes qui auraient dû venir chez nous et en leur inculquant une conscience fausse de la vraie nature de la lutte historique mondiale. C'est notre devoir historique absolu de les purger parce qu'un parti qui se purge devient toujours plus fort.

« Cela signifie que nous devons en toute occasion maintenir la solidarité et une discipline de fer, c'est pourquoi, en accord avec les exigences les plus strictes de la justice, la direction a décidé que quiconque déviera méritera la peine de mort. Comme je suis le représentant de la direction dans cette région, cela revient tout simplement à l'unique obligation de m'obéir sans discussion. À cette étape de l'Histoire, il n'y a pas de place pour ceux qui doutent, ceux qui traînent et pour le faux humanitarisme. Nous devons garder les yeux fixés sur l'unique objectif parce que toute autre attitude serait trahir non seulement la Grèce et les classes laborieuses mais l'Histoire elle-même. Des questions ? »

Mandras leva respectueusement la main : « Je n'ai pas tout compris, camarade Hector, mais je veux dire que tu peux compter sur moi. » Un jour, il pourrait peut-être lire lui-même le livre d'Hector. Il pourrait le tenir dans ses mains comme s'il était imprimé sur des pages de diamant. Le soir, il pourrait embrasser sa couverture et dormir la tête posée sur lui, comme si son incommensurable sagesse pouvait filtrer dans son cerveau par capillarité. Un jour, il serait un intellectuel et ni le docteur ni Pélagia ne pourraient prétendre autrement. Il s'imaginait en instituteur, tout le monde l'appelant « daskalé » et écoutant avidement ses propos au kaphénio. Il se voyait maire de Lixouri.

Mandras n'a jamais lu ce livre et s'est évité ainsi la déception de découvrir que c'était une diatribe infiniment ennuyeuse et irrationnelle contre un journal communiste rival. Cependant, un jour arriverait où il allait comprendre chaque mot d'Hector et ingurgiter ses visions enivrantes de la dictature du prolétariat comme autant de révélations d'un saint.

Mais ce soir-là, l'un des vénizélistes sur le point de risquer sa vie en passant à l'EDES est allé vers lui plus tard dans l'obscurité ; il lui a offert amicalement une cigarette et lui a expliqué : « Écoute, tu n'es pas obligé de comprendre tout ce jargon de notre ami avec ses mots d'un kilomètre, parce que ça se résume au fait que tu dois faire ce qu'il te dit, sinon il te tranchera la gorge. C'est vraiment aussi simple que ça. » L'homme, avocat dans le civil, lui a donné une tape sur l'épaule et lui a dit en s'éloignant cette phrase énigmatique : « Je te plains.

– Pourquoi ? » a demandé Mandras derrière lui, mais il n'a pas eu de réponse.

37

Un épisode qui confirme Pélagia dans l'opinion que les hommes ne font pas la différence entre le courage et l'absence de sens commun

Une grosse voix tonna derrière lui et le capitaine Corelli, absorbé dans la lecture de la brochure, faillit mourir sous le choc.

« Ceux qui cherchent mon âme pour la détruire descendront au plus bas de la terre, ils périront par l'épée, ils serviront de pâture aux renards, Dieu leur tirera une flèche et soudain ils seront blessés. »

Corelli bondit sur ses pieds et se trouva face à face avec la barbe de patriarche et les yeux flamboyants du père Arsénios qui le dévisageait par-dessus le mur ; le pope avait pris récemment l'habitude d'effrayer les soldats italiens insouciants par des improvisations tonitruantes sur les textes bibliques grecs. Les deux hommes se regardèrent, Corelli la main sur le cœur et Arsénios agitant sa crosse de fabrication maison. « Kalispéra, pater », dit Corelli dont la compréhension de l'étiquette grecque s'améliorait, sur quoi Arsénios cracha dans la poussière et déclara : « Tu en feras dans ta colère un brasier ardent, tu les avaleras dans ta fureur, et le feu les dévorera. Tu détruiras leurs fruits sur toute la terre et leur graine dans les enfants des hommes, car ils ont imaginé un plan malfaisant qu'ils ne sont pas capables de réaliser. »

Les yeux du pope roulèrent de façon prophétique et Corelli dit pour l'apaiser : « En effet, en effet », alors qu'il n'avait rien compris. Arsénios cracha de nouveau, écrasa la salive sous sa chaussure et tendit le doigt vers le capitaine pour indiquer qu'il serait broyé lui aussi dans la poussière. « En effet », répéta Corelli avec un sourire poli, sur quoi Arsénios s'en alla en se dandinant d'un air qui voulait exprimer le dégoût et la certitude absolue.

Le capitaine reprit sa lecture mais il fut dérangé par le docteur et Pélagia qui revenaient d'une tournée médicale et par Carlo Guercio qui arrivait dans la Jeep. Il cacha vite le document dans sa veste mais pas avant que le docteur ne l'ait aperçu.

« Ah, fit le docteur, je vois que vous avez aussi un exemplaire. Amusant, n'est-ce pas ?

– Merde à la guerre », dit gaiement Carlo en entrant dans la cour avec son salut habituel. Il se cogna le front à une branche basse de l'olivier où Mandras se balançait autrefois et il resta un instant étourdi. Il eut un sourire penaud : « Ça m'arrive à chaque fois. Depuis le temps, je devrais pourtant savoir qu'il est là.

– Vous ne devriez pas être aussi grand, dit le docteur, c'est un manque de prévoyance et de jugement. Il y avait un roi en France qui est mort d'avoir fait ce genre de chose.

– J'ai tout l'air d'être vivant, dit Carlo en touchant de l'index le début de bosse. Vous avez vu la brochure ? »

Corelli lui jeta un regard furieux mais Pélagia dit : « On dirait qu'elle est apparue sur toute l'île pendant la nuit.

– En fait, le capitaine essaie d'en cacher une en ce moment même, dit le docteur joyeusement.

– De la propagande britannique, dit le capitaine en feignant une grande indifférence.

– Il n'y a pas eu d'avions cette nuit, dit Carlo. Quand ils viennent, tout gronde et tremble, mais il n'y a rien eu.

– Alors elle ne peut pas être britannique, dit le docteur avec satisfaction. Je pense que vous avez quelqu'un ici qui dispose d'une presse et d'un excellent service de distribution. » Il vit Carlo rougir et le regarder avec colère et il comprit qu'il valait mieux se taire. « Comme vous dites, rien que de la propagande britannique, dit-il piteusement en haussant les épaules.

– Ce doit être quelqu'un de très au courant, remarqua Pélagia, parce que tout est vrai. »

Corelli rougit de colère et se leva brusquement. Elle craignit une seconde qu'il ne soit tenté de la frapper. Il sortit la brochure de sous sa veste et la déchira en deux d'un geste théâtral puis il jeta les morceaux à la chèvre. « Rien qu'un tas de merde », déclara-t-il et il sortit à grands pas.

Les trois personnes qui restaient échangèrent des regards et Carlo feignit la peur et le tremblement. Puis il devint très sérieux et dit à Pélagia : « Je vous prie d'excuser le capitaine, et ne dites pas que je vous l'ai dit, mais vous devez comprendre que dans sa position... après tout, c'est un officier.

– Je comprends, Carlo. Il n'admettrait pas que c'est vrai même s'il l'avait écrit lui-même. Croyez-vous qu'un Grec aurait pu l'écrire ? »

Le docteur gronda : « Quelle idée stupide.

– Je me disais seulement...

– Combien de Grecs pourraient savoir tout ça, et combien de Grecs ici écrivent l'italien, et combien de Grecs ont des moyens de transport pour en déposer dans toute l'île ? Ne sois pas sotte. »

Mais Pélagia s'excitait sur son hypothèse. « Beaucoup de R étaient écrits comme des P et ça, c'est une faute naturelle pour un Grec, donc un Italien a pu donner tous les renseignements à un Grec, ils ont pu composer et imprimer le texte et ensuite l'Italien a pu le livrer partout à moto ou autrement. » Elle sourit, triomphante, et leva les mains pour montrer que c'était tout simple. « Et de toute façon, tout le monde sait que les gens écoutent la B.B.C. » En présence de Carlo elle jugea imprudent de mentionner que les hommes du village l'écoutaient en fumant furieusement, entassés dans un grand placard du kaphénio d'où ils émergeaient toussant et crachant pour apporter les nouvelles chez eux à leurs femmes, qui à leur tour se les communiquaient au puits et dans les cuisines. Elle ne pouvait pas savoir que les soldats italiens faisaient de même dans leurs baraquements et là où ils étaient logés, ce qui aurait expliqué pourquoi tout le monde dans l'île connaissait les mêmes blagues sur Mussolini.

Carlo et le docteur se regardèrent, craignant que si Pélagia devinait, quelqu'un d'autre le pouvait aussi. « Ne deviens pas trop maligne, dit le docteur, sinon ton cerveau pourrait te sortir par les oreilles. » C'était une expression de son enfance.

Pélagia vit la gêne de son père et de Carlo, se souvint qu'avant la guerre Kokolios avait reçu du parti communiste une petite presse à main pour imprimer la propagande du parti et se rappela que Carlo disposait d'une Jeep. Elle secoua la tête comme pour chasser de telles spéculations puis elle se demanda soudain où ils avaient pu trouver des caractères romains. Sa sensation de soulagement fugitive disparut quand elle se souvint que son père avait un arrangement de troc avec le gros maréchal des logis hypocondriaque aux cors inguérissables. Son regard alla de Carlo à son père et elle sentit la colère lui monter à la gorge : si c'était eux, si c'était une conspiration, jusqu'où iraient-ils dans la bêtise et l'irresponsabilité ? Connaissaient-ils le danger ? « L'ennui avec les hommes… » commença-t-elle, et elle suivit le capitaine à l'intérieur sans finir sa phrase. Elle balaya d'un geste Psipsina qui était sur la table de la cuisine, comme si cajoler l'animal avait pu affaiblir son sens du péril.

Carlo et le docteur levèrent les mains et les laissèrent retomber, partageant un moment de silence embarrassé et éloquent. « J'aurais dû en faire une sotte, dit enfin le docteur. Quand les femmes acquièrent le sens de la déduction, on ne sait jamais ce qui peut arriver. »

38

L'origine de la « Marche de Pélagia »

Il arriva un jour que le capitaine Corelli ne se leva pas parce qu'un tremblement de terre vibrait dans sa tête. Il était couché dans le lit de Pélagia, attentif à ne pas ouvrir les yeux et à ne pas bouger : le plus léger rai de lumière lui perçait le cerveau comme un poignard dans l'œil et quand il remuait il avait la nette impression que son cervelet s'était décroché et barbotait à l'intérieur de son crâne. Sa gorge était sèche et raide comme du cuir et il n'y avait aucun doute que quelqu'un y avait affilé des rasoirs. Une vague de nausée gonflait périodiquement dans son gosier, ondulant à part égale vers son estomac et vers ses lèvres, et il luttait avec dégoût pour retenir les torrents de bile amers qui semblaient décidés à trouver une issue pour décorer sa poitrine. « Oh mon Dieu, gémit-il, mon Dieu, pitié. »

Il ouvrit les yeux et les maintint ouverts avec ses doigts. Très lentement, afin de ne pas trop bousculer son cerveau, il regarda autour de lui et eut une hallucination troublante. Il cligna des yeux : oui, son uniforme gisait effectivement à terre et remuait tout seul. Il vérifia, tout vaseux, que cette agitation était indépendante du mouvement circulaire de la pièce et referma les yeux. Psipsina sortit de la veste et sauta sur la table pour se pelotonner dans sa casquette qui était son lieu de repos préféré depuis qu'elle avait découvert les joies du contorsionnisme : elle la remplissait et en débordait dans un tel méli-mélo de moustaches, d'oreilles, de queue et de pattes que l'on ne distinguait plus rien. Elle dormait dedans parce qu'elle lui rappelait des offrandes de salami et de peau de poulet. Le capitaine ouvrit les yeux, vit que son uniforme froissé tournait à présent en harmonie avec le reste du monde et fut rassuré ; il se dit qu'il allait mieux, jusqu'à ce qu'un percussionniste fou et systématique se mette à jouer de la timbale sur ses tempes. Il contracta tout son visage et se pressa la tête entre les mains. Il se rendit compte qu'il avait besoin de vider sa vessie mais il se résigna aussi à admettre que ce serait l'une des occasions où il aurait besoin d'être soutenu, qu'il tituberait, qu'il serait incapable de se soulager sur commande et qu'il finirait inexplicablement par se pisser sur les pieds tout en tombant en avant. Il se sentit infiniment oppressé par le rappel de sa nature mortelle et se demanda s'il ne valait pas mieux mourir que souffrir. « Je veux mourir », gémit-il comme si l'expression de sa pensée pouvait lui donner plus de précision et d'intensité dramatique.

Pélagia entra en portant une cruche d'eau qu'elle posa à côté du lit avec un gobelet. « Vous devez boire toute cette eau, dit-elle fermement, c'est le seul remède contre la gueule de bois.

– Je n'ai pas la gueule de bois, dit le capitaine d'une voix pitoyable, je suis très malade, c'est tout. »

Pélagia remplit le gobelet et l'approcha de ses lèvres. « Buvez », ordonna-t-elle. Il but à petits coups, avec méfiance, et fut étonné par l'effet nettoyant produit sur son état physique et psychologique. Pélagia emplit de nouveau le gobelet. « Je n'ai jamais vu quelqu'un d'aussi soûl, protesta-t-elle, pas même à la fête votive.

– Oh mon Dieu, qu'est-ce que j'ai fait ?

– Carlo vous a ramené à deux heures du matin. Pour être exacte, il est rentré dans le mur avec la Jeep, il vous a porté à l'intérieur dans ses bras comme un bébé, il a trébuché, il s'est fait mal aux genoux et a réveillé en criant et en jurant tous ceux qui n'étaient pas déjà debout. Puis il s'est couché sur la table de la cour et il s'est endormi. Il est toujours là, et il s'est mouillé pendant la nuit.

– Vraiment ?

– Oui. Ensuite vous vous êtes réveillé, vous vous êtes mis à genoux devant moi, vous avez fait de grands gestes et vous avez chanté « Io sono ricco e tu sei bella », à pleine voix et complètement faux, et vous avez oublié les paroles. Puis vous avez essayé de m'embrasser les pieds. »

Le capitaine était atterré. « Faux ? Je n'oublie jamais des paroles, je suis musicien. Qu'est-ce que vous avez fait ?

– Je vous ai donné un coup de pied, vous êtes tombé en arrière et vous m'avez déclaré un amour éternel, ensuite vous avez vomi. »

Le capitaine ferma les yeux de désespoir et de honte. « J'étais soûl. Ma batterie a gagné le match de foot, vous comprenez. Ça n'arrive pas tous les jours.

– Le lieutenant Weber est passé, tôt ce matin. Il dit que votre équipe a triché et que le match a été arrêté au milieu pendant une demi-heure parce que deux petits garçons ont volé le ballon quand il est passé par-dessus une barrière.

– C'était du sabotage, dit le capitaine.

– Je n'aime pas le lieutenant Weber. Il me regarde comme si j'étais un animal.

– C'est un nazi : il pense que je suis un animal moi aussi. On n'y peut rien. Je l'aime bien. Ce n'est qu'un petit garçon, ça lui passera.

– Et vous, vous êtes soûl. On dirait que les Italiens sont toujours soûls, ou en train de voler, de courir après les filles ou de jouer au foot.

– Nous nageons aussi et nous chantons. Et vous ne pouvez pas en vouloir aux garçons de courir après les filles parce qu'ils ne peuvent pas le faire chez nous. De toute façon, certaines filles y trouvent leur compte. Donnez-moi encore de l'eau. »

Pélagia se rembrunit : il y avait dans les remarques du capitaine quelque chose d'offensant, de cruel, même. D'ailleurs, elle était d'humeur à se disputer. Elle se leva, vida la cruche sur le visage du capitaine et déclara avec violence : « Vous savez parfaitement qu'elles sont victimes de l'intimidation et que c'est la nécessité qui les force. Et tout le monde a honte de voir vos putains. Qu'est-ce que vous croyez que nous ressentons ? »

Les élancements étaient trop forts dans la tête du capitaine pour qu'il se querelle : trop forts même pour qu'il réagisse quand une jeune fille en colère l'inondait soudainement. Il n'en éprouva pas moins un sentiment brutal de profonde injustice. Il se redressa et lui dit : « Tout ce que vous dites et tout ce que vous faites c'est pour m'obliger à m'excuser, je ne vois que reproches dans chacun de vos regards. C'est comme ça depuis mon arrivée. Que croyez-vous que je ressens ? Pourquoi ne vous posez-vous pas la question ? Croyez-vous que je suis fier ? Croyez-vous que j'ai la vocation de supprimer les Grecs ? Croyez-vous que je suis le Duce et que je me suis donné l'ordre d'être ici ? C'est la merde, tout est de la merde mais je n'y peux rien. D'accord, d'accord, je m'excuse. Vous êtes contente ? » Il retomba sur les oreillers.

Pélagia mit les poings sur les hanches, profitant de la supériorité que lui donnait sa position debout tandis qu'il était couché. Elle prit un air ironique : « Parlez-vous sérieusement quand vous dites que vous êtes une victime autant que nous ? Pauvre petit garçon, quelle pitié. » Elle alla vers la table, remarqua la présence somnolente de Psipsina dans la casquette du capitaine et sourit à part soi en regardant par la fenêtre. Elle désamorçait délibérément toute réaction intentionnelle du capitaine en faisant en sorte qu'il ne puisse pas la regarder dans les yeux en lui parlant. Elle avait pitié de lui, elle ne pouvait pas rester hostile à un homme qui autorisait une martre à dormir dans sa casquette, mais elle n'allait pas laisser voir son affection alors que des principes étaient en jeu.

Il n'y eut pas de réponse. Corelli regarda la silhouette qui se détachait sur la lumière de la fenêtre et un air lui vint en tête. Il vit le parcours de ses doigts sur le manche de la mandoline, il entendit les notes disciplinées sonner dans le trémolo, chanter les louanges de Pélagia en décrivant aussi sa colère et sa résistance. C'était une marche, la marche d'une femme fière qui attaquait la guerre avec des mots durs et des gestes de bonté. Il entendit trois accords simples et une mélodie martiale qui suggérait un monde de grâce. Il entendit la mélodie s'élever et gonfler, se briser dans un torrent de trémolo brillant plus limpide que le chant des grives, plus transparent que le ciel. Il s'aperçut avec quelque irritation qu'elle exigerait deux instruments.

39

Arsénios

Le père Arsénios fut sauvé par la guerre comme si tout le cycle de sa vie n'avait été qu'un détour par le purgatoire qui avait enfin brisé une carapace invisible pour l'amener à sa mission. Son angoissant dégoût de soi disparut ; son avidité, sa paresse et ses excès d'alcool rejoignirent l'un après l'autre le cimetière du passé et ce fut comme si sa taille avait gagné une coudée. Sa théologie s'enroula subtilement sur elle-même comme un serpent et transforma son âme de telle sorte qu'après avoir su qu'il avait failli à son Dieu, il sut désormais que Dieu avait failli à la sainte terre de Grèce. Il sut qu'il était un homme qui pouvait surpasser le Dieu qui l'avait créé et faire pour la Grèce ce que Dieu n'avait pas fait. Il se découvrit le don de prophétie.

Il eut l'idée d'acquérir un gros chien et de le dresser à mordre les Italiens et il acheta donc à Stamatis un animal garanti patriote, puisqu'un état de service honorable montrait que celui-ci mordait depuis longtemps les mollets des soldats. Cependant, le corniaud d'Arsénios ne comprit pas l'enseignement et se mit à mordre les pneus des camions militaires qui passaient. Il mourut prématurément et Arsénios adopta un autre chien, moins excitable. Il se mit en route à pied, n'emportant qu'une besace et une croix en bois d'olivier en guise de bâton.

Arsénios marchait et prêchait. Ses grosses cuisses s'irritaient en frottant l'une contre l'autre et lui donnaient des boutons et des plaies à l'entrejambe ; en plein été, la transpiration coulait de son front et de ses aisselles, faisant fleurir sur sa soutane noire des auréoles plus foncées et détrempées dont la circonférence était soulignée en blanc par de larges bordures irrégulières de sel fin ; sa barbe scintillait et gouttait comme la fontaine d'Aréthuse. Les semelles de cuir de ses chaussures noires s'érodèrent jusqu'à n'être plus qu'un ensemble de trous et il dut finalement marcher les pieds nus et protégés seulement par l'empeigne ; il traînait derrière lui de longs fils de cordonnier qui laissaient des traces dans la poussière claire, telles les empreintes de serpents fins comme un cheveu. L'hiver, Arsénios découvrit qu'un homme en mouvement a toujours chaud. Il laissait aller son poids contre le vent violent et la pluie sauvage tandis que son misérable chien le suivait, trempé jusqu'aux os, la queue entre les jambes, sa tête pendant lamentablement, l'image même de la fidélité imprudente et inconditionnelle.

Des buissons de lentisques et des cyprès du nord aux galets de la plage de Skala au sud, des lacs souterrains de Sami à l'est, jusqu'aux pentes vertigineuses de Pétani à l'ouest, Arsénios cheminait et prêchait. En marchant, la tête aussi basse que celle de son chien, il construisait des phrases de juste colère qui sortaient en tirades déchaînées devant les campements des Italiens. Les garnisons allemandes l'ignoraient ou le chassaient à coups de crosse, non pas par cruauté mais parce qu'elles ne partageaient pas le goût de leurs alliés pour le théâtre. Pour les Teutons, il était plus irritant que divertissant, mais chez les Italiens il apportait un changement bienvenu aux interminables parties de cartes et à la surveillance des bombardiers britanniques. Ils attendaient avec autant d'enthousiasme ses visites que le camion de putes et il était d'autant mieux accueilli que ses arrivées et ses départs étaient imprévisibles.

Quand il venait, les soldats se rassemblaient autour de lui, fascinés par les gestes d'opéra du pope buriné et par le roulement de tonnerre de son grec biblique dont ils ne comprenaient pas un mot. Arsénios regardait l'un après l'autre les visages souriants et ravis, sachant que leur incompréhension était totale, mais il persévérait parce qu'il lui semblait qu'il n'avait pas le choix. Les mots s'amoncelaient en lui, des mots d'une force surnaturelle, et il sentait que la main de la Vierge le poussait en avant, que l'affliction du Christ s'était déversée en lui, qu'elle débordait de son âme et qu'il devait en faire don à sa terre.

« Schismatiques de Rome, nos frères perdus, enfants du Christ qui pleure pour vous, brebis vouées au sacrifice, jouets des tyrans, vous qui êtes injustes, vous qui êtes répugnants, vous qui êtes iniques, vous qui êtes des chiens et des fornicateurs, des sorciers et des adorateurs d'idoles, vous dont le cœur ne connaît pas la lumière du soleil, vous qui n'avez pas de temple, vous dont la nation ne sera pas sauvée, vous qui commettez des abominations, vous qui souillez la Vierge, vous qui avez soif de vérité et ne pouvez pas la boire, vous êtes corrompus et n'avez rien fait de bon, vous avez agi dans l'iniquité, vous avez mangé mon peuple comme il mange le pain, vous n'avez pas fait appel à Dieu, vous avez mis le camp devant nos villes, vous vous êtes couverts d'opprobre, Dieu vous a dédaignés et il a dispersé vos os. En vérité, le Seigneur fera entendre mes paroles car il est mon soutien, il est avec elles, qui sustentent mon âme, il récompensera les maux infligés à mes ennemis, il les annulera dans sa vérité, car des étrangers se sont levés contre mon peuple, des oppresseurs convoitent nos oliviers et nos jeunes filles, la cruauté est en eux. Mon âme est parmi les lions et j'appartiens à ceux que l'on brûle, aux fils des hommes, dont les dents sont des lances et des flèches et dont la langue est une épée acérée.

« Oui, vous abritez la cruauté dans vos cœurs, vous faites peser la violence de vos mains sur la terre, vous êtes égarés dès votre conception, vous vous perdez dès votre naissance en disant des mensonges, votre poison est comme celui du serpent, vous êtes la vipère sourde qui n'entend rien.

« Mais nous sommes l'olivier vert dans la maison de Dieu et nous nous en remettrons à la miséricorde de Dieu dans tous les siècles des siècles car Dieu a étendu sa main et Dieu a parlé avec le verbe de sa bouche et je l'ai entendu dans le grand vent et dans l'orage, dans les pierres d'Assos et les grottes des montagnes. Il a répandu son sel dans le lac de Mélissani, il a gonflé de fer les cieux de Lixouri.

« Schismatiques de Rome, le Seigneur a préparé une fosse, il a jeté un filet sous vos pas, et les calamités auront raison de vous car Satan sera libéré de sa prison et Gog et Magog iront abuser les nations aux quatre coins de l'univers pour les jeter dans la bataille ; leur nombre égale celui des grains de sable de la mer. Et le feu descendra du ciel sur la ville bien-aimée, il vous dévorera et vous, oui, même les innocents et ceux qui sont aussi purs que des nouveau-nés, vous serez jetés dans le lac d'huile et de soufre où sont les bêtes et les faux prophètes, et votre chair sera séparée de vos os, car vous n'avez pas été écrits dans le livre de la vie et vous serez jetés dans les flammes.

« Et le Seigneur Dieu essuiera toutes les larmes des yeux de mon peuple, il n'y aura plus de pleurs ni de lamentations, il n'y aura plus de douleur, car ce qui était sera passé et celui qui est assis sur le trône fera de tout chose nouvelle et il donnera à boire largement à mon peuple assoiffé l'eau de la fontaine de vie. Car il s'emparera de la bête et du faux prophète et des armées réunies contre nous qui avons accompli des miracles devant eux, il les abattra et le gibier du ciel se repaîtra de leur chair, ils seront jetés vivants dans le lac brûlant de soufre et les derniers seront massacrés. »

Les soldats fournissaient à Arsénios et à son chien du pain et de l'eau, des restes et des olives, et dans les monastères aussi éloignés qu'Agrilio et Kipourio, les nonnes et les moines prenaient soin de lui. Mais les rudes nuits dans les grottes, la maigre pitance, les deux années de marche incessante avaient fait fondre sa lourde graisse ; sa grande soutane noire flottait sur un corps qui était devenu un squelette tendu de peau et brûlé de plaies, ses yeux vifs flamboyaient au-dessus de ses joues creuses, le parchemin de ses mains et de son visage était devenu de la couleur du teck, et pour la première fois de sa vie il trouvait la paix en lui et il était heureux. Certes, il négligea complètement sa paroisse, mais il est probable que s'il avait vécu, Arsénios aurait pu devenir un saint.

40

Un problème de lèvres

Ils se croisèrent sur le seuil, elle sortant et lui revenant de ses occupations. Avec le plus grand naturel, elle lui mit la main sur la joue gauche et, en passant, l'embrassa sur l'autre.

Il fut étonné et quand elle atteignit l'entrée de la cour elle le fut aussi, car jusque-là elle n'avait pas pris conscience de ce qu'elle avait fait. Elle s'arrêta net, comme si elle venait de se heurter à un mur de pierre métaphorique mais palpable. Elle senti son sang monter dans la racine de ses cheveux et s'aperçut qu'elle n'osait pas se retourner pour regarder le capitaine. Lui aussi devait être cloué sur place. Elle pouvait presque sentir son regard monter de ses pieds à sa tête pour s'installer finalement sur sa nuque en attendant qu'elle se retourne. Comme elle l'avait prévu, il l'appela : « Kyria Pélagia.

– Quoi ? » demanda-t-elle sèchement comme si un effort pour se montrer brusque avec lui pouvait effacer le geste simple et monstrueux par lequel elle avait laissé voir son affection sans même y penser.

« Qu'est-ce qu'il y a pour dîner ?

– Ne me taquinez pas.

– Moi ? Vous taquiner ?

– N'en faites pas cas. Je vous ai pris pour mon père. Je l'embrasse toujours de cette façon quand il rentre.

– C'est très compréhensible. Nous sommes tous les deux vieux et petits.

– Si vous voulez me taquiner, je ne vous parlerai plus jamais. »

Il arriva par-derrière, se mit devant elle et tomba à genoux. « Oh non ! cria-t-il, tout mais pas ça ! » Il baissa la tête vers le sol et geignit à fendre l'âme : « Ayez pitié. Tuez-moi, fouettez-moi, mais ne dites pas que vous ne me parlerez plus jamais. » Il lui enlaça les genoux et fit semblant de pleurer.

« Tout le village nous regarde, protesta-t-elle. Arrêtez tout de suite. Vous me mettez dans l'embarras, lâchez-moi.

– J'ai le cœur brisé », pleurnicha-t-il. Il lui prit la main et se mit à la couvrir de baisers.

« Chèvre stupide, vous êtes détraqué.

– Je souffre, je brûle, je suis déchiré, les larmes jaillissent de mes yeux. » Il se renversa en arrière et dessina avec les doigts la cascade extraordinaire de larmes invisibles qu'il voulait lui faire imaginer. « Ne vous moquez pas de moi, continua-t-il en adoptant une nouvelle tactique. Ô lumière de mes yeux, ne vous moquez pas du pauvre Antonio dans son affliction.

– Êtes-vous encore ivre ?

– Ivre de chagrin, ivre de souffrance. Parlez-moi.

– Votre batterie a encore gagné un match de foot ? »

Corelli bondit sur ses pieds et étendit les bras dans un geste de ravissement. « Oui. Nous avons battu la compagnie de Günter par quatre buts à un et nous avons fait trois blessés, ensuite je suis arrivé et vous m'avez embrassé. Un jour glorieux pour l'Italie.

– C'était une erreur.

– Une erreur significative.

– Une erreur insignifiante, je regrette.

– Entrons, dit-il, j'ai quelque chose de très intéressant à vous montrer. »

Soulagée par ce brusque changement de sujet, elle entra derrière lui et il ressortit aussitôt en passant devant elle. Il lui prit la tête à deux mains, posa sur son front un long baiser ardent et s'écria : « Mi scusi, je vous ai prise pour le docteur, n'en faites pas cas. » Il partit au pas de course, traversa la cour et fila sur la route. Elle mit les poings sur les hanches et le regarda s'éloigner, décontenancée, en secouant la tête et en se donnant beaucoup de mal pour ne pas rire, ni sourire.

41

Les escargots

Le docteur jeta un coup d'œil par la fenêtre et vit le capitaine Corelli qui s'avançait en cachette vers Lémoni pour la surprendre. Au même instant, Psipsina sauta à quatre pattes sur la page qu'il écrivait à propos de l'occupation française et ce concours de circonstances lui inspira une idée formidable. Il posa sa pipe et sa plume et s'aventura au soleil incandescent du début d'après-midi.

« Fischio ! » cria le capitaine, et Lémoni piailla.

« Excusez-moi, les enfants, dit le docteur.

– Ah, dit Corelli en se redressant tout penaud, kalispéra yatré. J'étais seulement en train de…

– Vous amuser ? » Il se tourna vers la petite fille. « Koritsi mou, tu te rappelles quand nous avons trouvé Psipsina toute petite qui était accrochée au barbelé ? Et que tu m'as demandé de venir la sauver ? »

Lémoni hocha la tête d'un air important et le docteur lui demanda : « Tous les escargots sont encore là ?

– Oui, dit-elle. Des tas. Des gros. » Elle montra Corelli du doigt. « Plus gros que lui, même.

– Quel est le meilleur moment pour les trouver ?

– Tôt et tard.

– Je vois. Tu peux venir ce soir me montrer où ils étaient ?

– Le mieux c'est quand il fait noir.

– Nous ne pouvons pas sortir quand il fait noir, il y a le couvre-feu.

– Alors, avant qu'il fasse noir. D'accord. »

« De quoi s'agissait-il ? » demanda le capitaine quand Lémoni fut partie.

Le docteur répondit avec raideur : « Grâce à vous il n'y a presque rien à manger. Nous sortons ce soir pour chercher des escargots. »

Le capitaine se rebiffa. « Le blocus vient des Britanniques. Ils s'imaginent que la meilleure façon de vous aider c'est de vous affamer. Comme vous le savez très bien, j'ai fait de mon mieux.

– Vos emprunts aux dépens de l'armée sont très appréciés mais c'est dommage de devoir en arriver là. Nous avons besoin de protéines. Vous voyez à quoi nous sommes réduits.

– Chez moi, les escargots sont un luxe coûteux.

– Et ici ils sont une nécessité regrettable. »

Le capitaine essuya la sueur de son front et dit : « Permettez-moi de venir vous aider. »

C'est ainsi que ce soir-là, une heure avant le coucher du soleil et peu avant la fraîche, Pélagia et son père, Lémoni et le capitaine se retrouvèrent en train de ramper à travers l'invraisemblable enchevêtrement de ronces et de pistes d'animaux, après avoir grimpé sur le mur en ruine et trouvé leur chemin sous les branches de vieux oliviers abandonnés.

Le docteur rampait derrière Lémoni. Soudain, elle s'arrêta pour se retourner et le regarder. « Vous avez dit, reprocha-t-elle, vous avez dit que si vous veniez chercher des escargots on vous emmènerait quelque part pour vous enfermer.

– Au Pirée, répondit le docteur. J'ai dit qu'on m'emmènerait au Pirée. De toute façon, nous sommes tous enfermés de nos jours. »

Il apparut dans la lumière chiche que sur l'envers des feuilles basses des légions de gros escargots rivalisaient de variété dans les couleurs et le dessin. Il y en avait des roux avec des marques presque invisibles, des clairs avec des rayures en spirale, des ocre jaune et citron vif et certains étaient mouchetés de rouge avec des points noirs. Dans les branches hautes, les fauvettes de Sicile penchaient la tête et voletaient, écoutant les clac et les clic monotones de la cueillette à mesure que les escargots se détachaient et tombaient dans les seaux.

L'enfant et les trois adultes étaient tellement absorbés par leur tâche qu'ils ne remarquèrent pas qu'ils s'étaient séparés. Le docteur et Lémoni avaient disparu dans un tunnel tandis que le capitaine et Pélagia en suivaient un autre. À un certain moment, le capitaine se trouva seul et en profita pour réfléchir sur un fait curieux : il ne se rappelait pas avoir jamais été aussi content. Il déplora sans s'en soucier l'état des genoux de son pantalon et cligna des yeux vers le soleil rougissant dont la lumière cramoisie s'adoucissait en traversant les brindilles et les feuilles. Il respira profondément et soupira, assis sur ses talons, détendu. Il repoussa avec l'index un escargot qui essayait de ramper hors du seau. « Vilain escargot », dit-il et il fut heureux que personne ne soit là pour l'entendre proférer une telle ineptie. Un canon antiaérien tonna au loin et Corelli haussa les épaules. Ce n'était probablement rien.

« Oh, oh non », dit une voix proche qui ne pouvait appartenir qu'à Pélagia, « oh, pour l'amour du ciel. »

Horrifié à la pensée affreuse qu'elle avait peut-être été blessée par un éclat de schrapnel, le capitaine se jeta à quatre pattes et se précipita dans le tunnel vers l'endroit d'où était venu le cri.

Il trouva Pélagia apparemment paralysée dans une posture tordue, le cou tiré en arrière. Elle était à quatre pattes, un long filet de sang perlait en diagonale sur sa joue et elle était visiblement dans un état d'irritation extrême. « Che succede ? demanda-t-il en rampant vers elle. Che succede ?

– Mes cheveux se sont accrochés, répondit-elle indignée. Une épine m'a écorché la joue et j'ai reculé la tête, alors mes cheveux se sont pris dans les ronces et je ne peux pas les détacher. Et ne riez pas.

– Je ne ris pas, dit-il en riant. J'avais peur que vous n'ayez été blessée.

– Je suis blessée. Ma joue me pique. »

Corelli prit son mouchoir dans sa poche et tamponna l'égratignure. Il lui montra le sang et dit d'un ton léger : « Je le chérirai éternellement.

– Si vous ne me libérez pas, je vous assassine. Arrêtez de rire.

– Si je ne vous libère pas, vous ne m'attraperez jamais pour me tuer, pas vrai ? Ne bougez pas. » Il dut passer les mains par-dessus les épaules de Pélagia et regarder derrière son oreille pour voir ce qu'il faisait. Elle avait le visage collé contre sa poitrine, contre le tissu rugueux et le parfum poussiéreux de son uniforme. « Vous m'écrasez le nez », protesta-t-elle.

Corelli renifla avec satisfaction : Pélagia sentait toujours le romarin. C'était une senteur jeune et fraîche qui lui rappelait les repas de fête chez lui. « Je vais peut-être devoir couper ça, dit-il en tirant en vain sur les brins noirs qui s'étaient enroulés autour des épines.

– Oho ! ne tirez pas ! faites attention ! Vous ne couperez rien.

– Vous êtes dans une position très vulnérable, remarqua-t-il, alors essayez de paraître reconnaissante. » Il détacha les cheveux un à un en faisant en sorte qu'aucun ne lui échappe et ne risque de la faire souffrir. Il commençait à avoir mal aux bras à force de les étirer à l'horizontale et il posa les coudes sur les épaules de Pélagia. « J'ai réussi », dit-il content de lui, et il s'écarta un peu. Elle secoua la tête avec soulagement et quand les lèvres du capitaine passèrent près de sa joue il l'embrassa doucement, près de l'oreille, là où il y avait un duvet très doux, presque invisible.

Elle toucha du bout des doigts l'emplacement du baiser et lui dit sévèrement : « Vous n'auriez pas dû faire ça. »

Il s'agenouilla et soutint son regard. « Je n'ai pas pu m'en empêcher.

– Vous avez profité de la situation.

– Excusez-moi. » Ils se regardèrent un long moment puis, pour des raisons qu'elle ne put pas approfondir, Pélagia se mit à pleurer.

« Qu'est-ce qu'il y a ? Qu'est-ce qu'il y a ? » demanda Corelli consterné. Les larmes roulaient sur les joues de Pélagia et tombaient dans le seau parmi les escargots. « Vous les noyez, dit-il en les lui montrant. Qu'est-ce qui se passe ? »

Elle eut un pauvre sourire et se remit à pleurer. Il la prit dans ses bras et lui donna de petites tapes sur les épaules. Elle sentit que son nez coulait et craignit de laisser de la morve sur l'épaulette de l'uniforme. Elle renifla un bon coup pour exclure cette éventualité. Soudain elle lâcha : « Je n'en peux plus de tout ça. Excusez-moi.

– Tout est moche », reconnut le capitaine en se demandant s'il allait céder lui aussi à l'envie de pleurer. Il lui prit doucement la tête entre ses mains et effleura ses larmes avec ses lèvres. Elle eut un regard étonné et soudain, sous les ronces, dans le soleil couchant, les genoux sales et douloureux, flanqués de deux seaux d'escargots qui s'échappaient, ils furent emportés par leur premier baiser secret et antipatriotique. Affamés et éperdus, emplis de lumière, ils ne pouvaient se détacher l'un de l'autre, et quand ils rentrèrent finalement, au crépuscule, le total de leurs deux butins, honteux et accusateur, était loin d'égaler le quota atteint par Lémoni toute seule.

42

Une mandoline ressemble à une femme

Comme une mandoline ressemble à une femme ! Comme elle est gracieuse et jolie ! Le soir, quand les chiens hurlent, que les grillons chantent, que l'énorme lune se hisse au-dessus des collines et qu'à Argostoli les projecteurs guettent de fausses alarmes, je prends ma chère Antonia. Je passe doucement la main sur ses cordes et je lui dis : « Comment peux-tu être faite de bois ? » tout comme, quand je vois Pélagia, je lui demande sans parler : « Es-tu vraiment faite de chair ? N'y a-t-il pas là un feu ? La trace fragile des anges ? Quelque chose de très éloigné des os et du sang ? » Je rencontre son regard quand nous nous croisons, son regard si franc et moqueur qui soutient le mien. Elle tourne la tête, un sourire, un sourire espiègle et entendu, et elle a disparu. Je la vois partir chercher de l'eau et elle revient, la cruche sur l'épaule, cariatide vivante ; en passant près de moi elle se permet d'éclabousser mes épaulettes. Elle s'excuse en riant et je dis : « Les accidents peuvent arriver. » Elle sait que je sais que ce n'était pas un hasard. Elle l'a fait parce que je suis un soldat et un Italien, parce que je suis l'ennemi, parce qu'elle est drôle, qu'elle aime taquiner, parce que c'est un acte de résistance, parce qu'elle m'aime bien, parce que c'est une forme de contact, parce que nous sommes frère et sœur avant d'être un envahisseur et une Grecque. Je remarque que ses poignets me rappellent le cou mince des mandolines, que sa main s'élargit à partir du poignet, comme la tête qui porte les chevilles, et que la partie où le manche s'évase pour rejoindre la caisse de résonance reproduit la ligne entre son cou et son menton, il a le même éclat doux de la jeunesse et du bois de pin.

La nuit, je rêve de Pélagia. Pélagia vient, se déshabille, et je vois que ses seins sont le renflement des mandolines faites à Napoli. Je les prends dans mes mains et ils sont froids comme du bois et chauds comme la peau d'une mère bienveillante, elle se retourne et je vois que chaque fesse a la forme ronde d'une mandoline qui chante, qui gonfle et s'effile, ornée de nacre et d'éclats d'ébène. Je m'y perds parce que je cherche les cordes tout en souffrant d'impatience dans les reins et je me réveille mouillé par mon désir, serré contre Antonia qui me pique avec l'extrémité de ses cordes, je jure, je pose Antonia et je dis « Ô Pélagia ». Je reste un moment éveillé, je pense à elle avant de me forcer à dormir parce que ainsi le matin viendra plus vite et que je la verrai.

Je pense à Pélagia comme à des accords. Antonia a trois accords qui cohabitent sur les trois premières cases, *do, ré* et *sol* et qui ont tous besoin de deux doigts pour les former. Je joue l'accord de sol, je le déplace d'une case et je fais un accord de *do* et ils se complètent dans leur résonance comme le soprano et l'alto d'un même ton dans une chanson toscane. Je joue un accord de *ré* en tordant la main, sur deux cases, et il appartient aux deux autres, mais il est triste et incomplet, comme une vierge insatisfaite. Il me supplie : « Ramène-moi là où je peux trouver la paix » et je reviens à *sol,* tout est complet et je me sens comme Dieu lui-même qui a créé une femme et a vu que son monde était parfait grâce à cette touche finale qui en marquait l'accomplissement.

Pélagia a les mêmes accords simples et joyeux. Elle joue avec un chat, elle rit, et c'est *sol*. Elle lève un sourcil quand elle me surprend en train de l'observer, elle feint de me reprocher mon crime d'admiration et de me punir, et c'est *do*. Elle me pose une question : « Vous n'avez donc rien d'utile à faire ? » et c'est comme *ré*, ça demande une résolution. Je dis : « Il Duce et moi allons conquérir la Serbie aujourd'hui », elle rit, tout redevient comme avant, tout est clair. Elle rit, la tête en arrière, ses dents blanches étincellent, elle sait qu'elle est belle et que je la trouve belle. Je pense à des maisons blanchies à la chaux, étincelantes, sur une colline lointaine à Candie. Elle est contente, fière, et se refuse, la boucle est bouclée. Elle est revenue à *sol.* Je me surprends à rire aussi : nous sommes à des octaves de distance, nous rions ensemble à plusieurs octaves, mandore et mandoline, et au loin rugit un canon contre des avions britanniques imaginaires, on entend un crépitement simulé de mitrailleuses et voilà : nous avons nos timbales.

Pélagia entend les tirs et se rembrunit. Nous sommes heureux ensemble, assis sur ce balcon ombragé par des bougainvillées que visitent les abeilles, mais à présent c'est la guerre : la guerre est revenue et Pélagia plisse le front, fronce les sourcils. J'ai envie de lui dire : « Je suis désolé, Pélagia, l'idée n'est pas de moi, ce n'est pas moi qui ai pris l'Ionie. Je n'avais aucune intention de prendre vos chèvres et de brûler vos oliviers pour en faire du combustible. Je ne suis pas un parasite-né. » Mais je ne peux pas dire des choses pareilles, Pélagia le sait. Elle comprend pourquoi je ne peux pas les dire, mais elle m'en veut quand même de mon absence de volonté. Elle m'a entendu parler de la nouvelle *pax Romana*, réplique de l'ancien empire qui a apporté à tous l'ordre et la paix, la civilisation la plus longue qu'ait connue l'homme, et elle s'assombrit.

Quand Pélagia prend l'air sombre en entendant des tirs lointains, c'est comme un accord de *mi* mineur septième avec quinte diminuée : plaquez-le et il est martial, plein de colère, un accord pour les guérilleros et les partisans. Mais caressez-le et c'est un accord d'une mélancolie et d'une tendresse infinies. Pélagia est triste, je prends Antonia et je joue en *ré* mineur. Elle lève la tête et dit : « C'est exactement ce que je ressentais. Comment avez-vous deviné ? » Je voudrais dire : « Pélagia, je t'aime et c'est pour ça que je sais » mais je dis : « Parce que vous êtes songeuse et que vous attendez.

– J'attends quoi ? » demande-t-elle et je réponds : « C'est à vous de me le dire, Pélagia », mais je sais qu'elle ne me dira jamais qu'elle attend un monde nouveau où une Grecque pourra aimer un Italien sans se poser de questions.

« Je suis en train de composer une marche pour vous, lui dis-je, écoutez », et je joue *ré* mineur, un, deux, puis *do* majeur, un-et-deux-et-, je reviens à *ré* mineur, un, deux… et je lui dis : « L'ennui c'est qu'il me faut un autre musicien pour ajouter une mélodie grecque, peut-être un genre de rébétiko. Je pourrais trouver quelqu'un dans le bataillon avec une mandoline, comme ça je jouerais les accords une octave plus grave sur une mandore. Il me semble que ce serait très bien.

– Quelqu'un doit avoir une guitare », propose Pélagia et je lui explique : « Un accord ou un air sur une mandoline ne donnera pas du tout la même chose sur une guitare : c'est l'un des mystères de la musique. Ces deux accords seraient d'une banalité incroyable à la guitare, sans la moindre consistance, à moins d'être joués par un Espagnol. »

Pélagia sourit et je sais qu'elle ne comprend pas un mot de ce que je lui ai dit mais ça ne fait rien. Je commence à penser à une mélodie en trémolo qui danserait sur les accords. Pélagia adore quand je joue en trémolo : elle dit que c'est délicieux et très émouvant.

Mais elle se sent offensée d'être émue par un envahisseur et un occupant, quelqu'un qui réquisitionne le fromage et le robola; elle se lève brusquement et je vois que son âme est en feu. Elle pointe vers moi un doigt tremblant et se met à crier les dents serrées : « Comment pouvez-vous faire ça ? Qu'est-ce qui vous arrive ? Comment vous, un musicien, un homme cultivé, pouvez-vous venir ici avec votre mandoline et jouer de jolis airs à une Grecque alors que tout autour de vous l'île est saccagée et pillée ? Et ne me parlez pas de cette restauration d'empire romain de merde. Si vous voulez le savoir, c'est la Grèce qui a éduqué Rome, et nous ne l'avons pas fait par la conquête. Qu'est-ce qui vous arrive ? Comment pouvez-vous supporter d'être ici ? Ce sont les ordres ? Les ordres de qui ? D'un tribun mégalomane et prétentieux qui a reçu Céphalonie d'un autre mégalomane aux cheveux noirs, une brute sauvage qui veut que tout le monde ait les cheveux blonds sauf lui ? C'est vous qui êtes fou, vous ne le voyez pas ? Vous ne voyez pas qu'on se sert de vous ? Pensez-vous qu'Hitler vous laissera conserver votre empire romain quand il aura liquidé tout le reste ? Comment pouvez-vous rester assis sur une bombe en jouant de la mandoline ? Pourquoi ne partez-vous pas en emportant vos armes ? Ne savez-vous donc pas qui est votre ennemi ? »

Pélagia descend en courant les marches vénitiennes et se précipite au soleil. Elle s'arrête et se retourne pour me regarder, les yeux gonflés de larmes de rage et d'amertume, et je sais qu'elle me hait parce qu'elle m'aime, parce qu'elle m'aime et que je suis un homme qui n'a pas le courage de prendre le mal à la gorge et de l'étrangler. J'ai honte. Je joue un accord diminué parce que je me sens diminué. Mon flirt et ma tentative de charme m'ont démasqué. Je suis un homme sans honneur.

Le ventre rond comme un sein de la mandoline glisse au-dessus de ma ceinture, comme toujours, et comme toujours je me dis : « Il me faudrait peut-être une mandoline portugaise à caisse plate qui ne glisse pas », mais je repousse une pensée aussi sotte : où trouver une mandoline portugaise à fond plat en temps de guerre ? Alors je reviens à mon idée : « Comme une mandoline ressemble à une femme ! Comme elle ressemble à Pélagia ! Elle est si gracieuse et si jolie ! » Cela m'amène à une autre pensée, un paradoxe digne de Xénon lui-même : c'est la guerre qui nous a réunis et c'est la guerre qui nous arrache l'un à l'autre. Les Anglais appellent ça « donner d'une main et prendre de l'autre ». Qu'est-ce que j'ai contre les Anglais pour être venu en Grèce ? Pélagia a raison, mais qui sera le premier à le dire ? Jusqu'ici, seule Antonia l'a dit, en jouant la « Marche de Pélagia », en chantant sous mes doigts.

43

La grosse boule de rouille avec des piquants

Pélagia ne prit guère de plaisir à préparer les escargots. Tout d'abord, elle avait reçu trop de conseils contradictoires sur la technique appropriée pour les rendre mangeables et ses hésitations lui causaient une sensation détestable d'insécurité ; elle tremblait à l'idée de servir quelque chose de gluant et repoussant et elle redoutait de descendre dans l'estime du capitaine si elle préparait un mauvais repas. L'euphorie radieuse qu'elle avait éprouvée après avoir découvert leur amour mutuel était menacée à présent par une culpabilité sournoise mais aussi par l'idée épouvantable que si elle cuisinait mal les escargots elle allait, au mieux, le dégoûter et, au pis, l'empoisonner.

Drossoula lui avait déclaré catégoriquement que ce qu'il fallait faire c'était laisser les escargots une nuit dans un récipient plein d'eau avec un couvercle pour les empêcher de s'échapper, et le lendemain matin les laver soigneusement. Ensuite on les faisait chauffer vivants dans de l'eau et on attendait que de l'écume et des saletés apparaissent à la surface. À ce moment précis il fallait ajouter du sel et commencer à les tourner dans le sens des aiguilles d'une montre (« Si tu tournes dans le sens contraire, ils auront un goût horrible »). Au bout de quinze minutes il fallait percer un trou au fond de chaque coquille, « pour laisser le diable sortir et la sauce entrer », et ensuite bien les rincer dans l'eau où ils avaient bouilli. Elle n'avait pas expliqué à Pélagia comment, pour effectuer cette opération, on pouvait tremper les doigts dans l'eau encore brûlante. Elle avait assuré aussi que l'on ne pouvait manger que des escargots nourris au thym, et tout en n'y croyant pas une seconde, Pélagia était encore plus angoissée.

Au puits, la femme de Kokolios lui dit que tout ça ne tenait pas debout parce qu'elle se rappelait comment s'y prenait sa grand-mère : « N'écoute pas cette Drossoula. Elle est presque turque. » Non, ce qu'il fallait faire, c'était pincer chaque escargot, et s'il remuait, il était vivant. « Mais comment je le pince s'il est à l'intérieur ? demanda Pélagia.

– Tu attends qu'il sorte, répondit la femme de Kokolios.

– Mais s'il sort, c'est qu'il est vivant, alors je n'ai pas besoin de le pincer.

– Tu le pinces quand même. Il vaut mieux être sûre. Ensuite tu prends un couteau pointu et tu nettoies l'ouverture de la coquille, tu prends de l'eau claire et tu laves chaque escargot vingt-quatre fois. Pas plus, sinon ils perdent leur goût, et pas moins, sinon ils seront encore sales. Ensuite, tu les laisses égoutter une demi-heure, tu mets du sel dans l'ouverture de la coquille et toute la bave jaune et dégoûtante sort en faisant des bulles. C'est comme ça que tu sais qu'ils sont prêts. Alors tu les mets à frire un à un dans l'huile avec l'ouverture en bas, tu ajoutes du vin et tu les fais bouillir pendant deux minutes, pas plus, pas moins. Ensuite tu les manges.

– Mais Drossoula a dit qu'il fallait...

– N'écoute pas cette vieille sorcière. Demande à n'importe quelle femme qui s'y connaît, elle te dira pareil, et si elle te dit autre chose, c'est qu'elle ne sait pas de quoi elle parle. »

Pélagia interrogea la femme d'Arsénios et celle de Stamatis. Elle chercha même « escargots » dans l'encyclopédie médicale mais ne trouva rien. Elle eut envie de les jeter dans la cour et de les piétiner. En fait, elle était si malheureuse qu'elle avait envie de pleurer ou de tempêter. On lui avait indiqué cinq façons différentes de préparer les gastéropodes et quatre recettes pour les accommoder : escargots bouillis, escargots frits, escargots en sauce à la crétoise et pilaf d'escargots. Comme il n'y avait pas de riz, le pilaf était exclu. Au souvenir du riz, elle se mit à saliver et souhaita encore une fois que la guerre s'achève.

Mais comment savoir combien il fallait d'escargots ? Drossoula avait dit un kilo pour quatre. Mais c'était avec ou sans les coquilles ? Et comment diable les sortir ? Comment les peser sans mettre de la bave sur la balance ? Cette bave-là ne partait même pas à l'eau chaude et au savon, elle se collait à tout ce qu'elle touchait, comme si elle avait le pouvoir miraculeux de se multiplier à l'infini.

Pélagia considérait sa cargaison luisante de bestioles mucilagineuses et les repoussait du doigt quand elles essayaient de sortir de la casserole. Elle commença à avoir pitié d'elles. Non seulement elles étaient ridicules avec leurs cornes érectiles et la lenteur désespérée de leurs ondulations quand on les tenait la tête en bas, mais elles étaient profondément pathétiques à cause de leur confiance pitoyable dans la sécurité de leur carapace. Elle se rappela que lorsqu'elle était petite elle croyait sérieusement que si elle fermait les yeux son père ne la voyait pas quand elle faisait quelque chose de mal. En titillant les escargots elle fut affligée par la cruauté d'un monde où les vivants ne peuvent vivre qu'en prédateurs de créatures plus faibles qu'eux : une bien mauvaise façon d'ordonner un univers.

Ses dilemmes pratiques et éthiques furent interrompus par de grands cris : « Barba C'relli, Barba C'relli », et elle sourit en reconnaissant la voix de Lémoni, dans un état d'excitation et de plaisir extrêmes. La petite fille avait pris l'habitude d'appeler le capitaine « Vieux » et de venir tous les soirs lui raconter, hors d'haleine et dans un grec enfantin, tous les événements de la journée. « Barba » Corelli l'écoutait patiemment, sans rien comprendre, puis il lui donnait une tape sur la tête, l'appelait « koritsi mou » et se mettait à la lancer en l'air. Pélagia ne voyait pas quel plaisir pouvaient y trouver l'un et l'autre mais certaines choses ne s'expliquent pas, et les cris de joie perçants de Lémoni étaient une preuve concluante de l'improbable. Pélagia sortit dans la cour, ravie de la diversion.

« J'ai vu une grosse boule de rouille avec des piquants, déclara Lémoni au capitaine, et j'ai grimpé dessus.

– Elle dit qu'elle a vu une grosse boule de rouille avec des piquants et qu'elle a grimpé dessus », traduisit Pélagia.

Carlo et Corelli se regardèrent et pâlirent. « Elle a trouvé une mine », dit Carlo.

Corelli fit appel à Pélagia : « Demandez-lui si elle l'a trouvée sur une plage.

– C'était sur une plage ? demanda-t-elle.

– Oui, oui, oui », fit gaiement Lémoni et elle ajouta : « et j'ai grimpé dessus. »

Corelli connaissait assez de grec pour reconnaître le oui, il se releva brusquement et se rassit tout aussi brusquement. « Puttana ! » s'exclama-t-il en prenant la petite fille dans ses bras et en la serrant très fort, « elle aurait pu être tuée ! »

Carlo fut plus réaliste : « Elle aurait dû être tuée. C'est un miracle. » Il leva les yeux au ciel et ajouta : « Porco Dio. »

« Puttana, puttana, puttana », répéta machinalement Lémoni, la voix étouffée par la poitrine du capitaine. Pélagia réagit. « Antonio, combien de fois vous ai-je dit de ne pas utiliser de gros mots devant cette enfant ? Que dira son père quand elle rentrera chez elle en parlant comme ça ? »

Corelli prit l'air contrit puis il sourit. « Il dira probablement Quel est le figlio di puttana qui a appris à ma petite fille à dire “puttana” ? »

Personne au village ne put résister à se joindre à la longue colonne de curieux qui descendait les falaises jusqu'au sable. Quand ils la virent, ils tendirent le doigt et crièrent : « La voilà, voilà la mine », et elle était là, en effet, posée à l'extrême bord de l'eau chatoyante, l'air faussement naturel et innocent. C'était une sphère de la hauteur d'un homme, un peu plus large que haute, parsemée de pointes émoussées qui la faisaient ressembler à un gigantesque marron d'Inde ou à un énorme oursin dont les piquants auraient eu affaire à un coiffeur militaire.

Ils se groupèrent autour d'elle à une distance respectable et le capitaine s'approcha avec Carlo pour l'examiner. « Combien d'explosif, à ton avis ? demanda Carlo.

– Dieu seul le sait. Assez pour faire sauter un bateau de guerre. Nous allons devoir établir un cordon tout autour et la faire exploser. Je ne saurais pas la désamorcer.

– Superbe ! » s'écria Carlo qui, malgré les horreurs de l'Albanie, adorait du fond du cœur les explosions et n'avait jamais cessé de prendre un plaisir enfantin aux destructions inoffensives.

« Retourne à la base chercher de la dynamite, du bickford et un de ces machins électriques à piston. Je reste ici pour aider les villageois à s'organiser.

– Elle est turque », dit Carlo en montrant les lettres fleuries, à peine visibles parmi les plaques de rouille. « Elle doit flotter depuis vingt ans ou plus, depuis la Grande Guerre.

– Merda, c'est incroyable, dit Corelli, c'est complètement fou. Je suppose que l'explosif n'est plus actif, depuis le temps.

– Alors ça ne sera pas une grosse explosion ? demanda tristement Carlo.

– Elle le sera si tu prends assez de dynamite, testa d'asino.

– Compris », dit Carlo et il s'éloigna pour remonter au village.

Corelli se tourna vers Pélagia qui contemplait encore tout étonnée l'énorme et antique engin de guerre. « Dites à Lémoni que si jamais elle trouve, n'importe où, un objet en métal qu'elle ne connaît pas, elle ne doit y toucher à aucun prix ; qu'elle vienne en courant me le dire immédiatement. Dites-lui de prévenir tous les autres enfants. »

Corelli demanda à Pélagia de traduire pour lui et fit signe aux villageois de se mettre en cercle autour de lui. « D'abord, leur dit-il, nous allons devoir faire exploser cet engin. Ça risque d'être une très grosse explosion, et quand le moment viendra je veux que vous retourniez tous en haut de la falaise et que vous regardiez de là-haut, parce que sinon il pourrait y avoir un véritable massacre par accident. En attendant la dynamite, il me faut des hommes forts avec des pelles pour me creuser une tranchée à cinquante mètres environ de la mine, là-bas, où je pourrai me mettre à l'abri quand je ferai sauter l'engin. Elle doit être à peu près de la taille d'une tombe. Des volontaires ? » Ses yeux allèrent d'un visage à l'autre, les regards se détournaient. Ce n'était pas bien d'aider un Italien, et même si tout le monde voulait voir la grande explosion, ç'aurait été une honte de se porter volontaire le premier. Corelli vit les visages belliqueux et rougit. « Il y aura un poulet à vous partager », annonça-t-il.

Kokolios leva deux doigts et dit : « Deux poulets. »

Corelli acquiesça d'un signe et Kokolios précisa : « Je le ferai avec Stamatis et nous voulons deux poulets chacun. »

Pélagia traduisit et le capitaine fit une grimace. « Chacun ? » Il leva les yeux au ciel, exaspéré, et marmonna tout bas : « Rompiscatole. »

C'est ainsi que Kokolios et Stamatis, le royaliste et le communiste, mais néanmoins vieux amis unis dans la faim et dans l'esprit d'entreprise, allèrent chez eux et revinrent avec des pelles. À l'endroit indiqué par le capitaine, ils se mirent à creuser un trou rectangulaire en entassant le sable du côté de la mine pour former un rempart de protection. Il ne faisait encore que quatre pieds de profondeur quand il commença à se remplir d'eau ; le capitaine regarda la boue ocre avec désapprobation et découragement. « Il se remplit d'eau », expliqua-t-il inutilement à Pélagia qui observait avec tous les autres le travail des deux hommes. Elle se mit à rire. « Tout le monde sait que quand on creuse un trou sur la plage il se remplit d'eau. »

Corelli, préoccupé, commença à avoir des doutes sur l'opération, ce qui ne fit que le décider davantage à la mener à terme.

Carlo revint, pas seulement avec la dynamite et le matériel mais avec un plein camion de soldats, tous lourdement armés et très impatients d'assister au spectacle. Corelli s'énerva : « Tu aurais pu aussi prévenir Hitler et inviter toute l'armée allemande ! »

Carlo fut peiné d'être accusé injustement. « Ils m'ont fait amener tous ces hommes parce que c'est contre le règlement de transporter des explosifs sans escorte. C'est à cause des partisans, alors ne me fais pas de reproches.

– Les partisans ? Quels partisans ? Tu veux parler de ces bandits qui pillent les villages quand nous regardons ailleurs ? Ne me fais pas rire.

– Le trou n'est pas au bon endroit, interrompit un petit homme en uniforme du génie.

– Le trou est là où je l'ai mis ! » cria le capitaine de plus en plus agacé à la perspective de voir son escapade récréative échapper à son contrôle.

« Il est trop près, insista l'homme du génie, l'onde de choc passera juste sur ce trou et vous aspirera les yeux et la cervelle, ensuite il faudra creuser pour vous tirer de là, à moins que vous ne souhaitiez y reposer en paix.

– Écoutez, caporal, je vous ferai remarquer que je suis capitaine et que vous n'êtes que caporal. C'est moi le responsable ici. »

Le soldat ne se démonta pas. « Et moi, je vous ferai remarquer que je suis sapeur et que vous êtes un fils de pute cinglé. »

Les yeux de Corelli s'agrandirent, de surprise d'abord, puis s'agrandirent encore davantage, de rage. « Insubordination ! cria-t-il, vous serez puni ! »

Le sapeur haussa les épaules et sourit : « Vous pouvez faire ce que vous voulez, parce qu'un mort ne proteste pas. Si vous voulez mourir, d'accord, je regarderai.

– Carogna ! » cracha Corelli et le soldat répéta : « Fils ce pute, cinglé » ; il s'éloigna tranquillement. Se désolidarisant de toute l'opération, il monta en haut de la falaise, alluma une cigarette, et le soleil déclinant lui fit cligner des yeux pour voir ce qui se préparait en bas. C'était beau. La mer avait mille nuances d'aigue-marine et de lapis-lazuli, il apercevait les masses sombres des rochers et les tresses ondulantes des algues sous les vagues. Il attendait de voir ce qui allait arriver à cet imbécile d'officier.

Corelli plaça une charge de dynamite sous la mine et déroula le bickford qui était juste assez long pour arriver à sa tranchée détrempée. Puis, inquiet que le sapeur n'ait eu raison mais néanmoins décidé à aller jusqu'au bout, il construisit avec le groupe de soldats enthousiastes un mur de sable épais autour de la mine pour que le gros de l'explosion soit dirigé vers le haut ; la mine finit par ressembler à l'exact opposé d'un doughnut : un cercle en creux contenait en son centre une colonne de sable surmontée d'un malheureux tas de rouille et de pointes tronquées. Drossoula ne fut pas la seule femme à se dire que ça ressemblait beaucoup à un pénis mégalithique au repos.

« Avanti ! » cria enfin le capitaine, et soldats et spectateurs remontèrent les pentes de la falaise, suant et soufflant bien que le soleil du soir ait déjà perdu beaucoup de sa chaleur. En bas, Corelli paraissait à peine plus grand qu'une souris. Les soldats s'installèrent et discutèrent pour savoir si oui ou non c'était une bonne plage pour y jouer au foot. Le sapeur, véhément, discourut avec aigreur sur la folie de l'officier et proposa de prendre des paris sur sa survie. Pélagia commença à s'inquiéter énormément et remarqua que Carlo suait d'angoisse. Elle le vit se signer plusieurs fois et marmonner des prières. Il lui jeta un regard implorant, comme pour dire : « Vous seule pouvez l'arrêter. »

Dans sa tranchée, Corelli jeta un œil par-dessus le bord de son bunker et fut frappé par l'effarante proximité de la mine. Plus il regardait, plus elle se rapprochait et grossissait, au point qu'elle fit vingt mètres de haut et qu'il la trouva posée sur ses genoux comme une énorme pute grotesque et non désirée dans un bordel que l'on a pris par erreur pour un bar. Il décida de ne pas la regarder. Ses intestins se contractèrent d'une façon très déconcertante; il s'aperçut qu'il était trempé jusqu'aux genoux et que ses bottes s'étaient remplies d'une eau sablonneuse et étonnamment mouillée. Il posa les deux mains sur le manche en T du piston et appuya deux fois pour s'habituer à l'idée de produire une décharge. Puis il relia les bornes.

Tracassé par l'éventualité très claire d'avoir les yeux et la cervelle aspirées, il s'entraîna en imagination à manœuvrer rapidement le piston et à se prendre aussitôt la tête entre les mains tout en serrant très fort les paupières. Il regarda vers le ciel, fit le signe de la croix, se ressaisit et enfonça vigoureusement le piston.

Il y eut un craquement violent, une pause quasi infinitésimale, puis un grondement de basso profundo. Ceux de la falaise virent une énorme colonne de débris s'élever avec une certitude et une grâce majestueuses, passer devant leurs yeux et monter dans le ciel. La terreur sur le visage, ils distinguèrent des plaques de métal noir qui tournoyaient lentement, des gouttes d'eau resplendissantes illuminées d'arcs-en-ciel fugitifs, de gros paquets mous de sable humide, des averses de sable sec et des efflorescences ondoyantes de fumée noire et de feu orange.

« Aéra! » crièrent les Grecs fous de joie et « Figlio di puttana di stronzo d'un cane d'un culo d'un porco d'un pezzo di merda! » hurlèrent les soldats. Tout soudain, l'onde de choc les balaya et les coucha sur le dos comme les mortels impuissants qu'écrasait, dans l'Antiquité, la main de Zeus qui commande aux nuages. « Poutanas yé! » marmonnèrent les Grecs stupéfaits et les soldats : « Porco cane! » Ils commençaient à peine à se remettre debout quand ils levèrent les yeux et virent que l'ascension apparemment interminable des matériaux avait cessé. En fait, non seulement elle avait cessé mais elle fleurissait inexorablement sur le côté pour dessiner un arc magistral qui embrassait tout. Horrifiés et fascinés, les gens de la falaise regardèrent en se tordant le cou le dangereux mais magnifique nuage noir s'étendre sur leur tête. Pélagia, comme Carlo et tant d'autres, fut écrasée par un calme glacé et paralysant, une épouvante terrible et désespérée, puis, comme eux, elle se jeta à plat ventre sur l'herbe épineuse de la falaise et enfouit son visage dans ses bras.

Un gigantesque soufflet de sable humide la frappa méchamment dans le dos et lui coupa la respiration, puis un éclat de métal chauffé à blanc heurta le sol à côté de sa tête; elle l'entendit creuser en grésillant jusqu'à la roche. Un caillou atteignit la semelle de sa chaussure et sépara net le talon. Des grains de rouille brûlante se déposèrent sur ses vêtements, les perçant de minuscules trous carbonisés qui la torturèrent. Elle se roula en tous sens pour échapper aux pointes de douleur aiguë qui piquaient puis s'atténuaient et s'étendaient comme le venin des frelons et des guêpes. Il n'y eut plus dans son esprit que le vide de la résignation qui accable les désespérés devant l'imminence de la mort.

Au bout d'une éternité, tout s'acheva par une pluie douce et consolante de sable sec qui descendit lentement du ciel et s'abattit gentiment sur eux et autour d'eux; elle déposait des cônes symétriques sur le dos de leur tête, se collait comme du sucre glace aux plaques et aux bandes irrégulières de sable humide, se glissait avec une habileté insidieuse sous le col de leurs vêtements et le haut de leurs chaussures. Elle était chaude et presque agréable.

Tremblants et faibles comme des chatons, les gens se relevèrent en titubant. Certains retombèrent avant d'être complètement debout et d'autres parce que quelqu'un à côté avait tendu la main pour garder l'équilibre. Ce fut un festival de chutes, de tâtonnements et de maladresses, une clownerie de genoux flageolants et de visages blancs tachés de sable séché ou dégoulinant ; une accumulation solennelle et imposante de coiffures incroyables, bizarrement transformées, de vêtements en lambeaux, méconnaissables, une celebrazione de corps vacillants venus d'un autre monde des ténèbres et de regards de jeunes vierges dans des visages de chanteurs nègres.

Le crachin de sable apaisant ne se calmait pas : il les poudrait, se déposait comme des miettes jaunes sur leurs cils et leurs sourcils, s'agrippait avec une force électrostatique tenace aux poils de leur nez, s'insinuait horriblement dans leur salive, se frayait un chemin obscène dans leurs sous-vêtements et horrifiait les femmes, s'attachait avec reconnaissance à la sueur de leurs aisselles et rajeunissait les vieux au passage en comblant leurs rides.

Ils se serraient les uns contre les autres sans un mot, médusés, regardant l'extraordinaire nuage noir de fumée sale grandir et s'étendre, masquer le soleil et le ciel et empêcher la lumière de naître. Ils essuyaient le sable de leur visage avec leur manche et ne réussissaient qu'à remplacer une trace par une autre. Un ou deux se mirent à examiner leur blessures et regardèrent fascinés le sang écarlate gonfler sous le saupoudrage de sable, noircir et coaguler.

Personne ne reconnaissait personne et Grecs et Italiens se dévisageaient, privés de nationalité par la toux, la saleté et l'étonnement réciproque. Soudain on entendit un cri étranglé.

Comme galvanisés, ils s'attroupèrent autour du cadavre du sapeur béat, la tête tranchée net, un sourire séraphique aux lèvres sous la poudre de sable blanc. Le corps se trouvait tout près, sur le ventre, guillotiné par un disque d'acier rouillé et dentelé qui s'était planté jusqu'à la moitié dans l'herbe. « Il est mort heureux, dit une voix que Pélagia reconnut pour celle de Carlo, on ne peut rien demander de plus. Mais il ne touchera pas les paris. »

« Puttana », dit une petite voix hésitante et un peu tremblante qui devait être celle de Lémoni. Quelqu'un commença à avoir des haut-le-cœur et cinq ou six autres furent contaminés, ajoutant à une toux générale les bruits de spasmes douloureux.

Brusquement prise d'effroi, Pélagia courut jusqu'au bord de la falaise et regarda, la panique au cœur, à travers le sable qui tombait. Qu'était-il arrivé au capitaine ?

Elle vit un cratère de trente mètres de large que la mer curieuse avait déjà occupé. Il y avait des rubans de métal enchevêtrés qui jonchaient le sol sur des centaines de mètres, des cratères satellites de formes diverses et des monticules, mais pas le moindre signe du capitaine ni de sa tranchée. « Carlo ! » hurla-t-elle et elle serra les bras contre sa poitrine.

Carlo courut vers la plage, aussi anéanti par l'horreur que Pélagia mais davantage habitué à devoir la surmonter. Il était envahi par le souvenir de la pietà de Francisco, la tête fracassée, agonisant dans ses bras en Albanie, et il ne put que courir pour devancer l'ouragan de détresse prêt à éclater dans son cœur.

Il arriva là où il jugeait que s'était trouvée la tranchée et s'arrêta. Rien. Tout était effacé, méconnaissable. Il leva les bras comme pour s'en prendre à Dieu et il allait se donner des coups sur la tête quand il crut voir un mouvement.

Corelli ne se distinguait pas du sable humide parce qu'il en était entièrement recouvert. L'explosion l'avait commotionné et le souffle l'avait aspiré en l'air avant de le laisser retomber sur le dos. Il était étendu, parfaitement intégré à la plage par les rides et les moulures du sable qui s'était déposé. Englué et incapable de se redresser, il avait l'air d'un monstre dans un film d'horreur. Carlo éclata de rire mais son hilarité était tempérée par l'angoisse que cet homme qu'il aimait tant ne soit atrocement blessé. Il ne sut que le prendre dans ses bras et le porter dans la mer ; cela lui rappela encore comment il avait ramassé Francisco tombé entre les lignes et il entendit encore les hourras des Grecs.

Carlo lava son capitaine dans les vagues et le trouva extrêmement désorienté mais indemne. « C'était bien ? demanda Corelli. Je n'ai rien vu.

– Ç'a été une vraie sporcaccione d'explosion, répondit Carlo, infiniment mieux que tout ce que j'ai connu. »

Corelli vit ses lèvres remuer mais n'entendit aucun son. En fait, il n'entendait rien que le bruit de tonnerre prolongé de la plus grosse cloche du monde. « Parle plus fort », dit-il.

Il y a beaucoup à dire sur les suites de cet épisode. Corelli resta sourd pendant deux jours et souffrit la pire des mortifications à la pensée de perdre sa musique pour toujours. Il allait connaître toute sa vie des périodes de tintements d'oreille, souvenir durable de la guerre. Le général Gandin le poursuivit pour la mort du sapeur et pour avoir provoqué la mobilisation immédiate de toutes les forces de l'Axe dans l'île : la terrible explosion et le champignon majestueux les avaient fait conclure à une invasion inopinée des alliés. Corelli faillit être rétrogradé, mais le général Gandin jugea que puisque les Allemands payaient la solde de la garnison italienne, l'Italie n'y gagnerait rien. De toute façon, il y avait déjà des frictions parce que les Allemands n'autorisaient les Italiens à aucune promotion en raison du coût pour la chancellerie, le général n'allait donc pas leur donner la moindre occasion d'économie. Il inculpa Corelli pour avoir agi de sa propre initiative et sans permission, pour ne s'en être pas remis à l'autorité compétente, pour avoir pris des risques inconsidérés et pour conduite indigne d'un officier. Il fut condamné à un blâme sévère qui figurerait dans son dossier pendant toute sa carrière militaire. Corelli eut la bonne idée d'offrir avec panache à la ravissante secrétaire du général une rose rouge et une boîte de chocolats suisses de contrebande et le blâme disparut mystérieusement du dossier après n'y avoir couvé sa sinistre menace que pendant trois jours.

Le capitaine se délecta du bonheur de se faire choyer par une Pélagia attentionnée comme jamais, et elle exprima son soulagement par des bombardements de baisers, de mots tendres et de promesses qui dépassaient de loin la force de la pluie de sable. Günter Weber apporta son phono et s'assit près de son lit pour lui apprendre les paroles de *Mein blondes Baby* et de *Leben ohne Liebe* et Carlo faisait le va-et-vient pour faire part de l'érosion régulière et attristante du cratère par la mer. Lémoni lui rendait visite, étant devenue une experte sans pareille pour trouver des morceaux de métal rouillé, et elle le força à quitter son lit pour aller identifier un vieux soc de charrue, l'ogive d'un obus antiaérien explosé et une boîte de conserve écrasée. Sa déception en apprenant que dans tout ça rien n'était bon à faire sauter dépassa l'entendement des adultes à un point que l'on ne peut qualifier que d'infini.

Le soir du grand événement, le docteur furieux était sorti de la cuisine décidé à trouver Pélagia et à la gronder vertement quand il avait vu arriver non seulement sa fille mais une foule de gens d'une saleté inconcevable, épuisés et en loques. Un homme méconnaissable — aussi grand que Carlo et qui se révéla être lui — portait dans ses bras un homme délirant qui était en réalité le capitaine. La jeune femme qui ressemblait à une traînée démente et irrécupérable, sortie du quartier le plus déshérité et miséreux du Caire, c'était Pélagia. Une petite créature, garçon ou fille, arrachée à une tombe prématurée, n'était autre que Lémoni. Il allait passer la nuit à nettoyer des blessures et en tirer un bénéfice spectaculaire sous forme d'aubergines dont la saison venait tout juste de commencer.

Mais sur le moment, devant la malheureuse horde de soldats et de Grecs hagards et loqueteux, il ne pensa qu'au spectacle répugnant et ahurissant qu'il venait de trouver dans la cuisine. « Qui, avait-il hurlé dans une question toute rhétorique, a eu l'audace de remplir ma maison d'escargots ? »

Effectivement, il y avait des escargots partout. Ils étaient sur les fenêtres, sous le bord des tables, sur les murs et sur l'écuelle de Psipsina, dans la cruche à eau, collés imprudemment sur les nattes, se dirigeaient avec détermination vers le panier de légumes et s'accrochaient avec une joie picaresque au tuyau de la pipe du docteur et aux verres de ses lunettes qu'il avait laissées en toute innocence sur le rebord de la fenêtre.

Pélagia mit la main sur sa bouche, horrifiée par ce qu'elle avait fait, et Lémoni, voyant les traînées argentées et brillantes qui serpentaient et s'entrecroisaient ainsi que la disposition des animaux eux-mêmes dans un désordre réjouissant, se mit à applaudir de joie. « Porca puttana ! » s'exclama-t-elle, et un homme qui devait être son père lui envoya une taloche.

44
Cambriolage

Kokolios fut réveillé en pleine nuit par des cris de volatiles effrayés. Il crut d'abord que la martre du docteur était entrée dans son poulailler : il avait toujours dit que c'était antisocial d'avoir pour animal de compagnie un voleur de poules notoire et l'avait déjà surprise deux fois à emporter ses œufs. Il jura et sauta hors de son lit : il allait donner à ce petit voleur un bon coup de bâton sur la tête et la question serait réglée, que ça plaise ou non au Dr Yannis.

Il enfila ses bottes et saisit le gourdin qu'il gardait au-dessus du linteau depuis le début de la guerre. C'était un lourd morceau noueux d'arbuste du maquis dans lequel il avait percé un trou du côté le plus mince pour y passer une lanière de cuir. Il passa la lanière à son poignet et ouvrit la porte qui racla en quart de cercle sur les dalles. Ça faisait dix ans qu'il voulait redresser cette porte. Heureusement, le bruit fut couvert par les gloussements et les piaillements frénétiques des poules et Kokolios sortit dans la nuit.

Il faisait très noir parce qu'un nuage lourd s'était interposé entre la terre et la lune et le vacarme était insupportable parce que les grillons, saisis par la même excitation que la volaille, actionnaient leur scie de toutes leurs forces. Kokolios plissa les yeux dans l'obscurité et entendit distinctement des jurons étouffés. Perplexe, il s'efforça de distinguer quelque chose. Il vit deux petits soldats italiens qui galopaient dans le poulailler en essayant désespérément d'attraper la volaille.

Saisi de rage, il agit sans réfléchir. Malgré leur fusil en bandoulière, Kokolios lança un cri de guerre effroyable et se jeta dans l'action.

Les deux hommes avaient enduré la campagne d'Albanie et servi avec courage, mais ils ne pouvaient rien, dans le noir, contre une créature démoniaque, féroce et nue qui faisait pleuvoir les horions sur leur dos et sur leur tête, leur donnait des coups de pied dans les jambes et poussait des cris inhumains. « Puttana ! » hurlaient-ils en se protégeant la tête avec les mains, mais de nouveaux coups venaient leur broyer les phalanges et les coudes. Ils tombèrent à genoux avec des gémissements plaintifs et tendirent les mains en le suppliant d'arrêter.

Kokolios ne connaissait pas un mot d'italien mais il savait reconnaître un ennemi vaincu. Il jeta son gourdin, prit les deux voleurs au collet et les mit debout. Il les emmena à coups de pied aux fesses chez le docteur en leur cognant de temps en temps la tête l'une contre l'autre comme un maître d'école devenu fou.

Devant la maison du docteur et sans cesser de les secouer et de les frapper il se mit à crier : « Yatré ! Yatré ! »

Le Dr Yannis apparut bientôt en chemise de nuit, ainsi que le capitaine et Pélagia. Dans la lumière de la lune qui venait de se montrer, ils virent Kokolios nu comme un vers à l'exception de ses lourdes bottes, tremblant de rage, un soldat vaincu pendouillant à chaque main. Chose étrange, ils avaient encore leur carabine en bandoulière. « Rentre immédiatement », dit le Dr Yannis à sa fille, inquiet pour sa pudeur en présence de cet homme enragé et dévêtu aux jambes arquées et au torse énorme. Obéissante, elle se réfugia dans la cuisine pour voir le spectacle par la fenêtre sans être vue.

Kokolios tendit le doigt vers Corelli mais cria au docteur : « Dites à ce fils de pute d'officier macaroni que ses hommes sont des voleurs de poules, rien que des voleurs de poules, vous comprenez ? »

Le Dr Yannis transmit l'information à Corelli qui resta un instant sans rien dire comme s'il prenait une décision. Il disparut à l'intérieur et le docteur dit à Kokolios : « Je crois qu'il vaudrait mieux que tu te calmes un peu. » Il profita de l'absence de l'officier pour taquiner son voisin. « Je croyais que tu étais communiste, observa-t-il.

– Bien sûr que je suis communiste, rétorqua Kokolios.

– Excuse-moi, mais si je me souviens bien, la propriété c'est le vol. Alors, si ces poulets sont à toi, toi aussi tu es un voleur. »

Kokolios cracha dans la poussière. « La propriété des riches, c'est le vol, pas la propriété des pauvres. »

Ce débat philosophique fut interrompu quand le capitaine reparut avec son revolver. Pendant un instant terrible, Pélagia et son père crurent qu'il avait l'intention d'abattre Kokolios. Elle se demanda désespérément si elle devait aller chercher son derringer mais elle ne pouvait pas bouger. Kokolios regarda le capitaine avec une expression où se mêlaient l'horreur, le défi et la juste colère. Il bomba fièrement le torse, comme s'il était prêt à mourir pour le droit des poulets grecs à une vie paisible, même en territoire occupé.

À la surprise de tous, le capitaine pointa son pistolet sous le nez de l'un des coupables et lui ordonna de se coucher par terre. Le voleur sourit avec complaisance et Corelli arma. L'homme se jeta à terre avec une précipitation comique et se mit à geindre des excuses, ce que Corelli ignora. Il fit signe à l'autre homme de se coucher aussi.

Corelli prit Kokolios par le bras et l'éloigna d'un mètre environ. Il poussa du pied les deux hommes et ordonna : « Maintenant, rampez. »

Les hommes se regardèrent, interdits. « J'ai dit "rampez" », cria le capitaine, passant de la colère froide à la fureur du dégoût. L'un des hommes se mit à quatre pattes, le capitaine lui posa un pied sur les reins et le força brutalement à s'aplatir. « Sur le ventre, fils de putes. »

Ils avancèrent en se contorsionnant comme des serpents jusqu'à ce qu'ils se trouvent devant les bottes de Kokolios. « Léchez-les », ordonna le capitaine.

Il était inutile de protester. Le capitaine frappa l'un d'eux à la tête avec sa badine et le docteur ferma les yeux, inquiet du dommage physique qui risquait de s'ensuivre. Pélagia, choquée, mit sa main sur sa bouche et son cœur alla aux voleurs aplatis : elle n'avait jamais imaginé que son capitaine pouvait être aussi cruel, aussi impitoyable. Un musicien pouvait être un soldat, après tout.

Les deux hommes léchèrent les bottes de Kokolios. Celui-ci baissa les yeux sur eux, muet d'étonnement, et ce n'est que lorsque son regard tomba sur la protubérance charnue de ses parties intimes éclairées faiblement par la lumière pâle de la lune qu'il se rappela qu'il n'avait pas de vêtements. Il resta bouche bée, posa vite ses deux mains sur ses possessions les plus précieuses et détala.

Dans la cuisine, Pélagia ne put se retenir de rire mais quand il rentra, le capitaine n'était pas d'humeur à plaisanter. « Méridionaux ! cria-t-il. Camorristi ! Mafiosi ! Renégats ! » Les voleurs assis à la table recevaient une claque à chaque épithète. Ils paraissaient tout petits et pitoyables et le docteur fit un geste pour arrêter les coups du capitaine. Celui-ci les prit au collet comme avait fait Kokolios, les traîna à la porte et les jeta dehors dans la nuit. Ils s'étalèrent sur les dalles, se relevèrent et s'enfuirent.

Il rentra de nouveau, le regard flamboyant de fureur. Il regarda Pélagia et son père comme s'ils y étaient pour quelque chose et cria : « Nous avons tous faim ! » Il leva les mains comme pour prendre Dieu à témoin, secoua la tête, se frappa la poitrine avec son poing et s'exclama sur un ton incrédule : « Quel déshonneur ! » Puis il se dirigea à grands pas vers sa chambre et claqua la porte.

Deux jours plus tard, en sortant dans la cour, Pélagia sentit qu'il manquait une chose familière. Elle regarda autour d'elle sans voir laquelle. Puis elle comprit. Le capitaine sortit et la trouva en train de pleurer dans ses mains.

« Ils ont pris ma chèvre, gémit-elle, ma belle chèvre. » Elle l'imaginait tuée, dépecée, et c'était trop intolérable.

Le capitaine posa la main sur l'épaule de la jeune fille sanglotante, elle se dégagea et continua de pleurer. « Vous êtes tous des salauds, tous autant que vous êtes, des voleurs et des salauds ! »

Le capitaine se redressa avec raideur. « Tesoro mio, je vous jure sur la tête de ma mère que je vous trouverai une autre chèvre.

– Non », lui cria-t-elle en tournant vers lui son visage strié de larmes. « Je ne veux rien accepter de vous. »

Il lui tourna le dos et s'éloigna. Une honte amère lui rongeait le cœur.

45

Le temps de l'innocence

Ils devinrent amants à l'ancienne et faisaient l'amour à l'ancienne. Leur façon consistait à s'embrasser dans le noir sous l'olivier après le couvre-feu ou à s'asseoir sur un rocher pour regarder les dauphins avec les jumelles du capitaine. Il l'aimait trop pour mettre son bonheur en danger et elle, de son côté, avait trop de bon sens pour jeter sa prudence par-dessus les moulins. Elle avait vu cent fois le malheur des filles qui se trouvaient enceintes par accident et, cent fois, la septicémie, la longue mort par le poison pour les filles qui subissaient le curetage fatal au crochet et au fil de fer. Elle les avait assistées avec son père, ensuite avec le pope, et elle savait que le capitaine comprenait que s'ils ne couchaient pas ensemble ce n'était pas faute de le désirer mais parce qu'en réalité ils n'avaient pas le choix.

Ils profitaient des instants volés et cela devint plus facile quand Günter Weber procura une moto à Corelli, « empruntée » à la Wehrmacht en échange de jambon de Parme, de chianti et de mozzarella. Elle avait été portée disparue officiellement dans un prétendu accident et Weber l'avait simplement livrée à son ami après l'avoir fait réparer.

Pélagia n'en savait rien jusqu'au jour où elle entendit devant la cour une petite explosion, le vrombissement d'un moteur, une pétarade, puis un silence. Psipsina se précipita dans la maison et alla se cacher sous la table. Pélagia sortit et trouva Corelli équipé d'un casque d'aviateur et de grosses lunettes, le visage noir de poussière, toussant et crachant sur le siège d'une machine noire. Il la vit arriver et releva ses lunettes. Il la fit rire parce qu'il avait deux cercles clairs autour des yeux et que ses lèvres semblaient d'un rose artificiel, comme s'il s'était maquillé. Il lui fit un grand sourire, croyant qu'elle était simplement heureuse de le voir, et lui demanda : « Vuol fare un giro ? »

Elle croisa les bras et secoua la tête. « Je ne suis jamais montée sur une moto. En fait, je ne suis jamais montée dans une voiture non plus et je ne vais pas commencer maintenant.

– Je n'y étais jamais monté non plus, mais c'est très facile. N'est-ce pas une belle machine ?

– Elle n'a que deux roues, elle ne peut que tomber, c'est évident. Il faut être fou pour se promener là-dessus.

– Je suis d'accord, elle devrait tomber, mais elle ne tombe pas. Elle ne va pas tout le temps en ligne droite, c'est vrai. Mais j'attrape le coup le main. Et écoutez-moi ça. » Il descendit, sauta sur le kick, mit le moteur en route puis manipula la poignée des gaz jusqu'à ce qu'il produise un ronronnement satisfait. « Écoutez, dit-il, c'est comme un métronome. On pourrait jouer un air dessus. Ce tempo, il est parfait, pas une mesure sautée, pas une hésitation. C'est une machine musicale, tou-pou, tou-pou, tou-pou, et le tuyau d'échappement, il chante. Regardez, c'est une B.M.W. monocylindre à transmission par arbre à cames. Pas de chaîne qui se casse ou qui déraille, et elle escalade ces montagnes comme si elles n'existaient pas. Venez faire un tour. C'est la plus belle sensation qui soit. Le vent dans les cheveux.

– Et de la crasse sur la figure, fit Pélagia sceptique. Vous ressemblez à un singe. Et puis on pourrait nous voir. »

Le capitaine réfléchit au problème. O.K., demain je vous apporte un casque, des lunettes et un grand manteau de cuir, on ne vous reconnaîtra pas. C'est d'accord ?

– Non. »

Mais le lendemain ils se retrouvèrent au tournant de la route et Pélagia revêtit son déguisement en hâte. Avec le poids supplémentaire, le capitaine eut le plus grand mal à contrôler sa machine et la première fois ils zigzaguèrent et allèrent sur le bas-côté, dans l'herbe et les cailloux. Ils tombèrent deux fois sans se faire mal puis ils convinrent qu'elle devait essayer de ne pas bouger quand elle était assise derrière lui. Elle s'accrocha à sa taille, les jointures blanches de terreur, le visage enfoui entre ses omoplates, la machine grondant entre ses jambes, ce qui lui donnait une sensation à la fois agréable et tout à fait troublante. À leur arrivée à Fiskardo, elle descendit, tremblante, et s'aperçut qu'elle était impatiente de remonter. Il avait raison, c'était merveilleux de rouler à moto. Le capitaine jubilait.

Ils allèrent dans des endroits que Pélagia ne pouvait pas connaître et dans des lieux déserts. Elle glissait son bras sous celui du capitaine et marchait près de lui, appuyée contre son épaule, toujours riant. Elle devait toujours se rappeler qu'avec lui elle riait. Ils emportaient parfois une bouteille de robola et ça la faisait rire encore davantage, même si ça rendait le retour à la maison hasardeux : il ne roulait pas très droit, même à jeun, et ils prirent plus d'une fois une bifurcation sans le vouloir, faute d'avoir eu le temps de freiner et de tourner. C'est ainsi qu'ils découvrirent la cabane de berger abandonnée.

Elle était si vieille que le sol s'était creusé, et il n'y restait qu'une casserole rouillée et deux bouteilles vertes. Les lattes s'étaient fendues et avaient glissé et le toit s'incurvait dangereusement. Elle sentait la mousse, le chèvrefeuille et les vieux vêtements d'homme, et là où le mortier avait disparu depuis longtemps, la lumière se fragmentait entre les pierres. Ils l'appelaient « Casa Nostra » et la balayaient parfois avec des gerbes de brindilles, heureux de la partager avec une petite colonie de chauves-souris discrètes et trois familles d'hirondelles. Dans cette maison secrète, ils étendaient une natte et se couchaient, enlacés ; ils s'embrassaient, se parlaient et de temps en temps il jouait de la mandoline.

Il lui chantait des chansons sentimentales d'autrefois, généralement dans un style mélodramatique et ironique : il savait qu'il n'avait pas la voix forte et il ne cherchait qu'à la faire rire :

« Alma del cuore, spirito dell'alma,
Sempre constante, t'adorerò.

Sarò contento nel mio tormento,
Se quel bel labbro baciar potrò… »

Quand elle était d'humeur frivole et insouciante sous l'effet du vin, il lui chantait :

« Danza, danza, fanciulla, al mio cantar,
Danza, danza, fanciulla gentile al mio cantar.
Gira leggera, sottile al suono, al suono dell'onde del mar… »

En effet, on entendait au loin le bruit de la mer et Pélagia mimait une valse dans la cabane ; elle pirouettait et riait, lui adressait des moues pour singer les filles du bordel militaire qu'elle avait si souvent vu faire des mines aux hommes qui passaient dans leur camion cahotant et leur lancer des baisers.

Corelli devenait parfois triste et sentimental quand il pensait à l'impossibilité éternelle de leur amour et sa voix de ténor léger prenait un ton tragique qui lui mettait les larmes aux yeux, sinon à ceux de Pélagia. C'était le moment de se lamenter et il chantait alors « Donna non vidi mai… », pas parce que c'était triste, ce qui n'était pas le cas, mais parce que ça se chantait andante lento et permettait le maximum d'expression con anima dans le refrain de « Manon Lescaut mi chiamo ».

Toutes leurs conversations d'amoureux commençaient par « Après la guerre ».

Après la guerre, quand nous serons mariés, vivrons-nous en Italie ? Il y a de beaux endroits. Mon père pense que ça ne me plairait pas, mais moi, oui. Du moment que je suis avec toi. Après la guerre, si nous avons une fille, pourrions-nous l'appeler Lémoni ? Après la guerre, si nous avons un fils, il faudra l'appeler Yannis. Après la guerre, je parlerai grec aux enfants, et toi, tu pourras leur parler italien, comme ça, ils deviendront bilingues. Après la guerre, j'écrirai un concerto, et je te le dédierai. Après la guerre, je ferai des études de médecine, et tant pis s'ils n'acceptent pas les femmes, je le ferai quand même. Après la guerre, j'enseignerai la musique dans un couvent, comme Vivaldi, toutes les petites filles tomberont amoureuses de moi et tu seras jalouse. Après la guerre, partons en Amérique, j'ai des parents à Chicago. Après la guerre, nous n'élèverons nos enfants dans aucune religion, ils pourront décider quand ils seront plus grands. Après la guerre, nous aurons notre moto à nous et nous irons dans toute l'Europe, tu pourras donner des concerts dans les hôtels et nous vivrons comme ça, et moi je me mettrai à écrire des poèmes. Après la guerre, j'achèterai une mandore pour pouvoir jouer de la musique pour viole. Après la guerre, je t'aimerai, après la guerre, je t'aimerai, je t'aimerai toujours, après la guerre.

46

Bunnios

Au sommet du mont Ainos, Alékos sortit à l'aube de son lit de peaux de bêtes et se souvint qu'il avait intérêt à traire quelques chèvres s'il voulait faire du fromage. Mais tout d'abord il devait sortir avec son fusil et vérifier que tout le monde était là. Très récemment, des hommes qui se disaient « andartes » étaient sortis de nulle part pour essayer de lui voler ses chèvres. Il en avait déjà tué deux et avait laissé leur corps aux vautours.

Il ne comprenait pas. Ce genre de chose n'était pas arrivé depuis l'époque de son arrière-grand-père, quand on appelaient ces andartes des clephtes. En tout cas, grâce aux voleurs de chèvres, il avait acquis deux nouveaux fusils et pas mal de munitions et doutait beaucoup qu'ils reviennent. Il fallait une ténacité et une endurance hors du commun pour escalader cette montagne et il avait probablement tué les deux seuls qui avaient assez de force dans les jambes et dans les poumons.

Ça avait peut-être quelque chose à voir avec la guerre. Il avait déjà remarqué qu'il devait y en avoir une parce que quelquefois, la nuit, le ciel tout entier était éclairé par des projecteurs lointains et qu'il voyait très souvent des éclairs de coups de canon suivis de grondements. C'était agréable et distrayant de s'asseoir le soir devant sa cabane et de regarder le feu d'artifice en mangeant du fromage trempé dans l'huile d'olive au thym. Il se sentait alors moins seul et espérait que la guerre ne finisse pas avant la fête patronale. Quand le docteur avait escaladé la montagne, il avait confirmé que c'était bien la guerre, il avait dit que des gens étaient tellement affamés, les pauvres, que des petits enfants étaient devenus soudainement de petits vieux à la longue barbe et au dos voûté. Leur estomac avait dû leur dire que ça n'était pas la peine de se donner le mal d'être jeunes, et la mère Nature ferait bientôt en sorte que les bébés sortent du ventre de leur mère déjà cloués dans une boîte.

Quand les Liberator grondaient au-dessus de lui, il n'y prêtait guère attention parce qu'ils volaient fréquemment, par deux ou par trois ; ils disparaissaient ensuite comme des chauves-souris bruyantes en direction du continent.

Mais cette fois-ci il leva la tête, sans doute par instinct, et vit un spectacle particulièrement joli : une sorte de champignon blanc était en train de descendre lentement avec un petit bonhomme suspendu en dessous, et le plus merveilleux c'était que le soleil levant se reflétait sur la soie avant d'avoir eu le temps de devenir à peine un soupçon de lueur à l'horizon. Alékos se leva et contempla, fasciné. C'était peut-être un ange. En tout cas, il était habillé de blanc. Il fit le signe de la croix et s'efforça de se rappeler une prière. Il n'avait jamais entendu parler d'un ange qui flottait sous un champignon, mais on ne sait jamais. Et on aurait dit que l'ange avait une grosse pierre, peut-être un paquet, qui pendait de ses pieds au bout d'une corde.

L'ange tira très fort sur un côté des cordes qui l'attachaient au champignon et à la dernière minute il descendit si vite qu'il allait forcément s'écraser. Alékos éprouva une certaine satisfaction à avoir vu juste quand l'ange tomba en effet avec un bruit sourd, roula sur le côté, se cogna la tête contre une pierre et fut traîné par terre, le vent de travers gonflant la soie. Il saisit l'un de ses fusils et courut vers lui : il valait mieux vérifier, et peut-être que même les anges étaient tellement affamés à présent qu'ils s'étaient mis à voler les chèvres.

C'était un ange avec une figure très rouge et très empêtré dans les cordes et le tissu du champignon diaphane. Alékos arma son fusil et le pointa sur la figure de l'ange. Celui-ci ouvrit les yeux, le regarda poliment, fit « Ho ! » et s'endormit aussitôt.

Il fallut un certain temps à Alékos pour dépêtrer l'ange de ses sangles et de ses suspentes et il décida que le magnifique tissu du champignon ferait des draps luxueux. Il y avait aussi un trou ingénieux au milieu où on pouvait passer la tête pour enfiler le champignon comme une tunique. Alékos décida de le porter à la fête patronale si l'ange le lui donnait et lui permettait de couper les ficelles.

Il porta le divin visiteur dans sa cabane et alla ouvrir le gros paquet tombé avec lui : il contenait une lourde boîte de métal avec des cadrans et un petit moteur. Alékos n'avait rien d'un imbécile et il conclut que l'ange avait probablement apporté le moteur pour se construire un véhicule quelconque.

Pendant deux jours il le nourrit de miel, de yaourt et d'autres gâteries qu'il jugeait appropriées à une telle créature d'un autre monde, et il fut enchanté lorsqu'il put s'asseoir, se frotter la tête et parler.

L'ennui, c'est qu'Alékos ne comprenait absolument rien à ce qu'il disait. Il reconnaissait bien quelques mots, mais le rythme de la langue des anges lui était tout à fait étranger, les mots ne semblaient pas aller ensemble et il parlait comme s'il avait un galet dans la gorge et une abeille dans le nez. L'ange était visiblement très ennuyé et déçu de ne pas être compris. Alékos eut peur et se sentit coupable, même si ce n'était pas sa faute. Ils durent recourir à la communication par signes et par expressions faciales.

Le plus troublant chez l'ange, c'est que lorsqu'il voulait parler à Dieu ou à l'un des saints il trifouillait sa boîte de métal et produisait toutes sortes de gémissements, de sifflements et de craquements intéressants. Ensuite Dieu répondait en langage des anges, d'une voix si lointaine et si aiguë qu'Alékos comprit pour la première fois combien il était difficile pour Dieu de se faire entendre. Il commença à reconnaître des mots qui revenaient souvent tels que « Charlie », « Bravo », « Wilco » et « Roger ». Autre particularité étrange de la créature, elle portait un pistolet, un automatique léger, et plusieurs pommes de pin en fer très lourdes, couleur kaki, avec des leviers en métal qu'il ne fallait pas toucher. Tous les anges qu'il avait vus sur les images portaient des épées ou des lances, et c'était bizarre que Dieu ait jugé bon de se moderniser.

Au bout de quatre jours, l'ange montra des signes visibles de vouloir aller ailleurs. Alékos lutta contre sa répugnance à laisser ses chèvres aux andartes voleurs puis il se frappa la poitrine, sourit et fit signe à l'ange de le suivre. Celui-ci accepta avec gratitude et lui donna du chocolat qu'il avala d'un seul coup et qui lui donna plus tard un peu mal au cœur. Cependant, l'ange ne voulait pas partir de jour et Alékos dut attendre le coucher du soleil. Il voulait aussi échanger sa bâche et ses sangles contre une grande peau de chèvre. Pour Alékos, c'était la meilleure affaire qu'il ait jamais rencontrée et il accepta avec empressement malgré un petit pincement de culpabilité pour avoir grugé un ange, quoique involontairement et avec son consentement. L'ange mit sa boîte en métal et son petit moteur dans la peau de chèvre, la noua avec une ficelle et la jeta sur son épaule.

Alékos savait que la seule personne capable de comprendre éventuellement le langage des anges était le Dr Yannis, et c'est donc chez celui-ci qu'il emmena l'ange. Il leur fallut quatre jours de marche nocturne avec des précautions qu'Alékos considéra comme tout à fait superflues et trois jours qu'ils passèrent cachés dans le maquis sous une chaleur accablante, à se faire piquer à mort par les moustiques et à essayer de parler en chuchotant. Dieu avait vraisemblablement chassé cet ange-là du paradis pour cause de folie. Mais Alékos n'allait pas se plaindre : il avait les cheveux très blonds, il était d'une taille exceptionnelle, il avait des ressources d'endurance infinies et toutes ses dents, ce qui lui donnait un sourire très sympathique. Il pestait aussi sauvagement quand il y avait des soldats allemands ou italiens à proximité et Alékos en déduisit que Dieu, sans aucun doute, se battait pour les Grecs.

Le docteur fut réveillé à trois heures du matin par un coup léger à sa fenêtre. Il resta un instant sans bouger en se demandant avec irritation comment une branche pouvait faire un tel bruit alors qu'il n'y avait pas d'arbre. Il roula finalement hors de son lit et ouvrit les volets. Il vit Alékos, ce qui était déjà assez surprenant, mais aussi un homme très grand et très blond portant la fustanelle des evzones. Alékos lut la perplexité sur le visage du docteur, leva les mains, haussa les épaules et dit : « Je vous ai amené un ange », puis il s'en alla avant d'être pris dans une discussion sur sa responsabilité.

L'ange sourit et tendit la main : « Bunnios, dit-il, je suis atterri. »

Le docteur serra la main offerte par la fenêtre et dit : « Docteur Yannis.

– Sire, de vostre gentillesse, par l'autorité de vous je vol narrer en privauté sur certe chose. »

Le docteur, effaré, fronça le sourcil. « Quoi ? »

L'homme étrange fit signe qu'il souhaitait entrer, le docteur soupira avec impatience et voulut lui dire de faire le tour. Mais dès qu'il eut hoché la tête pour accepter, l'homme s'appuya contre le cadre de la fenêtre et sauta à l'intérieur. Il jeta sa peau pleine de matériel par terre et serra de nouveau la main du docteur. Pélagia, qui avait entendu du bruit, arriva tout ensommeillée et vit un homme portant le bonnet à gland, la petite jupe et les bas blancs, le gilet brodé et les pantoufles à pompon qui constituaient l'habit de fête de certains hommes du continent. Tout cela était sale mais incontestablement neuf. Stupéfaite, elle mit sa main sur sa bouche. Avec un regard ahuri, elle demanda à son père : « Qui est-ce ?

– Qui est-ce ? répéta le docteur. Comment veux-tu que je le sache ? Alékos m'a dit que c'était un ange et il est parti en courant. Il dit qu'il s'appelle Bunnios et il parle grec comme une vache espagnole. »

L'étranger s'inclina poliment et serra la main de Pélagia. Elle la lui laissa et ne put dissimuler son étonnement. Il eut un sourire charmant et dit : « Je louange vostre fresche beauté et âge flori, en vérité.

– Je m'appelle Pélagia », dit-elle puis elle demanda à son père : « Qu'est-ce qu'il parle ? Ce n'est pas de la katharévoussa.

– Non, bien sûr. Et ce n'est certainement pas du grec démotique.

– Tu crois que c'est du bulgare ? ou du turc ? ou quoi ? »

« Hellénique d'antan », dit l'homme en ajoutant : « Périclés, Démosthène, Homère.

– Du grec ancien ? » s'exclama Pélagia incrédule. Elle recula de peur de se trouver devant un fantôme. Depuis son enfance elle connaissait l'histoire de l'empereur de marbre qu'un ange avait emporté dans une grotte d'où il devait revenir un jour chasser les oppresseurs. Mais cet homme semblait davantage fait de chair que de marbre et ce n'était qu'une légende idiote. Une autre histoire parlait d'étrangers aux cheveux blonds qui apporteraient la délivrance. Qui sait ?

Le docteur se frappa le front et eut un air triomphant. « Anglais ? demanda-t-il.

– Anglia, acquiesça l'homme. Nonobstant, je prie vos, par ma vérité...

– Bien entendu, nous n'en parlerons à personne. Pourrions-nous parler anglais, je vous prie ? Votre prononciation est vraiment horrible. Elle me donne mal à la tête. Pélagia, apporte un verre d'eau et de la confiture. »

L'Anglais sourit avec un soulagement visible : ç'avait été une terrible épreuve de parler le meilleur grec universitaire sans se faire comprendre. On lui avait dit qu'il était ce qui ressemblait le plus à un vrai grécophone, toutes proportions gardées, et il savait très bien que le grec moderne n'était pas tout à fait le même que celui d'Eton, mais il n'imaginait pas être aussi incompréhensible. Il était très clair aussi que quelqu'un aux Renseignements avait une notion aberrante de ce qui se portait à Céphalonie.

« Nous avons un officier italien assoupi dans une chambre », dit le docteur dont l'anglais n'était pas aussi bon qu'il aimait à le croire, « alors nous sommes très silencieux, s'il vous plaît. »

L'Anglais ouvrit la peau de chèvre et y prit un revolver. Pélagia fut horrifiée. Personne ne tirerait sur Antonio. L'homme vit sa consternation et dit : « Simple précaution. Je ne voudrais pas entraîner de représailles à moins d'y être contraint et forcé.

– Espion ? demanda le docteur. Espionnage ? »

L'homme fit oui de la tête et dit : « Très secret. Auriez-vous des vêtements à me donner ? Je vous en serais terriblement reconnaissant. »

Le docteur indiqua la fustanelle : « Ça n'est pas nos vêtements de Céphalonie. » Il montra au mur le portrait d'un jeune homme avec un pantalon jusqu'aux genoux, une large ceinture blanche autour de la taille, un bonnet blanc sur la tête et un gilet à deux rangées de gros boutons d'argent. « C'est nos vêtements, expliqua-t-il, mais seulement fête. Nous, habillons pareil que vous. Je vous apporte vêtements, vous me donnez fustanella, O.K. ? »

Il avait toujours voulu un costume d'evzone et n'avait jamais pu s'en offrir un. Tout en cherchant des vêtements ordinaires il dit : « Merci Wiston Tzortzil » en levant les yeux au ciel comme si Churchill était la divinité. Un jour, dans une fête, il allait étonner tout le monde. Il gloussa de satisfaction anticipée. Les mangas du kaphénio penseraient qu'il avait renoncé à être un à la franga européanisé pour devenir l'un des foustanellophori traditionalistes. Il se demanda où trouver une pipe traditionnelle travaillée, un tsibouki, pour compléter le tableau.

Ce ne fut pas facile de faire entrer l'espion dans les vêtements d'un homme plus petit, mais il eurent la consolation de voir qu'ils avaient le même tour de tête. L'Anglais fagotté partit à l'aube pour Argostoli, le revers de son pantalon à hauteur de ses mollets roses et sans pouvoir boutonner sa veste, son matériel dans un sac de toile fourni lui aussi par le docteur qui ne put le laisser partir sans lui donner quelques bons conseils :

« Écoutez, O.K. ? Votre accent horrible-horrible. Pas parler, compris ? Vous êtes silencieux jusque vous apprenez. Aussi, vous attention aux andartes. Eux voleurs, pas soldats, eux dire communistes, mais eux voleurs. Eux pas intéressés se battre, compris ? Italiens O.K., Allemands mauvais, vu ? »

C'est ainsi que le lieutenant « Bunny » Warren, détaché des dragons de la garde du roi auprès du S.O.E., doué d'un esprit d'initiative sidérant et d'un culot exceptionnel, s'installa dans une grande maison où étaient déjà logés quatre officiers italiens. Il les laissa perplexes et confus en essayant de communiquer en latin, et il se rendait une fois par semaine dans la cabane abandonnée où il avait installé sa radio et son générateur. Il fit au Caire des rapports très détaillés sur les mouvements de troupes et les effectifs, au cas où les alliés décideraient d'envahir la Grèce plutôt que la Sicile.

C'était une existence solitaire et il était blessé de passer pour un fou, mais la folie était sans doute le meilleur déguisement. La ceinture bourrée de souverains, il parcourut Céphalonie à pied, mémorisant tous les détails, et il escalada une ou deux fois le mont Ainos pour présenter ses respects à son premier hôte qui ne fut jamais entièrement convaincu de n'avoir pas eu affaire à un ange. Il tint quelquefois compagnie au père Arsénios qui présentait l'avantage de marcher sans cesse et il passa pour un nouveau prophète fanatique.

Sa radio ne le lâcha jamais. C'était une Brown B2. Elle ne possédait que deux lampes Loctal, une antenne qui ressemblait exactement à une corde à linge, elle marchait sur réseau ou avec une pile de six volts et comme elle pesait trente-deux malheureuses livres, c'était une merveille de miniaturisation.

47

Le Dr Yannis conseille sa fille

Le Dr Yannis bourra sa pipe avec la mixture âcre et mortelle qui passait pour du tabac en cette période d'occupation, la tassa, l'alluma et tira dessus trop fort. La fumée piquante l'atteignit au fond de la gorge et les yeux lui sortirent de tête. Il crachota, porta une main à son cou et toussa violemment. Il jeta sa pipe et marmonna : « Des excréments, rien que des excréments. Où en est le monde si j'en suis réduit à fumer du coprolithe ? Eh bien, c'est décidé, je ne fumerai plus jamais. »

Depuis quelque temps, la pipe lui apportait plus de désagrément que de consolation. D'abord, il était impossible de trouver des cure-pipes, et il avait été réduit à chercher des plumes d'aile dans le jardin. Il avait même demandé à la petite Lémoni d'aller en chercher sur la plage, ce qui avait entraîné la nécessité d'inciter Pélagia à faire les petits gâteaux au miel que Lémoni adorait. Cela menaçait de devenir une régression infinie et ingérable vers la corruption. Il avait essayé de trancher ce nœud gordien en cessant de nettoyer sa pipe, mais alors il inhalait des bouts horriblement visqueux de tabac froid à moitié brûlé ; c'était immonde, et atrocement amer. Cela le rendait aussi nauséeux qu'un chien non habitué qui a mangé des piments trempés dans l'huile, tout ça pour fumer un tabac qui équivalait à une opération des amygdales pratiquée par un amateur. Il se sentait trahi et irritable. Sa pipe était une saint-claude qu'il avait achetée à Marseille et elle était censée être une vieille amie. D'accord, elle était brûlée au bord et le tuyau était jauni et mordillé, mais jamais elle ne l'avait attaqué avec autant de méchanceté. Il la laissa par terre et retourna à ses écrits :

« Parce que l'île est un joyau, elle est le jouet des grands, des puissants, des ploutocrates et des individus haïssables depuis l'époque d'Ulysse. Les Romains, qui n'avaient ni sens de la philosophie ni lumières dans aucun des arts excepté celui de l'esclavage et des conquêtes militaires, pillèrent la ville de Sami et massacrèrent sa population qui avait résisté héroïquement pendant quatre mois. Alors commença une longue histoire lamentable : l'île passa de main en main comme un cadeau, en même temps qu'elle était sans cesse attaquée par des corsaires venus de tous les coins de la Méditerranée corrompue. Ce fut ainsi une île perpétuellement pillée, une île dont le célèbre musicien Mélape avait gagné le prix de cithare aux jeux Olympiques en 582 avant Jésus-Christ. Depuis l'époque romaine, le seul prix pour nous est la survie. »

Le docteur fit une pause et ramassa sa pipe, oubliant que quelques instants plus tôt il y avait renoncé à jamais. Toujours le même problème : ce qu'il écrivait n'était pas tant une histoire qu'une lamentation. Ou une diatribe. Ou une philippique. Il eut soudain une illumination : ce n'était peut-être pas lui qui ne pouvait pas écrire une histoire mais l'Histoire elle-même qui était impossible. Satisfait par la profondeur de cette pensée, il se récompensa en tirant sur sa pipe qui une fois encore le jeta dans un paroxysme désespéré d'éternuements et de toux intolérables.

Pris de fureur, il se leva et envisagea de casser l'objet en deux. Il était sur le point de le faire quand il fut vaincu par un sentiment de panique anticipée. La réalité, c'était que cesser de fumer était aussi inconcevable que l'Histoire. À l'évidence, il allait devoir y avoir une sorte d'accommodement entre lui et sa pipe. Il appela Pélagia qui enlevait soigneusement à la cuillère le marc de café resté dans les tasses du matin pour pouvoir le réutiliser. La pénurie de café était aussi terrible que la crise du tabac.

« Ma fille, dit-il, je veux que tu fasses fondre un peu de miel dans du brandy et que tu y mélanges ce tabac. Tel quel, il est tout bonnement intolérable. Il a des effets sternutatoires des plus déplaisants. »

Pélagia eut un sourire forcé et prit la boîte qu'il lui tendait. Elle allait s'éloigner quand son père ajouta : « Ne t'en va pas, il y a une chose dont je veux te parler. »

Le docteur se surprit lui-même. « De quoi donc veux-je lui parler ? » se demanda-t-il. C'était comme s'il avait glané certaines impressions, des impressions qui avaient besoin d'être formulées mais qui n'avaient pas encore pris la forme de pensées.

Pélagia s'assit devant lui, écarta par habitude des cheveux qui lui tombaient sur la figure et demanda : « Qu'est-ce qu'il y a, papakis ? » Il la contempla, assise les mains croisées, une expression d'attente dans le regard et un sourire réservé sur les lèvres. Son attitude de jolie innocence lui rappela ce qu'il voulait dire. Toute personne, et particulièrement une fille devant son père, capable d'avoir un air aussi sage et virginal commettait d'évidence des sottises et des fautes.

« Il ne m'a pas échappé, Pélagia, que tu es tombée amoureuse du capitaine. »

Elle rougit violemment, eut un air horrifié et se mit à bafouiller. « Le capitaine ? répéta-t-elle bêtement.

– Oui, le capitaine, notre hôte non invité et néanmoins charmant. Celui qui joue de la mandoline au clair de lune et t'apporte des confiseries italiennes que tu ne juges pas toujours bon de partager avec ton père. Ce dernier étant celui que tu crois aveugle et stupide.

– Papakis, protesta-t-elle, trop décontenancée pour ajouter le moindre développement à cette interjection.

– Même ton cou et tes oreilles ont rougi, observa le docteur qui s'amusait de sa déconfiture et mettait délibérément de l'huile sur le feu.

– Mais papakis… »

Le docteur fit un grand geste avec sa pipe. « Vraiment, ce point ne mérite ni d'être nié ni d'être discuté, parce qu'il est tout à fait évident. Le diagnostic est fait est confirmé. Nous devrions parler des conséquences. À propos, il est clair pour moi qu'il est également amoureux de toi.

– Il n'a rien dit de tel, papas. Pourquoi essaies-tu de me fâcher ?

Je commence à être très contrariée. Comment peux-tu dire des choses pareilles ?

– Bravo, dit-il avec satisfaction, voilà bien ma fille.

– Je vais te frapper, je t'assure. »

Il se pencha en avant et lui prit la main. Elle détourna les yeux et rougit encore davantage. C'était tellement dans sa manière de la mettre en colère et de la démonter par un geste affectueux. C'était un père impossible, un salmigondis d'ordres péremptoires un instant, et la seconde d'après espiègle et enjôleur, puis majestueux et détaché comme un aristocrate.

« Je suis un médecin mais je suis aussi un homme qui a beaucoup vécu et beaucoup observé. L'amour est une sorte de démence avec des symptômes cliniques très précis et récurrents. Vous rougissez en présence l'un de l'autre, vous rôdez là où vous pensez que l'autre va passer, vous êtes un peu silencieux, vous riez sans raison et trop longtemps, tu joues la jeune fille d'une façon écœurante et il devient d'une galanterie ridicule. Tu es devenue aussi un peu sotte. L'autre jour, il t'a donné une rose et tu l'as mise dans mon livre des symptômes. Si tu n'étais pas amoureuse et si tu avais un peu de bon sens, tu l'aurais mise dans un autre livre que je n'utilise pas tous les jours. Je trouve très approprié que la rose se trouve dans la section qui traite de l'érotomanie. »

Pélagia vit l'effondrement imminent de mille jolis rêves. Elle se rappela le conseil confidentiel de sa tante : « Pour réussir, une femme est obligée de pleurer, de criailler ou de bouder. Elle doit être prête à le faire pendant des années parce qu'elle est la propriété disponible des hommes de la famille et que les hommes, comme les rochers, sont très longs à user. » Pélagia essaya de pleurer mais elle en était empêchée par un sentiment de panique. Elle se leva brusquement et se rassit tout aussi brusquement. Elle vit un abîme s'ouvrir à ses pieds et une armée de Turcs, sous la forme de son père, s'apprêter à la pousser dans le précipice. La froide dissection qu'il avait faite de son cœur avait déjà chassé la magie de son imagination.

Mais le Dr Yannis lui pressa la main, se repentant déjà de son humour grossier, et poussé à la compassion par le simple fait, indéniable, que c'était encore une belle journée. Il tortilla sa moustache du bout de son index et constata avec détachement que sa fille essayait de produire une larme. Il commença un long monologue.

« C'est une réalité de la vie que l'honneur d'une famille repose sur la conduite de ses femmes. Je ne sais pas pourquoi et la situation est peut-être différente ailleurs. Mais nous vivons ici et je constate ce fait scientifiquement tout comme j'observe qu'il y a de la neige en janvier sur le mont Ainos et que nous n'avons pas de rivières.

« Ce n'est pas que je n'aime pas le capitaine. Bien sûr, il est un peu fou, ce qui s'explique par le fait qu'il est italien, mais il n'est pas fou au point d'être complètement risible. En réalité, je l'aime beaucoup, et comme il joue de la mandoline comme un ange, cela compense largement le fait qu'il est étranger. » À ce point de son discours, le docteur se demanda s'il serait constructif de révéler qu'il soupçonnait le capitaine de souffrir d'hémorroïdes ; la révélation d'imperfections physiques ou d'infirmités était souvent un antidote puissant à l'amour. Par respect pour Pélagia, il décida de s'abstenir. Après tout, on ne doit jamais mettre de merde de chien dans le lit d'Aphrodite. Il poursuivit :

« Mais tu dois te souvenir que tu es fiancée à Mandras. Tu t'en souviens, n'est-ce pas ? Techniquement, le capitaine est un ennemi. Peux-tu imaginer les tourments que les autres t'infligeraient s'ils jugeaient que tu as renoncé à l'amour d'un Grec patriote pour un envahisseur, un oppresseur ? On te traitera de collaboratrice, de prostituée des fascistes et de mille autres choses. On te jettera des pierres et on te crachera dessus, tu le sais, non ? Si tu voulais rester avec lui, tu devrais partir en Italie, parce que ici tu ne serais pas en sécurité. Es-tu prête à quitter cette île et ces gens ? Qu'est-ce que tu sais de la vie là-bas ? Crois-tu que les Italiens savent faire la tourte à la viande et qu'ils ont des églises dédiées à saint Yérassimos ? Non.

« Encore une chose. L'amour est une folie passagère, il entre en éruption comme un volcan et se calme ensuite. Et quand il se calme, il faut prendre une décision. Il faut voir si vos racines se sont emmêlées à tel point qu'il est inconcevable de vous séparer. Parce que c'est ça, l'amour. L'amour, ce n'est pas la respiration coupée, ce n'est pas l'excitation, ce n'est pas l'échange de promesses d'une passion éternelle, ce n'est pas le désir de s'accoupler à chaque minute de la journée, ce n'est pas rester éveillée la nuit en t'imaginant qu'il embrasse chaque recoin de ton corps. Non, ne rougis pas, je te dis certaines vérités. Ça, c'est simplement être “amoureux”, ce qui est à la portée du premier imbécile venu. L'amour vrai, c'est ce qui reste quand on a cessé d'être amoureux, et c'est à la fois un art et un heureux accident. Ta mère et moi l'avons eu, nous avions des racines qui ont poussé les unes vers les autres sous la terre et quand toutes les jolies fleurs sont tombées de nos branches nous avons compris que nous étions un seul arbre et non deux. Mais parfois les pétales tombent sans que les racines se soient mêlées. Imagine si tu renonçais à ta maison et à ton pays pour découvrir au bout de six mois, un an, trois ans que les arbres n'avaient pas de racines et qu'ils sont tombés. Imagine la désolation. Imagine l'emprisonnement.

« Je te dis que tant que notre patrie ne sera pas libérée tu ne pourras pas épouser le capitaine. On ne peut pardonner un péché que lorsque le pécheur a fini de le commettre, parce que nous ne pouvons pas nous permettre de l'absoudre pendant qu'il est encore perpétré. J'admets cette possibilité, j'en serais même heureux. Peut-être n'aimes-tu plus Mandras. Peut-être y a-t-il une équation à résoudre entre l'amour d'un côté et le déshonneur de l'autre. Personne ne sait où se trouve Mandras. Il n'est peut-être plus parmi les vivants.

« Mais cela signifie que tu attendras ton amour indéfiniment. Pélagia, tu sais qu'un amour que l'on attend c'est un désir accru. Non, ne me regarde pas comme ça. Je ne suis ni ignorant ni stupide et je ne suis pas né d'hier. Je suis aussi médecin et je ne m'occupe pas de commandements moraux impossibles mais de faits démontrables. On ne me dira pas que rien que parce que quelqu'un est jeune, beau, bien élevé et sensible il n'est pas aussi enflammé. Crois-tu que j'ignore que les jeunes filles peuvent être rongées par le désir ? Je suis même résigné à la possibilité que ma chère petite fille soit dans un tel état. Ne baisse pas la tête, il n'y a pas de quoi avoir honte, je ne suis pas pope, je suis médecin, mon attitude est anthropologique et en outre, quand j'étais jeune... eh bien, ça suffit comme ça. Je te dis seulement que je ne suis pas prêt à me montrer hypocrite ni à feindre une amnésie soudaine et commode.

« Mais cela pose de nouveaux problèmes, n'est-ce pas ? Quand nous sommes fous, nous perdons notre contrôle. Nous sommes entraînés. C'est pourquoi nos ancêtres choisirent de contrôler la folie naturelle des jeunes en la flétrissant par la honte. C'est pourquoi dans certains endroits on montre encore le drap taché le lendemain de la nuit de noces. J'en ai vu un la semaine dernière à Assos quand on m'a appelé pour un bras cassé, tu te souviens ? Si on ne nous faisait pas honte de cette chose magnifique, nous ne ferions rien d'autre. Nous ne travaillerions pas, nous serions inondés de bébés et il n'y aurait pas de civilisation. En bref, nous vivrions encore dans les cavernes, à nous accoupler sans cesse et sans discernement. Si nous n'avions réservé pour cela certains moments et certains lieux en interdisant les autres, nous vivrions comme des chiens et notre vie connaîtrait peu de beauté et de paix.

« Pélagia, je ne te demande pas d'avoir honte. Je suis un médecin, pas un faiseur de civilisations qui veut que les gens cessent de s'amuser pour qu'un village puisse être construit. Mais imagine si tu étais enceinte ! Arrête de faire semblant d'être choquée, qui sait ce qu'on peut faire dans un moment de passion ? Ces choses-là arrivent, ce sont des conséquences naturelles de phénomènes naturels. Que crois-tu qu'il arriverait ? Pélagia, je ne t'aiderais pas à avorter, même si je sais le faire. En un mot, je ne participerais pas au meurtre d'un innocent. Que ferais-tu ? Tu irais chez une de ces sages-femmes ou faiseuses d'anges qui tuent la moitié de leurs patientes et laissent les autres définitivement stériles ? Aurais-tu l'enfant au risque qu'aucun homme ne t'épouse jamais ? Beaucoup de femmes dans ce cas finissent comme prostituées, crois-moi, parce qu'elles s'aperçoivent soudain qu'elles n'ont plus rien à perdre et aucun moyen de survivre. Mais même dans ces circonstances, je ne t'abandonnerais pas, Pélagia, aussi longtemps que je vivrai. Et si je mourais ? Ne fais pas cette tête, nous devons tous notre mort à la nature, c'est inévitable. Et si le capitaine ne pouvait pas t'épouser parce que l'armée l'interdit ? Qu'arriverait-il ?

« Es-tu consciente que les imprudences dans ce domaine entraînent des maladies immondes ? Peux-tu être absolument sûre que notre capitaine n'a pas fréquenté le bordel ? Les jeunes hommes sont extrêmement faibles sur ce point, si honorables soient-ils par ailleurs, et l'armée leur facilite les choses en leur fournissant un bordel. Tu sais ce que la syphilis peut faire ? Elle provoque la désintégration du corps et la folie. Elle rend aveugle. Les enfants de syphilitiques meurent à la naissance ou sont crétins. Et si le capitaine va au bordel en fermant les yeux et en imaginant que c'est toi qu'il tient dans ses bras ? C'est très plausible, les jeunes hommes étant ce qu'ils sont, même si c'est pénible à dire. »

Pélagia pleura des larmes véritables. Jamais elle ne s'était sentie aussi écrasée et humiliée. Son père venait de réduire tous ses rêves bleus au bon sens et aux détails médicaux sordides. Elle le regarda à travers ses larmes et vit une compassion profonde. « Tu es dans le pétrin, dit-il simplement, tu nous as mis tous les deux dans le pétrin.

– Tu rends tout ignoble, lui reprocha-t-elle avec amertume. Tu ne sais pas ce que c'est.

– Je suis passé par là avec ta mère, répondit-il. Elle était fiancée à un autre. Je sais ce que c'est. C'est pour ça que je te parle d'égal à égal et que je ne tempête pas en t'interdisant tout, comme devrait le faire un père.

– Alors tu ne m'interdis rien ? demanda-t-elle pleine d'espoir.

– Non, je ne t'interdis rien. Je dis que tu dois être très prudente et que tu dois bien te conduire vis-à-vis de Mandras. C'est tout. Tu dois voir le bon côté de la situation. Plus tu connaîtras le capitaine, mieux tu pourras décider si oui ou non vous avez des racines capables de pousser ensemble sous la terre. Ne te livre pas à lui. Refuse-toi. Parce que ainsi tes yeux ne seront pas voilés par une folie que tu ne pourrais pas contrôler et tu pourras apprendre à le voir tel qu'il est. Tu comprends ?

– Papakis, dit-elle doucement, le capitaine n'a jamais essayé de me compromettre.

– C'est un homme bon. Il sait qu'il est dans une mauvaise posture. Prie pour la libération de l'île, Pélagia, parce que alors tout deviendra possible. »

Pélagia se leva et prit la boîte de tabac. « Du miel et du brandy ? » demanda-t-elle tranquillement et son père fit signe que oui. Il dit : « Ne laisse rien de ce que je t'ai dit te diminuer. Je ne voulais pas te bouleverser. J'ai été jeune.

– Tout n'était pas différent de ton temps, alors », dit-elle avec ironie en quittant la pièce. Son père sourit avec satisfaction à cette flèche de Parthe et il tira précautionneusement sur sa pipe : il jugeait qu'une réponse impertinente signifiait que sa fille n'était pas diminuée. Il était sans doute plus facile d'être père qu'historien. Il revint à sa pile de papiers et écrivit : « L'île passa aux mains de l'empire byzantin qui avait le mérite d'être grec et le défaut d'être byzantin. »

48

La Scala

« C'est vrai, Antonio, certains de tes hommes se livrent à un racket. Nous pensons, les autres officiers et moi, que c'est très mauvais pour ta réputation. Pas la tienne personnellement mais celle de l'armée italienne. C'est aussi scandaleux que cette brochure contre le Duce que tout le monde lit. Ça relève de la même maladie. »

Corelli se tourna vers Carlo. « C'est vrai ce que dit Günter ?

– Ne me le demande pas à moi. Il faudrait le demander à un Grec.

– Yatré, cria Corelli, c'est vrai ? »

Le docteur sortit de la cuisine où il affûtait soigneusement de vieux scalpels sur une pierre à aiguiser et demanda : « C'est vrai quoi ?

– Que certains de nos soldats achètent des marchandises à ceux qui ont faim contre des cartes de rationnement et que certains autres viennent confisquer les cartes parce qu'elles ont été acquises illégalement.

– Ce n'est pas "certains autres", répondit le docteur, ce n'est que l'autre moitié de la même bande. C'est une boucle parfaite. Stamatis s'est fait avoir comme ça la semaine dernière. Il a perdu une pendule de valeur et deux chandeliers d'argent, il s'est retrouvé sans carte du tout et le ventre aussi vide qu'avant. Très ingénieux. » Le docteur allait s'éloigner mais il s'arrêta. « Autre chose, vos soldats volent dans les carrés de légumes des gens. Comme si nous ne mourions pas tous de faim.

– Nous, les Allemands, nous ne faisons pas ça », dit Günter Weber content de lui, avec une certaine Schadenfreude aux dépens de Corelli.

« Les Allemands ne savent pas chanter, riposta Corelli sans qu'il y ait le moindre rapport. De toute façon, je ferai faire une enquête et je mettrai fin à tout ça. C'est regrettable. »

Weber sourit. « Tu es connu pour défendre les droits des Grecs. Je me demande parfois si tu comprends pourquoi tu es ici.

– Je ne suis pas ici pour être un salaud, dit Corelli, et très franchement, ça ne me plaît pas. J'essaie de me dire que ce sont des vacances. Je n'ai pas tes avantages, Günter.

– Mes avantages ?

– Oui. Je n'ai pas l'avantage de penser que les autres races sont inférieures à la mienne. Je ne m'en sens pas le droit, c'est tout.

– C'est une affaire de science, dit Weber. Tu ne peux rien changer à un fait scientifique. »

Corelli plissa le front. « De science ? Les marxistes se considèrent comme scientifiques et ils croient exactement le contraire de ce que tu crois. Je me moque de la science. Elle n'a rien à voir. C'est un principe moral auquel tu ne peux rien changer, pas un fait scientifique.

– Nous ne sommes pas du même avis, dit aimablement Weber. Pour moi, il est évident que l'éthique varie avec le temps, comme la science. L'éthique a changé à cause des théories de Darwin.

– Tu as raison, Günter, intervint Carlo. Mais personne n'est obligé de trouver ça bien. Ça ne me plaît pas, et à Antonio non plus. La science s'occupe des faits, et la morale des valeurs. Ce sont deux choses différentes qui ne poussent pas ensemble. Personne ne peut trouver une valeur sur une lamelle de microscope. Ça pourrait être vrai que les juifs sont mauvais et inférieurs, par exemple, comment le saurais-je ? Mais pourquoi est-ce que nous devons les traiter injustement ? Je ne comprends pas le raisonnement.

– Tu te rappelles, dit Weber en se carrant sur son fauteuil, le jour où tu m'a menacé avec ton pistolet au moment où j'allais assommer cette martre pour prendre sa peau ? Je ne l'ai pas tuée.

De toute façon, j'ignorais que c'était un animal domestique. Je ne pouvais pas discuter avec un pistolet. C'est la nouvelle morale. La force n'a besoin ni d'excuses ni de justifications. Comme je l'ai dit, c'est le darwinisme.

– Elle doit se justifier devant l'histoire, dit Corelli, sinon, elle est condamnée. La question est d'être en règle avec soi-même. Tu te rappelles quand ce lieutenant a essayé de violer la fille qui avait été guérie par le prétendu miracle ? Elle s'appelait Mina. Tu sais pourquoi j'ai fait ça ?

– Tu veux dire quand tu l'as obligé à rester au garde-à-vous au soleil sans rien d'autre que son casque et son sac ?

– Un sac plein de pierres. Oui. Je l'ai fait parce que j'ai imaginé que cette femme était ma sœur. Je l'ai fait parce que lorsqu'il a été bien cuit je me suis senti beaucoup mieux. C'est ça ma morale. Je m'oblige à m'imaginer que c'est une affaire personnelle.

– Tu es un homme bon, dit Günter. Je l'admets.

– À propos, je t'ai empêché d'assommer Psipsina pour te sauver la vie, dit Corelli. Si je ne t'avais pas arrêté, Pélagia t'aurait tué.

– Aaaaaargh ! fit Weber en feignant de s'étrangler. Où est Pélagia ? Je croyais qu'elle aimait nos chansons.

– C'est vrai, mais c'est embarrassant pour elle d'être la seule femme dans une bande de garçons. Elle doit nous écouter de la cuisine.

– Non ! cria Pélagia.

– Ah, vous êtes là, dit Weber. Antonio était en train de dire que nous devrions amener quelques filles de la Casa Roberta pour équilibrer le nombre. Qu'en dites-vous ?

– Mon père jetterait la Scala dehors et vous retourneriez chanter dans les latrines.

– Nous pourrions venir avec deux blindés », dit Weber. Il regarda les autres qui n'avaient pas souri à cette remarque et il ajouta : « Ce n'était qu'une plaisanterie.

– Nos blindés ne pourraient pas grimper la côte, dit l'un des barytons. Il faudrait emprunter l'un des vôtres.

– Mensonges et calomnies, répliqua l'un des ténors. Ils marchent très bien si on enlève le blindage. Allons, chantons quelque chose.

– *Giovinezza* », proposa Weber avec enthousiasme et tous les autres grognèrent. « O.K., O.K., je vais prendre mon phono dans mon véhicule et nous pourrons tous chanter avec Marlene.

– Et ensuite nous chanterons des chansons d'amour, dit Corelli, parce c'est une belle nuit, que tout est paisible et que nous devrions penser à être romantiques. »

Weber alla à sa Jeep et revint tout fier, portant son phono d'un air de propriétaire. Il le posa sur la table et abaissa l'aiguille. On entendit un bruit très semblable à celui d'une mer lointaine puis les premières mesures martiales de *Lili Marlene*. Dietrich commença à chanter, la voix pleine de langueur mélancolique, d'expérience, de la tristesse de savoir et du besoin d'amour. « Oh, s'exclama Weber, elle est l'incarnation de la sexualité. Elle me fait fondre. »

Certains chantèrent avec elle et Corelli se mit à suivre la mélodie sur sa mandoline. « Antonia aime ça, dit-il. Antonia va chanter. » Il commença à introduire des notes d'agrément, puis des passages de virtuosité entre les notes. Sur la dernière phrase il entama un trémolo qui s'éleva en contrepoint au-dessus de la musique, l'embellit par d'adroits glissando, des silences et des ritardando, grimpa ambitieusement au plus aigu et plus ténu de l'instrument puis retomba délicieusement sur le registre sonore des troisième et deuxième cordes. Dans le village, les gens interrompirent ce qu'ils faisaient et écoutèrent Corelli emplir la nuit. Quand la musique cessa, ils soupirèrent et Kokolios dit à sa femme : « Cet homme est fou et c'est un macaroni, mais il a des rossignols dans les doigts.

– C'est mieux que de t'écouter ronfler et péter toute la nuit, dit-elle.

– Un pet prolétaire est une plus grande musique qu'une chanson bourgeoise », répondit-il et elle conclut avec mépris : « Ça t'arrangerait bien. »

Pélagia quitta la cuisine, sa silhouette mince apparut comme un fantôme à la lueur de la bougie. « S'il vous plaît, rejouez-le, demanda-t-elle, c'était si beau. » Elle s'avança et caressa le bois poli du phono de Weber. La machine était une autre merveille du monde moderne, comme la moto de Corelli, qui avait échappé au monde de Céphalonie jusqu'à ce qu'arrivent les années de guerre. Une raison de bonheur malgré les deuils et les séparations, les privations et la peur.

« Il vous plaît ? » demanda Weber et elle hocha la tête avec convoitise. « Très bien, continua-t-il, quand je rentrerai chez moi après la guerre, je vous le laisserai. Vous pouvez le garder. Cela me ferait un grand plaisir et vous vous souviendrez toujours de Günter. Je peux facilement en trouver un autre à Vienne et vous pouvez l'accepter comme mes excuses auprès de Psipsina. »

Pélagia fut émue et folle de joie. Elle regarda le jeune homme souriant dans son uniforme élégant, ses cheveux blonds très courts et ses yeux bruns, et fut inondée de plaisir et de gratitude. « Vous êtes très gentil », dit-elle et elle l'embrassa très naturellement sur la joue. Les garçons de la Scala applaudirent et Weber rougit en se cachant les yeux.

49

Conseils du docteur au capitaine

Le docteur et le capitaine étaient assis à la table de la cuisine, le capitaine retirait une corde cassée de sa mandoline et se plaignait de ne pas pouvoir trouver de nouvelles cordes.

« Et du fil chirurgical ? » demanda le docteur en se penchant pour inspecter à travers ses lunettes la corde défunte, « je crois que j'en ai du même calibre.

– Il faut que ce soit le bon, répondit Corelli. S'il est trop gros, il faut tendre la corde au-delà de la résistance de l'instrument qui va plier. S'il est trop fin, alors il est trop mou pour avoir un son convenable et il gratte sur les cases. »

Le docteur se redressa et soupira. Il demanda soudain : « Avez-vous l'intention de vous marier, vous et Pélagia ? En tant que père, je pense avoir le droit de savoir. »

Le capitaine fut tellement décontenancé par une question si franche qu'il ne trouva pas de réponse. Les choses n'avaient pu se passer que parce que personne n'en parlait ouvertement ; ça ne pouvait marcher que parce que c'était un sombre secret connu de tous. Il regarda le docteur avec effroi, en ouvrant et fermant la bouche sans un mot, comme un poisson imprudent qu'une vague a jeté à l'improviste sur une langue de sable.

« Vous ne pouvez pas vivre ici », dit le docteur. Il montra la mandoline. « C'est le dernier endroit où habiter si vous voulez être musicien. Il faudrait rentrer chez vous, ou aller en Amérique. Et je ne pense pas que Pélagia pourrait vivre en Italie. Elle est grecque. Elle mourrait comme une fleur privée de lumière.

– Ah », fit le capitaine, faute d'avoir eu l'inspiration immédiate d'une phrase intelligente.

« C'est vrai, dit le docteur. Je sais que vous n'y avez pas pensé. Les Italiens agissent toujours sans réfléchir, c'est la gloire et la malédiction de votre civilisation. Un Allemand planifie un mois à l'avance son transit intestinal de Pâques et les Anglais planifient tout après-coup, comme ça, tout a toujours l'air de s'être passé comme prévu. Les Français planifient tout en donnant l'impression de faire la fête et les Espagnols… eh bien, Dieu sait ce qu'ils font. En tout cas, Pélagia est grecque, là est la question. Alors, est-ce que ça peut marcher ? Même en mettant de côté les difficultés pratiques ? »

Le capitaine défit le fil emmêlé autour des chevilles et répondit : « Sauf votre respect, la question n'est pas là. C'est une affaire plus personnelle. Permettez-moi une confidence, dottore. Pélagia m'a dit que vous et moi nous nous ressemblons beaucoup. Je suis obsédé par ma musique et vous êtes obsédé par votre médecine. Nous nous sommes tous les deux créé un but et ni vous ni moi ne nous soucions beaucoup de ce que les autres peuvent penser de nous. Elle n'a pu m'aimer que parce qu'elle a d'abord appris à aimer un autre homme qui me ressemble. Et c'est homme, c'est vous. Alors, qu'elle soit grecque ou italienne n'a rien à y voir. »

Le docteur fut tellement ému par cette hypothèse qu'il sentit une boule dans la gorge. Il la ravala et dit : « Vous ne nous comprenez pas.

– Bien sûr que si. »

Le Dr Yannis fut un peu agacé et donc il devint un peu véhément : « Mais non. Croyez-vous que vous allez avoir une gentille fille docile et que tout sera semé de roses ? Avez-vous oublié que vous m'avez demandé pourquoi les Grecs sourient quand ils sont en colère ? Eh bien, laissez-moi vous dire une chose, jeune homme. Chaque Grec, homme-femme et enfant, a deux Grecs en lui. Nous avons même des termes techniques pour eux. Ils font partie de nous, aussi inévitables que le fait que nous écrivons tous de la poésie et que chacun de nous croit savoir tout ce qu'il y a à savoir. Nous sommes tous hospitaliers avec les étrangers, nous avons tous une nostalgie, toutes nos mères traitent leurs grands fils comme des bébés, tous nos fils considèrent leur mère comme sacrée et battent leur femme, nous avons tous horreur de la solitude, nous essayons tous de savoir d'un étranger si nous sommes apparentés, nous utilisons tous aussi souvent que possible le mot le plus long que nous connaissons, nous sortons tous faire une promenade le soir pour regarder par-dessus la clôture des autres, nous nous croyons égaux aux plus grands. Vous comprenez ? »

Le capitaine resta perplexe. « Vous ne m'avez pas parlé des deux Grecs qu'il y a dans chaque Grec.

– Non ? Alors c'est que j'ai dû m'égarer. » Le docteur se leva et se mit à marcher de long en large en faisant des gestes éloquents de la main droite, la gauche serrée sur sa pipe. « Écoutez, je suis allé dans le monde entier. J'ai vu Santiago de Chile, Shangai, Stockholm, Addis Abeba, Sydney, tout. Et pendant tout ce temps j'ai appris à être médecin. Je peux vous dire que personne n'est davantage lui-même que lorsqu'il est malade ou blessé. C'est alors que les caractéristiques ressortent. J'ai presque toujours été sur des bateaux dont l'équipage était en majorité grec. Vous comprenez ? Nous sommes une race d'exilés et de marins. Je sais mieux à quoi ressemble un Grec que la plupart des gens.

« Je vais d'abord vous parler de l'Hellène. L'Hellène a une qualité que nous appelons “sophrossyni”. Ce Grec évite les excès, il connaît ses limites, il réprime la violence qui est en lui, il recherche l'harmonie et cultive le sens de la proportion. Il croit en la raison, c'est l'héritier spirituel de Platon et de Pythagore. Ce Grec se méfie de son impulsivité naturelle et de son goût du changement pour le changement, il se discipline afin d'éviter de perdre spontanément le contrôle de lui-même. Il aime l'instruction pour elle-même, ne tient aucun compte du pouvoir et de l'argent quand il estime la valeur de quelqu'un, obéit scrupuleusement à la loi, s'imagine qu'Athènes est le seul endroit important au monde, déteste les compromis déshonorants et se considère comme la quintessence de l'Européen. Tout cela vient du sang de nos ancêtres qui coule encore en nous. » Il fit une pause, tira sur sa pipe et poursuivit :

« Mais à côté des Hellènes, nous devons vivre avec les Romiï. Je vous ferai remarquer, capitaine, que ce mot signifiait à l'origine "Romains", et nous avons acquis les qualités romaines de vos ancêtres, qui n'ont jamais fait le moindre progrès technologique pendant des siècles de domination et ont réduit en esclavage des nations entières au plus grand mépris de la morale. Les Romiï ressemblent beaucoup à vos fascistes et vous devriez donc être à l'aise avec eux, sauf qu'il me semble que personnellement vous ne partagez aucun de leurs vices. Les Romiï sont des improvisateurs, ils recherchent le pouvoir et l'argent, ils ne sont pas rationnels, ils agissent par intuition et par instinct, alors ils font énormément de dégâts. Ils ne paient pas les impôts et n'obéissent à la loi que lorsqu'ils n'ont pas le choix, ils voient dans l'instruction un moyen de se pousser, ils sacrifient toujours un idéal à leurs intérêts, ils aiment se soûler, danser, chanter et se casser des bouteilles sur la tête les uns des autres. Ils sont d'une cruauté et d'une brutalité que je ne peux vous décrire qu'en les comparant en bien pire à votre façon de gazer les indigènes en Éthiopie et de bombarder les hôpitaux de campagne de la Croix-Rouge. Le seul point de contact entre les deux aspects d'un Grec est l'endroit marqué "patriotisme". Romiï et Hellènes sont tous prêts à mourir pour la Grèce, mais les Hellènes combattront avec sagesse et humanité tandis que les Romiï utiliseront tous les subterfuges et toutes les barbaries, ils gaspilleront la vie de leurs propres hommes, un peu comme votre Mussolini. En fait, ils mesurent leur gloire au nombre de morts et une victoire qui n'est pas sanglante est une déception. »

Le capitaine était très sceptique. « Où voulez-vous en venir? Voulez-vous dire que Pélagia a un côté que je ne connais pas et qui me choquerait beaucoup si je le connaissais? »

Le docteur se pencha vers lui et dressa l'index. « Exactement. Encore une chose : moi aussi, j'ai ce côté-là. Vous ne l'avez jamais vu, mais il est en moi.

– Sauf votre respect, dottore, je n'y crois pas.

– J'en suis très heureux. Mais dans mes meilleurs moments je sais voir la vérité. »

Il y eut un silence entre les deux hommes et le docteur s'assit à la table pour rallumer sa pipe rétive, avec sa mixture répugnante de pas-d'âne, de pétales de rose et d'herbes diverses qui n'avait qu'un rapport très lointain avec le tabac. Il toussa et crachota violemment.

« Je l'aime », dit finalement Corelli comme si c'était la solution du problème, et ça l'était pour lui. Un soupçon lui vint. « Essaieriez-vous de me décourager parce que vous n'êtes pas prêt à la laisser partir ?

– Vous devriez vivre ici, c'est tout. Si elle allait en Italie, le mal du pays la tuerait. Je connais ma fille. Il vous faudrait sans doute choisir entre l'aimer et devenir musicien. »

Le docteur quitta la pièce, plus pour faire un effet oratoire que pour toute autre raison, puis il revint. « Encore une chose. Cette terre est très ancienne et depuis deux mille ans nous ne connaissons que le carnage. Les sacrifices, les guerres, les meurtres, rien que des morts violentes. Nous avons tant de lieux peuplés de fantômes malheureux que quiconque s'en approche ou y habite perd son cœur et sa raison. Je ne crois pas en Dieu, capitaine, et je ne suis pas superstitieux, mais je crois aux fantômes. Sur cette île, il y a eu des massacres à Sami, à Fiskardo et Dieu sait où encore. Il y en aura d'autres. Ce n'est qu'une question de temps. Alors ne faites pas de projets. »

50

L'hiatus

Les alliés envahirent la Sicile pour des raisons stratégiques et, ce faisant, ils trahirent leur allié le plus fidèle et le plus courageux, la Grèce. Ils laissèrent un an aux communistes pour préparer une insurrection et un an pour une guerre civile. L'ELAS liquida l'EKKA et éloigna tellement l'EDES des centres de décision que Zervas, son chef, devait se sentir trahi par les Britanniques pour le restant de ses jours. Les alliés étaient allés chercher la veine jugulaire en Italie et avaient laissé de côté la petite nation qui avait donné à l'Europe sa culture, son enthousiasme et son cœur. Les Grecs furieux apprirent par la B.B.C. tous les détails de l'écrasement du fascisme en Italie et exigèrent de savoir pourquoi on les avait ignorés. Les officiers de liaison britanniques, impuissants et déçus, se tordirent les mains et contemplèrent l'effondrement du pays. Les communistes de l'armée grecque en Syrie provoquèrent une mutinerie qui retarda encore la victoire en Italie et c'est alors que la guerre froide commença et que le rideau de fer descendit. A l'ouest, l'admiration et le respect pour l'héroïsme des Soviétiques se mit à s'éroder et il devint d'une évidence accablante qu'un fascisme allait être remplacé par un autre. Au début, personne en Angleterre et aux États-Unis ne crut que les communistes de Grèce commettaient des atrocités dans des proportions inimaginables ; les journalistes y virent la propagande de droite et les Grecs incrédules, les Bulgares renégats.

Mais sur mer, au moins, sinon dans la mer Ionienne, le temps des miracles et des bizarreries revint. L'opération « Arche de Noé » vit les Britanniques harceler avec des Beaufighter et des canots les puissances de l'Axe qui se retiraient, transformant ainsi l'anneau de fer en cage de fer. À Lesbos, les communistes prirent le pouvoir et déclarèrent l'île république indépendante. À Chios, on découvrit un local de la Gestapo où des gens avaient été forcés à passer une nuit dans la cave avec un squelette. Le responsable allemand avait été tué au cours d'un pilonnage alors qu'il faisait l'amour avec sa maîtresse. À Inoussa, les Britanniques trouvèrent une île dont tous les habitants parlaient couramment l'anglais et s'appelaient soit Lemmos soit Pateras. Des commandos tuèrent les commandants de Nisiro, Simi et Piscopi, et Patrick Leigh-Fermor et Billy Moss enlevèrent celui de Crète. À Thira, les commandos tuèrent les deux tiers de la garnison et ne perdirent que deux hommes. En Crète encore, ils détruisirent deux cent mille gallons de carburant. À Mykonos et Amorgos, les stations de radio furent détruites et cinq hommes firent sept prisonniers. À Chios, quelques hommes de la Marine royale anéantirent deux destroyers bien que les andartes de la région ne se soient pas manifestés comme convenu, parce que « ça ne les intéressait plus ». Ces derniers détestaient participer à des attaques préparées par d'autres et refusaient d'agir même si l'idée était venue d'un des leurs. À Samos, mille Italiens se livrèrent à Maurice Cardiff et vingt-trois hommes et prirent ensuite leur petit déjeuner. Cardiff découvrit que pour une raison inexplicable tous les médecins de l'île parlaient français. À Naxos, le commandant allemand se rendit par erreur : il était parti en barque à la rencontre d'un navire où il avait cru voir flotter le drapeau rouge à svastika alors que c'était en réalité le pavillon marchand de la Marine anglaise. Il en fut si déprimé et pleura si amèrement que l'équipage dut le remonter en lui apprenant à jouer aux petits chevaux. Une livre sterling valait à l'époque deux milliards de drachmes et une cigarette en coûtait sept millions et demi. Les habitants de Lesbos, avec un grand esprit d'entreprise, offrirent un taux de change avantageux ; chaque pièce et chaque billet de toute la région s'y précipitèrent comme d'eux-mêmes et il ne resta plus de monnaie ailleurs. À Syros, on vit s'enfuir une bande d'Allemands sans pantalons. Les communistes prirent l'habitude de tout taxer à vingt-cinq pour cent et beaucoup de membres quittèrent le parti. Plus tard, en Crète et à Samos, on allait se retourner contre les communistes et les battre. On raconte que les Crétois demandèrent à être gouvernés par les Britanniques mais que ceux-ci refusèrent au motif que c'était déjà assez difficile de gouverner Chypre. Au total, contre la perte de dix-neuf hommes, quatre cents hommes des forces spéciales continrent quarante mille soldats de l'Axe et effectuèrent trois cent quatre-vingt-une visites dans soixante-dix îles différentes. Une épidémie aussi désordonnée de gorges tranchées et d'explosions inexplicables troubla tellement les Allemands dans leur conception de la façon correcte de faire les choses qu'ils restèrent complètement désemparés, quant aux Italiens, qui n'avaient jamais vu aucune raison de se battre, ils se rendirent courtoisement et avec plaisir.

À Céphalonie, les soldats italiens écoutaient leurs radios et marquaient la progression des alliés sur la carte de leur patrie tandis que la garnison allemande était écœurée. Corelli et ses collègues officiers sentirent l'air se rafraîchir et les visites fraternelles entre les bases des deux alliés s'espacèrent. Quand Weber se présentait aux réunions de la Scala, il paraissait très silencieux et très distant et les autres interprétaient son attitude comme un reproche.

Un jour, à l'époque de ces événements, Pélagia trouva Corelli en train de caresser Psipsina sur le mur, d'un air absent, et quand il se retourna vers elle, il parut troublé. « Que va-t-il se passer si nous devons capituler avant les Allemands ? lui demanda-t-il.

– Nous nous marierons. »

Il secoua tristement la tête. « Ça va être une pagaille terrible. Il n'y a aucune chance que les Anglais viennent. Ils vont directement à Rome. Si nous ne nous sauvons pas nous-mêmes, personne d'autre ne nous sauvera. Tous les hommes pensent que nous devrions désarmer les Allemands maintenant, pendant que leur garnison est réduite. Nous avons envoyé des délégations à Gandin mais il ne fait rien. Il dit que nous devons lui faire confiance.

– Tu ne lui fais pas confiance ?

– Je ne suis pas fou. Et Gandin est un de ces officiers qui sont arrivés au sommet en obéissant aux ordres. Ils ne sait pas en donner. Ce n'est qu'un parmi tant d'ânes typiques qui n'ont ni tête ni couilles.

– Viens à l'intérieur, dit-elle, mon père est sorti et nous pouvons nous caresser. Il a beaucoup de cas de tuberculose ces jours-ci.

– Te caresser ne ferait que me rendre triste, koritsi mou. Je n'ai que des pensées inquiètes. »

Le père Arsénios passa, accompagné de Bunny Warren, tous deux en loques, couverts de poussière, et Pélagia dit précipitamment : « Antonio, je dois aller leur demander quelque chose. Je reviens tout de suite. »

Arsénios s'arrêta près du puits et agita sa crosse. Son affreux petit chien s'écroula à l'ombre de la margelle et commença à se lécher. Il avait du sang sous les pattes.

« Comme l'or est devenu terne ! Comme l'or le plus fin a changé ! La soif colle la langue du nourrisson à son palais, les enfants demandent du pain et personne ne le rompt pour eux. Ceux qui se nourrissaient de mets délicats errent dans les rues et ceux qui ont grandi dans la pourpre embrassent les tas de fumier… » commença Arsénios et Pélagia prit le coude de Warren pour l'entraîner à l'écart.

« Bunnios, quand les Anglais vont-ils arriver ? Je dois le savoir. Qu'arrivera-t-il aux Italiens quand ils se rendront ? Je vous en prie, dites-le-moi.

– Cela, je ne peux le dire, répondit-il. Car je ne le sais moi-même, et aucun homme ne le sait.

– Votre grec s'est énormément amélioré, dit-elle étonnée, mais votre accent est encore… bizarre. Dites-le-moi, s'il vous plaît. Je suis inquiète. Est-ce que les Allemands ont fait venir davantage de soldats ? C'est important.

– Non, je ne pense pas. »

Pélagia le laissa et l'entendit s'exclamer « Amen » à intervalles réguliers. Peut-être les Anglais étaient-ils vraiment un peuple de comédiens et d'imposteurs. Elle retourna vers Corelli et lui dit : « Ne t'inquiète pas, tout ira bien.

– Tu parles sérieusement ? Tu vas demander l'avis d'un fou religieux et tu voudrais que je le croie ?

– Ô homme de peu de foi ! Viens, viens à l'intérieur. Psipsina a attrapé une souris et l'a laissée filer sous la table. Je crois que tu vas devoir l'attraper pour moi. Aux dernières nouvelles, elle était derrière le buffet.

– Après la guerre, quand nous serons mariés, tu pourras attraper les souris toi-même. Après trente ans, je ne serai plus chevaleresque. »

Tandis que Corelli fouillait derrière le buffet avec un manche à balai, la voix prophétique d'Arsénios et les « amen » sauvages de Bunny Warren lui parvenaient comme une musique par la fenêtre : «... Notre héritage et nos maisons sont livrés à des étrangers. Nous sommes orphelins, nous n'avons plus de pères et nos mères sont des veuves. Nous plions sous le joug de la persécution, nous peinons sans relâche... Les valets sont devenus nos maîtres et nul ne nous délivre de leur emprise... la terrible famine a rendu notre peau noire comme un four... Pourquoi nous oublies-tu et nous abandonnes-tu si longtemps ? »

« Ce pope a une magnifique voix de basse », remarqua Corelli en libérant par la fenêtre la souris qu'il avait attrapée par la queue. « Ça me rappelle que je suis allé écouter les pêcheurs au port. Ils avaient des instruments très curieux que je n'avais jamais vus avant, quant aux chants, ils étaient extraordinaires. J'ai noté certains airs.

– Ils les composent au fur et à mesure, tu sais. Ils ne chantent jamais deux fois pareil.

– Incroyable. Il y avait un air qu'ils ont chanté plusieurs fois. Je leur ai demandé de me l'apprendre... » Il fredonna un air solennel et martial en battant la mesure et ne s'arrêta que lorsque Pélagia se mit à rire. « Qu'est-ce qu'il y a de si drôle ?

– C'est notre hymne national. »

51

Paralysie

Nous imaginons l'ombre d'Homère écrivant : « Pour briser un homme fort, même le plus fort de tous, il n'est rien de plus affreux que la mer. Mais jamais il n'y eut de désert d'eau salée impitoyable, de sauvage arrogance de vagues tempétueuses ni de tornades de vents ailés aussi dévastateurs que la paralysie du général Gandin. Le poids de ses douleurs le condamnait à l'inaction et dans la fertilité de ses ressources il était moins doté qu'un désert ou un lac salé. C'était un homme hésitant, le plus dénué de volonté qui fût jamais né pour mourir, un homme qui disparaissait soudainement dans un silence aveugle. Il souffrait du mal sans remède de devoir prendre des décisions, et dans sa confusion il était aussi désarmé que ceux de mon temps qui observaient des multitudes d'oiseaux volant çà et là dans la brillante clarté du soleil sans savoir lesquels étaient porteurs de messages du ciel.

« Si quelque élan avivait les graines de son inactivité, c'était le fol espoir et le besoin désespéré d'épargner le sang des hommes infortunés qu'il aimait. Il prit une voie aveugle et les voua bientôt à un sort macabre, faute d'avoir vu dans les promesses nazies un masque de fausseté si épais qu'en se fiant à elles il condamnait ses beaux jeunes gens à abandonner leurs os aux chiens et aux oiseaux de proie, ou à être ensevelis dans le sable profond de l'océan sans fin après avoir été dépouillés par les poissons de la mer. Blême d'effroi, déguisant un cœur troublé sous de sottes négociations et un flots d'ordres transparents dans leur absurdité, il fixa le moment où ses guerriers devaient quitter non seulement l'île radieuse mais la vie elle-même. » Ainsi aurait pu écrire le barde aveugle, car il est certain que le général Gandin n'avait pas la clarté de vue du rusé Ulysse et qu'Athéna, déesse aux yeux pers, ne le guidait pas. Rome envoya des ordres contradictoires et Vecchiarelli envoya d'Athènes des ordres illégaux. Gandin n'avait aucune position et ne pouvait donc pas faire de miracles.

Mais tout se passa lentement. Cela commença par la radio. Les avions anglo-américains faisaient trembler les vitres et Carlo tripotait au hasard les boutons d'un appareil qui ne transmettait plus depuis longtemps que des sifflets et des couinements affligeants. En Sicile, les soldats italiens s'étaient rendus avec un soulagement joyeux et ce n'était un secret pour personne que Badoglio voulait mettre fin à la guerre. Le 19 juillet, les États-Unis avaient lâché mille tonnes d'explosifs sur Rome, détruisant les voies ferrées, les aérodromes, les usines et les bâtiments publics, faisant des centaines de morts, mais épargnant les antiquités et le Vatican. Le pape conseilla à la population agitée de se montrer patiente. Le 25 juillet, le roi Victor-Emmanuel avait mis en prison son invraisemblable petit coq de premier ministre et avait nommé à sa place le vénérable maréchal Badoglio, celui-là même qui s'était opposé à tous les plans d'invasion de la Grèce et qui n'avait pas été informé qu'elle avait commencé, bien qu'il fût chef d'état-major. Le 26 juillet, Badoglio avait déclaré l'état d'urgence pour éviter la guerre civile. Le 27, il avait demandé leurs conditions aux Alliés soupçonneux et dans les rues la population en délire avait fêté la chute miraculeuse et soudaine de Benito Mussolini. Le 28, Badoglio abolissait le parti fasciste, le 29 il libérait les prisonniers politiques qui pourrissaient en prison sans inculpation, certains depuis plus de dix ans, mais la guerre traînait en longueur. Les Allemands se renforcèrent considérablement et combattirent les Britanniques et les Américains avec une bravoure remarquable tandis que les unités italiennes cédaient. Les soldats britanniques se souviennent que les unités italiennes prirent l'habitude de changer de camp suivant les probabilités de victoire des uns ou des autres et que les populations locales jetaient des fleurs sur ceux qui avançaient, quels qu'ils soient ; dans les régions où les batailles allaient et venaient, elles ramassaient ensuite les fleurs pour pouvoir s'en resservir.

Le 3 septembre, Badoglio signa un armistice secret avec les Alliés, mais les Allemands l'avaient vu venir et ils avaient déjà débarqué dans un théâtre de la guerre oublié. C'était sur l'île de Céphalonie, celle que les voyageurs décrivent comme un vaisseau de guerre démâté, et la ville où ils débarquèrent était Lixouri. Ils arrivèrent le 1er août et se donnèrent un mois de préparation ; les Italiens se donnèrent un mois pour les regarder se préparer tandis que Gandin ne donnait aucun ordre.

De l'autre côté de la baie, à Argostoli, les Italiens étaient silencieux depuis l'invasion de la Sicile. La Scala ne se réunissait plus chez le docteur et sur la place de la ville la fanfare militaire était discordante et sinistre. La police militaire continuait à régler à tort et à travers la circulation à coups de sifflet strident mais on voyait très peu d'officiers allemands se promener et boire dans les cafés avec leurs vieux amis italiens. Günter Weber ne quittait pas ses quartiers, fou de rage à chaque nouvelle trahison italienne dont il était informé tous les jours. Il ne s'était jamais senti aussi abandonné, même si les soldats sur l'île n'avaient rien fait de déshonorant. Il pensait à son ami Corelli et commençait à le mépriser. Désormais, il méprisait même les pensionnaires du bordel italien, les filles tristes et sans cervelle, au beau corps et au visage artificiel qui continuaient à batifoler nues dans les vagues comme si de rien n'était. Il était tellement en colère qu'au lieu de vouloir les acheter comme avant, il ne voulait plus que les violer. Il fut très heureux quand le défilé de motos et de camions arriva de Lixouri : les Italiens avaient besoin qu'on leur apprenne à se battre, à ne pas fléchir, à affronter la mort plutôt que d'accepter le déshonneur.

Corelli rentrait moins souvent chez le docteur parce qu'il effectuait des exercices jour et nuit avec sa batterie. Amener les caissons, charger, bloquer la culasse, viser, tirer, vérifier la hausse, changer de cible, éloigner les caissons afin que, en cas d'attaque aérienne, leurs propres obus ne détruisent pas les pièces s'ils étaient touchés. Ses hommes travaillaient dur dans la chaleur apocalyptique d'août, la sueur qui coulait sur leurs visages et leurs bras noircis y dessinait d'étranges rigoles. Des ampoules se formaient et éclataient sur leurs épaules, laissant une brûlure écarlate qui suintait et grattait, faute de protection et d'occasion de cicatriser, mais ils ne se plaignaient pas. Ils savaient que le capitaine avait raison de s'entraîner.

Lui-même cessa de jouer de la mandoline : il avait si peu de temps à lui consacrer que lorsqu'il la prenait, elle était étrangère sous ses doigts, par comparaison avec un canon. Il devait faire beaucoup de gammes avant d'acquérir de la vitesse et son trémolo devenait inégal et traînant. Il allait voir Pélagia à moto quand son père était absent et lui apportait du pain, du miel, du vin, une photo au dos de laquelle il avait écrit : « Après la guerre... » de son écriture élégante et exotique ; il lui apportait aussi son visage fatigué, son regard triste et fataliste, son expression de dignité tranquille et de joie perdue. « Mon pauvre carino, lui disait-elle en le prenant par le cou, ne t'inquiète pas, ne t'inquiète pas, ne t'inquiète pas » ; il s'écartait alors un peu et lui disait : « Koritsi mou, laisse-moi te regarder. »

Puis vint un certain jour où Carlo était en train d'écouter la radio et essayait de rencontrer un signal. C'était le 8 septembre et les soirées étaient devenues beaucoup plus fraîches. Le sommeil la nuit s'était fait un peu moins fiévreux et parfois la brise de mer vivifiait davantage. Depuis quelque temps, Carlo pensait beaucoup à Francisco et à l'horreur de l'Albanie ; à présent, plus que jamais, il était sûr que tout n'avait été qu'un grand gâchis et que son séjour à Céphalonie n'était qu'un interlude, des vacances dans une guerre qui le traquait comme un lion et s'apprêtait à fondre de nouveau sur lui. Il aurait fallu une loi de la nature pour interdire qu'un homme voyage en enfer plus d'une fois. Il entendit une voix et tourna vite le bouton en arrière pour la trouver. «... tous les actes d'agression des forces armées italiennes contre les forces anglo-américaines cesseront immédiatement et partout. Elles doivent se tenir prêtes à repousser toute attaque de toute autre origine. »

Les cloches de l'île se mirent à sonner, les campaniles vénitiens résonnaient de l'espoir impossible de la paix, tout comme ils avaient retenti autrefois dans la fierté exaltante de la guerre. Le bruit se répandit : Argostoli, Lixouri, Soulari, Dorizata, Assos, Fiskardo. De l'autre côté du détroit d'Ithaque, les cloches sonnèrent à Vathi et à Frikes, et plus loin à Zante, Lefkas et Corfou. Sur le mont Ainos, Alékos écoutait. Ce ne pouvait pas être un jour de fête, alors c'était peut-être la fin de la guerre. Il mit sa main en visière et observa les vallées : il devait y avoir le même bruit au ciel quand Dieu rentrait ses chèvres le soir.

Carlo écouta le communiqué du maréchal Badoglio, puis il y eut un message d'Eisenhower lui-même : «… Tous les Italiens qui contribuent à chasser l'agresseur allemand du sol italien auront l'assistance et le soutien des Alliés… » Il courut trouver Corelli qui faisait précisément une pause, un gros nuage de fumée bleue derrière lui. « Antonio, Antonio, c'est fini et les Alliés ont promis de nous aider ! C'est fini ! » Il prit l'homme qu'il aimait dans ses bras énormes et le souleva en virevoltant. « Carlo, Carlo, cria le capitaine, laisse-moi descendre. Ne t'excite pas tant. Les Alliés ne s'intéressent pas à nous. Nous sommes en Grèce, tu te rappelles ? Merde, Carlo, tu ne connais pas ta force. Tu as failli me tuer.

– Ils nous aideront », dit Carlo, mais Corelli secoua la tête. « Si nous n'agissons pas maintenant, nous sommes foutus. Il faut désarmer les Allemands. »

Cette nuit-là, les navires de guerre italiens dans les ports de l'île levèrent l'ancre pour fuir en Italie. Il y avait des dragueurs de mines, des torpilleurs et un cuirassé. Ils n'annoncèrent leur départ à personne et n'évacuèrent pas un seul Italien. Pas un soldat, pas une malheureuse prostituée du bordel. Ils emportèrent avec eux leur formidable puissance de feu et ne laissèrent que la puanteur moite et sulfureuse de la couardise et du charbon brûlé. Corelli attendit les ordres au téléphone et, comme il n'en venait pas, il s'endormit sur son siège après avoir placé sa batterie sous double garde. Il rêva de Pélagia et du pope fou qui annonçait qu'ils seraient tous jetés dans les flammes. Pendant qu'il dormait, la radio diffusa des appels des Alliés à combattre les Allemands. Le téléphone sonna et quelqu'un du bureau du général dit au capitaine de ne pas attaquer et de rester calme. « Vous êtes fou ? » cria Corelli, mais l'autre avait déjà raccroché.

Le lieutenant Günter Weber somnolait aussi par intermittence en attendant les ordres. Il ressentait une fatigue sans fond et toute son assurance avait disparu. Il regrettait ses amis et, plus encore, les certitudes accumulées par tant de succès passés. La race des seigneurs perdait en Italie et en Yougoslavie, le front russe s'effondrait, Hambourg était détruit. Weber ne se sentait plus invincible et fier : il se sentait inférieur et humilié, si odieusement méprisé et trahi que, s'il avait été une femme, il aurait pleuré. Il pensa à la devise de son régiment, « Dieu avec nous », et se demanda si c'était seulement l'Italie qui l'avait trahi. En tout cas, les chiffres étaient mauvais : il y avait une division italienne entière contre seulement trois mille hommes du 996ᵉ bataillon de grenadiers et il n'avait pas une chance, même avec l'aide de Dieu. Il essaya de prier mais les mots luthériens prirent un goût amer.

Au matin, le colonel Barge commandant les troupes allemandes déplaça quelques blindés d'Argostoli à Lixouri et le général Gandin tenta en vain de joindre le nouveau gouvernement de Brindisi et l'ancien haut-commandement en Grèce. Il n'avait pas dormi de la nuit et il était trop bien élevé pour savoir que faire.

Pélagia et son père préparèrent tout leur matériel médical et déchirèrent des draps en bandes pour pouvoir les bouillir et en faire des pansements. Ils avaient la vague idée que des Grecs pouvaient être pris sous un feu croisé ; de toute façon, il fallait faire quelque chose, rien que pour rompre la tension. Corelli arriva sur sa moto et les supplia de lui dire comment prendre contact avec les partisans. Mais ils ne savaient honnêtement pas comment faire ; il repartit désespéré et fonça vers Sami. Les partisans allaient peut-être sortir enfin de leur long repos insouciant et se montrer utiles pour contenir les Allemands.

A Sami, il ne savait même pas par où commencer et les Grecs de l'endroit ne le connaissaient pas. Ce fut un voyage pour rien. En revenant, il s'arrêta et s'assit au bord de la route près d'un mur croulant, à l'ombre d'un olivier. Il pensa à son retour en Italie, à la survie, à Pélagia. La vérité, c'était qu'il n'avait pas de foyer, et c'était la raison pour laquelle il n'en parlait jamais. Le Duce avait envoyé ses parents en Libye comme colons et ils y avait été tués par les rebelles alors qu'il était à l'hôpital avec la dysenterie. De toutes les maisons où il avait vécu, laquelle était son foyer ? Il n'avait pas d'autre famille que ses soldats et sa mandoline et son cœur était là, en Grèce. Avait-il enduré tant de souffrance, tant de solitude pour que le lieu qu'il s'était enfin trouvé lui soit arraché ? Il essaya de se rappeler ses parents mais leur image était aussi ténue, imprécise et vacillante que celle d'un fantôme. Il se rappela un petit Arabe amical avec lequel ses parents lui avaient interdit de jouer. Les deux gamins s'amusaient à lancer des pierres contre des rangées de bouteilles et il rentrait toujours à la maison avec des coups de soleil et la diarrhée. Il lui était interdit de manger des grenades, au cas où il attraperait la jaunisse. Corelli fut ému de se rappeler autant et si peu de choses, et pour la première fois il eut la nostalgie de Pélagia, comme si elle faisait déjà partie du passé. Il se rappela l'histoire du docteur à propos des Lotophages, des voyageurs qui avaient mangé une fois du lotus et oublié leur patrie. Il était comme eux. Il voulut mourir et se demanda combien de temps Pélagia pleurerait. C'était dommage que les larmes abîment sa jolie peau ; c'était triste à imaginer. Du fond de sa tombe il voulut la consoler, même s'il n'était pas encore mort.

Quand il revint enfin à sa batterie, il trouva ses hommes en pleine révolte. Supergrecia avait donné l'ordre de se rendre aux nazis le lendemain matin.

52

Épisodes

1

Ma rage est telle que je peux à peine parler. Antonio me dit : « Carlo, du calme, il va falloir être malins, parce que ça ne sert à rien de se fâcher, O.K. ? » Mais j'en ai assez d'être un jouet pour des fous, des incompétents et des imbéciles, pour des crétins qui croient que c'est encore la Grande Guerre, où tout se faisait de front et où l'honneur existait encore entre les ennemis.

C'est incroyable. Les Allemands reçoivent encore des renforts, le ciel est plein de Junkers, le colonel Barge est allé demander à Gandin de se rendre en application des ordres de Supergrecia et Gandin ne fait absolument rien excepté consulter ses aumôniers et ses vieux officiers. N'est-il pas le général ? N'est-ce pas à lui de décider et d'agir vite ? De quel droit décide-t-il de mon destin ? Moi qui ai vécu des mois de glace et de souffrance en Albanie, moi qui ai tenu le corps d'un homme que j'aimais, pendant qu'il mourait dans mes bras au fond d'une tranchée pleine de rats et de fange gelée. Gandin n'écoute-t-il pas la radio ? Est-il le seul à ignorer que les Allemands pillent et massacrent en Italie ? Que seulement hier ou avant-hier, ils ont entassé cent personnes dans une pièce et les ont fait sauter avec des mines ? Ne sait-il pas que pour la mort d'un Allemand ils ont fusillé quatre-vingts policiers et vingt civils à Aversa ? Qu'ils transportent Dieu sait où des soldats désarmés dans des bétaillères ?

Je suis fou de colère. Tous les commandants, excepté deux, ont accepté de se rendre. Nous sommes dix mille et ils sont trois. Quelle folie ! Le gouvernement ne nous a-t-il pas ordonné de désarmer les Allemands ? Où est le problème ? Pourquoi veut-il obéir aux fascistes, dont le parti a été supprimé, et ignorer la volonté du premier ministre et du roi ?

2

« Colonel Barge ? J'ai retiré le 3e bataillon de la 317e division d'infanterie de Kardakata en signe de bonne volonté. Comme vous le savez, l'île est indéfendable sans cette position. J'espère donc que vous admettrez que nous n'avons pas d'intentions hostiles et que vous n'insisterez pas pour que nous désarmions les troupes.

– Mon cher général, je dois insister. J'ai fait en sorte que les troupes soient renvoyées immédiatement en Italie, et je n'ai pas l'intention de revenir sur ma parole. Elles doivent cependant être désarmées, car sinon elles pourraient se retourner contre nous quand elles seront rentrées chez elles. Vous devez comprendre que pour nous ce n'est qu'une question de bon sens. Je m'adresse à vous comme à un vieil ami.

– Colonel, j'attends encore des ordres plus clairs. J'espère que vous comprendrez ma position. Elle est très délicate.

– Général, vous avez reçu vos ordres de Supergrecia et tout ordre que vous recevriez d'Italie même est sans valeur puisque ce gouvernement n'est pas légitime. Nous sommes des soldats, général, et nous devons obéir aux ordres.

– Colonel, je vous informerai dès que je le pourrai. »

Le colonel Barge raccrocha le téléphone et se tourna vers l'un de ses hommes : « Je veux que vous preniez une compagnie et que vous occupiez Kardakata. Ces idiots d'Italiens viennent de l'abandonner, il ne devrait pas y avoir de difficulté. »

3

Je suis allé voir Pélagia et le docteur. Je leur ai demandé de s'occuper de mon Antonia et Pélagia l'a enveloppée dans une couverture pour la mettre dans le trou sous le plancher, là où les réfugiés politiques se cachaient du temps des Anglais. Ils m'ont dit que Carlo aussi était allé les voir, il leur a laissé un gros paquet de feuilles qu'il a écrites et qui ne doivent pas être lues avant sa mort. Je me demande ce qu'il a gribouillé. Je ne savais pas qu'il avait des penchants d'écrivain. On ne s'y attend pas de la part d'un homme aussi costaud. Pélagia a l'air très maigre et presque malade et nous avons décidé que nous ne pouvions pas aller dans notre petite cachette parce qu'il pourrait arriver des ordres pour ma batterie à tout moment. Elle m'a caressé la joue avec tant de mélancolie que j'ai failli ne pas pouvoir retenir mes larmes. Elle a essayé de joindre les partisans par l'intermédiaire de quelqu'un qu'elle appelle Bunnios, mais sans succès.

4

Le lieutenant Weber démonta son fusil et le graissa. En l'absence des panzers qui l'avaient accompagné dans son odyssée à travers l'Europe il éprouvait un peu d'appréhension. C'était un soulagement que tant de munitions se soient déversées à Lixouri, mais il était inquiet qu'il n'y ait pas encore beaucoup de renforts. On savait bien que le colonel avait adressé un ultimatum au général Gandin et lui avait posé des questions embarrassantes sur sa loyauté et sur ses intentions. Il restait encore huit heures. Il pensa à Corelli et se demanda ce qu'il faisait en ce moment, puis il ôta le crucifix qui pendait à son cou et le regarda. Le général Gandin avait refusé la reddition complète, exigé la liberté de mouvement pour ses troupes et demandé des garanties écrites de la sécurité de ses hommes. Weber sourit et secoua la tête. Quelqu'un allait devoir leur donner une leçon.

5

« Messieurs, que devrais-je faire ? » demanda le général Gandin, et les aumôniers se regardèrent, heureux de leur nouvelle importance, ravis de cette occasion rare de devenir des stratèges consultés par un général. C'était bien plus enivrant que d'entendre en confession des hommes qui, en dernière analyse, ne les prenaient pas très au sérieux, et c'était une sensation très sainte d'exprimer des sentiments de paix avec une gravité et une autorité morale immenses.

« Déposez les armes avec des garanties écrites, dit l'un, et alors, si Dieu le veut, nous pourrons rentrer chez nous. »

« Je suis en complet désaccord », dit un autre, le seul. « A mon avis ce serait une grande erreur. »

« Nous pouvons désarmer nos troupes, dit le général, mais ensuite nous ne pourrions pas affronter la Luftwaffe. Nous devons penser aux stukas. Nous n'aurions plus de soutien aérien ou maritime et nous serions sans aucun doute exterminés. » Le général était obsédé par les stukas. La pensée de ces oiseaux de destruction hurleurs aux ailes recourbées lui nouait l'estomac. Il ne savait probablement pas que d'un point de vue militaire c'était l'une des armes de guerre les moins efficaces qu'on ait inventées : certes, ils étaient terrifiants, mais c'était les tirs d'obus qui occasionnaient les pertes. Il avait davantage de canons que les Allemands et aurait pu les balayer en quelques heures.

« Ah, les stukas ! » admirent les aumôniers qui n'y connaissaient rien non plus mais qui savaient opiner sagement du bonnet avec des airs d'hommes du monde.

6

« Alors on dépose les armes et on rentre à la maison ? demanda un soldat.

– Oui, mon fils, répondit l'aumônier de l'unité. Grâce à Dieu. »

Carlo arriva en courant. « Écoutez, les gars, la garnison de Ayia Mavra s'est rendue. Les Allemands ont capturé tous les hommes et fusillé le colonel Ottalevi.

– Puttana », s'exclama Corelli en tirant son pistolet et en le jetant sur la table. « Ça suffit. On vote.

– Ce n'est probablement qu'une rumeur », suggéra l'aumônier.

– Nous devrions voter dans toute la division », dit Carlo sans tenir compte du prêtre. Il n'avait jamais de temps ni pour l'Église ni pour ses représentants depuis qu'il se savait condamné aux flammes de l'enfer pour être né tel qu'il était.

« Entendu, les gars, dit Corelli. Je vais parler à chaque officier que je trouverai et nous organiserons un vote. D'accord ?

– Et Gandin ? » demanda un jeune Napolitain.

Les hommes se regardèrent et tous pensèrent la même chose. « S'il le faut, nous l'arrêterons », dit Corelli.

7

Le lendemain matin, le général Gandin ne remua pas le petit doigt. Malgré l'ordre venu de Brindisi que les Allemands soient faits prisonniers, il ne broncha pas. Pendant toute la journée, il se consacra à de la paperasserie et regarda par la fenêtre, les mains derrière le dos. Il avait le cerveau bloqué et ne pouvait penser qu'à ce qu'il aurait fait s'il n'avait pas été soldat. Il songea aux jours sereins de sa jeunesse et s'aperçut qu'ils n'avaient pas valu grand-chose. Il se sentit comme un octogénaire qui se penche sur le vide d'une vie et se demande si le moindre moment méritait d'être vécu.

Le colonel Barge, quant à lui, avait eu une idée lumineuse. Il savait que les Italiens ne lui faisaient pas confiance et il entreprit donc de les diviser en affectant une conduite exemplaire. Au crépuscule, il envoya un Oberleutnant et une compagnie de grenadiers encercler en secret une batterie italienne. Quand il vit ce qui était arrivé, le capitaine Aldo Puglisi n'eut d'autre choix que de se rendre sans résister. Ses hommes furent désarmés et laissés libres, sans qu'un coup de feu ait été tiré. En s'en allant, ils passèrent devant le bordel militaire mais n'eurent pas le cœur d'entrer. Une vague d'optimisme et de soulagement traversa les rangs de la division Acqui où l'on se mit à parler de retour et de paix, exactement comme l'avait prévu le colonel. C'était une supercherie monumentale, un coup de maître.

Le lendemain matin, un sergent italien tua son capitaine qui voulait se rendre et des chars Tigre venus d'on ne sait où s'installèrent aux croisements de routes comme des monstres menaçants, la tourelle suintante d'une odeur inhumaine d'huile et d'acier chauffé. Beaucoup de commandants de batterie italiens les ignorèrent comme s'il s'agissait de roches marines anachroniques apparues fortuitement et susceptibles de disparaître tout aussi arbitrairement, mais d'autres, comme le capitaine Antonio Corelli, éloignèrent certains de leurs canons de la mer et changèrent de cible, las d'attendre des ordres qui ne venaient pas.

8

À l'attention du colonel Barge : Ordre direct du Führer : Ci-joint le nom de code au reçu duquel par télégraphe, sous forme chiffrée, vous déclencherez l'assaut sur toutes les forces antifascistes italiennes de Céphalonie et leur destruction. Entre-temps, continuez les négociations afin de gagner leur confiance. Vous vous débarrasserez soigneusement des corps, de préférence au moyen de péniches lestées et coulées en mer. Puisque l'Italie n'a pas officiellement déclaré la guerre, tous les opposants italiens doivent être traités comme des francs-tireurs et non comme des prisonniers de guerre.

9

Le général Gandin avait visiblement vieilli en l'espace de quelques jours. « Messieurs, la situation est la suivante : j'ai devant moi le Mémorandum OP44 du 3 septembre. Il nous ordonne de n'agir contre les Allemands que si nous sommes attaqués. J'ai aussi l'ordre numéro N2 du 6, qui déclare que nous ne devons pas faire cause commune avec des forces qui résistent aux Allemands. Ce dernier ordre est en contradiction avec les termes de l'armistice signé par Castellano, alors, que devons-nous comprendre ?

– Tout simplement, général, que les Alliés ne nous feront pas confiance. Cet ordre est ridicule. Sommes-nous au courant de préparatifs des Alliés pour nous aider ?

– Non, commandant. Ils ont eu plus de quarante jours et n'ont rien fait, le ministère de la Guerre non plus. Il y a des raisons de soupçonner qu'ils connaissent les intentions des Allemands et ne nous ont pas informés. Ils n'ont apparemment aucun plan de coopération.

– Mais, général, les Allemands ont des centaines d'avions sur le continent et nous n'avons rien. Pourquoi les Alliés nous ont-ils abandonnés ?

– Bonne question. En outre, j'ai cet ordre numéro 24202 qui dit que nous devons négocier avec les Allemands pour gagner du temps et que nous ne devons pas prendre leurs exigences pour des actes d'hostilité quand ils nous demandent de nous en aller. Comme vous le savez, nous avons coopéré, mais il en résulte qu'ils ont maintenant les positions stratégiques et tactiques les plus importantes. Croyez-vous que nous devrions cesser, de notre propre initiative, d'obéir à cet ordre ?

– L'ordre est-il légal, général ? Ne contredit-il pas l'ordre numéro OP44 ?

– Mais lequel a la priorité ? Je n'arrive pas à obtenir d'éclaircissements. Avec le transfert du ministère de la Guerre de Rome à Brindisi, tout est sens dessus dessous. Et maintenant, nous avons cet ordre de Vecchiarelli de déposer les armes. Il dit que le général Lanz nous rapatriera au bout de quatorze jours, mais je n'obtiens pas la confirmation de Brindisi là-dessus. Alors, que faisons-nous ? Vecchiarelli croit le général Lanz, mais nous ?

– Pas moi, général. De toute façon, les hommes sont contre à cent pour cent. Ils ont voté et trois officiers qui avaient recommandé à leurs hommes d'accepter ont été fusillés. Ce serait une grave erreur. Quoi qu'il en soit, nous avons l'ordre du ministère de la Guerre d'hier soir qui nous dit de traiter les Allemands comme des ennemis.

– C'est pour cela que j'ai télégraphié à Vecchiarelli que nous ne pouvions pas obéir à son ordre. À propos, j'ai le devoir de vous informer que l'on m'a proposé le commandement de la petite armée de Mussolini dans sa prétendue "république" nouvelle. J'ai décliné l'offre car je dois d'abord la loyauté au roi. Je pense avoir agi comme il faut.

– Ce qu'il faut, général, c'est éviter une confrontation avec les Allemands. Ils étaient nos alliés jusqu'à il y a quelques jours et c'est un déshonneur intolérable pour les forces armées de devoir nous retourner contre eux. Beaucoup sont nos amis personnels. Je trouve que l'insistance des Alliés pour leur reddition inconditionnelle est pour eux tout aussi déshonorante que l'insistance des Allemands. Plutôt mourir que de se plier à l'une ou l'autre de ces exigences.

– Je suis entièrement d'accord avec vous, commandant, et j'ai exigé que dans nos négociations le colonel Barge soit remplacé par un général en chef. Cela nous fera gagner un temps précieux jusqu'à l'arrivée du général Lanz et, dans le pire des cas, nous échapperons au déshonneur de rendre les armes devant un simple colonel.

10

« Dites donc, les amis, Berlin vient d'ordonner que le spectacle commence à Céphalonie. Sergent, sois courageux et porte ça à Jumbo. »

Le général Jumbo Wilson lut tout le message et décida de ne rien faire. Il avait à sa disposition hommes, navires, avions et matériel prêts à partir. Mais il n'allait tout de même pas montrer aux boches qu'il savait décoder leurs messages.

53

Le premier sang versé

La division Acqui vota la résistance aux Allemands mais elle n'eut pas le temps de mettre en place une direction efficace pour coordonner ses actions. Alors que la bataille avait déjà commencé, les ordres du général Gandin finirent pas arriver ; certains leur obéirent et d'autres pas. On connaît mal le déroulement des événements mais deux choses sont certaines. La première, c'est que les andartes communistes de l'ELAS ne participèrent pas, ne voyant aucune raison de sortir de leur parasitisme léthargique, et la seconde, c'est que la résistance italienne ne dut rien à la hiérarchie militaire. Ce fut une explosion spontanée de courage et de détermination dans le cœur d'individus qui comprenaient obscurément que le temps était enfin venu pour eux de bien agir.

Qui sait ce qui poussa réellement le capitaine Fienzo Appollonio à prendre l'initiative d'ouvrir le feu sur une flottille de péniches de débarquement allemande ?

Peut-être était-ce un homme d'honneur qui ne supportait plus de jouer un rôle ignoble et complaisant dans l'histoire d'un empire raté et déchu. Peut-être éprouvait-il une réelle compassion pour les Grecs avec lesquels il vivait depuis si longtemps et voulait-il effacer sa honte devant l'asservissement et les privations qu'il avait contribué à leur infliger. Peut-être souffrait-il de la réputation catastrophique de l'armée dans laquelle il avait servi et voulait-il sauver sa modeste part en l'arrachant aux incompétents satisfaits et fourbes qui, bien à l'abri dans leurs bunkers, avaient causé tant d'atrocités sanglantes et inutiles ; qui n'avaient cessé de chercher la défaite. Ou bien a-t-il simplement compris qu'il n'avait pas d'autre choix que de se battre pour survivre ?

Quelles qu'aient été les émotions et les pensées qui se bousculaient dans les replis de son cerveau, ses hommes partageaient ses conclusions. Ils avaient déjà chargé et pointé les howitzers alors qu'il regardait encore la péniche de débarquement franchir maladroitement la houle avec son chargement de véhicules et de soldats livides. Il remarqua leur discipline superflue mais étrangement évocatrice : tous portaient leur fusil de la même façon, à la verticale sur l'épaule, de sorte que les armes se hérissaient comme des pieux au fond d'un piège. Le capitaine scruta avec ses jumelles et divisa l'espace marin en unités de cent mètres. Il tint compte du terrain caché entre sa batterie et la mer et, avec une assurance qu'il ne ressentait pas, il ordonna au canon le plus proche de régler la hausse selon ses estimations et de tirer un obus.

Avec un fracas métallique le canon bondit en arrière, le frein sautillant sur le berceau comme un chien excité qui réclame une friandise. Après toutes ces années, le capitaine Appollonio ne s'était pas encore habitué à la résonance pénible du métal dans ses oreilles et il tressaillit en voyant le petit point noir s'envoler à une vitesse incroyable et incalculable, si vite qu'il se demanda s'il l'avait réellement vu. Il le perdit, mais quelques secondes plus tard il vit la gerbe d'eau s'élever de la mer à moins de cinquante mètres de l'endroit où il avait estimé que l'obus tomberait. Il y eut sur les péniches une activité frénétique qu'Appollonio trouva presque comique et il indiqua une hausse précise avec ordre de faire feu à volonté.

Les hommes furent transportés. Ils avaient enfin un chef, quelqu'un dont le courage allait imprégner mystérieusement le sol sous leurs pieds, voyager sous terre et jaillir comme par miracle dans leur cœur pour les remplir de la liberté sauvage de ceux qui découvrent enfin qu'après tout ils sont des soldats. Ils se souriaient, leurs yeux brillants de plaisir, d'une fierté qu'ils n'avaient encore jamais ressentie et ils regardaient émerveillés les jets d'eau extraordinaires qui effaçaient le dessin régulier et somnolent des vagues. L'air devint lourd de la bonne puanteur de la cordite et de l'odeur ineffable, virile et infernale des fûts portés au rouge et de l'huile fumante, parfumée. Les lignes dans les mains des hommes s'emplirent de suie et leurs visages étaient si noircis que leurs lèvres semblaient pâles et roses lorsqu'ils y passaient la langue. La sueur de leur excitation turbulente trempait leurs cheveux sous le casque et ils jetaient la cigarette à moitié fumée qui les avait réconfortés mais qui les gênait à présent pour agir et respirer.

Abasourdis par leur succès, par l'efficacité incroyable et sans précédent de leur bombardement, les hommes de la batterie cessèrent de tirer quand la dernière péniche de débarquement disparut sous les vagues. Ils serrèrent les poings de satisfaction quand ils virent deux bateaux de sauvetage quitter Lixouri et se diriger vers le carnage, et les épaves des péniches démantelées et mises en pièces. Aucun n'avait envie de tirer sur une opération de sauvetage. Ils se mirent à se serrer la main et à s'étreindre. Ç'avait été un rite de passage, comme la confirmation ou le mariage.

Un hydravion survola la crête en direction d'Argostoli en larguant un chapelet de bombes aveugles mais mortelles qui soufflèrent l'un après l'autre, dans une ligne droite parfaite, les toits d'habitations humbles et innocentes. Spontanément et faisant fi des ordres, d'autres officiers se lancèrent dans la bataille, mitrailleuses et canon antiaériens ouvrirent le feu. Dans les rues d'Argostoli, des fantassins italiens, inspirés par un héroïsme qu'ils n'avaient jamais montré lorsqu'ils se battaient pour les fascistes et le dictateur ridicule, avancèrent, certains sans leurs officiers, sous le couvert de chars légers, vers les panzers.

Les panzers ouvrirent le feu sur la batterie et leur grondement de tonnerre retentit au fin fond des ruelles, les murs tremblèrent et des éclats de badigeon se mirent à pleuvoir comme de la poussière à l'intérieur des maisons. Les tireurs d'Appollonio repointèrent leur canon et non loin de là la batterie du capitaine Antonio Corelli ouvrit également le feu. Les chars avancèrent, leur camouflage léger et inutile de branchages se détachait de leurs flancs comme les vêtements d'une prostituée soûle. Leur moteur rugissait et gémissait, ils faisaient une embardée à chaque changement de vitesse et leur échappement lâchait des nuages noirs comme s'ils était déjà frappés par des obus.

Des obus tombèrent parmi les panzers en soulevant des mottes de terre rouge et de la poussière blanche et les chars s'arrêtèrent net, comme si leurs occupants étaient sidérés de rencontrer une opposition, comme s'il était inconcevable que les Italiens puissent résister. Chose inouïe, un blindé allemand apparut sur le vieux pont anglais qui enjambait les hauts-fonds de la baie et sur sa tourelle flottait un grand drapeau blanc. Les artilleurs des batteries triomphaient, on les soutenait : les Allemands allaient peut-être demander à Gandin les conditions de leur reddition.

Les soldats attendaient en fumant au soleil couchant, leurs doigts huileux imprégnaient le papier de leurs cigarettes d'un goût amer avec un certain à-propos. Une importante formation de Junkers apparut, apportant des renforts aux nazis, et le capitaine Appollonio leva les bras au ciel avec exaspération. « Pourquoi est-ce que les batteries antiaériennes ne tirent pas ? Qu'est-ce qui leur arrive à ces crétins ? » Il n'avait pas pris tant de risques pour que les hésitations des autres fassent tout perdre. Inutilement, mais pour se faire plaisir, il tira à la carabine sur les avions qui s'éloignaient et disparaissaient ; le bruit des coups parut étrangement poli et embarrassé après les salves des canons.

Le téléphone de campagne retentit. Au lieu d'exiger à point nommé la reddition, le général Gandin avait accepté une trêve. Appollonio n'en crut pas ses oreilles et répondit à l'opérateur en hurlant si fort qu'il lui fallut un moment pour se rendre compte qu'il n'y avait plus personne en ligne. « Il est fou ce fils de pute », cria-t-il et il raccrocha violemment. Il eut une faible consolation quand un courrier arriva avec un message du capitaine Antonio Corelli : « Si vous êtes traduit en cour martiale, je demanderai l'honneur d'être jugé à vos côtés. »

54

L'adieu de Carlo

Antonio, mon capitaine,

Nous vivons des temps difficiles et j'ai l'impression très nette que je n'y survivrai pas. Tu connais ça : les chats se cachent pour mourir, un homme voit le fantôme de sa mère à côté de son lit quand il est malade ou même, il rencontre son propre fantôme à un carrefour.

Tu trouveras avec cette lettre tout ce que j'ai écrit depuis que je suis arrivé sur cette île et si tu le lis, tu découvriras quelle sorte d'homme je suis. J'espère que tu ne seras pas dégoûté et que, parce que tu as un grand cœur généreux, tu pourras me pardonner et te souvenir de moi sans mépris. J'espère que tu te rappelleras toutes les fois où nous nous sommes étreints en camarades et en frères et que tu ne frémiras pas d'horreur rétrospective en pensant que c'étaient les caresses d'un dégénéré. J'ai toujours essayé de te montrer mon affection sans rien te prendre ni te donner contre ton gré.

Quand tu liras ces pages, tu verras qu'en Albanie j'étais désespéré par la perte de mon camarade Francisco, et je veux que tu saches que la blessure que j'ai reçue là-bas, c'est moi qui me la suis infligée. Je n'en ai pas honte. J'ai agi comme il fallait. Quand Francisco est mort, j'ai voulu mourir aussi. Toute beauté avait disparu de ma vie et rien n'avait plus de sens, mais je n'ai pas eu le courage anormal qu'il faut à un homme pour se faire sauter la cervelle. Quand je suis arrivé dans cette belle île, mon esprit n'était qu'un brouillard gris, j'avais le cœur douloureux et vide, inconsolable, je n'étais que chagrin et amertume. Qu'est-ce qu'un homme dont la poitrine est couverte de médailles mais dont le cœur, en dessous, est trop désespéré pour battre ?

Mon cher Antonio, je veux que tu saches que pour ton rire inextinguible, pour ta belle musique, ton courage incomparable, je t'ai aimé avec la même surprise et la même gratitude que celles que je vois dans tes yeux quand tu es avec Pélagia, et que je me souviendrai toujours de toi, même quand je serai mort. Tu as ôté la tristesse de ma poitrine et tu m'as fait sourire, j'ai accepté ton amitié et je m'en suis réjoui, toujours conscient de mon indignité, luttant sans cesse contre toute tentation de l'avilir, et j'espère que cela te permettra de ne pas me mépriser comme d'autres pourraient penser que je le mérite.

Antonio, j'ai tant de souvenirs de ces quelques mois trop courts que je pleure quand j'y pense, maintenant qu'ils ne sont plus. Tant de souvenirs heureux. Tu te souviens quand tu as failli te faire sauter avec la mine et que je t'ai emporté chez le docteur ? Je savais que si tu étais mort je serais devenu fou, et je remercie Dieu de mourir avant toi, ainsi je n'aurai pas à endurer cette souffrance.

Antonio, je te parle du fond de ma tombe, sérieusement. Je t'ai aimé de tout mon cœur honteux, autant que j'avais aimé Francisco, et j'ai surmonté tout le désir que je pouvais ressentir. Si un homme mort peut avoir un souhait, je souhaite que tu trouves ton avenir avec Pélagia. Elle est belle et bonne, personne ne te mérite plus qu'elle et personne d'autre n'est digne de toi. Je souhaite que vous ayez des enfants et que vous leur parliez une ou deux fois de leur oncle Carlo qu'ils n'ont jamais vu. Quant à moi, je prends mon paquetage et je boucle les sangles, je mets mon fusil en bandoulière et je tire le rideau pour marcher vers l'inconnu comme tous les soldats. Souviens-toi de moi.

Carlo.

55

Victoire

En dépit de l'exigence sans équivoque de ses hommes que les Allemands soient forcés à se rendre et que leurs armes soient confisquées, le général Gandin joua au saint et donna son accord au colonel Barge pour que les soldats italiens soient autorisés à garder leurs armes et évacuent l'île. Or il n'y avait pas de navires pour les transporter, un détail qu'apparemment il ne trouva pas important. À Corfou, les Allemands avaient accepté avec la plus grande courtoisie d'assurer eux-mêmes le transport des soldats : pendant que ceux-ci s'approchaient en pataugeant dans le ressac ils les avaient mitraillés jusqu'au dernier et avaient abandonné les corps qui flottaient. Le colonel Lusignani, d'un courage incomparable, complètement abandonné par les Anglais, résista contre une supériorité écrasante pendant plusieurs jours. Tous ceux de ses hommes qui survécurent pour atteindre les transports allemands furent tués quand les Britanniques les bombardèrent en mer. Ceux qui réussirent à sauter à l'eau furent mitraillés par les Allemands

À Céphalonie, les Allemands avaient eu quatorze jours pour s'organiser et faire venir des renforts et des armes supplémentaires, tandis que les Italiens, désarçonnés faute de commandement, avaient agi ou non, suivant l'initiative individuelle des officiers. Certains, comme Appollonio et Corelli, avaient préparé leurs hommes à la perfection, mais d'autres, enivrés et aveuglés par la perspective de rentrer chez eux, avaient glissé dans une léthargie suicidaire et optimiste qui avait laissé les leurs dans la colère et l'affolement : ils se voyaient transportés vers des camps de travail dans des wagons à bestiaux sans lumière, sans hygiène et sans nourriture — n'était-ce pas ce qui arrivait aux Grecs depuis des mois ? — et ils prévoyaient des massacres. Certains tombèrent dans une dépression fataliste et d'autres serrèrent les dents en agrippant si fort la crosse de leur fusil que leurs jointures blanchissaient.

Les Grecs, dont Pélagia et le Dr Yannis, se regardaient hagards, le cœur torturé de mauvais présages, et les malheureuses prostituées du bordel militaire oublièrent leur maquillage : elles erraient en robe de chambre, désemparées, de pièce en pièce, telles les ombres souffrantes et égarées du monde d'en bas; elles ouvraient les volets pour regarder dehors, les refermaient et pressaient leurs mains sur leur cœur palpitant.

Quand les stukas arrivèrent au début de l'après-midi, inclinèrent les ailes, se placèrent en formation et piquèrent sur les batteries italiennes, ce fut presque un soulagement. Tout était clair à présent : il était enfin évident que les Allemands étaient perfides, que chaque soldat allait devoir se battre pour sa vie. Günter Weber sut qu'il devrait tourner les armes contre ses amis, Corelli sut que ses doigts de musicien, si bien accoutumés aux arts de la paix, devaient se serrer sur la détente d'un fusil. Le général Gandin comprit trop tard que par son indécision fondamentale et ses consultations avec des prêtres ramollis il avait condamné ses hommes à mourir; le colonel Barge comprit qu'il avait réussi à mettre ses anciens alliés dans une position désavantageuse; les prostituées comprirent que les hommes qui leur avaient volé leur bonheur allaient les laisser aux corbeaux et Pélagia comprit qu'une guerre qui en réalité s'était toujours passée ailleurs était prête à frapper sa maison et à réduire ses pierres en poussière.

Les hommes des batteries, affolés et désorientés par le cri mécanique des stukas, la grêle des rafales de mitrailleuses et les chapelets de bombes qui tombaient parmi leurs canons, arrosant les hommes de terre et d'infimes morceaux de chair de leurs camarades, se démenèrent pour retirer les caissons et éviter que leurs munitions n'explosent. Puis, avant que les commandants de batterie ne puissent se préparer à répondre, les stukas s'éloignèrent en voletant comme des moineaux et s'en prirent à une colonne qui arrivait à Argostoli au bout du terrain de sport où les soldats italiens avaient fait autrefois leur service militaire dans des parties de foot bruyantes et passionnées et où, la nuit, ceux qui étaient amoureux de filles grecques avaient eu des rendez-vous qui n'étaient guère secrets, même dans le noir.

Pour Corelli et pour Appollonio, pour Carlo et les membres de la Scala, il était évident que les Allemands essayaient de paralyser Argostoli parce que c'était là qu'il y avait la plus forte concentration de troupes italiennes : l'ennemi cherchait à protéger ses avant-postes pauvres en effectifs et dispersés dans l'île. Pour Gandin, cependant, ce n'était pas évident et il amena de plus en plus d'hommes en ville où il serait plus facile aux Allemands de les isoler et de les réduire. Lui-même répugnait à quitter ses splendides bureaux dans le beau bâtiment municipal. Il établit des postes d'observation en amateur, aux endroits les plus voyants — les flèches vénitiennes des églises — et offrit ainsi aux Allemands les plus belles occasions d'exercices d'artillerie. Il omit d'équiper ces postes de radios ou de téléphones de campagne et ils durent communiquer avec leurs propres canonniers par estafettes à moto ou par des courriers qui s'essoufflaient facilement après une guerre aussi paresseuse. Dégoulinant de sang, la peau brûlée et parsemée d'éclats de schrapnel, dans le vacarme des balles qui frappaient les cloches et ricochaient au-dessus de leur tête dans les espaces confinés, les observateurs tinrent aussi longtemps que possible en sachant que les stukas devraient s'en aller à la tombée du jour.

Cette nuit-là, Alékos, drapé dans la soie somptueuse du parachute, regarda le feu d'artifice du sommet du mont Ainos. Sur les hauteurs au-dessus d'Argostoli il vit des balles traçantes décrire des courbes gracieuses en direction des positions allemandes et il entendit le coup et le contrecoup des obus qui tombaient, un bruit qui ressemblait beaucoup à celui d'un batteur frappant doucement avec une baguette assourdie sur la peau d'une vieille grosse caisse. Il vit l'incandescence de deux rayons éblouissants de l'autre côté de la baie et tira sur la manche de son compagnon, l'homme qu'il avait pris pour un ange et qui parlait maintenant très vite dans sa radio. Bunny Warren prit ses jumelles et vit qu'une flottille de débarquement improvisée, venue de Lixouri, était prise sous les projecteurs comme un lapin imprudent sous les phares aveuglants d'une voiture. « Bravo ! » s'exclama-t-il quand les batteries italiennes ouvrirent le feu et coulèrent les péniches l'une après l'autre ; Alékos admira les beaux éclairs orange qui scintillaient comme des lucioles sur les hauteurs au-dessus de la ville. « Ces macaronis ont des couilles, finalement », dit Warren dont le grec s'était amélioré au point de devenir démotique. Il essaya encore une fois de convaincre ses supérieurs de la nécessité absolue de fournir aux Italiens assiégés un soutien aérien et maritime, et la voix efficace à l'autre bout du fil lui répondit : « Vraiment navré, mon vieux, impossible. Salut ! Terminé. »

Le Dr Yannis et sa fille étaient assis côte à côte à la table de leur cuisine, incapables de dormir ; ils se tenaient la main. Pélagia pleurait. Le docteur voulait rallumer sa pipe mais, par respect pour le désespoir de sa fille, il lui laissa sa main et répéta : « Koritsi mou, je suis sûr qu'il va bien.

– Mais nous ne l'avons pas vu depuis des jours, gémit-elle. Je sais qu'il est mort.

– S'il était mort, quelqu'un nous l'aurait dit, quelqu'un de la Scala. Ils étaient tous de braves garçons, ils auraient pensé à nous.

– Ils étaient ? répéta-t-elle. Tu crois qu'ils sont tous morts ? Tu crois qu'ils sont morts eux aussi, c'est ça ?

– Ô Seigneur », dit-il un peu agacé. On frappa à la porte et Stamatis entra avec Kokolios. Le Dr Yannis se tourna vers eux et ils se découvrirent. « Salut les gars », dit le docteur.

Stamatis se balança d'un pied sur l'autre et déclara, comme une confession : « Yatré, nous avons décidé d'aller tuer quelques Allemands.

– Ah, fit le docteur qui ne voyait pas très bien ce qu'il devait faire de cette information.

– Nous voulons savoir si nous pouvons avoir votre bénédiction.

– Ma bénédiction ? Je ne suis pas pope.

– Vous êtes celui qui s'en rapproche le plus. Qui sait où est le père Arsénios.

– Vous avez ma bénédiction, bien sûr. Que Dieu vous accompagne.

– Vélissarios a déterré son canon et il vient avec nous.

– Lui aussi a ma bénédiction.

– Merci, yatré, continua Kokolios, et nous voulons savoir... si nous sommes tués... vous vous occuperez de nos femmes ?

– Je ferai de mon mieux, c'est promis. Elles sont au courant ? »

Les deux hommes se regardèrent et Stamatis avoua : « Non, bien sûr. Elles essaieraient de nous empêcher d'y aller. Je ne pourrais pas supporter les cris et les pleurs.

– Moi non plus, ajouta Kokolios.

– Je voulais aussi vous remercier pour avoir guéri mon oreille. Je vais en avoir besoin, pour entendre les Allemands.

– Je suis heureux que ç'ait été utile, en fin de compte », dit le docteur. Les deux hommes hésitèrent comme s'ils voulaient ajouter quelque chose puis ils s'en allèrent. Le docteur dit à sa fille : « Regarde, deux vieux vont se battre pour nous. Aie courage. Tant que nous aurons des hommes comme ça, la Grèce ne sera jamais perdue. »

Pélagia tourna vers son père un visage sali par les larmes et sanglota. « Qui parle de la Grèce ? Où est Antonio ? »

Antonio Corelli marchait dans le noir à travers les ruines d'Argostoli. La jolie ville n'était plus que murs affaissés, immeubles ouverts comme des maisons de poupée, qui laissaient voir des étages entiers où il y avait encore des tableaux aux murs et des nappes colorées sur les tables. Il était entouré de monceaux de pierres. Une main sortait de l'un d'eux, les doigts ouverts et alanguis. C'était une main très sale mais petite et jeune. Il fouilla le tas de débris, de pierres qui avaient renfermé et protégé des gens de façon pittoresque depuis l'époque vénitienne, et il découvrit la tête écrasée d'une petite fille, à peu près de l'âge de Lémoni. Il regarda les lèvres pâles, le petit visage adorable, et il ne sut s'il devait étouffer de rage ou de larmes. Avec au cœur un sentiment tragique qu'il n'avait encore jamais connu, il arrangea les cheveux de l'enfant pour qu'ils tombent sur ses joues avec plus de naturel. « Pardon, koritsi mou, dit-il au cadavre, si nous n'avions pas été là, tu vivrais encore. » Il était épuisé, il avait dépassé depuis longtemps le stade de la peur et sa lassitude le rendait philosophe. Des fillettes aussi innocentes et aussi mignonnes que celle-là étaient mortes pour rien à Malte, à Londres, à Hambourg, à Varsovie. Mais il s'agissait de fillettes statistiques, d'enfants qu'il n'avait jamais vues. Il pensa à Lémoni, puis à Pélagia. La monstruosité indicible de cette guerre lui brisa soudain le cœur et il en eut le souffle coupé, en même temps qu'il comprit avec une certitude absolue que rien n'était plus nécessaire que de la gagner. Il porta ses doigts à ses lèvres et les posa sur les lèvres mortes de l'enfant étrangère.

Il y avait tant à faire. Des réfugiés provenant de villages rasés et mitraillés par les Allemands se déversaient dans la ville au moment où ses habitants, qui cherchaient à fuir dans les villages, encombraient les rues avec des charrettes à bras. Il était presque impossible de faire avancer les canons et les soldats et, pour tout arranger, des soldats de régions éloignées arrivaient sans cesse sur les ordres de Gandin ; ils constituaient des cibles faciles et aggravaient la congestion. On ne savait où les mettre, la transmission du commandement ne se faisait plus et chacun savait obscurément qu'aucun bateau ni aucun avion ne viendrait les aider. Céphalonie était une île sans aucune importance stratégique, dont il n'était pas nécessaire de sauver les enfants ni préserver pour la postérité les bâtiments anciens et menacés, son sang et sa chair n'étaient pas précieux pour ceux qui menaient une guerre depuis des hauteurs confortables et olympiennes. Pour Céphalonie il n'y avait ni Winston Churchill, ni Eisenhower, ni Badoglio, ni forces navales ou aériennes. Ne venaient du ciel que les averses grandiloquentes de la propagande allemande avec ses fausses promesses et ses mensonges ; à la radio n'arrivaient de Brindisi que des messages d'encouragement et dans la baie ravissante de Kyriaki débarquèrent deux bataillons de troupes fraîches d'alpini sous les ordres du commandant von Hirschfeld.

Le lendemain à l'aube, un Oberleutnant marmoréen et ses

hommes envahirent un camp ensommeillé consistant en une cuisine de campagne et une compagnie de muletiers. Quand tous se furent rendus, l'Oberleutnant les fit fusiller et jeta leurs corps dans une fosse. De là, il conduisit ses hommes sur les hauteurs couvertes de pins de Daphni et attendit jusqu'à huit heures; les nouvelles troupes d'alpini du commandant von Hirschfeld allaient certainement arriver de l'autre côté pour compléter l'encerclement. Encore une fois, les Italiens furent pris par surprise et durent se rendre. L'Oberleutnant les fit marcher jusqu'à Kourouklata, puis il en eut assez d'eux; il les mena donc au bord d'un ravin et fit fusiller le bataillon tout entier. Par intérêt académique, il fit dynamiter les corps et il fut impressionné du résultat. La région était célèbre pour un vin rouge sang appelé « thiniatiko ».

Débarrassé de ses prisonniers il avança sur Farsa, un joli village que les alpini avaient déjà réduit à un tas de ruines à coups de mortier et où les soldats italiens opposaient avec succès une résistance acharnée. Attaqués désormais des deux côtés, ils se battirent et tombèrent jusqu'à ce qu'il n'en reste qu'un très petit nombre qui fut traîné sur la piazza et fusillé. À Argostoli, des vagues successives de bombardiers aux ailes noires détruisirent peu à peu les batteries jusqu'à ce que tous les canons se taisent.

C'est le matin du 22 septembre que le capitaine Antonio Corelli du 33e régiment d'artillerie, sachant que le drapeau blanc allait être hissé sur le Q.G. d'Argostoli et n'ayant pas dormi depuis trois jours, monta sur sa moto et fonça vers la maison de Pélagia. C'est alors qu'il se jeta dans ses bras, posa ses yeux brûlants sur son épaule et lui dit : « Siamo perduti. Nous n'avons plus de munitions et les Anglais nous ont trahis. »

Elle le supplia de rester, de se cacher dans la maison, dans le trou du plancher avec sa mandoline et les papiers de Carlo, mais il lui prit le visage dans ses mains, l'embrassa sans les larmes qu'il était trop fatigué et trop résigné pour verser et la berça dans ses bras, en la serrant si fort qu'elle crut que ses côtes et sa colonne vertébrale allaient éclater. Il l'embrassa encore et lui dit : « Koritsi mou, c'est la dernière fois que je te vois. Il n'y a eu aucun honneur dans cette guerre, mais je dois rester avec mes hommes. » Il baissa la tête.

« Koritsi mou, je vais mourir. Rappelle-moi au souvenir de ton père. Je remercie Dieu d'avoir vécu assez longtemps pour t'aimer. »

Il s'éloigna sur sa moto, dans un nuage de poussière qui montait plus haut que sa tête. Elle le regarda partir puis rentra à l'intérieur. Elle prit Psipsina dans ses bras et s'assit à la table de la cuisine, le cœur serré dans un étau de peur glacée. Les hommes obéissent parfois à des choses qui n'ont pas de sens pour une femme, mais elle savait que Corelli devait rester avec ses hommes. L'honneur et le bon sens : les deux sont ridicules l'un pour l'autre.

Elle mit le nez dans la fourrure de la martre, derrière ses oreilles, trouva un réconfort dans la bonne odeur tiède et sourit. Elle pensait à l'époque récente et lointaine à la fois où elle avait fait croire au capitaine que c'était une variété particulière de chat hellénique. Elle continua de sourire tristement à mesure que les souvenirs tournoyaient dans sa tête comme des fantômes, reliés seulement par l'image romantique et faiblissante du capitaine. Elle écouta le silence menaçant du matin et s'aperçut qu'il était plus rassurant d'écouter les tirs de barrage et le tonnerre de la guerre.

56

Le bon nazi (2)

« Ô mon père, s'il est possible, éloignez de moi ce calice. » Combien de fois avait-il entendu son père réciter ces paroles dans la petite église de chez lui ? À chaque Pâques depuis son enfance, excepté pendant les années de guerre.

Le Leutnant Günter Weber était au garde-à-vous raide, devant le commandant, une expression déterminée sur son visage. « Herr commandant, dit-il, je dois demander que cette mission soit confiée à quelqu'un d'autre. Je ne peux pas, en toute conscience, m'en acquitter. »

Le commandant leva un sourcil incrédule mais, curieusement, n'éprouva aucune colère. En réalité, il aimait à penser qu'il aurait agi de même dans cette situation. « Pourquoi donc ? » demanda-t-il. C'était une question inutile mais qu'il fallait poser pour la forme.

« Herr commandant, il est contraire aux accords de Genève d'assassiner des prisonniers de guerre. C'est également incorrect. Je dois demander à être dispensé. » Il se rappela une autre phrase de l'histoire et ajouta : « Leur sang retombera sur nos têtes et sur nos enfants.

– Ce ne sont pas des prisonniers de guerre, ce sont des traîtres. Ils se sont retournés contre leur gouvernement légitime et contre nous, leurs alliés par traité légalement convenu. Exécuter les traîtres n'est pas contraire aux accords de Genève, comme vous le savez fort bien. Cela ne l'a jamais été.

– Sauf votre respect, insista Weber, le gouvernement italien peut être établi ou révoqué par le roi. Le roi a placé Badoglio au gouvernement et Badoglio a déclaré la guerre. Les hommes de la division Acqui sont donc des prisonniers de guerre et donc nous ne pouvons pas les exécuter.

– Pour l'amour du ciel, dit le commandant, ne pensez-vous pas que ce sont des traîtres ?

– Si, Herr commandant, mais ce que je pense et ce qui est légal sont deux choses différentes. Je crois qu'il est contraire au code militaire qu'un officier ordonne à un officier plus jeune de commettre un acte illégal. Je ne suis pas un criminel, Herr commandant, et je ne souhaite pas en devenir un. »

Le commandant soupira. « La guerre est une sale affaire, Günter, vous devriez le savoir. Nous devons tous faire des choses terribles. Par exemple, je vous aime bien et j'admire votre intégrité. Surtout en ce moment. Mais je dois vous rappeler que la sanction pour refus d'obéissance à un ordre est le peloton d'exécution. Je ne dis pas cela comme une menace mais comme un fait. Vous le savez aussi bien que moi. » Le commandant alla à la fenêtre puis se retourna d'un bloc. « Voyez-vous, ces traîtres italiens seront fusillés de toute façon, que vous le fassiez ou non. Pourquoi ajouter votre propre mort à la leur ? Ce serait nous faire perdre un bon officier. Et tout cela pour rien. »

Günter Weber avala avec difficulté et ses lèvres se mirent à trembler. Il avait du mal à parler. Il finit par dire : « Je demande que ma protestation soit inscrite dans mon dossier, Herr commandant.

– Votre requête est acceptée, Günter, mais vous devez obéir aux ordres. Heil Hitler. »

Weber salua à son tour et quitta le bureau du commandant. Dehors, il s'appuya contre le mur et alluma une cigarette, mais ses mains tremblaient tellement qu'elle lui échappa aussitôt. Dans son bureau, le commandant se raisonna : puisque, à l'origine, l'ordre venait d'en haut, c'était la responsabilité du colonel Barge, ou de quelqu'un à Berlin. En dernier ressort, bien entendu, il dépendait du Führer. « C'est la guerre », dit-il à haute voix, et il décida de ne pas inclure dans son rapport la protestation du

Leutnant Weber. Il n'y avait aucune raison pour qu'il risque sa carrière au nom de scrupules louables.

« Chantons, les gars », dit Antonio Corelli tandis que le camion dans lequel ils se trouvaient tanguait d'une ornière à l'autre. Son regard alla du visage impassible des gardes allemands à celui de ses hommes. L'un d'eux se lamentait déjà en larmoyant, d'autres priaient, la tête sur les genoux ; seul Carlo était assis bien droit, sa poitrine massive en avant comme si aucune balle au monde ne pouvait l'atteindre. Corelli éprouvait une étrange euphorie, comme s'il était ivre de fatigue et de l'excitation infaillible de la certitude. Pourquoi ne pas sourire en face de la mort ? « Chantons, les gars », répéta-t-il. « Carlo, chante. »

Carlo lui adressa un regard plein d'une infinie tristesse et se mit à chanter doucement un Ave Maria. Ce n'était ni celui de Schubert ni celui de Gounod mais un air qui venait de son âme et il était beau parce que doux et lyrique. Les hommes s'arrêtèrent de prier pour écouter. Les uns reconnaissaient les notes d'une berceuse de leur enfance, d'autres y retrouvaient des bribes de chanson d'amour. Carlo répéta deux fois : « Priez pour nous, pauvres pécheurs, maintenant et à l'heure de notre mort », puis il se tut et s'essuya les yeux avec sa manche. L'un des ténors de la Scala entonna le chœur à bouche fermée de *Madame Butterfly* et bientôt d'autres se joignirent à lui, selon ce que leur permettait leur voix entrecoupée. Il y avait un je-ne-sais-quoi d'apaisant dans le balancement de cette mélodie qui arrivait à point nommé : c'était celle qui convenait à ces hommes épuisés, tous crasseux et en loques, tous aux portes de la mort, trop écrasés par le malheur pour pouvoir même regarder le visage aimé des camarades qu'ils allaient bientôt perdre. C'était simple de chanter bouche fermée en pensant à sa mère, à son village, à son enfance dans les vignes et les champs, à l'étreinte de son père, au premier baiser d'une fiancée adorée, au mariage d'une sœur. C'était simple de dodeliner presque imperceptiblement sur cet air en contemplant l'île, le lieu de tant de nuits de beuverie, de chahuts et de jolies filles. C'était plus facile de chanter que de s'appesantir sur la mort : ça donnait au cœur quelque chose à faire.

Quand le camion atteignit les murs roses du bordel, Günter Weber sentit ses genoux se dérober. On aurait dit qu'il savait que le destin l'avait convoqué à la mort de ses amis.

Il ne s'attendait pas à les voir arriver en chantant ou fredonnant l'air qu'il avait chanté avec la Scala tard dans la nuit chez le docteur, quand ils étaient trop partis pour se rappeler ou articuler les paroles de quoi que ce fût d'autre. Il ne s'attendait pas à ce qu'ils sautent si légèrement du camion, il pensait qu'on les pousserait, qu'on les bousculerait à coup de baïonnette et de crosse. Il ne s'attendait pas à ce qu'Antonio Corelli le reconnaisse et lui fasse signe. Il croyait sans doute que le visage d'un homme change quand il devient bourreau. Il désigna un sergent pour aligner ses amis contre le mur, il alluma une autre cigarette et se détourna. Il regarda ses soldats qui tournaient en rond, silencieux, et décida d'attendre, au cas où il recevrait l'ordre de surseoir à l'exécution. Il savait qu'il ne viendrait jamais, mais il attendit quand même.

Il se retourna finalement, sachant qu'il fallait sauver un minimum de décence, et s'approcha des Italiens. Plus de la moitié priait, à genoux dans la poussière, et d'autres pleuraient comme des enfants devant un mort. Antonio Corelli et Carlo Guercio se tenaient embrassés. Weber sortit son paquet de cigarettes et s'approcha d'eux. « Cigarette ? » leur demanda-t-il et Corelli en prit une. Carlo refusa. « Le docteur m'a dit que c'était mauvais pour ma santé. »

Corelli considéra son ancien protégé et dit : « Tu as les mains qui tremblent, et tes jambes aussi.

– Antonio, pardonne-moi, j'ai essayé…

– J'en suis sûr, Günter. Je sais ce que c'est. » Il s'emplit les poumons de fumée et ajouta : « Vous avez toujours eu le meilleur tabac, chez vous. Ça agaçait le docteur.

– *Cosi fan tutte* », dit Weber avec un rire bref et creux. Il toussa et porta nerveusement la main à sa bouche.

« Ne nous passe pas ton rhume », dit Carlo.

Le visage de Weber tremblait de désespoir et de l'effort de retenir ses larmes. Il finit par dire brusquement : « Pardonnez-moi. »

Carlo ricana : « Tu ne seras jamais pardonné. » Mais Corelli leva la main pour faire taire son ami et dit calmement : « Günter, je te pardonne. Si je ne le fais pas, qui le fera ? »

Carlo fit un grognement de dégoût et Weber tendit la main. « Au revoir, Günter », dit Corelli en la prenant. Il laissa un instant sa main dans celle de son ancien ami, la serra une dernière fois et la lâcha. Il prit Carlo par le bras et lui sourit. « Viens, dit-il, nous avons été compagnons dans la vie, allons ensemble au paradis. »

C'était un beau jour pour mourir. Quelques nuages en flocons moelleux planaient au sommet du mont Ainos. Une clochette de chèvre tinta à proximité et un troupeau bêla. Corelli s'aperçut que ses jambes tremblaient aussi et qu'il ne pouvait rien pour les en empêcher. Il pensa à Pélagia, à ses yeux noirs, à sa véhémence, à ses cheveux noirs. Il la revit encadrée par la porte de Casa Nostra, riant pendant qu'il la photographiait. Une succession d'images : Pélagia peignant Psipsina et lui parlant de la voix aiguë que l'on prend avec les animaux ; Pélagia émincant des oignons et essuyant ses larmes en souriant ; Pélagia le frappant quand on lui avait volé sa chèvre (il se rendit compte qu'il ne l'avait jamais remplacée comme il le lui avait promis — il devrait peut-être demander un sursis d'exécution ?); Pélagia ravie, la première fois qu'il lui avait joué la « Marche de Pélagia » ; Pélagia embrassant Günter Weber sur la joue quand il lui avait proposé son phono ; Pélagia et sa couverture au crochet qui rétrécissait de jour en jour ; Pélagia embarrassée par l'asymétrie de sa broderie sur le gilet ; Pélagia lui hurlant aux oreilles quand les freins de la moto avaient lâché et qu'ils avaient descendu une montagne à tombeau ouvert ; Pélagia et son père revenant de la mer bras dessus bras dessous. Pélagia autrefois si mutine et si potelée, maintenant si pâle et si maigre.

Le sergent s'approcha du Leutnant. C'était un Croate, l'un de ces sauvages fanatiques, plus national-socialistes que Goebbels lui-même, et nettement moins pourvu de charme. Weber n'avait jamais compris comment un tel homme avait pu réussir à entrer dans les grenadiers. Il lui dit : « Herr Leutnant, il va en arriver d'autres. Nous ne pouvons pas attendre.

– Très bien », dit Weber et il ferma les yeux pour prier. C'était une prière sans paroles, adressée à un Dieu apathique.

Il n'y eut dans ce carnage aucune des formes rituelles que les films et les tableaux peuvent suggérer en pareille occasion. Les victimes ne furent pas alignées contre le mur. On ne leur banda pas les yeux, on ne les fit se mettre ni de face ni de dos. Beaucoup furent laissés à genoux, priant, pleurant ou suppliant. Certains étaient couchés dans l'herbe comme s'ils étaient déjà tombés et ils l'arrachaient, ils creusaient, désespérés. Certains jouaient des coudes pour se placer au fond du groupe. Certains fumaient, aussi désinvoltes que dans une soirée, et Carlo était au garde-à-vous à côté de Corelli, heureux de mourir enfin et décidé de tout son cœur à mourir en soldat. Corelli mit la main dans la poche de son pantalon pour calmer le tremblement de sa jambe, déboutonna sa vareuse et respira profondément l'air de Céphalonie qui contenait l'haleine de Pélagia. Il huma l'eucalyptus, les crottes de chèvre et la mer. Il lui vint soudain à l'idée qu'il était assez picaresque de mourir devant un bordel.

Les soldats allemands entendirent l'ordre de faire feu et ils tirèrent sans y croire. Ceux qui avaient les yeux ouverts visèrent à côté ou au-dessus ou alors firent en sorte de ne pas entraîner la mort. Leurs fusils sautèrent et cliquetèrent dans leurs mains, et leurs bras s'engourdirent, pris de crampes sous l'effet de la panique et de la vibration. Le sergent croate visa pour tuer, il tira des coups brefs et précis, aussi appliqué qu'un menuisier, ou un boucher qui désosse.

Weber fut pris de vertige. Ses anciens amis tournoyaient et dansaient en hurlant sous la pluie horizontale. Ils tombèrent à genoux, les mains affolées, les narines envahies par la puanteur de la cordite, du tissu et de l'huile brûlés, la bouche pleine du goût sec et poussiéreux du sang. Certains se relevèrent, les bras ouverts comme des christs, découvrant leur poitrine dans l'espoir que la mort soit plus prompte, la route plus courte à travers la douleur, que leur perte soit consommée. Ce que personne n'avait vu, pas même Weber, c'est qu'à l'ordre de faire feu, Carlo avait fait vivement un pas de côté tel un soldat qui se met en rang. Antonio Corelli, dans un brouillard de nostalgie et d'oubli, se retrouva derrière la masse titanesque de Carlo Guercio, les poignets emprisonnés douloureusement dans ses poings puissants, et incapable de bouger. Il regarda avec étonnement le milieu de son dos et vit des trous horribles se déchirer de son corps en explosant et libérer des lambeaux de chair, des gouttes de sang écarlate.

Carlo resta debout tandis que les balles creusaient l'une après l'autre dans les muscles de sa poitrine comme des couteaux parasites chauffés à blanc. Il sentait des coups de hache fendre ses os et entailler ses veines. Il était parfaitement immobile et quand ses poumons s'emplirent de sang il retint sa respiration et compta : « Uno, due, tre, quattro, cinque, sei, sette, otto, nove… » Il décida, dans l'arbitraire de son courage, de tenir jusqu'à trente. À chaque chiffre pair il pensait à Francisco mourant en Albanie et à chaque chiffre impair il resserrait son étreinte sur Corelli. Il arriva à trente à l'instant précis où il croyait qu'il allait tomber, il regarda vers le ciel, sentit une balle lui fracasser la mâchoire et se força à tomber en arrière. Corelli fut sous lui, paralysé par son poids, trempé de son sang, stupéfié par un acte d'amour si incompréhensible et ineffable, si plein de folie divine qu'il n'entendit pas la voix du sergent.

« Italiens, tout est fini. Si certains d'entre vous sont encore vivants, relevez-vous et vous serez épargnés. »

Il ne vit pas les deux ou trois qui se levèrent, les mains cramponnées sur leurs blessures ; l'un avait eu les parties arrachées. Il ne les vit pas tituber mais il entendit de nouveau cliqueter l'arme automatique lorsque le sergent les faucha. Puis il entendit les coups isolés de la main tremblante de Weber qui passait parmi les corps, ivre d'horreur, et s'assurait de leur mort par un prétendu coup de grâce. Il vit près de sa tête la botte de Weber, et il vit Weber se pencher et regarder dans les yeux celui qui était emprisonné sous ce poids et cette masse. Il vit le canon vacillant du luger s'approcher de son visage, il vit l'insondable chagrin dans les yeux bruns de Weber puis il vit l'arme reculer sans avoir tiré. Il essaya de respirer plus librement et s'aperçut que s'il avait du mal à le faire ce n'était pas seulement à cause du poids de Carlo mais parce que les balles qui avaient traversé son ami avec tant de force de destruction l'avaient frappé lui aussi.

57
Le feu

Corelli resta sous son ami pendant des heures, leur sang mélangé sur le sol, sur leur uniforme et dans leur chair. Ce n'est que le soir que Vélissarios trouva l'amas confus de restes tragiques et reconnut l'homme aussi fort que lui qui lui avait un jour tendu la main à travers la barrière de l'hostilité et lui avait offert une cigarette. Il regarda dans les yeux vides et fixes, tressaillit à la vue de la mâchoire fracassée et disloquée, tendit la main et voulut lui fermer les paupières. Il n'y parvint pas et trouva indécent de laisser un tel frère aux mouches et aux oiseaux. Il s'agenouilla pour passer les bras sous le torse massif et les jambes comme des troncs d'arbres. D'une traction puissante il souleva Carlo de terre, faillit tomber sous l'effort et regarda à ses pieds. Il vit le capitaine fou qui habitait chez le docteur, celui dont l'amour secret et soigneusement caché pour Pélagia était connu et commenté par tous les habitants de l'île. Ses yeux n'étaient pas vides et ils cillèrent. Ses lèvres remuèrent : « Aiutami », dirent-elles.

Vélissarios appuya Carlo contre le mur rose et criblé de balles et retourna s'agenouiller près du capitaine. Il regarda les blessures hideuses, la mare de sang qui noircissait déjà, et se demanda s'il ne serait pas généreux de le tuer. « Yatro, dit le mourant, Pélagia. » Le géant le souleva avec précaution, soupesa son poids léger et s'en alla à travers les champs pierreux pour lui sauver la vie.

Personne ne connaît le nombre exact d'Italiens laissés morts sur la terre de Céphalonie. Au moins quatre mille ont été massacrés, peut-être neuf mille. Étaient-ce 288 000 kilos de viande de boucherie humaine ? Étaient-ce 18 752 litres de beau sang jeune ou 42 192 ? Les preuves ont été détruites par les flammes.

Au sommet du mont Ainos, Alékos considéra sa terre natale et se demanda pendant un instant de folie si c'était le 24 juin. La Saint-Jean serait-elle en septembre ? L'avait-on déplacée ? D'énormes feux s'élevaient à intervalle régulier, dans des endroits où on n'en allumait jamais pour le saint. Il sentait le bois d'olivier et de pin, le kérosène, les broussailles sèches, la résine, l'huile, la chair carbonisée : il renifla avec dégoût. Les Italiens ne savaient pas cuire la viande. Même à cette altitude énorme, il sentit l'odeur immonde des cheveux et des os brûlés, et vit avec épouvante la fumée noire voiler les étoiles. C'était sans doute la fin du monde.

Dans les vallées, les Allemands rivalisaient avec la vérité historique, ils détruisaient les preuves et montraient en transformant la chair en fumée qu'ils connaissaient amplement leur culpabilité. Les chargements de combustible se succédaient. Des soldats abattaient des oliviers vieux de mille ans et les entassaient autour d'amas de corps accumulés, si haut qu'il était impossible d'en ajouter davantage. Ils montraient avec mépris tel ou tel mort en disant : « Celui-là s'est pissé dessus » ou « celui-là pue la merde », mais peu arrivaient à rire. Ils retrouvaient sur leurs mains et sur leur uniforme des excréments et du sang, une odeur douceâtre et collante de viande fraîche leur montait à la tête comme de l'alcool et la sueur coulait sur leurs tempes tandis qu'ils jetaient les morts l'un après l'autre sur leurs épaules avant de les faire tomber sur les bûchers. Ils travaillèrent jusqu'à ce que leurs jambes faiblissent et que les flammes deviennent trop fortes pour s'approcher, mais la besogne semblait sans fin. De nouveaux cadavres arrivaient, comme raidis par le reproche, tels des vampires dans l'obscurité papillotante. Ils arrivaient par camions, par Jeeps, jetés sur des blindés et des mules, rarement sur des civières.

Il n'y avait pas d'autre prêtre qu'Arsénios. Il prophétisait depuis des mois que ces mêmes hommes finiraient dans les flammes et il fut frappé d'horreur quand cela arriva. En fait, il se sentait responsable. Ce soir-là, alors que tous les Grecs étaient cachés chez eux derrière leurs volets et épiaient la nuit, le père Arsénios arriva avec son petit chien au brasier de Troianata, le plus grand de tous, pas loin du monastère du saint, et il vit une scène d'Apocalypse. Il passa comme s'il était invisible parmi les visages blêmes des morts et pensa aux descriptions catholiques de la fin du monde. Tout autour de lui les silhouettes sombres et agitées des soldats allemands peinaient et grognaient comme des porcs en lançant un à un les cadavres dans les flammes. Il entendit non loin de lui un cri étranglé et déchirant : un garçon qui n'était pas tout à fait mort se débattait et luttait dans l'horrible supplice de sa crémation.

Le père Arsénios sentit l'esprit l'habiter, il ouvrit les bras et hurla, cherchant à couvrir de sa voix les cris des soldats et le crépitement des flammes. Brandissant son bâton de bois d'olivier il renversa la tête en arrière. « J'ai considéré les jours d'autrefois, les années des temps anciens. J'ai souvenance de mon chant dans la nuit. Je communie avec mon cœur.

« Le Seigneur nous rejettera-t-il toujours ? Ne sera-t-il plus jamais favorable ? Sa miséricorde a-t-elle disparu ? Sa promesse est-elle trahie à jamais ? Dieu a-t-il oublié d'être clément ? A-t-il dans sa colère fait taire ses grâces bienveillantes ?

« Malheur à toi qui détruis alors que tu n'as pas été détruit ! Malheur à toi qui répands la trahison sans avoir subi la trahison ! Quand tu auras cessé de détruire, alors tu seras détruit !

« Malheur à toi, car l'indignation de Dieu est sur toutes les nations et sa fureur sur leurs armées : il les a anéanties il les a livrées au massacre ! Les morts aussi seront chassés, la puanteur sortira de leur carcasse et les montagnes se fondront avec leur sang !

« Malheur à toi, car les cours d'eau de la terre se transformeront en poix et la poussière en soufre, et la terre deviendra poix brûlante ! Elle ne s'éteindra ni la nuit ni le jour, sa fumée s'élèvera pour l'éternité : de génération en génération ce sera un désert et nul ne le traversera ! »

Sans se rendre compte que personne ne l'avait entendu, enflammé par une rage apocalyptique, le père Arsénios prit son bâton à deux mains, rugit : « Je découvrirai ta nudité, oui, ta honte apparaîtra. Je me vengerai, et je ne t'approcherai pas comme un homme. Tu as sali mon héritage. » Et il se lança dans la bataille. Balançant son bâton, il s'attaqua aux épaules et à la tête des soldats allemands. Un casque retentit, des épaules fatiguées sursautèrent sous des coups décidés, des mains se levèrent pour protéger une tête mais les doigts étaient écrasés. Les hommes qui avaient massacré avec efficacité des milliers d'autres ne savaient que faire. On entendit crier : « Merde, pour l'amour du ciel, arrêtez-le ! », et parmi les spectateurs qui avaient cessé de regarder avec soulagement, on fit des commentaires tels que : « Regarde ce prêtre fou ! » Ils se donnaient des coups de coude et riaient, ravis de la déconfiture des malheureux. Dans la lueur orange, Arsénios avait l'air d'une chauve-souris cadavéreuse, sa vaste tunique noire voletait et sa barbe de prophète, ses yeux qui lançaient des éclairs, son vieux chapeau aplati ne faisaient qu'accentuer l'impression d'une folie filtrant d'un autre monde. Son petit chien dansait et sautillait autour de lui, aboyant d'une excitation éperdue et mordant les mollets de ses victimes choisies.

La scène ne s'acheva que lorsqu'un soldat fut à terre risquant de se faire fracturer le crâne et briser les mains. Un officier des grenadiers tira son automatique, s'approcha d'Arsénios par-derrière et lui tira un seul coup dans la nuque de haut en bas : la cervelle explosa et les os du crâne jaillirent par-devant. Arsénios mourut dans un éclair resplendissant de lumière blanche qu'il prit pour la révélation du visage de Dieu et ses restes émaciés et squelettiques furent lancés sur le bûcher parmi les jeunes hommes dont il avait prévu le destin, mais dont il ne savait pas qu'il le partagerait.

Son chien gémit, effrayé par les flammes et par ces hommes étranges, il essaya d'approcher son maître qui brûlait mais dut chaque fois s'écarter. Il exprima son incompréhension en soulevant une patte, puis l'autre ; il resta sur place jusqu'à ce que les soldats s'en aillent et les Grecs qui arrivèrent, pris de nausée, le trouvèrent roussi et en train de hurler.

Des hommes, des femmes et les quelques soldats italiens qui avaient réchappé s'approchèrent des feux aussi près que la chaleur le leur permettait. Sans se consulter, ils se mirent à tirer les corps qu'ils pouvaient atteindre au bord selon les possibilités que leur laissait le vent changeant. Beaucoup restaient encore, dans des postures de jouets brisés, dans des endroits que les flammes n'avaient pas atteints. Tous ces gens qui s'échinaient se posaient les mêmes questions : C'est comme ça que ça sera quand les Allemands commanderont ? Combien pouvaient-ils être, tous ces garçons ? Combien est-ce que j'en connaissais ? Je peux imaginer l'horreur de leur agonie ? ce que c'est que mourir en se vidant lentement de son sang ? Quand une balle brise l'os, ça ressemble au coup de pied d'un cheval, comme on le dit ?

Tous avaient les mains qui tremblaient et les yeux pleins de larmes. Ils parlaient aussi peu que possible parce que c'était difficile de parler quand on étouffait, soit à cause de la fumée ignoble de la chair grésillante, soit de chagrin douloureux. À deux ou à trois ils transportèrent les corps dans des grottes et des crevasses, dans des tombes creusées à la hâte mais profondes, dans des trous où l'on cachait autrefois ses biens et son argent au collecteur d'impôts et à l'octroi. Des groupes se rendirent là où il y avait eu des combats et ramassèrent ceux que les nazis n'avaient pas trouvés. On prononça hâtivement des prières orthodoxes pour des âmes catholiques et l'on remarqua qu'aucun des corps ne portait de bague ni d'argent. Les morts avaient été pillés, leurs doigts étaient coupés, leurs dents en or arrachées et ils n'avaient plus leur chaîne d'argent avec un crucifix.

À l'aube, un nuage noir et visqueux planait sur l'île et masquait le soleil et les habitants rentrèrent s'enfermer chez eux jusqu'au soir. La fumée du général Gandin s'était mélangée à celle de ses hommes dans le ciel de Céphalonie. Il mourut parmi les premiers, vieux soldat honorable et chevaleresque de la vieille école, qui faisait confiance à ses ennemis et avait essayé de sauver ses hommes. Il mourut la tête haute et sans broncher, sachant qu'en changeant souvent d'avis et en voulant toujours attendre il les avait tués aussi sûrement que les rafales qui éclaboussaient à présent les pierres de son sang. Bientôt ses derniers officiers allaient être pris à la garnison mussolinienne d'Argostoli et eux aussi crépiteraient et se recroquevilleraient dans les flammes.

Ce soir-là les Grecs sortirent de nouveau et tirèrent des corps des trous d'eau et des puisards, en remarquant une fois encore qu'aucun n'avait ni montre, ni stylo, ni une seule pièce. Ils trouvèrent des photos de jeunes filles rieuses, des lettres d'amour, des photos de groupe de familles souriantes. Ils découvrirent que beaucoup de soldats, devant l'imminence de leur disparition mais résolus à parler, d'outre-tombe, avait griffonné des adresses au dos de cartes postales ou de photos dans l'espoir bouleversant qu'il pourrait y avoir quelqu'un pour écrire une lettre, quelqu'un pour annoncer la nouvelle. Sur beaucoup de lettres l'encre avait déteint, comme si de grosses gouttes de pluie avaient surpris le lecteur en plein air.

Ils ne savaient pas que les Allemands avaient vite tiré la leçon de la veille et économisaient désormais leurs efforts physiques en obligeant les officiers à transporter leurs morts sur les camions et en ne les fusillant qu'après que le travail eut été fait. Ils ne savaient pas qu'il existait un Leutnant Weber qui n'était pas le seul nazi rendu fou et brisé par ces atrocités imposées. Mais ils revirent les mêmes feux, hochèrent la tête devant le même mélange de puanteur ignoble qui imprégnait leurs maisons et leurs vêtements et, une fois encore, ils firent de leur mieux pour protéger les morts, dans une nuit rendue sépulcrale par les ombres vagues et dansantes des arbres et des hommes que projetaient les hautes flammes orange des bûchers.

Le lendemain, la rumeur courut que saint Yérassimos avait erré dans l'obscurité et était retourné à sa châsse : les nonnes eurent l'à-propos de le trouver le matin avec des traces de larmes sur le cuir noir de ses joues ratatinées et du sang écarlate sur la dorure et le satin de ses souliers.

58

Chirurgie et obsèques

Quand la porte s'ouvrit brutalement juste au moment où la nuit tombait, Pélagia pensa d'abord que c'étaient les Allemands. Elle savait que tous les Italiens étaient morts.

Comme tout le monde, elle avait d'abord entendu les bruits de la bataille — le jacassement mécanique des mitrailleuses, les coups de fusil, le bruit d'explosion sèche des automatiques, le son de cymbale étouffé des obus — et elle avait entendu ensuite le crépitement sans fin des pelotons d'exécution. Elle avait vu à travers les volets la procession des camions chargés soit de grenadiers triomphants soit de cadavres bringuebalants d'Italiens, du sang à la commissure des lèvres et les yeux fixés sur l'infini. Le soir, elle était sortie avec son père dont les joues tremblaient, pleurant de rage et de pitié, et ils étaient allés à la recherche de survivants à sauver parmi les corps éparpillés et abandonnés auprès des bûchers monstrueux.

Elle était restée muette, non pas de peur ni de chagrin, mais parce qu'elle se sentait vide.

Ainsi sa vie était déjà finie. Elle savait que des femmes jeunes et jolies étaient emportées par les Allemands, puisque les pensionnaires de leurs bordels n'étaient pas des volontaires. Elle savait que ceux-ci étaient pleins de filles terrorisées et torturées venues de partout depuis la Pologne à la Slovénie et que les nazis les fusillaient aux premiers signes de résistance ou de maladie. Elle était restée à sa table, la tête bourrée de souvenirs, et regardait de temps en temps autour d'elle pour s'emplir une dernière fois des détails terre à terre d'une vie : les nœuds sur la patte de la table, les casseroles bosselées qu'elle avait usées à force de les récurer, la décoloration inexplicable d'une dalle du sol, la photo interdite de Métaxas que son père avait mise au mur, lui qui était un vénizéliste acharné. Elle avait sa main dans la poche de son tablier; quand les Allemands arriveraient, elle en tuerait un, ils seraient bien obligés de la tuer en échange. Le petit derringer paraissait insuffisant pour cette tâche, mais, au moins, son père avait un pistolet italien et cinquante cartouches que quelqu'un, sans doute un membre de la Scala, avait laissés à leur porte en triste héritage.

Elle sursauta quand la porte s'ouvrit, mais la scène lui parut aussi inévitable que dans un livre souvent relu. Elle se leva vivement, la main serrée sur l'arme, le visage livide, et elle vit Vélissarios, haletant comme un chien, le bas du corps ruisselant de sang, les yeux brillants de la force surnaturelle qui lui avait été donnée à la naissance. « J'ai couru », dit-il et il s'avança sur la table où il déposa son fardeau pathétique qui était aussi flasque, détendu et paisible que n'importe quel autre parmi les milliers de morts qu'elle avait vus les nuits précédentes. « Qui est-ce ? interrogea Pélagia qui se demandait pourquoi le colosse s'était intéressé à l'un d'eux.

– Il est vivant, dit Vélissarios. C'est le capitaine fou. »

Elle se pencha aussitôt sur lui, l'horreur et l'espoir se battaient violemment dans son cœur. Elle ne le reconnut pas. Il y avait trop de sang, trop de petits débris et de lambeaux de chair, trop de trous dans la tunique sur sa poitrine qui saignait encore. Son visage et ses cheveux brillaient de sang qui coagulait. Elle voulut le toucher mais elle retira sa main. Où toucher un homme dans cet état ? Elle voulut le prendre dans ses bras, mais comment faire avec un homme aussi détruit ?

Le cadavre ouvrit les yeux et la bouche sourit. « Kaliméra, koritsi mou », dit-il. Elle reconnut sa voix. « C'est le soir », dit-elle sottement, faute de trouver quelque chose de profond à dire.

« Alors, kalispéra », murmura-t-il et il ferma les yeux.

Pélagia regarda Vélissarios, les yeux agrandis par le désespoir, et lui dit : « Vélissarios, tu n'as jamais accompli de plus grand prodige. Je vais chercher mon père. Reste avec lui. »

C'était la première fois qu'une femme entrait dans le kaphénio. Il n'était plus ce qu'il avait été mais il restait un lieu sacré pour les hommes et quand elle y fit irruption et ouvrit la porte de l'immense placard où ils écoutaient tous la B.B.C. (toute la division Venezia de l'armée italienne avait rejoint les partisans de Tito), l'atmosphère de désapprobation et de scandale fut à couper au couteau. Un nuage de fumée de cigarettes sortit de l'intérieur où se trouvaient son père et quatre hommes, debout dans cet espace confiné, qui la regardaient avec une expression choquée proche de la haine. Kokolios rugit contre elle mais elle prit la main de son père et l'entraîna dehors malgré ses protestations.

Le docteur regarda le corps et sut qu'il n'avait jamais rien vu de pire. Il y avait assez de sang pour emplir les artères d'un cheval, assez de morceaux de chair pour nourrir les corbeaux pendant des mois. Pour la première fois dans sa carrière médicale il se sentait vaincu et inutile et il resta bras ballants. « Ce serait plus charitable de le tuer », dit-il et avant que Vélissarios n'ait pu dire « C'est bien ce que j'ai pensé », Pélagia frappait des deux poings la poitrine de son père, lui donnait des coups de pied dans les tibias, outrée et exaspérée. Vélissarios s'avança, lui passa un bras autour de la taille et la hissa pour la mettre là où il portait d'habitude son canon, au creux de sa hanche ; elle tambourina sur ses cuisses en hurlant.

C'est ainsi que de l'eau commença à bouillir et que les lambeaux de l'uniforme du capitaine furent doucement détachés. Pélagia déchira frénétiquement non seulement ses propres draps mais aussi ceux de son père. Puis elle alla chercher tous les alcools que son père avait cachés et même, pour faire bonne mesure, sa chère réserve de vin de l'île.

Le Dr Yannis se plaignait tout en nettoyant le sang. « Qu'est-ce que je dois faire ? Je ne suis pas qualifié. Je ne suis pas un vrai chirurgien. Je n'ai pas de blouse, pas de toque, pas de gants, pas de cette pénicilline dont j'ai entendu parler. Pas de rayons X, pas d'eau stérile, pas de sérum, pas de plasma, pas de sang.

– Tais-toi, tais-toi, tais-toi », criait Pélagia dont le cœur s'affolait sous l'effet de la panique et de la détermination. « Je t'ai vu réparer une fracture avec un clou de dix centimètres. Tais-toi donc et fais-le.

– Seigneur Jésus », dit le docteur intimidé.

Comme il ignorait que la plupart du sang et de la chair appartenait au large dos de Carlo Guercio, le docteur pensa que c'était peut-être un miracle du saint si Antonio Corelli était finalement si peu atteint. Quand il fut nettoyé et qu'un tas de chiffons sanglants ramassés par terre fut mis à bouillir, il apparut que la victime avait six balles dans la poitrine, une dans l'abdomen, une, superficielle, dans le bras droit et une blessure vilaine mais insignifiante sur la joue.

La situation n'en était pas moins désespérée. Le docteur en connaissait trop pour être optimiste et pas assez pour se débarrasser de son pessimisme. Il devait y avoir des restes d'uniforme dans ces trous, des poches d'air entraînées à l'intérieur par les balles. Il devait y avoir des éclats de côtes qu'il ne pourrait pas localiser, l'ostéomyélite s'installerait, causée par des myriades de microbes qui répandraient leur poison de la moelle aux veines et entraîneraient la mort par septicémie. Le docteur savait que les balles pouvaient être logées à des endroits où elles provoqueraient un torrent de sang si on y touchait, mais que si on n'y touchait pas, ce serait l'infection impossible à enrayer. Il y avait peut-être déjà un hémothorax, du sang entre la cage thoracique et le poumon. Il pourrait y avoir avant peu une gangrène gazeuse. Des séquestres à retirer dont il ne pourrait pas déterminer l'emplacement. Le docteur ouvrit une des bouteilles de raki, en avala une bonne gorgée et la passa à Vélissarios qui fit de même, par solidarité. Il resta là, fasciné par tout ce qui se passait.

Le Dr Yannis reprit ses esprits et comprit que les conclusions hâtives ne servaient à rien. Un chirurgien explore d'abord et réfléchit ensuite. Le goût d'anis dans la bouche et la dose d'alcool lui chauffant agréablement l'estomac, il prit une sonde et l'introduisit doucement dans chaque blessure jusqu'à ce qu'il sente qu'elle atteignait la balle. Il fut surpris que les trous soient si larges et soient tous entourés d'un cercle jaune. Pourquoi ?

Il se redressa, interdit. Les trous n'étaient même pas profonds. Il comprit soudain qu'en réalité les balles auraient dû traverser et laisser dans le dos de la victime des cratères crachant le sang. « Ma fille, dit-il, je jure par tous les saints que la chair de cet homme est en acier. Je crois qu'il vivra. » Il prit son stéthoscope et écouta. Le cœur était faible mais régulier. « Antonio », appela-t-il, et Corelli ouvrit les yeux. Il tenta de sourire. « Antonio, je vais t'opérer. Je n'ai pas beaucoup de morphine. Tu peux boire ? Ça te fluidifiera le sang, mais on n'y peut rien.

– Pélagia », dit Corelli. Vélissarios soutint la tête du capitaine et Pélagia lui versa une tasse de raki dans la gorge pendant que le docteur préparait trois quarts de gramme de morphine. Il allait lui injecter la même quantité toutes les demi-heures si nécessaire et le capitaine avalerait du raki toutes les demi-heures si c'était nécessaire aussi. « Je veux un maximum de lumière », dit le docteur, et Pélagia retira toutes les lampes de toutes les pièces tandis que Vélissarios les allumaient dans la cuisine. Il faisait noir dehors et les hiboux ululaient dans le crissement métallique des grillons, parmi tous les bruits naturels d'une paix trompeuse. Psipsina entra avec sa première souris de la nuit entre les dents et Pélagia la chassa.

Le docteur injecta dans un bras de la morphine et dans l'autre, pour faire bonne mesure et sans autre raison que l'intuition, il injecta dix centicubes de solution de sucre et de sel que Pélagia avait mélangée dans un pichet. Elle n'aimait pas voir le corps de l'homme qu'elle aimait piqué et sondé, mais elle savait que bientôt elle le verrait tailladé et ouvert. En regardant le corps pâle, transpercé et ensanglanté, aussi démuni qu'un ver, elle sut que ce n'était pas précisément un corps que l'on aimait. On aimait l'homme qui brillait à travers ses yeux et qui utilisait sa bouche pour sourire et parler. Elle prit les doigts de musicien dans ses mains et observa les ongles soigneusement taillés. Au moins, les cuticules étaient roses. Elle n'adorait pas les mains mais l'homme qui les faisait courir sur les cases. Combien de fois les avait-elle imaginées sur ses seins ? Le docteur remarqua sa rêverie et dit : « Ne reste pas là à ne rien faire. Occupe-toi des blessures de son visage et de son bras. Nettoie-les, enlève les restes, désinfecte-les et recouds-les. Tu veux devenir médecin, oui ou non ? Et il nous faudra davantage d'eau bouillante, une quantité. Et lave-toi les mains, surtout sous les ongles. »

Elle se leva et cligna des yeux, les bras ballants. « Tu es sûr qu'il est inconscient ? Je ne veux pas lui faire de mal.

– Je vais lui faire beaucoup plus de mal que toi. » Il gifla Corelli et cria : « Antonio, ta mère est une pute ! » Il n'y eut aucune réaction et le docteur dit : « Il est dans les pommes.

– Sa mère est morte, dit Pélagia avec reproche. Ne bois plus de raki si ça te fait parler comme ça. »

Un blindé allemand passa en grondant et tous les trois s'immobilisèrent jusqu'à ce qu'il se soit éloigné. « Les salauds », dit Vélissarios.

Pélagia découvrit pendant cette heure-là toute l'énormité de ce qu'elle avait demandé à son père de faire. Ses mains tremblaient et elle pouvait à peine toucher ces blessures. D'abord elle entreprit de les tamponner, horrifiée quand elle regardait son père tailler carrément de grands trous autour des plaies. « Ça s'appelle débrider, lui dit-il, et je n'aime pas ça non plus, mais ça marche, alors ne regarde pas si ça ne te plaît pas. J'enlève toute la chair abîmée. Tu devrais faire pareil. » Pélagia réprima une envie de vomir et Vélissarios recula pour aller s'asseoir par terre, le dos contre la porte, pour les regarder travailler mais s'épargner les détails.

Le docteur commença par la balle dans l'abdomen parce qu'il avait besoin de faire un geste relativement anodin pour reprendre confiance en lui. Il la trouva non loin de la surface de la peau, la retira avec son forceps et s'étonna de la voir aplatie et déformée. « C'est un miracle », dit-il en la montrant à Pélagia qui détachait un morceau déchiqueté avec une pince plate. « Comment expliques-tu ça ?

– Il était derrière le gros, celui qui est aussi fort que moi, expliqua Vélissarios. Le gros le tenait par-derrière, comme ça. » Il se leva et mit les mains derrière le dos pour montrer comment on pouvait agripper quelqu'un par les poignets. « Quand je l'ai soulevé, il tenait encore le capitaine fou. Je l'avais trouvé bien lourd. Je crois qu'il a essayé de sauver cet homme.

– Carlo », s'écria Pélagia en fondant en larmes. Son père voulut la consoler mais il se rendit compte qu'il ne ferait que lui mettre du sang sur la tête. Carlo était le premier de la Scala dont la mort leur était confirmée. « Aucun homme mort ainsi n'est mort pour rien », dit le docteur en s'étranglant avec ses mots. Il refoula ses larmes et, pour faire diversion, il examina un bout de tissu brûlé qu'il venait de retirer de la blessure. Pélagia s'essuya les yeux sur la manche de sa robe et dit : « Antonio disait toujours que Carlo était le plus courageux de toute l'armée.

– Tout ça pour rien », commenta le docteur en se contredisant sans le vouloir. « Vélissarios, le corps de l'homme est encore là-bas ? Nous voudrions l'enterrer pour ne pas le voir brûler.

– C'est après l'heure du couvre-feu, yatré, dit le géant, mais j'irai si vous voulez. Je pourrais tuer un Allemand en route, qui sait ? » Il s'en alla, heureux de quitter cet atelier macabre où les émotions étaient trop fortes et où le spectacle suffisait à vous rendre malade. Il huma pendant quelques secondes l'air frais de l'automne et prit de nouveau à travers champs.

Le docteur acheva de nettoyer la plaie, la rinça à l'alcool et la remplit de poudre sulfamide. C'était le maréchal des logis hypocondriaque qui la lui avait donnée, l'homme aux cors. Son âme s'était certainement envolée déjà avec tous ses maux imaginaires et ses joyeux plis de graisse avaient été livrés au feu. Tout le monde pouvait sentir le poids d'un nuage de tristesse infini. Mieux valait se concentrer sur le capitaine. Il coupa un lambeau de peau, le retourna et en couvrit le trou qu'il avait fait. « Quand tu auras fini ça, dit-il à sa fille, tu vas faire une broderie avec ceci. Il y a de la corde de parachute dans mon sac. Défais-la. Il n'y a pas de meilleur fil. »

Pélagia sentit l'horreur devenir de plus en plus irréelle. Voilà qu'elle recousait son amant avec la précision et le soin dus à un gilet asymétrique et à l'enseignement patient d'une tante, auprès de son père qui extrayait des éclats de côtes et des balles aplaties de la poitrine de ce même homme tout en parlant de crépitation, de faciès hippocratique et autres problèmes possibles dont le sens restait trop obscur pour que leur éventualité soit inquiétante. Elle se consacra ensuite au visage du capitaine et nettoya la déchirure de la balle. Elle se demanda s'il valait mieux la laisser cicatriser d'elle-même ou la coudre. « C'est à toi de savoir si tu veux qu'il ait un sourire tordu ou non », dit le docteur en préparant une autre piqûre de morphine. « Il faut choisir entre ça et une large cicatrice. L'un et l'autre peuvent être charmants, qui sait ?

– Une cicatrice peut être romantique, dit Pélagia.

– Ces cicatrices-là », dit le docteur en indiquant la poitrine avec son scalpel, « seront passablement horribles. S'il survit. »

Cette nuit-là, Vélissarios enterra les restes de Carlo Guercio dans la cour de la maison du docteur. Quand il avait franchi à grand-peine les murets et les champs, accompagné par l'odeur tenace du sang, les mains gluantes et glissantes, il s'était senti tel Atlas chargé du poids du monde. Il n'avait pas tardé à s'apercevoir que son fardeau était trop lourd pour le porter dans ses bras comme il avait fait avec le capitaine, et il avait finalement parcouru sa route en trébuchant, la lourde charge sur les épaules comme un énorme sac de blé.

Dans le noir, il banda la mâchoire fracassée de Carlo avec un morceau de drap puis se mit à creuser ; il tailla dans les racines de l'olivier, rencontra des couches anciennes de pierres et de foyers, fit sortir des tessons de poteries et d'antiques omoplates de mouton. Sans le savoir, il enterra Carlo dans le sol du temps d'Ulysse, comme s'il avait toujours appartenu à cette terre.

Juste avant l'aube, quand l'opération du capitaine se termina enfin, le père et la fille, dans un état d'épuisement indicible, sortirent pour faire leurs adieux à ce corps héroïque.

Pélagia le peigna et lui embrassa le front et le docteur, païen par nature et toujours sensible aux pratiques anciennes, déposa une pièce d'argent sur chacun de ses yeux et une gourde de vin dans la tombe. Vélissarios fit descendre le corps par en dessous. Il se redressa et eut une inspiration. Il tira de sa poche un paquet de cigarettes écrasées, en sortit une, lui redonna sa forme et la mit entre les lèvres du mort. « Je lui en devais une », dit-il et il remonta du trou.

Le docteur prononça une oraison tandis que Pélagia pleurait et que Vélissarios pétrissait son chapeau entre ses mains.

« Notre ami qui était venu en ennemi, dit-il, a franchi les prairies d'asphodèles. Nous avons découvert qu'il possédait plus que tout autre mortel la connaissance de la bonté. Nous nous souvenons qu'il avait reçu ses nombreuses décorations pour avoir sauvé des vies et non pour en avoir détruit. Nous nous souvenons qu'il est mort aussi noblement qu'il avait vécu, courageux et fort. Nous sommes des créatures d'un jour, mais son esprit ne faiblira pas. Il a vécu une vie bénie et il a été arrêté à mi-chemin par des hommes avides de sang dont le nom vivra dans l'infamie à travers les années. Eux aussi mourront, mais nul ne les pleurera, nul ne leur pardonnera : nous devons tous payer notre tribut à la mort. Quand la mort viendra pour ces hommes, ils deviendront des esprits qui erreront, inutiles, dans l'obscurité, car le jour de l'homme est très bref avant qu'il ne s'achève et l'homme cruel, dont les actes sont cruels, reste maudit après la mort, il devient un symbole de cette cruauté. Mais l'esprit de Carlo Guercio vivra dans la lumière aussi longtemps que nous aurons une langue pour parler de lui et des histoires à raconter à nos amis.

« On dit que de tout ce qui rampe et respire sur elle, la terre n'engendre pas de créature plus faible que l'homme. Il est vrai que le malheur a jeté Carlo sur les routes du monde mais nous n'avons trouvé en lui aucune faiblesse. Il n'avait aucune arrogance grossière, ce n'était pas un infâme bandit qui abuse de l'hospitalité de l'autre. Il y avait en lui à la fois la douceur d'une jeune fille et la force massive d'un roc, il était l'image parfaite de l'homme parfait. Il était celui qui aurait pu dire : "Je ne suis citoyen ni d'Athènes ni de Rome mais citoyen du monde." C'était un homme dont nous disions : "L'homme bon n'a rien à craindre, ni dans la vie, ni après la mort."

« Rappelez-vous les dictons qui nous sont parvenus depuis les temps anciens :

"Ceux qui sont aimés des dieux meurent jeunes."
"L'homme est un rêve d'une ombre."
"Même les dieux ne peuvent pas changer le passé."
"Les générations des hommes sont comme les feuilles des arbres.

Le vent souffle et les feuilles de l'année s'éparpillent sur le sol,
mais les arbres bourgeonnent et en produisent de nouvelles
quand vient le printemps."

« Je me rappelle aussi que le poète nous dit qu'il y a un temps pour les longs discours et un temps pour le sommeil. Dors bien et longtemps. Tu ne seras pas courbé par l'âge, tu ne deviendras pas faible, tu ne connaîtras ni les douleurs ni l'infirmité. Tant que nous nous souviendrons de toi, tu resteras beau et jeune. Céphalonie ne connaît pas de plus grand honneur que de se considérer comme la gardienne de tes os. »

Appuyés l'un contre l'autre, le docteur et sa fille rentrèrent dans la maison tout en écoutant Vélissarios, le grattement de la pelle sur la pierre, le petit bruit de la terre qui tombait. Avec précaution, ils transportèrent Corelli dans le lit de Pélagia. Dehors, les premiers oiseaux chantaient.

59

La cachette historique

Il ne fallut guère de temps aux Allemands pour consolider leurs positions et pour commencer à s'intéresser au pillage. Non seulement le docteur dut cacher ses objets de valeur, ce qui était le lot commun et n'étonnait personne, mais en outre il avait sur les bras un officier italien immobilisé dans le lit de sa fille. Pélagia lui aménagea une couche au fond de la cachette sous le sol de la cuisine et une fois de plus Vélissarios fut chargé de le transporter, car ni le docteur ni Pélagia n'avaient assez de force pour le déplacer sans le blesser. Il retrouva là la compagnie de sa mandoline, et les papiers de Carlo furent momentanément retirés. Dans l'intérêt de la santé de Corelli, la trappe de la cachette restait ouverte s'il n'y avait pas de soldats à proximité et elle reposait sur un bout de manche à balai que l'on pouvait envoyer vite promener avant de replacer la natte et réaligner la table. C'est ainsi qu'un jour lui et Pélagia furent emprisonnés dans le trou obscur pendant qu'on volait les verres et les assiettes de famille et que le docteur se faisait agresser et insulter.

Pour la première fois depuis son opération, il dormit profondément, mais quand il s'éveilla ce fut en sachant que la douleur était horrible et que ses intestins s'étaient vidés. Il ne pouvait absolument pas bouger. Il avait l'impression d'avoir été piétiné par des bœufs ou écrasé par l'instrument de torture médiéval qui consistait à empiler des poids sur une porte couchée. « Je ne peux pas respirer, dit-il au docteur.

– Si vous ne pouviez pas respirer, vous ne pourriez pas parler. L'air passe des poumons dans le larynx.

– La douleur est intolérable.

– Vous avez plusieurs côtes cassées. J'en ai cassé moi-même pour sortir les balles. » Le docteur se tut puis ajouta : « Je vous dois des excuses.

– Des excuses ?

– J'ai utilisé des cordes de votre mandoline pour fixer les os. Je n'avais rien d'autre. Je crois que vous aviez pris de mon fil de chirurgie pour faire vos cordes aiguës et j'ai été obligé de le reprendre. Quand les os seront ressoudés, il faudra vous opérer pour enlever les fils. »

Le capitaine grimaça.

« Si la douleur est très pénible, Antonio, vous devriez vous rappeler que si vous êtes un homme ce n'est pas la douleur que vous devriez ressentir mais le chagrin. Tous vos amis sont morts.

– Je sais. J'y étais.

– Je vous demande pardon. » Le docteur hésita. « Il semble que Carlo vous ait sauvé la vie.

– Il ne "semble" pas. Je sais qu'il l'a fait. De nous tous, c'est lui qui est mort le mieux et il m'a laissé pour que je m'en souvienne.

– Il ne faut pas pleurer, capitaine. Nous allons vous guérir et ensuite nous vous ferons quitter l'île.

– Je pue, dottore. Ne laissez pas Pélagia voir ça.

– Je m'occuperai de vos soins, si vous voulez. On est très à l'étroit là-dessous, hein ? Mais nous nous débrouillerons. Il y a eu beaucoup de grands combattants de la liberté dans ce trou, alors considérez comme un honneur de coucher parmi tant d'Histoire. Je dois vous dire de changer de position aussi souvent que possible, malgré la douleur, sinon vous aurez des escarres. Si elles pourrissent, elles peuvent vous tuer aussi sûrement qu'une balle. Dormez autant que vous pouvez, mais il faut bouger. Si la douleur est intolérable, je peux vous donner de la morphine, mais il en reste très peu et avec tous les Allemands qu'il y a par ici, j'en aurai forcément besoin. Si vous êtes d'accord, je préférerais que vous vous soûliez. J'ai aussi de la valériane et de la matricaire que Pélagia a cueillies au printemps.

Je dois vous demander de supporter la douleur du mieux que vous pourrez. Je peux vous assurer qu'une grande douleur pendant une maladie vous fait vous sentir doublement bien quand vous êtes guéri. Votre gratitude en est plus grande.

– Dottore, rien ne pourrait rendre ma gratitude plus grande.

– Vous pourriez encore mourir », dit brutalement le docteur. Il se pencha et demanda confidentiellement : « Je voulais savoir si vos hémorroïdes allaient mieux. Excusez-moi de ne pas vous l'avoir demandé plus tôt. Je trouvais cela indiscret.

– J'ai suivi vos conseils, dit le capitaine, et ça a marché.

– Vous aurez peu d'exercice et un mauvais régime là-dedans, dit le docteur, mais nous ferons de notre mieux. Vous serez forcément constipé et je serai sans doute obligé de vous laver les intestins. Je ne veux pas utiliser le tube de mon stéthoscope, mais je serai peut-être obligé. Si nous ne le faisons pas, les hémorroïdes reviendront plus tard à cause des efforts. Toutes mes excuses pour cet affront. »

Le capitaine posa la main sur la manche du docteur. « Ne laissez pas Pélagia regarder.

– Bien sûr que non. Encore une chose : vous allez avoir une barbe comme un Grec. Mettez-vous à penser comme un Grec. Je vais vous apprendre le grec, et Pélagia aussi. Je ne sais pas où trouver des papiers et une carte de rationnement ; nous devrons peut-être nous en passer.

– Quand j'irai mieux, il faudra m'emmener ailleurs, dottore. Je ne veux pas que vous soyez en danger. Si je suis pris, je dois mourir seul.

– Nous pourrons vous emmener dans votre maison secrète où vous alliez avec Pélagia. Ne prenez pas cet air surpris. Tout le monde était au courant. Ce n'est pas à cause d'une vieille femme qui a cancané comme un troupeau d'oies. C'est à cause de la solitude. Elle rend les gens bavards. Et rappelez-vous, vous ne vous en remettrez peut-être pas. Si je ne vous ai pas assez bien nettoyé, s'il y a une fistule quelque part qui suinte, s'il y a de l'air… vous devez me dire immédiatement si vous avez une sensation de pression. Je devrai vous faire un trou pour la laisser sortir.

– Madonna Maria, dottore, dites-moi des mensonges, s'il vous plaît.

– Je ne suis pas Pinocchio. C'est la vérité qui nous rend libres. Nous triomphons quand nous la regardons dans les yeux. »

Deux jours plus tard la fièvre avait repris le capitaine et Pélagia resta avec lui dans la cachette ; elle lui épongeait le front pour le rafraîchir et l'écoutait baragouiner dans ses cauchemars. Elle changea ses pansements et les renifla pour détecter l'odeur toxique du pus. Son père la rassura en lui expliquant que les toxines donnaient à la peau une couleur jaune crème mais dans son for intérieur il doutait de la survie du capitaine. Il n'était pas certain de l'avoir opéré convenablement, mais il continuait cependant à lui faire à intervalle régulier des piqûres intraveineuses de solution de sel et de sucre. Il montra à sa fille comment utiliser des coussins pour le changer de position et soulager la pression prolongée qui pourrit la peau, mais il lui faisait quitter la pièce pour tous les soins qui relèvent normalement d'une femme et qui sont la preuve du plus grand amour.

Le quatrième jour, la fièvre atteignit un point critique, Corelli délirait et transpirait tellement que le docteur et Pélagia commencèrent à désespérer. Le Dr Yannis introduisit avec précaution une grosse aiguille de vétérinaire dans chaque blessure au cas où il y aurait un abcès empoisonné à vider (il appelait cela une « crépitation sous-cutanée »), mais il ne trouva rien et resta confondu quant aux causes du mal. Pélagia plaça le cou d'Antonia, sa mandoline chérie, entre les doigts de sa main gauche. Ils se refermèrent dessus, le capitaine sourit, et son père se dit qu'elle venait de faire preuve d'un doigté de médecin.

Deux jours plus tard la fièvre était tombée et le patient ouvrit des yeux émerveillés comme s'il était pour la première fois conscient d'exister. Il se sentait d'une faiblesse inconcevable mais il but du lait de chèvre arrosé de brandy et s'aperçut qu'il pouvait enfin s'asseoir un peu tout seul. Le soir même il réussit à se mettre debout avec l'aide du docteur et laissa celui-ci lui faire sa toilette. Ses jambes étaient maigres comme des bâtons et elles tremblaient, mais le docteur l'obligea à marcher aussitôt, jusqu'à ce qu'il soit épuisé et pris de nausée. Ses côtes lui faisaient plus mal qu'avant et il apprit qu'elles le tourmenteraient probablement pendant des mois, à chaque respiration. Il apprit aussi qu'il devait utiliser les muscles du ventre pour respirer et quand il essaya, c'est sa blessure à l'abdomen qui le fit souffrir. Pélagia alla chercher une glace pour lui faire voir la cicatrice livide qui barrait son visage et sa barbe grecque naissante. Cette barbe le grattait et le gênait presque autant que ses cicatrices et elle lui donnait l'air d'un brigand. « Je ressemble à un Sicilien », dit-il.

Ce soir-là, il eut son premier repas solide : des escargots.

60

Le commencement des malheurs de Pélagia

Pélagia allait se rappeler l'époque de la guérison et de la fuite de Corelli non comme une période d'aventure mémorable et enivrante, pas même comme un intermède de crainte et d'espoir, mais comme le lent commencement de ses malheurs.

Déjà, la guerre l'avait diminuée. Faute de nourriture, elle avait la peau translucide et collée aux os, ce qui lui donnait un air émacié et émouvant qui n'allait devenir à la mode que vingt-cinq ans plus tard. Ses seins galbés s'étaient un peu flétris et affaissés et ressemblaient davantage à des poches qu'à des charmes ou des objets de désir. Ses gencives saignaient de temps en temps et quand elle mangeait, elle mâchait avec précaution de peur de perdre une dent. Sa somptueuse chevelure noire était devenue moins épaisse, elle avait perdu de sa souplesse et on y voyait les premiers cheveux gris qui n'auraient pas dû apparaître avant dix ans au moins. Le docteur, qui avait moins souffert en raison de son âge plus avancé, l'examinait fréquemment et savait que depuis l'occupation elle avait perdu cinquante pour cent de sa graisse. En analysant l'azote de son urine, il constata qu'elle perdait aussi, régulièrement, du muscle parce qu'elle utilisait toutes ses protéines et qu'elle avait du mal à poursuivre une activité physique pendant plus de quelques minutes. Il conclut néanmoins que son cœur et ses poumons étaient sains et quand il le pouvait, il lui donnait une plus grande part de lait et de poisson — quand il y en avait — en prétendant manquer d'appétit. Pélagia donnait à son tour sa nourriture à Corelli sous le même prétexte qui ne trompait personne. Le docteur se désolait de la voir si fanée ; elle lui faisait penser aux roses qui s'effeuillent mais réussissent à survivre à l'automne et à retenir ce qui leur reste de beauté jusqu'en décembre, comme soutenues par l'indulgence d'un destin nostalgique du passé mais déterminé à les détruire à la fin. À présent qu'il n'y avait plus d'officiers italiens sans scrupules pour voler des rations pour eux ni de gros maréchal des logis à exploiter, le docteur était réduit à attraper au piège des lézards et des serpents, mais restait peu disposé à faire l'expérience avec les chats et les rats. La situation n'était pas aussi grave qu'en Hollande, où l'on servait du chat sous la dénomination « lapin des toits », ni même qu'en Grèce continentale. Il y avait toujours la mer, source de vie de Céphalonie mais aussi cause de tout son passé trouble et de son importance stratégique qui était désormais un étrange souvenir ; cette même mer allait causer plus tard de nouvelles invasions d'Italiens et d'Allemands qui se rôtiraient ensemble sur le sable en laissant un film d'huile solaire sur l'eau, des touristes étonnés par le regard vide ou soupçonneux de vieux Grecs en noir qui passent sans un signe et sans un mot.

Dès que Corelli put marcher, il se rendit en pleine nuit à Casa Nostra en compagnie du docteur et de Vélissarios tandis que Pélagia, restée à la maison, rangeait dans la cachette où était retournée la mandoline l'Histoire du docteur et les papiers de Carlo. Tant que les violeurs restaient sur l'île, elle quittait à peine la maison et dans le trou sous le plancher elle remuait ses souvenirs, crochetait et détricotait sa couverture et pensait à Antonio. Il lui avait donné sa bague, trop grande pour n'importe lequel de ses doigts, et elle la tournait à la lumière de la lampe, contemplant le faucon qui s'envolait, un rameau d'olivier dans le bec, et les mots au-dessous : « Semper fidelis. » Elle redoutait au fond de son cœur qu'il ne la rejette lorsqu'il serait rentré chez lui, que ces mots ne s'appliquent qu'à elle-même et qu'elle ne soit abandonnée pour toujours, fidèle et oubliée, à attendre comme Pénélope un homme qui ne viendrait jamais.

Mais Antonio la contredisait. Il venait souvent la nuit, il se plaignait du froid de leur cabane pleine de courants d'air et racontait des histoires d'évasion ou de quasi-capture à faire dresser les cheveux sur la tête, dont seules quelques-unes étaient vraies. Sa nouvelle barbe grattait les joues de Pélagia quand ils étaient couchés face à face sur son lit, enlacés, entièrement habillés, et parlaient de l'avenir et du passé.

« Je haïrai toujours les Allemands, disait-elle.

– Günter m'a sauvé la vie.

– Il a massacré tous tes amis.

– Il n'avait pas le choix. Je ne serais pas étonné qu'il se soit suicidé après. Il essayait de ne pas pleurer.

– On a toujours le choix. Quoi que fasse le corps, c'est toujours la faute de l'esprit. C'est ce que nous disons.

– Il n'était pas courageux comme Carlo. Carlo aurait refusé de tirer sur nous, mais Günter était un autre genre d'homme.

– Tu aurais refusé ?

– Je l'espère, mais je ne peux pas le jurer. J'aurais peut-être choisi la facilité. Je ne suis qu'un homme, mais Carlo était un héros de nos histoires anciennes, comme Horatius Cocles — à moins que ce ne soit un autre — qui a défendu le pont Sublicius contre une armée entière. Des comme lui, il y en a un sur un million, tu ne dois pas en vouloir au pauvre Günter.

– N'empêche, je haïrai toujours les Allemands. Beaucoup d'Allemands ne sont pas allemands.

– Quoi ? Ne dis pas de bêtises.

– Il ne faut pas se fier à l'uniforme, tu sais. Ils ont recruté en Pologne, en Ukraine, en Lettonie, en Lituanie, en Tchécoslovaquie, en Croatie, en Slovénie, en Roumanie. Partout. Tu ne le sais pas, mais en Grèce continentale ils ont des Grecs qu'ils appellent "bataillons de sécurité".

– Ce n'est pas vrai.

– Si. Je le regrette, mais c'est vrai. Toutes les nations ont leur lot de merdes. Tous les bandits et les nuls qui veulent se sentir supérieurs. C'est exactement ce qui s'est passé en Italie, ils ont tous rejoint les fascistes pour voir ce qu'ils pouvaient obtenir. Tous les fils d'employés et de paysans qui voulaient être quelqu'un.

Rien que de l'ambition et aucun idéal. Ne vois-tu pas l'attirance de l'armée ? Tu veux une fille ? tu la violes. Tu veux une montre ? tu la prends. Si tu es de mauvaise humeur, tue quelqu'un. Tu te sens mieux, tu te sens fort. C'est bon d'appartenir aux élus, tu peux faire ce que tu veux et tu peux justifier n'importe quoi en disant que c'est une loi de la nature ou la volonté de Dieu.

– Nous avons un proverbe qui dit : "Donne du courage à un paysan et il sautera dans ton lit."

– J'aime l'autre que tu m'as dit.

– "Haricot par haricot, le sac se remplit" ? Quel est le rapport ?

– Non, non, non. "Si tu dors avec des bébés, ils te pisseront dessus." On m'a pissé dessus, koritsi mou, et je voudrais n'être jamais entré à l'armée. Ça paraissait une bonne idée à ce moment-là, mais regarde ce qui s'est passé.

– Antonia a perdu ses cordes et tu es tout recousu. Les amis te manquent ? À moi, oui.

– Koritsi mou, j'aimais ces garçons, ils étaient mes enfants. Comment va Lémoni ? Quand nous aurons une fille, nous l'appellerons Lémoni. Après la guerre.

– Si nous avons deux fils, le second devra s'appeler Carlo. Son nom doit vivre, nous devons y penser chaque jour.

– Chaque minute.

– Carino, est-ce que tu crois en Dieu, au paradis et à tout ça ?

– Non. Pas après tout ce qui s'est passé, ça n'a aucun sens. Si tu étais Dieu, tu permettrais tout ça ?

– Je t'ai posé la question parce que je veux que Carlo et les amis soient au paradis. Je ne peux pas m'en empêcher, alors, peut-être que j'y crois.

– Quand tu verras Dieu, dis-lui que je veux lui casser la figure.

– Embrasse-moi, il fait déjà presque jour.

– Je dois partir. Demain je t'apporterai un lapin. J'ai trouvé un terrier et si je me couche dessus je peux en attraper un quand il sort. J'ai aussi trouvé d'autres escargots.

– Psipsina attrape les lapins mais elle refuse de nous les laisser. Elle grogne et elle se sauve.

– Si c'était le printemps, je pourrais chercher des œufs…

– Serre-moi fort.
– Santa Maria, mes côtes !
– Pardon, pardon, j'oublie tout le temps.
– J'aimerais pouvoir en faire autant. Merda. Je t'aime quand même.
– Pour toujours ?
– En Sicile on dit que l'amour éternel dure deux ans. Heureusement, je ne suis pas sicilien.
– Les hommes grecs aiment eux-mêmes et leur mère pour toujours. Leurs épouses, ils les aiment six mois. Heureusement, je suis une femme.
– Heureusement.
– Tu reviendras ? Après la guerre ?
– Je laisserai Antonia en otage. Comme ça tu sauras que tu peux avoir confiance en moi.
– Tu pourrais en trouver une autre.
– Elle est irremplaçable.
– Et moi, je ne suis pas irremplaçable ?
– Pourquoi ne pas me faire confiance ? Pourquoi me regardes-tu comme ça ? Ne pleure pas. Comment pourrais-je rater l'occasion d'avoir un beau-père aussi épatant ?
– Salaud.
– Oh, mes côtes !
– Oh, carino, pardon.
– Il faut que j'y aille. À demain soir. Embrasse-moi. Je t'aime. »

Il partait dans la nuit, rampait de haies en murets, sursautant au plus léger bruit, et l'aube le trouvait rêvant sous ses couvertures ; les nuages de calcium sous sa chair se transformaient progressivement en os, le souvenir de la tendresse peuplait sa rêverie d'images de Pélagia et de ses amis d'opéra. Il se réveillait en début d'après-midi et cherchait des baies, il faisait des exercices pour conserver l'agilité de ses doigts et fouillait les broussailles en quête d'escargots. Non seulement le docteur l'obligeait à manger ces trucs mais il fallait écraser les coquilles au pilon dans un mortier et toute la famille buvait la poudre sablonneuse dans du vin, car le

Dr Yannis tenait à ce que chacun, même maigre et fatigué, ait un superbe squelette ; ce n'était pas pire que les anciennes réserves de haricots secs qui remplissaient le ventre mais donnaient des coliques.

Pélagia était déchirée. Elle voulait garder son capitaine dans l'île, mais elle savait qu'en le faisant elle le tuerait. Des gens étaient prêts à n'importe quelle trahison pour du pain et ce n'était qu'une question de temps avant que les nazis s'aperçoivent de sa présence furtive parmi eux. En outre, le temps se gâtait, le toit de Casa Nostra fuyait et le capitaine n'avait rien pour se protéger contre le vent cinglant et le froid mauvais. Son père et elle-même avaient de moins en moins à manger et elle se surprenait parfois à regarder avec envie les araignées sur les murs. Elle demanda à Kokolios et à Stamatis de retrouver le fou qui circulait autrefois avec Arsénios et de lui dire de venir la voir si possible.

Depuis quelque temps déjà, Bunny Warren suivait la politique britannique, mise en œuvre au moyen de souverains en or, qui consistait à encourager les propriétaires de bateaux à en refuser l'usage aux Allemands, et un nombre non négligeable de soldats italiens survivants s'étaient vus embarqués de nuit pour Syracuse, Bianco ou La Valette sur des embarcations qui semblaient construites avec des allumettes mais dans lesquelles leurs propriétaires avaient la confiance la plus absolue. Entre creux et crêtes de vagues elles suivaient en bondissant leur route nomade parmi les torpilleurs et les projecteurs, les cuirassés et les mines ; leur équipage chantait à pleine voix et leurs passagers, frigorifiés, tourmentés par la nausée, les yeux écarquillés, arrivaient finalement sur la terre ferme pour découvrir que son immobilité leur donnait le mal de mer.

Il suffit donc d'un jour à Warren pour organiser le départ du capitaine. Il arriva chez le docteur à trois heures du matin et frappa doucement à la fenêtre de la chambre de Pélagia ; quand celle-ci se fut arrachée à l'étreinte de Corelli elle ouvrit les volets et vit l'homme dont elle recherchait et redoutait l'aide. « Ho », dit-il en entrant et il ajouta : « Kaliméra, kyria Pélagia. » Il lui serra la main cérémonieusement et fit un commentaire sur le temps.

Le grec de Bunny Warren était devenu coloré et familier, mais l'homme le parlait encore avec un accent anglais parfaitement oxfordien et parvenait à prononcer le « d'accord » grec comme « en taxi », ce qui convenait à ses oreilles anglaises, avait un sens pour lui et était également compréhensible pour les Grecs. Comme son répertoire normal d'adjectifs et d'adverbes était intraduisible, il continuait à ponctuer son discours de mots nationaux tels que « du tonnerre », ou « épatant » et « proprement horrible » dont l'effet était plus troublant et redondant qu'absurde.

« Qui est-ce ? » demanda Corelli qui avait craint un instant une visite des Allemands.

« Bunnios, dit Pélagia sans répondre à la question, c'est un soldat italien et nous devons le faire sortir d'ici. »

Warren sourit et tendit la main à Corelli. « Ave », dit-il, faute d'avoir eu autant d'occasions de moderniser son italien que son grec. Corelli crut s'être fait broyer la main et garda une impression exagérée de la puissance des Britanniques. Il ne savait pas qu'en Angleterre essayer de briser les doigts de l'autre est signe à la fois de virilité et de bonhomie. Il était stupéfait aussi par la maigreur et la taille de cet homme dont les yeux bleus et très nordiques lui rappelaient désagréablement un Allemand.

Il apprit qu'un caïque partait la nuit suivante pour la Sicile, si le temps le permettait, et qu'il serait tout à fait facile de le faire monter à bord. « Même si nous devons tuer un ou deux de ces pourris. » Il suffisait d'aller à la baie à une heure du matin avec une lanterne sourde et de répondre aux signaux venant du bateau. Warren promit qu'il serait là et les assura que tout se passerait comme sur des roulettes et se terminerait au quart de poil.

61

Partir c'est mourir un peu

Au lieu de retourner à Casa Nostra avant l'aube, Corelli resta à la maison avec Pélagia par autorisation du docteur. S'ils avaient si peu de temps pour admettre que c'était leurs dernières heures ensemble, il paraissait humain d'accepter le risque, et d'ailleurs Corelli avait tout d'un Grec dans ses vêtements paysans, avec sa magnifique barbe qui laissait encore voir la cicatrice livide de sa joue. En outre, il parlait désormais assez bien le grec pour abuser un Allemand qui n'en saurait pas un mot ; il se frappait même le dos de la main pour indiquer la bêtise de quelqu'un et relevait la tête avec un claquement de langue pour dire non. Il rêvait parfois en grec, une expérience pénible pour son âme endormie car alors ses rêves ralentissaient et il s'apercevait que sa personnalité était différente de celle qui parlait italien. Il se sentait plus farouche et — pour une raison mystérieuse qui n'avait rien à voir avec sa barbe — plus poilu.

Ils étaient assis tous trois dans la cuisine familière, tristes et inquiets, et parlaient doucement en hochant la tête quand ils évoquaient des souvenirs.

« Il y a mille choses que je n'oublierai jamais, dit Corelli, comme pisser sur les aromates. C'est quand j'ai été invité à pisser dessus que j'ai compris que j'étais accepté.

– J'aimerais bien que mon père l'oublie, remarqua Pélagia, ça me tracasse quand je m'en sers. Je perds des heures à les laver.

– Je me sens coupable de partir en vie alors que tous mes amis sont morts et que Carlo est enterré là dehors, dans la cour.

– Dans *L'Odyssée,* Achille dit : "J'aimerais mieux, valet de bœufs, vivre en service chez un pauvre fermier, qui n'aurait pas grand'chère, que régner sur ces morts, sur tout ce peuple éteint !" et il avait raison, suggéra le docteur. Quand ceux que nous aimons meurent, nous devons vivre pour eux. Voir avec leurs yeux. Nous rappeler comment ils parlaient et nous servir de leurs mots. Être reconnaissants de pouvoir faire des choses à leur place, tout en en éprouvant de la peine. C'est ainsi que je vis sans la mère de Pélagia. Je ne m'intéresse pas aux fleurs, mais pour elle je contemple un ciste ou un lis. Pour elle je mange des aubergines, parce qu'elle les adorait. Vous devriez jouer de la musique pour vos amis et prendre plaisir à en faire pour eux. De toute façon, conclut-il, vous ne survivrez peut-être pas au voyage jusqu'en Sicile.

– Papa, protesta Pélagia, ne dis pas ça.

– Il a raison, dit Corelli avec philosophie. On peut aussi voir pour les vivants. Après tant de temps passé avec vous deux, quand je verrai certaines choses, j'imaginerai ce que vous auriez dit. Vous allez me manquer terriblement.

– Vous reviendrez, affirma le docteur. Vous êtes devenu un insulaire, comme nous.

– En Italie, je n'aurai pas de chez moi.

– Il faut vous faire radiographier. Dieu sait ce que j'ai pu laisser dans votre corps. Et il faut qu'on vous enlève les cordes de mandoline.

– Je vous dois la vie, yatré.

– Je suis navré pour les cicatrices. J'ai fait de mon mieux.

– Et moi, yatré, je suis navré pour le viol de l'île. Je ne pense pas que nous soyons jamais pardonnés.

– Nous avons pardonné aux Anglais et aux Vénitiens. Nous ne pardonnerons sans doute pas aux Allemands. Je ne sais pas. Quoi qu'il en soit, les barbares sont toujours commodes : le plus souvent, nous avons pu rendre quelqu'un d'autre responsable de nos malheurs. Ce sera facile de vous pardonner parce que vous êtes tous morts.

– Papakis, protesta encore Pélagia, ne dis pas des choses pareilles. Il faut vraiment nous le rappeler ? Avec Carlo enterré dans la cour ?

– C'est la vérité. Seuls les vivants ont besoin de pardon et comme vous le savez, capitaine, je dois vous avoir pardonné, sinon je ne vous aurais pas autorisé à épouser ma fille. »

Pélagia et Corelli se regardèrent et il dit : « Je ne vous ai jamais vraiment demandé la permission… ç'aurait été… une effronterie. Et…

– Vous l'avez quand même. Rien ne pourrait me faire davantage de plaisir. Mais à une condition. Vous devez laisser Pélagia devenir médecin. Elle n'est pas seulement ma fille. Comme je n'ai pas de fils, elle est ce qui ressemble le plus à mon fils. Elle doit avoir les prérogatives d'un fils parce qu'elle continuera ma vie quand je ne serai plus là. Je ne l'ai pas élevée pour qu'elle devienne une esclave domestique, pour la bonne raison qu'en l'absence de fils une telle compagnie aurait été assommante. J'avoue que c'était de l'égoïsme de ma part : elle est trop intelligente pour devenir une humble épouse.

– Suis-je donc un homme honoraire ? demanda Pélagia.

– Koritsi mou, tu es seulement toi-même, mais tu es néanmoins telle que je t'ai faite. Tu devrais t'estimer heureuse. Dans n'importe quelle autre famille, tu laverais par terre pendant que je bavarderais avec Antonio.

– Dans n'importe quelle autre famille je passerais mon temps à te harceler. Tu devrais t'estimer heureux.

– Je le suis, koritsi mou.

– Naturellement, Pélagia sera médecin si elle le souhaite. Un musicien ne s'en tirerait jamais avec son seul salaire », dit Corelli, ce qui lui valut de se faire prestement taper sur la tête par sa fiancée qui s'écria : « En principe, tu dois devenir riche. Sinon, je ne t'épouserai pas.

– C'était pour rire. C'était pour rire. » Il se tourna vers le docteur. « Nous avons décidé que si nous avions un fils nous l'appellerions Yannis. »

Le docteur fut visiblement ému, même si c'était exactement ce à quoi il s'attendait, vu les circonstances. Il y eut un long silence chargé de tristesse tandis qu'ils pensaient tous trois à la destruction imminente de leur société et le Dr Yannis leva enfin la tête pour dire simplement, les yeux mouillés : « Antonio, si jamais j'ai eu un fils, c'est toi. Tu as ta place à cette table. »

Au lieu de répondre par la phrase évidente qui aurait forcément sonné creux à cause de son évidence même, Corelli se leva et s'approcha de son aîné qui se leva lui aussi. Ils se jetèrent dans les bras l'un de l'autre et se tapèrent dans le dos, puis, comme il lui restait de l'émotion à exprimer, le docteur prit aussi sa fille dans ses bras.

« Quand la guerre sera finie, je reviendrai, dit Corelli. En attendant, je suis toujours soldat et il faut nous débarrasser des Allemands.

– Ils sont en train de perdre, dit le docteur avec confiance. Ce ne sera pas long.

– Ne retourne pas te battre ! cria Pélagia. Tu n'en as pas fait assez ? Tu n'en as pas assez de la mort ? Et moi ? Tu ne penses donc pas du tout à moi ?

– Bien sûr, il pense à toi. Il veut se débarrasser d'eux pour que tu puisses quitter la maison sans avoir peur.

– C'est ce que Carlo aurait fait. Je ne peux pas faire moins.

– Vous êtes trop bêtes, vous les hommes ! s'écria-t-elle. Vous devriez donner le monde aux femmes et vous verriez alors si on se battrait.

– Beaucoup d'andartes du continent sont des femmes, dit Corelli, ainsi que beaucoup de partisans yougoslaves. On se battrait exactement de la même façon, et le monde a eu son lot de reines assoiffées de sang. L'important, c'est de vaincre les nazis, rien n'est plus évident. »

Elle le considéra avec un air de reproche et répondit doucement : « C'était important de vaincre les fascistes et pourtant tu t'es battu pour eux. »

Corelli rougit et le docteur intervint. « Ne gâchons pas notre dernier jour ensemble. Un homme peut se tromper, il se laisse entraîner, il est parfois un mouton puis il tire des leçons de l'expérience et il devient un lion.

– Je ne veux pas que tu te battes, insista-t-elle en regardant Corelli dans les yeux. Tu es un musicien. Autrefois, quand les tribus se massacraient, les bardes étaient épargnés. »

Le capitaine chercha un compromis. « Ce ne sera peut-être pas nécessaire, ou bien on ne me laissera pas. Je suis sûr de ne pas être jugé apte.

– Fais quelque chose d'utile, dit Pélagia. Entre chez les pompiers, par exemple. »

Après un silence gêné, Corelli dit : « Quand je serai en Italie, j'aurai un pot de basilic sur ma fenêtre pour me rappeler la Grèce. Il me portera peut-être chance. » Il fit quelques pas dans la pièce en songeant à tout ce qu'elle contenait : des objets familiers, certes, mais aussi une histoire d'émotions. C'était un lieu qui résonnait encore d'espoirs, de confidences et de plaisanteries échangées, d'antagonismes et de rancunes passés et d'un sauvetage. Il y flottait un arôme résiduel de musique et d'étreintes qui se mêlait à un parfum d'aromates et de savon. Corelli caressa le long dos plat de Psipsina, couchée sur une étagère vidée de ses provisions et sentit la tristesse monter en lui, en même temps qu'il avait la bouche sèche et l'estomac serré d'un homme qui va fuir sur la mer. Le docteur le vit, debout, aussi seul qu'un condamné attendant son exécution, puis il regarda Pélagia assise, tête baissée et les mains sur les genoux. « Je vais vous laisser, les enfants, dit-il. Une petite fille est en train de mourir de tuberculose et je dois aller la voir. C'est la colonne vertébrale et il n'y a rien à faire, mais tout de même… »

Il s'en alla et les deux amoureux restèrent face à face ; incapables de parler, ils se caressaient les doigts. Finalement les larmes commencèrent à couler en silence sur les joues de Pélagia et Corelli s'agenouilla près d'elle, il la prit dans ses bras et posa la tête contre sa poitrine. Il fut encore une fois frappé par sa maigreur et serra les paupières, imaginant un autre monde. « J'ai tellement peur, dit-elle. Je me dis que tu ne reviendras pas, que la guerre va durer éternellement, que rien n'est sûr, qu'il n'y a pas d'espoir et qu'il ne me restera rien.

– Nous avons de grands souvenirs. Ça dépend de nous d'en être heureux ou tristes. Je ne t'oublierai pas et je reviendrai.

– Tu me le promets ?

– Je te le promets. Je t'ai donné ma bague, et je t'ai laissé Antonia.

– Tu n'as jamais lu les papiers de Carlo.

– Trop douloureux. Nous les lirons quand je reviendrai, quand ce sera moins… moins récent. »

Elle lui caressa les cheveux en silence et finit par dire : « Antonio, j'aurais voulu que nous… couchions ensemble. Comme un homme et une femme.

– Chaque chose en son temps, koritsi mou.

– Le temps ne viendra peut-être jamais.

– Si. Il viendra. Crois-moi.

– Psipsina va te regretter. Lémoni aussi.

– Lémoni me croit sûrement mort.

– Quand tu seras parti, je lui dirai que Barba C'relli est vivant. Elle sera très heureuse.

– Tu demanderas à Vélissarios de la lancer de temps en temps en l'air pour moi. »

La conversation se poursuivit ainsi, revenant toujours au même point et se répétant, jusqu'à ce que le docteur revienne à l'heure du couvre-feu, peiné comme chaque fois qu'il avait dû assister, désarmé, aux derniers pas tâtonnants d'un enfant vers la mort. Il avait eu sur le chemin du retour les pensées qu'entraînaient toujours chez lui de telles circonstances : « Qu'y a-t-il d'étonnant à ce que j'aie perdu la foi ? Que fais-tu là-haut, Dieu fainéant ? Crois-tu que je me laisse rouler facilement par un ou deux miracles à la fête votive ? Tu me prends pour un imbécile ? Tu crois que je ne vois rien ? » Il fit tourner dans sa poche le souverain que le père de l'enfant lui avait donné en paiement. Les Anglais en avaient tant distribué pour financer les andartes qu'ils avaient perdu leur valeur. « Même l'or vaut moins que le pain », se dit-il.

Ils partagèrent ce soir-là une unique cuisse chétive d'un vieux coq que Kokolios avait tué afin que les violeurs ne puissent pas se l'approprier, et Pélagia garda l'os pour le mettre dans une soupe qui contenait aussi des os de hérisson. Si elle les faisait cuire assez longtemps, ils deviendraient assez mous pour être mangés. Elle fit ensuite une tisane claire et amère avec les gratte-cul qu'elle avait ramassés à l'automne sur les églantiers, heureuse d'avoir quelque chose à faire pour la distraire de sa peur, et ils attendirent tous trois dans la pénombre, tandis que les heures passaient, trop lentes et trop rapides.

A onze heures, le lieutenant Bunny Warren gratta à la fenêtre et le docteur le fit entrer. Il se présenta avec un air décidé et flegmatique si différent de son manque d'assurance habituel que Pélagia fut très surprise, et il portait à la ceinture un grand couteau visiblement bien aiguisé. Elle avait entendu dire que les forces spéciales anglaises avaient une aptitude carrément balkanique pour l'égorgement silencieux et elle frissonna. Il était difficile d'imaginer Bunnios faisant une chose pareille et la pensée que c'était probablement chez lui une pratique fréquente la déconcerta.

Il s'assit au bord de la table et parla dans son mélange habituel de démotique et de jargon anglais et ce n'est qu'alors que Corelli se demanda comment Pélagia et le docteur avaient pu faire la connaissance d'un officier de liaison anglais. On voit tant de bizarreries à la guerre qu'on oublie parfois de s'étonner ou de poser une question pertinente.

« Mesures de routine, commença Warren. Vêtements sombres. Que les types ne nous voient pas. Pas un mot, sauf absolue nécessité. On tend l'oreille toutes les vingt secondes. Les pieds à plat, d'où moins de craquements. On pose les pieds à la verticale, pour ne pas glisser ou racler. Je pars en tête ; ensuite, le docteur, puis kyria Pélagia ; Corelli, dernier. Il doit regarder derrière lui à chaque pause. » Il tendit au capitaine un bout de fil de fer muni de courts bâtonnets aux extrémités. Il fallu quelques secondes à Corelli pour comprendre que c'était un garrot et qu'il allait peut-être devoir s'en servir. « Pas de coup de feu sans ordre, continua Warren. Si un boche se présente, je le descends moi-même. S'ils sont deux, Corelli et moi en prenons un chacun. S'ils sont trois ou davantage, on ne bouge pas, et à mon signal, demi-tour. Compris ? »

Le docteur traduisit les instructions à Corelli et tous admirent que c'était bien clair. Warren parla encore : « J'ai fait une vérif ce soir, les boches se planquent. Ils n'aiment pas le froid. Vêtements chauds impératifs. Compris ? »

Pélagia se leva et alla à sa chambre. Elle revint avec ses couvertures et un paquet. « Antonio, dit-elle, prends ça. Je veux que tu l'aies. » Il défit le papier et vit le gilet brodé qu'il avait proposé d'acheter tant de mois plus tôt. Il l'étendit et le fil doré prit un éclat sourd dans la pénombre. « Oh, koritsi mou », dit-il en sentant entre le pouce et l'index le velours somptueux et le satin glissant de la doublure. Il se leva, ôta sa jaquette et mit le gilet. Il le boutonna, remua les épaules pour qu'il se place bien et s'exclama : « Il me va parfaitement !

– Tu le porteras pour danser à notre mariage, mais pour le moment, il te tiendra chaud sur le bateau. »

Au-delà du village de Spartia, au cap Liaka, il y a une falaise très à pic qui tombe dans la mer. Elle n'était accessible en ce temps-là que par un long chemin de chèvres qui serpentait dans la pierraille à travers le maquis. Les seuls humains qui l'utilisaient étaient les pêcheurs qui jetaient en été leurs filets à mailles fines pour attraper les bancs de blanchaille amassés en secret à l'abri des grands rochers surplombant la mer ; à cet endroit-là, la plage était une bande de sable d'à peine deux mètres de large quand elle n'était pas occupée par des tas de cailloux. Tout en paraissant rocheux et dangereux, le bord de l'eau était presque entièrement sablonneux et c'était un lieu d'accès idéal même pour de grandes embarcations parce qu'il s'abaissait brutalement à une bonne profondeur et que les falaises en surplomb le protégeaient des regards. Il y avait des postes d'observation allemands à intervalle régulier entre le cap Aghia Pélagia et la baie de Lourdas, mais peu d'hommes, peu motivés, surtout pendant les nuits froides de décembre, et tout comme les Italiens avant eux, les Allemands savaient très bien que la véritable guerre se passait ailleurs. En l'absence d'officiers, les sentinelles jouaient aux cartes en fumant dans leurs petites huttes de bois et ne sortaient que de temps à autre pour se dégourdir les jambes ou uriner, cherchant des yeux l'étoile polaire qui indiquait la direction de chez eux.

Le trajet vers la plage ne relevait donc pas de la grande aventure. Un vent froid murmurait dans les ronces et il n'y avait pas de lune. Quelques gouttelettes éparses annonçaient une petite pluie et l'obscurité était si complète que Pélagia craignait parfois de perdre le contact avec son père qui marchait devant elle. L'effet du froid sur son corps affaibli la rendait doublement malheureuse à chaque arrêt décidé en silence par Warren, et le fait que son père était armé d'un pistolet l'effrayait et la troublait davantage que son propre derringer dans sa main crispée. Elle luttait à la fois contre le vide qui s'ouvrait dans son cœur et contre ses martèlements effrayants qui s'accéléraient. Derrière elle, Antonio Corelli, bien que poussé par le besoin de protéger sa fiancée devant lui, ressentait des émotions très semblables. Il se demandait pourquoi il s'était mis dans cette situation, se révoltait contre elle et la rejetait, tout en reconnaissant sa nécessité. Il se sentait oppressé par un sentiment débilitant de futilité et de mélancolie et souhaitait presque rencontrer une patrouille allemande. Il pourrait ainsi mourir en se battant et en tuant, en finir avec tout ça dans les éclairs et le feu mais en finir tout de suite. Il savait qu'en quittant l'île il devenait un déraciné.

Ils se serrèrent tous les quatre sur l'étroite bande de sable, pris dans l'étreinte froide du vent, et attendirent le signal lumineux qui allait leur venir de la mer. Warren alluma sa lampe et la cacha sous sa cape tandis que les autres s'y réchauffaient les mains à tour de rôle. Corelli s'avança au bord de l'eau et regarda les vagues noires se soulever, en se demandant comment il allait survivre. Il se souvint d'autres plages et revit les garçons de la Scala chanter et boire ensemble pendant que les filles nues du bordel s'éclaboussaient dans l'eau peu profonde d'une mer si calme et si claire qu'elle aurait pu être un lac d'Arcadie ; le turquoise incroyable de la baie de Kyriaki vue d'en haut, en été, au retour d'Assos, et la beauté du souvenir l'attrista encore davantage. Il se rappela ce que le docteur lui avait dit de la xénitia, cet amour nostalgique et terrible pour la terre natale qui fait souffrir le Grec en exil, et il la sentit lui vriller la poitrine comme une baïonnette. À présent, il avait lui aussi son village, sa patrida : jusqu'à sa façon de penser et de parler avait changé. Il lança un galet noir dans la mer pour se porter chance et rejoignit Pélagia. Dans le noir, il lui prit le visage puis l'étreignit. Ses cheveux sentaient toujours le romarin et il les respira si profondément qu'il en eut mal à ses côtes encore fragiles. L'arôme s'était accentué dans le vent froid et il sut que le romarin n'aurait plus jamais un parfum aussi émouvant et aussi complet. Désormais, il aurait une odeur de lumière disparue et de poussière.

Quand le signal se fut allumé trois fois sur la mer et que Warren eut répondu, Corelli serra la main du lieutenant, embrassa son beau-père sur les deux joues et se tourna vers Pélagia. Il n'y avait rien à dire. Il savait que sa bouche tremblait de chagrin et il sentait la même passion lui serrer la poitrine. Il lui caressa tendrement la joue et l'embrassa sur les yeux, comme pour apaiser ses larmes. Il entendit le son creux des rames contre le plat-bord d'une barque, le craquement du bois sur du cuir, et aperçut la silhouette de l'embarcation qui approchait, les ombres de deux hommes ramant ensemble. Tous les quatre approchèrent de l'eau et le docteur dit : « Va bien, Antonio, et reviens. »

Le capitaine dit en grec : « De vos lèvres à l'oreille de Dieu », et il serra Pélagia dans ses bras une dernière fois.

Après qu'il eut plongé dans le ressac et grimpé à bord pour disparaître dans l'obscurité comme un fantôme, Pélagia courut dans les vagues jusqu'à ce qu'elles atteignent ses cuisses. Elle s'efforça en vain de le distinguer encore. Elle fut saisie et percée par le vide comme par les serres d'un rapace. Elle mit les mains sur son visage et pleura, les épaules secouées de sanglots de souffrance que le vent emporta et qui se perdirent dans le sifflement de la mer.

62

De l'occupation allemande

Il n'y a pas grand-chose à dire de l'occupation allemande, sinon qu'elle poussa les insulaires à aimer davantage les Italiens qu'ils avaient perdus. Il est rare qu'un peuple soit amené à ressentir de l'affection pour ses oppresseurs, mais il n'en allait pas autrement depuis l'époque romaine. On ne vit plus désormais d'Italiens travailler dans les vignes aux côtés des paysans pour échapper à l'ennui de la vie de garnison, plus de matches de foot entre des équipes qui se chamaillaient, trichaient et houspillaient l'arbitre, plus d'artilleurs mal rasés, le calot de travers, un éternel mégot au bec, faisant la cour aux filles. On n'entendit plus de voix de ténors lancer des bribes de chansons napolitaines et d'arias sentimentales parmi les pins des montagnes. Il n'y eut plus de police militaire inefficace pour provoquer des embouteillages dans le centre d'Argostoli par ses grands mouvements de bras et ses coups de sifflet perçants qui s'adressaient à tout le monde à la fois, plus d'hydravion aux horaires fantaisistes pour bourdonner paresseusement autour de l'île au cours de reconnaissances sans conviction, plus de prostituées affichées, lèvres peintes et parasols, se baignant nues dans la mer et se faisant transporter en charrette par un vieux Grec stupéfié. On ignore ce qui est arrivé à ces filles ; il se peut qu'elles aient été envoyées aux travaux forcés dans quelque camp d'Europe de l'Est ou qu'elles se soient fait violer et tuer, qu'elles aient trouvé une tombe parmi les hommes qu'elles avaient aimés par obligation ou que leurs cendres se soient mêlées aux leurs dans les brasiers bibliques qui avaient empli le ciel de fumée noire, calciné des cercles géants dans le sol et souillé les narines par la puanteur du kérosène et des os carbonisés. Adriana, la Triestina, Madama Nina, elles avaient toutes disparu.

Après la guerre, on a rassemblé les rares restes de soldats italiens. Quelques corps ont été retirés intacts du cimetière italien, transportés en Italie sur un bateau de guerre à la coque noire, et on s'est efforcé de les identifier. Comme ce n'était pas possible, il paraît que des familles ont reçu des os et des cendres qui auraient pu appartenir à n'importe qui. Il y a donc eu des mères qui ont pleuré sur les enfants morts d'autres femmes, mais pour la plupart leurs fils se mêlaient à présent à la terre de Céphalonie ou s'étaient dispersés dans le vent ionien sous forme de cendres, fauchés en pleine jeunesse et perdus à jamais pour un monde qui avait ignoré leur sort de leur vivant et ne s'était pas soucié d'eux dans la mort.

Disparus, les charmants voleurs de poules, les chanteurs farceurs et individualistes ; vint à leur place un interrègne que le docteur consigna dans son Histoire comme l'époque la plus horrible de toutes.

Les insulaires se souviennent que les Allemands n'étaient pas des êtres humains. C'étaient des automates sans principes, des machines finement réglées pour l'art du pillage et de la brutalité, sans autre passion que l'amour de la force, et ne croyant qu'en leur droit naturel à écraser sous leur talon une race inférieure.

Certes, les Italiens avaient été voleurs, mais leurs virées nocturnes, leurs ruses pour ne pas se faire prendre et leur honte quand ils étaient appréhendés montraient qu'ils étaient conscients de mal faire. Les Allemands, eux, entraient dans les maisons à n'importe quelle heure du jour, renversaient les meubles, frappaient les occupants sans distinction d'âge et même les malades, et emportaient sous leurs yeux ce qui leur chantait. Les objets décoratifs, les bagues transmises de génération en génération dans une famille, les lampes à huile, les poêles à pétrole, les souvenirs d'Orient des marins, tout disparaissait. C'était amusant et naturel d'humilier les négroïdes dont la culture était si misérable. Ils laissaient tranquillement la population mourir de faim et levaient triomphalement le pouce quand des cercueils grecs passaient sur les cailloux, en route pour le cimetière.

Pélagia et son père furent frappés à différentes reprises sans raison apparente. Pour le crime d'être apprivoisée, Psipsina fut arrachée des bras de Pélagia et tuée gratuitement à coups de crosse. Drossoula eut les seins brûlés à la cigarette pour avoir regardé de travers un officier. Quatre soldats portant la tête de mort sur leur ceinturon et dont le cœur était aussi noir et vide que les grottes de Drogarati détruisirent sous les yeux du docteur tout son précieux matériel médical, accumulé pendant vingt années consciencieuses de pauvreté. L'année de l'occupation allemande, les serpents sacrés ne se montrèrent pas à l'église Notre-Dame de Markopoulo et on ne vit pas non plus le Saint Lys de Démoutsadata.

Quand, en novembre 1944, les représentants invincibles de la race supérieure du Reich éternel reçurent l'ordre de se retirer, ils détruisirent autant de constructions que possible et les habitants de Céphalonie se dressèrent spontanément contre eux, jusqu'à ce que ceux-ci embarquent.

La veille de son départ, Günter Weber, que la honte avait éloigné de la maison du docteur depuis le moment des massacres, apporta son gramophone et sa collection de disques de Marlene Dietrich qu'il laissa devant la porte pour Pélagia, comme il l'avait promis dans des jours plus heureux. Il déposa une enveloppe sous le couvercle et quand elle l'ouvrit, elle trouva une photo d'Antonio Corelli et du lieutenant sur la plage, se tenant par l'épaule. Corelli avait sur la tête un chapeau féminin orné de fruits artificiels et de roses en papier déchirées ; il agitait une bouteille de vin devant l'objectif et Günter portait un calot italien posé de travers. Ils avaient les yeux mi-clos, visiblement ivres. Pélagia distingua à l'arrière-plan la silhouette d'une femme nue barbotant au bord de l'eau, coiffée d'une casquette d'officier allemand. Elle avait les bras écartés dans un geste de bonheur et le soleil illuminait les éclaboussures qu'elle avait fait gicler. Pélagia n'éprouva pourtant ni surprise ni jalousie devant la présence de ce personnage frappant : c'était bien qu'il soit là, il correspondait tout à fait aux images de paradis que Corelli savait provoquer.

Elle retourna la photo et trouva au dos quatre lignes de *Faust* dont elle ne connut le sens que trente-cinq ans plus tard, quand elle les montra à un touriste allemand embarrassé :

Meine Ruhe ist hin,
Mein Herz ist schwer.
Ich finde sie nimmer
Und nimmermehr.

Weber avait écrit au-dessous, en italien : « Dieu soit avec vous, je ne vous oublierai jamais. »

Le gramophone alla rejoindre la mandoline d'Antonio et la confession de Carlo dans la cachette et il survécut au fratricide.

L'Histoire se répète toujours, une première tragédie se reproduit en tragédie. Les Allemands avaient tué environ quatre mille Italiens, dont une centaine d'infirmiers et brancardiers avec un brassard de la Croix-Rouge, ils avaient brûlé leurs corps ou les avaient coulés en mer dans des péniches lestées. Mais il en avait survécu autant et, tout comme à Corfou, les Anglais bombardèrent les bateaux qui les emportaient dans des camps de travail. Ils furent noyés pour la plupart dans les cales, mais ceux qui réussirent à sauter à la mer furent mitraillés par les Allemands et, encore une fois, les corps flottèrent sur l'eau.

63

La Libération

Les Allemands s'en allèrent et la fête commença, mais à peine les cloches s'étaient-elles mises à carillonner que les andartes de l'ELAS, devenue l'E.A.M., sortirent de leur hibernation et s'imposèrent à l'aide des armes que les Anglais leur avaient fournies en croyant qu'elles serviraient à vaincre les nazis. Agissant, paraît-il, sur ordre de Tito, ils constituèrent des conseils et des comités ouvriers et entreprirent de s'auto-élire à l'unanimité à tous les postes de pouvoir, imposant une taxe d'un quart de tout ce qu'ils pouvaient inventer. A Zante, les villages à dominante royaliste s'armèrent et se fortifièrent, et à Céphalonie les communistes commencèrent à déporter les individus gênants dans des camps de concentration : ils observaient les nazis à bonne distance depuis des années et en savaient long en matière d'atrocités et d'oppression. Hitler aurait été fier d'élèves aussi assidus. Leur police secrète, l'OPLA, identifia tout les vénizélistes et les royalistes et les catalogua comme fascistes.

Sur le continent, ils s'emparèrent des provisions de la Croix-Rouge, empoisonnèrent les puits des villages hostiles en y jetant des ânes morts et les cadavres des dissidents, exigèrent un quart des denrées alimentaires débarquées au Pirée et destinées à Athènes, lancèrent un journal au titre ironique d'*Alithia (La Vérité)*, truffé de mensonges sur leur héroïsme et la lâcheté de tous les autres, se débarrassèrent en vrac de tous les gêneurs sous prétexte qu'ils avaient été des « collaborateurs », engagèrent des prostituées pour attirer des soldats anglais dans leurs lignes, se déguisèrent en membres de la Croix-Rouge, en soldats anglais, en policiers ou en membres de la brigade de montagne et utilisèrent des enfants portant le drapeau blanc pour provoquer des embuscades. Ils tirèrent sur des civils qui faisaient leurs courses et sur les soldats anglais qui servaient à manger aux affamés, prirent en otages 20 000 innocents, tuèrent 114 dirigeants socialistes mais non communistes et détruisirent les fabriques, les docks et les chemins de fer que les Allemands avaient laissés intacts. Ils jetèrent dans des fosses communes les corps de Grecs châtrés, la bouche tailladée dans un « sourire » et les yeux arrachés. Ils firent 100 000 réfugiés et, pire que tout, les communistes enlevèrent 30 000 jeunes enfants qu'ils expédièrent en Yougoslavie pour y être endoctrinés. Les soldats de l'ELAS capturés par les Anglais supplièrent de ne pas être échangés contre des prisonniers, tant ils étaient terrifiés par leurs chefs, et les Grecs ordinaires demandaient l'aide des officiers anglais. Un dentiste d'Athènes appareillait gratuitement les militaires en fausses dents.

Il y avait dans tout cela de l'ironie et de la tragédie. L'ironie, c'est que si les communistes avaient poursuivi leur politique de temps de guerre, qui consistait à ne rien faire, ils seraient devenus sans nul doute le premier gouvernement communiste librement élu au monde. Alors qu'en France les communistes s'étaient fait une place justifiée et respectée dans la vie politique, les communistes grecs se rendirent définitivement inéligibles parce que même les communistes ne pouvaient se résoudre à voter pour eux. La tragédie, c'est que se confirma ainsi une évolution fatale : le communisme devenait l'Idéologie la plus belle et la plus humaine, qui n'a jamais été mise en pratique même quand elle était au pouvoir, ou bien la cause la plus noble qui ait jamais attiré la plus grande proportion de voyous et d'opportunistes.

Sur les millions de vies irréparablement détruites par ces voyous, celles de Pélagia et du docteur n'en représentèrent que deux. Le docteur fut emmené une nuit par trois hommes armés qui avaient décidé que puisqu'il était républicain il devait donc être fasciste, et que, comme il était médecin, c'était nécessairement un bourgeois. Ils jetèrent Pélagia dans un coin et la frappèrent avec une chaise jusqu'à ce qu'elle perde connaissance. Quand

Kokolios sortit de chez lui pour défendre le docteur, il fut emmené lui aussi, bien que communiste. Ses actes montraient l'impureté de sa foi et il s'appuyait sur le bras du monarchiste Stamatis quand on les poussa vers les quais pour les embarquer.

Pélagia ne savait pas ce qui était arrivé à son père ni où il avait été envoyé, et aucune des autorités ne lui en dit rien. Seule chez elle, sans argent et sans aide, frappée par un nouveau désespoir inconsolable, elle pensa pour la première fois à en finir et à se suicider. Elle ne voyait d'autre avenir qu'une succession de fascismes, sur une île maudite et condamnée à toujours être un pion dans un jeu où les joueurs cyniques changeaient mais où les jetons étaient des os et du sang, la chair des innocents et des faibles. Quand Antonio allait-il revenir ? La guerre se traînait en Europe et il était probablement mort. Elle menait une vie où sa beauté allait être rongée par la pauvreté, sa santé, par la faim. Elle errait de pièce en pièce, ses pas résonnaient dans la maison vide où ne restaient que des souvenirs, son cœur souffrait, pour elle-même et pour l'humanité. Les nazis avaient massacré 60 000 juifs grecs, elle l'avait entendu à la radio, et maintenant ses propres compatriotes tuaient leurs frères, comme si les nazis n'avaient été qu'une force de police dont le départ était attendu impatiemment par les fratricides. Elle apprit que les communistes avaient tué les soldats italiens qui étaient venus se battre à leurs côtés contre les Allemands. Elle se rappela les joyeux membres de la Scala, et qu'elle avait dit qu'elle haïrait toujours les nazis. Le temps était-il venu de toujours haïr les Grecs ? De ceux qui avaient forcé sa porte pour la frapper et la voler, seuls les Italiens paraissaient innocents. Elle pensa aux Anglais qui avaient trop tardé à venir et se demanda ce qu'il était advenu de Bunny Warren. Elle n'aurait pas été surprise si on lui avait dit que peu après la libération il avait été invité à une fête par les communistes et fusillé. C'était lui qui lui avait dit : « Je ferais n'importe quoi pour les Grecs. J'ai appris à les aimer. » Si elle haïssait les Grecs, à quel peuple appartenait-elle à présent ? Elle n'avait pas de père, pas de biens, pas de nourriture, pas d'amour, pas d'espoir, pas de pays.

Heureusement, elle avait une amie. Drossoula savait depuis longtemps que Pélagia n'éprouvait plus d'amour pour Mandras, qu'il n'y aurait pas de mariage, et que par sa longue absence et son long silence son fils avait perdu ses droits. Elle savait aussi qu'elle attendait un Italien, mais elle n'en éprouva pas d'amertume et ne prononça jamais un mot de critique. Quand Pélagia était arrivée boitillante et en sang et s'était jetée dans ses bras après l'arrestation de son père, elle qui avait beaucoup souffert aussi lui avait caressé les cheveux en lui parlant comme une mère. Une semaine plus tard, elle fermait les portes et les volets de sa petite maison sur le quai et s'installait chez le docteur sur la hauteur. Elle trouva dans un tiroir le pistolet italien et ses balles et les conserva près d'elle en prévision du retour des porcs fascistes.

Comme Pélagia, Drossoula avait été diminuée par la guerre. Son vilain visage de grande lune avait rétréci et lui donnait un air de mélancolie éthérée malgré ses lèvres épaisses et ses gros sourcils. Ses joyeux bourrelets de graisse avaient fondu sur ses cuisses et ses hanches et le promontoire massif de sa poitrine maternelle s'était effacé dans l'espace laissé vacant par l'ancien débordement de son estomac. Les rhumatismes affectaient déjà un genou et les deux hanches et elle marchait avec un lent mouvement traînant et saccadé, comme mécanique, qui faisait mal à voir. Sa minceur nouvelle et insolite donnait cependant de la dignité à sa haute taille et ses cheveux gris inspiraient le respect, ce qui la rendait encore plus redoutable. Elle n'avait pas perdu courage et remontait le moral de Pélagia.

Par commodité, elles dormaient ensemble dans le lit du docteur et dans la journée tiraient des plans pour trouver à manger en échangeant des lamentations et des potins. Elles allaient chercher des racines dans le maquis, faisaient germer de vieux haricots dans des assiettes, troublaient cruellement l'hibernation des hérissons, et Drossoula emmena sa jeune amie sur les rochers pour lui apprendre à pêcher et trouver des crabes sous les cailloux. Elles revenaient avec des algues pour remplacer les légumes et le sel.

Mais c'est à une heure où Drossoula était absente que Mandras revint, imbu de sa gloire et de ses nouvelles idées, comptant sur l'attention docile et admirative de la fiancée qu'il n'avait pas vue pendant des années, et décidé à prendre sa revanche.

Il entra sans frapper, laissa tomber son sac et posa son Lee-Enfield contre le mur. Pélagia était assise sur son lit et mettait la dernière main à la couverture qu'elle avait crochetée pour son mariage ; miraculeusement, celle-ci avait grandi sans la moindre erreur depuis le départ d'Antonio. C'était une façon de créer en son absence leur vie ensemble et chaque maille, chaque nœud contenait tous les désirs labyrinthiques de son cœur solitaire. Quand elle entendit du bruit dans la cuisine, elle appela : « Drossoula ? »

Un homme entra qu'elle ne reconnut pas, sauf qu'il ressemblait beaucoup à Drossoula telle qu'elle était avant la guerre. Mêmes ventre et cuisses distendus, même visage rond et grossier, mêmes sourcils épais et grosses lèvres. Trois ans d'oisiveté grâce aux libéralités des Anglais et au butin pris sur les paysans avaient transformé le beau pêcheur en crapaud. Perplexe, Pélagia se leva.

Mandras aussi était perplexe. La femme maigre et effrayée lui rappelait Pélagia.

Mais cette femme sans poitrine avait des fils d'argent dans ses cheveux noirs clairsemés, sa pauvre jupe tombait droit jusqu'au sol faute de hanches arrondies, ses lèvres étaient desséchées et gercées, ses joues, creuses. Il regarda vivement autour de lui pour voir si Pélagia était là, pensant qu'il devait s'agir d'une cousine ou d'une tante. « Mandras, c'est toi ? » demanda la femme, et il reconnut sa voix.

Sous le choc, presque toute sa haine disparut et il resta abasourdi, bouleversé et effrayé. Elle observa à son tour les traits grossiers transfigurés et fut frappée d'horreur. « Je t'ai cru mort », dit-elle enfin.

Il ferma la porte et s'appuya contre elle. « Tu veux dire que tu espérais que j'étais mort. Comme tu vois, je ne le suis pas. Je suis bien vivant et en très bonne santé. Je n'ai pas droit à un baiser de ma promise ? »

Elle s'avança timidement, à contrecœur, et déposa un baiser sur sa joue droite. « Je suis heureuse que tu sois vivant. »

Il la saisit par les poignets et la maintint fermement. « Je ne crois pas. À propos, comment va ton père ? Il n'est pas là ?

– Lâche-moi », dit-elle doucement et il obéit. Elle retourna vers le lit et dit : « Les communistes l'ont emmené.

– Eh bien, c'est qu'il avait dû le mériter.

– Il n'a rien fait. Il soignait les malades. Ils m'ont aussi frappée avec une chaise, et ils ont tout pris.

– Il doit y avoir de bonnes raisons. Le parti ne se trompe jamais. Celui qui n'est pas avec nous est contre nous. »

Elle remarqua qu'il portait un uniforme de capitaine italien, avec l'étoile rouge de l'ELAS cousue maladroitement sur son calot. Il était une minable caricature de l'homme qui l'avait remplacé. « Tu es avec eux », dit-elle.

Il s'appuya encore plus négligemment contre la porte, de tout son poids, et Pélagia se sentit encore plus emprisonnée et inquiète. « Pas seulement avec, dit-il avec suffisance, je suis un membre important. » Il ajouta d'un ton railleur : « Je serai bientôt commissaire et nous habiterons dans une belle maison. Quand est-ce qu'on se marie ? »

Il la vit frissonner, ce qui excita sa rage. « Nous ne nous marierons pas », dit-elle. Puis elle ajouta avec l'expression la plus conciliante possible : « Nous étions très jeunes et très naïfs, ce n'était pas ce que nous pensions.

– Pas ce que nous pensions ? Et moi qui me battais pour la Grèce en pensant à toi toute la journée, en rêvant de toi toute la nuit ! Quand je pensais à la Grèce, je lui donnais ton visage et je me battais encore plus fort. Maintenant que je reviens enfin, je trouve une traînée avachie qui m'a oublié. J'ai parlé de mariage ? Je me suis oublié. J'avais oublié que le mariage c'est de la comédie. » Il cita le *Manifeste communiste* : « Le mariage bourgeois est en réalité un système de mise en commun des femmes.

– Qu'est-ce qui t'arrive ?

– Ce qui m'arrive ? » Il tira de sa veste un gros paquet de papiers déchirés. « Voilà ce qui m'arrive. » Il les jeta aux pieds de Pélagia qui les ramassa lentement, l'estomac tordu d'angoisse. Elle regarda le paquet et comprit qu'il s'agissait des lettres qu'elle lui avait envoyées sur le front d'Albanie. « Mes lettres ? fit-elle en les tournant dans ses mains.

– Tes lettres. Comme tu sais, je ne sais pas lire, alors je suis revenu t'entendre me les lire encore une fois. Une demande raisonnable, il me semble. J'aimerais que tu commences par la dernière, et ensuite nous remonterons en arrière. Vas-y, lis.

– Mandras, s'il te plaît. Pourquoi donc ? Tout ça c'est du passé.

– Lis », commanda-t-il en levant la main pour la frapper. Elle eut un mouvement de recul en se protégeant le visage avec ses mains, puis elle défit en tremblant le fil de fer qui attachait les lettres. Elle trouva la dernière mais ne put pas la lire. Elle fit semblant de la chercher encore et en choisit une parmi les premières. Elle commença en balbutiant : « Agapiton, toujours sans nouvelles de toi et, bizarrement, je commence à prendre ça avec stoïcisme. Panayis est rentré avec une main en moins et il m'a dit qu'au front il fait trop froid pour pouvoir tenir une plume… »

Mandras l'interrompit. « Tu me prends pour un imbécile, traînée ? Je t'ai dit de lire la dernière. »

Horrifiée, elle fouilla dans les feuillets pour trouver la dernière et comprit qu'il lui infligeait un supplice identique à celui qu'elle avait subi tant de mois plus tôt. Elle jeta un coup d'œil sur les lignes décidées de sa dernière lettre et se sentit défaillir de terreur. « Agapiton, commença-t-elle d'une voix brisée, tu me manques tellement… »

Mandras rugit de dégoût et lui arracha la lettre. Il tint le papier à la lumière et lut : « Tu ne m'écris jamais et au début j'étais triste et inquiète. Maintenant je comprends que tu ne peux pas m'aimer, et cela m'a fait perdre moi aussi mon affection. Je veux que tu saches que j'ai décidé de te libérer de tes promesses. Pardonne-moi. » Il eut un sourire sardonique, une grimace sans joie, à la fois sinistre et menaçante. « Tu as jamais entendu parler de l'Éducation des Travailleurs ? Oui, je sais lire. Et voilà ce que j'ai trouvé dans les lettres que je portais sur mon cœur. C'est drôle, mais quand tu m'as lu cette lettre la première fois, il me semble qu'elle disait autre chose. Je me suis demandé comment une lettre pouvait se réécrire. Ça me fait presque croire aux anges. Bizarre, hein ? Je me demande comment on peut expliquer ça.

– Je ne voulais pas te blesser. Mais à présent, au moins, tu sais la vérité.

– La vérité ! cria-t-il, la vérité ? La vérité c'est que tu es une putain. Encore autre chose : tu sais ce que j'ai entendu en arrivant ? J'ai entendu : "Hé, Mandras, tu es au courant pour ton ancienne fiancée ? Elle va se marier avec un Italien." Alors comme ça tu t'es trouvé un fasciste ? C'est pour ça que je me suis battu ? Traître, traînée ! »

Pélagia se leva, les lèvres tremblantes, et dit : « Mandras, laisse-moi sortir.

– Laisse-moi sortir, répéta-t-il ironiquement, laisse-moi sortir. La pauvre petite a peur, on dirait ? » Il s'avança et la frappa au visage, si brutalement qu'elle tourna sur elle-même avant de tomber. Il lui donna un coup de pied dans les reins et se pencha pour la relever par les poignets. Il la jeta sur le lit et, contrairement à tout ce qu'il avait décidé, se mit à déchirer ses vêtements.

Décidément, il ne pouvait pas s'empêcher de violer les femmes. C'était un réflexe incontrôlable qui naissait au fond de sa poitrine, un réflexe acquis en trois ans de toute-puissance et d'impunité qui avaient débuté par l'appropriation des biens sous la menace des armes et fini par l'appropriation de tout. C'était un droit naturel, allant de soi, et sa violence, sa bestialité étaient infiniment plus exaltantes que les faibles aiguillons de jouissance qui y mettaient un terme. Parfois, il fallait tuer à la fin pour ramener un tout petit reste, une trace de la joie antérieure. Venait ensuite une lassitude, un vide qui forçait à recommencer encore et encore.

Pélagia se débattit. Elle lui plantait les ongles dans la peau, le martelait avec les mains, les genoux et les coudes, elle criait et se tordait. Mandras trouva cette résistance déraisonnable et injustifiée, il n'arrivait à rien malgré son poids et sa force ; il s'écarta et la gifla à plusieurs reprises pour la dompter. Les coups lui faisaient aller la tête d'un côté et de l'autre, et soudain il essaya de lui retrousser ses jupes. À cet instant, son tablier fut retourné lui aussi et le poids lourd du derringer tomba de la poche pour atterrir sur l'oreiller à côté de la tête de Pélagia. Mandras, les yeux brillants de cruauté et de rage, la respiration courte, ne vit rien, et quand la balle lui traversa la clavicule le choc le suffoqua. Il posa un pied par terre et recula en chancelant, les mains serrées sur sa blessure, avec une expression étonnée et accusatrice.

Drossoula entendit le coup de feu au moment où elle entrait par la porte de la cuisine et d'abord elle ne sut pas ce que c'était. Mais ensuite elle comprit et saisit le pistolet italien sous les morceaux de pain rassis pour lesquels elle s'était battue avec tant d'autres affamés sous les fenêtres du bureau du Parti communiste. Sans réfléchir, sachant que réfléchir lui ôterait tout courage, elle poussa la porte de la chambre de Pélagia et vit l'inconcevable.

Elle avait pensé que Pélagia s'était peut-être suicidée, qu'il devait y avoir des voleurs, mais quand elle entra en trombe elle vit la fille du docteur en appui sur les coudes, le petit pistolet fumant dans la main droite, le visage tuméfié et ensanglanté, les lèvres fendues, les vêtements déchirés, les yeux déjà gonflés et bleuis. Drossoula suivit son regard et le doigt qui se tendait à présent et elle vit, appuyé contre le mur derrière la porte, un homme qui aurait pu être son fils. Elle courut vers Pélagia et la prit dans ses bras, la berça en essayant de l'apaiser et entendit des mots émerger dans les sanglots de terreur : « Il a… il a… essayé… de… me violer. »

Drossoula se releva et mère et fils se dévisagèrent, incrédules. Tant de choses avaient changé. Tandis que la fureur montait dans la poitrine de la femme, le feu dans l'âme de Mandras s'étouffait et mourait. Il se sentit accablé par le malheur et ne souhaita plus qu'une chose : pleurer. Rien n'avait servi à rien, tout était perdu. Le supplice de la guerre dans les glaces d'Albanie, les années dans la forêt, l'assurance illusoire qu'il avait éprouvée à maîtriser l'écriture et à connaître le vocabulaire technique de la révolution, son nouveau pouvoir et sa nouvelle importance, tout n'était que fumée et rêve. Il était de nouveau un petit garçon blotti, tremblant, devant la fureur de sa mère. Et son épaule le faisait beaucoup souffrir. Il voulait la lui montrer, attirer sa compassion et ses soins, il voulait qu'elle la touche et la guérisse.

Mais elle braqua sur lui le pistolet que sa rage faisait trembler et elle cracha le mot qui lui paraissait avoir le plus de sens : « Fasciste. »

Mandras implora d'une voix pathétique : « Mère…

– Comment oses-tu m'appeler "mère" ? Je ne suis pas mère et tu n'es pas mon fils. » Elle essuya sa salive sur sa manche. « J'ai une fille… », elle indiqua Pélagia qui s'était recroquevillée, les yeux fermés, et haletait comme si elle venait d'accoucher, « et voilà ce que tu en fais. Je te renie, je ne te connais pas, ne reviens jamais, je ne veux plus jamais te revoir, je t'ai oublié, ma malédiction t'accompagne. Puisses-tu ne jamais connaître la paix, puisse ton cœur éclater dans ta poitrine, puisses-tu mourir tout seul. » Elle cracha par terre et secoua la tête avec mépris : « Violeur nazi, sors d'ici avant que je te tue. »

Mandras laissa son fusil contre le mur de la cuisine et abandonna son sac. Du sang rouge vif dégouttant entre les doigts de sa main droite qui pressait toujours sa blessure, il sortit en titubant sous le soleil pâle de décembre et reprit sa respiration. Il regarda, les yeux noyés de larmes, l'olivier où il s'était balancé autrefois en riant et où, lui semblait-il, une chèvre avait été attachée. L'arbre était incomplet sans Pélagia, fraîche et jolie, coupant des oignons au-dessous de lui et souriant à travers ses larmes. C'était un arbre solitaire qui signifiait une absence et une perte. Il fut envahi par une vague de chagrin et de nostalgie et sa poitrine se contracta tandis qu'il s'éloignait en trébuchant sur les cailloux.

Il ne lui vint pas à l'idée qu'il faisait partie des statistiques, qu'il n'était qu'une vie de plus faussée et détruite par une guerre, un héros déchu destiné au vide. Il n'avait conscience que de la disparition d'un paradis, d'un optimisme réduit en poussière et en cendres, d'une joie qui autrefois brillait davantage que le soleil d'été mais qui avait maintenant disparu, fondue dans la lumière noire et la chaleur froide des massacres et des remords accumulés. Il avait lutté pour un monde meilleur et l'avait détruit.

Il avait existé autrefois un lieu resplendissant de joie et d'innocence. Mandras, immobile, s'en souvint un instant. Il chancela, faillit tomber à la renverse et les paysans qui le regardaient par la fenêtre s'interrogèrent. Ils ne le connaissaient pas, malgré un air familier, et ils pensèrent qu'il valait mieux ne pas s'en mêler. Il y avait eu assez de soldats, assez de sang. Ils l'observèrent à travers les volets et le virent s'éloigner pesamment.

Il descendit vers la mer. Il s'arrêta au bord de l'eau et regarda les bulles d'écume scintiller et éclater sur ses bottes. Des bottes italiennes, se souvint-il, un homme qui n'avait pas eu une belle mort. Il les arracha et les regarda tomber dans les vagues. De sa main valide il déboutonna son pantalon qui tomba à ses pieds et il s'en débarrassa. Il ôta sa veste avec précaution en la laissant glisser de son épaule blessée. Il regarda avec étonnement le cercle de sang qui s'agrandissait sur sa chemise autour de la petite déchirure. Il défit les boutons de sa chemise et la laissa choir aussi.

Nu devant la mer, malgré le froid piquant, il chercha des mouettes dans le ciel ; elles le mèneraient au poisson. Il s'aperçut qu'il désirait par-dessus tout sentir la mer et le sable sur sa peau, sentir son sexe se tendre et se contracter sous la caresse froide du sel et de l'eau soyeuse. Le vent le fouettait et sa blessure lui faisait moins mal. Il avait besoin d'être lavé.

Il se souvint des jours sur son bateau sans rien d'autre à faire que pêcher et plisser les yeux à cause de la lumière, de son triomphe lorsqu'il prenait une belle pièce pour Pélagia, de son plaisir à la voir contente quand il la lui donnait, des baisers volés le soir quand les grillons grésillaient et que le soleil disparaissait soudain à l'ouest dans le ciel de Lixouri. Il se rappela qu'en ce temps-là il était mince et beau, qu'on voyait ses muscles fermes et fiers, et que trois créatures sauvages et exubérantes l'avaient aimé et lui avaient fait confiance. Des créatures qui dans leur grâce et leur simplicité ne se souciaient ni de dots ni d'inconstance, ne cherchaient pas à changer le monde, des créatures pleines d'amour mais sans complications. « Kosmas ! Nionios ! Krystal ! » cria-t-il et il entra dans la mer.

Le pêcheur qui retrouva le corps gonflé raconta que lorsqu'il l'avait découvert trois dauphins le poussaient à tour de rôle vers la côte. Mais on entendait des histoires de ce genre depuis l'Antiquité, et à vrai dire personne ne savait plus si ce n'était qu'une image poétique ou un fait réel.

64

Antonia

Il y avait eu tant de viols et il était né tant d'orphelins que Pélagia et Drossoula ne s'étonnèrent pas de trouver sur leur seuil un paquet abandonné. Il était né à un moment où son père pouvait être un nazi ou un communiste et sa mère, n'importe quelle malheureuse. Quelle qu'ait été cette fille désespérée et déshonorée, elle aimait assez son enfant pour l'avoir laissé devant la maison d'un médecin, sachant que ses habitants auraient des notions de ce qu'il fallait faire. L'époque était si troublée que les deux femmes ne purent penser qu'à s'en occuper elles-mêmes, en se disant qu'il pourrait être adopté plus tard par une femme sans enfant, ou remis à la Croix-Rouge.

Elles emportèrent le bébé à l'intérieur et découvrirent en le déshabillant que c'était une fille ; c'était aussi une enfant faite pour un monde meilleur à venir. Elle était calme et sereine, ne cherchait pas de prétextes pour les hurlements fous avec lesquels certains bébés tourmentent leurs parents ; elle suçait son pouce droit, une habitude qu'elle allait conserver jusque dans sa vieillesse, et distribuait des sourires en agitant les bras et les jambes de plaisir d'une façon que Pélagia appelait « faire l'oiseau ». On pouvait provoquer chez elle un long gloussement de joie rien qu'en lui pressant un doigt sur le nez et elle produisait un son si proche d'un trémolo lent sur une corde basse que Pélagia décida de l'appeler comme la mandoline du capitaine Corelli.

Les deux femmes dont l'âme avait été trempée sans cesse dans le creuset des épreuves et du malheur trouvèrent en Antonia un but nouveau et bouleversant à leur vie. Elle rendit supportables les pénuries les plus difficiles à endurer, effaça les souvenirs les plus tragiques et trouva sa place dans ce matriarcat providentiel comme si c'était son destin. Elle ne posa jamais de question à propos de son père, comme s'il était naturel qu'elle soit née par parthénogenèse, et ce n'est qu'au moment de demander un passeport pour aller en voyage de noces à l'étranger qu'elle découvrit l'incroyable apesanteur de savoir qu'officiellement elle n'existait pas.

Cependant, elle avait un grand-père. Quand le Dr Yannis revint au bout de deux ans et entra dans la cuisine en traînant les pieds, soutenu par deux membres de la Croix-Rouge, brisé par la peur constante des brutalités quotidiennes, rendu définitivement muet, psychologiquement paralysé, il se pencha pour embrasser l'enfant sur le sommet de la tête avant de se retirer dans sa chambre. De même qu'Antonia ne s'interrogeait pas sur son père, le Dr Yannis ne se posa pas de question sur l'enfant. Il lui suffisait de comprendre que le monde avait bifurqué sur une voie insaisissable, étrangère et opaque. C'était devenu un miroir qui reflétait confusément le grotesque, le démoniaque et l'empire de la mort. Il accepta que sa fille et Drossoula dorment dans son lit tandis qu'il prenait celui de Pélagia, car dans n'importe quel lit il faisait les mêmes rêves de marche forcée sur des centaines de kilomètres sans ses bottes, qui lui ont été volées, sans nourriture et sans eau. Il entendait les cris des villageois dont les maisons brûlaient, les hurlements de ceux qui se faisaient castrer et arracher les yeux, les crépitements des exécutions de traînards et il revoyait sans cesse Stamatis et Kokolios, le monarchiste et le communiste, l'image même de la Grèce, en train de mourir dans les bras l'un de l'autre en le suppliant de les abandonner sur la route pour ne pas se faire tuer lui-même. Sa tête résonnait perpétuellement de l'hymne de l'ELAS, à la gloire de l'unité, de l'héroïsme et de l'amour, et de l'ironie amère de se faire appeler camarade pendant qu'on le battait, ou qu'il avait un canon sur la nuque au cours des fausses exécutions que ses gardiens trouvaient humoristiques.

Dans son monde de silence où il pensait en images plutôt qu'en mots parce que ceux-ci étaient trop faibles et trop éloignés de la vérité, le Dr Yannis trouvait chez Antonia le même réconfort que chez sa fille après la mort de sa jeune femme. Il faisait sauter l'enfant sur ses genoux, lissait ses cheveux noirs, lui chatouillait les oreilles, fixait intensément ses yeux noirs comme si cela suffisait à lui parler, le cœur serré à chacun de ses sourires parce qu'en grandissant elle perdrait son innocence et saurait que les drames abîment les muscles du visage jusqu'à ce qu'on ne puisse plus sourire.

Le Dr Yannis reprit la médecine pour aider sa fille; les rôles s'étaient inversés. Elle s'inquiétait de voir ses mains trembler quand il pansait les blessures et les plaies et savait aussi qu'en travaillant il allait à l'encontre d'un sentiment accablant de futilité. Pourquoi protéger la vie si nous devons tous mourir, si l'immortalité n'existe pas et si la santé est un accident éphémère de la jeunesse? Elle s'émerveillait parfois de la force invincible de son élan humanitaire, un élan d'un courage aussi inimaginable, désespéré et chevaleresque que la tâche de Sisyphe, un élan aussi noble et incompréhensible que celui qui inspire à un martyr de crier des bénédictions pendant qu'il brûle. Le soir, elle le prenait dans ses bras tandis qu'il revoyait son passé, les yeux humides de tristesse et elle posait sa tête contre sa poitrine, comprenant que ce désespoir allégeait le sien.

Elle essaya de l'intéresser à son Histoire, et quand elle tira les papiers de la cachette pour les poser devant lui sur sa table, il parut disposé à travailler. Il les lut, mais au bout d'une semaine elle vit qu'il n'avait ajouté qu'un court paragraphe, d'une écriture qui de ferme autrefois s'était transformée en un fouillis de verticales tremblantes et de boucles confuses. Elle lut et se rappela ce que son père avait dit un jour à Antonio. Au bas de la dernière page, son père avait écrit en diagonale : « Dans le passé, nous avions les barbares. À présent nous n'avons que nous-mêmes à blâmer. »

Pendant qu'elle était dans sa cachette, Pélagia avait redécouvert le fusil de Mandras, la mandoline d'Antonio et les papiers de Carlo. Elle lut ces derniers en une seule soirée, en commençant par la lettre d'adieu déchirante et prophétique suivie de l'histoire de l'Albanie et de la mort de Francisco. Elle n'avait jamais imaginé que le titan viril et affable avait souffert si horriblement d'un malheur secret qui l'avait rendu pour toujours étranger à lui-même et avait asséché toute source de bonheur. Mais elle comprit enfin la véritable raison de son courage et de son sacrifice et sut que rien n'est moins évident chez un homme que ce qui paraît aller de soi. Elle comprit qu'il était aussi résolu à perdre la vie qu'à sauver celle de Corelli et que l'enfant qu'elle avait adopté aurait provoqué chez elle le même courage ineffable s'il était en danger.

Antonia devint une fille grande et mince qui se rapprochait chaque jour davantage du modèle classique de l'amazone athlétique peinte sur les vases des musées. Elle avait une démarche décidée et élastique et adopta très tôt le blanc pour tous ses vêtements. Elle était incapable de décorum et lorsqu'elle s'asseyait dans le fauteuil de son grand-père, non seulement elle suçait son pouce mais elle balançait langoureusement une jambe sur l'accoudoir, vautrée de la façon la moins distinguée qui soit ; quand sa mère et Drossoula le lui reprochaient, elle les grondait en riant : « Ne soyez pas si vieux jeu ! » Pélagia reconnaissait que dans une maison dirigée par des femmes excentriques elle ne pouvait s'en prendre qu'à elle-même si Antonia continuait la tradition inaugurée par le docteur et devenait une anomalie du sexe féminin.

On les trouvait en effet excentriques. Les commérages du village faisaient de Drossoula, avec sa laideur extrême, et de Pélagia, avec son irrespect téméraire pour les hommes, un couple de harpies et de sorcières. Si le docteur était muet et inactif dans la maison, c'était à cause de potions chimiques qui l'émasculaient et de la magie ottomane ; et si la pauvreté obligeait Pélagia à recourir à la valériane et au thym plutôt qu'aux médicaments modernes et compliqués, c'était forcément parce que ses procédés étaient suspects, voire occultes. Les enfants jetaient des pierres sur leur passage en se moquant d'elles, les adultes recommandaient à leurs rejetons de les éviter et encourageaient leurs chiens à les mordre. Pélagia n'en gagnait pas moins sa vie parce que lorsqu'il faisait nuit, les gens accouraient en cachette, convaincus que ses remèdes et ses lotions étaient souverains.

La première grande crise dans cette existence survint en 1950 : les femmes de la maison ne purent pas rassembler assez d'argent pour soudoyer un inspecteur de la Santé publique et lui faire oublier que le docteur et sa fille n'étaient pas qualifiés. Interdits d'exercice, ils semblaient condamnés à sombrer dans le dénuement le plus noir et à retourner à une subsistance de guerre à base de hérissons, de lézards et d'escargots.

Cependant, comme si le destin leur souriait enfin, un sinistre poète canadien qui consacrait ses vers aux tentatives de suicide et aux lamentations métaphysiques vint sur l'île et chercha à se loger. Il était le premier de la nouvelle avant-garde d'intellectuels occidentaux épris de romantisme byronien et voulait habiter une maison simple parmi des gens simple de la terre, où il pourrait être aux prises avec les rudes réalités de la vie.

Il trouva une maison simple parmi des gens simples de la mer. Honteuse et confuse, Drossoula lui montra les deux pièces de sa petite maison du quai, dépourvue de commodités, humide, décrépite et un peu malodorante, restée fermée pendant cinq ans et devenue le refuge des cafards, des lézards et des rats. Elle se préparait à un refus méprisant mais il se déclara très vite enchanté et offrit un loyer neuf fois et demie plus élevé que celui qu'elle avait envisagé. Elle en conclut que cet homme était sans aucun doute riche et dérangé, quant à lui, il n'en revenait pas d'avoir trouvé une maison pour un prix tellement symbolique qu'un poète pouvait se le permettre. Il se sentit même coupable, et il mettait trop d'argent dans l'enveloppe qu'il glissait à travers les volets, mais Drossoula, honnête, lui rendait le surplus.

Il resta trois ans, jusqu'au désastre de 1953. Sa maison était toujours pleine de blondes bohèmes et névrosées et de romanciers d'un marxisme de bon ton qui exposaient leurs théories subversives toute la nuit, avec une véhémence de plus en plus brouillée ; la teneur en alcool et l'effet délétère du gros vin rouge sur l'intellect étaient nettement plus considérables qu'ils ne le pensaient. Le poète serait bien resté après le désastre, mais il avait fini par voir de plus en plus clairement que la détente, le soleil et le contentement causaient à sa muse un tort irréparable. Il lui était devenu impossible d'écrire de la poésie déprimante et il devait rentrer d'urgence à Montréal, via Paris où la liberté était en passe d'être reconnue comme la source majeure de l'Angst.

Mais Pélagia, Drossoula et Antonia se grisaient de la liberté que leur apportait leur richesse sans précédent. Elles mangeaient de l'agneau deux fois par semaine au moins et pouvaient acheter des haricots blancs secs de l'année. En outre, la bouteille de vin quotidienne avait une influence salutaire sur le docteur : elle pansait une à une ses blessures psychiques, libérait et allégeait ses souvenirs, et à la longue il recommença à sourire et à rire, même s'il ne parlait toujours pas. Il avait pris l'habitude d'emmener Antonia dans de longues et lentes promenades et regardait la petite fille s'extasier sur les papillons ou trottiner d'un trésor à un autre d'une façon qui lui rappelait Lémoni quand elle était enfant. La seule complication dans leur vie, désormais, c'était qu'ils avaient adopté un chat.

Ce n'était pas une complication grave, mais elle provoquait néanmoins du désordre. Les chats semblaient avoir été exterminés dans l'île pendant la guerre, pour des raisons évidentes, mais en quelques années ils avaient retrouvé leur population d'autrefois. On voyait de nouveau des créatures grasses et satisfaites qui attendaient sur les quais les déchets de poisson et, de nouveau, de pauvres chats pitoyables infestés de vers, décharnés et rabougris qui mendiaient de porte en porte en n'attendant que des coups.

Or, Drossoula s'était mise à appeler Antonia « minou », ce qui n'était ni extraordinaire ni inexplicable, et le nom, « psipsina » en grec, lui était resté, Pélagia l'utilisait aussi, au point que la fillette avait presque oublié son véritable prénom. Elle y était totalement habituée, il allait bien avec sa nature féline et sa grâce languide et elle trouvait naturel de se faire appeler ainsi pour aller dîner. La famille eut du mal à comprendre pourquoi un soir, et les sept soirs suivants, une petite chatte tachetée sauta sur la table par la fenêtre de la cuisine juste après qu'elles avaient appelé Antonia.

Elles la chassèrent d'abord à coups de torchon et avec de grands mouvements de bras mais naturellement elle s'obstina et, naturellement aussi, elle resta. Antonia entendait donc : « Psipsina, descends de la table », alors qu'elle jouait innocemment dans la cour, ou « Psipsina, on mange », et elle trouvait en entrant une assiette peu appétissante de déchets crus et sanglants posée sur les dalles. Si on criait soudain : « Psipina, ne fais pas ça ! » elle s'immobilisait en se demandant désespérément si la bêtise qu'elle était en train de faire était découverte. Drossoula proposa avec bon sens que la chatte et Antonia échangent leurs noms, ainsi la chatte devenait Antonia et la petite fille, Psipsina ; on fit l'essai, mais ça ne marcha pas.

Pendant tout ce temps, Pélagia s'était convaincue qu'Antonio Corelli était mort et, comme son père, elle croyait désormais, dur comme fer, à l'existence des fantômes.

C'était arrivé pour la première fois en 1946, un jour d'octobre, à l'époque de l'anniversaire des massacres ; elle était devant la maison et tenait Antonia dans les bras. Elle roucoulait au bébé et lui tendait son index à sucer. Quelque chose lui fit lever la tête et elle vit la silhouette d'un homme vêtu de noir qui la regardait. Il se tenait exactement à l'endroit où se trouvait Mandras quand le canon de Vélissarios lui avait tiré dessus. Il la regardait comme s'il hésitait à faire un pas et elle sentit son cœur bondir dans sa poitrine. Il y avait en lui toute la mélancolie de neuf mille fantômes en peine et la tristesse émanait de son visage aussi nettement que la lumière à travers un verre de lampe. Elle était sûre que c'était lui. Malgré sa maigreur et sa barbe, elle voyait clairement la cicatrice sur sa joue et ses yeux noirs, les mêmes cheveux, le même maintien droit. Folle de joie, elle posa le bébé pour courir vers lui mais quand elle releva la tête il n'était plus là.

Elle s'élança, le cœur battant la chamade. Elle s'arrêta au tournant de la route et regarda anxieusement tout autour. « Antonio ! cria-t-elle, Antonio ! » Mais aucune voix ne répondit, aucun homme ne marcha vers elle. Il avait disparu. Elle leva les mains au ciel comme pour l'interroger et s'effondra, désespérée. Elle se releva et continua de chercher et d'appeler jusqu'à ce que sa gorge lui fasse mal et que les larmes l'aveuglent. Le lendemain matin elle trouva une rose rouge là où Carlo Guercio reposait.

Le même fantôme apparut au même endroit en 1947 puis chaque année, à peu près à la même époque, jamais exactement ; et chaque année en octobre il y avait une rose. C'est ce qui amena Pélagia à conclure qu'Antonio avait tenu sa promesse de revenir, que l'on pouvait accomplir un vœu et continuer à aimer, même du fond de la tombe. Ainsi, elle vécut satisfaite, sachant qu'elle n'avait pas été abandonnée ni rejetée, nourrie de la douce rêverie d'être désirée et chérie même en étant une vieille fille desséchée et fanée, en attendant que sa propre mort lui rende tout ce qui lui avait été volé dans la vie.

65

1953

Quand Zeus voulut marquer le lieu exact du nombril du monde, il lança deux aigles à partir de ses confins les plus éloignés et repéra l'endroit où leurs vols se rencontraient : c'était à Delphes, et la Grèce devint le point où se séparent l'Est et l'Ouest, le Nord et le Sud, le rendez-vous de cultures antagonistes et le carrefour des armées rapaces et voyageuses.

Pélagia avait d'abord été fière de vivre au centre du monde, mais désormais elle renonça à être grecque, en supposant qu'une telle chose soit possible. Elle avait vu de ses yeux le mépris avec lequel on traitait Drossoula, rien que parce qu'être veuve c'est cesser d'exister. Son désir consciencieux et idéaliste de guérir les malades lui avait valu une réputation de sorcière et, surtout, la barbarie de la guerre civile avait anéanti pour toujours la foi hellénique que son père lui avait inculquée. Elle ne se croyait plus l'héritière de la civilisation la plus grande et la plus merveilleuse de l'histoire de la terre ; la Grèce ancienne s'était sans doute trouvée au même endroit que la Grèce moderne, mais ce n'était pas le même pays, et il n'abritait pas les mêmes gens. Papandréou n'était pas Périclès et le roi n'avait rien de Constantin.

Pélagia se considéra comme italienne, d'autant plus facilement que grâce à la distance et au fait qu'elle n'était jamais allée en Italie elle ne découvrit jamais qu'elle ne contenait pas davantage de joueurs de mandolines libéraux que la Grèce. « Après tout, se dit-elle, j'allais épouser un Italien, je parle italien et je pense qu'en Italie j'aurais pu devenir médecin. »

Elle enseigna donc l'italien à Antonia — qui apprit le grec démotique avec Droussoula et ne parla jamais la katharévoussa — et acheta une radio pour trois fois rien à quelqu'un qui était ravi de s'en séparer parce que la recherche des stations était détraquée et qu'elle ne recevait que les radios italiennes. Elle l'acheta en 1949, juste après que la bataille de Vitsi eut mis fin à la guerre civile, et elle put l'écouter en octobre pour l'anniversaire des massacres. Elle l'aimait beaucoup, frottait son vernis rayé jusqu'à ce qu'elle brille et négligeait ses obligations pour l'écouter, immobile, pendant des heures ; elle ne l'écoutait pas seulement, elle la regardait intensément comme si Antonio allait s'échapper comme de la fumée de sa grille mordorée.

Elle avait du mal à la quitter et supportait des heures de sottises ennuyeuses rien que dans l'espoir d'entendre *Non ti scorda di me*, *Core'ngrato*, *Parlami d'amore* ou *La donna è mobile*. Mais, surtout, elle rêvait d'être transportée au temps de la Scala en entendant *Torna a Surrento*, la chanson préférée du club, celle qu'il chantait le plus souvent ; elle fermait alors les yeux, dans un état de béatitude mélancolique, et revoyait les garçons sous l'olivier : ils ne se rendaient pas compte de leurs gestes mélodramatiques quand ils mettaient tout leur cœur et toute la passion de leur voix dans les aigus déchirants et les notes d'agrément de la dernière phrase. Ils restaient ensuite silencieux pendant un moment de nostalgie avant de soupirer, hocher la tête et s'essuyer les yeux sur leur manche. C'est aussi grâce à la radio qu'elle découvrit de belles chansons pour femmes, et elle chantait à tue-tête « O mio bambino caro » en lavant par terre à quatre pattes ; elle y introduisait des quarts de tons orientaux et des ululements, renonçant ainsi à son projet de devenir italienne.

Elle recherchait surtout le son des mandolines et se disait qu'un jour il faudrait qu'elle sorte celle du capitaine de sa cachette. Une fois, en revenant de cueillir des baies, elle aurait pu jurer qu'elle avait entendu les dernières mesures de la « Marche de Pélagia », mais elle savait que ce n'était pas possible puisque le capitaine était mort. Non : tout simplement, ce monde prodigue possédait d'autres musiciens qui pouvaient prendre sa place. Elle se demandait souvent où il était mort ; probablement en mer, dans le petit bateau, mais peut-être en Italie, à Anzio, ou quelque part sur la ligne Gothique. Elle éprouvait un chagrin immense à la pensée que son squelette blanchissait sous terre, que les muscles et les tendons qui avaient produit une telle musique s'étaient immobilisés, inutiles, et réduits à des moignons en décomposition. La terre au-dessus de lui était peut-être aussi immobile et silencieuse que celle qui contenait les morts dans le maquis, ou bien c'était un lieu de passage, comme celle qui recouvrait Carlo Guercio. Pélagia n'aimait pas marcher sur sa tombe et elle se moquait d'elle-même qui craignait, par une pudeur ridicule, qu'un homme mort ne puisse voir sous ses jupes à travers une épaisseur de terre.

Mais le sol traître de Céphalonie était loin d'être immobile ; c'était un chien qui a dormi sous la pluie et qui se lève pour secouer les gouttes.

On raconte qu'autrefois toutes les terres ne faisaient qu'une et on dirait que les continents eux-mêmes en ont la nostalgie, tout comme certains disent ne pas appartenir à une nation et exigent un passeport international et un permis de résidence universel. Ainsi, l'Inde pousse vers le Nord, pénétrant l'Himalaya, décidée à ne pas être une île et à imposer sur l'Asie son avidité tropicale et humide. La péninsule Arabique se venge sournoisement des Ottomans en s'appuyant sans gêne contre la Turquie dans l'espoir de la voir sombrer dans la mer Noire. L'Afrique, lassée que les Blancs la jugent malodorante, dangereuse, incompréhensible et exotique, remonte vers le nord afin que, pour une fois, l'Europe la regarde en face et admette enfin que sa civilisation est née en Égypte. Seules les Amériques se pressent vers l'ouest ; elles tiennent tellement à être isolées et supérieures qu'elles ont oublié que la terre est ronde et qu'un beau jour, forcément, elles se retrouveront miraculeusement collées à la Chine.

Après coup, il fut évident que ça allait arriver ; la dernière fois, ça n'était pas à Céphalonie mais plus au nord, à Lefkas, en 1948, quand la Grèce était tellement noyée dans la sauvagerie que les autres n'avaient rien remarqué. Les signes avant-coureurs, ce matin-là, furent considérés comme étranges, mais pas inquiétants.

La guerre de Corée venait de finir mais les troupes françaises venaient d'être parachutées en Indochine, c'était un beau 13 août 1953, juste avant l'Assomption, après les vendanges. Il y avait une légère brume et des nuages en stries, comme des traînées de vapeur, étaient disposés au hasard dans le ciel comme par un peintre expressionniste allergique à l'ordre et hostile à l'esthétique de la symétrie et de la forme. Drossoula avait remarqué une drôle d'odeur et une lumière bizarre sur le sol, et Pélagia avait trouvé le puits complètement plein malgré l'absence de pluie. Quelques minutes plus tard, quand elle y était retournée avec son seau, il était vide. Le Dr Yannis qui resserrait les vis minuscules de ses lunettes eut la surprise de les voir collées à son tournevis par une force magnétique invraisemblable. Antonia, qui avait à présent huit ans mais était aussi grande qu'une fillette de douze ans, voulut ramasser par terre une feuille de papier et celle-ci s'envola pour se coller à sa main. « Je suis une sorcière ! Je suis une sorcière », s'écria-t-elle. Elle sortit en gambadant et vit un hérisson détaler dans la cour avec ses petits. Un hibou, autre animal nocturne, l'observait sur une branche basse de l'olivier, flanqué des nouveaux poulets de Pélagia perchés en rang, endormis la tête sous l'aile. Si Antonia avait regardé le ciel, elle n'y aurait pas vu un seul oiseau, et si elle était descendue au bord de la mer, elle aurait vu des poissons plats nager près de la surface et d'autres faire des sauts comme s'ils voulaient devenir des oiseaux et nager dans l'air, tandis que beaucoup d'autres jouaient les tortues à toutes fins utiles, et trépassaient.

Les serpents et les rats sortirent de leur trou et les martres des pins de Céphalonie, rassemblées en groupes sur le sol, restèrent immobiles comme des amateurs d'opéra avant l'ouverture. Devant la maison du docteur, une mule attachée au mur tira sur sa longe en donnant des coups de pied sur les cailloux, le bruit de ses sabots résonnait dans la maison. Les chiens du village entonnèrent le chœur désagréable et irritant qui se produit normalement au coucher du soleil et des flots de sauterelles envahirent les chemins et les cours pour disparaître dans les ronces.

Les événements étranges se succédèrent. La vaisselle et les couverts tintèrent comme pendant la guerre, quand passaient les bombardiers anglais. Dans la cour, le seau de Pélagia se renversa et se vida, Antonia nia l'avoir touché. Drossoula entra, tremblante et en sueur, et dit : « Je suis malade, je me sens très mal, j'ai quelque chose au cœur. » Elle s'assit lourdement, la main à la poitrine, étouffée par l'angoisse. Jamais elle ne s'était sentie aussi faible, jamais elle n'avait autant senti des aiguilles dans les pieds. Jamais, depuis la fête patronale, elle n'avait eu autant envie de vomir. Elle prit de grandes respirations et Pélagia lui fit une tisane tonique.

Dans la cour, Antonia eut soudain mal à la tête, elle se sentit faible et oppressée par la terreur vertigineuse que l'on éprouve au bord d'un précipice en ayant peur d'y être entraîné. Pélagia sortit et l'appela : « Psipsina, viens voir : l'autre Psipsina est en train de devenir dingue ! »

C'était vrai. Depuis l'époque de Cléopâtre et des Ptolémées, jamais félin ne s'était comporté aussi bizarrement. Elle grattait un endroit du sol comme pour y enterrer ou y chercher quelque chose puis se roulait dessus comme si elle était contente ou voulait se gratter. Elle faisait soudain des bonds de côté puis sautait en l'air à une hauteur incroyable. Elle regarda les humains un quart de seconde, fit un saut périlleux avec un air effaré puis fila comme une flèche sur l'olivier où elle se désintéressa des poulets. Un instant plus tard elle était de retour et chercha à se cacher. Elle essaya d'entrer dans un panier d'osier, mit la tête et les pattes de devant dans un sac en papier, s'installa une minute dans une poêle trop petite pour la contenir et grimpa au mur pour aller se percher en clignant des yeux comme une chouette en haut d'une persienne qui branla dangereusement et craqua sous son poids. « Tu es une chatte folle », gronda Pélagia, sur quoi l'animal bondit et se mit à sauter d'une étagère à l'autre, tournant follement autour de la pièce sans toucher terre une seule fois, d'une façon qui rappela à Pélagia celle de son prédécesseur éponyme. La chatte s'arrêta brutalement, sa queue tripla de volume, les poils de son dos arqué se hérissèrent et elle cracha furieusement contre un ennemi invisible qui devait se situer du côté de la porte. Puis, tranquillement, elle redescendit, sortit dans la cour avec une démarche digne et alla s'asseoir sur le mur où elle poussa des hurlements tragiques comme si elle avait perdu ses chatons ou se lamentait sur quelque malheur. Antonia qui avait applaudi et ri de joie éclata soudain en sanglots et s'exclama : « Mama ! Il faut que je sorte ! » et elle se précipita dehors.

Drossoula et Pélagia se regardaient comme pour dire : « Ce doit être une puberté précoce » quand retentit sous la terre un grondement stupéfiant, tellement au-dessous d'une fréquence audible qu'elles le ressentirent plus qu'elles ne l'entendirent. Les deux femmes sentirent leur poitrine se soulever et vibrer sous la contrainte des muscles et des cartilages, leurs côtes semblèrent se déchirer, comme si un dieu frappait violemment sur une grosse caisse dans leurs poumons. « Une crise cardiaque, pensa Pélagia désespérée, oh, mon Dieu, et je n'ai même pas vécu. » Elle vit Drossoula les mains sur l'estomac, les yeux exorbités, s'approcher en titubant comme si on l'avait frappée à coup de hache.

On aurait dit que le temps s'était arrêté et que le roulement inouï de la terre ne cesserait jamais. Le Dr Yannis jaillit hors de la chambre qui avait été celle de Pélagia et parla pour la première fois depuis huit ans : « Sortez ! Sortez ! cria-t-il. C'est un tremblement de terre ! Sauvez-vous ! » Sa voix était grêle et infiniment lointaine à côté de l'explosion gutturale du bruit qui augmentait et il fut renversé violemment.

Prises de panique, aveuglées par les bonds et les tremblements frénétiques du monde, les deux femmes vacillèrent en direction de la porte, furent jetées à terre et tentèrent de ramper. À l'explosion infernale qui donnait l'impression que la tête éclatait s'ajoutait la cacophonie des casseroles et des assiettes, la tarentelle menaçante, sauvage et hachée des chaises et de la table, les coups de feu des poutres et des murs qui éclataient, les coups de cloche désordonnés de l'église et un nuage de poussière étouffant, chargé de la puanteur du soufre, qui arrachait la gorge et les yeux. Comme elles étaient sans cesse lancées en l'air et de côté, elles n'arrivaient pas à ramper à quatre pattes et elles étendaient les bras et les jambes en se tortillant comme des serpents. Elles n'atteignirent la porte qu'au moment où le toit commençait à s'incurver.

Elles sortirent dans la cour qui se soulevait, la lumière du ciel était masquée, l'affreuse clameur explosait dans leur tête et leur poitrine, la poussière s'élevait lentement de la terre comme attirée par la lune. Le vieil olivier salua la terre sous leurs yeux et se fendit net au centre de son tronc, puis il se dressa et secoua ses branches comme un Nazaréen paralysé. Une trombe d'eau bouillonnante et sale jaillit au centre de la rue à une hauteur de douze mètres puis disparut comme si de rien n'était en laissant une mare qui s'emplit rapidement de terre et disparut elle aussi. Plus haut sur la colline, invisible à cause des rideaux de poussière claire et étouffante qui s'élevaient, une plaque de roche et d'argile rouge se détacha de la pente et dégringola sur la route, du côté sud, emportant avec elle les oliviers et le champ où avaient émigré les sauterelles. Encore une fois, le géant agité dans les entrailles de la terre lança au-dessus de lui un poing puissant qui fit sauter les maisons hors de leurs fondations; les lourds murs de pierre ondulèrent comme du papier dans le vent, et soudain il y eut un silence de mort. Un calme étrange et sépulcral recouvrit la terre, comme s'il regrettait trop tard la catastrophe, et Pélagia, toussant et crachant, couverte de terre, ivre d'impuissance et avec la sensation d'être minuscule, se remit sur les genoux, le souffle encore coupé par le dernier coup titanesque qui l'avait frappée au diaphragme en lui paralysant les poumons. Elle se leva, chancelante, et le silence surnaturel fut soudain brisé par les cris de bête sauvage du pope qui s'était précipité hors de son église et tournoyait à présent, les bras au ciel, les yeux jetant des éclairs dans son visage crasseux, s'adressant à la divinité non pas pour l'implorer de cesser mais pour la prendre à partie. « Bâtard ! tonnait-il, chien immonde ! Fils de pute à puces ! chancre mou ! » Toute la sérénité de son âme pieuse transformée soudain en mépris, il crachait les mots interdits; il tomba à genoux, frappa la terre avec ses poings et, incapable de garder sa rage en lui, il sauta sur ses pieds pour brandir le poing vers le ciel. Les larmes lui montèrent aux yeux et il demanda : « Ne t'avons-nous pas aimé ? Merde ingrate ! Excrément du diable ! »

À l'instant même, comme pour lui répondre, le grondement profond recommença et enfla. Une fois de plus le poing souterrain se dressa du tréfonds de la terre et une fois de plus la croûte et les rochers de Céphalonie se secouèrent et dansèrent, les pics des montagnes se balançant comme des mâts de navire. Jetée de nouveau à terre, Pélagia planta ses ongles dans le sol qui oscillait avec un bruit sourd, trop désespérée et terrorisée pour chercher à survivre. Le monde entier s'était réduit aux dimensions d'une boule de feu sombre qui semblait exploser dans son estomac et déverser ses flammes dans les fibres de son cerveau et dans cet enfer solitaire elle se tordait et étouffait, incrédule, étonnée, au-delà déjà de la surprise et de l'effroi, jouet de l'insolence et de la dureté de la terre.

Au sud, dans l'île de Zante, la capitale s'embrasa sous une pluie de cendres incandescentes qui causait de telles douleurs en tombant sur la peau que les hommes et les chiens devenaient fous. Un sauveteur qui avait été présent à Nagasaki devait dire ensuite que ce séisme-ci était pire. Dans toutes les îles Ioniennes les habitants perdirent tout sauf les objets parfois insignifiants qu'ils avaient essayé de sauver en fuyant leur maison : un pot de chambre, une lettre, un coussin, un pot de basilic ou une bague. À Céphalonie, le rocher de Kounopétra à Paliki, qui vibrait depuis des siècles et que les bateaux de guerre anglais eux-mêmes n'avaient pas réussi à déranger, s'immobilisa et trouva le repos au milieu de la destruction. Il ne fut plus qu'un rocher de bord de mer parmi d'autres dans cette île qui se défigurait, dissoute par la désolation dans une répétition générale de l'Apocalypse.

Pendant les intervalles où le titan apoplectique reprenait ses forces et imaginait de nouvelles cruautés, Pélagia, Drossoula et Antonia essayaient de se soutenir en s'étreignant et regardaient leur maison. Tandis que la terre et les fissures des rochers se fendaient en craquant avec un bruit de canon et de tank, que les routes se tordaient et ondulaient, que les colonnes des balcons vénitiens tournaient et pliaient, les trois femmes vacillaient et titubaient, incrédules et horrifiées. Psipsina apparut soudain de Dieu sait où et les rejoignit, le poil collé de poussière blanche et les moustaches ornées de toiles d'araignée. Antonia la prit dans ses bras.

Il resta peu de chose de la vieille maison : des murs réduits à la moitié de leur hauteur, des moellons et les débris de toit, mais aussi l'âme désenchantée et le vieux corps fatigué du docteur, qui préparait ses dernières paroles depuis des années et n'avait pas pu les prononcer.

66

Sauvetage

A cette époque-là, la Grande-Bretagne était moins riche qu'aujourd'hui mais aussi moins suffisante et nettement moins inefficace. Elle avait le sens des responsabilités humanitaires et entretenait le mythe de son importance ; celui-ci était une réalité à la don Quichotte et tout le monde l'acceptait, parce qu'elle y croyait et le disait suffisamment haut et fort pour que les étrangers comprennent. Elle n'avait pas encore pris l'habitude enfantine d'attendre des mois que Washington lui donne la permission de se lever de son lit post-impérial, mettre ses bottes, prendre une tasse de thé sucré et se risquer à sortir.

Les Anglais furent donc les premiers à arriver, ceux qui restèrent le plus longtemps, qui en firent le plus et qui partirent les derniers. Du jour au lendemain le H.M.S. *Daring* fut chargé en eau, en nourriture, en médecins et en matériel de sauvetage et quitta Malte pour arriver le lendemain à l'aube ; il trouva le port d'Argostoli secoué, écumant ; des gerbes d'eau jaillissaient comme sous l'effet de grenades sous-marines et de mines magnétiques. Un hydravion Sunderland amena le commandant en chef des forces en Méditerranée, le H.M.S. *Wrangler* apporta des provisions à Ithaque et bientôt arrivèrent les H.M.S. *Bermuda*, *Forth*, *Reggio* et le bateau néo-zélandais *The Black Prince*. Ils apportèrent au total 400 kilomètres de bandages, 2 500 gallons de désinfectant, 50 tentes Nissen, 6 000 couvertures, des bulldozers, des biberons, 60 000 boîtes de lait, de quoi fournir trois repas par jour à 15 000 personnes pendant une semaine et un chargement immodéré de deux tonnes et demie de coton hydrophile et de charpie.

Les Yougoslaves, dont le port de Dubrovnik était le plus proche, n'envoyèrent strictement rien aux capitalistes, mais bientôt apparurent quatre petits bateaux timides de la marine israélienne. L'Italie, consciente de son passé honteux et des obligations qu'il impliquait, envoya ses meilleurs bâtiments de ligne chargés de l'élite des pompiers de Naples, Milan et Rome et entreprit l'évacuation des blessés sur Patras. Le *Franklin D. Roosevelt* et le *Salem* arrivèrent avec des excavatrices et des hélicoptères, bientôt suivis par quatre bateaux de guerre transportant 3 000 marines. La marine grecque, entravée par des batailles bureaucratiques internes, arriva en retard, mais enthousiaste, et le général Iatridès fut nommé gouverneur de Ionie pour la durée de l'état d'urgence. Le roi et sa famille profitèrent de l'occasion pour parcourir incognito les îles en jeep et les petites nonnes replètes enfermées dans les monastères émergèrent consciencieusement, mais avec joie, pour goûter à la vie, à ses occasions de travailler et de faire la conversation et au chocolat qui allait avec.

Grâce à la largeur des rues il y eut peu de victimes à Céphalonie : les bourgs se composaient pour la plupart de bâtiments à un seul étage séparés par des cours et des dépôts d'ordures et on connut les miracles habituels concernant ceux qui avaient perdu le sens du temps et étaient sortis de sous les ruines au bout de neuf jours en croyant que tout n'avait duré que quelques heures.

Les marins britanniques peinaient et transpiraient dans la chaleur éprouvante en se plaignant amèrement de l'odeur d'excréments dans le port et des coups de soleil qui faisaient partir leur peau en lambeaux. Rouges comme des cardinaux, ils dynamitèrent les bâtiments dangereux, c'est-à-dire tous, de sorte que l'île parut encore plus désolée après leurs interventions, et provoquèrent une nouvelle panique chez les insulaires qui ne savaient pas faire la différence entre les explosions et les secousses secondaires d'un séisme et que les marins, peu versés en géographie et en circonlocutions polies, appelaient jovialement « les métèques ». Sur leurs tableaux d'affichage, parmi les consignes et les instructions spéciales, étaient épinglés les scores régulièrement mis à jour des matches de cricket entre l'Angleterre et l'Australie.

Le personnel chargé de l'aide internationale édifia des villes de tentes et créa d'immenses parcs de stationnement pour les jeeps et les camions. Au grognement de la terre inquiète s'ajouta le cliquètement phénoménal des hélicoptères et le vacarme des excavatrices essayant de déblayer les glissements qui isolaient les agglomérations les plus éloignées, dont les habitants crurent pendant trois jours qu'on les avait monstrueusement oubliés et laissé mourir de faim ou de soif. Un village de Zante était sur le point de désespérer quand un avion largua le meilleur pain que les habitants aient jamais goûté : sa saveur est restée pour toujours dans la mémoire collective comme un avant-goût du paradis qu'aucune ménagère mortelle ne saurait reproduire. Suivirent du corned beef et du chocolat, qui commençait à fondre à peine tombé ; les humains léchaient avidement le papier d'argent, puis les chiens le léchaient à leur tour avant de l'avaler.

L'équipage du *Franklin D. Roosevelt* fabriquait sept mille pains par jour et le livrait dans les ports détruits et sur les plages dans des péniches de débarquement plus habituées aux howitzers, aux tanks et aux soldats. Un officier américain muni d'un manuel de conversation se promenait en répétant « Faim ? » sur un ton insuffisamment interrogatif et en indiquant sa bouche pour mieux se faire comprendre. Finalement, des villageois eurent pitié de lui et lui offrirent un festin avec le peu qu'ils avaient pu trouver. Quand les Américains sont partis, leurs tentes et leurs poubelles ont été pillées et leurs ouvre-boîtes miraculeux, pas plus grands qu'une lame de rasoir, ont été pendant dix ans la monnaie d'échange dans les négociations entre les gamins de l'île, à la place des pièces et des canifs.

Les Grecs réagirent différemment selon qu'ils s'étaient ou non trouvé un chef naturel. Ceux qui n'en avaient pas sombrèrent dans la mélancolie, perdirent la notion du temps, devinrent apathiques, sans énergie, et furent harcelés par des cauchemars dans lesquels ils se sentaient tomber sans fin dans l'espace. Ils n'avaient plus de larmes. Ils n'affichèrent même pas d'avis de recherche pour retrouver des parents et des amis.

Pendant le séisme proprement dit, un quart des habitants peut-être, comme le docteur, n'avait pas cédé à la panique, mais après coup, les trois quarts restants se rappelèrent avoir abandonné leurs enfants et leurs vieux parents et souffrirent le martyre de l'humiliation. Des hommes forts se sentirent lâches et ridicules, et à la pensée d'avoir été frappés sans raison par Dieu vint s'ajouter un sentiment horrible et insidieux d'inutilité. Leur cœur s'affolait au braiment d'une mule, au grincement d'une porte, au bruit d'un chat faisant ses griffes.

Des Grecs entreprenants firent instantanément des affaires en vendant des biens de l'État tels que des tampons et des permis. D'autres ouvrirent des étals de fruits et un directeur de banque d'Argostoli installa une table devant les ruines de son édifice pour y poursuivre ses transactions habituelles ; il aima son travail pour la première fois. A Ithaque, quelqu'un tendit un drap et ouvrit un cinéma. Des organisations de jeunes de toute la Grèce vinrent travailler pendant les vacances, en riant et en se moquant si quelqu'un s'inquiétait du pouls et de la respiration de la roche.

Les gens les plus invraisemblables devinrent des sauveurs. Alors qu'il avait toujours été considéré comme un homme lent et placide, Vélissarios prit le commandement du village de Pélagia. Il avait à présent quarante-deux ans et savait, sans vanité, qu'il était plus fort que jamais, même s'il n'avait plus l'endurance illimitée de la jeunesse ni tous ses beaux rêves de rester éternellement jeune. Le tremblement de terre lui éclaircit le cerveau, tout comme il avait guéri les rhumatismes de Drossoula, et c'était comme si une lumière s'était allumée au milieu de ses perceptions animales et de ses réflexes instinctifs.

Vélissarios se lança dans la tâche de faire ressusciter le village et les habitants suivirent, reconnaissants. Avec une force qui semblait surpasser celle du séisme il arracha les poutres et les pierres qui emprisonnaient le corps chétif du docteur, car il savait que la putréfaction provoquait des maladies, puis il organisa les désemparés et les désespérés en petits groupes de travail chargés de missions très variées. Il descendit au fond du puits et se mit à le vider des gravats qui l'encombraient, à un rythme tel qu'il épuisa deux équipes de corvée sans se reposer. C'est uniquement grâce à Vélissarios si personne ne souffrit de la soif.

Le bruit courut que l'île s'enfonçait dans la mer et que le gouvernement avait ordonné que toute la population s'embarque. Tandis que les gogos et les crédules couraient chercher dans les ruines de leur maison quelque objet à récupérer pour l'exode, Vélissarios allait de l'un à l'autre en faisant appel à leur sens de la propriété et à leur raison. « Vous êtes idiots ou quoi ? demandait-il. C'est un bobard lancé par des gens qui veulent piller. Vous voulez tout perdre et vous rendre ridicules ? Si quelqu'un s'en va, je vous promets de lui faire changer d'avis. Céphalonie ne s'enfonce pas, elle flotte. Ne soyez pas des imbéciles, parce que c'est exactement ce que les autres veulent. » Quand les insulaires fuyaient en criant à chacune des mille secousses secondaires, c'est Vélissarios qui leur disait de se ressaisir et de se remettre au travail, et plus d'une fois il alla tirer de leur trou les paresseux et les gens terrifiés en les menaçant de leur briser les os s'ils ne poursuivaient pas leur tâche. Avec ses cheveux gris en broussaille, son front en sueur, sa poitrine nue plus poilue que celle d'un ours et ses jambes plus épaisses que des colonnes, il les houspillait tous afin qu'ils reprennent leurs esprits et qu'ils travaillent. Il persuada même Pélagia de recouvrir le corps de son père et d'aller s'occuper des blessés. Elle opéra deux jambes cassées et les mit même en extension au moyen de cordes et de pierres, elle mit du miel sur les coupures et retira le sable des yeux des bébés avec une plume et de la salive. Drossoula qui, au début, n'avait su que crier d'une voix hystérique « Il ne nous reste rien, rien que nos yeux pour pleurer ! » fut chargée de garder les enfants pour que leurs parents puissent être mis au travail. Ils jouaient à cache-cache dans les ruines, à chat perché, et construisaient des pyramides de cailloux : leur petite contribution au nettoyage des maisons et de la rue. Quand les secours arrivèrent finalement après avoir aplani au bulldozer la route où il y avait eu un glissement de terrain, ils trouvèrent une petite communauté vivant dans des tentes de tôle ondulée fixée à des poutres récupérées, avec des latrines discrètes creusées à bonne distance du puits, et le pressoir à huile communal remis en état, afin que les habitants puissent continuer à gagner leur vie et éviter la famine. Ils virent aussi le responsable, un géant qui dans sa vieillesse allait être plus vénéré et plus respecté que l'instituteur et le pope.

Pendant trois mois la terre remua, avec un bruit de respiration, comme si elle retenait son souffle puis expirait. Tous habitaient dans des tentes qui furent emportées et mises en pièces par un orage malencontreux et glacial, mais vite réparées et de nouveau debout. Au début de l'hiver, ils eurent froid, entassés parfois à quinze dans une tente pour se réchauffer, puis les abris de bois furent construits, incroyablement spacieux par comparaison mais presque aussi froids. Pendant trois mois, Antonia passa des vacances organisées par la reine dans les camps prévus initialement pour les orphelins de la guerre civile et elle revint avec des poux, des lentes et un nouveau vocabulaire choquant de jurons et de noms pour les parties intimes. En un an la reconstruction commença et elle fut achevée en trois ans. De belles villes vénitiennes anciennes réapparurent sous forme d'agglomérations uniformes de boîtes de béton passées au blanc. Un village fut entièrement reconstruit par un exilé philanthrope dont la fortune apporta eau courante, tout-à-l'égout, rues pavées et réverbères en fer forgé ; il devint aussi charmant que Fiskardo, la seule ville restée intacte. Le village de Pélagia fut reconstruit plus bas, plus près de la nouvelle route ouverte par d'ingénieux ingénieurs français et elle abandonna sa vieille maison où les trésors et les reliques étaient, semblait-il, enterrés définitivement.

Comme le tremblement de terre avait entièrement consisté en ondes de compression, très peu de fissures s'étaient ouvertes dans le sol. Mais peu après le désastre un pompier italien en trouva une. Il était monté d'Argostoli dans une Jeep empruntée à un Américain et se trouvait devant la maison abandonnée et démolie de Pélagia qu'il considérait avec effroi, tandis que la terre tremblait. Il traversa la cour avec son olivier coupé en deux et remarqua qu'une fente du sol s'était élargie. Il regarda dedans et vit un squelette, le sternum et les côtes brisés, la mâchoire fracassée sous le crâne massif, ouverte, comme surprise en plein discours ; les pièces d’argent ternies dans les orbites lui donnaient une expression de tristesse, d’étonnement et de reproche.

Le pompier le contempla pendant quelques minutes et fut dérangé par un nouveau tremblement. Il ramassa un pavot orange entre les pierres et le jeta sur la dépouille puis il alla chercher une bêche dans la jeep. A peine avait-il commencé son travail de fossoycur qu’une nouvelle secousse lui fit perdre l’équilibre et que la terre rouge se referma de nouveau sur la charpente de colosse de Carlo Guercio.

67

Lamentation de Pélagia

C'est ici que je me sentais en sécurité, mon seul refuge, la substance de ma mémoire. C'est dans cette maison que ma mère m'a tenue dans ses bras, ses yeux noirs brillants de bonheur, et c'est ici qu'elle est morte. Mon père éprouvé a rassemblé tout son amour et ne l'a donné qu'à moi, il m'a élevée, il me préparait des repas immangeables, des repas d'homme, il m'asseyait sur ses genoux, il m'a enracinée en me racontant l'histoire de la terre. Il me parlait avec beaucoup d'amour, il travaillait pour moi, il m'a permis d'être un enfant. Quand j'étais fatiguée, il me portait dans ses bras, il me mettait au lit et me caressait les cheveux, je l'entendais me dire dans l'obscurité : « Koritsi mou, si tu n'étais pas là, si tu n'étais pas là… » et il secouait la tête parce que pour une fois il était à court de paroles, son cœur était trop grand, et je fermais les yeux, je m'endormais, les narines pleines d'odeurs de pommade et de tabac, et dans mes rêves il n'y avait ni Turcs ni monstres pour m'effrayer, parfois, le soir, je croyais voir ma mère passer la porte et sourire.

Le matin, il me réveillait et m'apportait du chocolat en disant : « Koritsi mou, je pars au kaphénio et je veux que tu sois levée quand je reviendrai. » Il le disait encore quand j'avais vingt ans. Je restais couchée, aussi heureuse qu'une nonne devant un jour nouveau, en pensant à tout ce que je pouvais faire, je guettais ses pas sur les dalles et je bondissais du lit, il entrait et disait : « Mademoiselle la petite paresseuse, cette fois je t'ai presque attrapée. »

Finalement, c'est moi qui le disais la première et il riait en disant : « Bon, aujourd'hui je vais tout te dire sur Pythagore et ce soir tu choisiras un poème à me lire et moi, un poème à te lire, ensuite je te dirai pourquoi je n'aime pas le tien et tu pourras me dire pourquoi tu n'aimes pas le mien, alors nous nous mettrons en colère et nous nous battrons. » Je sautais de joie : « Battons-nous maintenant ! Battons-nous maintenant ! » et il me chatouillait jusqu'à ce que je n'en puisse plus de rire. Il m'asseyait sur une chaise et me coiffait, en tirant un peu trop fort et en me racontant des histoires effrayantes de moines crétois qui s'étaient fait brûler plutôt que de se rendre aux Turcs. Il me parlait d'îles qu'il avait vues, où les femmes avaient quatre maris et où personne ne portait de vêtements, d'endroits en Afrique où les gens avaient les fesses plus larges que hautes et d'autres où il faisait si froid que la mer gelait et que tout était blanc.

Mais tout est fini maintenant. Je viens m'asseoir dans les ruines de ma maison et je ne vois que des fantômes. Il ne reste plus que de l'herbe flétrie, des pierres brisées et un arbre fendu. Il n'y a pas de garçons de la Scala qui chantent à table, pas de Psipsina qui attrape les souris, pas de chèvre qui me réveille à l'aube en bêlant, pas d'Antonio qui me prend le cœur avec ses fleurs et sa mandoline, pas de papas qui revient du kaphénio en racontant : « Kokolios a dit une chose complètement ridicule... »

Mon foyer n'est plus que tristesse, silence, ruines et souvenirs. J'ai rétréci, je suis mon propre fantôme, ma beauté et ma jeunesse se sont desséchées, aucune vision de bonheur n'est là pour me stimuler. La vie est une prison de pauvreté et de rêves avortés, rien qu'un lent chemin vers ma place sous la terre, c'est une manœuvre de Dieu pour nous ôter l'illusion de la chair, ce n'est qu'une flamme fugitive dans un bol d'huile, entre une obscurité et une autre qui met fin à tout.

Je suis ici et je me rappelle le passé. Je pense à la musique dans la nuit et je sais que toutes mes joies m'ont été arrachées comme des dents. Ma faim, ma soif et mes désirs ne seront jamais satisfaits. Si seulement j'avais un enfant, un enfant à allaiter, si j'avais Antonio. J'ai été mangée comme du pain. Je dors sur des épines et mon puits est rempli de cailloux. Tout mon bonheur n'était que fumée.

Ô mon pauvre père, muet et immobile, détruit et perdu à jamais. Mon père à moi, qui m'as élevée seul et m'a tout appris, qui m'expliquais, me tenais par la main et marchais près de moi. Je ne reverrai jamais ton visage et tu ne me réveilleras plus le matin. Dans notre maison en ruine, plus jamais je ne te verrai en train d'écrire, toujours écrire, ta pipe entre les dents et le regard vif, enthousiaste. Ô mon pauvre père qui ne s'est jamais lassé de soigner, qui n'a pas pu se soigner lui-même et qui est mort sans sa fille : depuis que tu es mort tout seul, ma poitrine saigne.

Je reste sur ces tas de rochers fracassés et j'imagine comment c'était. Je me souviens que Vélissarios a soulevé les tuiles et les poutres comme si son propre père était mort dessous. Je me rappelle quand il a dégagé mon père couvert de poussière blanche, la tête ballante dans ses bras, la bouche ouverte, les membres flasques. Je me rappelle quand il l'a posé par terre, je me suis agenouillée près de lui, aveuglée par les larmes, ivre de chagrin, j'ai pris sa tête ensanglantée dans mes mains et j'ai vu ses yeux vides. Ses vieux yeux qui n'étaient pas dirigés sur moi mais sur le monde caché de l'au-delà. J'ai vu alors, pour la première fois, combien il avait été petit et frêle, combien on l'avait abîmé et trahi et je me suis aperçue que, privé de son âme, il était si léger et menu que même moi je pouvais le soulever. Je l'ai mis debout et j'ai serré sa tête sur ma poitrine, j'ai entendu un grand cri qui devait venir de moi et j'ai compris, comme une évidence, que des hommes que j'avais aimés il était le seul qui m'ait aimée jusqu'au bout, ne m'ait jamais meurtri le cœur et jamais, à aucun moment, ne m'ait abandonnée.

68

La résurrection de l'Histoire

Le tremblement de terre a tellement transformé les existences qu'aujourd'hui encore c'est le principal sujet de conversation. Quand les autres familles, ailleurs, discutent pour savoir si le socialisme a un avenir ou si c'était une bonne idée d'abolir la monarchie, les Céphaloniens se demandent s'il y aura un autre séisme et s'il sera aussi cruel que le dernier. Ils vivent dans l'ombre de l'apocalypse et quand ils parlent ostensiblement du socialisme ou de la monarchie, ils pensent en réalité à 1953. Cela se traduit par une pause pendant laquelle quelqu'un oublie ce qu'il était en train de dire ou par une fourchette qui marque un temps avant d'atteindre la bouche. Comme le Vieux Marin, ils ne peuvent pas résister au besoin de s'accrocher aux étrangers pour leur raconter les événements, et les guides s'arrangent pour caser l'histoire dans des phrases qui devaient concerner l'amélioration du temps. Les vieux ont des souvenirs d'une certaine année selon qu'elle était avant ou après le tremblement de terre, de la même façon que, pour parler des événements de l'année en cours, c'est la fête patronale qui sert de repère. La catastrophe fit que dans le souvenir la guerre devint insignifiante et sans conséquence par comparaison, et elle redonna le goût de vivre. On pouvait désormais s'éveiller le matin, étonné et heureux d'être encore en vie et d'habiter une maison solide, et se coucher le soir soulagé d'avoir vécu une journée ordinaire et sans histoire

Les amoureux qui atermoyaient se marièrent immédiatement

et les vieux couples insatisfaits, stupéfaits d'avoir perdu tant d'années, divorcèrent sur-le-champ. Les familles unies resserrèrent encore leurs liens et les frères qui ne s'entendaient pas émigrèrent dans des pays différents pour mettre la mer entre eux.

Les trois habitantes de la nouvelle maison matriarcale se rapprochèrent davantage et veillèrent l'une sur l'autre. La vie se structura autour de la terrible culpabilité de Pélagia. Insomniaque et parfois hystérique, celle-ci ne se pardonnait pas d'avoir contribué à la mort de son père. « Il avait soixante-dix ans, disait Drossoula avec bon sens, et il devait rendre son âme à Dieu. Il valait mieux qu'il meure comme ça, en essayant de nous sauver, et si vite. »

Mais Pélagia ne voulait rien entendre. Elle savait qu'au moment du désastre elle n'avait pensé qu'au besoin de se sauver et que lorsque son père était tombé elle aurait dû, même au péril de sa vie, essayer de le tirer dehors avant que le toit ne s'effondre. Elle se revoyait sans cesse aussi impuissante qu'une mouche dans la tempête, l'esprit vidé de toute pensée rationnelle; elle revivait sans cesse le moment où les liens du sang et de l'affection avaient été anéantis par le grondement épouvantable et les bondissements de la terre. En vain. Au-delà des rationalisations et des excuses, le seul fait concret restait qu'elle avait abandonné son propre père à l'heure du plus grand danger; il l'avait sauvée en la poussant à agir et elle, elle l'avait laissé mourir. Ce n'était pas digne d'une fille aimante et dévouée.

Elle sombra dans un abîme de remords, s'adressant des reproches sans fin. Elle se laissa aller et négligea les tâches domestiques pour s'attarder devant sa tombe; elle contemplait la flamme éternelle qu'elle entretenait dans une lampe de verre rouge, se mordait les lèvres jusqu'au sang en se disant qu'elle aurait voulu lui parler. Elle aurait pu s'adresser à la vieille photo où il souriait sur la dalle de marbre noir, mais elle ne s'en sentait pas digne. Elle se contentait de rester là et de regarder, ses cheveux grisonnants en désordre, pâle, comme si elle attendait que son ombre se lève de la terre pour l'accabler de honte. Quand soufflait un mauvais vent d'ouest en janvier ou que la tempête faisait rage, elle s'enveloppait dans son châle noir, se levait de sa chaise à côté du poêle, rentrait la tête pour affronter les éléments et grimpait avec peine la colline, dans un pèlerinage éternellement recommencé, obsédée par le souci que la flamme ne s'éteigne pas. Elle s'agenouillait dans le murmure du vent, s'inclinait sur la lampe pour la protéger de la pluie, réchauffait ses mains tremblantes sur le verre, faisant de sa vie une longue pénitence, un rachat. Elle était prête à croire, à cette époque, que Dieu avait emporté Antonio parce que dans Sa prescience divine Il savait qu'elle faillirait un jour à son père, que sa punition avait précédé son péché. Drossoula cessa de compter les fois où elle avait dû aller avec Antonia au cimetière pour ramener Pélagia, angoissée et implorante, dont les mains s'agitaient fébrilement et les genoux se dérobaient.

Un jour, Antonia et Drossoula en eurent assez : leur compassion s'était transformée petit à petit, imperceptiblement, en colère et en irritation. La vieille femme et la fillette se liguèrent pour lui faire reprendre ses esprits. « Ce qui se passe, dit Drossoula, c'est que pendant la guerre elle a perdu quelqu'un qu'elle aimait et que cette nouvelle mort a tout fait déborder.

– C'est le fantôme dont elle parle toujours ?

– Oui. Il s'appelait Corelli, c'était un musicien.

– Tu crois qu'elle le voit vraiment ou qu'elle est devenue folle ?

– Elle n'était pas folle avant. Les fantômes, tu comprends, ils peuvent apparaître à qui ils veulent et personne d'autre ne les voit. C'est la mort de grand-papa qui l'a tourneboulée. »

La petite fille tressaillit. « Pauvre grand-papa.

– J'ai envie d'aller demander conseil au pope, dit Drossoula.

– Mais il est fou lui aussi, depuis le tremblement de terre. Et si on se déguisait en fantôme de grand-papa pour venir lui dire que ce n'était pas sa faute ? »

Drossoula fronça les sourcils. « C'est une bonne idée, mais Pélagia n'est pas idiote, même si elle est folle. Ce n'est pas facile de passer pour un fantôme, tu sais. Je suis trop grande et tu es trop petite, et nous ne savons pas du tout parler comme lui. Tous ces mots qui font trois pages si tu les écris et ces phrases qui pourraient remplir tout un livre du début à la fin… Et pense aussi que ça pourrait même aggraver les choses.

– Pourquoi on l'attacherait pas à son lit pour la battre ? »

À cette évocation agréable, Drossoula poussa un soupir d'envie et se demanda si ça marcherait. Autrefois, même encore lorsqu'elle était enfant en Turquie, on soignait les fous en les battant jusqu'à ce qu'ils aient trop peur pour rester détraqués. Ça marchait assez bien en ce temps-là, mais comment savoir en quoi la nature humaine avait changé depuis ? En tout cas, elle soupçonnait la folie de Pélagia d'une certaine complaisance, d'une sorte d'égocentrisme masochiste, et elle était prête à considérer qu'une raclée serait non pas dissuasive mais amplement méritée. Elle prit les mains de la fillette dans les siennes, l'embrassa sur le sommet de la tête et ses yeux brillèrent. « J'ai une idée », dit-elle.

Donc, le lendemain matin au petit déjeuner, Antonia annonça soudain : « Cette nuit, j'ai rêvé de grand-papa.

– C'est drôle, dit Drossoula, moi aussi. »

Elles guettèrent une réaction de Pélagia mais celle-ci continuait à émietter un morceau de pain.

« Il m'a dit qu'il était content d'être mort, dit Antonia, parce que maintenant il peut être avec la mère de maman.

– Ce n'est pas ce qu'il m'a dit », répondit Drossoula. Pélagia demanda alors : « Pourquoi parlez-vous comme si je n'étais pas là ?

– Parce que tu n'y es pas, observa Drossoula avec brutalité. Il y a belle lurette que tu n'es pas là.

– Alors, qu'est-ce qu'il t'a dit ? demanda Antonia.

– Il m'a dit qu'il voulait que maman écrive l'Histoire de Céphalonie qui a été enterrée par le tremblement de terre. Pour lui. Il a dit que l'idée qu'elle était perdue lui gâchait tout le plaisir d'être mort. »

Pélagia leur jeta un regard soupçonneux et les deux autres continuèrent à l'ignorer. Antonia découvrait que cette comédie pouvait être terriblement amusante. « Je ne savais pas qu'il écrivait une histoire.

– Oh oui, c'était plus important que d'être docteur. »

Antonia s'adressa à Pélagia et lui demanda innocemment : « Alors tu vas l'écrire ?

– Inutile de lui demander, dit Drossoula. Elle est trop loin.

– Je suis là, protesta Pélagia.

– Bienvenue parmi nous », dit Drossoula d'un ton sarcastique.

Pélagia retourna au cimetière et remplit la lampe d'huile. Elle lut l'inscription (Père et grand-père bien-aimé, époux fidèle, ami des pauvres, médecin de tous les êtres vivants, infiniment savant et courageux) et elle pensa soudain qu'il y avait en effet un moyen d'entretenir sa flamme, même si toutes ces histoires de rêves étaient des bêtises. Elle profita d'une charrette qui allait à Argostoli et revint avec des plumes et un gros paquet de feuilles de papier.

Ce fut d'une facilité étonnante. Elle avait lu si souvent le manuscrit que toutes les anciennes phrases pénétraient par la porte de la cuisine et les fenêtres, se faisaient entendre sans bruit et coulaient dans son bras jusqu'à sa main droite, émergeant de la pointe de sa plume et couvrant feuillet après feuillet : « L'île à moitié oubliée de Céphalonie s'élève imprudemment de la mer Ionienne; c'est une île tellement chargée d'antiquité que les pierres elles-mêmes exhalent la nostalgie et que la terre rouge reste hébétée non seulement par le soleil mais aussi par le poids insupportable de la mémoire… »

Drossoula et Antonia l'épiaient quand, assise à sa table dans une attitude studieuse, elle se tapotait les dents avec son porte-plume et regardait de temps en temps par la fenêtre, dans le vague. Les deux conspiratrices s'éloignaient en catimini à distance respectueuse, s'embrassaient et dansaient.

Pélagia était presque devenue le docteur. Comme dans sa période d'affliction — et ainsi que son père pendant toute sa vie — elle ne faisait pratiquement rien dans la maison et laissait tout aux femmes. Des rares souvenirs de son père retirés des ruines il restait sa pipe qu'elle coinçait entre ses dents comme lui ; elle inhalait les vestiges de culot goudronneux et ses dents imprimaient sur le tuyau de nouvelles marques, par-dessus celles de son père. Elle ne l'allumait pas mais la considérait comme l'instrument de sa communication, de sorte que les mots du passé semblaient entrer dans le fourneau vide, se rassembler dans le tuyau et résonner directement dans son cerveau. Avec quelque hésitation elle commença à ajouter une touche féminine aux préjugés masculins du texte, fournissant des détails sur les modes d'habillement et les techniques de cuisson au four communal, indiquant le rôle économique du travail des enfants et le mépris cruel mais traditionnel pour les veuves. En écrivant, elle découvrit que ses passions, dont elle n'avait jamais encore soupçonné l'existence, dépassaient celles de son père et elle déversa sur les pages des condamnations fracassantes, des jugements au vitriol pour rivaliser de venin avec les siens.

La joie qu'elle en tira la transforma. Son acte de piété filiale devint un grand projet impliquant des voyages à la bibliothèque et l'envoi de lettres appliquées demandant des renseignements à des sociétés savantes, des musées maritimes, à la British Library, à des spécialistes de Napoléon, et à des professeurs américains enseignant l'histoire du pouvoir impérial. Elle fut heureuse et étonnée de découvrir que dans le monde entier il existait des gens enthousiastes tellement épris de connaissance et d'explications cohérentes qu'ils passèrent des mois à faire des recherches pour elle et lui envoyèrent finalement beaucoup plus d'information qu'elle n'en avait demandé, avec un petit mot personnel d'encouragement et des listes d'autres experts et d'autres institutions à consulter. En voyant grossir les piles de lettres elle se dit qu'elle risquait d'écrire finalement une « Histoire universelle du monde entier », attendu que tout se liait d'une façon extrêmement compliquée, tortueuse et subtile. Pélagia tassa finalement ses liasses de papier dans un gros dossier et se demanda quelle était la prochaine étape. Son travail devait être publié, sous son nom et celui de son père, mais c'était un arrachement intolérable de se séparer de lui, d'envoyer son bébé par le monde sans sa mère pour le défendre. Elle voulait être à côté de chaque lecteur pour répondre à ses objections et lui dire de ne sauter aucun passage, pour lui fournir des preuves supplémentaires. Elle s'adressa cependant à quatre éditeurs qui exprimèrent leur sympathie et leur soutien, lui signalèrent qu'un tel livre ne se vendrait pas et lui conseillèrent d'en faire don à une université. « Je le ferai après ma mort », pensa Pélagia et elle le laissa sur son étagère comme la preuve tangible qu'elle était devenue indéniablement une véritable intellectuelle dans la grande tradition hellénique.

Le projet l'avait occupée jusqu'en 1961, l'année où Karamanlis gagna les élections contre Papandréou, et quand elle eut terminé, elle s'aperçut en parcourant son énorme manuscrit qu'au cours de sa rédaction et ses recherches une métamorphose s'était produite en elle.

Au début, l'écriture était en pattes de mouche et déséquilibrée comme celle de son père pendant ses longues années de silence, mais peu à peu elle était devenue plus ferme et plus ronde, plus confiante et plus décidée. Mais surtout, le fait d'écrire avait cristallisé des opinions et des positions philosophiques dont elle n'avait pas été consciente. Elle découvrit qu'à la base sa conception des phénomènes économiques était marxiste, mais que, paradoxalement, elle considérait le capitalisme comme le meilleur moyen de résoudre les problèmes. Elle pensait que dans l'histoire les traditions culturelles étaient plus fortes que les transformations économiques et que, fondamentalement, la nature humaine était irrationnelle jusqu'à la folie, ce qui expliquait pourquoi elle cédait volontiers à la démagogie et aux croyances insensées. Elle concluait que la liberté et l'ordre ne s'excluaient pas mutuellement mais qu'ils étaient des préalables essentiels l'un à l'autre.

Comme Drossoula avait trop de sens commun pour écouter de grandes théories, Pélagia bombarda de ses idées la jeune Antonia et elles veillaient tard toutes les deux, trop ivres de philosophie pour aller vider une vessie qui explosait de thé à la menthe ou pour se coucher et fermer leurs yeux brûlants de fatigue.

Antonia, qui était à présent au stade parfait de la beauté et de la perversité naturelle de l'adolescence, s'opposait à toutes les idées de sa mère adoptive non seulement par goût de la discussion mais par principe, et Pélagia découvrit vite combien il était délicieux de forcer une opposante à contredire une position qu'elle avait maintenue la veille. Antonia en restait sans voix et furieuse, elle entourait prudemment ses remarques de restrictions et de conditions qui la menaient soit à de nouvelles contradictions soit à une conclusion tellement mesurée qu'elle équivalait à une absence d'opinion. Pélagia exaspérait sa frustration et sa contrariété en lui répétant : « Quand tu auras mon âge, tu te souviendras et tu verras que j'avais raison. »

Antonia n'avait aucune intention d'atteindre l'âge de Pélagia et elle le disait. « Je veux mourir avant vingt-cinq ans. Je ne veux pas devenir un vieux croûton. » Elle voyait s'étendre devant elle une éternité de jeunesse infinie et déclarait avec des flammes dans les yeux : « D'abord c'est vous, les vieux, qui avez causé tous les problèmes, et c'est à nous, les jeunes, de les régler.

– Profite de tes illusions », remarquait Pélagia qui ne s'étonna pas, mais fut néanmoins choquée, lorsque Antonia, à dix-sept ans, annonça non seulement qu'elle allait se marier mais qu'elle était dorénavant communiste.

« Je te parie que tu pleureras quand le roi mourra », dit Pélagia.

69

Haricot par haricot, le sac se remplit

C'est à peu près à cette époque-là que des cartes postales mystérieuses écrites dans un grec approximatif commencèrent à arriver des quatre coins du monde. De Santa Fe en vint une qui disait : « Tu te plairais ici. Toutes les maisons sont en boue. » D'Edimbourg : « En haut du château, le vent te fait tomber. » De Vienne : « Ici, il y a une statue de soldat russe et tout le monde l'appelle "le monument au violeur inconnu". » De Rio de Janeiro : « C'est le carnaval. Les rues sont pleines d'urine et de filles belles à en mourir. » De Londres : « Des fous; brouillard terrible. » De Paris : « Découvert une boutique qui ne vend que des bandages herniaires. » De Glasgow : « Jusqu'aux genoux dans la suie et les ivrognes couchés par terre. » De Moscou : « Œuvres d'art dans le métro. » De Madrid : « Trop chaud. Tout le monde dort. » Du Cap : « Beaux fruits, pasta dégueulasse. » De Calcutta : « Enseveli sous la poussière. Diarrhée abyssale. »

Pélagia pensa tout d'abord que l'âme marine de son père s'était mise à revisiter à l'étranger ses lieux préférés et lui envoyait des messages de l'au-delà. Mais Moscou n'était décidément pas sur la mer. À la réflexion, elle se dit qu'ils venaient peut-être d'Antonio.

Mais lui aussi était mort, il ne savait pas assez de grec pour le lire ou l'écrire, et pourquoi, même s'il était vivant, se pomènerait-il autour du monde de Sydney à Kiev? Ces cartes postales anonymes venaient sans doute de quelqu'un avec qui elle avait correspondu pendant la rédaction de l'Histoire. Intriguée et ravie par cette énigme, elle attacha ses paquets de cartes extravagantes avec des élastiques et les rangea dans une boîte.

« Tu as un amoureux secret », assurait Antonia, contente d'entretenir cette idée parce qu'elle pouvait détourner l'attention de sa propre idylle, que Pélagia et Drossoula essayaient de décourager.

Ils s'étaient rencontrés quand Antonia se faisait un peu d'argent en travaillant dans un café très fréquenté sur la place d'Argostoli. Une fanfare bruyante de Lixouri jouait devant et le monsieur en question avait dû se lever pour crier sa commande dans l'oreille de la jeune fille ; il s'était aperçu en même temps que c'était une jeune oreille très jolie et attirante qui ne demandait qu'à être mordillée le soir sous un arbre dans une rue sombre. Antonia, de son côté, avait compris que c'était un homme qui sentait exactement le juste mélange de virilité et d'eau de toilette, dont l'haleine était aussi fraîche et apaisante que la menthe et dont les yeux marron toujours étonnés dénotaient à la fois la douceur et l'humour.

Alexis traînait ostensiblement chaque jour au café et choisissait de préférence la même table, brûlant de voir la jeune fille sculpturale aux dents parfaites et aux doigts fins, les unes faites pour les morsures amoureuses et les autres dessinés pour les caresses. Elle l'attendait fidèlement, s'opposant avec véhémence à ce que les autres jeunes filles, les garçons et même le propriétaire le servent. Un jour il lui prit la main pendant qu'elle déposait une tasse, la regarda avec l'adoration d'un chien et lui dit : « Épouse-moi. » Il fit un geste éloquent de la main et ajouta : « Nous n'avons rien à perdre que nos chaînes. »

Alexis était un avocat progressiste qui pouvait prouver non seulement que si un homme riche ne payait pas ses impôts c'était un crime contre la société mais aussi que si un homme pauvre faisait de même c'était un acte valable, méritoire et efficace contre les oppresseurs de classe, digne du soutien de tout citoyen sensé et même de l'approbation de la loi. Il pouvait faire pleurer un juge avec l'histoire déchirante de l'enfance de ses clients et provoquer tout aussi bien l'ovation d'un jury en condamnant sévèrement la police qui cherchait à faire respecter la loi de façon brutale et absurde dans l'exercice de ses fonctions.

Pélagia vit immédiatement qu'Alexis allait devenir archiconservateur en vieillissant, aussi ne trouvait-elle aucune objection à ses appartenances politiques. Mais elle ne supportait pas l'idée d'Alexis et Antonia faisant l'amour. Elle était très grande et lui tout petit. Elle avait dix-sept ans, il en avait trente-deux. Elle était mince et gracieuse tandis qu'il était rondouillard, chauve, et avait tendance à trébucher sur des objets qui n'étaient jamais là quand il regardait. Elle se rappela sa passion pour Mandras au même âge tendre, frissonna et interdit carrément le mariage, décidée à éviter un sacrilège et un blasphème.

Le jour du mariage n'en fut pas moins délicieux. Au début du printemps les champs et les pentes étaient couverts de crocus et de violettes, d'épiaires blancs, de vendangeuses jaunes, et des colchiques mauve pâle se balançaient sur leur tige courte dans l'herbe déjà sèche des prés. Le couple suivit la coutume qui consiste à avoir quinze garçons et demoiselles d'honneur et Alexis réussit même à exécuter les pas de la danse d'Isaïe sans se déshonorer ni tomber. Rayonnante de bonheur, Antonia embrassa jusqu'aux badauds inconnus et Alexis, que l'alcool et la joie faisaient transpirer, fit un long discours poétique en épigrammes rimées qu'il avait eu la sagesse de composer, pour l'essentiel, en l'honneur de sa belle-mère. Celle-ci allait garder pour toujours le souvenir du moment précis de la fête où elle comprit soudain ce qui en lui avait éveillé le cœur d'Antonia : ce fut quand il lui posa le bras sur l'épaule, l'embrassa sur la joue et lui dit : « Nous allons acheter une maison dans votre village, avec votre permission. » Son humilité sincère et sa façon d'accepter qu'elle puisse ne pas le vouloir près d'elle suffirent à le lui faire adorer. Elle consacra désormais avec joie de longues heures à broder ses mouchoirs et à racommoder ses chaussettes qu'Antonia essayait toujours de lui faire jeter. « Mon chéri, disait-elle, si seulement tu te coupais les ongles des pieds tu m'éviterais des égratignures et tu épargnerais à ma mère tout ce travail inutile. »

Pélagia attendit avec impatience d'être grand-mère et Drossoula se plongea dans le travail. Devant la maison vide qu'elle avait habitée sur le quai elle installa un toit de paille et des lanternes romantiques. Elle se fit prêter de vieilles tables bancales et des chaises, monta un four à charbon et créa en grande pompe la taverna qu'elle allait diriger avec une diligence excentrique et désordonnée jusqu'à sa mort en 1972.

Les touristes commençaient à peine à arriver à Céphalonie. Au début, ce furent les riches propriétaires de yacht qui signalaient dédaigneusement à leurs amis les endroits les plus pittoresques et rustiques où ils pouvaient manger, puis vinrent avec leur sac à dos les héritiers spirituels du sinistre poète canadien. Connaisseurs et passionnés de lord Byron faisaient de courts séjours. Des soldats allemands devenus d'aimables bourgeois prospères et pères de famille amenaient leurs enfants et leur disaient : « C'est ici que papa était pendant la guerre, c'est beau, n'est-ce pas ? » Les Italiens arrivèrent en ferry par Ithaque avec leurs écœurants caniches blancs et leur don pour manger chacun un poisson entier assez gros pour nourrir cinq mille soldats. Propriétaire de la seule taverne du petit port, Drossoula gagnait suffisamment en été pour ne rien faire en hiver.

Lémoni qui était à présent une femme mariée, incroyablement grosse, et mère de trois enfants aidait au service et Pélagia venait sous prétexte de travailler mais en fait pour avoir l'occasion de parler italien. Le service n'était pas rapide : il traînait à l'extrême. Il arrivait que Drossoula envoie un gamin à bicyclette chercher le poisson commandé, et si le feu n'avait pas bien pris on pouvait attendre deux heures de préparation et de cuisson. Les clients étaient traités sans égards comme les membres d'une famille patiente qu'il lui appartenait de discipliner et surveiller, et très souvent il n'y avait pas de service du tout si Drossoula se prenait de sympathie pour un client particulier avec qui elle discutait longuement. Elle découvrit bientôt que les étrangers la trouvaient exotique et prit l'habitude de s'asseoir à leur table parmi les arêtes de mulet et les restes de pain. Avec le plus grand naturel, sans la moindre gêne, elle jetait alors les restes aux descendants miaulants et suppliants de Psipsina et inventait des histoires extravagantes de fantômes locaux, d'abominations turques et de séjour en Australie parmi les kangourous. Les étrangers l'adoraient et la redoutaient avec ses yeux bovins, son pas traînant, ses fanons de dindon, son dos voûté, sa taille colossale et ses touffes de poils impressionnantes sur la figure. Ils ne se plaignaient jamais de ses oublis et de sa lenteur infinie. « Elle est si gentille, la pauvre, disaient-ils, que ce serait une honte de la bousculer. »

Pendant ce temps, Pélagia attendait un petit-fils qui ne venait pas. Elle avait pardonné à Antonia de se mettre à fumer et de porter des pantalons, elle avait applaudi à l'abolition de la dot. Elle avait souri quand Antonia avait pleuré la mort du roi Paul en 1964 tout en assurant entre deux sanglots que la monarchie était un anachronisme corrupteur. Elle s'était installée quelque temps chez elle en 1967 pour la réconforter quand Alexis avait été arrêté, arbitrairement mais brièvement, par les colonels, puis de nouveau en 1973 quand il avait été en prison pour s'être battu avec un policier pendant l'occupation étudiante de la faculté de droit à l'université d'Athènes. Plus tard, elle avait tu ses doutes devant l'enthousiasme d'Antonia pour le gouvernement socialiste de Papandréou et avait même reconnu qu'elle avait raison de vouloir aller sur le continent participer à des manifestations féministes peu convenables. Elle ne se sentait pas le droit de mépriser un engagement aussi touchant d'utopie et d'optimisme, et de toute façon c'était sa faute : après avoir appris à la jeune fille à penser, elle récoltait la tempête inévitable. En outre, elle tenait encore à l'idée qu'elle avait chérie dans sa jeunesse que tout était possible.

Mais elle s'élevait contre Antonia quand celle-ci maintenait qu'elle n'était pas obligée d'avoir un enfant. « C'est mon corps, répétait-elle, et ce n'est pas juste d'attendre de moi que j'obéisse à un accident biologique, si ? De toute façon, le monde est déjà surpeuplé et j'ai le droit de faire un choix, non ? Alexis est d'accord avec moi, alors ne t'imagine pas que tu peux aller l'embêter.

– Tout va bien ? demanda Pélagia.

– Maman, qu'est-ce que tu vas chercher ? Non, je ne suis plus vierge et il n'y a aucun problème… de ce genre. C'est toujours très agréable, si tu veux le savoir. Je ne voudrais pas être méchante, mais tu es vraiment arriérée quelquefois.

– Non, je ne veux pas le savoir. Je suis vieille et je n'ai pas besoin d'être au courant. Je veux seulement être sûre. Je n'en ai pas le droit, tu penses ?

– C'est mon corps, répétait Antonia, revenant éternellement au point de départ de leur dispute.

– Je vieillis, disait Pélagia, c'est tout.

– Tu vivras plus longtemps que moi, maman. »

Mais c'est Drossoula qui mourut la première, bien droite dans son fauteuil à bascule, si discrètement qu'on aurait dit qu'elle s'excusait d'avoir vécu. C'était une femme indomptable qui avait vécu quelques brèves années de bonheur avec un mari qu'elle avait aimé, une femme qui avait renié son fils pour une question de principe et passé le reste de ses jours à servir sans compter celles qui l'avaient adoptée, par hasard semblait-il, et même à les faire vivre. Elle avait veillé sur la petite famille comme un berger patient et l'avait gardée contre sa vaste poitrine comme une mère. Après son enterrement dans le même cimetière que le docteur, il apparut à Pélagia, avec une clarté affolante, que non seulement elle avait une autre flamme à entretenir mais qu'elle était seule. Elle n'avait plus aucune idée de comment mener sa vie et c'est le cœur plein de crainte et de désespoir qu'elle prit la direction de la taverna de Drossoula et chercha maladroitement à vivoter.

Alexis, devenu complètement chauve et passé de l'arctique idéologique du parti communiste puritain au climat subtropical du parti socialiste, s'aperçut, d'abord avec angoisse et avec un sentiment de culpabilité, que son succès en tant qu'avocat l'avait précipité insensiblement dans la classe même qu'il faisait profession de mépriser. C'était un bourgeois bien mis, avec une grosse Citroën, une maison construite pour résister aux tremblements de terre et pourvue de pots de fleurs débordant de géraniums, quatre costumes, et une horreur de la corruption et de l'incompétence incarnées par le parti de son cœur. Il défendait les socialistes avec volubilité dans les meetings et les soirées mais dans l'isoloir il mit une croix devant le nom de Karamanlis, puis il affecta un désespoir terrible lorsque celui-ci gagna les élections. Il prit un comptable et devint aussi compétent dans la fraude fiscale que tout autre Grec consciencieux avec une longue tradition à défendre.

Antonia résista pendant quatre ans aux cris de ses entrailles qui réclamaient un occupant, ne voyant aucune raison de céder à un corps qui présentait des exigences aussi déraisonnables et idéologiquement suspectes, jusqu'au jour où elle conspira finalement avec lui et lui permit de la faire oublier de prendre sa pilule. Aussi, personne ne fut-il plus surpris qu'elle lorsque son ventre grossit inexplicablement et qu'un enfant commença à se former. Elle et Alexis recommencèrent à se tenir la main en public, se mirent à contempler avec des yeux humides les bébés et la layette et dressèrent de longues listes de prénoms qu'ils barraient ensuite parce que « j'ai connu quelqu'un qui s'appelait comme ça et c'était une horreur ».

« Ce sera une fille », dit Pélagia l'une des nombreuses fois où elle avait collé l'oreille sur le ventre d'Antonia qui ne cessait de gonfler. « Il est si calme que ça ne peut être que ça. Il faut vraiment l'appeler Drossoula.

– Mais Drossoula était si énorme, et…

– Laide ? Aucune importance. Nous l'aimions quand même. Son nom doit vivre. Quand cette enfant grandira, il faudra lui dire pourquoi elle a reçu ce nom et qui le portait.

– Oh, maman, je ne sais pas…

– Je suis une vieille femme », déclara Pélagia qui éprouvait une grande satisfaction à répéter ce refrain. « Ce pourrait être ma dernière volonté.

– Tu as soixante ans. De nos jours, ça n'est pas vieux.

– Eh bien, je me sens vieille.

– Eh bien, tu ne le parais pas.

– Je ne t'ai pas élevée à mentir, dit Pélagia très contente tout de même.

– J'ai trente-quatre ans, ça, c'est vieux. Soixante, ce n'est qu'un chiffre. »

La petite fille se révéla sans l'ombre d'un doute un petit garçon, pourvu de bourses curieusement fripées et d'un mince pénis qui ne manquerait pas de se rendre utile par la suite. Pélagia berçait le bébé dans ses bras avec toute la tristesse d'une femme restée vierge et sans enfant biologique toute sa vie ; elle se mit à l'appeler Yannis. Elle disait si souvent ce prénom qu'il parut bientôt évident aux parents qu'il ne pouvait être ni Kyriakos, ni Vassos, ni Stratis, ni Dionysios. Quand on l'appelait Yannis, il souriait et faisait des bulles baveuses qui éclataient et lui coulaient sur le menton ; il fut donc prénommé Yannis. Il avait une grand-mère décidée et obstinée qui ne lui parla jamais qu'en italien et des parents qui envisageaient sérieusement de l'envoyer dans une école privée bien qu'il n'y eût rien à redire aux écoles publiques.

Alexis, soudain frappé par l'évidence criante qu'un homme doit transmettre quelques biens à son fils — sans droits de succession de préférence — se mit à la recherche d'investissements rentables. Il fit construire un petit ensemble d'appartements de vacances et installa une cuisine moderne et des toilettes dans la taverna. Il persuada Pélagia d'engager un vrai cuisinier tout en conservant la direction et ils partagèrent les bénéfices moitié moitié. Pélagia colla sur les murs badigeonnés toutes les cartes postales qui continuaient à arriver des quatre coins du globe et les échantillons multicolores de billets étrangers que donnaient les touristes, rendus généreux et fantaisistes sous l'influence bienfaisante et grisante du robola et du retsina.

70
Fouilles

L'année de ses cinq ans, lorsque Christos Sartzetakis fut élu à la place de Karamanlis, Yannis savait déjà dire « Bonjour » et « N'est-il pas adorable ? » en six langues. Parce qu'il passait presque tout son temps à la taverna sous la garde de sa grand-mère, cajolé par des étrangères roses et attendries qui adoraient les petits garçons au teint olivâtre avec une frange noire sur leurs yeux d'ébène, aussi longtemps qu'ils n'étaient pas assez grands pour venir chez elles chercher du travail. Yannis apportait les corbeilles de pain sur les tables en montrant le bout de son nez au bord de la nappe et recevait assez de pourboires pour s'offrir un ours en peluche, une petite voiture télécommandée et une imitation en plastique résistant du ballon de la coupe du monde. Pélagia le présentait avec orgueil à ses clients et il tendait la main avec assurance, poliment, l'image même de l'enfant idéal devenu introuvable dans des pays plus prospères mais moins sensés. Ses manières à l'ancienne constituaient une nouveauté prodigieuse et il ne faisait la grimace que lorsqu'il se faisait embrasser et baver dessus par de grosses dames à la mauvaise haleine et au rouge à lèvres collant.

La raison de sa présence permanente à la taverna « Drossoula » était que son père construisait de nouveaux appartements de vacances avec piscine et court de tennis pendant que sa mère revenait à un ancien féminisme présocialiste qui voulait qu'une femme ait les mêmes droits qu'un homme en matière d'entreprise capitaliste. Elle emprunta de l'argent à son mari pour ouvrir une boutique et le remboursa consciencieusement à cinq pour cent pendant quatre ans. Elle ouvrit à Argostoli, dans la rue Vergoti, un magasin de souvenirs qui vendait des copies d'amphores, des komboloï, des poupées portant la fustanelle des evzones, des cassettes de sirtaki, du matériel de plongée, des statuettes de Pan jouant de la flûte avec tous les signes de la concentration en même temps qu'une splendide érection très exagérée, des chouettes d'Athéna en calcaire, des cartes postales, des tapis tissés à la main mais fabriqués en réalité à la machine en Afrique du Nord, des dauphins de porcelaine, des dieux, des déesses et des cariatides, des masques de tragédie en terre cuite, des babioles en argent, des dessus-de-lit décorés, des porte-clefs imitant avec humour et en miniature les mouvements de la copulation, de minuscules bouzoukis à musique avec des cordes de nylon rouge distendu, faites avec du fil de pêche, qui jouaient *Jamais le dimanche* ou *Zorba le Grec*, des romans de Kazantzaki en anglais, des icônes sombres avec patine authentique représentant divers saints dont les noms en lettres byzantines étaient indéchiffrables et invraisemblables, des adoucissants pour Britanniques brûlés par le soleil, des ceintures et des sacs de cuir, des tee-shirts imprimés de variations sur le thème « Mon père est allé en Grèce et tout ce qu'il m'a rapporté c'est cet affreux tee-shirt », des guides touristiques et des manuels de conversation, des fusils sous-marins, du paracétamol, des sacs de plage dont les anses se décousaient, des nattes de raphia, des tampons hygiéniques et des préservatifs. Antonia régnait sur ce marché éclectique, toujours vêtue de blanc resplendissant, assise devant sa caisse ouverte (afin de ne laisser aucun indice au contrôleur des impôts), le pouce dans la bouche et ses longues jambes dans des poses d'une grâce recherchée.

Elle ouvrit bientôt d'autres boutiques identiques à Lixouri, Skala, Sami, Fiskardo et Assos et, pour soulager sa conscience artistique, elle subventionna un potier qui devait fabriquer du matériel et des ornements de jardin réellement beaux en terre cuite résistant au gel, dans le style classique. Elle et Alexis se rendirent à Paris et à Milan avec la vague idée d'ouvrir une boutique de grand luxe à Athènes et Alexis rejetait désormais les arguments de ceux qui voulaient redistribuer sa richesse : « À nous deux, Antonia et moi donnons du travail à des douzaines de personnes. En nous enrichissant, nous enrichissons notre personnel, alors je ne veux plus entendre ces vieilles conneries, O.K. ? Qu'est-ce que vous voulez ? Qu'ils vivent tous du chômage ? Vous avez une idée de combien de personnes fabriquent ce que nous vendons ? Des centaines, je vous dis. »

Leur fils grandissait heureux en compagnie de sa grand-mère, les doigts de pieds dans l'eau du port, d'une transparence extraordinaire, fasciné par les mouvements vifs et capricieux des bancs de poissons. Le soir, la famille réunie se retrouvait dans la taverna, parfois avant le coup de feu mais le plus souvent après, pour discuter en italien et en grec, tandis que Pélagia, regrettant déjà l'époque où Yannis était bébé, disait : « Vous vous rappelez le jour où j'ai changé sa couche sur le mur et qu'il a fait pipi ? Oh la la ! Et qu'un grand jet doré est sorti et a atterri sur le chat ? Et le chat s'est enfui, il s'est léché pour se nettoyer, pouah ! On a tellement ri qu'on a failli éclater ! C'était le bon temps. Quel dommage qu'ils doivent grandir ! » Le petit garçon riait poliment. Il aurait bien voulu que sa grand-mère ne le mette pas dans un tel embarras. Puis il allait derrière le mur pour voir jusqu'à quelle hauteur il pouvait y faire une tache humide. Penché en arrière, les genoux fléchis, il expérimentait la portée de son intéressant appendice et de son magnifique jet doré. Il avait un ami, Dimitris, qui pouvait pisser plus haut que lui, et il lui restait du chemin à faire avant de pouvoir parier. Il avait aussi un morceau de craie derrière le mur, pour faire le compte de toutes les belles étrangères qui l'avaient embrassé sur la joue quand elles lui avaient dit au revoir à la fin de leurs vacances. Il y en avait cent quarante-deux, presque trop pour son imagination, et il ne se rappelait aucun visage, rien qu'une impression générale et exquise de cheveux brillants et de grands yeux, d'effluves de parfum, de poitrines spongieuses qui s'aplatissaient fortuitement contre lui puis reprenaient leur forme. Le soir, dans son lit où son père l'avait transporté à minuit profondément endormi, il rêvait, dans un fouillis de langues, de filles délicieuses et du parfum des crèmes hydratantes.

Quand il eut dix ans, l'année de la coalition antithétique entre communistes et conservateurs, Pélagia engagea un joueur de bouzouki pour distraire les clients de la taverna. Il s'appelait Spiridon, c'était un Corfiote plein de charme et d'une exubérance infatigable. Il jouait de son bouzouki avec tant de virtuosité et d'énergie qu'il avait l'air d'avoir trois instruments et il pouvait entraîner même les Allemands à mettre les bras sur les épaules du voisin et à danser en cercle avec des mouvements de pieds qui ressemblent au piétinement impatient d'un cheval. Il savait jouer un morceau avec un accelerando parfait, en commençant très lentement, pompeusement, et en prenant petit à petit de la vitesse jusqu'à ce que tous les danseurs soient complètement emmêlés et épuisés. Il connaissait des berceuses et des chansons de pêcheurs, des airs classiques et des compositions nouvelles de Théodorakis, Xarkhakos, Markopoulos et Hadzidakis et il exécutait tout avec des trémolos parfaits ainsi que des improvisations syncopées extraordinaires qui avaient tendance à empêcher son public de danser parce que c'était encore mieux de l'écouter.

Yannis l'adorait à cause de ses larges épaules, son énorme barbe noire, sa grande bouche où semblait briller une centaine de dents (dont une en or) et son répertoire de prestidigitation grâce auquel il sortait des œufs de ses oreilles et faisait disparaître et réapparaître des pièces en claquant des doigts. Pélagia l'aimait elle aussi parce qu'il lui rappelait beaucoup son capitaine disparu et son cœur rêvait quelquefois d'une machine à remonter le temps qui la ramènerait à l'époque du seul véritable amour de sa vie. Elle se disait que l'âme du capitaine habitait peut-être les doigts de quelqu'un comme Spiridon, car apparemment, quand les musiciens mouraient, leur musique vagabonde allait dans d'autres mains, et survivait.

Le désir secret de Yannis était de devenir un « harpon » dès qu'il serait assez grand. Ces « kamakia » étaient les jeunes Grecs qui vivaient d'aventures sexuelles perpétuelles en distrayant les jeunes étrangères romantiques sans chaperon qui arrivaient sur l'île en quête de grand amour et d'orgasmes multiples dans les bras du premier Adonis prêt à leur tourner la tête. Ils se considéraient comme tellement indispensables à l'industrie touristique que l'on parlait même de former un syndicat pour représenter leurs intérêts. De façon charmante et chevaleresque, ils distribuaient les beaux souvenirs et les cœurs brisés, attendant à l'aéroport, après le départ de l'une, qu'il en arrive une autre. Aux heures creuses, ils traînaient sur leurs mobylettes en comparant les qualités sexuelles des différentes nationalités. Les Italiennes étaient les mieux et les Anglaises ne valaient rien à moins d'être soûles. Les Allemandes étaient des techniciennes, les Espagnoles, incontrôlables et mélodramatiques, et les Françaises étaient si vaniteuses qu'il fallait commencer par faire semblant d'être amoureux d'elles. Yannis examinait sa toute petite verge à l'érection imprévisible et douloureuse et se demandait s'il aurait jamais un orgasme (dont il ne connaissait que le nom) et si (quand ?) son harpon à lui se réveillerait de ses rêves humides pour grandir.

Yannis ne pouvait pas ignorer que Spiridon avait du succès auprès des filles. À la fin de chacune de ses apparitions elles attrapaient les roses rouges dans les vases fins au milieu de leurs tables et les lui lançaient. Il remarqua que Spiros passait en début de soirée pour retirer les épines des tiges tant il était sûr de ce bombardement floral. Il observa également qu'il se faisait toujours prendre en photo les bras autour des épaules de filles au nez brillant, parfois deux ou quatre ensemble, et que dans ces cas-là il avait un sourire d'oreille à oreille, rayonnant de fierté et de bonheur. C'est ainsi que Yannis demanda un jour à Spiros de lui apprendre le bouzouki.

« Tes bras ne sont pas encore assez longs, dit Spiros. Il vaudrait mieux commencer par la mandoline. En fait, c'est la même chose et c'est la bonne taille pour toi. Tu as dix ans à présent et quand tu en auras quatorze tu devrais peut-être commencer le bouzouki. Regarde… » Il posa l'instrument sur les genoux du garçon et étendit son bras gauche. « Ton bras est trop court et ta main n'est pas assez grande pour enfermer le manche. Il te faut une mandoline. »

Yannis fut un peu déçu. Il voulait ressembler exactement à son héros. « Tu sais jouer de la mandoline ? demanda-t-il.

– Si je sais jouer de la mandoline ? Est-ce que je sais marcher et parler ? J'ai appris de la même façon. Je suis le meilleur mandoliniste que j'aie jamais entendu, à part un ou deux Italiens. En réalité, la mandoline est l'instrument de mon cœur.

– Tu m'apprendras ?

– Il te faudrait sans doute une mandoline. Autrement, nous devrions nous en tenir à la théorie. »

Tout excité, Yannis empoisonna sa mère, son père et sa grand-mère pour obtenir une mandoline. Antonia retira son pouce de sa bouche pour dire : « Je t'en achèterai une à Athènes la prochaine fois que j'irai là-bas. » Inutile de dire qu'elle oublia. « Je t'en achèterai une quand j'irai à Naples », dit Alexis qui n'avait aucune idée de quand ni pourquoi il ferait ce voyage. Finalement, Pélagia lui dit : « En fait, nous en avons déjà une, mais elle est enterrée sous la vieille maison. Je suis sûre qu'Antonio ne verrait aucun inconvénient à ce que tu la déterres.

– Qui c'est Antonio ?

– Mon fiancé italien qui a été tué pendant la guerre. Elle était à lui. Tu as dû beaucoup entendre parler de lui.

– Ah, lui. Si elle est enterrée, elle va être toute cassée et pourrie, non ?

– Je ne pense pas. Il y avait une grande trappe au milieu de la pièce et elle était dans un trou en dessous. Mais tu ne pourras jamais débarrasser tous ces décombres tout seul et je ne te le permettrais pas. C'est bien trop dangereux. »

Yannis supplia son père d'envoyer un ouvrier d'un de ses chantiers. Alexis promit puis le laissa tomber à cause d'obligations urgentes qui avaient quelque chose à voir avec l'arrivée prochaine d'un plein avion de touristes dans un complexe récemment construit où la plomberie n'était même pas achevée. L'angoisse le rendait apoplectique et pour la première fois de sa vie il rabroua son fils, pour aussitôt après le prendre dans ses bras et s'excuser.

C'est ainsi que Spiridon fut tiré par la main sur les hauteurs et découvrit une ruine abandonnée et sinistre, envahie de hautes touffes d'herbe et de ronces desséchées, dont les pierres brisées se distinguaient à peine au-dessus de la végétation. Tout autour s'étendaient les restes muets et désertés de petites maisons qui évoquaient le chagrin et la solitude. Des marches renversées ne menaient nulle part. Un four communal se dressait de guingois, la porte de fonte coincée, les gonds rouillés, couverte de plaques écailleuses prêtes à se détacher sous l'effet de la chaleur ou du froid. Il y avait à l'intérieur une colonie de cloportes et les traces carbonisées d'innombrables repas oubliés, mangés par des personnes depuis longtemps dispersées ou mortes. « Seigneur », dit Spiros en contemplant cette scène de désolation tranquille. « À Corfou, c'était loin d'être aussi grave. Ça ne te rend pas triste ?

– C'est un endroit très triste, répondit Yannis. Je viens ici pour explorer, ou quand je suis fâché, et quand je suis malheureux. » Il tendit le doigt. « Mon arrière-grand-père est mort là-dedans. On m'a donné son prénom. Grand-mère dit que c'était le meilleur docteur de Grèce et qu'il aurait pu être un grand écrivain. Il pouvait guérir les gens rien qu'en les touchant. »

Spiros se signa en disant : « Que la Vierge nous protège.

– J'ai trouvé des tas de choses, dit Yannis, mais elles sont presque toutes cassées. » Une jeune chatte tachetée s'éloigna en trottinant, le ventre distendu par ses chatons. « Elle vient chasser les lézards, expliqua Yannis en la montrant du doigt. Elle est très forte pour ça. Elle laisse toujours la queue qui continue à se tortiller toute seule pendant des heures. C'est formidable.

– Regarde ça », dit Spiros en montrant un vieil olivier énorme, fendu par le milieu, dont le tronc commençait à pourrir mais où vivaient encore les branches noires contournées et les petits fruits verts.

« Je grimpe dedans, dit Yannis, il y a une branche très bien pour se balancer. Celle-là.

– Alors, allons-y », dit Spiros, et il sauta pour s'accrocher à la branche tandis que Yannis grimpait dans l'arbre pour l'atteindre. Côte à côte, ils se balancèrent un moment d'avant en arrière, aidés par l'élasticité de la branche, puis se laissèrent tomber, avec la satisfaction de deux hommes à leur affaire. Spiros se frotta les mains. « Bon, dit-il, mettons-nous au travail avant qu'il fasse trop chaud. Est-ce que tu te rends compte que ça va être très mauvais pour mes mains ? Je ne pourrai probablement pas jouer ce soir. Tu savais que les guitaristes ne font jamais la vaisselle parce que ça ramollit leurs ongles ? Bonne excuse, pas vrai ?

– J'aime faire la vaisselle. Ça enlève tout le noir sous les ongles, et de toute façon, grand-mère me paie. »

Ils entrèrent par là où il y avait eu une porte et se grattèrent la tête, consternés. Il y avait une énorme masse de détritus. « C'est moins mal qu'avant, dit Yannis sur un ton d'excuse. Mon papa est venu prendre toutes les tuiles qui n'étaient pas cassées et il a emporté presque toutes les poutres pour des nouvelles maisons. Et grand-mère, elle a déterré ce qui pouvait servir. »

Spiros ramassa un bâton et pêcha un préservatif blême et coagulé. « Bon Dieu ! s'exclama-t-il. Les touristes sont dégueulasses. » Il le rejeta au loin dans les broussailles et Yannis demanda : « Qu'est-ce que c'était ?

– Eh bien, jeune homme, c'est ce que tu enfiles sur ce que tu as de plus précieux quand tu ne veux pas avoir d'enfants.

– Comment on fait pipi, alors ? Il faut l'enlever ?

– Oui », dit Spiros qui sentait que s'il ne faisait pas attention il allait être entraîné dans de longues explications. « On l'enlève. En fait, on ne le met que quand il faut, tu comprends ?

– Oh, c'est un préservatif, c'est ça ? J'en ai entendu parler. Dimitris m'a expliqué. »

Spiros leva les sourcils, gonfla les joues et soupira. Ces gosses ! Il commença à jeter les gravats, les morceaux de tuiles, les boîtes de conserve écrasées, les longues bandes répugnantes de papier hygiénique souillé (autre cadeau des touristes) et les innombrables bouteilles vertes. « Nous avons deux jours de travail ici, dit-il. Je crois qu'il faut s'y mettre. »

Le lendemain soir, il y avait un espace dégagé au milieu de l'ancien sol et, à l'extérieur, un tas poussiéreux de pierres et de tuiles brisées d'un mètre de haut ainsi que des morceaux de bois cassés et pourris. Il y avait aussi une pile de trésors que Yannis voulait conserver : une vieille radio écrasée, avec son aiguille rouge bloquée pour toujours sur « Napoli », une poêle tordue percée d'un trou rouillé, une canne cassée à pommeau d'argent, un bocal intact plein de coquilles d'escargots, une collection de gros livres moisis intitulés *The Complete and Concise Home Doctor*, un stéthoscope dont les tuyaux de caoutchouc avaient disparu et dont la plaque était déformée, une photo dans un cadre d'argent au verre fendu et, à l'intérieur, une autre photo où deux joyeux fêtards se tenaient par les épaules, avec de drôles de chapeaux ; on voyait dans le fond la silhouette minuscule mais merveilleusement nue d'une jeune fille élancée, elle aussi avec un chapeau ridicule, en train de faire gicler de l'eau dans la mer. Il avait même trouvé un album de photos complet, un peu humide, les pages mangées aux bords par des insectes, avec des taches d'eau brunes disposées avec élégance et délicatesse à travers les pages selon un motif ondulant. La première photo était intitulée « Mama et papas le jour de leur mariage » et montrait en sépia un jeune couple très digne, habillé avec des vêtements tellement démodés que Yannis ne pouvait pas croire qu'on ait vraiment pu s'habiller comme ça. Assis sur le mur, il regarda les autres : « Les premiers pas de Pélagia » — la photo d'un bébé avec un bonnet à fanfreluches, à plat ventre, l'air tout étonné. Il allait les montrer à grand-mère pour savoir ce qu'elles représentaient. En attendant, c'était suffisamment passionnant d'avoir trouvé un canif à la lame coincée par la rouille, un petit bocal contenant un pois sec avec une croûte noire et écailleuse et un livre de poèmes moisi, écrit par un certain Andréas Laskaratos.

Spiros essaya de tirer l'anneau de fer de la grande trappe mais celle-ci s'était bloquée et ne bougea pas. Il glissa sous le bois la lame d'un vieux tire-bouchon qu'il avait trouvé mais elle plia comme du fromage et se cassa. Il faudrait aller emprunter une barre de fer, car les gonds devaient être pleins de rouille. « Pourquoi on la casse pas tout simplement ? demanda Yannis.

– Parce qu'il ne faut pas écraser la mandoline, voilà pourquoi. L'impatience ne sert à rien. » Ils considérèrent la trappe en se grattant la tête, mécontents de trouver un obstacle après être arrivés jusque-là, et s'aperçurent soudain de la présence sur le seuil d'un très grand vieillard en costume noir avec une chemise sans col, un peu courbé, une forte barbe argentée de plusieurs jours. « Qu'est-ce que vous faites ? demanda-t-il. Oh, c'est toi, petit

Yannis. Je vous avais pris pour des maraudeurs. J'allais vous donner une correction.

– Nous essayons d'ouvrir ça, kyrié Vélissario, dit le petit garçon. C'est coincé et il y a à l'intérieur quelque chose que nous voulons. »

Le vieil homme entra pesamment et ses yeux larmoyants regardèrent la trappe. Yannis remarqua qu'il tenait une rose rouge. « Je la lèverai dans une minute, dit-il, mais je dois d'abord déposer cette fleur. » Il retourna dans la cour et posa très soigneusement sa fleur sur la terre desséchée. « Normalement, je le fais en octobre, leur dit-il, mais je serai probablement mort avant, alors je l'apporte en avance.

– Pour quoi faire ? demanda Yannis

– Jeune homme, il y a un soldat italien là-dessous. Je l'ai enterré moi-même. Un homme très courageux, aussi fort que moi. Je l'aimais beaucoup, il était très bon. Je viens chaque année déposer la fleur pour montrer que je n'ai pas oublié. Personne ne m'avait jamais vu le faire, mais quelle importance de nos jours ? Nous avons d'autres ennemis maintenant, et il n'y a plus de honte à avoir.

– Vous voulez dire qu'il y a un vrai squelette là-dessous ? » demanda Yannis les yeux agrandis d'horreur délicieuse. Il pensait en secret que ce serait épatant de se faire peur en le déterrant. Il avait toujours rêvé d'avoir un vrai crâne.

« Pas seulement un squelette. Un homme. Il mérite de reposer en paix. Nous lui avons donné une bouteille de vin et une cigarette et il n'y a pas de femme acariâtre là-dessous pour embêter ses os et mettre de l'ordre alors qu'il veut seulement être tranquille. Il a tout ce que peut souhaiter un homme. »

Spiros toussa poliment mais d'un air sceptique. « Ne prenez pas la peine d'essayer de soulever cette trappe, monsieur, j'ai essayé et je ne peux pas.

– Vous apprendrez que j'étais l'homme le plus fort de Grèce, dit Vélissarios avec orgueil, sinon du monde. Pour autant que je sache, je le suis toujours. Vous voyez ce vieil abreuvoir de pierre ? En 1939, je l'ai soulevé au-dessus de ma tête, et personne n'a jamais fait ça, ni avant ni après. J'ai pris des mules sur ma poitrine avec deux hommes dessus.

– C'est vrai, c'est vrai, dit Yannis. Je l'ai entendu dire. Et c'est kyrios Vélissarios qui a sauvé le village.

– Donnez-moi la main, dit Vélissarios à Spiros, et vous verrez quel genre d'hommes il y avait à Céphalonie. Rappelez-vous que j'ai soixante-dix-huit ans, et imaginez ce que je devais être. »

Spiros tendit la main avec un sourire un peu condescendant. Vélissarios l'enferma dans la sienne et serra. L'expression de Spiros passa de la consternation à l'inquiétude puis à l'horreur quand il sentit ses os s'écraser et craquer comme s'ils étaient pris entre les pierres d'un pressoir à huile. « Ah, ah, ah », cria-t-il en tombant à genoux et en levant l'autre main dans un geste désespéré d'apaisement. Vélissarios le lâcha et il regarda sa main en remuant les doigts, terrorisé à l'idée qu'il ne pourrait peut-être jamais plus jouer d'un instrument.

Vélissarios se pencha lentement et passa le bout des doigts dans l'anneau de fer. Il s'inclina du côté opposé pour mettre tout son poids et toute sa force dans l'opération. Avec un fracas soudain et réconfortant de bois qui se fend et de vieux fer qui cède, la trappe s'envola dans un nuage de poussière, arrachée à ses gonds et réduite à quatre planches. Vélissarios se frotta les mains, souffla sur le bout de ses doigts et redevint soudain un vieil homme fatigué. « Adieu, mes amis », dit-il et il s'éloigna à pas lents et pesants sur le chemin du nouveau village.

« Incroyable », dit Spiros qui remuait encore ses doigts paralysés. « Je n'arrive pas à le croire. Un vieil homme comme lui. Ses fils aussi sont des géants ?

– Il ne s'est pas marié, il était trop occupé à être fort. Tu savais que c'est à Céphalonie que les géants ont d'abord habité ? C'est dit dans Homère. D'après grand-mère. J'aimerais être un géant, mais je crois que je serai de taille moyenne.

– Incroyable », répéta Spiros.

Tout ce qui était enfermé dans la cachette depuis près de trente-six ans se révéla en parfait état. Ils trouvèrent un vieux gramophone allemand avec une collection de disques et la manivelle pour le remonter, une grande couverture crochetée au motif compliqué, un peu jaunie mais encore enveloppée, avec du papier de soie entre les plis, un sac de soldat plein de curiosités de l'époque de la guerre, deux cartouchières pleines, un paquet de papiers écrits en italien et un autre dans une belle écriture grecque à l'intérieur d'une boîte en fer noire, portant le titre « Une Histoire personnelle de Céphalonie ». Il y avait aussi un paquet de tissu contenant un étui qui lui-même contenait la plus belle mandoline que Spiros eût jamais vue. Il la tourna et la retourna à la lumière, ébloui par la beauté de l'assemblage et de la finition, la superbe marqueterie et l'art consommé avec lequel étaient exécutées les parties effilées de la caisse. Il examina la touche et constata que le manche n'était pas gauchi. Il manquait quatre cordes et les quatre qui restaient, toutes noircies, pendaient sur les cases. Corelli avait pris la précaution de les détendre, en 1943. « Ceci vaut davantage que les mémoires d'une pute. Yannis, tu as beaucoup de chance. Tu devras en prendre soin, plus que tu n'aimes ta mère, tu as compris ? »

Mais Yannis s'intéressait davantage au Lee-Enfield, avec un canon si long qu'il était presque aussi grand que lui. Excité et joyeux, il le posa sur sa hanche et en frappa le derrière de Spiros en faisant « Bang, bang, bang ! » Il le pointa vers l'arbre et appuya sur la détente. Le fusil lui sauta des mains avec un fracas épouvantable à couper le souffle, le canon le frappa au front et une pluie d'éclats de bois tomba de la branche au-dessus de lui. Il lâcha l'arme pesante comme si elle lui avait donné une violente décharge électrique, s'assit et se mit à pleurer de terreur.

71

Antonia se remet à chanter

Alexis s'appropria le fusil et les munitions. Il le nettoya, le graissa soigneusement et l'ajouta à son trésor secret dans une armoire à vêtements. Il avait un tout petit derringer, un vieux pistolet italien avec quelques balles et à présent ce magnifique fusil, l'un des meilleurs jamais conçus pour le tir d'embuscade. Il avait changé son slogan favori pour « Nous n'avons rien à perdre que ce que nous possédons » et aucun cambrioleur ni aucun communiste fanatique n'allait entrer par effraction ni déclencher une révolution sans qu'il soit préparé. Il ne se coupait toujours pas les ongles des pieds mais il épargnait le raccommodage à sa belle-mère en jetant ses chaussettes trouées. Il avait beau être devenu plus gras et transpirer davantage, lui et Antonia (qu'il appelait aussi « Psipsina ») étaient plus amoureux que jamais, unis par l'amour commun de leurs entreprises qui tenaient lieu de frères et sœurs à leur fils.

Quant à Pélagia, Yannis ne l'avait jamais vue pleurer autant. Les grand-mères étaient des personnes sentimentales capables de pleurer quand vous leur donniez un coquillage trouvé sur la plage, mais pleurer toute une semaine, ça dépassait sa compréhension.

Elle avait tout d'abord serré la mandoline contre sa poitrine en disant « O Antonio, mio carino, o Antonio », le visage bouleversé par l'émotion. Les larmes coulaient de ses yeux et s'écrasaient sur le sol carrelé, elles roulaient sur ses joues pour disparaître dans son cou et sa poitrine tout agitée et ridée. Puis elle avait pris le paquet de papiers italiens et les avait serrés contre sa poitrine en disant

« O Carlo, mio poverino, o Carlo ». Ensuite elle avait pris le paquet de papiers grecs en faisant « O papa, o mon petit papa ». Elle serrait la couverture tricotée sur sa poitrine et de nouvelles larmes coulaient sur sa figure pendant qu'elle se tenait la tête dans une main en se lamentant : « Oh ma pauvre vie qui n'a jamais existé, oh Dieu du ciel, oh ma vie, dans la solitude et l'attente, oh… » et elle recommençait avec la mandoline, elle l'embrassait et la serrait comme si c'était un bébé ou un chat. Elle avait écouté sans arrêt les vieux disques qui grattaient, elle tournait la manivelle avec fureur et elle avait usé toutes les aiguilles qui restaient dans le petit casier sur le côté, parce qu'elles ne pouvaient servir qu'une seule fois. Sur tous les disques c'était une femme qui chantait en allemand avec une voix rauque très lointaine. Il en aimait un, *Lili Marlene*, qui était très agréable à siffler en marchant dans la rue. Les disques étaient très épais et ne pliaient pas, ils avaient une petite étiquette rouge au milieu. « Pourquoi tu n'avais pas des cassettes ? » demandait-il. Elle ne répondait pas, parce qu'elle tournait dans sa main le canif qu'elle avait donné autrefois à son père, ou parce qu'elle lisait les poèmes de Laskaratos qu'il lui avait donnés en échange. La voix de la poésie emplissait son âme comme elle l'avait fait au temps d'un monde mort et inconnu de tous.

Yannis consola sa grand-mère du mieux qu'il put. Il s'asseyait sur ses genoux, ce qui n'était plus tout à fait de son âge, et essuyait ses larmes avec un mouchoir trempé. Il se soumettait sans trop de peine à ses nombreux embrassements qui l'étouffaient et se demandait comment il était possible d'aimer tellement une vieille dame avec des joues qui pendent, des varices et des cheveux gris si fins qu'on pouvait voir le crâne rose au travers. Il attendait patiemment tandis qu'elle feuilletait pour la énième fois l'album de photos en faisant les mêmes commentaires, avec les mêmes mots, et tendait ses doigts tavelés. « Ici, c'est ton arrière-grand-père, il était docteur, tu sais. Il est mort en nous sauvant du tremblement de terre. Et là, c'est Drossoula qui était une sorte de tante, tu ne l'as pas connue, elle était très grande et très laide mais la plus gentille du monde, et là, c'est la vieille maison avant qu'elle s'effondre, et là, regarde, c'est moi quand j'étais jeune — tu peux imaginer que j'étais aussi belle ? — et je tiens une martre apprivoisée, Psipsina, elle était très drôle. Là, c'est le fils de Drossoula, Mandras — n'est-ce pas qu'il était beau ? — il était pêcheur et nous étions fiancés, mais il a mal fini, Dieu ait son âme. Voilà ton arrière grand-mère. J'étais si jeune quand elle est morte que je me souviens à peine d'elle, c'était la tuberculose et mon père n'a pas pu la sauver, et là, c'est mon père quand il était marin, tellement jeune, mon Dieu, tellement jeune ! Tu ne trouves pas qu'il a l'air heureux et plein de vie ? Il nous a sauvées pendant le tremblement de terre, tu sais. Lui c'est Günter Weber, un Allemand, je ne sais pas ce qu'il est devenu et là c'est Carlo, il était aussi fort que kyrios Vélissarios et c'est lui qui est enterré à la vieille maison. Il était très bon et il avait un chagrin dont il ne parlait pas, et voilà les garçons de la Scala en train de chanter, complètement soûls, et voilà l'olivier avant qu'il se fende. Ici, c'est Kokolios et Stamatis, je pourrais t'en raconter des histoires drôles sur eux, de vieux ennemis, toujours en train de se bagarrer à propos du roi et du communisme, mais les meilleurs amis qui soient. Là c'est Alékos, il vit toujours, tu sais, il est plus vieux que Mathusalem et s'occupe encore de ses chèvres. Ça, c'est le Péloponnèse vu du sommet du mont Ainos et ça, c'est Ithaque vue du même endroit si tu te retournes. Lui, c'est Antonio, c'était le plus grand mandoliniste du monde et nous allions nous marier mais il a été tué et, soit dit entre nous, je ne m'en suis jamais consolée. C'est son fantôme qui vient sur la route de l'ancien village et qui disparaît ensuite... » Grand-mère s'arrêtait pour pleurer. « Et ici c'est Antonio avec Günter Weber en train de faire les pitres sur la plage, quant à la femme nue, je ne sais pas qui c'était, mais je le soupçonne, et voilà Vélissarios qui soulève une mule — incroyable, non ? — regarde ces muscles, et ici c'est le père Arsénios, du temps où il était très gros. Pendant la guerre, il est devenu de plus en plus maigre, puis il a complètement disparu sans qu'on sache pourquoi — c'est bizarre, hein ? — et voilà le vieux kaphénio où papas, ton arrière-grand-père, se cachait quand j'avais besoin de lui et tu sais quoi ? Je suis la première femme à y être jamais entrée... »

Yannis regardait ces visages sans rides du passé lointain et il eut soudain une sensation bizarre. Bien entendu, il n'y avait pas de couleurs dans les temps anciens, et tout était plus ou moins gris, mais ce n'était pas à cause de ça. Ce qui le troublait, c'était que toutes ces photos avaient été prises dans un présent, un présent qui avait disparu. Comment est-ce qu'un présent peut ne pas être présent ? Comment se faisait-il que tout ce qui restait de tant de vie c'était de petits carrés de papier taché avec des images dessus ?

« Yia, je vais mourir ?

– Tout le monde meurt, Yannis, lui répondit Pélagia. Les uns meurent jeunes, les autres meurent vieux. Je vais bientôt mourir, mais j'ai eu ma chance. On meurt, et quelqu'un vient vous remplacer. "Les immortels ont mesuré à l'homme la durée de toute chose sur cette terre fertile." C'est ce que dit Homère. En dehors de notre naissance, c'est la seule chose dans laquelle nous n'avons pas le choix. Un jour, quand tu seras très vieux j'espère, tu mourras aussi, alors ne fais pas comme moi. Profite de tout tant que tu le peux. Quand je serai morte, tout ce que je veux c'est que tu te souviennes de moi. Tu crois que tu le feras ? Oh, pardon, Yannis, je ne voulais pas te faire de peine. Non, ne pleure pas. Oh mon Dieu. J'avais oublié que tu étais si jeune... »

Yannis supplia Antonia de lui acheter des cordes pour la mandoline qui lui avait donné son nom et elle lui promit de lui en trouver quand elle irait à Athènes. Alexis promit de lui en acheter quand il irait à Naples, qu'il n'avait encore trouvé aucune raison de visiter. Pélagia emmena Yannis en car à Argostoli et lui acheta des cordes dans un magasin de musique de l'une des rues transversales qui montent sur la colline en coupant à angle droit les artères principales. « J'aime énormément tes parents, lui dit-elle, mais ils ne voient jamais ce qui est juste sous leur nez. Athènes et Naples ! Quelles bêtises ! »

De retour à la taverna Drossoula, Spiros nettoya soigneusement la mandoline et la fit briller. Il frotta de la mine de crayon dans les mécanismes et les actionna longuement jusqu'à ce qu'ils tournent régulièrement, sans craquements, sans grincements, sans hésitation ni résistance d'aucune sorte. Il montra au jeune garçon comment enfiler le bout de la corde sous la lyre d'argent et fixer la boucle avec les boules multicolores au bon bouton d'attache. Il lui montra comment l'enrouler autour de la cheville de la meilleure façon pour éviter qu'elle ne casse et comment la disposer dans les rainures du sillet et du chevalet, non sans les avoir frottées de graphite pour accorder plus facilement l'instrument.

Il lui montra comment accorder chaque corde lentement, en passant de l'une à l'autre et en reprenant au début. Il lui expliqua l'utilisation des harmoniques pour trouver la position correcte du chevalet, le principe qui consiste à accorder chaque corde avec la septième touchette de la paire de cordes au-dessus, puis il commença à jouer. Il fit trois accords simples pour habituer ses doigts à l'espace réduit d'un manche de mandoline, puis une gamme descendante, dans une cascade de trémolos rapides.

Yannis était accroché, aussi sûrement qu'étaient fixées les cordes aux boutons, avec leurs drôles de petits pompons. Il assimila religieusement tous les conseils de Spiros : ne pas laisser sa mandoline au soleil, ne pas la laisser à l'humidité ni au grand froid en hiver, ne pas la laisser tomber, l'entretenir avec une cire spéciale, comme celle que l'on utilise pour un bouzouki, détendre les cordes avant de la ranger, l'accorder un demi-ton au-dessus pour que les cordes se stabilisent plus vite... Spiros lui dit très sérieusement qu'il avait entre les mains la chose la plus précieuse qu'il posséderait jamais et ces mots éveillèrent en lui un sentiment de crainte révérencielle qu'il n'avait jamais éprouvé à l'église quand Pélagia l'y traînait. Il ne permit qu'à Spiros et à sa grand-mère de la toucher et il était furieux si jamais quelqu'un la cognait.

Chose très étrange, alors qu'il l'avait voulue pour pouvoir impressionner les filles plus tard, il découvrit à treize ans, quand il était déjà un très bon musicien, qu'elles n'avaient aucun intérêt. Leur éternelle mission dans la vie était de frustrer, d'agacer et de posséder des choses que vous vouliez mais qu'elles refusaient d'accorder. En fait, c'étaient de petits êtres étrangers, méchants et capricieux. Ce n'est qu'à dix-sept ans, à l'époque où grand-mère venait de retrouver une seconde jeunesse déchaînée et frivole, qu'il en connut une qui le rendit fou de désir. Un jour qu'il faisait chanter Antonia, elle s'était arrêtée à proximité pour écouter.

72

Une leçon inattendue

En octobre 1993, Yannis avait enfin quatorze ans et il venait de passer tout un été à jouer des duos en public avec Spiridon sous des bombardements de roses rouges. Pour ne pas ennuyer sa grand-mère avec ses exercices continuels — en réalité, pour ne pas la faire pleurer — il était monté à la vieille maison en ruine pour jouer tout seul et s'appliquait avec beaucoup de concentration à produire un trémolo convenable en faisant tourner le poignet et non en le secouant de haut en bas, ce qui était épuisant et échappait vite à son contrôle. Il se mordait les lèvres tant il était tendu et il ne remarqua pas le vieux monsieur qui s'était approché de lui et l'observait avec un intérêt critique mais ravi. Il fit un bond quand une voix dit avec un accent très bizarre : « Excusez-moi, jeune homme.

– Ah ! s'exclama-t-il. Oh, vous m'avez fait peur.

– Trop jeune pour la crise cardiaque, fit l'homme. Vois-tu, je n'ai pas pu m'empêcher de remarquer que tu fais une faute.

– J'ai du mal avec ce trémolo. Il ne tient pas. » C'était bien de pouvoir parler avec un vieux monsieur à égalité ; les vieux étaient trop souvent lointains ou incompréhensibles, mais celui-là avait l'œil vif et donnait une impression d'énergie et de gaieté. C'était flatteur d'avoir droit à son attention et Yannis bomba un peu le torse pour se sentir plus homme. Sa voix muait et produisait parfois des vocalises et des couinements ; il parlait donc le plus bas possible de la façon adulte et empruntée qui fait sourire un aîné.

« Non, non, non, ce sera très bien. C'est ta main gauche. Tu essaies d'utiliser seulement tes deux premiers doigts et ça ne marche pas. » Il se pencha et plaça les doigts du garçon en disant : « Regarde, le premier presse les cordes sur la première touchette, le deuxième, celles sur la deuxième, le troisième s'occupe de la troisième et le quatrième, de la quatrième. C'est dur au début, parce que le petit doigt n'est pas très fort, mais ça t'évite de devoir tordre ta main, ce qui risque d'étouffer les cordes aiguës par accident.

– J'avais remarqué. C'est très embêtant.

– Il suffit de conserver la même position des doigts par rapport aux touchettes où que tu te trouves sur le manche et tout sera beaucoup plus facile. » Il se redressa et ajouta : « On reconnaît toujours un vrai, bon musicien au fait que ses mains n'ont pas l'air de remuer du tout et que la musique paraît sortir comme par magie. Si tu fais ce que je te dis, tu remueras à peine la main. Rien que les doigts. Et ça t'aide en empêcher l'instrument de glisser. Ça, c'est le problème des mandolines à caisse ronde, et j'ai souvent pensé acheter une portugaise à caisse plate. Mais je n'ai jamais réussi à le faire.

– On dirait que vous vous y connaissez.

– Il faut bien. J'ai été mandoliniste professionnel presque toute ma vie. Je sens que tu seras bon.

– Vous me jouez quelque chose ? » demanda le garçon en lui tendant la mandoline et le médiator.

Le vieux monsieur fouilla dans la poche de son manteau et en sortit son propre médiator en disant : « Je me sers toujours du mien, sans vouloir t'offenser. » Il prit la mandoline, l'installa contre lui sous son diaphragme, caressa un accord d'essai et se mit à jouer la sicilienne de la *Grande sonate en sol* de Hummel. Yannis resta bouche bée. Soudain le vieux monsieur s'interrompit, fit pivoter la mandoline vers lui et l'examina avec un air d'incrédulité extrême. « Madonna Santa, c'est Antonia !

– Comment vous avez deviné ? demanda Yannis à la fois étonné et soupçonneux. Vous ne pouvez tout de même pas savoir que c'est Antonia. Vous l'avez déjà vue ?

– Où l'as-tu trouvée ? Qui te l'a donnée ? Comment sais-tu qu'elle s'appelle Antonia ?

– Je l'ai sortie de ce trou », dit Yannis en indiquant la cachette ouverte au milieu de la ruine. « Grand-mère m'a dit qu'elle était là et elle l'appelait comme ça, alors je l'ai appelée pareil. En fait, grand-mère a aussi appelé ma mère Antonia, parce qu'elle avait une voix de mandoline quand elle était bébé.

– Ta grand-mère serait-elle kyria Pélagia, la fille du Dr Yannis ?

– C'est moi. Je m'appelle Yannis, comme lui. »

Le vieux monsieur s'assit sur le mur à côté du garçon, tenant toujours la mandoline, et s'essuya le front avec un mouchoir. Il paraissait très tourmenté. Yannis remarqua une cicatrice sur sa joue, à peine cachée par la barbe blanche. Le vieux monsieur demanda soudain : « Quand tu as trouvé la mandoline, il lui manquait quatre cordes ?

– Oui.

– Tu sais où elles sont ?

– Non. »

Les yeux du vieux monsieur pétillèrent et il se frappa la poitrine. « Elles sont là-dedans. Le Dr Yannis a réparé mes côtes avec et je ne les ai jamais fait retirer. En plus, j'étais criblé de balles et le docteur les a extraites. Qu'est-ce que tu en dis ? »

Le garçon était profondément impressionné. Ses yeux s'agrandirent. Ne voulant pas être en reste, il annonça : « Nous avons un vrai squelette là-bas.

– Oh, je sais. C'est une des raisons pour lesquelles je suis venu. C'est Carlo Guercio. C'était l'homme le plus fort du monde. Il m'a sauvé la vie. Il m'a caché derrière lui devant un peloton d'exécution. »

À ce stade, le garçon était tellement impressionné qu'il en resta médusé : un homme avec des cordes de mandoline dans les côtes qui s'était trouvé devant un peloton d'exécution et avait connu le propriétaire du squelette ? C'était encore plus fort que de connaître Spiros.

« Dis-moi, jeune homme, ta grand-mère vit toujours ? Elle est heureuse ?

– Elle pleure quelquefois, depuis que nous avons tiré Antonia et toutes les autres affaires du trou. Elle a les genoux raides, et ses mains tremblent.

– Et ton grand-père ? Il va bien ? »

Le garçon parut décontenancé. Il fronça les sourcils et dit : « Quel grand-père ?

– Pas le père de ton père. Je veux parler du mari de kyria Pélagia. » Le vieux monsieur s'épongea de nouveau le front, l'air plus agité.

Le garçon haussa les épaules. « Il n'y en a pas. Je ne savais même pas qu'elle en avait un. J'ai un arrière-grand-père.

– Oui, je sais, c'était le Dr Yannis. Tu veux dire que kyria Pélagia n'a pas de mari ? Tu n'as pas de grand-père ?

– Je suppose que oui, mais je n'en ai jamais entendu parler. Je n'ai que le père de mon père et il est à moitié mort. Mon père aussi, la moitié du temps. »

Le vieux monsieur se leva. Il regarda autour de lui et dit : « C'était un bel endroit. J'ai passé ici les plus belles années de ma vie. Et tu sais quoi ? J'allais épouser ta grand-mère. Je crois qu'il est temps que je la revoie. À propos, cette mandoline était à moi, mais je t'ai entendu jouer et j'aimerais que tu la gardes. Je renonce à mes droits. »

Pendant qu'ils descendaient la côte, Yannis dit : « L'homme le plus fort du monde, c'est Vélissarios.

– Porco dio, lui aussi vit toujours ? »

Yannis trébucha. « Si vous êtes celui qui jouait de la mandoline et qui allait épouser grand-mère… ça veut dire que vous êtes le fantôme ? » Un soleil d'automne généreux perça les nuages au-dessus de Lixouri et le vieux monsieur s'arrêta pour réfléchir.

73
Restitution

Malgré son âge — plus de soixante-dix ans — Antonio Corelli retrouva dans ses vieux membres une certaine agilité juvénile. Il esquiva un poêlon de fonte et tressaillit quand celui-ci alla fracasser la fenêtre derrière lui. « Sporcaccione ! Figlio d'un culo ! hurlait Pélagia, pezzo di merda ! moi qui ai attendu toute ma vie, pleuré toute ma vie, moi qui ai cru toute ma vie que tu étais mort. Cazzo d'un cane ! Et toi vivant, et moi une idiote. Comment as-tu osé manquer à de telles promesses ? Traître ! »

Corelli recula jusqu'au mur devant le manche à balai qui lui rentrait dans les côtes et leva les mains en signe de reddition.

« Je te l'ai dit, cria-t-il. Je te croyais mariée.

– Mariée ! s'écria-t-elle avec amertume. Mariée ? Je n'ai pas eu cette chance ! Grâce à toi, bastardo. » Elle le poussa encore et s'avança pour le frapper sur la tête avec le manche à balai.

« Ton père avait raison. Il disait que tu avais un côté sauvage.

– Sauvage ? Je n'en ai pas le droit, porco ? Je n'en ai pas le droit ?

– Je suis revenu te chercher. En 1946. Je suis arrivé au tournant et tu étais là avec ton petit bébé, ton doigt dans sa bouche, tu avais l'air si heureuse.

– J'étais mariée ? Qui t'a dit ça ? Qu'est-ce que ça peut te faire que j'adopte un bébé que quelqu'un a laissé devant ma porte ? Tu n'aurais pas pu demander ? Tu n'aurais pas pu dire : “Excuse-moi, koritsi mou, mais c'est ton bébé ?”

– S'il te plaît, arrête de me frapper. Je suis revenu chaque année, tu le sais. Tu m'as vu. Tu étais toujours avec l'enfant. J'étais si amer que je ne pouvais pas te parler. Mais il fallait que je te voie.

– Amer ? Je n'en crois pas mes oreilles. Toi ? Amer ?

– Pendant dix ans, dit Corelli, pendant dix ans, j'étais si amer que j'ai même eu envie de te tuer. Puis, je me suis dis bon, d'accord, j'ai été absent trois ans, elle a dû penser que je ne reviendrais pas, que j'étais mort, elle a peut-être cru que je l'avais oubliée, ou bien elle a rencontré quelqu'un d'autre et elle est tombée amoureuse. Du moment qu'elle est heureuse. Mais je revenais quand même, chaque année, rien que pour m'assurer que tu allais bien. C'est de la trahison, ça ?

– Et tu as vu un mari ? As-tu pensé à ce que ça me faisait quand je courais vers toi et que tu disparaissais ? As-tu pensé à mon cœur ?

– D'accord, je sautais par-dessus le mur et je me cachais. Il le fallait. Je te croyais mariée, je te l'ai dit. C'était par égard. Je ne t'ai même pas réclamé Antonia.

– Ha ! cria Pélagia avec une soudaine intuition, tu l'as laissée pour que je me sente coupable, c'est ça ? Bestia.

– Pélagia, je t'en prie, c'est très gênant pour les clients. On ne pourrait pas aller se promener et parler de tout ça sur la plage ? »

Elle vit des visages autour d'elle, les uns souriants, d'autres faisant semblant de regarder ailleurs. Il y avait partout des chaises et des tables qu'elle avait renversées pour les écarter de son chemin dans l'excès de sa colère. « Tu aurais dû mourir et me laisser avec mes rêves, cira-t-elle. Tu ne m'as jamais aimée. » Elle sortit brusquement, laissant Corelli saluer les clients en s'inclinant à plusieurs reprises et en disant : « Veuillez nous excuser. »

Deux heures plus tard ils étaient assis ensemble sur un rocher familier, contemplant la mer tandis que les lumières jaunes du port se reflétaient sur les eaux noires. « Je vois que tu as reçu mes cartes postales, dit-il.

– En grec. Pourquoi as-tu appris le grec ?

– Après la guerre, tout a été révélé. L'Abyssinie, la Libye, la persécution des juifs, les atrocités, les prisonniers politiques enfermés sans jugement par milliers, tout. J'avais honte d'être un envahisseur. Tellement honte que je ne voulais plus être italien. J'ai vécu à Athènes environ vingt-cinq ans. Je suis citoyen grec. Mais je vais très souvent en Italie. Je vais en Toscane en été.

– Et moi, j'avais tellement honte que je voulais être italienne. Tu as fini par écrire tes concertos ?

– Trois. Et je les ai joués dans le monde entier. Le premier t'est dédié, le thème principal est la "Marche de Pélagia". Tu te souviens ? » Il fredonna quelques mesures, jusqu'à ce qu'il s'aperçoive qu'elle se retenait de pleurer. Elle semblait être devenue très versatile avec l'âge, sautant des larmes passionnées à l'agression. Elle lui avait carrément fait sauter son dentier qui était tombé dans le sable et qu'il avait fallu rincer dans la mer. Il avait encore dans la bouche un goût salé, mais pas désagréable.

« Bien sûr que je me souviens. » Elle laissa tomber sa tête et s'essuya les yeux d'un geste las. Tout à coup, à propos de rien en particulier, elle dit : « Je me sens comme un poème inachevé. »

Corelli sentit une pointe de honte et évita de répondre. « Tout est changé. C'était si joli ici, et maintenant c'est du béton partout.

– Et nous avons l'électricité, le téléphone, des cars, l'eau courante, le tout-à-l'égout et des réfrigérateurs. Et les maisons sont à l'épreuve des tremblements de terre. C'est si mal que ça ?

– Le tremblement de terre a été terrible. J'étais ici. Il m'a fallu beaucoup de temps avant de te trouver et de savoir que tu allais bien. » Il surprit son regard étonné et expliqua : « J'ai fait ce que tu m'avais dit. Je suis entré chez les pompiers. À Milan. Tu m'avais dit : "Ne te bats pas. Pourquoi ne pas faire quelque chose d'utile, par exemple entrer chez les pompiers ?" alors je l'ai fait. C'était exactement comme l'armée. Beaucoup de temps pour étudier entre les urgences. Quand on a demandé des volontaires, je suis venu aussitôt. Le spectacle m'a brisé le cœur. J'ai travaillé très dur. Et j'ai eu une expérience terrible. J'ai vu la tombe de Carlo s'ouvrir et se fermer, son corps était là. Quelques restes d'uniforme, les os fracassés et les deux pièces dans ses yeux. »

Elle frissonna et se demanda si elle devait lui parler du secret que Carlo avait si bien caché. Mais elle lui posa une question : « Tu savais que c'étaient Carlo et mon père qui avaient écrit la brochure sur Mussolini ? C'est Kokolios qui l'avait imprimée.

– J'avais des soupçons. J'ai décidé de ne rien faire. Nous avions tous besoin de distractions en ce temps-là. Je vois que tu as toujours ma bague.

– C'est seulement parce que j'ai de l'arthrite dans les doigts et que je n'ai pas pu la retirer. Je l'avais fait mettre à ma taille et maintenant je le regrette. » Elle regarda le faucon qui s'envolait avec un rameau d'olivier dans le bec et l'inscription au-dessous : « Semper fidelis. » Elle hésita. « Alors tu t'es marié ? J'imagine que oui.

– Moi ? Non. Comme je te l'ai dit, je suis resté très amer pendant des années et des années. J'étais odieux avec tout le monde, surtout avec les femmes, et puis tout à coup, la musique a très bien marché et j'ai voyagé dans le monde entier, je m'envolais d'une ville à l'autre. J'ai dû quitter les pompiers. De toute façon, tu as toujours été ma Béatrice. Ma Laure. Je me suis dit, qui voudrait d'un pis-aller ? Qui voudrait être avec quelqu'un tout en rêvant de quelqu'un d'autre ?

– Antonio Corelli, je vois que tu continues à dire des mensonges avec ta langue d'argent. Comment peux-tu supporter de me regarder maintenant ? Je suis une vieille femme. Je n'aime pas que tu me regardes parce que je me souviens de ce que j'étais. J'ai honte d'être si vieille et si laide. Tu n'as pas ce problème. Les hommes ne s'abîment pas comme nous. Tu es pareil, mais en vieux et maigre. J'ai l'air de quelqu'un d'autre, je le sais. Je voulais que tu aies un beau souvenir de moi. Maintenant je ne suis plus qu'un tas.

– Tu oublies que je venais t'espionner. Quand on voit les choses arriver progressivement, il n'y a pas de choc. Pas de déception. Tu es exactement la même. » Il mit sa main sur la sienne et la serra doucement. « Ne t'inquiète pas. Il n'y a qu'un moment que je suis avec toi et c'est toujours Pélagia. Pélagia de mauvaise humeur, mais Pélagia tout de même.

– As-tu jamais pensé que mon bébé pouvait être un bâtard ? J'aurais pu être violée. J'ai failli l'être.

– J'y ai pensé. Avec les Allemands et la guerre civile…

– Et alors ?

– C'était grave. Nous avions nos idées sur le déshonneur et la souillure, n'est-ce pas ? Je reconnais que c'était grave. Grâce au ciel, nous ne sommes plus aussi bêtes. Certaines choses changent pour le mieux.

– L'homme qui a essayé de me violer… j'ai tiré sur lui. »

Il la dévisagea, incrédule. « Vacca cane ! Tu as tiré sur lui ?

– Jamais je n'ai été déshonorée. C'était le fiancé que j'avais eu avant toi.

– Tu ne m'avais jamais parlé d'un fiancé.

– Tu es jaloux ?

– Bien sûr. Je croyais que j'étais le premier.

– Eh bien, non. Et n'essaie pas de me dire que j'étais la première non plus.

– La mieux. » L'émotion commençait à le secouer un peu trop et il essaya de se contrôler. « Nous devenons sentimentaux. Deux vieux fous sentimentaux. Regarde… » Il tira de sa poche quelque chose de blanc, enveloppé dans un sac en plastique. Il le déballa et tira un vieux mouchoir qu'il secoua pour le déplier. Le tissu montrait des traînées brunes bordées de jaune. «… Ton sang, Pélagia, tu te souviens ? Quand nous cherchions des escargots et que des ronces t'ont griffé le visage ? Je l'ai gardé. Un vieux fou sentimental. Mais quelle importance ? Je n'ai rien à prouver. Après tant de temps, nous avons bien le droit. C'est une belle soirée. Soyons sentimentaux. Personne ne nous regarde.

– Yannis n'a pas arrêté de nous regarder. Il est derrière les cordages lovés sur l'autre quai.

– Le petit monstre. Il doit penser que tu as besoin d'être protégée. Décidément, il n'a jamais existé de secret sur cette île.

– Je veux te montrer quelque chose. Tu n'as jamais lu les papiers de Carlo, n'est-ce pas ? Il y avait un secret. Reviens à la taverna pour dîner et je te donnerai ce qu'il a écrit. Nous faisons un excellent pilaf d'escargots.

– Des escargots ! s'exclama Corelli. Des escargots. Ça alors. Je me rappelle tout à propos des escargots.

– Ne te fais pas des idées. Je suis trop vieille pour tout ça. »

Il s'installa à la table recouverte de plastique à carreaux et lut tout le paquet de vieilles feuilles raides dont les coins se retournaient. L'écriture était familière, tout comme le ton de la voix et la tournure de phrase, mais c'était un Carlo qu'il n'avait jamais connu : « Antonio, mon capitaine, nous vivons des temps difficiles et j'ai l'impression très nette que je n'y survivrai pas. Tu connais ça… »

À mesure qu'il lisait, son front se plissait, accusant ses rides et ses lignes et, une ou deux fois, il eut l'air de ne pas en croire ses yeux. Quand il eut fini, il remit les feuilles en ordre, les posa devant lui sur la table et vit que ses escargots avaient refroidi. Il les mangea quand même, mais sans sentir leur goût. Pélagia vint s'asseoir face à lui. « Alors ?

– Tu as dit que tu aurais voulu que je sois mort ? Pour pouvoir conserver tes rêves ? » Il tapota le paquet de feuilles. « J'aurais préféré que tu ne me les montres pas. Je viens de m'apercevoir que je suis plus vieux jeu que je ne pensais. Je n'ai jamais rien soupçonné.

– Il t'aimait. Tu es dégoûté ?

– Triste. Un homme comme lui aurait dû avoir des enfants. Il va me falloir du temps... C'est un choc. Je n'y peux rien.

– Ce n'était pas seulement un héros parmi d'autres. Il était plus compliqué. Pauvre Carlo.

– Il voulait compenser autrement. Pauvre homme, je suis consterné. Je me sens coupable. Les copains l'entraînaient au bordel. Quelle torture. C'est affreux. » Il resta un moment songeur puis se rappela soudain : « J'ai retrouvé la trace de Günter Weber. Ça n'a pas été difficile — il parlait tout le temps de son village — mais il a cru que je le recherchais par désir de vengeance, que j'agissais pour la Commission d'enquête sur les crimes de guerre, ou je ne sais quoi. Il m'a supplié. À genoux. C'était tellement pitoyable que je ne savais pas si je devais rire ou pleurer. Et devine quoi. Il a rejoint l'Église comme son père. Il était là, dans sa tenue de pasteur, rampant et gémissant. Je n'ai pas pu le supporter. J'avais envie de le remercier et de le frapper en même temps. Je suis parti et je ne suis jamais revenu. Il est probablement chez les fous maintenant. À moins qu'il ne soit évêque. »

Pélagia soupira. « J'ai encore du mal à être aimable avec les Allemands. Je continue à leur en vouloir pour ce qu'ont fait leurs grands-pères. Ils sont très polis et les filles sont très jolies. De bonnes mères. J'ai honte d'avoir envie de leur donner des coups de pied.

– Les malheureux vont se repentir jusqu'à la fin des temps. C'est pour ça qu'ils sont tellement courtois. Ils sont tous complexés. Mais il paraît que les nazis reviennent.

– Tout le monde se repent. Nous avons notre guerre civile, vous avez Mussolini et la mafia, et toutes vos affaires de corruption. Les Anglais viennent se repentir de leur Empire et de Chypre, les Américains, du Vietnam et d'Hiroshima. Tout le monde présente des excuses.

– Et moi aussi. »

Elle l'ignora. Elle était décidée à résister — un peu — aussi longtemps que possible, en avoir pour son argent. Elle changea adroitement de sujet : « Yannis veut que tu lui apprennes à lire convenablement la musique et demande pourquoi tu ne reviendrais pas l'été prochain pour jouer avec lui et Spiros. Spiros est rentré à Corfou, mais il est très bon.

– Spiros Trikoupis ?

– Oui. Comment tu le sais ? Tu as espionné à ce point ?

– C'est le meilleur mandoliniste de Grèce. Je l'ai connu il y a des années. Il ne joue du bouzouki populaire que pour les touristes. En hiver, il vient quelquefois à Athènes. J'ai suivi un de ses cours de bouzouki classique parce que, après tout, ça n'est jamais qu'une grande mandoline, et je me suis dit pourquoi pas ? Nous nous sommes mis à bavarder, et il connaît certains de mes morceaux. En fait, il les joue mieux que moi. C'est la vieillesse. Les doigts se ralentissent. J'ai souvent joué avec lui. Yannis sera bon, lui aussi, je le sais.

– Il veut entrer dans l'orchestre de Madolinates de Patras.

– C'est de la jolie musique. Pourquoi pas ? Un bon endroit pour commencer. Nous avions des tas d'orchestres de ce genre en Italie, sauf que nous avions tous les instruments en forme de mandoline. Tu peux imaginer ? Des contrebasses et des violoncelles mandolines ? C'était marrant.

– Tu es très célèbre, alors ?

– Dans la mesure où d'autres musiciens ont entendu parler de moi. J'ai droit à des tas d'articles stupides qui me comparent à l'autre Corelli. Je joue en conséquence. Je suis tout à fait cynique. J'ai essayé d'écrire toutes sortes de pièces modernes. Tu sais, des gammes chromatiques et des quarts de tons, toutes sortes d'explosions, de roulements, de grincements et de bruits de tondeuses à gazon, mais seuls les spécialistes et les critiques ne comprennent pas que c'est une épouvantable bouillie. Mon idée de l'enfer, c'est Schönberg et Stockhausen. » Il fit une grimace. « Pour être franc, je n'aime même pas Bartok, mais ne le dis à personne, et je reproche à Brahms de sauter d'une tonalité à l'autre sans passer par des transitions convenables. Je me suis aperçu que j'étais complètement démodé, alors j'ai dû trouver un autre moyen d'innover. Tu sais ce que j'ai fait ? j'ai pris de vieux airs populaires, comme certains airs grecs, et je les ai transposés pour des instruments inhabituels. Dans mon deuxième concerto, il y a de la cornemuse irlandaise et du banjo et tu ne devineras jamais : les critiques l'ont adoré. En réalité, il a exactement la même forme et le même type de développement que ceux que tu trouverais chez Mozart, Haydn, ou qui tu voudras. Il est agréable à entendre. Je ne suis qu'un escroc qui attend d'être démasqué. Je me spécialise dans la recherche de nouvelles façons d'être un anachronisme. Qu'est-ce que tu en dis ? »

Pélagia le considéra avec une certaine lassitude. « Antonio, tu n'as pas changé. Tu te lances dans des discours comme si je savais de quoi tu parles. Tes yeux s'illuminent et te voilà parti. C'est tellement incompréhensible pour moi que tu pourrais aussi bien me parler en turc.

– Excuse-moi, c'est l'enthousiasme qui me fait vivre. J'oublie. J'ai même écrit de la fausse musique grecque, pour des films. Quand on ne pouvait pas avoir Markopoulos, ou Théodorakis, ou Éléni Karaïndrou, c'est moi qu'on venait chercher. Tricher est un tel plaisir, tu ne trouves pas ? En tout cas, maintenant, j'ai pris ma retraite... En fait, je me disais... je ne sais pas ce que tu en penseras mais... »

Elle plissa les yeux d'un air soupçonneux. « Oui ? Quoi ? Tu veux me rouler ? Encore une fois ? »

Il soutint son regard. « Non. Je veux reconstruire la vieille maison. Je suis à la retraite et je veux vivre dans un bel endroit. Un endroit avec des souvenirs.

– Sans eau et sans électricité ?

– Une pompe sur le vieux puits, un petit système de filtrage. Je suis sûr d'obtenir un branchement d'électricité si je file la pièce à qui il faut. Tu accepterais de me vendre le terrain ?

– Tu es complètement fou. Je ne sais même pas s'il nous appartient. Il n'existe aucun acte. Tu vas devoir graisser la patte à tout le monde.

– Alors tu n'es pas contre ? Ton gendre est bien entrepreneur, non ? Tu vois, pour que ça reste dans la famille.

– Tu sais que si tu y mets un vrai toit tu dois payer une taxe ?

– Merda, c'est pour ça que toutes les maisons ont des bouts de fers rouillés qui dépassent ? Pour avoir l'air inachevées ?

– Oui. Et qu'est-ce qui te fait croire que je voudrais d'une vieille chèvre comme toi dans mon ancienne maison ?

– Je te paierais pour que tu viennes faire le ménage », répondit-il.

Elle tomba dans le piège et le prit au mot. « Quoi ? Tu imagines que j'ai besoin d'argent ? Avec cette taverna ? Et le gendre le plus riche qui ait jamais existé ? Tu me crois aussi folle que toi ? Retourne à Athènes. De toute façon, Lémoni le ferait.

– La petite Lémoni ? Elle est toujours là ?

– Elle est aussi grosse qu'un bateau et elle est grand-mère. Mais elle se souvient de toi. Barba C'relli. Elle n'a jamais oublié non plus l'explosion de la mine. Elle en parle encore.

– Barba C'relli », répéta-t-il avec mélancolie. À n'en pas douter, le temps était une vraie saleté. De vieux bras affaiblis ne peuvent pas faire sauter en l'air des bateaux grand-mères. « Cette explosion m'a laissé un tintement d'oreille », dit-il puis il resta un moment silencieux. « Alors, j'ai ta permission pour reconstruire la maison ?

– Non », répondit-elle. Elle tenait encore bon.

« Oh. » Il la regarda, incertain, et décida d'aborder de nouveau le sujet plus tard. « Je viendrai te voir demain soir, avec un cadeau.

– Je ne veux pas de cadeaux. Je suis trop vieille pour les cadeaux. Va au diable avec tes cadeaux.

– Pas exactement un cadeau. C'est une dette.

– Tu me dois toute une vie.

– Ah ! Alors je t'apporterai une vie.

– Vieil imbécile. »

Il fouilla dans ses poches et en sortit un petit magnétophone stéréo. Il fouilla de nouveau et montra une cassette dans un emballage très distingué, qu'il ouvrit. Il mit la cassette dans l'appareil et tendit les écouteurs à Pélagia. Elle fit un geste de refus en lui agitant la main devant la figure comme si elle chassait un moustique. « Va-t'en, même morte je ne voudrais pas qu'on me voie avec ces trucs-là. Je suis une vieille femme, pas une jeune sotte. Tu me prends pour une gamine pour que je me promène avec ça en balançant la tête ?

– Tu ne sais pas ce que tu manques. C'est formidable. Je m'en vais. Demande à Yannis de te montrer comment ça marche et écoute. À demain soir. »

Après son départ, Pélagia prit la boîte de la cassette et en retira la notice. Elle était en italien, anglais, français et allemand. Elle fut impressionnée. La photo montrait Antonio Corelli avec dix ans de moins, en habit, avec un sourire satisfait, une mandoline dans la main droite, placée à un angle bizarre. Elle alla se chercher un verre de vin à titre de fortifiant et se mit à lire. La présentation était écrite par un certain Richard Usborne, un Anglais qui, d'après une note, était un critique célèbre, spécialiste de Rossini. Elle lut : « Voici la réédition longtemps attendue de l'enregistrement de 1954 du premier concerto d'Antonio Corelli pour mandoline et petit orchestre, lors de sa création à Milan, interprété par le compositeur. Il a été inspiré par une femme que la partition désigne seulement sous le nom de “Pélagia” et lui est dédié. Le thème principal, à deux temps, est présenté très clairement et avec insistance par un solo de l'instrument après une brève fanfare des vents. C'est une mélodie simple et martiale que l'un des premiers critiques a qualifiée d' “ingénieusement naïve”. Dans le premier mouvement, il est développé en forme de sonate et… »

Pélagia parcourut rapidement la suite. Rien que des sottises sur la variation fuguée et autres choses du même genre. Elle étudia la petite rangée de boutons ornés de flèches dans différentes directions, se mit doucement les écouteurs aux oreilles et appuya sur le petit bouton marqué « play ». Il y eut un léger sifflement puis, à son grand étonnement, la musique se mit à jouer exactement au centre de sa tête et non dans ses oreilles.

À mesure que la musique envahissait son esprit, une tempête de souvenirs se leva. Elle entendait la « Marche de Pélagia » non pas une fois mais encore et encore. Des fragments de celle-ci apparaissaient soudain sous des formes différentes, bizarres, chez les différents instruments. Ça devenait tellement compliqué qu'on la discernait à peine dans un tel torrent de notes avec des rythmes variés. À un certain moment, elle apparut sous forme de valse (« Comment a-t-il fait ça? » se demanda Pélagia) et juste vers la fin il y eut un roulement de timbales assourdissant qui lui fit arracher les écouteurs de peur; elle crut qu'il y avait un nouveau tremblement de terre. Elle les replaça vite et comprit qu'en effet c'était le tremblement de terre, une description musicale, suivi d'une longue lamentation sur un instrument plaintif qui était un cor anglais, mais elle ne le savait pas, interrompue par des coups de timbales isolés qui devaient être les secousses secondaires. Ils arrivaient chacun d'une façon si soudain et imprévisible qu'elle sautait sur son siège, le cœur au bord des lèvres. Puis la mandoline fit son entrée, récapitulant le thème sur un rythme de marche confiante, pour devenir de plus en plus faible. Si faible qu'elle se perdit dans le silence. Elle secoua l'appareil, se demandant si les piles étaient usées. Ce genre de musique devait nécessairement se terminer par des flots d'accords retentissants. Elle appuya sur un des boutons de direction et il y eut un déclic dans l'appareil. Ce n'était pas le bon. Elle appuya alors sur l'autre et attendit que la bande revienne au début. Cette fois, elle entendit davantage de choses que la première, y compris des crépitements qui ressemblaient à ceux des pistolets-mitrailleurs au temps des massacres. Il y avait un passage assez léger qui devait être la chasse aux escargots. Mais il restait toujours la même conclusion insatisfaisante qui s'évanouissait dans le silence. Elle se creusa la tête, un peu fâchée, même, jusqu'à ce qu'elle s'aperçoive de la présence de son petit-fils adolescent, la bouche ouverte de surprise. « Grand-mère, dit-il, tu as un Walkman! »

Elle lui lança un regard ironique. « C'est celui d'Antonio. Il me l'a prêté. Et si tu trouves que j'ai l'air idiot avec, qu'est-ce qui te fait croire que tu as l'air malin, toi, quand tu l'écoutes en secouant la tête, la bouche ouverte, et en chantant faux? Si c'est bien pour toi, c'est bien pour moi. »

Il n'osa pas dire « ça a l'air bête sur une vieille dame » et se contenta de sourire en haussant les épaules. Sa grand-mère devina exactement ce qu'il pensait et lui donna une gifle gentille, presque une caresse. « Devine quoi, dit-elle. Antonio va reconstruire la vieille maison. À propos, Lémoni m'a dit que ta mère lui avait dit que tu avais dit à ta mère que j'avais un nouvel amoureux. Eh bien, ce n'est pas vrai. Et à l'avenir, mêle-toi de ce qui te regarde. »

Le lendemain soir, Corelli eut les plus grandes difficultés à atteindre la taverna Drossoula sur le quai. Il était loin d'être aussi fort qu'autrefois et en outre il n'avait aucune expérience de ce genre d'activité. Il était absolument inutile de tirer et de traîner, quant à aboyer des ordres dans la meilleure tradition de l'artillerie, ça ne servait à rien non plus. Il avait eu une journée harassante.

Quand il entra enfin dans la taverna en titubant, épuisé, il s'effondra sur une chaise, Pélagia se détacha du Walkman, le mit de façon experte en position « rewind » et demanda : « Qu'est-ce que tu fais là avec ça ?

– C'est une chèvre. Comme tu vois, je t'ai apporté une vie.

– Je le vois bien que c'est une chèvre. Crois-tu que je ne sais pas reconnaître une chèvre ? Qu'est-ce qu'elle fait ici ?

– Tu as dit que je ne tenais pas mes promesses. Je t'ai promis une chèvre, tu te rappelles ? Alors voilà une chèvre. Et je regrette que l'autre ait été volée. Comme tu vois, celle-ci est exactement pareille. »

Pélagia résista : elle avait presque oublié à quel point c'était agréable. « Qui a dit que j'avais besoin d'une chèvre ? À mon âge ? Dans une taverna ?

– Si tu n'en veux pas, ça m'est égal. Je te l'ai promise, et elle est là. Une chèvre pareille à l'autre. Vends-la si tu veux. Mais si tu avais vu comme c'était difficile de la mettre dans le taxi, tu ne serais pas aussi sévère.

– Dans un taxi ? Où est-ce que tu l'as eue ?

– Sur le mont Ainos. J'ai demandé à un chauffeur de taxi : "Où est-ce que je peux trouver une bonne chèvre à l'ancienne ?" Il m'a dit "montez" et nous avons grimpé, en passant devant la base de l'OTAN. Ça a pris des heures. Nous avons trouvé un vieil homme qui s'appelle Alékos et il m'a vendu cette chèvre. Il m'a escroqué, je peux te l'assurer, et ensuite j'ai dû payer pour deux pour que le taxi la ramène. Ça puait. Voilà tout ce que j'ai souffert, et toi, tu m'attrapes et tu cries comme un vieux corbeau.

– Un vieux corbeau ? Vieil imbécile. » Elle se pencha et saisit fermement le nez de la chèvre d'une main. De l'autre, elle lui écarta les lèvres pour examiner les dents jaunes. Puis elle fouilla avec les doigts dans les poils de son arrière-train et se redressa. « C'est une belle bête. Elle a des tiques, mais sinon, elle est belle. Merci.

– Comment tu vas l'appeler ? demanda Yannis.

– Nous l'appellerons Apodosis », dit Pélagia qui se réjouissait déjà à l'idée d'avoir de nouveau une chèvre. « Nous l'attacherons à un arbre et nous lui donnerons les restes.

– Apodosis, répéta Corelli d'un air approbateur. Un nom qui convient très bien. "Restitution." On ne pouvait pas trouver mieux. Tu crois qu'elle donnera beaucoup de lait ? Tu pourrais faire du yaourt. »

Pélagia sourit avec une condescendance triomphante. « Tu la trairas si tu veux, Corelli. Personnellement, je n'essaie de traire que les femelles. » Elle montra du doigt le volumineux scrotum rose contenant sa paire d'objets oblongs et fuselés. « C'est un pis, ça ?

– Oh coglione ! » dit-il fort à propos en se cachant le visage dans ses mains. Yannis admirait les gens qui savaient jurer, surtout en langues étrangères, mais chez un vieux monsieur, ça faisait drôle. Les vieilles personnes vous le reprochaient toujours. Ce Corelli était visiblement aussi bizarre que sa grand-mère était en train de le devenir, elle qui gambadait maintenant avec un Walkman dans ses maigres boucles grises et souriait timidement quand elle ne se savait pas observée. Le matin même, il l'avait surprise devant la glace en train d'essayer différentes boucles d'oreilles du magasin d'Antonia et de prendre des attitudes qu'on ne pouvait qualifier que de coquettes.

« Demain, une autre surprise », dit Corelli. Il leva son chapeau et s'en alla.

« Mon Dieu », fit Pélagia, le cœur plein de mauvais pressentiments. Elle pensa soudain qu'elle devait lui montrer son « Histoire personnelle de Céphalonie » mise à jour : ça l'intéresserait sûrement d'apprendre que le véritable responsable des massacres était Eisenhower qui avait passé outre à tous les plans de Churchill pour la libération des îles et avait envoyé inutilement l'aviation italienne en Tunisie au lieu de l'envoyer à Céphalonie. Elle supposait qu'il savait que les ordres concernant les atrocités venaient directement d'Hitler, mais elle n'en était pas sûre.

« C'est ton amoureux ? » demanda Yannis avec obstination, car chaque fois qu'il posait la question elle refusait de répondre.

« Va faire la vaisselle, ou tu ne seras pas payé », répliqua sa grand-mère, puis elle alla chercher un peigne pour toiletter la chèvre, comme autrefois. Elle se demanda où elle pourrait désormais trouver un bébé martre.

Quand il apparut devant la porte dans un hurlement de freins, un grondement de pistons et un nuage de fumée bleue et odorante, elle se dit que le capitaine s'était réellement surpassé. Les mains sur les hanches, en secouant lentement la tête, elle le regarda descendre prudemment de la moto. C'était un engin rouge vif, très haut, avec des pneus épais et bosselés, qui devait avoir été conçu pour la course. Le capitaine tourna la clef et arrêta le vacarme. Il hissa la moto sur sa béquille. « Tu sais où nous allons ? Nous allons voir si Casa Nostra est toujours là. Exactement comme dans le temps… », il tapota le guidon, « sur une moto. »

Pélagia secoua la tête. « Tu crois vraiment qu'elle a survécu au tremblement de terre ? Et tu crois vraiment que je vais monter sur un truc pareil ? À mon âge ? Va-t'en et laisse-moi tranquille. Ne m'embête plus avec tes fantaisies d'écervelé.

– Je l'ai louée exprès. Elle n'est pas aussi bien que l'ancienne et elle fait un bruit épouvantable, comme une boîte de clous, mais elle marche très bien. »

Elle dévisagea le vieil homme et eut du mal à ne pas sourire. Il portait un ridicule casque bleu avec une petite visière et des lunettes de soleil réfléchissantes tellement neuves qu'il avait oublié d'enlever l'étiquette, laquelle lui pendait sur une joue comme une petite feuille d'automne accrochée à un fil de toile d'araignée. Elle vit son propre visage réprobateur reflété en panoramique sur les verres des lunettes et se regarda lever les mains, paumes ouvertes. « Pas question. Je suis trop vieille et tu ne pouvais même pas conduire droit quand tu étais jeune. Tu ne te rappelles pas toutes les chutes ? Tu étais fou à l'époque, et maintenant tu l'es encore plus. »

Il se défendit. « Sur la vieille machine, nous zigzaguions parce que je devais lâcher le guidon pour passer les vitesses. Sur celle-ci, tout est automatique. » Il leva les mains et les laissa retomber comme pour dire « aucun problème », puis il lui fit signe d'avancer.

« Non, dit-elle. Mes genoux sont raides et je ne peux même pas lever la jambe aussi haut. » Elle remarqua soudain qu'il portait par-dessus sa chemise un vêtement de couleur vive qui le faisait ressembler exactement aux hippies apparus sur l'île à la fin des années soixante. Elle plissa un peu les yeux pour mieux voir et s'aperçut qu'il portait le gilet de velours rouge brodé de fleurs, d'aigles et de poissons qu'elle lui avait donné cinquante ans plus tôt. Elle fit semblant de n'avoir rien remarqué et ne dit pas un mot, mais elle était stupéfaite qu'il l'ait conservé pendant tout ce temps avec autant de soin. Elle se sentit émue.

« Koritsi mou, dit-il, sachant qu'elle avait remarqué et calculant que sa résistance avait sans doute faibli.

– Absolument pas question.

– Tu ne veux pas voir Casa Nostra ?

– Pas avec un fou.

– Tu ne voudrais pas que je l'aie louée pour rien.

– Si.

– Je l'ai pour deux jours. Nous pouvons aller à Kastro, à Assos, à Fiskardo. Nous pouvons aller nous asseoir sur un rocher pour regarder les dauphins.

– Retourne à Athènes. Vieux cinglé.

– J'ai apporté un casque pour toi aussi.

– Je ne porte pas de rouge. Tu m'as déjà vue en rouge ?

– J'irai tout seul.

– Vas-y. »

Il avait fallu une éternité pour la convaincre. Tandis qu'ils viraient dangereusement sur les routes empierrées, elle s'accrochait à sa taille, les jointures blanchies par la terreur, le visage enfoui entre ses omoplates ; la machine tonitruante entre ses jambes lui causait une sensation à la fois très agréable et tout à fait troublante. Corelli remarqua qu'elle s'accrochait à lui d'une façon encore plus désespérée qu'autrefois et, en tout cynisme, il ajouta quelques embardées délibérées à la série de celles qui étaient accidentelles et déjà suffisamment inquiétantes.

Pélagia s'agrippait fermement à sa taille. Elle s'apercevait qu'au cours des années il avait autant rétréci qu'elle avait pris de l'ampleur. Tout à coup, il se jeta sur le bord de la route en dérapant un peu et en soulevant une giclée de gravier. « Yérassimos m'a sauvée », pensa-t-elle et pour plus de sécurité elle lui passa les bras autour de la taille et noua les doigts devant.

Une vénérable Mobylette grise passa devant eux en crachotant et pétaradant. Elle portait non pas une mais trois filles vêtues de robes blanches identiques et ultra-courtes. Corelli entrevit des cuisses minces et dorées, des seins tout neufs, des sourcils bien dessinés, des yeux noirs et de longs cheveux épars si noirs qu'ils en étaient presque bleus. Il entendit une mélodie monter dans son cœur, un air joyeux qui contenait l'âme grecque éternelle, un concerto grec. Quand il l'écrirait, il lui suffirait de penser à l'excursion avec Pélagia à la recherche de Casa Nostra et aux trois jeunes filles rencontrées dans l'épanouissement ravissant de leur liberté et de leur beauté. Celle qui conduisait la Mobylette avait les pieds posés sur le réservoir, la deuxième retouchait son maquillage avec des gestes de peintre à l'aide d'une petite glace rose et la troisième était assise dans le sens contraire à la marche, ses pieds chaussés de sandales effleurant presque la surface de la route. Plongée dans la lecture du journal, elle avait une expression très sérieuse et ses doigts élégants essayaient d'empêcher les pages de claquer dans le vent.

Note de l'auteur

J'ai essayé d'être aussi fidèle à l'Histoire que possible, même si, par exemple, j'ai amalgamé les coutumes de deux fêtes religieuses. En ce qui concerne Céphalonie, j'ai dû tirer le meilleur parti du peu de documentation disponible et l'île a grand besoin d'un Dr Yannis ou d'une Pélagia qui lui donnerait une véritable histoire. Une grande partie de ce que j'ai écrit consiste en ouï-dire mêlé de mythe et de mémoire floue, ce qui, bien entendu, constitue l'Histoire.

Deux autres remarques :

Tout d'abord, le fait que la division Acqui se soit conduite relativement bien en Ionie n'enlève rien aux horreurs perpétrées ailleurs par l'armée italienne.

Ensuite, une longue tradition chez certaines catégories d'intellectuels incohérents veut que les communistes grecs aient été des héros romantiques injustement supprimés par les Anglais impérialistes et de mauvaise foi afin de restaurer la monarchie contre la volonté du peuple. Si agréable soit-il de créer une illusion et une mythologie qui concordent avec ses propres préjugés politiques, la moindre connaissance des sources primaires empêche de croire à celles-là. Je n'ai pu parvenir qu'à cette conclusion : quand ils n'ont pas été des parasites inutiles et traîtres, les communistes se sont conduits avec une barbarie inqualifiable. Maintenant que la guerre froide est finie, il n'y a plus aucun intérêt à prétendre le contraire. Tito lui-même les a abandonnés, apparemment écœuré, bien que leurs procédés leur soient venus de lui et des nazis et qu'ils aient été identiques à ceux qu'il a utilisés avec tant de cynisme et de succès contre son propre peuple et les malheureux soldats italiens qui sont allés se battre pour lui en toute bonne foi. Ceux qui souhaitent savoir ce qu'a été la guerre civile en Grèce n'ont qu'à voir ce qui se passait en Yougoslavie au moment où j'écrivais ces lignes, à la différence qu'en ce temps-là les Anglais ont fait ce qui était juste et non ce qui était raisonnable, et qu'ils ont contribué à y mettre fin.

Cet ouvrage a été composé
par le studio Denoël,
Reproduit et achevé d'imprimer
sur Roto-Page
en juin 2001
par l'Imprimerie Floch
à Mayenne,

D.L., juin 2001,
Éditeur, n° 2803.
Imprimeur, n° 51718,
Imprimé en France,